新时代
山乡巨变
创作计划
GREAT CHANGES OF
MOUNTAIN AREAS LITERARY
PLAN FOR A NEW ERA

柳岸／著

天下良田

河南文艺出版社
作家出版社

天下故區

目录

壹 原田篇

003 _ 第一章　　　突发事件
018 _ 第二章　　　事故前兆
033 _ 第三章　　　陈姝的选择
044 _ 第四章　　　应对挑战
052 _ 第五章　　　破茧而出
061 _ 第六章　　　事故处理
070 _ 第七章　　　激活褐天瑞
078 _ 第八章　　　褐大锤的美梦
086 _ 第九章　　　联动
095 _ 第十章　　　拔钉子
105 _ 第十一章　　开工
114 _ 第十二章　　大旱
122 _ 第十三章　　意外之外
131 _ 第十四章　　谋划
139 _ 第十五章　　花絮
152 _ 第十六章　　跬步
163 _ 第十七章　　田耕下陈胡
175 _ 第十八章　　二进省城
182 _ 第十九章　　推进
200 _ 第二十章　　连阴雨
208 _ 第二十一章　倒计时
214 _ 第二十二章　现场会

贰 良田篇

225 _ 第二十三章　褐村与褐天瑞

235 _ 第二十四章　褐大锤进城

240 _ 第二十五章　验收

250 _ 第二十六章　过年

257 _ 第二十七章　谋新篇

268 _ 第二十八章　开新局

276 _ 第二十九章　褐天瑞的小心思

281 _ 第三十章　　各行其道

287 _ 第三十一章　夏大雨的心心念念

293 _ 第三十二章　新情况

300 _ 第三十三章　节外生枝

311 _ 第三十四章　入伙

317 _ 第三十五章　褐天缘的科技缘

323 _ 第三十六章　迎接调研

334 _ 第三十七章　仙女告状

341 _ 第三十八章　褐大锤的计策

347 _ 第三十九章　新款设计

354 _ 第四十章　　伤逝

366 _ 第四十一章　蝴蝶效应

374 _ 第四十二章　大变局

380 _ 第四十三章　管护问题

386 _ 第四十四章　中国式人情

392 _ 第四十五章　新征程

399 _ 第四十六章　夏春秋的春秋梦

406 _ 第四十七章　机遇与挑战

416 _ 第四十八章　砥砺前行

421 _ 第四十九章　多重碾压

426 _ 第五十章　　真记者

432 _ 第五十一章　陈胡新局

437 _ 第五十二章　褐天缘的家事

442 _ 第五十三章　利民之路

447 _ 第五十四章　节外生枝

叁　田园篇

459 _ 第五十五章　田园综合体

464 _ 第五十六章　褐天棚的幸福生活

469 _ 第五十七章　乡村变奏曲

477 _ 第五十八章　道耶魔耶

484 _ 第五十九章　弦歌茶歇

490 _ 第六十章　　履新

497 _ 第六十一章　雪中送炭

506 _ 第六十二章　对症下药

512 _ 第六十三章　"马拉车"

516 _ 第六十四章　"五湖十八坡"

524 _ 第六十五章　被点亮

530 _ 第六十六章　夏大雨的田园

535 _ 第六十七章　职业农民褐晓光

540 _ 第六十八章　蝶变

546 _ 第六十九章　夏营新村

552 _ 第七十章　　"耕者驿站"

558 _ 第七十一章　玉米花开

562 _ 第七十二章　夏春秋的困境

568 _ 第七十三章　"新良田"的诞生

572 _ 第七十四章　精进

581 _ 第七十五章　机构改革

590 _ 后记　天下与良田

壹
原田篇

第一章　突发事件

胡秋沉着脸踏进褐村村室大门，这里是陈胡县"农业综合开发指挥部"。进门时才发现脚下一摊鸡屎，躲闪不及，刹那的迟疑扰乱了他的平衡，抬起的左脚却绊在右腿上，差一点摔倒。待他站稳身子，蹭着脚上的鸡屎，冷脸上又挂上一层霜，与六月的天气极不协调。

他看到一位身着浅蓝短袖、深蓝运动裤的女同志匆忙从屋里出来，黑着脸瞭了一眼，想必这就是陈胡县办的新任主任陈姝了。

只见她飞奔到胡秋跟前，随着伸出的手，还有粗哑的声音："胡主任，有失远迎！有失远迎！袁侨刚才打电话，说您要来，我这正要出门迎接您呢，不想您已经进来了。走，走，快进屋。"

胡秋没有接她伸过来的手，也没有应她的话，径直走进屋里。她甩了一下手，好像要甩掉尴尬，连忙进屋倒水。一次性塑料杯仿佛故意捣乱，遇热水缩成了一团，热水流出桌面，滴到胡秋的裤子上。她连忙找餐巾纸帮他擦拭，一边说："胡主任，您看，我一见市里领导，心里紧张得跟这杯子一样，缩成一团了，话都不会说了。本来要去市办汇报的，工地上走不开。"

胡秋依旧绷着脸，听陈姝这样说，面色缓暖，不客气地说："你们工程进度全市垫底儿，省办天天催，要求两天报一次进度。陈胡拖了全市的后腿，知道吗？现在啥情况啊？"

陈姝说："规划已经完成了，挖沟今天开工，机手定的是十点十分，十全十美。袁侨他们都在工地。"

胡秋反问："今天才开工？都已经进驻二十多天了，施工的最佳时机已经过去了，庄稼噌噌地长，要清障就会牵涉青苗补偿，你们能处理好吗？如果工期安排得当的话，完全可以避开青苗补偿。"

陈姝想解释一下，说说眼下的困难，一看胡秋的态度，转而说："是，是，胡主任，您批评得对，主要是我刚到这个单位，没经验。没经验也不是借口，主要是个人能力差，方法不对头，耽误了工期。不过，您放心，我们一定会迎头赶上。今天已经开工了，进度很快就上去。"

胡秋"哼"了一声起身，双手背在身后，死死地站定，看着墙上的规划图，继续挑毛病，什么项目区设计不合理、位置偏远、道路不顺、周边环境差等等。

陈姝忐忑不安地站在他身后，看到胡秋白衬衣上许多泥点子，伸手想替他弹掉，想他正在气头上，别自讨没趣，又把手缩了回来。她听袁侨说过，这胡主任"刁"得很，各县办的主任都怕他，嘴上从不留情，针针见血，一针都能把人"扎"死。陈姝想着怎么能先让胡主任的情绪平静下来，然后，留他吃个饭，缓和一下局面。所以，胡秋说话时，她一直哈着腰，一脸唯唯诺诺，并没有接话。她知道领导发火时，最好的办法就是闭嘴，任他纵情燃烧，自然冷却，解释等于火上加油。

胡秋独自说着，突然听到一个女人甜美的声音"您有电话了，请接电话哦"。他停住，惊诧地看着陈姝，出啥么蛾子啊？还说普通话。随后，又下意识地摸了摸自己的手机。陈姝小心翼翼地说，我的手机，来电话了。胡秋看她正在摁电话，那女声又来了，"您有电话了，请接电话哦"。她又摁了，好像较劲儿似的。胡秋看着她，抬了抬下巴，示意她接电话。她不好意思地说，没事儿，是袁侨。第三次女声再起时，胡秋把持不住了，说："你倒是接啊，需要我回避吗？"于是，陈姝摁了绿色通话键。

胡秋这才仔细打量起这个女主任，高挑个，黄皮肤，头发短得不能再短了，再短一点就是男人的发型了；一张长方形脸，棱角突出，缺乏女性的柔润；双唇由于干绷也缩小了唇形，严重影响了美观。要说有啥特色，就是那双眼睛了，温润有光，眼白有些发蓝，正是所谓婴儿蓝，这蓝更衬出黑眼珠的黑，也许就是所谓的清澈吧。女人到这年纪，还有婴儿蓝，倒也难得。

电话的声音很大，里面乱糟糟的，袁侨的声音传过来："陈主任，出事儿了。挖沟现场，聚集了很多闹事的人，有个人拿着刀，挡住挖掘机，扬言谁敢挖他的地，他就捅死谁。看样子酒喝多了，在那里发疯骂人。机手被围困，随时都有生命危险。"

只见陈姝目瞪口呆地听着，眼睛都没有眨一下，显然她没有料到会有突发事件。胡秋问："出事儿了？"陈姝回过神来，说："胡主任，实在不好意思，您都听见了，我就不陪您了，我得去工地看看。您哪，先回市里，过两天我专门到市办汇报情况。"

胡秋犹豫了一下，说："要不我跟你一起去吧。"她说："不用了，您先回吧，我们能处理好的。"胡秋对慌里慌张的陈姝说："让袁侨给乡长打电话啊。按以往的惯例，乡里要对施工环境负责的。"继而他又换一种上级的口气说："其实，像这种情况，你不用去现场，让袁侨处理就行，他有经验。"陈姝说："如果袁侨能处理，他就不会打电话了，他知道您在这儿。"

胡秋也感到事态的严重性，说："要不，报警吧。"陈姝说："我先去看看，这种群体性的事件，警力少了解决不了问题，多了反而会激发更大的矛盾。大批动用警力是要上级审批的，等待审批的过程，啥事都耽误了，我先走了。"说着旋风一样飘出了屋子。

胡秋望着陈姝急匆匆的背影，心想，农业综合开发哪是女人干的活？不知道陈胡县的领导咋想的。

胡秋径直走出了空荡荡的院子，上了车。车子又到了坑洼不平的路上，摇摇晃晃中，他回想着来时的情景。

这天是2010年的6月10日，胡秋刚到办公室，何深主任就把他叫去，让他到陈胡县督察农开项目建设情况。豫东市农办是农办、扶贫办、农开办三办合一的机构，全称是"豫东市农业办公室"，简称农办。何深是农办主任，下辖三办各自有分管的副主任，胡秋是分管农业综合开发的副主任。他奉何主任之命，奔赴陈胡县农开办，督察工程进度。

陈胡县农业综合开发办公室办公地址在县政府大院内。胡秋经常下县里，对陈胡县农开办的办公室再熟不过了，闭着眼都能摸到。胡秋把车子停在政府院内，径直走到了二楼。防盗门锁着，走近一看，门上贴着纸条，上面写着：全体人员吃住在工地，有事请联系：袁侨139××××××××。袁侨是农开办副主任，胡秋和他很熟。因为是督察，胡秋就没有提前打招呼，吃了闭门羹，还是很不高兴。机关单位怎么能关门呢？至少留一个人值班啊！这是啥神操作啊？于是，给袁侨打了电话。袁侨说项目已开工，所有人吃住都在工地，就地办公，大门也就锁上了。于是，胡秋按照袁副主任给他的路线，往项目实施地陵北乡褐村进发。

车子沿着省道往北走，路况不好，大坑小坑不断。司机一个急刹车，胡秋的头碰在前面的座椅上，正想训司机一句，司机却先开了口："胡主任，您看看路标，是不是这个村，差点走过了。"胡秋看看左前方路口，果然有"褐庄"的路标，说："就这，下路吧。"

司机倒吸了一口气，说："这坡也太陡了，弄不好会碰底盘的，咋不垫垫啊？"胡秋看了看，确实陡，足足有四十五度。

司机小心翼翼地、一厘米一厘米地蠕动着，好歹车子安全下了坡。刚刚下过雨的土路，让机动三轮车淘得大沟小壑的。土路的两侧杂草葳蕤，荒芜遒劲，已经扑在路面上。土路两侧零星地挺立着树权子，有去掉树冠的，有半腰折断的，有底部砍掉的。一些树权的底部长了一圈油光嫩绿的芽箭，直直地向上挺立，倒是显示出勃勃生机。偶尔也有一棵囫囵树，树冠恣肆地向外伸张，几乎罩住了路面。

车子在没有行人的泥路上蹒跚而行，仿佛进入了深山老林，满眼都是荒芜繁茂，不由得生出一种被挤压的落寂感。胡秋眼睛死死地盯着前方的路面，担心车子被搁浅在泥坑里。虽然师傅是老司机，技术没问题，但这路况实在太差了。怕鬼就有鬼，车子果然被卡在一个大坑里，两个前轮全陷进去，后轮还有一半，刚好卡死。司机咬着牙加油，油门已经踩到底了。发动机嗡嗡声混乱而凌厉，撞击着胡秋的耳膜，胡秋恨不得自己的脚也踏在油门上。司机脚踝都酸了，停了下来说："胡主任，还是不行，坑太深，上不去，得找人推一下。"

胡秋悻然下车，眯起眼睛远眺，前后左右打量着，别说人，连鬼都没有。上哪儿找啊？司机打开车窗，不好意思地说："要不，您……推一下试试？我感觉就差么一丁点的劲儿，稍微带一把就成了。"

胡秋万分无奈，只得使劲地推着车屁股。车轮子上的湿泥像子弹一样，扫射着他新崭崭的白衬衣。车子总算挣扎着离开了泥坑，胡秋看看自己白衬衣，已经变成了水墨画。随口骂道，真是"鬼不媸蛋"的地方，都啥年代了，还有这路！

项目指挥部在村室里，这里离村庄还有一公里之多，泥泞的道路坑坑洼洼，胡秋感觉像坐轿一样颠簸不已，心情也随车子一起晃动，项目选在这个地方，一看就是不懂业务。

渐近村庄，道路两旁似乎更加杂乱，一些陈旧的麦秸、棉柴、玉米秆都堆放在路边，还有一些建筑材料，砖瓦、木料等，也都零散无序地堆放在路边的空地里。各种颜色的垃圾，像盛开的花朵，装点着单调的村庄。远处一黑一红的塑料袋，像两只低旋而舞的纸鸢，不停转换着姿势，纠缠在一起。

进入村子，似乎有了一些灵气，所有的东西都活起来。一位放羊的老人，靠在一棵树上，悠闲地看着羊群在路边啃草。还有一些慢吞吞踱步的母鸡，摇摇晃晃的鸭子，摆谱而又傲慢的大鹅。猫儿也毫无警觉地乱窜着。狗儿们姿态各异，有自由自在巡视的，有躺着眯眼假寐的，有卧着伸舌喘气的，也有机警关注着动静的。动物们都在自我的世界里恣肆着,挤压着人气。

村里的房屋参差不齐,有楼房,也有平房;有新房,也有墙倒屋塌的老房子。不少的院子大门上挂着锁。

快到村室时,胡秋把思绪转到了工作上,陈胡县农开办四月份就换人了,听说还换了一位女主任。农开岂是女人能干的活?这女主任上任几个月了,也不去市办报个到,何主任说还是在省办开会时见了个面,匆忙地打了个招呼,就再也不露面了。会议上碰上算是报到了?这也太不正式了。县农开办好歹也是科级单位,连这点事儿都整不明白,还能干好工作?

车子在一个院子大门前停下来,胡秋看看门口挂着一个大木牌子,"陈胡县农业综合开发指挥部",瞧这牌子,啊,比人家村委会的牌子气派多了!

胡秋走进院子,没想到迎接他的是一泡溏鸡屎,还差点儿把自己绊倒。

这个女主任着实让他失望,且不说外表粗犷,嗓门粗哑,一身男装的形象,关键是也没有什么思路,关于工作只字未提,一味说自己没能力。没能力来农开办干吗?农开办不是混日子的地方,是实实在在的工程。

听袁侨说,这个女主任还要把陈胡今年中低产农田改造项目,提升为高标准农田,要争取省里在陈胡县开现场会,简直就是痴人说梦。胡秋管了这么多年农开,啥人没见过?啥情况没遇上过?这标准能是你说提高就能提高的?项目计划下达都是有规定标准的。真是无知者无畏!还开全省的现场,喊,你是谁啊,一个县农开办主任,你说能开就能开啊?陈胡县的基础他是知道的,要不怎么会换人呢?农开重点县的资格差点儿被取消。如果不是书记、县长亲自出面协调,就完了。还开现场会?!还真敢想!还真敢说!白日做梦谁都会,关键是梦做完了得醒醒啊。难怪何主任不满,这女主任确实有点不着调。胡秋对她的评价:其貌不扬,其才平平。

回想陈姝匆忙而瘦削的背影、缺水的皮肤、干绷的双唇，胡秋生起恻隐之心，不知道事故处理得怎么样？他怎么向何主任汇报？是简单地说项目已开工，还是把突发事件一并汇报？

陈姝一阵风似的飞奔现场，远远地望去，几十号人正围着挖掘机，试图把它推翻到沟里。还有一伙人围着一个人推搡。一个光膀子满脸通红的人，手里拿着刀，欲往被围在中间的那个人刺去。身边有一个人死死拉住他的胳膊，试图在控住他。这个人很强壮，而且情绪异常激动，就在刀将要刺向被围困那个人的时候，陈姝飞奔到跟前，嘶声大喊："停！停！停下！"

所有的人都停下来，惊讶地望着这个不速之客，而被围困在中间的机手借机走脱。

陈姝说："老乡们，我叫陈姝，是这个项目实施的负责人，大家有事可以跟我说，好商量。"

"哦呵，还是当官的？见官三分灾。"拿着刀的那个人，故意大声说，目的就是说给陈姝听的。

袁侨已经站在陈姝身边，负责挖沟的柳武也走到陈姝身边。他们一左一右像保镖一样站在陈姝两侧，怕万一有不测，能随时保护陈姝。

袁侨附在陈姝耳边说："陈主任，要不您先回。支书褐天瑞还是联系不上，我跟乡长打电话没接，打通了副乡长罗布的电话，他正往这边赶着呢，估计一会儿就到了。"

拿刀的是个中年男人，正在叫骂，确实像喝多了酒。他一副醉态，呜呜啦啦地说："不管是哪块地里的黍黍，谁敢动老子一把土，老子就用这个说话。"估计也是看到了陈姝，故意放出粗话。

陈姝并不在意，面带微笑地说："大家先别激动，听我说几句。容我说几句话，天也不会塌吧？牛吃不了日头，工程都停了，请大家先冷静下来，有啥问题咱就解决啥问题。"

拿刀的人说:"解决啥问题,简单得很,就是收拾家伙滚蛋,滚出褐庄。"柳武一旁气呼呼地说:"嘴巴干净点,都几十岁的人了,我们是来开发的,不是来挨骂的。"

陈姝指指身边的袁侨,依旧心平气和地说:"大家认识他吗?也不认识吧。我们都不认识,对吧,既然大家都不认识,说明我们没怨没仇。既然没怨没仇,我们肯定也不会来害你们吧?我们是公职人员,国家有任务,我们得实施。我们的任务就是实施农开项目,这是国家拿钱给群众办好事的。好事没办好,中间出了问题,是我们工作没做好,责任在我。我们确实没有想到会让你们受损失,是我们计划不周,我们有责任,不是你们的问题。我呢,在这里向你们道歉。至于问题怎么解决,我们好商量。你们看,现在不是已经停了吗?"

她环扫了那群人,继续说:"大家可以想想,咱们这里现状,道路不通,人均地亩虽然不少,也不过是两亩多点,就这两亩多地,旱不能浇,涝不能排,粮食产量低得可怜。我们农开挖沟修路,打井配套,就是为了解决这些问题的。这不正是咱们需要的吗?"

拉着拿刀人的那个人说:"哪有恁好的事儿啊?好事儿会轮到俺们。"他旁边的人说:"就是,不定在俺这里捞多少好处呢?以为俺们都是傻子。"

旁边的人接着说:"还不要钱,哄小孩呢?不定图俺的啥呢?俺们凭啥相信你们?说不定沟一开,接着就得收钱了。"

陈姝淡定地说:"咱离得也都不远,出不了陈胡县地界,有名有姓的,跑不了。就算是天大的事儿,也得落到地上解决不是?咱能不能先平静下来,不说气话。你们说难听的我理解,也该听。但是说难听的能解决问题吗?"

站在外围的一个人说:"哼,唱戏好听,你得拿钱买。解决问题,就是不能占俺的地;只要占俺的地,你就是说得天花乱坠俺们也不答应。"

袁侨也把持不住了,随口说:"我们也不想占地,可路不能修在空中，井不能打在空中，桥也不能架在空中，总得落在地上啊，落在地上就得占地。"

拿刀的人气呼呼地说："占地大家都占啊，凭啥光占俺们的地？凭啥要俺吃亏，大势里（大家）得惠？光是俺这些人吃亏，俺不干。今天不给个说法，俺手里的这玩意儿就是不答应。老天爷来也不行！"拉着他的那个人起哄说："就是，就是，老天爷来也不行，趁早收拾家伙走人，俺们不要啥屎开发。道路顺畅了，遭贼也容易呢。"

陈姝扫他一眼，然后目光盯着拿刀的人说："这位大哥，能不能先把手里的家伙放下？你呢，先消消气。如果你觉得捅我一刀解气，那你就捅。如果你觉得捅我一刀能解决问题，随便你捅，我就站在这，保证眼都不眨一下。"

拿刀的人似乎蒙圈了，他以为刀能吓住人，特别是这位女主任。可是，不想她放出了这样的"狠"话。他似乎有些不知所措，下意识地放下手中的刀，迅速地转动着脑筋，试图控制住逆转的形势。

吵吵嚷嚷的人群立刻静了下来，本来以为一个女人，甭管多大的官，还能收拾住这个局势？谁也没想到女主任会撂出这话，有种。

陈姝扫一眼那群人，继续说："这位大哥，你要是真正为了解决问题，就先回去，别动不动就拿刀子，伤和气，咱又不是仇人。你们大家呢，把意见汇拢一下，选三五个你们自己信得过的代表，明天，咱就村室里，坐下来好好说，直到你们满意为止。如果大家觉得我是诚心诚意地解决问题，就都散了吧。"

几十号人没有一个人说话，也没有一个人动，好像还没有反应过来。这场热热闹闹的大戏啊，天天都在一起商量，都酝酿了那么长时间，各种各样的对策也都想好了，好不容易等到今天，这才开始上演，咋能说散就散了呢？大家伙都瞅着拿刀的人，希望他能够挽回局势，再闹腾一会儿啊。拿刀的人显然一时想不出对策，眼神有些直愣。

人群开始松动，好比一场战争，对手都撤了，只剩下自己一伙的，你有尖兵利器又能怎样？总不能自己打自己吧？有人说着怪话悻悻离去，接着更多的人也骂骂咧咧地离开了。这群人本来也是各怀心态，有些就是纯粹凑热闹的，有些是找褐天瑞难看的，有一些是随大溜蹚浑水的。还有一些碍于面子，勉强帮个人场，成了能得实惠，不成也没啥损失。他们来的时候气势汹汹，锐不可当，眼看就要残废了那个机手，不想就这样完了，确实有些不甘心。但是，他们眼睁睁地看着农开办那个女主任走了，跟她在一起的那两个人也走了，而那个机手早已不知去向。

拉着拿刀人的那个人，左盼右顾，恨不得拿绳子拴着那些散去的人，嘴里不停地说着，咋都走了？咋都走了？

只剩下他们俩了，拉着拿刀人的人开始劝，哥，咱先回去吧，先回去。拿刀的人也只好借坡下驴，嘟嘟囔囔地被拉走了。

离开事发地，袁侨回望离开的人群，长长舒了一口气说："陈主任，我真为你捏把汗。本来不想给你打电话，我跟黄豆乡长打电话他不接，支书褐天瑞又喝多了，呜呜啦啦不知所云。组长褐天意不敢露头，据说拿刀的这个人不好惹。眼看要出人命了，我一时没主意，才给你打电话的。我没经过这阵势，头都蒙了。"陈姝说："咳，我也没料到会有这种情况，现在干群关系不太好，这种事在乡镇也很常见。通知全体人员，回指挥部开会。让村支书褐天瑞、组长褐天意都参加。"

拿刀的人叫褐天缘。拉住他的那个人是他的堂弟褐天棚。参与闹事的人都离开了，褐天棚还死死地拉着褐天缘的胳膊。

褐天缘的胳膊被褐天棚的手汗浸得湿答答的，他嘟囔道，都走了，还拉着俺干啥啊？褐天棚说："这不是还没到家吗？咱不得装像点嘛。哥，你说褐大锤要是知道这个结果会不会反悔啊？俺得赶紧找他去，跟他说说，这事儿也不是像他说的那样啊？拿刀也没吓着人家。"

褐天缘瓮声瓮气地说:"这结局也不赖咱,他没交代明白,也没说是个女主任,谁知道半路杀出来个女的?咱一群大老爷们,能把一个女的怎样啊?"褐天棚说:"就是,那女的也挺会说的,叫你大哥叫的,跟一个亲娘样。你看吧,晚上褐大锤一准叫你出来,这事儿不会算完。"褐天缘说:"先回家吧,晚上再说。"

褐天缘一进家门,他父亲褐仙寿就说:"晓光回来了,才走。"褐天缘心里一惊,他最怕孩子不在周末回家,回来除了要钱没别的。褐天缘接着问:"不晌不夜的,回来干啥呢?"

褐仙寿说:"马上要考试了,说是要资料费,你不在家,俺给他借了二十块钱。"褐天缘心里很堵,遂问:"跟谁借的?"父亲说:"除了大锤,还能跟谁啊?阳会儿(现在)在褐村,手里有钱的也就大锤了。"

褐天缘心烦意乱,父亲怎么能向褐大锤借钱呢?唉,全村都借过一遍了,谁愿意借钱给他啊?

褐天缘站在院子里,脑子里一盆糨糊,一时也不知道该干啥?屋里传来了绝望的嘶喊:"让俺死吧,给俺包包老鼠药,死了干净了。"

褐天缘叹口气,下意识地走进了茅房。茅房在屋山西头,是屋山和院墙的拐角合围而成。茅房门留在靠屋山的一侧,里面堆着玉米秸秆和棉柴,是烧锅用的。蹲坑靠着北墙,下面是一个水泥预制的大瓮,瓮上棚了两块木板,就着木板垒了一个蹲便台,这是褐天缘的杰作。原本,他还想在这上边装一个水箱,像城里人一样拉完屎能冲下去。

褐天缘解开腰带,蹲在茅坑上,蹲了半天,放了一个响屁,也没拉出来。他蹲得两腿有些发麻,使出吃奶的劲儿,挤出一个小屎橛儿,才感到稍微轻松点。他觉得再蹲下去,也不会有啥结果,便瞅瞅旁边有啥可以擦屁股的,昨天才放的晓明的破本子又不见了。于是,他顺手拿起了一块砖头,在屁股上蹭了蹭,一股刺痛从肛门直达头顶,砖头上鲜血淋漓。这几天上火,痔疮又犯了。他心中便生出一股怨气,怪起他爹来,这老头就不能见一个片纸,见一个片纸都得收起来,说是糟蹋纸有罪。有罪?没钱才有罪。

褐天缘黑着脸从茅房出来,他娘喊他吃饭。褐天缘进了厨房,案板上放了一碗面条,"白眼面",一片青菜叶都没有,就放了一点盐。他娘做饭就是这样,从来不会放点佐料,有菜叶子也不放。

父亲见他从厨房里出来,又说:"晓光这孩子,是个读书的料,拉棍要饭也得供他上学,晓光说这次模拟他阶段第三名,考上陈胡中学十拿九稳。"

褐天缘耳边又响起了褐天棚的话,褐大锤不会就此罢休,褐天缘觉得自己被贴在了炽热的鏊子上。

他堂弟褐天棚是村里的电工。电工也不是谁想当就能当的,一是他们这门人多;二是他跟褐大锤关系好,褐大锤才推荐他当电工的。农村电工收电费,电业局有补贴,这在农村是个轻松拿钱的活儿。挖沟这事儿都是褐天棚来回地传话,褐大锤也没有亲自找过他。现在成了这情况,他也不知道该怎么办?

褐天缘不想待在家里,掂着个锄头下地锄草去了。他来到了玉米地里,看着一棵棵艰难生长的苗子,像发育不良的孩子,缺乏应有的生机,主要是缺墒。玉米在麦收之前就点种了,就是为了让它们生长期长一些,可是墒情一直不太好,没有下过一场透沥雨。草比庄稼泼皮,跟庄稼争吃喝,一天天疯长。褐天缘心里乱糟糟的,愣是把一棵玉米苗子锄掉了,他心疼地捡起那棵苗,捧在手里,缓缓地捂在胸口,垂下眼皮。他亏欠了这棵苗,亏欠了这块地里的苗子,没让它们吃饱喝足。

褐天缘沮丧地停了下来,把锄头放玉米行间里,想坐在锄把子上静静,屁股刚挨着锄把子,一股刺痛电流一样穿过身体。他跳起来,捂着屁股,双腿跪下,直挺挺躺在玉米行间里,身下是刚刚锄过的土地,温热松软,他手里还拿着那棵被锄掉的玉米苗儿,放到嘴里像羊一样嚼着，一股青涩布满了他的口腔，还有一股甜腥味儿，血的味道？汗的味道？泪的味道？也许是这些味道的混合，也许就是庄稼味道。只有种地的人才知道庄稼的味道，没有种过地的人只知道粮食的味道。突然，他想起课本里曾经有过一句"泥土的芳香"，泥土芳香吗？庄稼人都知道泥土的味道——泥腥，庄稼人的味道。过去老师讲过，人是类人猿演化而来，他觉得不对，城里人才是类人猿变的，庄稼人应该是羊变的。

玉米苗已经没过他的身子，他望着湛蓝杳渺的天空，好像沉入了阒寂无边的蓝色海底，他觉得自己渺小如一只蝼蚁，甚至连一只蝼蚁都不如……生活……有什么意义？

许久，天色昏暗了，夜幕也像裹尸布一样把他裹起。他得回家了，褐天棚要是找不到他，会嚷嚷得满世界都知道。褐天缘走时，还没忘记收拾一下他锄过的草，打成捆带回家，给他家里的羊吃。

褐天缘进家，把那捆草扔到羊圈里，母亲已经喂过妻子饭了。一般情况下，他不会让母亲喂，毕竟母亲也是七八十岁的人了，伺候儿媳妇，有点有悖人伦。

可是，今天他确实不想进家，思绪依旧和夜一样昏暗。

吃完晚饭，褐天缘到里屋看了看他妻子，摸摸妻子的手，替她翻了翻身子，看看底下有没有粪便。自从他老婆瘫痪在床，他们似乎再也没有语言的交流，不是他不想说，而是不知说啥，说不好就会勾起她伤心。彼此的一个眼神，都知道怎么回事儿。他看到妻子眼里泪光盈盈，但没有再说要老鼠药的话，他转身出来。妻子瘫痪后，就独自霸占着里屋那张大床，一年四季的衣服、破布、药瓶、被褥等，都杂乱地堆在床上，方便随时取用。而他就睡在堂屋里那张板子床上，隔着一个竹笆墙，她一有动静，他就知道。

褐天缘翻来覆去睡不着，想着褐天棚的话。外边传来了几声猫叫。褐天缘起了床，开了大门，看到褐天棚在大门外贴墙站着，瘦小的身子在月光下像一捆芝麻秆儿。褐天棚说："哥，去俺家吧，褐大锤在俺家里等着呢。"

褐天缘犹豫了一下,他其实并不想跟褐大锤搅一起。褐天棚说:"走吧,哥。"说着拉起他就走了。

他们商量这事儿选定褐天棚家是为了保密。褐大锤不在自己家里,主要是他老婆太强势,不但强势,而且还爱掺和事儿,总是指指点点,不听她的就嗨人。褐天棚家最合适,也最安全。褐天棚的女人爱串门,从不掺和男人的事儿,只要家里有人进来,她就收拾好自己出去串门。

褐天棚和褐天缘一进门,他老婆就关上门出去了。褐大锤见褐天缘进来,并不抬头看他,遂说:"天缘,这事儿你办得可不咋的啊。都演练多少次了,你咋就让他们逃脱了呢?'元帅'不是配合着你的吗?""元帅"是褐天棚的绰号,因为他老婆叫常娥,他叫天棚,所以大家开玩笑都叫他"元帅",叫他老婆"仙女"。褐天缘没吭声,褐天棚在一旁打掩护说:"大锤哥,你说咋办吧,俺哥俩都听你的。"

褐大锤说:"咋办?不能算毕啊!那不得再来点更猛烈的。"

"猛烈?咋猛烈啊?不能弄出人命案啊,俺这上有老下有小的。是不是,天缘哥?咱不能冒这个险吧?"褐天棚小心翼翼地说,他有点害怕褐大锤。这个人有时候会有一股子不要命的劲儿。褐天棚暗想,你不要命,俺还要啊。

褐大锤说:"叫你'元帅',抬举你了,你真是猪脑子。谁让你们整出人命案呢?整出人命案,俺也逃不脱啊。俺傻啊,为这点事儿闹人命案?猛烈一点,撵他们走,别在这瞎胡闹了。搞啥子开发啊?改革开放恁多年,咱不是也没开发过?不也都过来了?农开,农开,净瞎折腾。没看电视啊,国家都提出'不折腾'了,越折腾越穷。"

褐天棚怕褐天缘在褐大锤走后又说不干,又说褐大锤没说明白,就转脸对褐大锤说:"大锤哥,你得说点具体的,具体让俺咋做?俺这猪脑子不开化。"

褐大锤笑道:"你小子灵光着呢,就是不肯动脑子,你们弄点爆炸案啥的,只要不死人不伤人,威吓威吓就行了。"

褐天棚一惊,说:"爆炸案?咋爆炸啊?那不得弄点雷管啥的?这事儿还不大啊?"褐天缘这时开口了,他说:"弄那东西犯法,俺不干犯法的事儿。俺要是进去了,俺家的天就塌了。"

褐大锤见褐天缘开口,才把目光聚到他脸上,而后悠悠地说:"看天缘说的,俺可没让恁做犯法的事儿。恁自己掂量,反正大钱在那儿放着,干不干是恁的事儿,俺又不缺钱,俺啊,主要是找个机会帮恁一把,恁哥俩得感谢俺给恁赚钱的机会才是。"褐天缘沉郁地说:"俺爹说了,'君子爱财,取之有道'。"

褐大锤笑道:"还'取之有道'?道在哪儿?天缘啊,你看现在你家里急成啥样了?俩孩子上学,资料费都交不上,晓光他妈常年吃药,仙寿叔老两口年龄大了,俺都替你发愁。仙寿叔张口'道'、闭口'道','道'好吃还是好喝?'道'能当官还是能发财?那就是个'空儿',钱才是硬头货。好了,俺也不给恁白话了,恁哥俩搁磨(商量)搁磨,雷管俺家里也有,用着了就去拿。天不早了,咱都该歇了。今夜里,必须把事儿办了,趁热打铁,别错过机会,不然就完蛋了。明天,俺得听到动静。"

褐天棚跟在褐大锤的后面,讨好地说:"中,大锤哥,你先回去,俺哥儿俩再搁磨搁磨,咱得把动静闹大点,得再猛烈一点,保证让你满意。"

第二章　事故前兆

褐天瑞一大早就听说了，要发生一件大事儿。他佯装不知，自在局外，不然又能怎么样呢？所以，他抹把脸就骑着那辆破自行车出去了。刚刚走出胡同，到了大路上，看到一个女人的背影，心想还有比他起得早的人，一定跟他一样，心里有事儿睡不着。待走近，看是不像本村人，他下意识地掰了一下车铃把儿，心里猛然一紧，别是农开办那个女主任吧？于是使劲地蹬着脚蹬子，像小偷一样，生怕被人发现了，直到他的脚脖子都蹬酸了，才敢慢下来。去哪儿呢？不知道啊，先离开村子再说吧。

褐天瑞骑车来到了乡上，路过"方记胡辣汤"，这是一家老字号店铺。褐天瑞主要是馋他家的"老油条"，炸好的油条，临吃时再回锅，酥脆得入口即化。他摸摸口袋，估计吃饱没问题。他把自行车扎好，老板热情地把他让进店里。村支书也算是镇上的名人，集上店铺对有头有脸的人，都认识。不等褐天瑞说话，一碗胡辣汤、四根老油条便送过来了，这是褐天瑞的标配，老板都是知道的。褐天瑞接过汤碗，老板说，醋在桌子上，喝多喝少随你，都是正宗的宛丘二淋子醋。褐天瑞就是喜他家的二淋子醋，酸中带着香甜绵软，适合淡嘴喝，每次来他都会先倒一碟子醋喝了，然后趁着口中的酸味未尽，再喝一口胡辣汤，那滋味好比神仙。褐天瑞把汤碗放下，说是凉凉再喝。吃早餐的人都走了，褐天瑞还在那儿坐着。老板笑道："褐支书，回回来都是着急忙慌的,今儿咋得闲了,能在咱这小店里安歇一会子?"

褐天瑞看看表,快十点了,他笑道:"俺今天约了一个人,十点在乡政府见面。这不,还有一会儿,借你的宝地,停一会儿,不耽误你做生意吧?"

老板满脸堆笑地说:"没事儿,没事儿,俺给你倒杯茶,香喷喷的茉莉花茶,你就安心等着。俺这儿没事,巴不得你这贵客多留会儿的,给俺添添人气儿。"褐天瑞听老板如此说,心里更不是滋味,实在不能再坐下去了,于是他跟老板说时间到了,走了。老板送出店外,说,好嘞,褐支书再来啊。

褐天瑞出了门,明晃晃的太阳,正像那二十啷当的小媳妇,丰盈热情而不猛烈,光感十足而不恣肆,他其实喜欢这个点,无论干活做事儿,都是一个刚刚好的时辰。可是今天,他无心他顾,胸中空荡荡的,心像一只风筝,一个劲儿地在外飘着,拽都拽不住。

褐天瑞在街上溜达着,他得等到晚上才能回去。可是,这时间怎么打发啊?他想着,最好能碰上个熟人。只要能碰上,他就请人家一起吃个饭。想到吃饭,他下意识地摸了摸口袋,估计要实现这个愿望有点悬。

褐天瑞端详街上的门店,一个挨着一个,大小间头都差不多,这都是改革开放以后才建的,有在自己老宅上重新盖的,有自个儿买了地皮盖的,也有当时开发商盖的。门店生意有五金交化店、杂货店、超市、农机具店、种子农药店、成衣店、药店、粮油店、电器维修店、美容美发店等等,林林总总,大城市里有的,这里也都有。牌头字体也都各式各样,有电脑制作的、有雕刻的、有喷漆的、有手写的,材质也五花八门,有玻璃钢的、亚克力的、木板的、铜质的,也有歪歪扭扭自己写在硬纸板上的。有些门店嫌不招人,还在门口撑起了大伞,把摊子挪到外头。褐天瑞走到了一家农具的摊位前,相中一把铁锹,想问问价钱,停留片刻离开了,又不打算买,问人家一嘴价格没啥意思。

褐天瑞就这样闲逛着，正要拐弯，听到有人叫他："天瑞哥，天瑞哥……"

褐天瑞便有种喜从天降的感觉，竟然有人喊他，他转过身来，看到一个人朝他走来，这个人中等个，体态偏胖，T恤扎在腰间，腰带系在肚脐下，一看那架势，就是一个小老板。他就是夏营村的支书夏大雨。

夏大雨笑眯眯地来到褐天瑞跟前，说："天瑞哥，你咋有空在这闲逛啊？"

褐天瑞随口说："俺想买个扫把。大雨，你这是干啥去了啊？"

夏大雨说："俺村里那个老光棍夏半语，羊角风犯了，躺在床上几天了，俺帮他买点药。哎，天瑞哥，上次乡里开会，你咋又没去啊？俺看是褐大锤替你的。乡里开几次会你都没参加啊？俺还以为你有啥事儿呢。"

褐天瑞说："俺能有啥事儿啊，喝多了呗，睡过了头，才让褐大锤去的。"夏大雨说："天瑞哥，咱哥儿俩早就没见了，中午得喝几盅。俺先去乡里找民政所的郑所长拽一个低保名额，俺村里夏冬冬的老父亲常年卧病，俺上次跟郑所长说好的，把材料给他，去去就回。你啊，就在'刘家老母鸡面叶'那儿等着，俺一会儿就回来，你千万不能走啊，走了可是对不起人。"

褐天瑞说："好，俺先找个房间等着你。"他差点儿说，打死俺也不走。

"刘家老母鸡面叶"是乡上有名的饭店，正好在十字街的东北角，主打老母鸡炖牛鞭、鸡汤面叶，说是名店，但店铺不大，设施也不高档，就是干净卫生，菜味儿好，有特色。房间里挂着玉米、辣椒、葫芦之类的东西，还有一些老照片，很有调调。外边来客也能领略地方特色，所以乡上的"名流"请客一般都到这儿来。

褐天瑞喜颠颠地到了饭店，时间尚早，他是第一个食客，房间随便坐。今儿吃饭的人少，就他跟夏大雨两个人，便拣了一个小房间坐下来。他喊服务员打开空调，倒上水。不多时，夏大雨果然一阵风似的钻进来了。

褐天瑞问夏大雨这一段时间忙啥呢？夏大雨说："忙啥啊，问官司呗。夏喜地，这个老头儿，又给人家争地边子呢。你说这老头儿，啊，也真是的，你喜地就喜地，喜你自己的地，哪有年年跟人家争地边子的。"褐天瑞说："争地边子，还不是因为穷。"

夏大雨说："他家里可不算穷，他儿子夏春秋出去打工，听说是啥子园艺基地里的'高管'，跟老板关系很好，小车儿都买下了。还能差那点小钱啊？俺琢磨着他就是好那一口，对于他们这代人，土地就是身家性命。俺爷爷也是，整天叨唠，搁在从前，俺挣的钱都能置买不少地了。到了你们这一辈，就看淡多了，土地那也就是个根儿，就是收成。"

褐天瑞沉吟道："也是啊，但也好像不是。"夏大雨接着说："前年夏喜地跟夏根茂争，人家夏根茂不屑跟他理论，直接就告到俺这里。你说，天瑞哥，就俺这身份，能问他们两家的官司吗？"

褐天瑞也听到过一些传闻，笑道："你那嘴，'死蛤蟆能说出尿来'，还能问不了他们的官司？"

夏大雨苦笑道："俺的哥哎，'死蛤蟆能尿尿'，说说可以，真让它尿就难了。所以，有些事儿靠嘴能解决，有些事儿靠嘴不能解决。人家夏根茂是谁啊？势力大着呢。俺这小小的村官，能问人家的官司？你说，一个京兆尹，能问皇家的事儿吗？"褐天瑞深有同感，遂说："那你咋办啊？"夏大雨说："咋办？和稀泥呗，还能咋办。"

褐天瑞笑道，那不还得靠嘴啊。夏大雨说："不靠嘴，还能靠啥？咱这支书当的，实在没啥意思，千把块的工资，还不照时发，扣点这个扣点那个，还搞什么绩效工资。你说，啊，钱没钱，还忙得要死，出门扐个大泥都比当支书挣钱多。时不时还得挨乡领导的训。村里那些挣点钱的，有点势的，都不吊子咱。"

褐天瑞当然知道，这也是他的痛点，但是他是老资格的支书，还是得有点党性原则，况且现在情况又特殊，所以他不能顺着夏大雨发牢骚。于是便岔开了话题，问道："你现在稀泥和得怎么样啊？"夏大雨说："也不怎么样，两家老人闹别扭，孩子们倒也没啥，都不把这事儿搁心里。不过，老人闹的时间长了，孩子们的关系也受影响。夏根茂家的夏仁和夏喜地家的夏春秋多少有点隔阂。他们有隔阂，对于咱来说也不是坏事。去年吧，这夏喜地跟夏冬冬的老爹争，这可是亲哥俩，差点儿打起来。今年，又跟夏半语争，夏半语是老光棍，拿着锄头要锛他。你说，就二指宽的地，能种啥，年年争。他非得说人家把'地寨子'挪了。俺今年准备在他家的地边子上埋一块大石头当'地寨子'，谁都搬不动，看他还说谁挪了。"

褐天瑞心中有事儿，也不等夏大雨让，就自顾自地喝着，不多时，便有些晕乎乎的。夏大雨看着褐天瑞喝酒，便问他："天瑞哥，听说你们村里争取了一个大项目？"

褐天瑞顿时像噎住了，打了一个大嗝，呜呜啦啦地说："听谁说的？"夏大雨说："褐大锤啊，上次开会，褐大锤还在会上发言，说项目是他争取的。"褐天瑞哼了一声，说："吹牛又不上税，使劲儿地吹呗。"

告别了夏大雨，褐天瑞推着车子准备回去，只是腿脚好像不太听使唤，脚蹬子绊在他的小腿上，车子便倒在了他身上。夏大雨还没走远，拐回来扶他，说："天瑞哥，行不行啊？不行的话，歇会儿再走，反正大长一后响，天黑到家就行了呗。"

褐天瑞已经醉了，呜呜啦啦地说："没事儿，再喝半斤也能走。"说着骑上车子就走了。

喝多了酒的褐天瑞，骑上自行车，肆意前行，好不快哉。他像马戏团的小丑，骑着车子走S线。宽阔的大马路，褐天瑞就这样摇摇晃晃地走着，吓得路上的汽车都靠边行驶。最后他把自己骑到了官路沟里，就再也不想起来了，西坠的太阳晒得他暖暖的，身下是松软的泥土，好想闭上眼睛睡一觉。

褐天瑞醒来，四周都是黑沉沉的，这一觉睡得舒服啊。他起身把车子搬上路面，拍打完身上的泥土回家了。

早上，陈姝被红色曦光摇醒，乡村的静谧并没有让她睡得更踏实，梦始终像拉拉秧一样缠绕着她，蓬乱而杂芜。她走出村室，准备到工地上看看。被曦光唤醒的不仅仅是她，还有树上的鸡，扑扑棱棱地飞下来。继而，狗们也伸伸懒腰，起身抖动皮毛。猫弓起身子，轻轻地迈开了前腿。一个骑车赶早集的人，在她身后打着铃，提醒她后面有车。尽管路足够宽，她还是往路边上靠了靠，以回应打铃的人。

今天就要挖沟了，她心里一直忐忑不安。她也曾经参加过、规划过大规模的挖沟，但是这次不一样。

她穿过村子，进入项目区，展现在她眼前的，是一片杂乱无序、高低不平、参差不齐的田地。深一块浅一块的，是各家各户不同的庄稼。抬眼望去，一条小道，像地面上爬行的蚯蚓，向前伸展着。说它是路，确实也有光当当的路面，说它不是路，没边、没树、没沟。路面宽窄不一，宽的可以过四轮，窄的一米左右，虽然弯弯曲曲，但也呈现出自然流线型。路面跟大田没有明显界线，如果非要说有界线，那就是蓬勃生长的野草。

陈姝看到野草的叶子上有不少露珠，圆圆滚滚，晶莹剔透。有的在阔叶中部，有的浮在茎叶之间，也有挂在草叶尖上的欲滴不滴，绝对是刚刚好的平衡，显示出大自然的神奇。

这野草种类可真多啊，有圆叶子的猫儿眼（泽漆），黑红叶子的铁苋菜，挂满灯笼的小酢浆，生机盎然的小蓬草，贴着地皮的乳浆草，抽着葶子的香附子，显出老态的灰灰菜，长着锯齿的萋萋芽，刚刚抽穗的狗尾草。这狗尾草也叫牛草，长得跟谷子差不多，小时候薅草最喜欢牛草，棵大肥硕，羊最喜欢吃。趴地的痂巴草，生命力特强，见地生根，秧子拖到哪儿根就生到哪儿。细绒绒弯着腰的苘草，挺着鸡爪一样紫灰色花柱。蒺藜秧开着嫩黄的小车轮花，虽匍匐在地上，却也极力向外伸张着。挂着小青果的紫天蒂，倒也像安静的淑女。还有小虫卧蛋、灯笼棵、马炮秧、屙瓜秧、涩拉拉秧，纠缠着，叠加着……从小母亲就教她认识野草野菜，哪些能吃，哪些入药，哪些有毒。她喜欢辨认这些野菜野草，总是蹲下来欣赏它们，把能吃的都挖回家。

陈姝走到路面最窄处，野草差不多铺满了路面，她抬脚跨过去，被拉拉秧茎秆上的倒刺划破了脚面，伤口被露水打湿，顿时有种火辣辣的蜇感。她蹲下来看了看，细长的伤口渗着血。

蹲下来的陈姝，看着那棵开着白花的香姑娘，到了秋季，野生的香姑娘，就会挂着金黄灯笼的姑娘果，那香甜的味道让人欢叫。咪咪蒿也叫播娘蒿，学名葶苈子，幼苗时是能蒸着吃的，这时候虽然乌青肥硕，但作为吃物已经老了。敦敦实实的老牛拽根系特别发达，真正是老牛都休想把它拔起。苍耳也结出了小小的果子，虽然浑身长满小刺，嫩绿的幼果并不扎人，还很可爱。还有长相差不多的大姑苗和狗儿秧。母亲说大姑苗的叶子要宽大许多，后来才知道它们都会开着鲜艳的喇叭花，属于牵牛的一种。挨着它们的是开着小小的淡紫色喇叭花的打碗……陈姝起身，继续往前走，还有很多陈姝叫不出名字的野菜野草，葳蕤肆意地长在路边。有这些野草和路互相成就着，有了野草，才显示出了路面；有了路，这些野草才得以生长。

陈姝停下来，这里是昨天清理出来的沟和路的规划线。白灰印由于露水变得有些沉郁了，显不出昨日的白。

陈姝感觉有点凉，扣上了衬衣领口上的扣子，待她转身，被眼前的一幕惊住了。又大又红的太阳像刚刚被薄雾和露水冷萃过，鲜艳而饱满，正从地平线上慢慢飘起。红光像网一样，网住了中原腹地，网住了村庄、田野，为它们涂上了一抹亮红。一望无际的原野像一幅巨大的油画。玉米地毫无规则地错落着，像一块一块镶嵌着的青绿碧玉。红薯匍匐着，像靛青的地垫。大豆、玉米、芝麻、绿豆零零散散，呈现不同层次的绿色，说不准那是什么图形。庄稼的尽头，是山型的雾青，隐隐约约。那不是山，是广阔原上的村庄，一个一个，远近不同，着色不同。这里没有山，甚至丘陵也没有，一马平川，大大小小的村庄，更像散落在大地上青涩的果子。真的，好美。陈姝从来没有在意过平原的日出，是如此壮美！

她转脸望着褐村，它已经泊在霞光里了，显得安静沉寂。有几处炊烟飘起，袅袅升腾，像村庄打了一个大大的哈欠。炊烟有些稀疏，显出了村庄的涣散与慵懒。

目光收回到工地上，这里还没有规划完，进度太慢了。袁侨有些着急，说先挖，不能再等了，市办都催了好多回了。

进驻都这么多天，一直开不了工。规划时，陈姝来过，那时候是一个叫褐大锤的组长领着的，说是支书褐天瑞只喝酒不问事，这是个班子瘫痪的村。当时规划的沟很小，基本是个摆设。她看了现场，才决定开大的，开始报规划时没来现场，只是在办公室里画的图，地形图也是多年前的老图。

她决定全体人员吃住在工地时，大家还都有想法，都说，过去哪有过啊？毕竟村里啥都不方便，离城那么远，回趟家跟从军一样。不过，还都来了。袁侨打褐天瑞的电话，没人接，直接去了他家。他老婆说没在家，一大早就出去了。自规划开始，一直联系不上褐天瑞，不是打电话不接，就是呜呜啦啦不知所云，一听就是喝多了。实地勘察时，袁侨去过他家几次，不是赶集去了，就是给人"看好"去了，或者定媒去，或者去县里了，或者去市里了，反正一次也没见着。陈姝说："真睡着的能叫醒，装睡着叫不醒，算了，跟乡里直接联系吧。"经乡长黄豆推荐，找到了三组组长兼民兵连长褐大锤，褐大锤倒是很热心，来来回回地领着跑。

入村那天，他们一班人在村室门口等了半天，从褐天瑞老婆那里知道村室的钥匙在二组组长褐天意手里，找到了褐天意的电话，等了差不多一个多小时，褐天意才姗姗来迟，说是正拉麦秸呢。袁侨一看褐天意有点面熟，褐天意却很惊喜地说："袁主任也来了，让您久等了。"

打开村室大门，根本进不去，只看到草，看不到路，草差不多有半人多高。褐天意说："院子里一年都不进人，上级检查啥的，都知道俺村情况，乡里也都不往俺村领。"除了草，还有一些乱七八糟的木头、坏掉的椅子、没有襻子的水桶、一摞子砖头、半截水泥板，整整打扫了一天，终于可以住下了。袁侨细心，来时带来两桶纯净水，还拉着饮水机，带着方便面，说到那儿只要有水、有面就可以生活。还好，有电，房子也宽敞。

褐天意跟袁侨认识也是偶然。一次他去县政府找一个亲戚，保安不让进，他也没有人家的电话，急得打转转，刚好碰到袁侨跟保安聊天，就上去求情。袁侨说你家亲戚叫啥啊，褐天意说了名字，袁侨说我认识你家亲戚，你跟我一起去吧。当时，褐天意是千恩万谢的。能在这见面，也算是老熟人了。褐天意看在袁侨的面子上，跑前跑后，帮助他们收拾院子，从家里拿来了水桶、微型抽水机、螺丝刀、电线，换了坏掉的灯泡，修理好了坏掉的窗户。袁侨和高一丁把"陈胡县农业综合开发指挥部"的牌子挂上。

一听说挖沟，褐天意头摇得跟电钻一样。

勘察现场时，陈姝就问排涝的问题。袁侨说，过去是顺着地形走，有现成的就挖，没有就算了。陈姝说，解决不了涝能排，就算不上高标准。按照高标准农田的要求，必须"旱能浇，涝能排，沟相通，路相连"，沟一定要开的，而且排水干沟宽度不能少于两米五，否则没有任何意义。但是挖沟要占地，占地很麻烦，要触及矛盾，这是农开自身解决不了的。面对这样的实际问题，陈姝也在想，矛盾谁都不想碰，但总得有人面对，况且这个事儿是绕不过去的。当时，在场的褐大锤拍着胸脯说没问题，占地的事儿俺做工作，只要俺一出头，谁都不敢吭一声。可是，后来才知道，占地的主要是二组，就是褐天意那组的，所以褐大锤才说那样的大话。

从目前的情况看，挖沟才是最大的挑战。

褐天意倒是配合得很好，天天跑去做工作，找了这家找那家，开始大家都磨磨叽叽，不吐不咽的，后来陆陆续续提出了青苗补偿问题。袁侨说，啥子青苗啊，苗子才多大，一拃都不到。褐天意说，袁主任，恁给俺咋说都行，但是他们不愿意啊，说是种子、农药，还有整地，不都得钱啊。

袁侨就跟陈姝汇报，陈姝也说，让他们自己想办法，咱不能开这个口子，因为项目里没有这个钱。一天一天地过去，工作毫无进展，褐天意一筹莫展，就想打退堂鼓，他跟袁侨说，他老表接了一个工程，让他去看场子，先给袁侨请个假。袁侨一听着急了，分明是撂挑子，跟陈姝商量，现在好歹还有个褐天意在这儿跑着，他一走，咱就傻眼了。

于是，他们班子商量了一个意见，可以先答应，让褐天意自己把握价格，将来想办法补偿，最后也都由褐天意统一操作。

褐天意总算是留了下来，继续做工作，一些人还在观望，就是不吐口。褐天意只有从自己身上开刀，他把自己家的玉米苗子都拔掉，清出了一小段，总算是有了零的突破。可是，这一小段都站不住一辆挖掘机啊。袁侨说："你做你爹娘的工作，把你爹娘的地也清出来。然后，你兄弟家的，近门的，这样由近及远，由里及外，大部分都通了，小部分就好办了。农村人随大溜，说不定剩余的你不做工作，都自动找你呢。"

褐天意也被陈姝袁侨他们感动了，去他堂婶家做工作，他堂婶的地挨着他爹的，只要堂婶同意，就能开出百十米长。可是，老太太就是不同意。褐天意天天去她家，帮她打水、扫地、拾柴火。跑到了第十六天，老太太说："天意啊，人家给你多少好处呢，你下恁大劲儿？"褐天意说："婶子，俺要是拿人家一分钱的好处，天打五雷轰，出门就撞死。人家不让咱拿一分钱，给咱打井修路，从此以后咱再也不踏泥了，有水浇地了，你说这是多好的事儿啊，毁咱几棵庄稼苗，占咱一点儿地，能咋的？也亏不死咱，也饿不死咱。"老太太说："天意啊，俺快入土的人了，想不了恁远，就看在你天天跑的劲儿上，俺愿意了。俺要是再不愿意，老天爷都恼了，得罪人可以，不能得罪天啊。"褐天意眼里立刻蓄满了泪水，哽咽道："婶子，以后恁要是有啥事儿，只要言一声，恁就跟俺亲娘一样，俺随恁使唤。"老太太喜滋滋地说："中，中，中。"

截至大前天，褐天意终于清理出三百米长的一段沟路的地面，还有一大部分没有清理。他说："实在不行，就先挖吧。再不行，你们想办法吧，俺是没招儿了。要不，就强制性地挖，派出所公安都上，还能挖不了一条沟？再说了，大集体的时候这就是排水沟，分地后各家各户把沟填平了，路也吃了，占为己有种上了庄稼。阳会儿收回集体，也没啥可说的。"

袁侨说："跟机手说好，今天开工，时间定在十点十分，十全十美，开工时，咱的人都去。"

可是，陈姝总有一种预感，这事儿不会这么简单。褐天瑞、褐大锤，还有文书褐大眼，都没有露面。

所以，她翻来覆去睡不着，乱七八糟做了一夜梦，醒来又想不起来梦到了啥。陈姝看到清晨的美景，心情总算是明朗起来，坚定地相信自己的决策是对的。就在她要离开工地时，远远地看到一个人，在用脚蹭着地上的灰印，最后还狠狠地踢了一脚，好像是骂了一句走了。

陈姝心里晃悠了一下，这个人是谁啊？

陈姝心神不定地回到了指挥部，刚好吃早饭了。吃过饭，袁侨给挖掘机机手打电话，让他按计划时间到位，招呼其他人员，也都上了工地。

那个脚踢灰印的身影，不停地闪现在陈姝脑海里，搅得她心神不宁。她拿出规划图，仔细地看着。袁侨多晒了几张规划图，一张贴在墙上，一张铺在桌子上，还有随身带着的，随时随地都能看到。确实，规划图在原来的基础上改动不少，提高标准不说，结构布局也都有很大改动，这需要向市办写报告。可是，如果按照修改过的做，确实非常壮观,不能说完全是高标准,至少接近了。这对陈胡来说,确实是很大的突破。

陈姝拿起笔,在规划的停车点上画了一个大圈。然后,找出了一张白纸,在上面画上扩大的效果图,还画了树、桥、沟,果真建成这样,那可真是太好了。陈姝正画着图,袁侨打电话说,胡主任来督察。她想着把最后一点儿画完,就去村口接胡主任,没想到他竟然已经进院了。

陈姝知道自己犯了忌讳,领导督察,怎么说也得在入地界的路口接啊,还不得跟接天使一样,督察者就是组织的眼,他们汇报的就是领导掌握的工作现状。她本来想详细地汇报一下,陈胡高标准农田的规划,胡主任没给机会。既然没有说话的机会,就想着带他到工地看看,没想到出了这样的事儿。

从出事现场回来,陈姝才想起,这个蹭白灰印的背影,好像就是那个拿刀的褐天缘。

不过,这事儿一出,她心里倒也安稳了。

工地监工的人员陆续回到指挥部。农开办一共有八人,除了一名常年病休的,全部吃住在指挥部。陈姝也住在指挥部,唯一不同的是她有个单间,而另外两位女同志一间,其他的男同志是大通间。村室里房间不少,也很宽敞,功能齐全,原来的计划生育培训教室,刚好可以作为临时会议室。

陈姝主持召开会议,她说:"我是农开的新兵,大家都是老将,都是我的老师。今天事故,大家也都知道了。咱就开个诸葛亮会,都说说,看如何解决?每个人都要发言啊,袁侨先说说情况。"

袁侨介绍完情况后,又说:"大家也都知道,过去咱做项目,都是在原有的路基上,有沟就清清,没有沟也不新开,地里有老井就淘淘,没有老井按照设计新打,所以,没有占地情况,也就没有触及这些矛盾。现在牵涉到占地补偿问题,这个,农开政策上没有涉及，没有这一块的资金。我个人觉得，还得靠乡镇、村组来解决这些问题。"

副主任高一丁说："村、组干部应该积极配合才是，说到底受益的是他们，现在倒好，一个个头都不露，大撒把，都甩给我们。打井、修路、挖沟，就是得占地。我们又不能带着田地来实施项目。这些问题，就应该由乡、村、组解决。"

党组成员副主任科员孔向阳说："同心同理，就不难理解群众的反应。我觉得补偿的问题，需要多方面解决，村里有余地的，可以调换一下，占地多的，可以向乡里申请一些低保，作为补偿。毕竟农民以地为本，而我们办的是好事啊，相信他们也能理解。只要我们想办法，总能解决。"

褐天意听完大家发言，沉吟了一下，说："俺先向各位领导汇报一下情况。农开到俺这来，是党的惠民政策，得好处的是俺们，这一段时间俺是深有体会，农开确实是一心一意为俺村好。但是，农民就是农民，大家都占地，都没事儿。有的占，有的不占就不中了。这条沟占地总共是十三亩多，涉及四十六户，褐天缘，就是拿刀的，他家地占得最多，他家总共有八亩多地，占了二亩三。"

褐天意说着，停了一下，扫视一圈参会的人，又接着说："褐天缘呢，家里情况特殊，父母年纪大了，老婆因为车祸瘫痪，两个上学的孩子。他又不能出去打工，孩子的学费都靠几亩田地支撑着。其实，原来他也上过学，初中毕业，识几个字，从前出去打工，还是个小头目，日子过得也不错。现在出现了这样的情况，脾气就大变了，一句话说不完就翻脸，不但是对你们，对村里人也是一样。唉——拉着他的那个是他堂弟褐天棚，村里的电工，也是个刺头，人员散聚都是他通知的，他家占地也不少，一亩多一点。还有几个，都是他的近门的，也有几个是他褐天缘、褐天棚的老伙计，帮人场儿的。褐天缘过去在村里人缘不错，他一撺掇，这些人都起来了。"

袁侨说："褐天瑞整天醉醺醺的，不管咋说，也当了恁多年支书了,该知道个轻重吧,恁大的事儿,他总得露个头吧?"褐天意无奈地说:"天瑞联系不上,手机响着一直没人接,估计又喝多了。唉,想当年,天瑞刚转业当支书,俺村也是红旗支部,大家能拧在一起干事,觉得有奔头啊。这些年,村里没钱,也不能替大家伙干点啥事儿,支部也失去了号召力。人家村支书还能向县里要点项目,修个路啊啥的。俺村离城远,也没出个干大事儿的人。有一年,天瑞到县里去找一个战友,好像是个局长,人家听说他当支书了,要项目的,就谎称出差了,让办公室主任陪着吃个饭,人影都没见上。从此,他就喝上酒了。村里没有项目,聚不了人气,眼看这个村班子就完了,还有几个上访的不断告状,一直想把他推下台。他啊,就成了死猪不怕开水烫了。"

褐天意的话让陈姝陷入沉思,这确实不是干部个性问题,客观事实都在那儿摆着。但是,眼下问题亟待解决,必须拿出具体意见。陈姝略微理了理思路,说:"根据大家的发言,我也发个言,咱们再商量。工程停就停了,工期也不差这三两天,磨刀不误砍柴工。咱们先把工作做好,稳妥推进。这四十多户,不是少数,占了整个村的五分之一了。我想这样,首先把这些户的情况全部吃透,占地多少,家里啥情况。其次分类处理,比如,占地半亩以下的、一亩的、一亩以上的,分别采取不同措施。再一个就是要充分发挥村、组干部的作用,归根到底,受益的还是他们。我们除了项目资金以外,没有任何补助性资金,关于占地补偿上面没有政策,县财政是不可能拿钱的。天意再辛苦一下,把底子摸清,到户到人,这样更有利于分类。我有一个建议,半亩以下,以做工作为主,可以不补。半亩以上和一亩以下的,可以用低保补偿。一亩以上的,可以用你们村里的机动地补,如果没有,你们村干部需要做出点牺牲,把自己的田地拿出来点。"

褐天意说:"中,大不了把俺家里的地都拿出来,补给他们。但是,光俺那几亩地也不够啊。还有,那些半亩以下的户咋办啊?俺若是上门,肯定被骂得狗血喷头的。"

陈姝说:"今天先这样,天意回去摸底,情况吃透了,咱再商量具体办法。"

会议刚结束,副乡长罗布赶了过来,像是踩着点来的。他一进会议室就说:"陈主任,实在对不住,乡里一直开会,环境治理,一票否决,马上检查了。平安建设,也是,马上检查了。农资发放也要检查了。社会稳定,一票否决,下个月检查。还有……"没等他说完,陈姝笑着说,理解理解。罗布说:"光开班子会,都开了一下午。您这,总算是跳出火坑了。"

陈姝大概说了一下情况,罗布转而对褐天意说:"天意,你今天无论如何也得把褐天瑞给我找到,明天就是下刀子也得把他绑到村室。简直不像话,摊上这样的好事儿,连头都不露,人家请客送礼还争取不到呢,这都送上门了,不见人影。别以为他是老资格,乡里不能咋他,如果他再不配合,我就是豁上这副乡长不干,也得把他撤了,不信试试。这话你就原原本本捎给他。"

罗布发完话,接了一个电话,就走了。

第三章　陈姝的选择

月亮当空照着，乡村的夜带着清凉舒爽，用不着空调。陈姝还是觉得有些燥热，这一天的事儿，像乌云一样不停地在心里翻滚，明天怎么办啊？罗布也跟褐天意交代了，但是她知道，罗布不过是向她表明态度而已，如果罗布的话有用，也不至于到了今天的地步。她看看表，十二点半了，算了，不想了，想也想不出个头绪，干脆睡一觉。

她闭上眼，但脑子却是异常清亮。

她来农开办确实有些意外。她所在乡镇的书记提拔了，她一个人主持党委、政府工作，已经半年之久，而且这个乡的整体工作在全县还是比较靠前的。但是，书记的任命迟迟不下，正常情况下，书记走了，乡长接书记基本没啥问题。像她这样主持工作，也是很尴尬的，于是就有些传言了，有人说她工作不行接不了书记，有人说她关系不硬没人说话，有人说她得罪某某领导人家就是绊着，有人说她有信访件，甚至有人说书记对她有看法，让她调外乡继续当乡长。陈姝自己倒也没有觉得有啥，依旧一心一意地工作，组织自有组织的安排，不是她个人能够左右得了的。

那天巫莉莉打电话，说，你傻啊，这种时候还拼命干工作？她笑道，不干工作，干吗啊？巫莉莉说，跑跑啊，关键时刻，这样晾着，不是明摆着的事儿吗？陈姝说，我跑谁啊？巫莉莉说，你跑谁我帮不了，你缺钱我这儿有。陈姝真的很感动，也就是巫莉莉才说这样话。

当然搭班子的伙计，也都有暗示，他们的暗示跟巫莉莉明示目的是不一样的，她心里明镜似的。说真的，她也跳不出三界外，身在场中，岂能不知套路？跑跑，这个念头曾经搅得她坐卧不安。没有关系可跑是实情，没有钱也是实情，但如果她真的想办，这也都不是难事。吕伟甚至把钱都准备好了，也找了一位在省里的关系。问题是，她没有下决心不是因为这些，而是因为她相信组织会认真对待的。虽然身边不乏靠跑靠送如愿的，而且还不少。也有一些干得好，没有给予合适位置或者提拔的。甚至一些素质很差的人提拔到领导岗位上。但是，无论如何还是需要有干工作的人。这是她的底线，也应该是社会的底线，只要你具备能力，在哪儿都能干好。不具备，再跑再送也枉然，因为每一个岗位的设置都是社会的需要，而不是某个人的需要。所以，她坚守着岗位就没动。

她正在村里督促抗旱，想着忙完这阵子，怎么也得争取点项目，把水利设施改善一些。这时，县委书记的秘书给她打电话，说让她去一趟书记办公室。她心里晃了一下，肯定是说她职务安排的，县委书记一般不会主动找人，都是那些委主任、局长、乡党委书记、乡长排着长队找书记，要人、要钱、要位置、要政策、要支持的。说实话，她有些忐忑，毕竟做了那么多年的乡长，提拔和重用也算是正常的组织任命。也许正因为这样，她才心情如此复杂，因为她的灵魂深处，还有对升迁的渴望。

书记正在看文件，见她进屋，放下文件说道，陈乡长辛苦了，这段时间干得不错。今天叫你来，关于你的任职，征求一下意见。现在有两个位置，你可以考虑一下，一个是在乡里接书记，一个是到农开办当主任。她当时就愣住了，农开办当主任，她真的从来没有想过，怎么突兀地来了这么一个位置？书记看到她的表情，说，给你两天的考虑时间，考虑好了，你给我回话。

出了书记的办公室，她还觉得梦游一样。她当时就应该说当书记啊，那不是她一直都想的事儿吗？书记为什么给她两天思考的时间？

她对农开办的了解，是一次县里组织乡镇领导观摩小麦生产，到东南乡看现场。大家看到一望无际的麦田，沟渠笔直，道路规整，树木整齐，水利设施齐备，都啧啧称叹。乡党委书记介绍经验的时候，说这是黄开区，国家投资建的。黄开办后来变成农开办，她并不知道他们都干些啥具体的工作？也许就是打井修路之类。

那天她没有再回到乡里，直接回家了。中午，丈夫吕伟回来，吃惊地看着她，问怎么这个时候回来了？出啥事儿了？因为平时她都是吃住在乡政府，只有周六晚上才回来。她说，啥事儿？好事儿。她简单地说了说，吕伟说当然选书记啊，这不是你多年的愿望吗？她说，我也这么想的。本来事情很简单，怎么又杀出来个农开办？吕伟说，你直接去找书记吧，别夜长梦多，再出啥变故。陈姝说，慌啥啊，不是两天时间吗？我再想想。吕伟笑道，陈乡长怎么改变风格了？陈姝问，啥风格啊？吕伟说，啥风格？说干就干，从不犹豫，能走两步，绝不走三步，嫌慢。而且，还执拗，咬着一件儿，非做完不可，不吃不喝也得完成。陈姝笑道，还是吕医生了解我。吕伟说，何止了解，还迁就。陈姝说，啥叫迁就？理解，这个词多好听，当医生的就是死板。

那一夜陈姝翻来覆去睡不着，吕伟说还是我来帮你睡觉吧，说着便上了她身上，两个人颠鸾倒凤地折腾了一阵子，都筋疲力尽，一阵倦意涌上来，陈姝闭上了眼。可是，依旧睡不着，像赌徒押宝，举棋不定。第二天司机来接她，她说把车子放那儿，你今天休息吧。司机喜颠颠地把钥匙交给了她。

陈姝开着车漫无目的地绕着县城，当车子停下来的时候，她自己也吓了一跳，为什么会来这里？这是她的老家，她从这里走出去的，虽然这里已经没有至亲，父亲去世后母亲跟她生活在一起，也离开了这里。也许是她潜意识里有根线，牵着她来到这里。

她下了车，顺着村庄西边的一条小道，走到一条大河的堤岸上。从堤岸走到河滩，脚下是没膝的野草，蹚过野草，来到那个再熟悉不过的乱石堆，上面依旧明晃晃地很干净，想必是下河捕鱼或者采砂的人也经常坐这儿歇息。

陈姝坐在石堆上，看着眼前的野草，它们全凭着自己不屈的力量在自然界里生存延续。她伸手摸了一下近前的驴尾巴蒿，这棵长得可真够壮实的，足足有一米半高，开花的样子也很好看，特别是秋天头顶的花絮，彰显出一种细碎内敛的美，她曾经把它养在花瓶里，遭到全家人的嘲笑。茅草粗壮得像芦苇，小时候她和小伙伴们时常挖茅草根吃，挖出的茅草根用手一撸，一节一节白白亮亮，而后掀起衣服的前襟擦擦，直接送进嘴里，一股清甜的汁液立刻充盈着口腔，真真地胜过甘蔗。陈姝咂了咂嘴，仿佛在回味那种诱惑。跳过茅草，是一丛芦苇，自然不甘示弱，哨兵一样挺立着。丝毛飞廉乌青的叶子上长满了毛刺，连四棱的茎上也都是刺，张牙舞爪，傲慢无比，可是它的顶部照样也开着花，花苞还紧紧地护着紫红色的花絮。她看到了攀附在小灌木上的杠板归，这东西特别神奇，它是叶子光光的，而且叶还生叶，藤上长满了倒刺，所以又叫"老虎刺"，它的果子像葡萄一样，一处有好多个，初生是绿色，然后变成了浅蓝，深蓝，赤红，深紫，那才叫一个鬼魅、妖娆、诡异，这是一个集食、饲、药于一身的植物。

在这没人料理的荒滩里，生长着许多野生的草药，毛地黄、蒲公英、车前子、灯芯草、节节草、葶苈子。当然，当地人并不叫它们的学名，而是叫俗名，毛地黄叫咪咪罐棵，车前子叫猪耳朵棵，葶苈子叫咪咪蒿等。还有很多野菠菜、野苋菜、野灰灰菜、面条菜、苦菜等等。各种野蒿类、蕨类都在肆意生长，茂密葱茏，尽情地演绎着十足的生命力。是的，这里有充足的阳光，有充足的水源，更有它们充足的野性。

河滩里很安静，风像丝滑的绸缎，轻盈地抚动着野草。温热的阳光像酵母一样，洒落在这些植物上，似乎能听到它们生长的声音。这充满旺盛、野性、自由、荒芜、和谐、共生的河滩，植物们自生自灭，此消彼长，演绎着大自然生生不息的恒久。如此环境，特别适合冥想。她的灵魂似乎出了窍，在这些野草野菜上舞蹈。

突然有电话打来，是会计跟她汇报涉农资金要年度审计，要求送账到某宾馆，还有第一季度的经费，已经用完了，第二季度的需要提前向财政局申请，办公室的电脑需要统一更换软件，政府门前的绿化款人家也在催……刚刚挂了电话，办公室主任打过来，说县委办通知，明天上午八点半，县委党校报告厅，召开全县第一季度经济运营分析会，要求乡镇书记、乡长、局委一把手参加。下午两点，全县乡镇企业发展会议，要求各单位一把手参加。五点全县社会治安会议，要求一把手参加。五点半，节能减排会议，要求各单位负责人参加。还有，省直某机关调研，后天要来咱们乡。对，还有县里转来的一个信访件，是关于邻里纠纷的。新农村建设的检查……企业排污督察组后天到，还有农合资金进度督察八号到……陈姝说，好，我知道了。

挂了电话，陈姝摇摇头，把电话调成了振动。电话还没有放下，手里就有了麻感，拿出来一看，是分管政工的副书记，说陈乡长，县里给了一个党务工作先进个人，把您报上去。陈姝笑了，说，报我干啥，我用不着，报你，具体工作都是你干的，这个在推荐干部时加分。那边说，好吧。

电话声惊动了一群麻雀，它们从不远的草丛里飞了出去，发出"轰"一声飓风一样的响动，而后齐刷刷地落到了一棵苍老遒劲的老柳树上。

陈姝索性把手机关了，目光从野生十足的河滩，转向了面前的大河。河面很开阔，大概有一百五十米宽吧。河水安静地流着，甚至看不到涟漪，阳光洒满清澈的河面，化成跳动的金子。河水不紧不慢，淡定从容，从远古流到今天，从今天流向未来。它叫沙颍河，到了这段，已是颍河、沙河、贾鲁河三条河的合流。颍河发源于中原的嵩山，沙河发源于中原的鲁山，它们在豫东市西汇合，称沙颍河。贾鲁河发源于中原省的密县，在豫东市北面与沙颍河汇合。听母亲说，三年自然灾害，村里没有死人，全仗这条河呢，河滩里的野草野菜救了不少人的命，前几年，靠着沙河里的沙，很多人也暴富了。沙颍河汇纳了许多支流，还有北汝河、涅河、双洎河、汾泉河、茨河、皇姑河等。而后归到淮河，由淮河进入长江，最终归于大海，跟许多水一样归回浩瀚，再无原本的名号。

陈姝长长地叹了口气，一只小船在河面漂着，像一片树叶，大概是打鱼的人。宇宙的浩瀚，大自然的神奇，万物的和谐共生，大地的蓬勃生机，人何其渺小啊，能干的事儿又是微乎其微。

现在摆在她面前有两条道。一条是宽阔通往仕途的大道，通过努力加上机遇，也许副处、处级甚至会走得更远。这条道虽然前景很好，但是现实中很多无奈，各方面协调、掣肘、毫无意义的消耗，都是她不想做的，她已经不年轻了，不愿再消耗自己，只想干点实实在在的事。另一条是泥泞的小道，那是她家的地方，根之所系，爱之所至，她每走一步，都能踏在泥土上，更主要的是路的终端，有一盏明灯，是人类的供养灯。

其实就在她坐到那堆石头上的一刹那，已经做出了选择。

陈姝把她的选择第一时间告诉了吕伟。吕伟笑道，你的选择我都支持，你当不当官，当多大官，对于我来说都无所谓。当初我追你的时候，你还是我的病人，你那种病，除了我，谁敢娶啊？那时候，我只希望你尽快康复，现在依旧，你只要好好的就行。你啊，在我这里只有一个定位。陈姝说，啥定位啊？那边呵呵笑道，家属。陈姝笑骂道，熊样儿，谁是家属？你才是。吕伟说，我是，我是，我是你家属。

集体谈话的那天下午，会议一结束，巫莉莉就打来电话，说恭喜陈主任，今晚我请你去做美容，西城区新开了一家美容店，项目齐全服务又好。巫莉莉请客，陈姝自然是欣然赴约。

果然是新店，门头设计很典雅，招牌是烙印的篆书，透着中式的华贵，大门口铺着红地毯。进入大厅，经理笑盈盈地拉着巫莉莉的手，嘴里不住地喊莉姐，说盼星星盼月亮，终于盼来了莉姐。

陈姝打量着大厅，顶灯是大型宫灯，能够自转。客厅中间用鲜花摆的"欢迎光临"，四周摆成各式他们店的LOGO，正对着门的一面墙，是一个定做的红木博古架，古香古色，里面摆满了他们的产品。

接待客人的不是吧台，而是几张红木沙发，垫子还都是金黄的团花宋锦。几个年轻貌美的女孩儿，正给客人介绍产品。

经理款款而行，亲自引导她们步入楼梯。到了二楼，经理推开贵宾666，两位小姑娘已经准备好东西等着。老板说，莉姐你们好好地休息一下，我就不打扰了。陈姝从不来这种地方的，来这种地方，得有钱、有闲、有兴趣。她主要是没有兴趣，揉来揉去，就能揉年轻？不过，今天倒是开了眼界，这可不仅仅是揉来揉去，雅致的装饰、奇妙的摆件、舒缓的音乐、醉人的香氛、柔和的灯光，不但能美容，确实还能放松、解压，真的好享受。

两个人躺到美容床上，巫莉莉就问，为啥啊？陈姝说，不为啥。巫莉莉说，听说是你主动要求的？陈姝说，是的。巫莉莉说，你傻啊？放着书记不干，去那地方。你知道外边都咋说吗？咋说啊？说县委对你不公，说你能力不行，说你是明升暗降。陈姝笑了，问，还有呢？巫莉莉说，还有就是你奔着项目去的，有油水。我就不明白了，官场混沌多年，傻子都不会像你这样选择。

陈姝没有辩解，即便是自己最好的朋友。已经过了四十岁，再说心中的执念，说热爱，说干事，那就是给自己贴上另类的标签。

巫莉莉有种恨铁不成钢的感觉，继续说道："乡党委书记的位置，很多人都争破头，你倒好，自动放弃，选了这么一个地方。你想想看，现在女干部少，女乡党委书记更是凤毛麟角，当了乡镇的党委书记，就等于副县级在手心里握着呢，努努力升个正县，还是很轻松的。再往上也不是没可能，你就那么轻易地放弃了。"

巫莉莉说着，突然住嘴，她听到陈姝发出轻微的鼾声。

巫莉莉叹口气说："你，这啥人啊？"

巫莉莉刚闭上眼，听到手机在枕边呜呜振动，拿出一看，换了一种表情说："好的，领导，我这就过去。"说罢，轻声交代做美容的小姑娘："等她做完，记我卡上，跟她说我有事儿先走了。"

陈姝走马上任了，从未进过县直机关的她，似乎有些无从下手，好在她对农业并不陌生。上任之后，她先去了主管副县长高粱的办公室。高粱是常务副县长，也是刚调来不久，据说在原来县就分管农业，算是轻车熟路。

高粱见陈姝进来，说，我正要找你呢。农开的情况你也知道了吧？陈姝一愣说道，啥情况啊？

高副县长说："省农开办要取消陈胡县重点县资格，变成一般县。县长下命令了，要保住重点县。要我们去省里协调。需要书记、县长出面的，书记、县长亲自去。你赶紧和省办对接，一句话，必须保住重点县。"

从高副县长办公室出来，陈姝头都大了，这显然是一个大坑啊。

陈姝回到了办公室，想开个班子会，拢一拢人心，却发现几个办公室的门都关着。她问办公室主任仝彦怎么回事儿，仝彦有点不好意思地说，袁主任、黄主任说这两天有事儿，请假了。陈姝说，请假？谁批准的假？仝彦小心翼翼地说，我也是听说的。陈姝又问，你们以前班子成员请假都是啥规矩？仝彦一下子被问住了，说，我也不太清楚，好像谁有事儿都是跟老主任说一下，也没啥规矩。陈姝觉得不应该责怪仝彦，她就是个办公室主任，怎么能管得住班子成员？缓了缓口气说，给老主任说说，也是规矩啊。开班子会呢？怎么通知的？仝彦说，开班子会，有时候老主任把他们几个叫在一起，有时候我通知的。陈姝再问，孔向阳也没来啊？仝彦说，孔主任老父亲好像有病住院了。陈姝说，啥病啊？仝彦说，老年病，高血压、心脏病，一年都住好多次医院。陈姝说，嗯，好的，你先去吧。

其实，陈姝非常清楚，她的到来，除了工作上的重压，还有更大的尴尬，那就是这个单位的人并不欢迎她，因为她破灭了所有人的希望。

陈姝的横空降落，仿佛蹿出的一匹黑马，是他们都没有想到的。由此，他们知道县里放弃了农开，只不过是把农开办作为一个正科级的单位，平衡人事安排而已。不然，怎么安排一个女乡长来当主任？如果能力强，怎么不让她接书记？分明就是搞平衡。这个单位共八位同志，其中一位常年不上班。班子里两位副主任，一位党组成员。副主任袁侨是农开办老人，另一位副主任是几年前由外单位交流过来的高一丁，一位党组成员孔向阳，几年前由其他单位调入的。其他的几位，也都是农开办的老人。袁侨任副主任许多年，精通业务，据说是老主任精心培养的接班人，也是大家公认的农开办未来的大当家。如果袁侨能够接任主任，这个单位的所有人都能跟着前进一小步，至少换一个稍微重要的岗位。陈姝挡了袁侨的路，破灭了一拨人的希望，就等于破灭了这个单位的希望。

面对这样的局势，陈姝并没有着急解决重点县的问题，如果不把人员稳住，工作无从谈起，高副县长再急也没用啊。

陈姝沉思着，班子会开不开？怎么开？如果让仝彦通知，肯定是都请假。如果自己挨个通知班子会，会让他们觉得她太软弱。于是，她让仝彦准备点东西，先去看看孔向阳的父亲。然后，她去了县委。

从县委回来，陈姝让仝彦通知袁侨，让袁侨给她回个电话。她以最低的姿态，挨个和班子成员谈话，开诚布公地征求意见。目前就是这局势，确实是她要求来这儿的，如果不是她来，组织也会派别人来，不会从本单位产生，因为重点县资格取消，农开办一票否决，这是组织规定。她既然来了，就要把工作干好，愿意合作的继续合作，有其他想法的，她去协调组织部门。

她必须把这个程序走了，不然以后就没法开展工作。她其实已经做好了两手准备，愿意留下的，必须无怨无悔地投入工作。确有不想继续干的，走人。她现在还没有进入工作状态，如果有人不想干，不是她个人的工作方法、工作作风或者工作思路问题，而是他们自己有问题，她必须让大家都明白这个理儿。她是个简单的人，不想把人事搞得复杂，不想把精力花到无谓的内耗上。所以，她想与这班人真诚相待，确有不配合的，也绝不姑息。防微杜渐，未雨绸缪，有进有退，坦诚以待，是她的处事原则。她去县委找书记，就是做了最坏的打算，要么她走，要么想走的人走。

陈姝先和袁侨谈的。袁侨说，谁来当主任，我是谁的兵，人在官场都有想法，组织安排和个人意愿，一码归一码。受教育多年，这点觉悟还是有的。您放心好了，我会一如既往地干好工作。

陈姝觉得袁侨还是很坦诚的，说得也实在。只要袁侨安心工作，这个单位应该没有太大问题。陈姝也知道，班子问题绝不是这样谈一次话就能解决的，不能着急，需要浸润，需要理解和包容，眼前只能先稳住。有关农开的基本情况，她也请教了袁侨。

农开办的前身是"黄开办"，设在农委，后来农委机构撤销了，成了一个单独政府工作部门。1998年"黄开办"更名为农业综合开发办公室，简称农综办，牵头农口工作。后来县里增设农村工作办公室（农办）隶属县委，扶贫开发办公室（扶贫办），与农综办并设，属于政府办事机构，均为独立法人，农综办始称农开办，主要业务是土地治理项目，重点是农田水利基础设施建设。还有产业化项目，主要是支持农业产业化龙头企业和农民合作社等。此外，还有部门项目，由水利部、农业部、国家林业局、供销合作社、国土资源部和中科院等部门实施的农业综合开发项目。另有一项特殊的项目，就是外资项目，利用世界银行贷款、亚洲开发银行贷款、全球环境基金和英国国际发展部赠款等资金实施的农业综合开发项目。

农开工作虽然单一，对于陈姝来说，也是陌生的领域。真正地融入也需要一个过程，所以，她没有大刀阔斧地开展工作，也没有新官上任三把火的想法。班子分工，原封不动，萧规曹随。她得先理清思路，把眼前的事儿整明白了，摘掉重点县的帽子，究竟是怎么回事儿。

第四章　应对挑战

褐天瑞在官路沟里睡了一下午，天黑透了才回到家里。他老婆见他一身酒气地回来，就气不打一处来，嘟嘟囔囔地骂着："褐天意都来八趟了，催命鬼似的，一会儿问回来没有，一会儿问回来没有，死哪儿去了你？"

褐天瑞没搭理她，这婆娘越来越上脸，仗着她娘家兄弟在外边发点小财，每年春节给褐天瑞拎几瓶酒，就感觉高人一等了，总想对褐天瑞指手画脚。真是龙居浅水，虎落平阳，褐天瑞不跟她一般见识，任她嘟囔。

褐天瑞刚把车子扎好进屋，褐天意又来了。听褐天意说完，褐天瑞沉默不语。

褐天意说："看褐天缘那架势，不会轻易算完。俺觉得，这里面肯定有鬼，褐天缘不是闹事儿的人。那个褐天棚，故意在底下起哄，看似拉着褐天缘，其实在挑动褐天缘的火气，他好像是现场的总导演。"

褐天瑞说："总导演？太抬举他了。褐天棚也不过是个喽啰而已，他吃几个馍，咱还能不知道？"

褐天意说："俺看农开办这班子人，是干事儿的，别看陈主任是个女的，人家处理事儿干脆利落。天瑞哥，说句心里话，俺觉得吧，你还是这个村的支书，出了事儿还是你的责任，逃也逃不掉，躲得了初一躲不过十五，总得面对。"

褐天瑞叹道："俺不是逃，是没有想好，究竟该咋办？"

褐天意就把罗布的话原原本本地捎给了褐天瑞。褐天瑞清楚，罗布一个副乡长也不过说句狠话让陈姝听听，他这话，褐天瑞听得耳朵都起膙子了。

褐天瑞的老婆在褐天意走后，气哼哼地对褐天瑞说："糊涂（稀饭）在锅里，掀开锅盖自己端。馍在案板上，馏布子盖着呢。想吃醋蒜瓣，腌缸里自己捞。"说完就去屋里看电视了。

褐天瑞吃完饭进了堂屋，没扫一眼他老婆，直接关了电视，到里屋睡觉去了。他老婆看褐天瑞阴沉的脸，"哼"的一声起身，没敢再吭，也随着进了里屋。

褐天瑞翻来覆去地睡不着，并不是一下午的觉垫着底儿，而是想着褐天意的话。褐天意算是村干部中跟他最一心的了，脑子清楚，人也正派，所以村里有啥事儿他都是跟褐天意商量。有几次，他都想把班儿交给褐天意。但是，褐天意是个老好人，怕得罪人，凡事一遇到困难就会动摇，就会变卦，撑不起这个摊子。

他知道今天要发生的事儿，但是他不能出面，也不能参与，他的消息还是这位傻婆娘透露的。他老婆跟褐天棚的老婆常娥关系比较好。常娥是个爱说、爱笑、爱显摆、爱串门的女人，整天把自己收拾得支支棱棱的，所以大家都不叫她本名，都叫她仙女。仙女得空就串门，串了这家串那家，自己家里乱得成猪窝，也不收拾，得一点小空就串门。这娘儿们也没有啥坏心眼，就是话痨，村里的好事坏事都瞎咧咧，哪怕是看见风吹鸡毛，也得叨叨半天。她的话自然不能全信，但也是无风不起浪。头天晚上，仙女到他家串门，说几个人啊在她家商量事儿。搞啥子开发的，要把这些人撵跑啥的，男人的事儿她从来不掺和，听到一言半语的就秃噜出来。正因为她爱串门，褐天棚才不敢出去打工，现如今串门串出事儿的可不少。褐天棚不敢出去打工，就托人请客当了电工。其实，项目规划时，褐天瑞也是听仙女说的。

因为他们并未联系他，可能也联系了，他喝多了没接电话，乡里就通知了褐大锤。褐大锤高兴得一蹦多高，跑前跑后，逢人便说，这个项目是他争取的。既然是他争取的，他怎么能容忍褐天缘这样闹而不出面露头呢？褐大锤这样吹嘘，褐天棚肯定也知道，他就是仗着褐大锤的势力，上蹿下跳，借他十个胆，他也不敢出来闹事啊。

褐天瑞睡不着，索性起了身，出了大门，往天空望了望，明晃晃的月亮，像一盏灯，安静地悬在天上，照得一切清晰可见。虽然他还是一身酒气，但是酒意全消了。

他悄悄地去了工地，月亮把光亮填满了空荡荡的大地，大地一下子变得神秘起来。地里的庄稼，裹在影影绰绰的斑驳中，完全失去了原有的模样，看上去隐藏着无限玄机。其实，太阳一出来，庄稼还是庄稼，大地还是大地，月光并没有改变什么。

月光下的白灰印，像一条橡皮筋，紧紧地缠着他的心。路边有一个坑，估计是上午挖掘机刚刚挖下的。褐天瑞在坑边蹲了下来，抓起一把温乎乎的泥土，一股土腥味钻进了他的肺腑。脚下的土地啊，它养活了褐村的祖祖辈辈，他与它也是几十年休戚与共。它贫瘠，因为被褐村祖祖辈辈的人耗尽了养分。其实，更重要的是，它被老天爷管着，种啥收啥，老天爷当家啊。虽然现在的科技比先前进步多了，他记事儿时，一亩地能打二百斤小麦都顶天了。现在，年景好时都超千斤了。但是，产量还是有潜力的，如果水利设施能跟上，土地回馈人们的远远不止恁多。打井、修桥、挖沟、修路，他做梦都想啊。这些，靠乡里不行，靠村里不行，靠他个人更不行，靠各家各户就甭想了。他只能这样等啊等，总算是等到了，可是，这项目真的能做好吗？关键是这些问题，他真的能处理好吗？如果不能，留下的后遗症，他根本无力解决，这些问题就会成为压死他的那根稻草。项目不实施，他还是现在的他，还能不死不活地耗着。如果实施中出了问题，他就不是他了，就会彻底被踢出局。所以，他害怕啊，他拿不准，他只能躲着，看看情况。是的，他没有当年的勇气了，年龄不饶人，但是如果就此撤职，他还是不甘的。他没有带领褐村走出一条致富的路子，他把褐村带散了，这正是他不甘之处，若说他没能力、没干劲，他也是不服气的。但是，他也不知道问题出在哪儿，就成了现在这样子。

褐天瑞感觉脸上痒痒的，用手背拭了拭，一种湿凉浸入他的心里。他缓缓地、缓缓地捧起泥土，发出了呜呜的声音……

许久，他觉得心里稍微透了一点气，正当他准备起身回家的时候，远远地他看到一个人影晃动，心中一惊，跳到坑里，把身子压得很低，他不想让人看见。

半夜三更，这个人想要干什么？不会是小偷吧？这荒田野地里都是青苗，也没有什么可偷的。

因为离得比较远，他只是觉得那个人影在晃动，好像是在挖什么。挖了一阵子，停了下来，好像把什么东西埋进坑里，而后又把身子转了一圈，仿佛是看看周围的环境。

褐天瑞看到那个人影像鬼一样飘走了，而后一声惊天动地的巨响。他觉得自己的身子在晃动，而远处，一团黑雾腾空而起。褐天瑞吓傻了，一动不动地趴着。天啊，这也太魔幻了。这响声不是一般的爆竹，绝对是雷管。可是，为什么要在这里？如果不是亲眼所见，谁都不会相信这是真的？

褐天瑞本想起身回家，可是，站了几次都没站起来。是的，如果他再靠近一些，说不定命就没了。显然，没人知道他来这里，爆炸并不是对着他来的，他只是恰巧看见而已。

不知过了多长时间，褐天瑞才从惊悚中稍微平复，爬出土坑。他不知道这一幕究竟意味着什么？爆炸的是什么东西？那个人是谁？

他不敢走近，只好绕道回家了。

窗外的月光有些暗昧，偶尔传来一两声狗吠。陈姝起了床，从未失眠过的她，却毫无睡意。明天怎么办？这个问题像一蓬野草长在她心里，而且迅猛疯长。

陈姝走到院子里，站在一棵大桐树下。她仰脸看着一片片褐色的树叶，月光从间隙中射下来，投下黑白相间的图案，阴森鬼魅。夜很静，只有骚动不安的风掠过树叶时，留下细碎的响声。这声音在陈姝听来，好像是阵阵叹息，她也随之叹了口气。

上任这几个月来，她简直就像一只陀螺，被抽着转啊转。关于取消农开重点县一事，她问了袁侨。

其实是历史遗留问题，责任也不全在农开办。陈胡在列入重点县之后，遇到了一个问题，就是原来农开统管的产业化项目，资金来自世界银行贷款。当时都觉得这些钱不用还，所以各种各样的套取都来了。确有一些想做项目的，白手起家，啥都不懂，只是有干事的热情。也有看到国家的优惠政策，就是为了钻空子，恶意套取。就这样像抢蛋糕一样，一哄而上。可想而知，大部分都失败了。终于到了还款的时候，一些企业垮了，一些人不知去向。世界银行的贷款，不管多少年，都是要还的，牵涉到国家信誉，而且是政府财政担保的。所以，这些还不了的贷款就得由省政府还，省财政就扣市财政的钱，市财政的资金也都是个顶个的，市里照着省里的样子，扣县里的项目资金。陈胡县报了项目，国家的钱到了，省里的钱也到了，就被扣在市里还贷款了。没有资金，项目无法实施。老主任也去协调了，不行。县长去协调，也不行。省办下来检查，为了应付，只好在项目区找老井，重新戴了帽。省办的领导都是专家，一看就知道怎么回事儿。

去年省办姜主任来检查工作，县委书记亲自领着，到了很远的地方，看到了几眼戴新帽的老井，道路没有新土，别说挖沟了，零星的几个老树，都是独立在田间，独木哪会成林网啊？姜主任很生气，陪同的书记一脸尴尬。一帮子人一直走，想看看稍微像样一点的工程，缓解一下气氛。看到下午一点多，也没看到稍微满意一点的。省办一行领导不吃饭就要回省城。一方执意挽留，一方执意要回，最终主从客意，两相就此别过。老主任万箭穿心，上吊的心都有了，别说是省办的领导啊，就是不相识的人，到这个点，好歹过个"饭时儿"啊。老主任豁出去了，站在省办领导的车前死活不让走，说如果你们真是要不吃饭就走，就从我身上碾过去吧，都快两点了，省城离这儿二百多公里，得三个多小时，就算我们做得再不好，该咋处理咋处理，吃顿饭又能怎么样？也不算是贿赂，也不让你们法外开恩。姜主任觉得老主任也不容易，感念他在农开系统干了这么多年，况且责任也不全在他那儿，于是就留下来，在一个路边小店吃顿饭。

省办领导回去之后，就商量取消陈胡县农开重点县的资格。国家办也有规定，允许省农发机构实行"末位退出"机制。省办还没有淘汰过一个重点县，就想拿陈胡开个刀。

老主任听到消息之后，魂飞魄散，这不是个人丢人的事儿，而是县里将受巨大损失，经济上、社会上，负面效应太大了。他急忙跟当时主管的副县长籍春风汇报，籍副县长也很着急，连忙找县长汇报。县长让籍副县长去省办协调，籍副县长让老主任去省办协调，皮球踢了一圈，又回到老主任这里。老主任一听头都大了，他太清楚省办的态度了。这么大的事，让他一个县办主任去协调，开国际玩笑呢。最起码要书记、县长亲自出马，最不济主管副县长得出面啊。籍副县长正赶在提拔的节骨眼上，哪有心思管这事啊，就把这事给搁下了。老主任本来想要找县长直接汇报，可是籍副县长有令在先，凡工作上的事必须先给他汇报，由他汇报到书记、县长那儿。他不让他所分管的局长、委主任随便找书记、县长汇报工作，免得书记、县长问他时，他因不知情而被动。其实，那就是一个坎，一个宿命的坎，各种的机缘都凑在一起了。

老主任找到袁侨商量怎么办，籍副县长就是那个态度，直接找上面的领导确实是官场大忌。老主任说，我们都是土生土长的陈胡人，虽然我快到站了，我还要对这片生我养我的土地负责啊。袁侨跟他说，现在管不了那么多了，关键时刻只能豁出去，直接去找书记。老主任听从了袁侨的建议，就直接去找书记了。书记听完汇报，半天没说话，看得出他是在努力地控制着情绪。终于，书记抬起头，看着对面墙上的地图，仿佛是跟地图说话："为什么不早说呢？找主管县长汇报啊，到了我这里，干不好的，就是采取组织措施。"老主任有口难言，他不能说早就跟主管县长汇报过了，这锅不能甩，得背着。一夜之间，老主任须发全白，现实版"伍子胥过昭关"。老主任想，反正已经找了书记，就再去找找县长吧。县长倒是很和气地说，情况我都知道了。从县长那里回去，老主任把自己关在屋里，放声大哭。听说是县长替老主任说了话，才没有立即采取组织措施，而是拖了几个月，待老主任到了二线的年龄，立马就换了人。

关于这些情况，陈姝也听到一些传闻，那次干部大会上，老主任在大会上表态发言，大家都很纳闷，议论纷纷，这本不在大会议程上，怎么突然就有了一个单位表态发言？都知道，表态发言有时候就是作检讨的代名词。陈姝当时跟西北乡的书记虞觅挨着坐，就问他，啥情况啊？虞觅叹口气说，临时加上去的，据说是开发重点县的资格被取消了，本来要撤职的，念及年龄大，马上到站了，才缓一缓，大会上做个检讨，组织上算是个态度，就等着退二线呢。陈姝一时无语，底层官场有些事说复杂也复杂，说简单也简单。把简单的事儿搞复杂，或者把复杂的事搞简单，都是因为有人为的因素在里面。

不管怎么说，她得先把这个事搞定，事情到了这个程度，靠协调是没用的，还得从工作上寻找突破口。听说省办的姜主任是个工作狂，带的队伍个个都是精兵强将，作风过硬，不讲情面。如果仅仅靠好听的说辞，估计想扳回来并不容易。于是，陈姝就带着袁侨去了项目区，看了原来的规划，路上她问了一些省办的情况，以及目前的相关政策。袁侨说，从去年开始，省里开始实施高标准农田建设，基本是以万亩为单位。现在大部分还是中低产田改造，我们现在做的是一万亩中低产田改造项目。

陈姝觉得这些术语专业性很强，一时也没有什么概念，就问袁侨，中低产田改造和高标准农田建设有啥不一样啊？

袁侨说，投资标准不一样，中低产田改造一亩地投入八百元，高标准农田一亩地投入一千二百元。其实最关键的工程就是路，中低产田改造路的标准是砖路或者石子路，高标准农田要求必须是混凝土路面。还有一些水利配套，就是喷灌机之类也都有不同的标准。

陈姝沉吟一下，说："我的理解，如果我们把路的标准提高了，就是高标准农田。"袁侨说："嗯，看起来是这样，不过还有沟渠、林网要求标准都高。高标准农田的基本标准：田成方，林成网，路相通，渠相连，旱能浇，涝能排。"

陈姝说："如果我们把中低产改造做成高标准农田，需要怎么办？"

袁侨似乎没跟上陈姝的思路，不明白她什么意思，随口说道："其实最大的问题，就是资金。省里资金就是这么多，市里配套百分之十，都是定额数字，如果提高标准肯定得地方财政拿钱啊。"

地方财政拿钱？陈姝好像被噎了一下。她在乡里的时候，筹钱是最头疼的事，她来农开办一个主要的原因，就是不筹钱能做事。

袁侨并未在意陈姝的反应，说："是啊，主要是县财政，县财政那么困难，要拿出那么多钱搞高标准农田，几乎不可能。前年有个项目，只要几万元的配套，因为钱到不了位就放弃了。"

陈姝好像被兜头浇了一盆凉水，转而又想，只向财政筹钱，不向老百姓和企业筹，应该相对容易一些。

陈姝就是那种一旦有了想法，就不会轻易放弃，一头撞到南墙，拐弯的是墙而不是她。

"几乎不可能！"回来的路上，陈姝咂摸着袁侨的这句话，她还真就不信这个邪！

第五章　破茧而出

一滴水落在陈姝的胳膊上，打断了她的思绪。那水滴冰冰凉凉的，不知道是露水还是虫子的排泄物。

陈姝抬头看看，密匝匝的树叶挡住了月光，也许真的是知了的尿液，她掏出纸巾擦了擦胳膊。

陈姝还在回想着，那天她和袁侨从项目区回来，一个大胆的设想从心里生出，算是打开了思路。还真是，不调查不走访，坐在办公室里，都是困难，只要出门，就有收获。她想，要是把中低产田改造做成高标准农田，陈胡农开重点县也许能保住。但是，正像袁侨所说，几乎不可能。可是，除此之外，还有更好的办法吗？至少，她这儿没有。她接了这个令牌，就要想到下一仗怎么打，不能指望别人会替她想。

陈姝顺着这个思路盘算着，虽然艰难，还是有契机的。

陈姝分析着这种可能性，领导方面，省办肯定支持，因为高标准农田刚刚起步，省办自然希望各地都扩大规模。但是，不会有资金支持，因为项目是已经报过的计划，不可能追加资金。市里当然也高兴，只要不向他们要钱，这是贴金的事。问题都在县里领导这一层，县长是新来的女县长，从外地交流过来的，肯定是想干事，这是问题的关键。主管农业的副书记，就是新提拔的籍春风，他是个一心向上走的人，不会很热心，但也不会反对，毕竟做出成绩还会记在他头上，出了问题他也没啥责任。再说了，他也只是协调而已。主管副县长也是新来的，思路清晰，懂农业，具体事项都是他拍板，这样的事他肯定支持。规划方面，之前报的计划，基本都是在室内做的。这次和袁侨去了现场，道路、沟渠、林网，心里都有底了。项目区视野也非常开阔，很具有开发潜力。还有是技术方面，袁侨各种技术都很熟稔，而且整个农开办的人，都参与过工程建设，有经验。还有一点也很重要，她是一个新人，可以摒弃过去的旧理念，以全新的理念注入工程建设中，过去的各种关系，可以修复和捋顺，绝对能够营造一种新的工作氛围。新官上任三把火，烧三把火，并不容易。首先得有锅灶，这是组织给的平台。其次得有柴火，柴火就是思路，思路她也有啊。其三得有风力可借，没有风力火也烧不旺，风力就是环境。她要把领导的积极性都调动起来，领导支持就是最好的环境，就是风力。

陈姝想着想着就笑了，有利的因素很多啊。笑着笑着就沉重起来，不利的因素虽然不多，却是个死结，那就是资金，资金才是个要命的问题。它就是零前面的一，没有这个一，零就是个零，加减乘除，咋算都是零。只要有了这个一，才能无穷大啊。撬动这个一，也不是没有办法，但是风险很大。钱的问题得县长同意，首先得有一个让县长心动的事，当然还得是看得见摸得着的政绩。这个嘛，只要用心干，政绩肯定会有的。省农开办每年要在全省开两场大型的会议，一场观摩会，为了推进工程进度，在项目建设中召开；一场是现场会，是总结经验，提供标杆，以促进项目精进开展，在项目建设结束后开。观摩会肯定不行了，来不及谋划。年底的现场会可以争取。全省的现场会也许就是县长的兴奋点，现场会之后，会有更多的观摩者，和更多的领导来看，这就是政绩啊。现场会就是那个一。

现场会也只能想想，正如袁侨所说，绝对不可能。一个要取消重点县资格的地方，还要在当年开现场会，不是天方夜谭吗？

陈姝被自己的想法吓了一跳，她摸摸自己发烫的头，随后起身，走到门口的盆架前,把毛巾放进水盆里,用湿毛巾擦把脸,而后把毛巾折得方方正正,放在了额头上。过了一会儿,陈姝放下热乎乎的毛巾,没有再坐下,来来回回地在屋里踱步。她想,可以换一个角度,倒过来再捋一遍。以现场会为由,争取县财政资金,建设高标准农田,以高标准农田,反保开发重点县。再反过来,保住开发重点县,提升工程质量,争取现场会,兑现对县长的承诺,这不就是一个圆满的结局吗?似乎很圆满,但也很虚妄,很冒险。一个环节出问题,全盘皆输。县长虽然是位女同志,那也是久经考验的,岂会被她一句话所动?事情总有两面性,也未必不能成功。想到此,陈姝就去找袁侨。她得先跟袁侨聊聊,很多情况袁侨比较清楚,先做一下可行性研讨。

袁侨一听愣住了,吃惊地看着陈姝,那神情分明就是,说胡话吧。当然,袁侨很有分寸,他说:"可以这样想,但你知道财政上要贴多少钱吗?高标准农田和中低产田改造一亩地相差四百元,以万亩为单位,四百万,除掉老百姓投劳折资,也得二百多万,就我们这样的财政状况,能拿出恁多钱吗?别说二百万,一百万可能吗?"

陈姝说:"先别算大账,自己吓自己,我问你,如果光把路的标准提高,或者主干道。再或者我们做一个小的环路,一个停车点。按照高标准农田的标准去打造。或者可以像省办一样,做一部分高标准、一部分中低产田改造。这样多少钱?"陈姝看着袁侨,希望他报出的数,在她的意料之中。袁侨说那也得八十万。

陈姝继续追问,最少呢?袁侨想了想,说,最少也得七十万。陈姝似乎看到了希望,她说,咱们自己还有可能挤点儿钱吗?袁侨说:"咱们挤?咱们只有管理费,每年也就是十来万,用于工程的车辆、伙食补贴和值班费用等等杂事。管理费根本不够用,过去都是挤项目钱贴管理费。如果挤这个钱贴工程,是不是有点……估计大家都不能接受。"

陈姝说咱先算这个账,如果管理费拿出两万作为工程补贴,我以六十八万为条件换全省的现场会,能说服姬县长吗?袁侨说这个可以试试。

高副县长被陈姝说服了，当领导，谁不想出点政绩，况且她思路很清楚，不是瞎胡说的，应该可以实施。工作有思路的同志都应该支持，就怕在位置不思干事，瞎琢磨。再说了，书记下了死命令，一定要保住农开重点县，除此之外，还有更好的办法吗？

陈姝从高副县长办公室回来，并没有大喜过望的感觉。虽然说服了高副县长，这也只是小小跬步啊，离千里之外远着呢。说服姬县长，就没那么容易了。陈姝在挖空心思地想词儿，设想着可能出现的种种场景，以及相对应的说辞。见到县长，先说几句让县长高兴的话，然后再铺垫几句工作上的设想，最后说重要的部分，一定是非常明了、直接、准确地表达，要钱的报告随身带着。如果县长答应了，立马拿出报告。找一趟县长确实不容易，不能排除有变卦的风险。

此刻的陈姝，好像押上身家性命的赌徒，这一局，只能赢不能输啊。

陈姝完成了基本场景设计，做了一个深呼吸，然后起身去找县长。找县长难着呢，县长时常被各种会议、各种检查、各种调研、各种来客撕扯着，坐办公室的时间很少。各位局长、委主任以及乡镇书记、乡长也都是人精，时时打探着县长的消息，一旦知道县长去办公室，老早就在县长门前排成了长龙。农开办有地理优势，办公室在县政府院内。陈姝给通信员说，啥时候县长回来，趁找她的人少心情又好的时候，就给我打电话啊。通信员笑了，说，陈姐，你要求的标准太高了，我只知道县长在不在办公室，找她的人多不多，哪还知道她心情好不好呢？陈姝一想也是，于是说道："行，行，兄弟，县长在时跟我说一声就好，回头请你在'皇宫'吃一顿。"

一举成功，接过姬县长签过的报告，陈姝的头发梢都是笑的。姬县长看一眼喜滋滋的陈姝，突然觉得像个局，就在她转身离开时，对着她的背影说，哎，我这可是开现场会的钱。陈姝慌忙转过身来，把报告背在身后，生怕县长反悔，然后头如啄米般对着县长说，是，是，是，姬县长，您放心好了。

从县长办公室出来，陈姝抬头望一眼明晃晃的太阳，用手拍拍自己的脸，有感觉，但是还是觉得不真实。她又把大拇指放到嘴里咬一下，使劲儿地咬。疼！真的！但很虚幻！这事儿似乎不应该这么顺利，其实她做好了最坏的打算。

于是，她拿着县长的批示，没进自己的办公室，直接去找高副县长。

高副县长一脸惊讶地望着陈姝，他也没想到，姬县长这么痛快地批了。就算是他去找，姬县长也未必这么干脆，不知道陈姝使了什么魔法？于是，他们商量去省办，汇报陈胡县的农开工作，这一重大举措，是他们干好农开的具体体现，市财政那边姬县长亲自出面协调，也已经有了缓和的态度。去省办前，他们也做了充分准备，高副县长主要汇报县委县政府如何支持，陈姝具体汇报怎么把中低产田改造项目做成高标准农田。高副县长提醒陈姝，现场会的事，千万不要提。陈姝心领神会，就算高副县长不提醒，她也不会说的，虽然她说话直，处事简单，也知道哪些话该说，啥时候说，哪些话不该说，啥时候都不能说。

果然，省办的姜主任很高兴。当他看到县长批示的复印件时，觉得还真是不容易，他常年在下边跑，跟市里的领导、县委书记、县长多有接触，很了解下边的情况。现有重点县，县财政配套的，几乎没有。陈姝还说，这只是第一期的资金，待工程验收之后，还会把余下的补上。

高副县长一直示意她，不要说得太多了，最后兑现不了，把自己套进去，后果很严重。

陈姝并没有及时闭上嘴，她想表达的太多，而她见省办领导的机会太少。好在，姜主任一直很感兴趣地听着。

袁侨也睡不着。是的，当时陈主任来时，他确实有想法，没有想法就不正常了。

他熬了一二十年了，就是为了能升个正科，处级他想都没想过。他也是农村出身，娶了个城里的姑娘。在城里工作的他，是亲戚朋友抬举的人物，是兄弟姐妹的靠山，是父母的骄傲。但在他老婆那里，就是个乡巴佬。他不但兄弟姐妹多，亲戚也多，各种各样的杂事更多。农村就是这样，以为你在城里，城就是你的，没有你不能办的事。大事小事，能办不能办，都找他。大到安排工作、当兵入伍、村里宅基地等等，小到三轮车到城里受罚，进城卖菜秤被没收，买东西钱不够等等，也都会找他，仿佛他就是那个万能的主宰。而他老婆，一听到这种事就烦，电话打到家里，他明明在跟前，硬说没在家。有事儿跟她一说，一口回绝。为此，他们也闹过很多矛盾。矛盾归矛盾，该管的事儿他一定要管，啥事儿都不管还回不回老家了？毕竟爹娘还都在老家，每逢过年来家里给爹娘拜年的人络绎不绝，大家对父母的尊敬是看他面子。跳出农门的他，对升迁的渴望，已经不是他个体的意念了，而是家庭、亲朋的众念。百善孝为先，农村讲究这个，他也曾想把爹娘接来，可房子不是他的。所以，他也希望自己能往上走，能在城里有房子，在家里有尊严，让父母享尊崇，为乡亲办点力所能及的事情。他踏踏实实地工作，可谓兢兢业业，成为农开办的业务精英，和老主任配合得非常好。老主任也多次许诺，他退了之后，就让袁侨接主任。为此，袁侨不止一次想着他接主任之后，怎么开展工作。听到陈姝来当主任时，他没有愤怒，只有绝望。转而一想，农开办不是他家的，是政府的工作部门，谁来组织说了算。

当陈姝找他谈话时，他突然有一种宿命感。正像她说的，她不来，组织上也会派其他人。即便是老主任正常退下来，以现在的情况不活动活动，也未必能接得上。他是个实际的人，不会不着边际地乱想，他认命。

是的，当陈姝说出要做高标准农田时，他确实觉得很可笑。但是，没有想到县长竟然批了钱。可是，万万没有料到，第一炮就打哑。接下去这戏怎么唱啊？说实在的，他倒是没有多少压力，唱好唱歹都无所谓，他不过是配角，问责也问不到他这儿。

突然他听到呜呜的声音，是他的手机在振动，这三更半夜的，谁打来电话？激灵一下他爬起来，为了不打扰别人，拿着电话出去了。

原来是挖掘机机主的电话。机主说，他趁半夜，把挖掘机开走了，损失费他也不要了，钱财都是身外之物，他得保命。以后永远不再干农开办的活了，给座金山银山都不干，合同作废了。

挂了电话，袁侨摇摇头，农开办从来没有出现过放弃工程的情况，都是争着抢着干。咳，这事儿出的。他一抬起头，看到大桐树下有个人影，吓了一跳。以为是见了鬼了，再看一眼，是一个熟悉的身影。他往前走几步，终于看到了，是陈姝。

袁侨正要转身，陈姝叫住了他，问："乡长联系不上吗？"

袁侨说："联系上了，说是出差了。"陈姝说："真出差还是假出差啊？我觉得有些不太正常？之前都是这样吗？"

袁侨迟疑了一下，还是说了。

黄豆乡长和老主任有点私交，黄豆的父亲是老主任任乡长时的支书，跟老主任关系很好。县里正科级干部也就百十号人，有了这层关系自然也是自己人了，来来往往关系处得不错，这也是项目落在这里的主要原因。黄豆本来想通过项目实施，为乡里长点人气，为他以后的提拔添点彩。更主要的是，过去挖沟项目是黄豆做的，这一块要求不高，利润不少。今年没拿到手，估计有点想法。不过罗布还是很积极的，也是个能干事儿的人。罗布就是下午匆匆赶来的那个副乡长，但是乡长的态度在那放着，他也不敢太主动。

陈姝问了袁侨关于挖沟的建议。袁侨说："昨天晚上的思路很好，分类做工作。几个占地大户，可以以地补偿，让干部出些地，也可以争取点低保。"

听袁侨这样说，陈姝觉得袁侨并没有用心想这事儿。接着又问："挖掘机开走了？"袁侨说："连夜开走的，发誓再也不干农开的活了。"

哎，对了，这倒是一个好事儿。"

陈姝来了精神，急迫地问："啥好事儿?"袁侨说："挖沟的利润很大，不如让褐天瑞和褐天意他们做，让他们把责任田让出来，也相当于给了他们补偿。那些人工活儿，让这些占地户干，相当于打工了，也能有些补偿。"陈姝兴奋地说："还真是，这个主意不错，明天一早就通知褐天瑞来指挥部。"

袁侨说："还有，半亩以下的那些户，咱得把情况吃透，看看家里情况。一人一策，各个击破。恐怕村组干部都要上了，咱们的人也都发动起来，挖掘个人的人脉资源，为其所用。最后，集中精力攻钉子户。"

陈姝拍手道："好!"

这注定是一个不眠之夜，副主任高一丁也失眠了。

农开办在外有传言，班子内部是一高一低一稳定。一高说的是袁侨，袁侨个大心实，干起工作拼命三郎。一低是高一丁，个子小，心大，人很聪明。高一丁本来是准备在原单位接一把手的，结果被挤掉了，想着日后有翻转的机会。他晋副科比袁侨还早，但老主任偏爱袁侨，让袁侨抓业务，在县直机关，抓业务的就是二把手。所以，他心中多有不平。一稳定就是孔向阳，孔向阳属于那种不争权、不争利、不进取的类型，跟谁都是一团和气，随波逐流，四平八稳，没有朋友也没有敌人。领导安排的事交了差就是最高境界，从来不主动想事谋事。

高一丁想着，新主任刚来，很可能调整班子分工，若按晋副科的早晚，他排在袁侨的前面，有可能抓业务。可是，新主任不但没有变动原来的分工，而且还事事依靠袁侨，好像袁侨就是那个诸葛孔明。昨天的发言，他说的也是实情，而袁侨却是给陈主任戴高帽子。他说的那些话，陈主任会怎么看呢?单位分工没变，袁侨还是主管业务。具体监工，高一丁负责井，跟他一个组的是办公室主任仝彦，一个女同志监工，也就是个配搭。孔向阳负责路工，跟会计钱正一组，跟谁一组负责啥，孔向阳都无所谓。柳武和袁侨负责建桥和挖沟，柳武是袁侨的亲信，自然把最肥的留给他。高一丁想，袁侨就是小人得志，有机会给陈主任说说，不能任袁侨任意妄为，兴风作浪。

　　柳武也辗转反侧，夜不能寐。他倒不是因为工作，工作的事有袁侨呢，他都不直接跟陈主任汇报工作。他是因为个人的事，几年前因为夫妻感情出了问题，离了。儿子都已经上小学了，家里人都劝他再找一个，他也觉得一个男人带孩子不行，虽然孩子跟着老母亲，但没有女人的家就不是一个完整的家。最近一个亲戚给他介绍了一位大龄女青年，是个老师，见了一面，觉得还可以，人家也不在乎他有孩子，现在这样的女孩子也很稀缺了。女孩子意思想约着吃个饭，她有个闺密想见见他，柳武也答应了。原想周末没啥事，可以回去约个会。可是，谁知出了这么个事，在这关键时刻，他怎么好意思向陈主任请假呢。那女孩儿就觉得他有意回避，就是不想见呗，还说是吃住在工地，现在有吃住在工地的吗？过去乡干部吃住在农家，现在的乡干部吃住在城里。谁还不知道现在机关啥行情？不隔山不隔海，都不能回来见一面？见个面都一推再推，这还叫谈恋爱啊？分明就是没诚意，就提出了分手。

　　柳武怎么解释都没用，而且说得越多越说不清，两个人来来往往地发信息，最后柳武无语，直接就不回了。虽然信息不回，但是心还是在想着这事啊。闭上眼，满脑子都是这事，哪还能睡得着啊？

第六章　事故处理

褐天缘望着褐大锤肥硕的背影,脑子里似乎混沌一片。随后,他听到褐天棚家大门关门的声音,还听到仙女说,大锤哥,当心脚底下,别摔个嘴啃泥,把腿摔折了。

褐大锤爱和村里的小媳妇儿说笑话,打打闹闹,动手动脚,肯定是仙女进门他出门,趁机摸了仙女一把,不然仙女不会这样说。

褐天缘知道仙女回来了,一声不响地起身,从褐天棚家里出来。褐天棚也跟了出来,一路小跑地跟着,快到褐天缘家时,他拉了一下褐天缘的衣服,说:"哥,你走恁快干啥啊?俺跑着都撵不上你,这都快到家了,你等俺一下啊。"褐天缘停下来,但并未转身。褐天棚说:"今儿夜里咋弄啊?褐大锤也不明说,咋个猛烈啊?你得说句话啊,褐大锤不是说不能过夜吗,天明就晚了啊。"

褐天缘转过身来,说:"褐大锤说得容易,咋猛烈啊?要不然,咱俩分头行动。你想你的法儿,俺想俺的法儿。"褐天棚说:"这,这,哥,俺能想个啥法儿啊?"褐天缘说:"天棚,你说实话,咱要是成功了,褐大锤能兑现他的话吗?这事儿他能当家吗?如果要是失败了,出了问题,还不是咱哥俩兜着。上午一闹,咱都成了'出头鸟',以后无论出啥事儿,人家都往咱身上猜。能脱干净吗?褐大锤倒是站到净地儿里了。"

褐天棚说:"开弓没有回头箭,事到如今,咱也只能硬着头皮往前冲了。刚才你咋不跟褐大锤说清楚啊?"褐天缘说:"俺不想给他说恁些,让他抓住把柄。"褐天棚说:"那咱是干还是不干?"

褐天缘抬头看看,一轮孤月泊在天空。他仿佛下定决心似的跟褐天棚说:"咱得把褐大锤拉进来,你这就去褐大锤家,说是要雷管,问他在哪儿爆炸。这样,雷管是他提供的,地方也是他提供的,他是主谋,比咱的罪重,就算是他有后台,也得跟咱一样吧?"褐天棚说:"中,哥,俺听你的,要不咱俩一起去找褐大锤吧?"褐天缘说:"咱俩去,褐大锤会怀疑咱捣鬼,你自己去,俺另外有主张,咱们两边夹击,估计能把他们吓跑。"

褐天缘进了院,轻轻转身反锁了大门。他心跳得怦怦响,双手抱肩,深深地吸了一口气,目光在院子里东扫西射。那一堆黑漆漆的影子,是老旧的犁头、铁耙、抓钩,没有多大用场,经过风吹雨淋,早已锈迹斑斑。往里才是他的宝贝,月光下发出光亮的小手扶,斑驳陆离的打麦机,这几年两台机器没少为他立功。

褐天缘心稍微平静了一些,院里的这些机械,都是第一个进入褐村的。现在连孩子的资料费都拿不起啊。唉,人要是倒霉了,喝口凉水也塞牙。是的,他正是因为想翻身,才答应褐大锤的。他想钱,孩子上学,老婆治病,红白喜事,都需要啊。他的爹娘,三年没有添新衣服了。褐天缘下意识地摸了摸那些机械,冰凉像电一样传到他的心里。这冰凉化作坚硬,如铁一样,从心里慢慢地升起。他的手使劲地拍了一下打麦机的外壳,决绝伴着疼痛漫布他的周身。

褐天缘来到堂屋门前,吓了一跳,走的时候,明明是关着灯的啊,他的节俭已经长到了骨子里,怎么舍得没人的时候开灯呢?确确实实门缝里透出了光亮……他急忙推开了门,父亲正在方桌东头的圈椅上坐着。

褐天缘还是很意外,说:"大,吓俺一跳,大半夜的不睡觉,坐这干啥了?"

褐仙寿说:"怕啥啊?'为人莫做亏心事,半夜敲门心不惊',你还是进自己家里的门呢。"褐天缘有点心虚地说:"睡不着,出去溜达了一圈。"褐仙寿接着说:"命里有时终须有,命里无时莫强求。"

褐天缘一屁股坐在堂屋西山墙的板子床上,像被点中了穴位,气短地说:"大,天不早了,你去睡吧。"

褐仙寿并不看儿子,起身说:"黄河尚有澄清日,岂可人无得运时。"说完,拂拭了一下桌子上的香灰。

褐天缘这才看到,父亲竟然还烧了香。他心里一惊,问道:"大,你这咋还烧上香了?"

褐仙寿说:"你娘忘了今天是十五,躺下了,还非得让俺起来烧香。俺叫不应你,才自己烧的。"老先生擦完之后,转身离去,走到堂屋正中间,停了下来,背着褐天缘说:"万事劝人休瞒昧,举头三尺有神明。"说完,径直离开。

褐天缘看着父亲佝偻的背影,心中一阵一阵地发紧发疼,估计他老人家已经听说了上午的事件,怕他继续闹下去。褐天缘万般纠结,翻来覆去地睡不着。

妻子的鼾声传来,还有嘟嘟囔囔的梦话,这个女人自进了他家的门,没过几天安生日子。唉,希望在哪儿啊?是的,褐大锤给了他一点希望,他觉得真是那样的话,他至少可以改变眼下的困境啊。唉,豁出去了。

褐天缘起了身,他悄悄地去了杂物间,这里放的都是一些农具。这间东屋跟父亲那间挨着。褐天缘不敢开灯,就掏出打火机,他找出了那把斧头,然后轻轻地关上了门。

他稍微平静一下,听听四周的动静,就在他迈出第一步时,听到父亲长长的叹息。

褐天缘犹豫了一下,还是义无反顾地走出家门,消失在月色斑驳的夜里。

陈姝迷迷糊糊地睡着了,梦见了什么东西爆炸,那声音很响,她好像都觉得房子在震动。纷乱杂芜的思绪，裹着荒诞不经的梦，陈姝这一夜睡得很不踏实。

天色蒙蒙亮，她就醒了，看看表才五点多，翻个身，想再睡一会儿。眯着眼睛躺了一会儿，再无睡意，就起了床。她拉开灯，灯却不亮，好像停电了，她没在意，农村经常停电，以减轻负荷，保障城市。

她走到院子里，天虽然亮了，但是阳光还藏着，似乎有些晦暗不明。她环扫一眼院子，这个村室还是褐天瑞建的，当时计划生育收了不少超生子女费，可以用一部分建村室，建成一个综合的村办公场所。建村室还有统一的标准，村室达标是每年计划生育大检查的一个硬条件。所以，各行政村都有村室，这倒也是个好事儿，不然村委会连个窝都没有。大家还都在睡觉，她走出了大门。

不知不觉她又来到了挖沟现场，离昨天挖掘机停留有一百多米的地方，有一个大坑，黑乎乎的，昨天没有看到啊，一夜之间怎么会有个坑？而且像是什么东西爆炸了。她回想起来，夜里确实听到一声巨响，以为是做梦呢。

突然，她心里一阵惊悚，一夜之间，究竟发生了什么事儿啊？不会是天外来客，宇宙飞船之类吧？这里远离村庄，没有任何资源，也就是一个空地，为什么会有这么一个大坑呢？

陈姝急匆匆地回指挥部，刚到村室，就看到门口围了一群人，有农开办的人，也有群众，纷纷议论着，看到她来了，都往后让着。

陈姝看到指挥部的大木牌子，被劈成了几瓣，扔在地上。一种悲愤腾然升起，但她强迫自己冷静下来，一声不响地回到了院里。她刚刚出门时，由于天还不太亮，就没有发现这个破碎的牌子。

见陈姝进院，袁侨以及驻地的同志都跟了过来。高一丁说："电也停了，这是向我们示威啊。"袁侨说："我已经安排师傅去镇上买饭了。"柳武说："干脆撤了算了，工作不干也不能把命都搭上。"

袁侨跟在陈姝身后，低声说："夜里我听到了爆炸声，刚刚有人说挖沟工地被人炸了。要不，报警吧。"

陈姝看了看她的战友们，笑了，说："慌个啥啊，不就是断个电嘛。牌子砸了，咱再修。袁侨，把牌子拾起来，先拿到院子里。"

袁侨和孔向阳都出去了，收拾外面的牌子。高一丁嘟嘟囔囔地收拾东西，准备拔营回城了。

昨天一场的闹，今天砸牌子，农开办脸面丢尽，大家士气都很低落。过去，他们去哪儿施工，都是笑脸相迎。可这次，围攻、断电、砸牌子、爆炸，再继续下去，还不得出人命啊？这样的工作环境，还咋实施项目？袁侨和孔向阳把牌子拾掇好进院，做饭的师傅把饭买回来了。

陈姝心里也很乱，但大事儿冷，急事儿缓，她想等大家情绪稳定一下，适应一下这种变故，再集中开会。她对同事们说，大家先吃饭吧，吃完饭再说，没那么恐怖。

这顿饭吃得很沉闷，好像生死诀别，爱说笑话的高一丁也一声不吭，闷着头吃饭。

吃完饭，陈姝把袁侨叫去，让他跟褐天瑞打电话，来村室开会。褐天瑞电话打不通，袁侨跟褐天意打电话。褐天意说他也跟天瑞联系了，没打通，一会儿再去他家看看。电的事儿，袁侨直接打了褐天棚的电话。褐天棚说，夜里遭贼了，有人偷割了电线，把变压器偷走了，要接电，得跟电业局联系。陈姝立马就给电业局长打电话，请他支持。电业局长说没问题，火速支援，马上通电。

放下电话，陈姝问袁侨怎么看。袁侨说："我觉得不仅仅是占地那么简单，一定有利益在里面，不然怎么能引起这么大的反应？我想是有人利用占地户为挡箭牌，想要工程。还有，借机把褐天瑞撵下台。"陈姝点头，问下一步该咋办。袁侨沉吟道："肯定不能撤，如果撤了，那可是国际笑话了。"

陈姝笑道："我想也是，也没想象的那么严重。"

袁侨停了停说："我建议报警，不管多大的后台，得给他们点颜色看看，人往里一送就都老实了。"

陈姝说："肯定要报警，你看，褐天缘像真行凶吗？我觉得不像。他们也就是吓唬吓唬人。爆炸选在这个点儿、这个地儿，不过是想示个威，甚至示威也算不上。如果真想挑事儿，怎么不在村里爆炸啊？说明不敢，又不甘就此罢休，来个下马威。把牌子粘好，继续工作。你招呼一下大家，咱们开个小会，稳定一下情绪，安安心，鼓鼓劲儿。"

袁侨进了屋，高一丁正在收拾东西，问袁侨啥时候走。袁侨冷笑一声，说："去哪儿啊？"高一丁说："再待下去，就没命了。你袁大主任，有金刚之身，不怕，我可怕。"

孔向阳也在收拾东西，他说："我都听到夜里砍门的声音了，我本来想起来看看，没电了，就没起，真要是起来，说不定没命了。赶紧走吧，工作也得要命。"

陈姝听到了他们的话，调侃道："咋了？还没有取到真经就分行李了？九九八十一难，第一难才开始就待不下去了？谁想走，车在门口等着呢。放了个炮就吓尿了？大老爷们，真丢农开人的脸。"说着说着就冷下了脸。

孔向阳说："我是趁着空把床单子揭下来洗洗。"高一丁也顺势把床铺重新摊开，边动手边说："我跟袁侨说了，要买几领凉席，这褥子都用不着了，先掀起来。"

袁侨为了缓和气氛，顺着说："凉席已经买了，明天就送来。"

陈姝便坐下来，说："情况大家也都知道了，就是挖沟占地，老百姓有想法，才有这样的过激行为。我们自己也有问题，项目设计时考虑不周，开工前沟通不到位，所以才出现了这样的情况。虽然事儿不大，但这也不能任其嚣张，已经报警了。至于我们的安全问题，谈不上。警车一来，那些人比兔子跑得都快。过去，村干部得罪人，庄稼被毁，麦秸垛被点，门上抹屎，不是经常的事儿吗？咱这是工作，没结私仇，有啥安全问题啊？所以请大家都安下心来，按照原定计划进行。干工作不遇上点事儿不正常，遇上事儿不怕事儿才正常。只要我们沉着应对，凭我们的智慧合在一起，还能拿不下这个事儿。"

陈姝虽然这样说，其实压力还是很大的。她也觉得发生了这样的事儿，绝不是占地的问题，背后一定有人捣鬼。她想象不出，究竟是什么人在背后捣鬼，目的是什么？安全确实也是她担心的事儿，因为这些人有可能是法盲，一时冲动不计后果，也有可能就是转不过弯儿，一头撞在墙上，撞死也不回头，死磕到底。

虽然袁侨报了警，但陈姝觉得并不是最佳方案。案子也很容易破，抓人拘留，很痛快，可是之后呢？人出来了呢？项目是无法更改的，还要实施，他们在明处，那些人在暗处，如果真有人进去了，从此他们就不得安宁，人身安全可能真成了问题。

陈姝看起来很轻松，那是因为她必须稳住局势，消弭惊慌，别无二选。之前，她确实想得有些太简单了，有些操之过急。原不想过多依靠村里的干部，是因为农村矛盾复杂，一些难缠户根本讲不通道理，还有一些人只顾自己眼前的利益，加上村组干部的队伍状况，不想搅进农村的矛盾。她本想着，实施项目就实施项目，有工程队，有资金，做完就走了。可是，事情远不是她想的那样，事已至此，必须要依靠村组干部了。农村是自治组织，具体情况村组干部最了解。

褐天瑞一定得出面了，他现在还是支书，必须得担起责任。但是从目前看，得先把这个人激活。这个村支书遇上了新情况、新问题，感到束手无策、无能为力。他没有一技之长，不能成为群众的主心骨，不能聚拢人心，所以就懈怠了，沉迷了，破罐子破摔。加上有人想取而代之，不断地上访告状，捣乱出难题，所以他就等着组织处理。据说乡里也议了多次，没有找到合适的人，才没有对他免职。褐天瑞是个转业军人，当了多年的支部书记，基本素质还是有的，他应该振作起来。

这时，袁侨过来说，褐天意打电话了，说他去褐天瑞家了，褐天瑞病了，在床上躺着呢。这回是真有病了，头上捂着毛巾，发烧呢。

陈姝笑道:"真有病?咋那么巧呢?吓着了吧,走,去他家看看。"

褐天瑞家庭在村里算是中等靠上,孩子分出去住了。一个大院子,五间平房带厝厦,两间东屋,一间做了厨房,一间做了杂物间。院子里干干净净,南边有一个微型泵,一拉开关就能出水,一个水桶和大塑料洗衣盆,也都盛满了水。微型泵的西边,一棵槐树和一棵柿子树,两棵树中间,绑了一根铁丝,上面有晾晒的衣服。西边是猪圈,家里养的有鸡鸭,也都是圈养。一看这院子,井井有条,说明女主人是个理事的人。

褐天意领着他们进了屋,一个女人端着一盆水从里屋出来。褐天意说:"嫂子,农开办的领导来看天瑞哥了。"

那女的慌忙把水盆放在门外,说:"都来了,都来了。发烧哩,里屋躺着呢,这不,井巴凉水刚敷敷,才退了点。"

女人领着他们进了里间,褐天瑞挣扎着起来,女人赶紧上去扶他。褐天瑞虚弱地说:"实在对不住,天意夜儿(昨天)就跟俺说了,俺想着今儿一大早就去指挥部。谁知道,一早上醒来,就起不来了,身子软得跟棉花团儿样。"

陈姝说:"我们来到之后,一直没联系上你,天意说你身体不舒服,来看看。工作上的事儿,不急,不行的话去医院输点液,好得快。我们的车子在指挥部,拉着你去卫生院看看吧。这段时间,发烧感冒的特别多。"

袁侨说:"褐支书,刚好我们带的有退烧药,要不,你先吃点。"说着,就把药交给了褐天瑞的老婆。

褐天瑞的老婆转身到堂屋,堂屋靠北墙是一张大方桌,方桌上放着一个塑料壳的暖水瓶,暖水瓶前面放了一个托盘,托盘上面放了几只烙花的玻璃杯子。她拿了一只杯子倒水,准备给褐天瑞吃药。突然想起来还没给客人倒茶,就对褐天意说,你跟领导到堂屋里喝茶吧。

褐天瑞说,领导都到堂屋里喝茶吧。陈姝也不客气,就回到了堂屋里,在大方桌旁边的椅子上坐下。褐天瑞的老婆已经倒好了开水,放在了陈姝和袁侨跟前，端着一杯又进了里屋，让褐天瑞吃药。

陈姝听褐天瑞对他老婆说，放那凉凉吧，俺一会儿再吃，先扶着俺出去。陈姝对袁侨递了眼神，起身对褐天瑞说："褐支书，你先休息吧，方便了去村里聊聊，我们在村室里等着你。"

褐天瑞说："谢谢领导，谢谢领导，俺缓缓劲儿就去。"转而对他老婆说，"你去送送领导。"

褐天瑞在陈姝、袁侨走后，起身走出了里屋，愣愣地坐在堂屋的椅子上。他老婆又把水和药放到他跟前。

褐天瑞拿起药片，在眼前看了看，然后放在手心里，慢慢地握住，闭上眼睛，握着药片的拳头放在额头上，使劲地捶着，一下，两下，三下……

他脑子里又出现了月光下那奔跑的身影和身后的巨响。这是他截止现在遇见过最诡异最惊悚的事儿，如果不是亲眼所见，那就是远古神话啊。

褐天瑞停止了捶打，伸开了手，看着那一粒药片——扑热息痛，他起身，把它扔进了猪圈里。

他决定去指挥部，因为人家都到家里来了，无论如何也得过去看看，这是做人起码的礼节。他想好了，见过他们之后，直接去乡政府……

是的，他要告别支书生涯了。

第七章　激活褐天瑞

褐天瑞坐在陈姝的对面，看上去很虚弱。

陈姝说："褐支书，听说你年轻时是侦察兵啊，当过排长。"她知道，这是褐天瑞最得意的经历。

褐天瑞长期被酒精浸泡的脸上，露出一丝微笑，那是从心底深处发出来的。但是，他还是很谨慎地听着，不能让自己陷进去，于是近乎冷漠地说："都是往事了，好汉不提当年勇。"

陈姝并不在意褐天瑞的神情，自顾自地说："那也是很光荣的历史啊，能有那么一段历史，还是值得怀念的。听说你转业之后也很厉害啊，当时褐村是红旗支部，你也号称陵北乡支书中'四大骏'啊。"

褐天瑞似乎有些心动，仿佛回到了那个时代，继而摇摇头，并未接话，那月光下奔跑的身影，时不时让他分神，让他打战。那份坚硬又慢慢回复，他决不反悔。

陈姝说："时势造英雄，而英雄呢，顺势而为，褐支书，再振雄风就在眼前啊。"

褐天瑞叹口气说："不行了，老了，再振雄风只能在梦里。"

"有梦想就能实现，农业综合开发可以让你重振雄风。你当了恁多年的支书，掰着指头数数，为百姓做了多少实实在在的好事？不是你不能，是现实中没条件。"陈姝看着褐天瑞说。褐天瑞一副死猪不怕开水烫的样子，冷漠淡然地低着头，不再接腔。

陈姝继续打攻心战,说:"哪一个当支书的不想干点事儿?当支书得有三信,你知道吗?党信你、群众信你,还有就是自己信自己。你现在还有几信?别以为支部书记官小,那也不是谁想干就能干的。有本事的人多了去了,而且还都很自信的,可党和人民信不过你也白搭。中国人讲究个仁义礼智信,且不说党和群众信不信你,你自己信你自己吗?所有的人,活着都是一个心劲儿。心劲大能做大事,心劲小能做小事,没心劲啥事儿做不成。这跟能力、技术没多大关系,心劲可以生出能力、智慧、技术,生出一切你想要的。你现在最大的问题,不是别的,就是没心劲儿了。"

褐天瑞似乎有所松动,但是依旧勾着头,仿佛对自己说:"说是这样说,现实不是这样的。"

见褐天瑞开口,陈姝紧追着说:"现实?现实没有比这更好的了。你想想看,打井、修路、修渠、种树,还有配套的喷灌机,你不用花一分钱,都是政府财政投资,直接都给你褐村了。你当支书这么多年,不是你不想干事,是没有那样的政策和环境,我们的国家处在特殊的历史时期。我在乡里也一样,我也不想天天向老百姓要钱,不要怎么办?国家没有那么多的钱,教师的工资、干部的工资,所有的政府机关的运转都要钱啊。你面临的困境,不是你个人的问题,是社会问题。但是,即便有社会问题,我们要积极面对才行啊。我们是基层干部,最了解基层的痛点所在,得想办法啊,解决不了大问题,小问题可以解决吧,你得积极面对而不是消极懈怠。你是个明白人,不用我多说。有些话听上去似乎是大道理,但你当基层干部,连大道理都不明白,还能干好小事儿吗?"

褐天瑞勾下去的头慢慢地抬了起来,看了一眼陈姝,张了下嘴,啥都没说,又闭上,随后又把头低下。陈姝看着他,放慢了语调,说:"人啊,一辈子,大部分都是沟沟壑壑,宽阔的幸福大道不是没有,是隐藏在沟沟壑壑里。工作也是一样的,困难问题也总是一个接着一个,哪有这么多的顺畅啊?我说这话的意思,好事总是少而又少。当好事来的时候,你要知道珍惜啊。农开对老百姓来说是好事啊,这不是你个人的好事,而是大家的好事啊。通过土地治理项目,把你们这些'旱时一把糠,涝时一把草'的低产田,变成了旱涝保收的高标准农田。这是你做梦都不敢想做的好事。"

果然,褐天瑞脸上渐渐舒缓,露出了兴奋的表情。

陈姝也为之一振,继续说:"褐支书,你是不是觉得天上掉馅饼了,不是馅饼,是现金。待高标准农田建成,一亩地可以增产三百到五百斤的粮食,你掰着手指头算算,以后每年增收多少?你们褐村天不下雨,下的都是金元宝啊。这下金元宝的时候,可是你当政的时候,不是你的幸运吗?国家拿钱,显你的能耐,不是谁想有就有的好事。若是换了别人,那还不得杀猪宰羊放鞭炮啊。当干部干啥啊?不就是为老百姓办好事吗?让群众念你的好,群众才敬你。现在就给你这个机会了啊。"

褐天瑞似乎被说动了,他对着陈姝缓缓地点头。可是,一想到那些占地户,一想到拿着刀子拼命的褐天缘,还有那月光下奔跑的身影和身后的巨响,褐天瑞就像刚刚被打进点气的皮球,遇上钉子立马就泄气了,他提醒自己千万不能为其所动啊。

不!不!不!他能有啥能耐做那些占地户的工作?他手里又没有地,也没有恁多钱。光凭一张嘴?他的手下意识地按了按上衣口袋里的辞职报告。本来是等着乡党委撤他的职,现在他主动辞职了,多少还是留点军人气概。辞职报告,让他心中陡然生出一种凛然。他再也不用这样不死不活地挨着开水淋烫,再也不用毫无尊严地听着领导训斥,再也不用害怕去乡里开会,再也不用担心上台作检讨,再也不用开会时悄悄地坐在后边,生怕谁跟他开句玩笑。一夜的翻来倒去,他想明白了,长痛不如短痛,种好他的几亩薄田就行了。当他明白的那一刻,真的好轻松,觉得不做这个支书,简直幸福得要命,终于解脱了,一会儿他从这里出去,就去乡政府了,告别这种心焦磨乱、担惊受怕的日子。来的时候,他就想,任谁咋说,都不会动摇。也许人家也可能是劝他辞职的，褐大锤说不定早就把工作做到前头了。

可是，陈主任那些话句句像针一样，扎在他心上。他那颗麻木的心，似乎有些复苏了。不！不！不！决不动摇。阴云又慢慢地遮住了他的脸。

陈姝看着褐天瑞的反应，刚刚消解的坚冰似乎又封冻。她停了一下，起身给褐天瑞倒了一杯水。陈姝不再"正面强攻"，换了一个话题，说："多喝点水，有利于排毒。退烧药吃了吧？实在不行就去医院看看，车子在门口停着呢。你看，你这还有着病，我说了那么多，有点不近人情，主要也太着急了，实在对不住啊，老兄。"

一股暖流，漫过褐天瑞的心田。他在乡里见到领导，都是一脸的冷漠和鄙视，因为他们觉得他实在是扶不上墙，他几乎不去乡里开会，总是让天意去，或者他们直接通知褐大锤。人家陈主任是县里的领导啊，到家里看他，又是送药，又是派车，还给他倒水。这是高看他，抬举他，这让他感觉到了尊严，人的尊严，最主要还是支书的尊严。

褐天瑞下意识地端起杯子，喝了一口水，把杯子放在手里攥着。似乎想说点什么，张了一下嘴，又合上了。他不知道该说什么，至少表示一下感谢吧，可是他又说不出口。口袋里的那个东西，还在让他抗拒着。

褐天瑞态度的反转，陈姝看在眼里，她想，中国人最讲情面，褐天瑞这座冰山似乎正在消融，需要再来点暖风气流。陈姝开口道："我也知道有很多困难，困难是死的，人是活的，办法总是比困难多，只要你愿意，咱们一起想办法。"

褐天瑞还是不说话，陈姝就激他，说："如果你觉得不行，就赶紧辞职，别耽误事儿。你也是个痛快人，就给个痛快话，估计你们村里有人正等着呢。"

陈姝的这句话，犹如钢针刺穿了褐天瑞的心。他伸手又去摸口袋，却像被烫着一样，迅速缩回。是的，他想了一夜，只是把自己逼到了角落里，囚禁在封闭的容器里，没有任何希望和出路，要说出路，只有一条，那就是辞职。陈主任那些掏心窝子的话，给角落注入了一丝光，给封闭的容器打开了一个口，让他看到了前方的宽阔。那份不甘又回到了他心里，那份坚硬开始柔软，冰冷也开始回暖。这样的逆转，让他有些恍惚，有些虚幻。

一阵沉默之后，褐天瑞开了口，他说："陈主任，不是俺不想干。这些年，俺也确实有些颓废，觉得人老了，跟不上形势了。乡里也不想让俺干了，觉得俺也是老资格的支书，就没痛下决心拿掉俺。说实话，昨天下午的事儿俺都知道了。褐天缘也找过俺多次，占了那么多地，俺也解决不了。地是农民的命根子，没有了地，农民还是农民吗？就算他出去打工了，不种地了，那地也是他的根儿啊。"

陈姝舒了一口气，褐天瑞总算是开口了，只要他开口，就能沟通，就能说服，毕竟事儿在那儿摆着。褐天瑞的态度，在她的预料之中，瘫痪恁多年，怎么就会轻而易举地解决了。好在褐天瑞还是个明白人，还是想干事的支书。

陈姝想，还是要让他心服口服啊，不然工作中还会打退堂鼓。陈姝顺着他说："土地确实是农民的命根子，甚至是农民的精神堡垒。农民依靠土地，最直接的目的是什么，收成啊，收成就是收入。十亩贫瘠的地，不抵一亩好田，这账农民都会算。"

褐天瑞长出一口气，说："是啊，账都会算，但是，农民算的都是自家的账，谁还算大家的账啊？"陈姝诚恳地说："算自家的账没错，他们是农民。算大家账的是你啊，你得算大家的账。而且，你得领着农民算大家的账。不就是占点地吗？项目中确实没有涉及这个问题。过去的开发，也并未触及这样的问题。我们现在要把中低产田做成高标准农田，就必须沟通、路直，不仅仅限于旱了能浇，涝了也能排。这样的提升，不仅是长远的设计，更是我们县下一步项目建设的标准和向上争取更多资金的条件。你知道吗，为了提升标准，县财政那么困难，硬是多拿了几十万，都给你褐村了，若是寻常，你一个村，单独向县财政申请一分钱可能吗？但是占地补偿，需要你们自己解决。昨天晚上，我们讨论了一个思路，分类解决。占地半亩以下，原则上不予补偿，做思想工作。半亩到一亩之间的通过低保解决，一亩以上的可以以地补地。"

褐天瑞似乎被引入了基本思路，他说："以地补地，村里没有闲地啊！"陈姝说："我也了解到了，你们村确实没有闲地。你们干部有地啊。"

褐天瑞终于笑了，但不是发自内心的欢喜，而是无奈的笑，他说："陈主任这算盘打得真精，俺没有想到这个。俺没问题，俺家的地可以拿出来，全拿出来都中，但是解决不了问题啊，几十亩地呢。"

陈姝说："你能有这样的态度，说明你是一个合格的支书。一个合格的支书，得能把班子带起来。你一个人解决不了问题，调动大家的积极性啊，村干部加组干部的地，都拿出来一些，估计差不多。"

褐天瑞脸上的笑容消失了，有点木。他说："如果是上几年，俺敢说这话，眼下俺心里还真没底，俺得先和天意商量商量，主要是他那组的地。你让别的干部拿地也不现实啊。"

袁侨一直在旁边坐着，陈姝跟褐天瑞谈话时，他没有吭声，因为觉得没自己说话的份儿。他也觉得靠一场谈话，未必能解决问题，最后还是得抛出最实惠的。不过，谈话到了这个程度，已经超出他的想象了，真的感觉到了希望，就迫不及待地说："褐天意马上就到了。"

陈姝说："我们可以给你点支持，不会让你们干部吃大亏。挖沟的工程由你们来做，利润用来补偿你们的占地损失。那些占地的农户可以参与工程，后期土方的工程，包括沟型的整修，都需要上人工的，都可以计报酬。"

褐天瑞的脸彻底放晴了。他开始进入了角色，说："陈主任想得真周到，现在就是半亩一亩之间的这些户了。眼下，低保的指标在乡里，每个村是按比例分配的，多要一个、两个，俺可以觍着老脸试试，乡民政所的郑所长跟俺是老要好。但是，有时候他也不当家，得书记、乡长说话。书记、乡长那里，恐怕得你亲自出马才中。"

陈姝当场就跟乡党委书记打了电话，书记一听就知道怎么回事儿，说乡里不当家，得去人社局协调。

陈姝突然想起，她和人社局的钟局长是同学，遂说，这个没问题，我去协调。

他们正在商量着，褐天意到了，把占地的清单拿来了。占地一亩以上的有八户，都是褐天缘近门的，褐天缘最多，只要稳住褐天缘就没问题了。

褐天意说："褐天缘的老爹和老支书是磕过头的把兄弟。如果让老支书出面，做做褐天缘的工作，说不定能成。"

褐天瑞淡然一笑，说："如果老支书想管这事儿，褐天缘就不会出来蹦跶了。今天一早，老支书的闺女就把老两口接走了，说是心脏病犯了，他闺女、女婿都在市中心医院上班，人家走在咱前面了。"

褐天意说："估计褐天缘就是想多要点地，他家地占得最多。"褐天瑞说："光是地没问题，褐天缘的地由俺来出。"

褐天意兴奋地说："俺保一户，支书保一户。另外，看看褐大锤和计生专职能不能也出点地，如果可以，这几户差不多能解决了。占地半亩以上的有十户。"褐天瑞说村里的低保可以让出来两个指标，剩下的有劳陈主任了。陈姝高兴地说，没问题，实在不行我找县长。

褐天意继续说："半亩以下的三十一户。"陈姝说："这三十一户，看看谁家有在外工作的人，或者机关单位的，或者学校老师，或者学生家长，我们可以通过这些人做工作。能为我们做工作的这些人呢，我们可以登门拜访，也可以打电话，或者以书信的方式，请他们出面帮忙。毕竟在外工作的，通情达理，有影响力，只要他们说话，家人或者亲戚，还都会听的。"

褐天意不停地勾着名单，最后说："这样算下来，还有五户。我可以包三户。还有一户是褐大锤的堂弟，褐大锤可以包一户。"

褐天瑞心里一沉，他觉得褐大锤肯定不会积极配合，但是当着农开办领导的面，他也不好说别的，顺着说道："好，剩余的我包了，先这样。有啥事儿，随时联系。"

陈姝说："我们要把村小学的师生都发动起来，让老师们也都帮着做学生的工作，让学生们做家长的工作。小学校长由天瑞去沟通，学校在你的地盘里。要把村干部们的积极性都调动起来。袁侨，把不在开发区内的村组，以实施旧井维修和配套的方式都纳入开发范围，来调动所有村组干部的积极性，形成合力。县直机关的，我们一对一做工作，登门拜访。晚上八点在这里碰头。"

第八章　褐大锤的美梦

褐大锤的老婆鼾声如雷，这并不耽误褐大锤的美梦如饴。这美梦可不是才有的，都想了几年了，不过今年总算是有望成真了。他用三十块钱拴住了褐仙寿，说好有利息的，这老头说一定要加倍奉还。褐天缘都穷疯了，占地不是他的痛点，一个工程才是他的锁魂锁。这爷俩一上套，他的好事准能成。还有褐天棚，那就是一条狗，让他咬谁他咬谁。不过，若不拿个念想吊着他，他能那么欢实吗？褐天棚的老婆仙女，可真是个仙女，那嘴巴甜得都想上去啃一口。别看褐天棚那鳖样儿，也没多少钱，却娶了爱光棍的老婆，头发盘得一根乱的都没有。她胸脯鼓鼓囊囊，跟海绵一样，馋得人手都是痒痒。褐天棚出去那会儿，他趁机去拉她的手，她一躲，歪到了堂屋的板子床上。他心里扑腾扑腾乱跳，没敢乱来，毕竟还有大事没商量呢。万一她闹起来，就不好收场了。那仙女慌里慌张，颤声柔气地说："大锤哥，说是说，笑是笑，别动手啊，当心俺天棚回来拿刀砍你。"

褐大锤一看仙女没恼，就想有戏，但戏不在今晚，迟早的事。眼下，他得放长点线，遂即打着自己的脸说："仙女，你也太招人稀罕了，谁看见你不心喜啊！哥对不住啊，没把持住，朋友妻不可欺，俺该死，该死。"说着说着又伸手去拉仙女的手，还想上去啃一嘴，刚刚伸出嘴，褐天棚和褐天缘就回来了。商量完事，临出门，又碰上仙女回来，就在她的胸脯上抓了一把。

褐大锤想着，仙女爱打扮，说不定一件小褂就能捂到手。等他攒点私房钱，给她买件衣裳，那娘儿们稳稳的就是他的了，想想心里都是美的。褐大锤想到这儿，扫一眼身边死猪一样打着响鼾的老婆，心想早晚得把这娘儿们给蹬换了。他闭上眼，立刻想象着身边躺着的就是仙女，想着想着就睡着了。褐大锤刚刚上身仙女，正要引爆的那一刻，被他老婆吼醒，只听他老婆说："赶紧起床，喂猪做饭，俺去赶集给猪买点防疫药。"

褐大锤在他老婆走后，又在床上眯了一会儿，还想接着刚才的梦继续，好歹也把事儿办了，梦里也好啊。褐大锤接不上梦，就起了床，再晚了，他老婆回来还是骂他。

褐大锤刚刚吃完饭，点了一支烟，猪贩子就来了。褐大锤卖了几头猪，给猪贩子说，他这几头猪，可不是一般的猪，他媳妇把最好的都让猪吃了，包点饺子，舍不得吃，就喂猪，熬点肉舍不得吃，也要喂猪。给猪洗澡，还都用自己都舍不得用的香波。洗完了还洒点花露水。猪贩子笑了，说："比你待遇好多了。"褐大锤调侃道："俺差得多了，比对她娘家爹都好。俺要是卖便宜了，她回来，还不得废了俺。你啊，就高抬贵手，让俺小命多活几天吧。"

猪贩子笑道："好好，就冲这话，你说多少钱就多少钱。咱共事儿也不是一两天了。你老婆啊，一看就不是个瓢茬。"

褐大锤得意地数着钱，凭着他能说会道的嘴，硬是多卖了一百多块钱。这下可好了，妥妥的私房钱。反正他老婆不在家，他还可以说卖得便宜点，里外一反，二百块钱出来了。给仙女买一件衣服绰绰有余，再买点雪花膏啥的，仙女还不是乖乖地到手啊。褐大锤不禁呵呵地笑出了声。

褐大锤刚把钱装起来，褐天棚就急匆匆进门。进了门转身便把大门关上，他哭丧着脸对褐大锤说："大锤哥，不好了。人家报警了，警察一来，一准能破案。"褐大锤看着慌里慌张的褐天棚说：

"瞧你那点出息。炸死人了吗？"褐天棚一愣说："没有啊。""炸坏东西了吗？""没有啊。""啥都没有你慌个屎。""俺不得害怕吗？现场肯定留有俺的脚印啊。还有，变压器那儿，也有俺的脚印、指纹。一查肯定查到俺。"

褐大锤盯着褐天棚说："死不承认，就算有证据，也不承认。如果证据确凿，就说人家算命先生说你今年有灾，必须在那儿崩崩，崩灾的。""崩灾的？人家要问俺在哪儿买的雷管，俺咋说？"褐大锤说："雷管？哪来的雷管？"褐天棚说："你给俺的啊。"褐大锤生气地说："俺给你雷管了？雷管是国家管制的你知道不知道？俺啥时候给你雷管了？"褐天棚不好意思地笑了："对，对，不是雷管，是鞭炮，自从你那天晚上说雷管，咱在脑子里就想着是雷管，顺嘴就说了。要是问鞭炮哪来的，俺咋说啊？"

褐大锤恨不得一脚踢死褐天棚，恼怒道："哪儿来的？哪儿来的？你说哪儿来的？是你自己买的。"褐天棚说，现在不是不让放鞭炮了吗？褐大锤不耐烦地说："不让的多了，你不会说从小贩手里买来消灾的？死脑筋。记住了。反正你就是不能提俺。如果提了，你就得进去，进去了可没人管你，指望仙女给你跑啊？你不提俺，万一有事儿，俺能替你跑跑，兴许就没事儿了。"

褐大锤一说到仙女，褐天棚立刻就说："俺记住了，大锤哥，就是害怕到时候心里一慌说漏了嘴。"

褐大锤悠悠地说："说漏嘴了你就进去。你进去了，啥都没了，电工啊，你家仙女啊，你孩子将来考大学啊，啥啥都完蛋。"褐天棚被吓住了，说那要是褐天缘说出来呢。褐大锤说："褐天缘不会说的，俺这儿有绳拴着他呢。他闹事儿就是因为占地，也没伤着人，够不上犯法。褐天缘清亮着呢，他家那一摊子，他要是进去了，天都塌了。还有，你不要再来俺家了，一趟都不要来，有事打电话，用固定电话打，别让人家怀疑俺。人家一怀疑俺，咱可是啥都干不成了。"褐天棚心神不定地出了褐大锤家门。

褐大锤对着他的背影唾了一口痰，这个王八蛋，就是外精里迷，人前说话叭叭叫，办个事儿败个事儿，就他那熊样，还想着等俺当了支书，他当村主任呢？想得美。现在许给他当村主任，就是给他指个山，说那就是个磨。目的就是有个人在身边跑跑颠颠，当领导的，哪个身边不得有个这样的人？你看电视上演的，那个和珅，那个李莲英，还那个啥子王朝马汉，没个这样的人就不算威武。褐天缘倒也是个村主任人选，不过他可不会乖乖地听他褐大锤的，这样的人还是不用为好。要用还得选听话的，一心的。

褐大锤想着想着，就想到了褐天瑞，唉，这个人都这样了，还不识相点，早点辞职啊。农开的人要是真撤走了，褐天瑞想不辞职也不行。乡里、县里肯定得拿他说事儿，那就不是辞职了，咋处理都说不定。

褐大锤在褐村也算是见过大世面的人。他每年去他老表家，那些看望他老表的人都排队，一个个都像见了亲爹娘一样，他敢说，见了亲爹娘也没恁亲。为啥啊？有权呗，能替人办事啊。还有黄乡长，乡政府的那些人，都围着他转，像星星捧着月亮。那尊贵，啧啧，真没说的。就算是褐天瑞，前些年，谁见了他不笑脸相迎啊。那些大闺女小媳妇儿见了他，老远就把嘴咧开了，笑眯眯地喊褐支书，有权就是好啊。他手里是有俩钱，但是没权啊。他这辈子，乡长、局长的都不想了，就想当个支书。他有钱，也有关系，就差那么一点点，一点点啊，当不了支书。原本他想着把农开的"功"记在自己头上，就能轻松剔除了褐天瑞，没想到农开反而跟褐天瑞搅在一起，他们"不仁"在先，就不能怪他"不义"。

褐大锤恨不得一下子勒死褐天瑞，所以褐天瑞的朋友就是他的敌人。不过，就凭他这脑袋瓜，支书早晚都是他的。他敢说，全褐村的人加一起也"能"不过他。他若是当了支书，那仙女，他摸了摸口袋，还用得着这钱吗？褐大锤正笑眯眯地畅想着未来，他老婆回来了。

褐大锤的老婆姓劳，叫葫芦，因为强悍，村里都叫她"老虎"。"老虎"进门，看见褐大锤笑眯眯地看着猪圈里的猪，走到褐大锤身后，拍了他一下。褐大锤吓了一跳，转脸一看是"老虎"回来了，换上笑脸，慌忙说："饭在锅里，吃去吧。买猪的来了，俺卖了三头膘猪。""老虎"随口问："多少钱？"褐大锤说："五百六，钱一分不少交给你。""老虎"没接钱，说："不止恁些吧？"褐大锤说："就恁些，多一分也没有。看你说的，俺还能私藏起来不成？"

"老虎"呼一下就火了，一拍大腿骂道："你不藏，哪龟孙藏起来了？"褐大锤有点生气，说："你咋张嘴就噘人啊？""老虎"说："俺就噘你个妻孙家儿了，咋？你个鳖犊子，王八羔子，学出本事了，敢糊弄老娘。"褐大锤也恼了，骂道："娘了×，看俺不撕烂你吃屎的嘴。"说着就操起了搠在墙上的扫把。

"老虎"没想到，这褐大锤也长脾气了，这还反了天了。于是，抄起手中的搪瓷缸子，向褐大锤砸去。只听咣啷一声，正中褐大锤的脑门子，顿时血流如注。"老虎"吓坏了，觉得这下可是出了人命了，夺门而出，跑了。

褐大锤只觉得脑子一蒙，一股热流顺脸而下。他用手一摸，满手是血。他赶紧进屋，找了一个毛巾裹在头上，飞快地去了卫生室。

医生看了看伤口，说倒是没大碍，不过得缝几针，否则不好长。乡医问他咋回事儿，他说自己磕锄头上了。

包扎好伤口，褐大锤就回家了，越想越气，就给他小舅子打了电话，说他姐姐把他打伤了。

褐大锤的小舅子接到电话，知道他姐强悍，他们两口子经常打闹，随口就说，一定得吵他姐，给姐夫出气，还说过两天来看他。

褐大锤虽然受点小伤，并无大碍，"老虎"不在家，觉得很自在，去集上买点卤肉，捣点蒜泥，喝二两小酒，也算是补补，毕竟流了那么多血。褐大锤吃罢卤肉，也不忘给猪喂食。他自言自语道："母老虎不在家，俺吃点好的，俺也让你们吃点好的。你们吃点好的，快快长肉，俺吃点好的，补补伤口。"

褐大锤正在那儿说着，他小舅子、小姨子都来看他了，自然也把褐大锤的老婆"老虎"送回来了。

褐大锤看着掂着大包小提的小舅子、小姨子，笑呵呵地迎接他们进屋。等他们都落座了，褐大锤就说你俩先坐着，俺去集上买点菜去。他小姨子说："别忙活了，俺知道你有钱，私房钱攒得不少吧？"他小舅子也说："坐吧，哥，俺晌午不在这儿吃饭，就是把俺姐送回来，怕她再受气，才拿了礼看你的。"

褐大锤一听这话里有话啊，明明是他受了伤，还倒成了欺负人的人了。褐大锤的兴奋劲儿下去了，就勾着头在门口外边坐下。

他小舅子说："哥，你坐恁远干啥，过屋里来啊。"褐大锤便掂着个小凳子进了堂屋。他刚刚落座，他小姨子就说："姐，你说说吧，俺哥因为啥打你。"

"老虎"还未开口，就委屈得大哭起来。褐大锤一头雾水，没见过"老虎"哭恁伤心过，这是咋了？打人还打憋屈了？"老虎"哭了一阵子，停了下来，说着褐大锤的不是。

原来，"老虎"赶集回来时，刚好碰到那个猪贩子，因为经常去她家里买猪，人也都熟了，见面还都开玩笑。

猪贩子一见"老虎"，就说："嫂子赶集去了，俺说买猪时咋没见你。你家大锤啊，可真会搞价钱，说得俺硬是一斤多给他一毛钱。他说，要是不多给他，你回去要废掉他。""老虎"笑着说："听他小舅子瞎说，卖俺的赖，俺都恁孬？"猪贩子说："不是说你孬，是说你好，说你对猪好，尽着它吃，尽着它穿，还给它喷香水、梳小辫。""老虎"笑喷了，喘着气说："这货真能瞎喷，谁家的猪还穿衣裳啊？俺对猪好是好，对它不好能长膘、能赚钱啊？俺也没有给它喷香水、梳小辫啊。俺自己也没喷过香水，还给猪喷。"猪贩子说："反正他说你待猪比待他好，恨不得夜里都跟猪睡。""老虎"才知道猪贩子编着圈骂她，还口道："你个熊渣滓，恁家里才给猪睡。"猪贩子说："说是说，笑是笑，俺今儿真是多给大锤钱了。"

"老虎"本不是个吃亏的人，这次虽然猪贩子拐着弯骂她一句，她还是很高兴的，因为猪多卖了钱。回到家，她看到褐大锤看着猪笑，以为是他为多卖钱而高兴的。所以，她才问他卖了多少钱。谁知道他不但不说实话，还把钱私藏起来。这是她知道了，她不知道的，他藏多少呢？他的那些私房钱都弄哪儿去了？保准是填补给哪个小骚娘儿们了。私藏钱也就算了，还拿着扫帚要打她，要不是她躲得快，那扫帚就打在她身上了。她累死累活为这个家，还受他的气，越想越气，就顺手拿了一个搪瓷缸子扔过去，本来也就是想吓吓他，谁知道准头恁好，一下子就砸中了。

小姨子听她姐说完，就对褐大锤说："哥，你说，你究竟藏多少私房钱？你藏这些私房钱都干啥了？"

褐大锤说："俺要是藏了私房钱，天打五雷轰。俺上哪儿藏私房钱啊？每一次卖猪，你姐她不都在一旁看着吗？俺一分钱不少地都交给她了。俺这次就是想留俩钱，这不是你姐也快过'生儿'，俺寻思着给她买件衣服，她平时也舍不得买。俺琢磨着给她个惊喜，没事先给她说。你看你姐张口就噘人，俺都几十岁的人了。"

他小舅子并没有听他解释，继续说落他："哥，不是俺说你，你个大男人，不能跟妇女一般见识，你要是不藏钱，俺姐能噘你？你要是不拿扫帚，俺姐能用茶缸子砸你？都儿大女大的，息点性子，闹成这样，传出去了叫人家笑话。再说了，外甥将来还得找媳妇儿，你们家要是这样闹，好人家的闺女，谁还愿意进恁家门啊？说起来你还是村里的干部，脸朝外的人，咋能动不动就操家伙呢？"

褐大锤本来想着让小舅子说说他姐，没想到自己反倒被说落一番。那兄妹二人面上是来看他的，实际上是给姐出气的，连饭也没吃就走了。

褐大锤气得捶头找不到硬地，后悔给他小舅子打电话告状，他要是不打电话，说不定他们还不来呢。送走了客人，褐大锤就进屋睡觉去了,"老虎"倒是没事儿一样,该干啥干啥。

  躺在床上的褐大锤想起褐天棚的话,人家已经报警了,他虽然也拿话吓了褐天棚,也保不准他胡吣。想到此,褐大锤猛然坐起,他不能坐以待毙啊!

第九章　联动

褐天瑞从村室出来，就去了小学。小学的破败让他心里十分荒凉。他曾想盖幢教学楼，让孩子们像城里孩子一样，坐在窗明几净的教室里上课，校园里有操场，有花有草。可是，每次校长来说房子漏了，他就自个儿去买点牛毛毡送去。如今条件稍好一点的家庭，都把孩子送到县城上学去了，虽然那些私立学校以营利为目的，报喜不报忧，但是对于一些外出打拼的农民工来说，心里总是一种安慰。学生少，留不住好老师，校长情绪也很低落，他自己带了几个班级的课。曾经这也是一位意气风发的年轻人，如今也都两鬓斑白了。

褐天瑞之前对学校还是很支持的，所以两人的关系也不错。关系归关系，每次路过学校时，褐天瑞都感到心虚，总是绕着走。不过，今天他似乎有底气了。校长拉着褐天瑞的手，亲热地让到办公室，倒上水说："天瑞兄啊，真是贵客，都多长时间没到学校来了？"

褐天瑞有些不好意思，没有坐下，也没喝水，惭愧地说："唉，不是不想来，是不敢来啊。李校长，俺今天请你帮个忙，俺小舅子从广州回来，给俺带了一瓶好酒，咱兄弟俩把它报销了。"

李校长笑着说："都是人家请支书喝酒，哪有支书请人喝酒的？这天，咋突然变了？你啊，说不定是鸿门宴，我可不敢去。有啥事你就直接说，没事儿走人，一会儿我得上课了。"

褐天瑞一把拉住他，恳切地说："兄弟，真没事儿，就是憋得慌,想找个人喝酒。唉,一个村几千口子,愣是找不到一个能喝闲酒的。你说这一起喝酒吧,得能说到一起,常言说'酒逢知己千杯少,话不投机半句多'。俺想来想去,就是你,就这一瓶酒,多了也没有,咱哥俩把它干了。"

李校长笑着说:"支书真心请喝酒,我若不去,那不是不识抬举吗?别说喝酒,就是喝刀子,我都去,走。"

一瓶酒,一人一半,各喝各的。褐天瑞真的喝多了,他借着酒劲儿,说出了心里话。他说:"俺突然觉得看到了光亮,想振作起来。兄弟,你得帮俺。村里有希望,学校也就有希望了。"

李校长很感动,他说:"我来写这封信,亲自写,题目就叫《写给家长的信》。我会让这些孩子念给父母听,并让父母签上字,同意农田开发。"

褐天瑞摇摇晃晃地站起来,跟跟跄跄地绕过桌子,抱住了李校长,说:"兄弟,这是你做过的最英明的事儿,俺敬你一杯。"说着呜呜地哭倒在地上,再也起不来了。

晚上七点半,褐天瑞酒醒了。他脑子一点都不迷糊,立马去了村室。大家都到齐了。这时,袁侨的电话响了,是市办胡主任的电话,问这边情况怎么样。袁侨说问题不大,请领导放心,我们正在做工作,估计两三天之后可以复工。放下电话,袁侨告诉陈姝是胡主任的电话,催工程进度呢。

"磨刀不误砍柴工。"陈姝仿佛自言自语,也仿佛是对大家说的。而后环视一圈,说,都说说情况吧。

高一丁带着酒意抢先说道:"我包的这一户没问题,当场就给家里打了电话,家里也没说啥,同意开发。晚一会儿我去他家里签协议。"

孔向阳说:"我费了好大的劲儿,才找到人,还给人家买了两盒烟。说是明天回来,做亲戚的工作,定好的我在村室里等着,跟他一起去签协议,明天一早我再打电话催一下。"

褐天瑞说："李校长写了一封给家长的信，估计今天晚上有些户主就可以签协议了。褐天缘有些难办，他嫌俺家的地薄，不说愿意也不说不愿意，就是拖着。这家伙鬼，心里肯定藏着小九九，俺明天继续找他，无论如何，也得把他拿下。"

褐天意说："估计褐天缘私下串联了，他近门的几户也都很抵触，要求条件高。褐天棚反应最激烈，他说，开发开发，开啥鸡巴发啊，占了俺恁多地，俺那块地是最好的地，一亩得换两亩半，少一厘就免谈。文书褐大眼包的褐天棚，一听他说这话，头都没扭就走了。褐天缘的堂兄说，他最后签，只要大家同意，他就同意，随大溜。最难办的就是这种人，大家都不签，哪还有最后啊？"

褐天瑞说："褐天棚有点反常，他的地不是最多的，倒是出来蹦跶得最高。不过，他脑子没长在他头上，先不用管他。先拿下褐天缘再说，估计这些人都通着气呢。咱们得连夜做工作，签一户少一户。"

袁侨说他包的那一户，明天签协议。

柳武看上去心情很不好，他说："没找到人，那个人退二线了，搬了新家，没找到地方，明天继续找。"

陈姝说："今天大家都辛苦了。初见成效，明天是非常关键的一天。争取明天、后天，两天全部拿下，大后天开工。褐支书，抓紧联系挖掘机，挖沟是你们的强项，这边做好工作就可以开工了，沟基本成形后，路才能动工。所以，工程进度，就看挖沟了。"

会议结束后，陈姝把褐天瑞和袁侨留下。陈姝问褐天瑞，褐天棚究竟怎么回事儿？褐天瑞说："俺觉得褐天棚后边有人，他比较反常，挖沟现场被警戒线围起来后，听说他还骑着车子，偷偷去了一趟，没下车子，骑着骑着骑到了地里，扶起车子没上路就上车了。"陈姝一边听，一边沉思着。袁侨说，听说他想当干部。褐天瑞笑道："他想当干部？他想干的事儿多了，还想着发财呢，就是干啥啥不成，褐大锤有啥鬼点子，都是让他使。打伙子告状的主要是他，褐大锤是幕后指挥的。"陈姝说："哦，还有这事儿。可以借助褐天棚，打开褐天缘的结。"

陈姝突然想起，派出所所长是她原来的那个乡的副所长提拔的，才到任不久。一直困扰她的问题终于可以解决了，她抄起电话，给派出所所长打过去，先向他祝贺，然后说了情况。她的意思，最好只立案不破案。所长说，老领导，不违背原则的情况下，我肯定听您的。

警车当天就来了，勘察了现场，项目区、指挥部，都拉上了警戒线。警察传问了很多人，凡是那天参加闹事的都询问了。

警车拉着警笛不停地在村里穿梭，看样子不破案誓不罢休。

褐天棚当天就被传问，问他谁让他去闹事儿的。他说，他一出门就看见一群人往北地跑，就跟着去了，没人通知他。当时不知道褐天缘去，到了地方才知道。褐天缘是他哥，他怕出事儿，才拉着他。要不是他拉着褐天缘，说不定就出人命案了。

褐天棚说着，觉得自己真的很厉害，脸上露出了得意。警察转而又问，11号夜里他跟谁在一起，干吗？褐天棚心里就有些发毛。褐天缘闹事，没他啥责任，都看见他是拉架的，政府得给他记功才是。说到夜里，他有些慌了，不知道咋说。问得急了，说是给他老婆"办事儿"。又问，"办事儿"谁先找的谁？褐天棚一愣，想了想，说："是俺啊，俺先找她的，回回都是俺找她。""办完事呢？""睡觉了。""夜里起来吗？""没有。"警察又问："咋停了电？之前有没有过停电？"褐天棚说："之前没有停过电。"他是电工，仔细想想，之前电线也被偷过，主要是心一慌，说漏嘴了。又说："停过。"又补一句说："有时候停有时候不停。"警察问："都是啥时候停的?"褐天棚摇摇头，说："都啥时候啊？"警察说："问你呢，你问谁啊？"褐天棚想了想说："夜里。"

褐天棚连续被叫去两次，每一次都问他夜里干啥去了，说他没说实话。他觉得自己兜不住，褐大锤又不让去他家，他就在外边找座机打电话。褐大锤一看，就知道是褐天棚，就挂了。警察把褐天棚的鞋子也拍了照片，院子的门、院墙，还有那堆柴火、铁锹、耙子，堂屋、厨房，都啪啪拍了一通。

褐天棚惊慌失措，白天吃不下饭，晚上睡不着。夜里睡觉，一闭眼就是警察来抓他，为了缓解紧张，就折腾仙女，仙女说再折腾她就报警。褐天棚就不敢了，可是急火憋在心里发不出来，就往头上蹿，头疼得像刀割一样，让乡医给他拔罐子，两个太阳穴上黑紫的罐印像贴了膏药。褐天棚快撑不住了，早知道这样，打死他也不参与这个事儿。其实，他家的地占得也不多，不是褐大锤许他那个事儿，他才不出头呢。

褐天棚联系不上褐大锤，晚上就去了他家，褐大锤也不在家，"老虎"骂道："你个遭瘟的猪八戒，啥腌臜事儿都找俺。"说着拿起扫帚把他撵了出来。

褐天棚真的扛不住了，如果再传唤他，就得通通撂了。编得再圆，一不小心就说漏。而且这些警察问话，都是在下套，说着说着就被套进去了。

褐天棚把自己关屋里，跟仙女说，如果警察再来，就说他不在家。仙女得了褐天棚的话，就把褐天棚锁在屋里，自己出去串门了，一上午不回来，回来擀点面条吃吃，下午又出去了，不到天黑不回家。仙女可是随着心性串了，平时褐天棚管着她，不让她瞎胡串，现在褐天棚在家里锁着，她在小超市、大路上、小诊所，哪儿人多去哪儿串。

褐天棚在屋里跟犯人一样，屙尿都出不来，不但如此，听到一点动静就心惊肉跳的，特别是警笛一响，浑身冒汗。好不容易熬到了晚上，逼着仙女给他通报村里的动静。仙女说褐大锤瞎胡搞，被他老婆逮着了，头都打烂了，还缭了几十针。

褐天棚关心的是项目情况，说别说这些没用的，挖沟开始了吗？仙女说，好像都签了协议了。"褐天缘呢？见褐天缘了没有啊？"仙女说："褐天缘啊，俺没去他家，他女人见了俺就要老鼠药，瘆得慌。"褐天棚问："警车又来了没有？""警车来了又走了。"褐天棚没有听到他想听的，不满地说："你也下地干点活啊，别光到处串门子。"

仙女生气地说："干活？你自己在屋里，吃喝俺伺候着，让俺去干活，说话不怕闪着舌头了。"褐天棚还是想让仙女去工地看看，说："俺这不是特殊时期吗？玉米都生钻心虫了，你去灌灌心儿吧。"仙女撇嘴说道："还灌药呢，都快旱死了，灌药搭上药钱，施肥搭上肥钱，年年不是都这样啊？还不都是靠老天爷吃饭，老天爷让你吃半斤，你吃六两都妄想。省下的钱，还不如给俺买个褂袸子。哎，天棚，前儿老支书家的闺女来，穿的那个褂袸子，真好看，俺也想买一件。"

褐天棚不耐烦地说："就知道穿，穿，人家是城里人，月月拿工资，能跟人家比？你一个月挣多少钱？"仙女委屈地说："俺不挣钱，是你不让俺出去，俺进城当个服务员，保管能挣不少钱。你自己不挣钱，倒是想着让俺挣钱。人家褐天意也没出去，他家里照样穿得很时样啊，俺两年都没有添过一件新衣裳了。"

褐天棚心想，这傻女人，就光想着买衣服，用钱的地方多着呢，孩子上学、种子肥料、红白喜事、头疼脑热的，哪一样不得钱啊，她两年没添衣裳，他都五年没添过一丝半寸。他本来想带着仙女出去打工，仙女不跟他一起去，仙女一个人去他又不放心。本来想着当个电工也有几个工资，可是这点工资不够家用，他能不想发大财？他能不愿做人上人？他褐天棚又不憨不傻，村里能比上他脑袋瓜的也没几个人。要不是褐大锤说能挣大钱，他能落到把自己关屋里的下场？褐大锤是个能人，上头又有人，还许了他，如果褐大锤当支书，就让他当主任。大难过后必有后福，他要是能挺过这阵子，好运就来了，这些事儿，他也不能给这娘儿们说，她的嘴比火车跑得都快。

仙女哪知道褐天棚的心思，遂说："嫁汉嫁汉，穿衣吃饭，你没钱别娶媳妇儿啊。你娶俺就得管俺穿衣吃饭。人家都能挣大钱，你天天把自己锁屋里，还说俺呢……"

褐天棚想说，那不是……让你跟俺一块打工，你不愿意去。传嘴的话越说越多，眼下还指望仙女给他望风呢，她要是一赌气，他可是腹背受敌。于是他说:"咳,不跟你说了。你爱咋的就咋的吧。"

褐天棚把自己关了几天,眼看着项目继续推进,警车也不来了,就想得出去望望啥情况了。

吃过早饭,褐天棚就跟仙女说,他今儿得出去转转,都这么长时间了,捂得都发霉了。

褐天棚出去,正碰上褐大锤赶集回来,头上还贴着胶布呢。褐天棚说:"大锤哥,头咋伤着了?"褐大锤说:"碰着了,你干啥去啊?"

"没事儿出来转转。"说着,褐天棚走近褐大锤,小声说,"大锤哥,听说人家协议都签了,咱之前的努力都白费了?那警察来来往往地还没结案呢?俺可是咬着牙啥都没说。"

褐大锤压低声音说:"放长线,钓大鱼,得从长计议,咱不怕,咱上面有人。大塘那儿准备修桥,大田里不修,先修村里的,故意找咱难看的。你盯住了,不能让他们修,你得明白,有褐天瑞没咱,有咱就没褐天瑞。"

褐天棚的精气神又回来了。这几天把自己关起来,就是自己吓自己,其实毛事儿没有。他就知道褐大锤有主张,靠人还是靠对了,跟着他铁定能成大事。褐天瑞不下台,他褐天棚就没有出头之日。

褐天棚万万没想到,他刚从褐大锤那儿打满气,民警就把他堵在了家里……

褐天缘翻来覆去睡不着,他听说褐天棚全部都交代了,肯定是把他也供出来了。他在想,如果他进了监狱,他的家怎么办?父母、妻子、儿子,他们怎么生活?谁来支撑这个家?一个八十岁老人,二个上学的孩子,一个瘫痪在床的病人,谁能撑得起这个家?晓光是读书的好料子啊,三代人的希望都在他身上,他不能辍学啊。褐天缘的心就像在油锅里炸着一样,要死就死吧,痛快点,这样活生生地炸着,实在受不了。

开始他觉得没事儿,事先都做了周密的准备,脚上套着鞋套,手上也戴着手套，现场查不到啥证据。可是有没有证据，他都是最大的怀疑对象啊，他带头闹事，他拿着刀要伤人，就这个事儿就可以拘留他。接着就是毁牌子，这都是进监狱的事。不用证据，傻子都知道是他干的。警察也找他了，问了一些情况就走了，说不让他外出，随时听候传唤。

酸涩的眼睛无法闭上，眼眶一阵接着一阵地热辣，泪水也像珠子一样不停地滚落。黑夜里无人知晓的，有泪就流吧。

"天无绝人之路"，他想问问天，路在哪儿啊？他走错了路吗？可是，他面前有路可选择吗？就算走错了路，也不是他的错，因为他没有对的路可走。他从来都没有找过褐大锤，是褐大锤找褐天棚，褐天棚找他的，商量事儿也都是在褐天棚家。褐天棚开始找他时，他确实也只是为了那几亩地，后来又说是有项目，他也知道褐天棚肯定啥事都干不成，但是褐大锤是个能人，县里又有人，说不定真能争取到。褐大锤让褐天棚找他，那是因为除了他褐天缘村里没有人能帮他做成事，能做成事儿的人都出去了。

爆炸和毁牌之后，并没有耽误农开的工作，相反褐天瑞像打了兴奋剂，上蹿下跳的。褐大锤没有丝毫的消息，对了，好像是他老婆把他头砸破了，是因为他的计划落空了吗？

他的小儿子褐晓明拿着《给家长的一封信》，让他签字。他倒是在信上签字了，老师说要带回学校，他不能难为孩子，但是协议他没签。褐天瑞倒是有耐心，天天往他家里跑，说要地给地，只要提条件，就好办。现在他不能提条件，还是望着褐大锤能够成功，如果褐大锤成功他就能挣更多的钱。

褐天瑞步步紧逼，丝毫没有提起爆炸和毁牌子的事儿，临走的时候还说让他再考虑考虑，故意跟他父亲拉了一阵子家常。他父亲仿佛知道一些事儿，里里外外地跟褐天瑞说着好话。褐天缘不想再见褐天瑞，仿佛一切都看透而不说的样子，估计明天还会来的，实在让人受不了。

不知道褐天棚都说了些啥，工程的事儿他现在不再想了，只要平安就好。

彻夜未眠的褐天缘起得格外早，起床后第一件事，依旧是给他老婆换洗、翻身、洗脸、擦手、换尿垫子，这会让他老婆躺得更舒服一些。收拾好妻子，他开始打扫庭院，尽量地轻一点，不弄出太大的动静，想让母亲多睡一会儿。这个家平常都是母亲第一个起床，她年轻时养成的习惯，说是躺床上睡不着，醒了就起。妻子出车祸之后，做饭的事儿就落在母亲身上。母亲身体硬朗，心里敞亮，吃斋念佛，她虔诚地承受着生活给她带来的一切，她说这都是命，前世的业。

褐天缘扫好院子，开始收拾羊圈和鸡笼，然后把压水井前的水桶、脸盆里都压满水。收拾完了，褐天缘把那些不用的旧机械用破毛巾掸掸，掸去浮灰。虽然已经生锈了，还是不要有灰尘。这些物件都是他辉煌的见证，是他把它们引进了褐村。

把这些都做完，家里人还都没有起床，褐天缘轻轻地关上大门就走了。

第十章　拔钉子

派出所所长打电话向陈姝通报情况，说本来想着按老领导的安排，再吊吊褐天棚，没想到他这么快就撂了，那也就是个炮灰，雷管也不是雷管，就是大爆竹。大爆竹也不是他的，是褐大锤给他的。还需要传唤褐大锤，褐天棚交代，所有的事儿都是他策划的，听说他是村里的组长，还兼着民兵连长，我得给你说一下。

陈姝跟所长说不着急，再拖一拖，不过要把抓褐大锤的风先放出去。

"好嘞。这就通知褐大锤，让他来派出所一趟，保准他接到电话比兔子都慌。"

挂断所长的电话，陈姝露出了意味深长的一笑。是的，多拖几天，那些人一直就惴惴不安地蛰伏着，也许很快就会崩溃了，自己浮上水面。报案的目的是为了项目顺利实施，而不是把人送进去。如果把人送进去了，输赢就明了了，就结下永久的仇家。而人不进去，他们就能进退自如。

陈姝把袁侨叫到她屋里，商量开工的一些事项。一个电话打进来，她猛然一惊，是籍副书记。籍副书记突然打来电话，问工程进展情况，有没有困难？有些事情该依法惩罚要依法，但是要稳妥推进，做好工作，不要激化矛盾。要把矛盾化解在萌芽状态，都是人民内部矛盾，不要轻易动法。

领导关怀，陈姝很感动，继而又一头雾水，籍副书记知道挖沟闹事了？还是有人找他说情？她之所以没向领导汇报，是觉得自己能解决，不能指望领导帮她解决工作中出现的具体问题，领导解决的都是政策性、方向性、全局性的问题，所以她不太习惯把问题上交。再说，她汇报工作一般都是找高副县长，因为县委的分工是协调，不是主管，农开办归属政府口。不过领导主动问，她就显得有些被动了。

褐大锤？听说他老表在某局当局长，陈姝知道这个人挺有能力的，是副县级的后备干部，是他找籍副书记了？这样的小事，不至于捅到县委副书记那儿吧？也说不准，有些人就是能通天。陈姝明白了，籍副书记打电话的目的很明确，就是最后一句话，不要轻易动法。那意思就是不要动褐大锤呗。

陈姝想，她应该把情况向高副县长汇报一下，如果高副县长打电话再问，她就显得更被动了。

高副县长听完后说："我也不主张动法，农民吝惜土地很正常，同理同心就好。确有恶意阻挠的，也决不手软。"

不管怎么说，两位领导的要求，也正符合陈姝的想法。有了领导的支持，她心里踏实多了。

袁侨见陈姝合上电话，说："开工还是不能着急，得把工作做扎实了。路、桥、井这些都已经完成了招标，都等着咱们的通知呢，说开工也很快，反倒是施工过程中不能再出问题。"

陈姝突然想起，柳武最近好像情绪有点不太对头，问袁侨怎么回事。袁侨说，柳武经人介绍了一个对象，是个老师，人也不错，大龄姑娘，不嫌弃他有小孩，愿意跟他处。这女的拿不定主意，想让闺密参谋一下，所以约着一起吃饭。柳武在工地，去不了，人家觉得他没诚意，不想再谈了。

个人的事儿安顿不住，谁还能有心工作？陈姝便问了袁侨那女孩儿的情况，又问是哪个学校的。柳武跟袁侨关系不错，他的情况袁侨也就比较了解，那女孩儿叫沈妍，是一所私立学校的老师，这个学校在陈胡很有名气，比公立学校的待遇还好。陈姝很感慨，吃住在工地，竟然还演绎出恁多故事。

工作进展顺利，明天大部分的农户都能签订协议。钉子户褐天棚被民警的话吓坏了，民警跟他说，依法得进去，是农开办领导给他讲情，罚款也免了，但是案子还没有了结，以观后效，若是再不老实，新账老账一起算。褐天棚被训诫之后，主动找到文书褐大眼，乖乖地把协议签了。他不但自己签了，还很积极地把他兄弟的和爹娘的工作都做好了。

还有一个隐形的钉子，就是老支书。老支书在村里威望很高，这几年对褐天瑞也是不太满意。他对占地也有想法，虽然他家的地占得不多，但是觉得没有必要开恁大的沟，那些人找他，他既没有阻止，也没有支持。明眼人都看得出来，他是不赞成的。所以，这帮人才那么明目张胆。褐天瑞心里明白，他不仅让老支书失望，而且让很多人都失望了。所以，他决定亲自去市里看望老支书。老支书看到褐天瑞掂着礼来看他，很是意外，他说，只要真的能开发好，他把地贡献出来，不要补偿。

现在，就剩一个褐天缘了。只要褐天缘的工作做好了，基本就没问题了，可以按计划开工。

陈姝跟袁侨说准备点礼品。

陈姝和袁侨到褐天瑞家时，褐天瑞正和他老婆生气。他老婆嘟噜着把家里的地全部抵给了褐天缘，褐天缘还不同意，非得二亩半换一亩。他家的地镶着金边了，恁主贵？这根本不是占地的事儿，就是搞破坏。不是有警察吗？这案还不好破？别说警察，傻子都能把案破了，还天天传唤人？问的是个锤子啊。褐天缘他穷，是他的运气不好，怨不得别人，他也有运气好的时候，那时候，他也是村里的"光滚户"。再说了，他穷就应该占人家的便宜啊？

褐天瑞实在听不下去了，说："你个老娘儿们懂啥？放长线钓大鱼，知道不知道？再说了，这农开给了咱工程，孬好赚点就比种地划算。真是头发长见识短。"褐天瑞的老婆也不甘示弱，骂道："你的见识长，看你多能，两亩半换一亩，那就是往你脸上滋尿，还当支书呢，狗屁。人家都不把你当人看，你还腿旮旯夹棍，自己抬自己。又是拿着礼去看老支书，没事天天往褐天缘家跑，你不嫌丢人，俺都替你臊得慌。"

褐天瑞恼羞成怒，打人不打脸，说话不揭短，这些年支书当得窝囊，就是短处，就是痛点。于是，拿起扫帚朝他老婆打去。

袁侨看到褐天瑞举起扫把要打老婆，忙说，哎，哎，君子动口不动手。褐天瑞老婆看见客人进院，立马钻进屋里，委屈得放声大哭。褐天瑞一脸尴尬，转而又调侃道，日子过得稀松，需要调剂调剂。

袁侨多次来过褐天瑞家，跟他老婆也算熟了，随口说道："嫂子，别哭了，你要是嫌弃天瑞，我给你介绍一个年轻英俊的。"褐天瑞的老婆知道袁侨爱开玩笑，借坡下驴，止住了哭，说："中，俺愿意，俺一天也不想跟他过了。"

褐天瑞瞪他老婆一眼说道："你敢！"而后也呵呵大笑起来。他转而对着袁侨说道："兄弟啊，你跟谁一势啊？这样挖俺的墙脚。"说罢，见袁侨手中还提着东西，不好意思地说："你来就来了，咋还掂着礼啊。"

袁侨笑着说："褐支书别误会，这礼可不是送给你的。我要是给你送礼，别说嫂子，就老天爷也不愿意。走，走，走，咱们去看一个人。"

临出门，陈姝对褐天瑞老婆说："嫂子，先消消气，天瑞再敢欺负你，我可不依。咱们可有替妇女出气的机关啊。看这院子收拾的，一看就知道嫂子是个能干的人。"褐天瑞老婆也是见过世面的人，听陈姝这样一说，心里很受用，客气地说："没有，没有，恁进屋喝杯茶再走啊。"

褐天瑞领着陈姝、袁侨来到了褐天缘的家。

这应该是褐村最破落的农户了，土院墙倒是整齐，只是泥口颜色深浅不同，像是年年都有修整过。院内有一棵大桐树和一棵老槐树，老槐树下有一台旧打麦机。西南角有一棵石榴树，虬枝蔓生，稀稀落落地挂着红果子。院内的西墙角盖了草棚子，下面拴着两只山羊，几只鸡在慢吞吞地转悠着，一只懒洋洋的狗，见生人进院，都懒得起身。院内两间东屋，一间住人、一间杂物间。正屋东头是厨房，西头是茅房。院子看起来很干净，正房是三间瓦房，看上去也有些年头了。东屋的门口坐着一位老人，大概七八十岁的样子。老人木然地看着陌生的进入者，并未言语，脸上却飘过一丝的惊慌。他不知道这些公家人来他家干啥，都说这几天警察天天来，难道是……

褐天瑞走到老人跟前，附在他的耳边说：“仙寿叔，天缘呢？”

老人指指大门，说去镇上给他媳妇买药去了。

褐天瑞小声跟陈姝说，这老头教过私塾，在褐村算是最有学问的人了。早些年在院子里教晓光背古书，啥子"天地玄黄，宇宙洪荒，日月盈昃，辰宿列张"。俺村很多年轻人都会说上几句。还有啥子《三字经》《弟子规》，一说一串子……自从天缘媳妇出了车祸，就不再多说话了。

褐天瑞领着陈姝、袁侨走进了正房，正中间是堂屋，靠后墙放着一张大方桌，墙上贴着财神像。靠着西墙放着一张板子床，上面铺一张苇子席，四周用黑棉布包了边，朝外的一边布和席都破了。床里头堆满了旧衣服，床帮和席的中间一个颜色，油亮发光，大概由于睡人和坐人的缘故，都出了包浆。东墙放着两张木椅子，再无别的。

袁侨把东西放在了床上，轻轻地叹了口气，这屋里简陋得不能再简陋了。

陈姝随着褐天瑞进了东屋，一股热臊气扑面而来。一个女人躺在床上，看着褐天瑞说：“天瑞哥，行行好，给俺包一包老鼠药吧。俺不想活了，不想再拖累这个家了。”

褐天瑞对着床上的女人说：“晓光妈，别说这话了，你活着晓光还有个娘，天缘还有个媳妇，这家还是个家，你死了啥都没了。你不为自己活，得为这个家活。"女人哭诉道："俺不想活啊，一天都不想活……"

褐天瑞转身出来了，对他身后的陈姝说："唉，见了谁都要老鼠药，见谁都哭。"陈姝问，啥病啊？

褐天瑞说，早上起来赶集，因为天还没亮，被车撞了，肇事司机逃逸。待人发现时已经昏过去了，送到医院，命保住了，高位截瘫，就这张嘴能动弹，这个家也就败了。

褐天瑞、陈姝、袁侨从屋里出来，褐天缘也进了院。看到他们之后，并未言语，直接进屋去喂他女人药了。

褐天瑞想等着褐天缘出来，好歹也打个招呼啊，人家还掂着礼来看你的。褐天缘好像并不愿意和他们照面，迟迟不出屋。

这时一个十四五岁的少年进了院，看到老人说道："爷爷，俺爸在家吗？"

老人没说话，用手指指堂屋。

褐天瑞跟孩子搭话，晓光回来了。腼腆的少年对着褐天瑞点点头。褐天瑞转而跟陈姝说："这孩子在镇上上中学呢，听说成绩还不错。"陈姝没说话，褐天瑞觉得这场面很尴尬，就跟陈姝说，走吧。

陈姝脚步十分沉重，好像是挪不动腿。她听到屋里传来了褐天缘父子的对话："爸，老师让买资料呢。""多少钱啊？""三十，一共十套卷子。""等我把羊卖了吧。""老师说今天就得交齐。不然中考会受影响。"褐天缘似乎失去了理智，大声嚷道："没有钱，学不上也罢。"

少年从屋里出来，双眼噙满泪水，大步流星地走了出去。

陈姝快步追上，叫住他说："晓光，先别走。跟姑姑说说，老师让买多少资料？"

少年听陈姝如此说，使劲儿地咽了一口气，仿佛是咽下流出来的眼泪，勾着头小声说："三十块钱，班里就剩我一个人没交。"

陈姝拉着他的手说："没事儿，这一百块钱你拿着，先交了资料费，剩余的留着吃饭。来，把手伸开，以后你有啥困难，就给我打电话。"陈姝在褐晓光的手上写下了一行阿拉伯数字。

褐晓光点点头，露出了羞涩的微笑。

陈姝的脑海里，又出现了赤红脸膛、光着膀子、手拿刀的褐天缘的形象，这是一个被压垮的汉子。也许是孤注一掷，也许只是宣泄压力，也许真的不计后果了。

走出褐天缘的家门，陈姝向褐天瑞说："让褐天缘参与挖沟吧，你今天就跟他说，咱不能把人逼上绝路。"

褐天瑞说："俺也在想这个呢，褐天缘在村里算是能干事儿的，挺合适。只是派出所那边……"

褐晓光手里攥着那一百块钱，这对他来说，是一笔巨款。他看到了那位姑姑眼里的光，和妈妈没病时一样，很温暖，很柔润。他甚至很后悔，应该再鼓足勇气，抱抱她，就像抱妈妈一样。

他本来想着，如果要不到钱，就不回学校去了。全班就剩他一个人没交，老师以为是故意不交，现在哪还有交不起资料费的，肯定是他把钱私下花了。老师故意在班上说，还有一位同学没交资料费，我就不点名了。虽然老师没点名，但是同学们的目光唰一下聚焦在他身上。老师停了一下又说，今天再不交就不要来上课了。老师说完，同学们的目光又从老师身上反聚到他身上。他恨不得就地消失了。

老师和同学们都不知道他家里的变故，母亲没病时，父亲出去打工挣钱，母亲在家种地，收入还算可以，他从来没有误过资料费，在同学们面前，也是一副有钱人的样子。母亲病后，父亲被拴在家里，从地里刨食，直接成了赤贫，以至于每一次都是最后一个交资料费。这次实在是拖不下去，他也知道家里没有钱，还是想回去试试，希望能有奇迹出现。他之所以不让老师和同学知道他家的情况，确实有些虚荣，更重要的是，家庭条件不好会受同学歧视。那些家里有钱的学生，时常耀武扬威地欺凌同学，他不欺凌别人，也不想被人欺凌。然而，贫穷是无法掩盖的，它每时每刻都会暴露本相。他是班里品学兼优的学生，同学怎么看都无所谓，他最受不了的是老师不待见。

褐晓光来到那条宽阔的河边，这是他去镇上必须经过的一条河，这里人叫它沙河，其实它应该叫沙颍河。前面不远就是渡口，学校就在河的对岸。每一次回学校，他都会在这里停留一会儿，看看河边的野花、河边的水鸟，还有河里打鱼的小船。

河水缓缓流淌，清清亮亮，一闪一闪的光晕不停抖晃，那是太阳破碎的身影。河里没有大浪，只有那像妈妈漂衣时的摆动，那便是它前进的脚步。此刻，接近正午，河滩里的野草疯长，红的、黄的、紫的花们，杂乱地散落在野草中。

他突然发现几只白鹳鸟，步履轻盈矫健，边走边啄食。突然，他看到一只单腿立在水边，脖颈缩成S形，悠闲自在地歇息。还有两只奔跑起来，然后用力扇动翅膀，轻盈离开了地面，它们的头一直往前伸直，双脚伸到尾后，轻盈地飘在河面上，不停地在空中盘旋滑翔，一会儿仰冲，一会儿紧贴水面。一只小船靠近了河边，受惊的白鹳，上下嘴急速拍打，发出了嗒嗒嗒的声音，随着颈项伸直向上，不停地摆动，翅膀半张，尾巴向后竖起，两脚快速走动，继而展翅而飞。褐晓光痴痴地看着，惊诧不已。他想，鸟的世界大概跟人一样，有福、有祸、有不测。

是的，当他父亲说没钱时，他很绝望。他想着，就在这个地方跳下去，一了百了。他不怕死，母亲整天哭着喊着要死，让人给她买老鼠药，对于死他都听腻了，反倒觉得是解脱。

当他手里拿到一百块钱，还有写在他手上的电话号码，感觉像做梦。那颗绝望的少年之心，立刻被爱包围了，世界还是温暖。

褐晓光看了看手里的那张红票子，他想，一定要好好学习，摆脱贫穷。他要走出褐村，走出陈胡，走出中原，走得越远越好。农村的苦亲眼看到了，亲身经历了。

今年麦收的时候，正值他和弟弟都过大星期，回家两天。丰收的季节，大家都很兴奋，奶奶总是把过年买的肉腌渍一块，单等收麦时节吃呢。以往，他最喜欢麦收，主要是惦记着奶奶的腊肉。煮好的腊肉，切成了透亮的薄片，夹在刚刚蒸好的热馍里，想想都流口水。今年，他和弟弟都要下地割麦了。一大早，父亲就叫醒他们，干到半上午时，他的背心全部湿透了，身上被麦叶划了很多口子，有的还浸着血。这皮肉疼还不算啥，太阳晒得他的头都木了，心里感觉像塞了一团棉花。实在撑不住了，他就躺在地上。父亲看到他躺着，赶紧过来，说，晓光你咋了？他说，不得劲儿。父亲说，赶紧回家歇歇吧。他起身，感觉整个身子都是酸软的。他看到村里有很多人都用了收割机，就埋怨父亲为啥不用收割机。父亲说，收割机抛撒得太多，麦都熟了，眼看到手，再抛撒了太可惜。他知道，其实父亲是为了省钱。为了省钱不用收割机的，不只他一家，还有天棚叔家。可是，他家种得多啊，为了给他和弟弟攒学费，父亲种了人家不种的地，都是这样靠着人力，一点一点地收割。

他头昏脑涨地从地里回家，还没进村，远远地看见一车麦子散在路上，天棚叔和仙女婶子两人在麦堆旁吵架呢。因为他们拉麦子的车子歪倒在路上，仙女怪天棚没装好，挣钱没一哈，干活怕掉劲，啥本事没有，成天就会张着嘴瞎叭叭。天棚也很烦，大热天的，他在前面拉着车子，你扶住就行了。扶着也扶不好，就会串门子。两口子你一嘴，我一嘴，说着说着打起来，路过的人不劝，也不帮忙，笑一下就过去了，都忙着自己的地里的麦子呢。天棚一恼，把麦车子丢在路上走了，仙女坐在那儿哭。最后，还是支书路过，帮仙女把麦子拉到场地。褐天棚不但没有感谢支书，还说他对仙女有拐心。褐天棚不敢对支书说啥，一状告到支书老婆那儿。支书老婆是谁啊？透亮着呢，反倒把天棚说落了一顿，说他是狗咬吕洞宾，当支书还不是谁难了帮谁，帮帮你们还帮出是非了？

农村落后，农民狭隘、自私，褐晓光发誓一定要走出去，就为了不再像父亲那样，拴到土地上，一辈子给土地当奴隶。小时候，爷爷就常给他说,"万般皆下品,唯有读书高",只有读书才能让他走出农村。他说的走出,是真走出,不像村里那些打工的人,走出了又回来。他要进入大城市,进入机关,当公务人员,彻底脱离农村。或者学医,能把妈妈的病治好。他希望妈妈能够好起来。之前,最大的享受,就是看妈妈的笑容,那种从心底发出的灿烂的笑容,充满爱意和温暖。自从她遭横祸之后,就再也没笑过。他由妈妈的笑容,想到了陈姑姑的笑容。他叫她姑姑,是她自己说的,也正是他心里想的。

沙颍河在阳光下静静地流淌。野草也静静地生长。白鹳鸟静静地觅食。河边的少年,静静地思考着自己的未来。

褐晓光弯腰捡起一块石子,扔向了河面,一声响动,惊扰了正午的宁静。他转身向渡口走去……

第十一章　开工

陈姝到了挖沟的现场，见褐天瑞正在指挥着挖土。挖掘机的两边，各绑了一个大红绣球。陈姝笑道："褐支书，你这是唱的哪一出啊？"

褐天瑞黑红的脸膛上汗津津的，见陈姝过来了，兴冲冲地来到陈姝跟前，说："陈主任，今儿是个好日子，冲冲喜。咱们挖沟能开工，太不容易了。你放心，挖沟俺有经验，想当年，全乡的农田水利基本建设现场会，都是在俺褐村儿开的。俺挖的沟，都是工艺品，六条线绷直，三个面净光，全乡村干部没有不竖大拇指的。"陈姝也很高兴，问褐天瑞，这沟大概需要多少时间？褐天瑞想了想说："主体工程需要二十多天，最后验收还要等路修好之后，再做细活。袁主任和柳武天天盯着俺呢，俺哪敢怠慢啊。"

晚上的碰头会上，袁侨汇报了挖沟的情况，高一丁汇报了打井的情况，孔向阳汇报了路工筹备情况，柳武代表袁侨汇报了桥工准备情况。整个工程技术问题、总监理，都是袁侨负责，所以把柳武和袁侨分在一组，也是袁侨的意思，柳武能够独当一面。在工程监管分工上，一切按照老主任之前的分工不动。他们对各自所分管的工程，每一个环节都很熟悉，关键的环节都不敢大意。

为了保证工期和质量，袁侨建议路工的路面一律使用商砼。如果使用搅拌机，可能对水泥的标号，包括沙子、水泥、石子的配比，不好把控，即便我们的人在现场，不能一会儿都不离开吧？离开一会儿工夫，混凝土就搅拌好，再拿去质检，会很麻烦，容易遗留后患。

孔向阳说："如果这样的话，会给承建方增加成本，商砼虽然保证质量，但是价格算下来肯定要贵得多。承建方肯定不愿意，况且这个也不在合同中。这样又会触及矛盾，节外生枝，影响进度。"

袁侨说："我们上报计划的时候，还是砖路，所以都没有写进合同。商砼虽然贵点，但人工费省下来了。整体成本可能会多一些，也多不到哪里，利润足够保证，赚多赚少而已。但对我们来说，保证工程质量才是第一位的。"

高一丁见孔向阳这样说，又补充道："现在不是打井的时候，地里玉米都起来了，如果现在进场打井，庄稼毁坏太多，可能还要牵扯到青苗补偿，会惹出大麻烦的，每块地种的庄稼不一样，比挖沟的麻烦大多了。"

袁侨说："打井可以先在外围，地边或者空旷的地方，不要涉及青苗，腹地里可以等庄稼收了再打。不然会影响整体进度，市办一直在要进度。"

陈姝最后要求，一周之后，所有工程队必须进场。

碰头会结束，柳武敲开了陈姝的门。

柳武说："陈主任，谢谢你。沈妍给我打电话了，说七夕的花很漂亮，她很喜欢。"

陈姝笑道："爱花的姑娘，值得珍惜。如果一束花，能换得你的爱情，这事儿意义就大了。"

柳武不好意思地笑了，羞涩地说："她总是怀疑我以吃住工地为由，不跟她见面，怎么解释都不听。"

陈姝告诉柳武："这很正常，女孩子总是对爱情抱有幻想，总觉得浪漫的爱情可以代替一切，可以让人放弃一切，可以不食人间烟火。等进入婚姻，就知道所有的浪漫都经不住烟熏火燎，花前月下不过是文人笔下的故事。这女孩不错，我给你开绿灯，你和袁侨商量一下，在保证工程质量的情况下，可以抽空回去约会，不能让这姑娘跑了。前提是，保证工程每个关键环节，都在现场，不能失控。"

柳武不善言辞，但眼睛似乎有些湿润了，也许每个人都有柔软的地方。其实，他开始对这位女主任并不看好，女同志真的不适合干农开，而且又提出了"高标准农田"，基本等于不知深浅。他在农开这么多年，太了解情况了，就是按部就班地做项目，上边怎么要求，就怎么做，计划完成，通过验收就行了。嗨，还真折腾出点名堂了，工作上他服了。

工程已经全面铺开，褐天瑞挖沟的主体工程已经完成，整体效果已经出来了。两米五的沟口，一米二的沟底，作为他们这里的排水干沟，已经够了。确实如他所说，六条线、三个面的轮廓已经出来了。路、桥、井等工程队都陆续进场开工，进展虽然没有预期的快，但还是稳妥推进中。

陈姝在路边上的一个钻井机旁停下来，高一丁正在和机主说着什么，见陈姝过来，他也就走了过来，说："我正听他说滤料的事儿呢。他说万阳沙和细沙掺和在一起，效果好，计划上做的滤料是米石。"

陈姝还没有明白高一丁说的啥意思，柳武的电话打过来，说村里大塘边上的桥，挖好的基础被人填上了，现在围了很多人，不让挖了。陈姝问袁侨呢？

"袁主任给儿子送生活费去了，正在回来的路上。""褐天瑞呢？""褐天瑞来了，这些人不买褐天瑞的账，说得很难听，褐天瑞又走了。这些人都是褐大锤近门的，还有那个褐天棚，就他跳得高。""褐大锤呢？""褐大锤对褐天瑞有意见，因为挖沟没有让他参加，出了这事儿，就躲着不见面。"陈姝说："好，我马上就过去了。"

陈姝到了村里那口坑塘时，确实有一群人，围着那个桥基础吵吵嚷嚷，挖开的基础已经被填上了。这个桥的位置是褐天瑞定的，虽然离褐大锤家不太远，但没有事先跟褐大锤打招呼。

现在这里是泥土坝子，没有桥，一到下大雨，就没法过人，都是临时找砖头或者树根垫脚，老人和孩子都没法过，要绕半个村子。褐天瑞当时提出来，也是想为村里办点好事。按规划这里不能修桥，因为农开做的是田间工程，所有工程都不能出项目区，改变计划需要经过市办审批。陈姝之所以同意褐天瑞的建议，除了调动褐天瑞的积极性之外，还有一个重要的原因，就是收种时节能过大车。现在正是施工最佳时机，塘里缺水。但是，需要把路挖了，大家绕行一下。施工时间也就是十几天的事儿，没想到竟然在这儿出了问题。

褐大锤不在现场，围观的人群七嘴八舌，看陈姝来了，就更加起劲儿了。褐天棚看陈姝来了，气焰就小多了，说，其实也很简单，就是再垫一个辅路，也不耽误修桥。

柳武说："修桥是为了你们方便，再垫辅路，费用谁出啊？人家基础都挖好了，你们填上，继续施工就增加成本，还让人再为你们垫辅路，是不是太过分了？"

褐天棚旁边的那个人说："不干算了，俺们老几辈都没有修桥，不也活得好好的。不就是修个桥嘛，有啥大惊小怪的。一个桥下来，不定赚多少钱呢，垫个辅路能花多少钱？"

柳武还想继续理论，陈姝目示他不要再说了，以免激化矛盾。陈姝说："大家都散了吧，我们想办法，尽量都照顾到。人家在咱们这里施工也不容易，大家能提供方便的就提供方便，有事儿好商量。"

褐天棚好像意犹未尽，想多闹腾一会儿，又怕事儿闹大，把老事儿翻腾出来，就嘟嘟囔囔地说："施工队是为了赚钱，也不为了俺们，在俺地里赚钱，就得为俺提供方便。"

柳武说："还赚钱呢，人家打了三回基础了，打了挖掉，挖了再打，打了再挖。有你们这样的吗？实在不行，就不修了。蹚水、蹚泥，活该。"褐天棚很不屑地说："你这像共产党的干部说的话吗？一屁股坐到包工头怀里了，不定喝人家多少酒呢。"

陈姝跟柳武说："不说了，先停吧。"柳武气不忿儿，说："这褐天棚又开始蹦跶了，直接撂进去就老实了。"

陈姝知道柳武说的是气话，他是个急性子的人，其实她也是个急性子，最讨厌拖泥带水的，但是着急不是赌气。柳武只是想着工程进度，并不知道案子内情，抱怨派出所办事儿效率低，这么简单的案子到现在还没破。陈姝不再说褐天棚，转而问，褐天意呢？

柳武说："褐天意是二组的组长，这是三组的人，组长是褐大锤。据说褐大锤这些年来，一直想当支书，扬言乡里书记、乡长早就不想让褐天瑞干，许给他了。他只恨这一天迟迟不到，就想人为地加把劲儿，背地里捣鼓事儿，对付褐天瑞只是一方面。"

柳武停下来，使劲儿咳了一口痰，接着说："听施工队说，褐大锤给施工队要一袋子水泥，收拾他家的猪圈，水泥没到，就出了这事儿。褐大锤这个人太差劲儿了，见褐天意工作配合得好，就说风凉话，说他是褐天瑞的接班人、狗腿子，弄得人家褐天意话都不敢多说。我找褐大锤，他躲着，给他打电话，他说去集上给猪买药去了。"说着说着，柳武的犟脾气又上来了，生气地说："陈主任，这些人简直不知好歹，往嘴里抹蜜还咬手指头，为修这桥，咱费多大劲儿才改了计划。不能再让步了，大不了这桥不修，位置挪挪，照样完成计划。验收时，总数合上就行。活不怕干，累死都情愿，就是受不了这窝囊气。"

柳武说的也是实情，现在的施工环境确实不太好，但凡管点事儿的，觉得做工程赚钱就眼红，都想蹭点好处，让人家掉俩子儿。陈姝有时候也很生气，转而又想，农开是个良心活，不能因为遇上点困难，就懈怠应付。

待柳武气咻咻地说完，陈姝问他觉得咋办合适呢。柳武一下子被问住了，说："我，我，也没想出啥好办法，气糊涂了。"

陈姝说："绕行确实也不方便，特别是老人妇女。咱退一步，如果按照他们的要求，就垫一个辅路，这样行不行？"

柳武叹口气说："咳，咋说呢，他们倒是方便了，就是觉得刁难人家施工队。早上，村里有个老人，看见我在这儿转悠，说你们做好事儿比做坏事难，做坏事多容易啊，东西一毁就走人，不会恁作难。

你们做好事，天天在这盯着，还是不行，一转眼东西就毁坏了，真是为难你们了。当时说得我眼窝子都是湿的。"

袁侨从县城回来，没有去村室，直接去了工地。半道上迎住了陈姝和柳武。他们一起去了褐大锤家。项目规划时，褐大锤跑前跑后，配合得不错，所以袁侨跟他比较熟。

一进褐大锤家的门，一股臭烘烘的猪粪味迎面扑来，呛得陈姝嗓子痒痒的，咳嗽了好一阵子。

褐大锤人高马大，仪表堂堂，能说会道，脑袋瓜活络，因为县里有后台，底气足，看上去颇有大侠的意味。他家里养了十几头猪，在褐村算是富裕户。

褐大锤正在收拾猪圈，见农开办的领导进了他家的门，自然知道是啥事儿，他停下手里的活，笑着说："俺说今儿喜鹊咋在俺院子叫呢，原来有贵客临门啊。"

袁侨调侃道："喜鹊在家院子里叫就对了，你家天天有喜事儿。不是母猪结婚，就是母猪怀孕，要不就是母猪下崽，没有一天不喜的，那喜鹊还不天天叫。"

褐大锤笑道："袁主任你这'打渣淬（开玩笑）'的水平，那可是'飞机上挂暖壶——高水瓶（平）'。"

袁侨正色道："不'打渣淬'了，说正事儿，村里大塘的桥，明天必须动工。你得亲自蹲着监工。"

褐大锤为难地说："塘子沿那几家跟俺闹几天了，原本一出门就到地里了，现在路一挖，得绕大半个村子，下地干个活，走半天还走不到地里呢，到地里没干活就该收工了。"

袁侨接道："别扯恁远，现在也不是农忙季节，谁也不天天下地。你褐大锤的能耐，地球人都知道，还能治不了这几个人。"

褐大锤摆出一副无奈的神情说："不是治不了，都是乡里乡亲，低头不见抬头见，俺也不能硬来不是。按说，他们要求得也不过分，就是垫个辅路，也不值啥啊。"

柳武一旁撑道："你说得轻松，人家承包方不愿意。一座小桥能赚多少钱啊？人家打了基础都给挖了，分明就是不让人家施工，根本不是垫辅路的事儿。"

褐大锤瞟一眼柳武，很是不屑："柳主任，你腰杆直挺挺的，说这话腰肯定不疼。人都出去打工去了，哪有人干活啊？"柳武也不示弱："垫辅路没人，闹事的人不少啊。"

袁侨看一眼柳武，示意他不要再说话，转而对褐大锤说："没有人？你不是人啊？你一个人就能干完，不需要人多。"

褐大锤精明，知道袁侨的分量，听袁侨这样说，给自己找了个台阶，说："俺不是这几天忙吗？俺那头大白有点不好好吃食儿，俺才从镇上买药，刚刚进门，您就来了。袁主任，说正经呢，你们咋不从大田里修呢？"

袁侨笑了，他知道褐大锤故意给褐天瑞使点小绊子，村干部这点小伎俩，他太熟悉了。于是说："你褐大锤的心思我还不清楚，不说别的，连夜垫辅路。明天一早，你必须在现场监工，这个桥修不好，你哪儿都不能去。不好好配合，就是给你老表抹黑，当心我去告你的状，以后休想让你老表管你的事儿。"

袁侨一提褐大锤的老表，褐大锤马上就变了一副嘴脸，说："好，好，陈主任、袁主任、柳主任，你们为俺们办好事，俺说啥也得配合好，保证完成任务。"柳武说："明天八点，我准时在工地等你。"

褐大锤正要送客，一个黑脸壮实的女人进了院。看到院里的一群人也不理会，高声对褐大锤说："褐大锤，你给俺听好了，这次母猪再打不上圈子（配种），老娘跟你没完，都三回了，打一回流一回，你把母猪喂得膘肥，光你娘的化羔。再打不上，你自己打。你以为老娘的钱是大风刮来的，打一回十块钱，你知不知道？"

褐大锤立刻气短，一脸媚笑地说："好，好，俺打，俺打。饭在锅里，赶紧吃吧。"女人径直进屋了。

褐大锤转脸尴尬地说道："见笑了。见笑了，就这个火暴子脾气。"

袁侨调侃道:"大锤,乖乖地听话啊,不然你得亲自打圈子。"褐大锤的脸红得跟耳刮子刚扇过一样,嘟嘟囔囔地说:"见笑,见笑,领导慢走。"

出了褐大锤家的门,陈姝笑了,说:"袁侨这张嘴也太厉害了。那女人是褐大锤的媳妇吗?"袁侨说:"对付褐大锤这样的人,就得这样,好说好讲,他不当回事儿,骂着、压着、开着玩笑他才舒坦。"

别看褐大锤在外边人五人六的,见到他老婆可是老鼠见了猫,真是"卤水点豆腐,一物降一物"。他老婆噘人是一绝,可以噘得三天不重样,蚊子都睁不开眼。褐大锤爱跟村里的小媳妇打情骂俏,有时候还手脚都上,只要被他老婆看见,不管在哪儿都是一顿臭骂。后来,他老婆只要看见褐大锤跟女的说话,就会噘他,连人家女的也一起噘。所以,村里连老年妇女见了褐大锤都躲着走,生怕说句话被他老婆看见了。

褐大锤看钱重,爱显摆,爱占小便宜,是天生的性子。不过,他家确实特殊,从小家里穷,没人说媒,老大不小了,他爹四处托人说媒,娶了"老虎",进门才知道是个泼妇。婚后生了个孩子,是男孩儿,一家人欢天喜地,把"老虎"敬到天上,事事顺着她,不幸孩子患了残疾,小儿麻痹症,走路一颠一瘸。"老虎"把孩子的病赖到褐大锤的身上,说他的种不好。褐大锤为了证明自己的种没问题,想着再生一个男孩儿,结果二胎生了一个闺女。两口子拼命挣钱,就是想替儿子找个好姑娘。"老虎"泼虽泼,但很能干,花钱仔细,也积攒了一些家底。所以,褐大锤夸海口说,就凭他家这条件,咋也得给儿子找个"俩大眼,双眼皮,高鼻梁,白净底"的俊媳妇儿。如果说"老虎"对褐大锤还有些忌惮的话,那也是因为褐大锤的老表。其实褐大锤也就狐假虎威,扯个虎皮,他的那些事儿,他老表也未必知道。即便他老表知道,也不会支持胡来,肯定会训他。所以,拿他老表说事儿准灵。

通过挖沟,陈姝把村里在外的人脉,还有单位的人脉,都挖出来了。倒是忘了褐大锤的老表了，就问袁侨，你跟褐大锤老表熟吗？

袁侨说："说不上熟，知道。陈胡一巴掌那么大，科级以上的就恁多人，像渔网上的浮子，谁还不知道谁啊？"

柳武说："听说黄豆乡长跟他老表是同学，褐大锤经常打着他老表的幌子去找黄乡长。"

柳武前面走着，袁侨跟陈姝走在后边，他小声跟陈姝说："褐大锤想当支书的事儿，可能是他老表跟黄豆打过招呼，估计黄豆也拍了胸脯的，一个乡长动一个村支书，还不是很容易嘛。这事儿估计褐天瑞也乎乎清，就不主动辞职，也不干事，单等着乡里撤职呢。"

陈姝当过乡长，她很清楚，乡长动村支书，还真不容易。即便是党委书记想动支书，也不是容易的事儿，除非他不考虑后果，只为了达到目的。要知道，行政村是自治组织，支书没有威望不行。别看一个支部书记，不是谁想当就能当的。能"赖"住个人，也能"好"住个人，赖人好人都能治得住才行。另外啊，还得考虑门户大小，小门小户也不行。农村计划生育为啥恁难？不生儿子就绝户了，被人看不起，受人欺负，儿子多了在村里势力大，就豪横。除了这些，当支书还真得有点能耐，十八般武艺，都得会点，不然压不住台。乡土社会里的关系是差序格局，很大程度上是私人之间的联系，就像一个石子掉进水里出现的波纹，而波纹与波纹之间构成细密的网。这个网最大的特点是熟人，管的都是熟人，熟人社会有时候法治并不灵验。估计这才是乡里不动褐天瑞的真正原因。虽然褐天瑞被激活了，但褐大锤绝不会善罢甘休，大麻烦还在后头呢。

第十二章 大旱

从连续十天没下雨时起,褐天缘就天天往玉米地里跑,看着庄稼在干渴中一天一天地枯萎,他整个人也在枯萎。每年都这样,他的心旱时在火里烤,涝时在水里泡,只要遇上恶劣天气,都是煎熬。他所有的希望都在这地里:儿子的学费、老婆的药费、红白喜事、日常开支……都得从这地里刨啊!

俗话说:"有钱难买五月旱,六月连阴吃饭饭"。整个六月没下一滴雨,他的心火烧火燎的,嘴上嘘上了燎泡,一茬接一茬。母亲让他沏个生鸡蛋茶喝喝,降降火。

褐天缘是个孝子,嘴上答应,到底没沏。他一家老小都需要鸡蛋,都舍不得吃,就他不需要。再说,火是心里起的,生鸡蛋茶能降下来?

一大早,褐天缘啃点干馍,又去了玉米地。他种了一万五千零六十棵,还有二十棵是种在路肩上的。二十多天了,他天天来,来一次数一次,哪棵歪了,哪棵倒了,他都刻在脑子里。

褐天缘手扶的那个玉米叶子虽然还透着绿,但边上已经焦黄。他看看天,朝阳的红光晕染着清澈的天空,天真蓝,蓝得透亮,一丝云都没有,真干净,真喜兴。看样子还是一个好晴天,老天爷看着农民的庄稼都变成柴火了,就那么开心了?褐天缘真想把天捅个窟窿,能漏点水下来。

褐天缘望着手上被划的口子，已经结了黑乎乎的痂，老天爷不让人活了吗？他下意识地抠着手上的黑痂，黑紫的血慢慢地聚集着，滴在玉米叶上。玉米叶子似乎并不需要血，那一滴血顺着叶子继续往下滚动……

昨天来看还有三百六十棵活着的，今天一看只剩二百零五棵了。

全指望着秋季的收成供孩子上学呢，这可咋办啊？想起上次晓光回家拿资料费的情景，心里还隐隐作痛，现在还欠着褐大锤的钱没还。他自己不是读书的料，一上课就瞌睡，也就勉强上了初中。晓光这孩子聪明，学习成绩也好，父亲天天念叨，一定要让晓光上大学。如果秋季不收，晓光又要上高中，还有晓明的学杂费，他去哪儿找钱啊？想到此，褐天缘不由得大放悲声。

褐天瑞也是心急如焚，拉着陈姝一起去了玉米地，已经一个多月没下雨了，玉米从种上到抽穗，没有下过一场透雨。中间有一场小雨，零零星星地飘了几滴，酥土都没有压住。

放眼望去，那些已经死掉、正在死掉和濒临死掉的庄稼，被热啦啦的空气煎烤着。有站着的，有倒伏的，有拦腰折断的，有从梢折断的，仿佛一碰就成碎末，惨不忍睹。所有的叶子都透着褐黄瓷白，了无生机，只有低洼处的几棵还有一抹绿色，但是叶子的边缘也都焦枯了。

路边的野草都伏地枯死，失去了往日的顽强和野性，只有大棵的老牛拽还有少许绿芯。太阳依旧照着，丝毫没有因为大地的焦渴和植物的枯死有所收敛。那些绿植在旱情下仿佛成了地下的随葬品，一见天日便风化了，随时都会灰飞烟灭。

陈姝心里很痛，她也是农民的孩子，对庄稼有着天然的亲近。

"死了，都死了。今年秋季又归零了，亏大发了，种子、肥料、农药、人工费，全搭进去了。你们打井咋还不开始呢？"褐天瑞心疼地呢喃着。

陈姝仿佛有些负罪感，叹口气说：“大田里的井，得等到玉米收了。"

褐天瑞说："还收啥啊，老天爷都收完了，赶紧开始打吧。"

陈姝说："已经这样了，早一会儿晚一会儿都一样的。毕竟还有一些活着的秸秆，还有一些玉米棒子，虽然小，收点算点。"

他们正在说着，突然听到了有人在哭。褐天瑞阴沉着脸说："是褐天缘，天天往玉米地里跑。走吧。走吧。"褐天瑞觉得褐天缘一定不想让人知道他在玉米地里哭，就催着陈姝离开了。

陈姝跟在褐天瑞身后，心情十分沉重。电话铃响了，一看是孔向阳，陈姝按下接听键，孔向阳说："路工得先停了，白灰和土的比例不对。你跟袁侨说说，马上下停工令。袁侨是工地总监管，下停工令他得签字。"陈姝随即打电话给袁侨，问他在哪儿。袁侨说在点桥位，马上过来。

陈姝眯起眼睛，看着袁侨大步流星地走过来。袁侨完全没有机关工作人员的样子，一双运动鞋已经看不出原本的颜色，裤子也是运动型的，上身穿着一件旧T恤。由于常年在工地，衣服也都褪了颜色，脸色黑红发亮，头上戴着统一配发的草帽，简直就是一个地地道道的农民。

来到路工现场，一台旋耕机正在作业，原来的路面上堆满了白灰。旋耕机得先把路面的白灰和原土旋搅在一起，掺匀推平，然后才能上压路机压实基础。

孔向阳正在那儿跟机手说着，机手似乎没有听进去，并没有停下来。

孔向阳浑身上下都沾满了白灰，一双休闲鞋也成了白色，灰色的裤子看不出原色，一块深一块浅，脸上、头发上也有很多白灰末。袁侨开玩笑说，向阳，唱白脸奸臣不用化装了。

孔向阳说机手不听咱们的，一天干多少活，老板有规定，干少了扣他的钱。袁侨立即给老板打电话，说："马上停下来，我们就在现场,你们的白灰量明显不够。我一会儿就给你下停工通知,现在,立马让机手停下。"

机手接了一个电话,一声不吭,停下旋耕机就走了。

袁侨说:"别看孔迷糊平时迷糊,对谁都一团和气的,但是工程上是绝不马虎。他的眼就是尺子,一看就知道比例是多少,绝对不差分毫。"

农开办很奇怪,好像都有绰号,高一丁因为个子低,爱开玩笑,所以大家都叫他高大人。袁侨个子大,人壮实,脸黑红,人称金刚。孔向阳号称迷糊,调资、评先、升迁,他全都不在乎,从不参与单位的是是非非,平时上班松松垮垮,总是迟到。袁侨当着陈主任这样说,他并不为所动,只是呵呵一笑,说,人老迷糊多。

孔向阳虽然迷糊,知道路工的关键在哪儿,而且都是不可逆的。按照设计,路工的灰土比例1∶4,白灰足量卸到路基上,才允许开机。孔向阳到的时候,看到白灰还在上,有些地方还没有上够已经开始旋耕了,按要求是白灰全部上好,等他验收之后才能开始。可是,路工老板不出面,打电话也不接,只有一负责工地的人,也是一会儿在一会儿不在,好像其他工地还有工程开工。

孔向阳号称迷糊,但从来不和工程队吃吃喝喝、拉拉扯扯,监督就是监督,但凡有一毛钱的关系,就拉不下脸了。他知道做工程讲究的是利润,利润最大化是他们的目标,这是规律,跟道德人情、素质高低没有关系。没有利润,亲叔二大爷也不行。所以这个老板请吃饭他就没去,而老板觉得他不识抬举,也就不理他了,自然也不听他的招呼。听说这路工老板有来头,过去请谁没有不去的。孔向阳觉得无所谓,就图个心里干净,解决不了的问题就上交。

再说褐天缘从玉米地里回来,捎回一些树叶子扔到了羊圈里。这两只羊也是他的希望,能卖点钱,贴补家用。时常,他父亲会牵着羊到大路边上啃点青草,现在草都旱死了,老父亲也没了精神头。

老母亲挎着篮子回来，篮子里薅了一些半干的草，倒进了羊圈里，边倒边说，地里都冒烟了。褐天缘长叹一口气，没有说话。坐在东屋房檐下的老父亲说，没有不下雨的老天爷。褐天缘木木地说，再下也白搭，庄稼都死了。

褐天缘心里火烧火燎的，压了一桶井里的凉水，他头伸进去，降降温。他母亲说："一身热汗，激着火了可不得了，人急天不急。村东头的龙王庙，龙王爷都抬出去晒了，还是下不来雨啊。"褐天缘没有接话，他母亲又说："晌午了，俺擀点面条去，一会儿晓明该放学了。"

褐天缘正准备进屋，褐天棚进了院。褐仙寿说："天棚来了，进屋坐吧。"褐天棚说："不去了大爷，外边凉快。"说着跟褐天缘使了个眼色，说："哥，俺院里的那棵树卖了，树贩子打了价，你给俺看看，值不值？"

褐天缘知道褐天棚来肯定是有事儿，他家没有说事儿的地儿，就跟着褐天棚来到了他家里。褐天缘进了褐天棚的屋，仙女不在家。褐天棚直接就问："哥，那挖沟，褐天瑞给你多少钱啊？大家都说是你俩人的份子，说得可难听了。"

褐天缘沉吟着，一时不知道说啥，挖沟的事儿他确实也参与了，褐天瑞找他时，他觉得赚不赚钱无所谓，只要派出所不再找他就成。褐天棚见褐天缘不说话，接着说："那事儿不是原先说好的吗？工程要过来咱哥儿几个干，你咋跟褐天瑞打成伙子了？"

褐天缘问："跟谁说好的？"褐天棚一愣，说："褐大锤在这儿，咱不是商量好的吗？"

褐天缘沉闷地说："警车来来回回找你，褐大锤的头缩得比乌龟都深，咋不替你说一句话啊？再说了，那是公家的项目，就咱几个一闹腾就不干了，就把人家撺走了，你有脑子没？那褐大锤，要不是跑得快，找了上头的人，说不定早就进去了。"

褐天棚嘟囔道："那也不能就这样算了，你也不能跟褐天瑞搅在一起啊！褐天瑞在台上一天，咱就得受他欺压一天，不能让他这样顺顺当当地干。"

褐天缘说："都是褐大锤给你灌的迷魂汤，人家褐天瑞咋欺压你了？"褐天棚不满地说："光占咱们的地，不占他家的地，不是欺压是啥啊？"

褐天缘说："占咱家地的也不是褐天瑞啊。人家农开规划时，也不知道是谁家的地，还是褐大锤领着呢，你咋不怨褐大锤啊？再说了，虽然没占褐天瑞家的地，他的地不是也拿出来了。"褐天棚说不过褐天缘，拿出了他认为的撒手锏，说："要是褐大锤当支书，肯定得向着咱。褐天瑞能给咱做啥啊？"

褐天缘知道褐大锤和褐天棚的关系，褐大锤在褐天棚当电工的时候，找他老表跟电业局的领导说情，褐天棚才如愿。所以，褐大锤就在褐天棚跟前以恩人自居，有啥事都使着褐天棚往前冲，好儿都落在褐大锤身上，出了事都是褐天棚的。褐大锤还给他画了一个大饼，他若当支书，许褐天棚当主任。褐天棚自己都没有掂量掂量，那褐大锤真要是当了支书，能用他吗？褐天棚一头钻进了褐大锤的迷魂阵里，出不来了。

褐天缘觉得人要是入迷了，劝是劝不醒的，等"疼"了，自己就醒了。他也不想跟褐天棚多费唾沫，起身说："没啥事儿俺先回去了，该喂你嫂子药了。"

褐天棚说："还有个事儿，挖沟也结束了，干活那些人等着用钱呢。买种子、肥料，还得供小孩子上学。要是褐天瑞不给钱，他们几个人准备去上访呢，去乡里告他，乡里不管去县里，县里不管去省里，都不管就去北京。现在国家正治理拖欠民工工资呢？一告一个准，看谁还能保住褐天瑞？"

褐天缘停下来，说："都等着用钱，俺也急，那工程的钱也不在褐天瑞那儿啊。"

褐天棚说："这俺不管，反正是褐天瑞让干的活，就找褐天瑞要钱。那些人都说好了,大篷车也准备好了,准备上访呢。"

褐天缘一惊,问道:"你找褐天瑞要过钱吗?他说不给钱了吗?"褐天棚说:"明天一早,都准备去他家要钱,他要是给不了,二话不说,直接就去县里。哥,你得去啊,占地的事儿都是你挑的头,这事儿你也不能往后缩。"褐天缘说:"俺明天一早得去给你嫂子买药,先走了。"褐天棚跟在他身后说:"那等着你回来再去,大家伙都等着你呢,你一去大家伙心里就有底了。"

褐天缘回到家,扒拉了一碗面条,坐在屋里叹气。说实在的,他确实急着用钱,褐天棚说的也是实情,但是如果因为这个上访,就有些过分了。人家农开不做项目,他们不照样着急吗?还不是各想各的办法啊。褐天缘想到这儿,就出了门。

他来到褐天瑞的大门外,来来回回拐了几趟,还是没有进门。他不知道该咋跟褐天瑞说这事儿,如果明说,褐天棚一准说他是叛徒;如果不明说,褐天瑞蒙在鼓里。说句良心话,褐天瑞这一段时间,为了项目没少操心,没吃一顿应时饭。褐天缘叹了一口气,毅然转身。父亲从小教他做人要堂堂正正,他闹事也是被逼无奈。这事儿他没有参与,算是站到净地里了。

褐天瑞从外边回来,刚好看到褐天缘离开的背影,以为褐天缘没找见他,就叫住了他,让进了院子。

褐天缘倒是像做贼正好被人逮住,脸唰地一下就红了,说也没啥事,刚好路过这儿。

褐天缘心想,既然如此,还是应该给褐天瑞递个信。

褐天瑞问他干啥去了,他说:"本来是想借点钱,又怕你为难,俺也知道钱不在你这里。"褐天瑞说:"这两天,俺也想着这个事儿呢,听袁主任说,工程款都是竣工后才拨付。"

褐天缘停了一下,仿佛下定决心似的说:"秋季都指望不上了,麦季儿得早点下手啊,正是农时备料的时候,大家伙可能都着急,你想想办法,庄稼人一时想不开,不定想说点啥。"

褐天瑞是谁啊,听褐天缘这样一说,就知道底下有人说难听的了,随口道:"中,天缘,俺明天就去找陈主任,看看他们能不能想想办法。"

褐天缘转身走了,嘴里喃喃地说:"明天?明天不定会出啥大事儿呢。"

第十三章　意外之外

陈姝和袁侨商量工程进度，褐天瑞进了院。陈姝正要招呼褐天瑞，县信访办的电话就打来了。说市信访办来电话，陵北乡褐村的农民去了三大篷车人到市里上访，说是支书褐天瑞拖欠农民工工资，现在正是农时备料的时候，如果耽误了就是一年的收成。还说褐天瑞干的是农开的工程，现在请你们农开办和陵北乡主要领导，立即去市里接访。

陈姝听完，惊愕地望着褐天瑞，问道："哪儿跟哪儿？你拖欠谁的工资了？"

褐天瑞也很震惊，说："俺就是来跟您说这个事儿的，昨天褐天缘找俺，说大家都想先要点钱，买农资的。俺说今儿就跟你们汇报，看能不能先拨付点工程款。到市里上访？也不至于啊。"

陈姝恼怒地说："又是这个褐天缘，这人也太不地道了。人的本质不好，你对他再好也不行。"褐天瑞摇摇头说："不一定是褐天缘，俺问问。估计褐天缘是给俺提个醒，俺太迟钝了。"

褐天意说："褐天缘肯定没去，刚刚碰上他赶集回来，一定是褐天棚领着去的。"

陈姝确实很生气，因为信访工作是年终考核一票否决，也是各级最头疼的事。你工作干得再好，只要有信访件，评先、评优就啥都没了，特别是各个敏感期，县、乡主要领导的精力都是应付这个。农开出现上访，亘古未有，估计陈胡县又是零的突破，县领导要是知道了，这下可有好看了。

陈姝对袁侨说："你跟陵北乡的领导联系，立刻去接人，而且要把这个事儿协调掉，不留痕迹，不能登记。这个要解释清楚，农开资金专款专户，钱都在账户上呢，不存在拖欠农民工的工资。按照工程管理条例，我们现在正在办手续，拨付百分之三十的款项，待验收之后，全额拨付。做好上访群众的工作，钱今明两天就到手，这个跟褐天瑞没有关系，钱在财政局的账上，不会耽误农时的。钱实在到不了账户，就先借点，给大家发了。"

褐天瑞眼窝子一下子就热辣起来，说俺给你们添麻烦了。陈姝说："我们不怕麻烦，不给乡里、县里添麻烦就行。因为现在信访稳定是头等大事儿。"

褐天意又回到村室，说："俺问清楚了，就是褐天棚带着去的。昨天连夜组织的人，一人发五十块钱，雇了三辆大篷车，乡里没去，县里也没去，直接到市里。"

袁侨和陵北乡的副乡长罗布一起赶到市信访办。袁侨把褐天棚叫到一边，问他咋回事儿，他说褐天瑞不给钱，就得告他。袁侨问他找褐天瑞要钱了吗？褐天棚说找了，他没在家，躲起来了，他当支书赚恁多钱，他吃肉就不让老百姓喝点汤啊。

袁侨说："褐天棚，你的案子还没结呢。钱也不在褐天瑞那儿，在我这儿，你不是要钱吗？今儿就能给你。你还有啥说的？对了，还有一件事儿，来的时候，警车又去村里，说找你落实情况，警察没见你，说是仙女把你藏起来了，要把仙女带着，是褐天瑞好说歹说，才把仙女留下来。"

听袁侨这样说，褐天棚心里就害怕了，来的那些人也都围过来了，七嘴八舌地说着，有说要钱，有说让管饭。

袁侨说："大家放心，钱今天就先给大家发一些顾顾急，等工程验收了都发给大家。大家如果听我的，就都回去，找我要钱。不听也没关系,反正来都来了,就等着处理结果,啥时候处理好了,啥时候给钱。"

褐天棚是对着褐天瑞来的,硬着嘴说:"俺就找褐天瑞要钱,他欺压百姓,就得让他免职。不然,都不回去。"

袁侨说:"褐天棚,我给你说清楚,褐天瑞的官太小了,够不上市里、县里处理。免不免褐天瑞的职,是乡党委的事儿。乡里的罗乡长在这儿,如果你们觉得褐天瑞有问题,就形成材料,交乡党委,落实之后会处理的。免与不免,咱都不当家。不想要钱的,就继续在这儿啊。"

袁侨把褐天棚拉到一边,说:"你不回去是吧?要是仙女找褐大锤闹,就不可收拾了。"袁侨说完,又转身对大队人马说:"大家都听好了,大家轻易不来市里一回,今天我请大家吃顿饭,都上车吧。"

三个司机就上了车,大家也都相继跳上了车。袁侨和罗布也上了车,车子发动了,褐天棚还在犹豫,眼看车子启动了,褐天棚也就急了,追着车子说:"这咋说走就走了,等等俺啊,哎,等等俺啊……"

这边安顿住之后,袁侨又跟市信访办的同志解释:"农开工程是专款专户,不存在拖欠的问题。国家、省级财政的钱,在项目实施之前就到账了。其实这就是个别人对村支书有点意见,故意借机捣乱。我们正在办理财政手续,今日资金就可以到账,我保证今天钱都能到农民手里,最迟明天。再说了,这都是我们正常的工作流程,不是啥问题,这些人目的很明确,就是借机挑事儿,县、乡都没去,直接到市里,也不能算是越级上访。情况就是这样,拜托不要登记了。"

吃过饭,袁侨拜托罗布带着他们回去,他去县财政局协调资金的事儿。按照招投标法,工程队进场,可以预付百分之三十的款项。不过通常情况下,农开工程工期短,工程量小,都是一次性拨付的。主要是工程队自己怕麻烦,不愿意先要那百分之三十的预付金。褐天瑞没做过工程,所以不知道。

再说褐天缘,刚刚进家门褐天瑞就来了。褐天瑞去找他,是想把情况弄清楚。都知道，褐天棚有些事拿不定主意时，就去找褐天缘商量，他们是一太爷爷的堂兄弟。褐天缘在他们门里，算是个主心骨，平时言语不多，遇事有主见，加上他爹的影响，大家都很尊重他的。

褐天瑞说："天缘，咱们去工地上看看。"说完就出了门，褐天缘跟着也出了门。二人到了挖沟的现场，褐天瑞征求天缘的意见，工程款咋分？

褐天缘说："俺听你的，咋都行，反正俺也没出啥力，都是你照顾俺的，俺心里明白。"

褐天瑞长叹一口气说："要是都跟你一样明白就好了，褐天棚领着人上访去了。俺呢，也就是能盼着咱褐村都好，大家都好了，才算是好啊。一个人好了，再好又能咋的？咱有这个机会不容易，陈主任还特意安排你参与工程，就是想帮你渡过难关。"

褐天缘说："这俺心里都明白。天棚找俺，说这个事儿，当时说先找你要钱，不给就上访。俺去了你家，就是想给你透个信儿。俺不想参与这事儿，就没搭理褐天棚，谁知道他当真去了。"

褐天缘说的都是实情，不过后边的情况，他就不知道了。褐天棚送走了褐天缘之后，就去找褐大锤汇报，说了褐天缘的态度。褐大锤说，俺就知道褐天缘得了好处，就不跟咱一势了。褐天棚说："谁离了谁都能过，咱先礼后兵，先找褐天瑞要钱，他肯定没有钱，然后就上访。"

褐大锤说："你这脑子也太简单了，凡事儿都得退一步想，一步不行，退两步。你说找他要钱，万一他说给钱呢？你都没话说了。咱就是为了上访，要钱就是个幌子，就是不能让他说有钱的话。"

褐天棚蒙了，说："他是个活人，嘴在他身上，他咋说，咱能当家啊？"褐大锤说："他咋说咱不当家，不让他说不就妥了。你人车都准备好，趁褐天瑞不在家时去找他，他不是就说不了话了，而且他老婆可以做证去找他了。还有，做事儿要一步到位，你知道，啥叫一步到位？那就是，你拉着人，乡里不去，县里也不去，直接到市里去。

记住了，要钱只是个幌子，幌子，明白不？目标是拿掉褐天瑞，就说他目无法纪，欺压百姓，就说他'头上长疮脚底下冒脓'，反正咋恶道咋说，不免褐天瑞，你们就不回来。"

褐天棚被褐大锤说得心里一颤一颤的，直接去市里，那不就越级了吗？越级不就是犯法了吗？说到犯法，褐天棚有些心虚，警察跟他说得清清楚楚，再有不法之事，就得进去。

褐大锤不屑地说："瞧你那熊样，还越级，你现在还是个老百姓，越级能咋的？法不治众，明白不？你多找点人，咱村里没有到外村找，不就是给点钱吗？将来褐村的钱不都是咱的？做生意还得先投点资呢？再说了，啥法不法的，那都不是事儿，派出所来来回回的，又能把咱咋的？还不是老表说句话就没事了。"

褐天棚就爱听褐大锤说话，硬气，得劲，能扛事，只要见到褐大锤，他立马就变成了充气的气球。

胡秋给袁侨打电话，说他马上到工地。陈姝不敢怠慢，早早地在项目区入口迎候。

胡秋在陈姝的陪同下，到了工地现场，电话里袁侨说的那些，他有点不太相信。他干农开这么多年，糊弄人的话听多了，他的名言——"眼见为实"。

胡秋站在沟的一头，往另一端望去，干沟的整体轮廓已经出来了。他看了一会儿，又下到沟底，用脚步丈量了一下宽度。看完沟底，胡秋一个箭步冲上来，又操了操路肩，问路肩多少。

袁侨说，各一米。胡秋走到了路中间，用脚蹭蹭做好的路基，问路基做好几天了。袁侨说，四天了，一天洒两次水，再养三天，就可以打混凝土了。

胡秋没有说话，自顾自走到路边，然后用脚步丈量着路面的宽度。袁侨跟在他身后，主动汇报道，混凝土路面三米五，可以破车（双车道），路边各留一米。沟上口两米五，深两米，沟底一米二。

胡秋依旧不说话，又往前走了一段路，然后蹲下来用手叩叩地面。胡秋起身，继续走路，走了一段，停下来，再次蹲下，手掌朝上，食指弯曲，用指节敲打着地面，地面发出"当、当"的声音。

胡秋起身，长长地出了口气，然后对陈姝说，看看桥的情况。陈姝说，桥在前面，先从最远的地方建的，桥体设计是单孔石面结构，主干渠是一百米一座，其他根据需要点位。

陈姝跟在胡秋的后边，看着他不苟言笑、一脸严肃的样子，不知道他什么意思。上次他来的时候，就感觉这个人怪怪的，不太好接触。不过也无所谓，都是工作关系，谁也不欠谁，再大的领导也是人，也得吃饭睡觉打呼噜放屁。她在乡里时，也接待过各式各样的领导，有摆谱拿架的，有装腔作势的，有道貌岸然的，有高冷自负的，有粗鄙缺教的，有小肚鸡肠的，有出口伤人的，有说话如放屁的，有满嘴喷粪的，有吐了吐沫舔起来的，有屙了屎坐进去的，有绣花枕头的，有一肚子坏水的，有声色俱厉的，有见人说人话见鬼说鬼话的，有颠倒黑白指鹿为马的……不要以为那些占着岗位上的人有多高尚，有多伟大，有多高水平，其实也就那么一回事儿。当然也有有胸怀有远见的，有高水平平易近人的，有责任心能担当的，有实事求是走群众路线的，有一心一意为基层着想心里装着群众的好领导。

陈姝望着胡秋的背影，这个人属于哪个类型呢？也许哪个类型都不是，就是个另类。这个人长相也很另类，眼睛细长，肤色白皙，看上去很儒雅，乍看像教授，一开口，你就觉得他跟儒雅没有关系。纯粹搅在烟火中的人，直来直去，时不时地爆个粗口。

胡秋并未在意他身后的陈姝与袁侨，径直走到正在做基础的桥工地，直接下到沟底下，问了施工队一些细节，包括承重设计，石面里的填充物，现浇基础的凝固时间，桥的长度，挡土墙的高度，问得非常细。袁侨和陈姝觉得胡秋是来找毛病的，并未跟上，在路上等着他。

许久，胡秋从桥施工现场回来，向袁侨说，看看井的情况。

袁侨报告说，井大部分都没动，庄稼没收割，只有几眼路边上的已经完成了，不过也太远了，估计得开车，要是走着过去，怕累着您了。

胡秋又回到了路工地，站在路中间，放眼望去。这时，他的脸上瞬间绽放出欣喜的笑容。

此刻，他细长的眼睛发出黑色的光亮，而且是那种闪闪发光的贼亮；牙齿闪着白色的光，像陶瓷的釉质放在强光下一样。因为笑，眼角和嘴角都出现了一缕一缕的褶子，整张脸看上去像一朵硕大的线菊。陈姝看得出来，他对现场还是满意的。

胡秋这时开口了："说正经的，我在农开这么多年，来陈胡不计其数。我今天被惊着了，如果不是来现场看，打死我也不相信，陈胡的工程会做得这么好。如果这沟再做细点，三个面都出来，沟口、沟底撒上白灰线，完全可以和那些开过现场会的工程媲美。这桥的位置一定要把握好，用线拉好距离，看上去就是一条线。如果再把树种上，就更完美了。"

听胡秋这样说，袁侨总算松了一口气，遂说："胡主任的眼就是标尺，能得到您的认可，可不是容易的事儿。我们这些县办的副主任，哪个没被你训过啊？被你训哭的不在少数，也就是我这种脸皮厚的人，还能和你说笑几句。"

胡秋笑道："袁侨这个家伙，从来就吐不出象牙，今天倒说了一句人话。"袁侨笑道："胡主任，再骂几句，我听着得法（舒服）。"

胡秋态度大变，说："看得差不多了，我心里也有底了。走，去县城，啃王家羊头去，然后，再来一碗杂面条。"

胡秋分管农开这么多年来，哪个是真心做事儿，哪个应付完事，他到工地一看就知道。开始，他真是没看好这个女主任，他的印象是"其貌不扬，其才平平"，今天到现场一看，有些颠覆了。陈胡县的农开现场，也打开了他的工作思路。所以，他才主动留下来吃饭，一般工程做不好的县想留他吃饭，比登天还难。别小看这吃饭，吃与不吃,和谁吃,学问大着呢。他今天之所以留下来吃饭,也不只是吃个饭,还有一个更重要的事情要做。

陈姝带着胡秋来到县城北关的"王家羊头店",这是一家地方名吃,店铺生意很好,包间早都坐满了,他们就在大厅的西北角找到一张桌子坐下。陈姝说:"袁侨,你去红旗大街刘家烧饼店,买几个热烧饼,挨着烧饼店,还有一家卖压板羊肉的,跟他说买羊肉夹烧饼,让他把羊肉片得菲薄,怎么薄怎么片,不用调拌,直接带过来。"胡秋说:"买啥烧饼啊,多浪费,一个羊头,一碗杂面条足够了。"

陈姝觉得跟胡秋算是熟了,说:"哎哟,胡大主任,你单知道陈胡县的羊头好吃。其实,陈胡更有一种绝美的吃食,那就是刘家烧饼。如果不让您尝尝这个烧饼,说明我没诚意。您要是没吃过这个,来多少次陈胡等于白来。"

因为大厅嘈杂,陈姝拉近椅子,低声说道:"您知道这刘家烧饼是怎么做出来的?真正高炉炭火,麦子自己种的,面粉自己磨的,酵子自己晒的,这只是原料的要求。还有技法,半夜三点起床和面,醒上一个小时,四点开始盘面,一把一个面剂,个个一般大,上戥子都不带差丝毫的。还有啊,一天只做两袋面,多一两都没有。如果不早点排队,根本吃不上。"陈姝说这话,目的是让胡秋喝点酒,饭桌有酒,事情就好办。陈姝是有备而来的,听袁侨说胡秋爱喝点小酒,但是他一般不喝。果然,当她拿出酒,准备倒酒时,胡秋说,他不喝酒。

陈姝郑重地说:"喝酒不是喝酒,而是为了吃烧饼。吃烧饼不是吃烧饼,而是深度了解陈胡。吃烧饼必须喝酒,不喝就不算吃到最高境界。"胡秋笑道,吃个烧饼,还啥子最高境界,糊弄鬼呢。陈姝不苟言笑地说:"如此说来,胡主任真是没吃过,烧饼裸吃是第一种境界,烧饼加羊肉第二种境界,烧饼就酒是最高境界。不吃到这个境界,烧饼算是白吃了,陈胡算是白来。"

胡秋不屑地说,行了,行了,不就是喝酒吗?喝,喝,喝。

胡秋喝得有些微醺,陈姝送他上车。他并未忘记那件重要的事情,说:"陈主任你车子走前面,直接去县政府,找你们的高县长。"

找高副县长?这个点,高副县长会不会午休啊?陈姝主要是担心胡秋喝多了,说一些不太合适的话,惹得高副县长不高兴。

胡秋不依不饶:"午休?我都不午休,他午休个啥啊?没事儿,直接敲门。"

第十四章　谋划

高粱正在休息,听到敲门声很烦。中午陪了几班客人,刚刚躺下,眼都没合上。这个点敲门,没有一点基本常识,所以就没应声。

敲门声很顽固,不停地传来,高粱只得起身开门,肯定是有啥特殊情况了,不然哪能这样敲啊。

门开了,胡秋脸色红润地站在门口,一看就是酒意微醺。

高粱说:"胡主任,啥风把你给吹来了?"胡秋笑道:"啥风?香风,你们陈主任的香风。"

高粱这才看到胡秋的身后还站着陈姝。心想,敲门的风格还真像这个风风火火的女主任。不过有胡秋在,他还是换上了亲切的笑容,连忙把他们让进屋里。

原来高粱和胡秋是市委党校的青干班同学,在豫东市,能在市委党校青干班学习的都是后备干部、提拔对象,事实证明也基本都提拔了。所以,青干班同学也都是蛮自豪的。

落座后,胡秋说:"咱们有几年没见了,咱班里你是最早升的处级了吧?"高粱谦虚地说:"我这哪能和你这州官比啊,我是首批公选的。"

胡秋似乎没太在意这个,借着酒劲,很不客气地说:"不是我批评你,太官僚了。你主管农业,看过农开项目区吗?"高粱笑道:"好看吗?"他想起了陈姝给他打电话,说过挖沟的事,好像还出了点意外,本想去看看,还没有抽出时间。

胡秋说:"何止好看,简直太好看了。你闭着眼睛,想象一下,在一片广阔的原野上,突然出现了宽阔笔直的水泥路,两边是整齐的沟渠,沟渠上修建了整齐的小桥,道路两边种植上新树,田间林网成格,机井配套,原田变成了高标准农田。"

高粱笑道:"你写作文呢?这不就是你们农开经常挂在嘴边的口号吗?变成现实了吗?"

胡秋笑眯眯地说:"还真变成现实了,我正在批评陈主任呢,为啥不请高副县长来看看?她说,等效果更好点,再请高副县长。我是等不及了,现在就请高副县长去看看。你看不看我不管了,你的一亩三分地,随时可以去。今天来找你,想和你搁磨搁磨现场会的事儿。"

一听现场会,高粱就来了精神,他说:"有胡主任在,还能有啥问题?"

胡秋有些不屑,撇嘴说道:"啥叫有啥问题?不但有,而且很严重。高副县长也别给我戴高帽子,我几斤几两自己知道。别说我,就是何主任出面,也未必能成。"

高粱意味深长地看了一眼陈姝,因为他也被陈姝忽悠住了,在县长跟前立过保证的,不然穷得叮当响的县财政,能把几十万顺利地给你到账?姬县长虽然是个女同志,那也是硬朗主儿,完不成任务是要说事儿的。全省的现场会,多大的诱饵啊,空的?高粱的目光由陈姝回到胡秋,而后又盯着陈姝,说:"是吗?陈主任可是在姬县长跟前拍了胸脯的。"

高粱还真是有点着急,说完,没等陈姝回话,又盯着胡秋说:"该咋办,你说,我听你的。"

胡秋说:"目前整个项目区是设计布局,没什么问题。视野开阔,连片成方,网格都符合要求。从目前看,有陈主任、袁侨他们,做现场没问题。也就是说,基础具备,关键是怎么能把这个意向进入省办姜主任的盘子中。"

高粱生怕胡秋推托，拿出烟给胡秋点上，自己也抽了一根，等胡秋嘴里喷出袅袅烟雾，然后说："你运作啊。"

胡秋使劲抽了一口，说："你也太抬举我了。姜主任可是老农开，专家型的领导，他有思路，而且非常注重实效，不会被下面牵着鼻子走。全省重点开发县，他都去过，对全省情况了如指掌。所以，要得到他的认可，没有真家伙真不行。关键的关键，陈胡是确定了取消重点县资格的，能保住已经很不容易了。换位思考一下，一个要取消资格的县，不到一年，要开全省的先进现场会，不是天方夜谭吗？这是农开啊。你之前也是抓农业的，对农开不陌生，觉得可能性有多大？"

高粱确实觉得没有底气。现场会已经不是陈姝的事儿了，而是陈胡县的大事儿。经胡秋这样一说，他确实觉得问题很严重。高粱下意识地猛吸一口烟，说："事在人为，我们只要想办法，只要真干事儿，也还是有希望的。"

胡秋似乎没有在意高粱的情绪，他沉浸在自己的思维里，自言自语地说："省办每年开两场大规模的会议，全省重点开发县的主任、主管副县长都会参加。一场是夏季的观摩会，选一条观摩线路，好中差都有，观摩结束进行点评，大家都要发言，总结经验，查找不足。一场是年底的现场会，选点是工程做得最好的，对全省有指导借鉴意义的。所以，谁干的啥样，省办全都门儿清，掺不得半点假。全省农开系统流传一句话，要想在姜主任面前吃得开，必须工程干得好。所以，各县农开办都不敢怠慢。也许正因为这样的工作态度和工作机制，整个农开系统才历练出一支特殊的队伍，敬业爱岗，吃苦耐劳，一心扑在工作上。"

高粱听着听着笑了，你这是表扬与自我表扬吧？是不是被姜主任洗脑了？胡秋一本正经地说："这样洗脑不好吗？如今的社会，需要更多的人被这样洗脑。"

胡秋说完，又狠吸了一口烟，而后徐徐呼出，笑道："我是替您发愁啊，接下来这出戏，咋唱啊？锣鼓家伙、演员都没有，离开场远着呢。唱空城计啊，空城计，人家孔明先生稳操胜算，你们有多少胜算呢？我也是看在同学的份儿上，敲敲边鼓，我今儿话有些多，不该啊。"说着，他就起了身。

胡秋坐在高粱对面，他一起身，高粱也忙不迭站起，说："胡导，胡导，你就是诸葛孔明，我们都听你的。"胡秋站着说："你才胡导呢。"高粱笑道："'胡导'，嗯，确实不好听。胡导演，陈胡县这出大戏就交给你了，你让我干啥我干啥，我在这里替姬县长表态，县政府全力支持。坐下啊，你站着干啥啊？"

胡秋说："站着说，腰不疼。咱先捋个思路，首先要进入省办视野，把落后的帽子摘了，改变省办对陈胡的看法。我想，我们得去省办一趟，请土地治理处的田耕处长来看看，一定要实地看，光汇报不行，眼见为实。由田处长先向姜主任汇报，让姜主任那里呢，先有一些基本印象，之后我们再去省办专题汇报。这还远远不够，我们要争得主要处室处长们的声援，让他们觉得陈胡县工作做得好，都替陈胡说话，这样省办就形成一定的舆论氛围，认为陈胡确实有进步。然后，请你们姬县长出面，直接向姜主任汇报，听说姬县长之前是抓农业的，应该和姜主任也熟。"

"高，实在是高。我说胡主任高人吧，还说给你戴高帽子，不戴高帽子就够高了，高得不能再高。"高粱高兴地说。

陈姝一旁巴掌拍得啪啪响，高粱扫了她一眼，说："手疼不疼。"陈姝突然就停住了，她知道高副县长不太喜欢她这种大大咧咧的性格，他是个沉稳安静的人。

高粱对胡秋说："就按你的思路走。还有一条线，可以合围。那就是省政府这边的，现在市里每年对各县、市、区进行'四制'考核，获得省级以上表彰，或者在全省有典型经验的，比如现场会、通报表扬等，或者省领导对工作消息有批示的，都会加分。考核先进的县市区，干部使用上会优先。所以，县里对这一块非常重视。我们可以写一个农开的消息，发到省政府的《工作信息》上。然后，请主管副省长在信息上签字。如果主管副省长真的签了字，不但能够为县里考核加分，肯定也会转到省办，这样就能引起姜主任对陈胡的关注。"

胡秋说："撬动副省长，我可没那么大的能量。除非你高大县长亲自出马。"

高粱说："我也撬不动副省长，但可以撬动省里的处长啊。咱们把陈胡县的农开工作，总结一下，写一条消息，由县政府信息科往省政府信息处报送。我有一个同学在省政府办公厅，请他引见一下信息处的领导，我们去拜访一下处长和具体分管的副处长，估计发出来应该没问题，毕竟咱们这里的工作确实有可圈可点之处，并非是虚假信息。如果可以，就让他们按程序运行，先刊发，再找分管的领导签字。"

胡秋笑道："呵，原来您胸有成竹啊，我还自作多情替您发愁呢。"高粱说："哪里，哪里，多谢胡兄点拨。咱们分头行动，你和田耕处长联系，促其尽快来陈胡调研。我负责和省政府信息处联系。陈姝，你和政府办沟通，抓紧写稿子。然后呢，工程进度要加快，一定要确保工程质量。"

胡秋笑道："得令，我回去就和田处长联系，约定好时间我和陈主任一起往省办汇报。"

出了高粱的办公室，胡秋说："陈主任，你这烧饼我可没白吃。"陈姝说："胡主任岂止高人，简直就是神人啊。既然都到这儿了，上楼到我办公室坐会儿吧。"

陈胡县政府总共两幢楼，都是八十年代的老楼。后楼是县长们办公室，前楼是县政府各个科室和几家小单位的办公室。农开办在前楼二楼。

陈姝开开门，用毛巾擦着沙发，边擦边说："不好意思，胡主任，您稍等一下，我略微打扫打扫，要是弄脏了领导的衣服，罪过可就大了。主要是不知道您今天大驾光临，如果事先知道，得提前三天打扫，铺上红地毯，恭候您。您看，我这已经好多天没进办公室了，沙发都不露底色了。"

胡秋笑道:"露不露我都知道底色,这间屋子我太熟悉了。这屋里的设施,是'外甥打灯笼——照舅(旧)',连这烧水茶壶都是老主任的。"

陈姝指着一个陶瓷的泡茶套杯说:"这个之前有吗?你背后,转过身看,新书柜,装得满满的。照旧有这样的书香味儿吗?有茶香味吗?我估计啊,您之前来的时候,不是烟味儿就是酒味了。"

胡秋打开书柜,拿出一本书说:"还书香味儿呢,这书都没有拆封,一股子塑料纸味儿。"

陈姝诡异地说:"说实话吧,这些书,是我准备给高县长送'礼'的。我们高县长爱读书,他屋里有一大纸箱子,里面都是他读过的书,不长时间秘书就会更换。我啊,投其所好,每一次找他汇报工作,都给他带一本新书,他很高兴。他一高兴,就帮我们想办法,出主意。我们这些科局长,就喜欢这样的领导,不摆谱,接地气,不但支持工作,而且还能担当。就跟您一样,都是我们衷心爱戴的好领导。"

胡秋说:"高粱爱读书倒是真的,我们在市委党校学习的时候,他带了很多书。无论走到哪儿,手里总是掂本书。我跟他开玩笑说,装读书人。他说,只要能装,也就能沾点书香,就怕装都不屑装。他是我们班的支部书记,我是班长,我俩配合得可好了。"

陈姝给胡秋泡了一杯茶,说:"胡主任,像您这样高水平、懂业务的领导,实在不多了。不是我给您戴高帽子,真实不虚的感觉,今天深受感动。这是一杯元气茶,枸杞、人参、黄精、石斛、肉苁蓉,好几种补药呢,来一杯,给您补补元气。不过,这杯茶可不是白喝的,有些情况,还得请您赐教。之前吧,对您有些敬畏,现在敬而不畏了。所以,我就,就信口开河了。我这人呢,心直口快,说话不过脑子,想到哪儿说到哪儿,说得不对的,您多包涵啊。"

胡秋一边翻书一边说:"喝杯茶便成了鸿门宴,别瞎忽悠了,你以为我听你忽悠两句就上当了。我是今天看完你们的现场,有点兴奋，才喝你这杯茶的。说实话，像你这样拼着劲儿干事的人，还是挺感染人的。工地上风风火火，土里来泥里去，哪有一点女人的姿容？纯哥儿们一个，有话直说，我最讨厌绕弯子。"

陈姝看着胡秋，万分虔诚地说："胡主任，您得救我。我现在骑虎难下，我是个莽撞的人，头脑简单，干工作全凭一股子热情，不计后果。您看，我把县领导都鼓动起来了，可我心里真没底啊，想想都后怕。我这哪里是空手套白狼，分明是被白狼套住了。我拿一个毫无踪影的现场会，套了县财政的钱，现在钱都到账了，现场会却还在我的臆想中。省办领导丝毫不知，更不说计划了。如果不成，我上吊都没地儿啊。您得给我点拨点拨。"陈姝忧心忡忡地说。

胡秋摇摇头说："我还觉得你胸有成竹呢，看来，被你套住的不只是高县长，而是整个陈胡县啊。希望很渺茫，要我说啊，苦海无涯回头是岸。"

"上岸？"陈姝吃惊地望着胡秋，而后摇摇头说，"不能啊，胡主任，回头容易，上岸难啊，关键是没有岸啊。就算是有岸，我也上不了啊，我把自己的后路给断了。"

胡秋同情地说："你也太死心眼了，不就是工作吗？至于把自己逼到绝路上吗？能干就干，不能干就算，换个岗位而已。"

陈姝痛心疾首地说："我这人就是死心眼，头脑还简单，就想着能把事儿做好，没想恁多。我要是好好想想，就不会这样做了，已经都这样了，咋办啊？我都快愁死了。"

胡秋突然觉得进了陈姝的圈套，遂说："行了，行了，你也别卖惨了，我回去就和田处长联系，尽最大努力争取。"

陈姝非常诚恳地说："唉，我觉得吧，光靠田处长一个人的力量，还是有限的。"

胡秋也知道，确实，靠田处长一个人肯定不行。如果真要现场会，肯定得姜主任拍板。姜主任在什么样的情况下才拍板？工程做得确实好，他觉得在全省有典型意义。让他认为工程做得好的，一是他亲自看,二是听汇报。他亲自看,估计今年已经不现实了,陈胡的情况太特殊了。听汇报,听谁的汇报呢?肯定是业务处室的。业务处室的汇报从哪里来?肯定得到现场看,才有说服力。所以,须得先请田处长来看。如果田处长认可,汇报得非常好,这也只是一个方面。定现场会,得班子研究,处长们都参加。所以,田处长不但要直接汇报到姜主任那儿,而且还要汇报到分管领导那儿。还有,几个重要的处室的处长们,也很关键。如果大家都认为陈胡做得好,值得在全省推广,现场会也许就成了。高副县长提出的,分管省长签批的信息,也是非常关键的。如果有主管省长的批示,肯定转到省办,肯定引起姜主任的重视。姜主任肯定要向田处长询问情况,或者安排田处长到陈胡调研,所以,田处长来看是第一步。这一步必需的,而且越快越好。

陈姝说:"咱得有把握把田处长请过来啊,田处长能来,也只是万里长征的第一步。"

胡秋起身笑道:"还真是万里长征啊!慢慢走吧,每一步都得走扎实,不然都是虚妄。工程丝毫不能出问题,还有工期,十二月中旬必须得完成。一般十二月底开会。"

"好吧,好吧。我时刻恭候您的消息。"陈姝也起身送客。

第十五章　花絮

夏营村的支书夏大雨喝了一碗井巴凉水，骑上电动车就下地了。太阳火辣辣地照着，一望无际的田野焦黄瓷白，偶尔有一片绿色点缀其中。田野里，孤独的大树像神一样立着，玉米都倒伏在地上，磙碾的一样，可以当柴火烧了。夏大雨把车子扎在那条斜路上，慢慢地蹲下来，用手扒着泥土。泥土随风冒出一股烟，飘向空中。他扒了足足有三十厘米，还是干土，再扒，手指甲都离指了，一股钻心的疼由指尖抵达心里。

都死了，庄稼全都旱死了，又是一个颗粒无收的秋季，大家也都麻木了。可是，他心疼啊。

他去年才被任命为支书。他的梦想不是当支书，而是当老板，当一个可以玩车的老板。他喜欢车是受他爷爷的影响，他爷爷是村里的车把式，出门喜欢带着他。从小他就坐在爷爷怀里，看爷爷轻松自在地赶马车。有一年，爷爷赶车带着他一起去城里拉肥料，一路上马车颠簸，他迷迷糊糊地睡着了，一睁开眼，就看到爷爷给他买的"蛤蟆拱泥"。其实就是热烧饼夹酥麻花，陈胡人叫"蛤蟆拱泥"。他经常听爷爷说"蛤蟆拱泥"，那是第一次吃，那个香脆酥软，真叫一个绝。吃完"蛤蟆拱泥"，他看到了城里的高楼、柏油马路、高杆路灯、电线杆，还有十字街的邮电大楼、红旗电影院、百货商店、各种专业的门店，门前转着绷带筒的理发店，花花绿绿的广告灯箱，那是一个陌生、新鲜、高级的世界。他很向往那里，他瞪大眼睛，目不转睛地看着这些稀罕的街景，爷爷说，你将来有出息了，也可以到城里去过高级的生活。他喜欢车，各种各样的车，他是村里第二个买自行车的人。第一个是夏仁，夏仁从部队转业到市公安局后，用安家费买的自行车。不过，他是村里第一个买摩托车的人，摩托车买回来之后，带着爷爷在村里遛了一圈，爷爷坐在他身后不停地喊着"吁""吁"，摩托车并不像他的牲口，他一喊"吁"就停下。车子停下后，老爷子惊得满头大汗，骂道，龟儿子，这么不听话的电驴子，疯跑，要它干啥啊？夏大雨说，电驴子不吃草不吃料，就喝点汽油，而且快得很。它其实也很听话，一熄火就不跑了。它是机器，听不懂人的话，但人可以操作。可是，爷爷还是更爱他的牲口，说那东西通人性。

他就想挣钱买车，初中一毕业就去省城了，经过多年拼打，终于买了自己喜欢的汽车，没事儿了喜欢开着车到处跑。他不但有了自己的车，也有了一个规模不小的装饰装修公司，主要业务是外墙粉刷和室内装修。他在省城安了家，家属和孩子都在省城，过上了城里人的高级生活。

那天，他接到爷爷的电话，说乡里想让他回去当支书，他直接就回绝了。当啥支书啊，想都没想过，操心不说，工资低得可怜，靠工资不能养活自己，还被绑得死死的。

接着，茂爷也打电话，说大家想让他回来。他愣了一下，说我考虑考虑。爷爷那儿他可以随便说，想啥说啥，茂爷就不一样了，他出来混恁多年，知道说话要留有余地。

桂英奶奶也打电话让他回去。接着乡里的副书记打电话，说是组织的决定。他叹了一口气，跟他媳妇儿说，看来不回去不行了，夏营终究是家。他媳妇说，这不是你家吗？夏营可回可不回，将来老了在邙山买个公墓，也不一定要回夏营。夏大雨说："不是一回事，埋哪儿都一样，但是，我姓夏，根儿在夏营，祖祖辈辈都在夏营，无论到哪儿，我的籍贯还得写陈胡夏营。我得回去，公司这边就交给你了，万一我干不好了再回来。"

可是,他回来才知道,面对如此的家乡,他能做啥呢?年轻人都出去了,留守的只有老人和妇女,只有收种的季节才有点人气。村里除了房子翻新一些,有的甚至还盖上了洋楼,可是道路、给排水等村里的基础设施,都没有太大的改变。乡村也只是他们的根系所在,农村不再是原来的农村,农民也不再是原来的农民。农民不再依靠土地,不再重视土地,因为土地不能提供他们除粮食之外的生活必需,他们出去讨生活,而且很多人已经在城里落户。村集体没有钱,乡财政也没有钱,他自己那点钱不能都拿出来啊!他得养娃、养爹娘,还有爷爷,公司里的员工。老天爷是跟他过不去啊,遇上这样的旱灾,他是一点办法没有。

他有点后悔了,可是组织上的事,能是他想干就干、不想干就不干的?汗水顺着头发流下来,路过他的眼睛,一种酸辣放射到头顶,他下意识地挤了挤眼,缓缓起身。

突然,他看到了远处的一片黑乎乎的影子,甚是惊诧,便走了过去。还未到跟前,就又站住了。

夏喜地在他那方方正正的畦田里,用床单搭着凉棚,还有草帽也戴在庄稼上,旁边有一只水桶,他的玉米还都活着的。大太阳底下,他把自己铺平在地上,满心慈爱地看着他的庄稼。每年大家颗粒无收时,他总是能收上庄稼。其实,他并不缺钱,儿子夏春秋在外面也挣下了不少钱,但是,他就是喜欢种地,土地就是他的命根子。

夏大雨不想打扰他,悄悄地转身走了。

夏大雨突然想起了,那天碰到褐天瑞,说起了他们村里的农开项目。他本来想问问怎么争取的,可是褐天瑞呜呜啦啦说不明白。夏营和褐村挨着,如果褐村能够争取到项目,他们夏营咋就不能呢?那褐天瑞本来就是不死不活地应付着,不想干事,也干不成事,褐大锤早就想接班了,褐天瑞偏偏不让位。

夏大雨没有多想,骑上车子就去了褐村。在打井的工地上,他找到了褐天瑞。

见到褐天瑞，夏大雨吃了一惊。褐天瑞已经不是原来的褐天瑞了，脸晒得脱了皮，黑中却透着红，整个人像打了鸡血，亢奋无比，在那儿指手画脚地指挥着下井管。

褐天瑞看到夏大雨，高兴地说："大雨来了，今儿别走了，咱哥俩喝两盅，那天俺喝多了，没陪好你。"

夏大雨哪有心思喝酒啊，他说酒就不喝了，他来参观参观褐村项目的。

褐天瑞说："好啊，走，俺领你到项目区转转。"

褐天瑞领着夏大雨到了停车点，沟已经成形了，路面正在打混凝土，小桥正在建。

夏大雨睁大眼睛说："俺那个乖乖嘞，这也太壮观了。天瑞，你这家伙，可是'哑巴擒驴——闷逮'啊。你咋弄恁大的事儿啊？跟俺说实话，争取这个项目，花多少钱？"

褐天瑞说："花钱？千把万呢，都是国家的。咱啊，一分钱没花，这是农开的项目。"

夏大雨有点不太相信，说："恁好的事儿，没花一分钱？你指定走了路子，找了人，俺得回去想想办法。"

褐天瑞热情地挽留着，说，今儿说啥也不能走，他那儿还有一瓶好酒呢。夏大雨笑着说："还是你小舅子给你送的吧，先放着，改天咱哥俩好好喝。"

夏大雨告别了褐天瑞，回到夏营。他没有回家，直接去了桂英奶奶家。桂英奶奶是村主任，姓穆，从小就喜欢穆桂英，就把自己名字桂花改成桂英，没事就喜欢哼几句"辕门外三声炮……"。穆桂英五十多岁，个头不高，身材偏胖，当过村妇女主任、计生专职，做事风风火火，泼泼辣辣。她是夏仁的亲婶子，村里有个啥事儿，她都能撑着。本来乡里想让她当支书，她说不是不想干，是干不了。她没文化，年龄偏大，极力推荐夏大雨，自己愿意给他当助手。因为她家的辈分高，所以夏大雨叫她桂英奶奶。夏大雨进了穆桂英家，说："桂英奶奶，你听说褐村做项目了吗？"

穆桂英说："听说了，差点出人命，还上市里上访了。"

因为村挨着村，亲戚很多，所以哪村出点啥事儿，传得也很快。正所谓"好事不出门，坏事行千里"。

夏大雨说："可不是那回事，明天，我领着你去看看就知道了。"

第二天一大早，夏大雨和穆桂英就去了褐村工地现场，工地上还没有人上工，雾霾中，宽阔的道面、整齐的干沟，展现在他们面前。工地上的挖掘机、压路机、钻井机、抽水机等机械，都安静地停在那里，霸气而坚定地主宰着那里的空间。沟壑、土堆、沙石、白灰等材料，一堆一堆地堆放着，错落起伏，装点着一望无际的原野。穆桂英嘴里不停地说着："乖乖嘞，乖乖嘞……"

从褐村工地回来，夏大雨和穆桂英直接去了村室。穆桂英说："大雨，咱不比褐村有条件吗？咱咋不争取啊？"

夏大雨恨恨地说："褐天瑞那个老狐狸死活不说实话，问他咋跑的，他说没跑，你相信他没跑，怎好的事儿能落到他那儿？"

穆桂英心潮澎湃地说："咱不靠他，照样能争取到。咱去市里找夏仁，他指定认识市里的领导，让他出面说话，指定好使。"

夏大雨高兴得直蹦，说："桂英奶奶，俺就等着你这句话呢，咱这几天就去。你看，咱找夏仁叔，不得带点啥东西。"

穆桂英沉吟道："找夏仁，还带啥东西？咱啥也不带，他还得管咱饭，你信不信？"

夏大雨说："管饭是肯定的，你去了他还能不管饭？咱这不是公事吗！"

穆桂英想了想，说："嗯，也是。不过，咱村里能有啥啊？要不这样，俺家里有今年的新黄花菜，咱给他带点，有个意思。你毕竟是支书，找他办事，空着手嫌不好看。"

夏大雨说："要不俺给你孙子媳妇说说，让她从省城里寄过来些东西。"穆桂英说："寄过来不得几天啊？"夏大雨说："那我让她给我打点钱，咱看着买点啥。"穆桂英叹口气说："大雨啊，你让她一个人撑着公司也就算了，挣了钱还得贴补村里，那哪儿中？你想干好咱村里的工作，也不能老拿家里的钱啊。"夏大雨说："桂英奶奶，我也是正琢磨着，咱村里咋能创点收？眼下，咱先把项目争取过来再说，俺爷爷泡的有药酒，要不我给夏仁叔带一坛子？"穆桂英笑着说："你爷爷的药酒，他能稀罕？他那儿啥好酒没有啊？每次回来都是给他爹带茅台。你就听俺的，拿点黄花菜，或者带点黑芝麻叶，他家里没有的，咱也就是点意思，还能真给他送礼啊？"

夏大雨说："那行，桂英奶奶，拿你家的黄花菜，算是咱村里的，回头给你钱。"

穆桂英笑了，说："给俺钱，村里有钱吗？拿你的钱给我啊？自家地里种的，不值啥钱。权当俺走亲戚，看看俺大侄子。只要能把项目争取过来，拿啥都值。"

再说陈姝，她抽空回了一趟家，老母亲早就说想她了。

母亲见陈姝回来，说："咋恁忙啊？得有两三月没回来了吧？"站在一旁的吕伟看她一嘴燎泡，连忙泡了一杯胎菊茶，同时给她递了个眼神，说："新官上任三把火，陈主任这火啊，都烧嘴上了。赶紧给咱妈检讨吧，拼命干事儿，娘都不要了。"

陈姝笑道："吕医生，你可别在这儿挑拨离间，拼命干活是真的，都是妈教导的，妈在我心里永远是第一位的，不信问问，天天电话问安。今儿，还专门请假回来看妈，是不是妈？"

老太太听闺女这样一说，果然很高兴。

陈姝是最小的女儿，父亲去世后，母亲跟她一起生活。老太太虽然是个农民，却有大智慧。不管遇上怎样的困难和嘲笑，都毫不动摇地供养子女上学，使他们一个一个走出了农村，走进大学。母亲晚年积劳成疾，患高血压、心脏病多年了，由此造成了"大心脏"，幸好吕伟是个医生，常年守在跟前。陈姝一般没事儿也不外出，工作之余就在家里，尽量守着母亲。

母亲看着女儿嘴上的燎泡，心疼地说："饭要一口一口地吃，事儿要一件一件地做，急有啥用啊？谁也不能一口吃个胖子。"

陈姝眼里热辣辣的，说："妈，今晚上啊，恁闺女将功折过，给恁做一碗米酒卧荷包。"吕伟在一旁说："不劳陈主任大驾，你就歇着吧，我都做好了，不是等你回来，早就都端上来了。"

老太太长叹一声说道："你有啥过啊？自古忠孝不能两全，俺就是觉得你太累了，心疼。"

儿子放学回来，看到陈姝在家，惊喜地说："妈，你来了。"

陈姝心里一酸说道："傻儿子，都上初中了，注意用词好不好，啥叫我来了？我回来了。回来，这是我的家，回—来—了。外人到咱们家，才叫来，知道吗？走亲戚串门的才叫来，自家人叫回。"

儿子正是叛逆期，随口说道："这我还不知道，我就觉得你是走亲戚串门的，我都见不到你人影，还算是回吗？谁还有家不回啊？"

陈姝觉得很亏欠儿子，好不容易回来一次，不想惹儿子不高兴，说："呵，儿子都有自己的思想了，长大了，成了小大人了。好吧，好吧，我来了。我来了。等我项目完成了，我天天来。"

母亲笑眯眯地看着母子俩拌嘴，满心欢喜地说："娃今年猛一蹿，跟桐树芽子一样，衣服都小了，抽时间给他买几件衣服吧。"

"行，抽星期天，咱们去逛逛商场。儿子，想要啥样，只要提出来，为娘满足你的要求。耐克？阿迪？鸿星尔克？李宁？想要哪个牌子都行。"陈姝想，就这么一个儿子，平时管得少，能在物质上补偿一下也好。

对陈姝的提议，儿子的反应似乎并没有她所期待的热烈，而是心不在焉地说："我不去，你看着买吧，啥都行。"

陈姝突然觉得儿子真的长高了，一个刚刚上初中的小孩，真的有什么叛逆期吗？孩子说，老师说的，他们是叛逆期。这都给孩子灌输的什么东西？凡事都由着他们，哪来的逆啊？又叛什么呢？她们小的时候，疯天野地，根本就没听说过叛逆，想叛逆都找不着地儿。

晚上，吕伟给陈姝打了一盆热水，让她烫烫脚。陈姝说："真舒服啊。哎，吕医生，你说人有没有来世？"

吕伟说："前世不记得，来世没去过，谁知道呢？也许有，也许没有。"

陈姝有些动情地说："如果有来世，咱们还一家，行不行？"

吕伟笑道："饶了我吧，下辈子还想让我给你打洗脚水啊？我是看你太累了，发了医者仁心。你以为呢？"

陈姝也觉得亏欠丈夫太多，过去在乡镇，一个星期才回家一趟，对于这个家，她就是一个过客。儿子说她来了，一点都不假。不过，这吕伟就是不解风情，别指望他能给你制造一点浪漫。她转而用调侃的语气说："不就是洗脚水吗？我给你打还不行吗？下辈子，我天天给你打洗脚水，给你做饭，给你洗衣服，给你端吃端喝。你以为我真舍不得你啊，我就是想还账，这辈子还不清，下辈子接着还。"

吕伟看她有点恼了，附在她的耳边说："想还账啊？一会儿到床上还，把下辈子的都还了。"说完，俯下身子顺便端走了洗脚盆。

陈姝瞬间绵软，说，去你的。

第二天一早，陈姝收拾好东西准备去工地，母亲说，别落了东西。

陈姝说："手机呢，我的手机呢？"于是，翻腾半天，找了手机，转脸对母亲说："若不是老娘提醒，又得跑几十里的冤枉路。"

母亲习惯地坐在东墙的罗圈椅子上，那是她的专座，每一次陈姝出门，她都会提醒陈姝别落了东西。在她眼里，这个粗粗拉拉的小女儿，没有她的提醒不行。所以，每次陈姝出门都故意落点东西，让母亲感觉她的重要性。

陈姝走到母亲跟前，母亲想站起来，送一下。那委顿而佝偻的身子，往前倾了一下，又归回原位，终是没有站起来。

陈姝陡然觉得，母亲老了。她从未想过母亲会老，从未想过！母亲在她心目中一直都是那样，仿佛从来没有变过。八十多岁了，母亲真的老了。她突然有一种被刺痛的感觉，一种回天无力的感觉，一种绝望难过的感觉。她眼里湿湿的，闪过留下来陪母亲的念头。然而，她只是上前抱了抱母亲，故作轻松地说："端人家的碗，受人家的管，吃公家的饭，干公家的活。我这一阵子，估计得忙到年底了，就是回来也都很晚，你啊，该吃吃，该喝喝，别挂念我，我都几十岁的人了，还能不会照顾自己？我啊，保证天天打电话请安。"

母亲欣慰地笑了，说："挂念长在心里头，不由人啊。"

陈姝从家里直奔工地，路工的几个标段都在做路基。路面上平堆三十多厘米的白灰，旋耕机在轰隆隆地翻耕路面，把白灰和泥土旋搅在一起，旋头不停地翻转，瞬间，褐和白便融合在一起了。旋耕之后，压路机再压实碾平，原来的土色变成了银灰。已经压过的路面，光滑平整，焕发着玻璃一样的油光。远远望去，整个场面确实很壮观。胡秋看到的那一段路基已经做好了，那是一个十字路口，非常开阔，将来可以做停车点。孔向阳是个可靠的人，不会懈怠。不过，她并没有在这个路段上看到孔向阳。她正要转身，有声音传来："陈主任，前面有一段，工头还是有些不太配合。我在那儿死盯着呢，看到你来了，过来看看，有啥安排？"正是孔向阳的声音。陈姝转身看到孔向阳，灰头土脸，两手沾满灰土，鞋上、衣服上也都是灰白斑驳。陈姝顿时感动了，她眼里竟然有些热辣，说她就是来看看，向阳辛苦了。孔迷糊真的不迷糊。孔向阳羞涩地笑了，说那是，迷糊也得看啥时候。

孔向阳说罢，停了一下，又说，听说这个老板有来头。

陈姝说，干工程的多少都有点来头，没有来头也攀个来头。说完，就去了桥工地，远远看到袁侨和柳武的身影。待走近，柳武打了一个喷嚏，陈姝说，肯定是沈妍想他了。柳武心里晃悠了一下，想着昨天忘了回她信息了，估计还真是沈妍埋怨他呢。

有些事真是诡异，柳武和沈妍还真的出现了问题。

柳武的女朋友沈妍自从接到柳武的那束鲜花，就改变了对柳武的看法，接受了他。只是柳武一直在工地上忙，并没有找到谈恋爱的感觉。发个信息半天才回，白天一天音信全无，只能在晚上聊会儿，有时候聊着聊着就没回信了，第二天一早才"嘀"的一声，回条信息，说昨晚睡着了，工地上跑着实在太累了。害得她一夜不关手机，早上老早就醒，期待着那声"嘀"，没有那声"嘀"，就六神无主。

开始人家介绍的时候，沈妍觉得对方是一个机关干部，虽然是二婚，个人条件还是不错。她跟闺密一说，闺密非要帮她看看，把把关。她本想约着柳武一起吃个饭，柳武却说没时间。当时她就想，一定是柳武不满意，不想跟她处，一个男人爱一个女人，工作是问题吗？现在还有以工作为由不能赴约的人吗？这恐怕是最低级的借口了。所以，她一度想就此结束了。可是，像她这样的大龄女青年，找个合适对象也不容易，而柳武就是一鸡肋，食之无味弃之可惜。正当她痛下决心的时候，收到了一束非常精美的鲜花，粉色的百合和大红的玫瑰，她真的好喜欢，这是她人生中第一次收到鲜花，都是她喜欢的颜色。心形的卡片上写着"两情若是久长时，又岂在朝朝暮暮"，署名：爱你的柳武。多么浪漫的表白，柳武虽不善言辞，却也不乏情调，还是很懂女孩的心啊。关键那天是农历七夕，中国情人节。沈妍的心怦然而动，不仅仅是因为柳武，还有那花、那诗、那时节。所以，她下定决心，跟定柳武。女孩子就是这样，爱一个人并不为啥，说不出理由，也许就是一瞬间的柔软，也许就是一种缥缈的虚幻，也许就是自己心里生出来的情思，谁知道呢。那就是一种感觉，幸福、甜蜜、心跳、期待、思念，他充满了你的空间。

闺密得知她跟柳武和好，说开车带着她去工地侦察一下柳武，是不是真像他说的，看看柳武真实的样子，果真那么忙吗？

两位女子便开车去了褐庄，下了国道，进入崎岖的土路。闺密嘴里不停地嘘气，新买的车子还没上牌照，就遇上了这样的土路，心疼得直爆粗口:"他娘的,这是啥路啊?可怜我的新车啊,沈妍,我这可是为朋友两肋插刀啊。"

沈妍心里虽然很过意不去,想着很快就要见到柳武了,满怀憧憬,故意跟闺密说,你这个成语很应景啊,"两肋插刀"这个成语,它原本不是在两根肋骨之间插把刀,而是"两肋岔道,义气千秋"的意思,说的是秦琼为救朋友,染面涂须去登州冒充响马,路过两肋庄时,注意了,"两肋"是村庄的名字,不是两根肋骨。两肋庄有个岔道,秦琼在岔道口想起了老母妻儿,犹豫片刻。一条路取历城,一条路取登州,一条路回家门,最终还是为了朋友,视死如归地去了登州。快到了,快到了,前面就是"两肋庄"了啊。闺密说,啥两肋庄不两肋庄的,不管刀插哪儿,疼在她心里啊。

两个闺密走一路问一路,终于到了工地。既然是暗访,两人都没有下车。看着工地上热闹的场景,开阔壮观的设计。城里的女孩,哪见过这样的场面?沈妍心里猛然生出一股子自豪,柳武果然没有骗她。

沈妍真的很希望能在此时此地偶遇柳武,给柳武一个惊喜。她在想,如果真的遇上了,是不是给柳武一个拥抱?一定的,就在这工地上,当着这么多人的面,一个大熊抱,一定非常浪漫。

沈妍正在遐想,闺密推了推她,说,快看,这地方还会有如此浪漫的人。

一个男人骑着摩托车,带着一个女的,风驰电掣般飘过,那女的还紧紧地搂着男人的腰。

沈妍顿时傻了,如雷击一般。

那个骑摩托的人正是柳武。他不是忙吗?原来在这里浪漫?兜风?可真是太忙了!哪还有时间约会?回信息呢?一个镜头便迅速发酵为一个故事,一个故事立马嬗变成一个事故,没有任何逆转的余地。

闺密看着傻愣的沈妍说,掉头追上他们吧?

沈妍摇摇头,她脑子里一片空白,已经说不出一句话了。闺密说,打道回府吧?还站这儿干啥啊?"两肋庄"瞬间变成了伤心地。他娘的,都是啥玩意儿啊。

回去的路上,车子依旧颠簸不已,闺密死盯着前面的路不敢说话,生怕一说话就掉进路坑里。沈妍也揪心,来的时候她想如果掉进坑里了,还有柳武呢。可是,如果现在掉进坑里,她们两个女的可咋办啊?

车子终于上了国道,两人都松了一口气,沈妍忍不住地哭了。闺密愤怒地声讨柳武,骗子、流氓、伪君子,口诛口伐,怎么恶毒怎么说,说得沈妍都有些不忍了。

闺密真的很生气,除了声援沈妍,主要是心疼她的车子,这车还是处女车啊,被蹂躏成啥样了?来时,哪承想还有恁赖的路,原本想着,见了柳武,好歹给她加点油,说句感谢的话,请她吃个饭。谁知道,这一趟下来,简直倒了八辈子血霉……

就在闺密两人回到县城时,柳武来到一个新建的小桥跟前,见工人正在拆壳子板,连忙说:"停,停,停,你这明天才到时间啊,咋现在就拆了?"工人头也不抬地说:"工头让拆的。"柳武说:"谁说的也不行啊,还不到时间呢,凝固期没到。"工人说:"你给俺说没用,俺今天不拆就没有钱。"柳武就打电话给工头,工头连忙说:"你们不是一直在催进度吗?我记错了时间,现在就让他停了。"工人嘟嘟囔囔,一会儿让拆一会儿让停,这活都没法干了。柳武说:"村口那座,时间到了,你先去拆那座。"柳武正跟工人说着,袁侨匆匆赶来,说:"你看,前面的那座挡土墙是不是有点斜,好像两头不一样高。"于是,两人来到了那座小桥跟前,柳武掏出尺子量了量,确实,差了一厘米。柳武说:"袁主任的眼就是尺子,不过这个也好办,等到粉刷时,稍微补点泥灰就行了,墙体没问题。"

袁侨说:"挡土墙是桥外观的灵魂,只要挡土墙做得好,桥的外观就好看了。"

两个人就地研究着，怎样在保证质量的基础上，把桥的外观做得更好看一些。柳武掏出尺子量着，两头留出多少距离更耐用结实，看上去更美观。还有桥的侧墙，原来设计的桥侧墙是不规则的石面，不好砌墙，又不太结实，明年换成砖面，然后用白灰粉刷，青色的混凝土路面，配上雪白的桥侧墙和挡土墙，那才叫一个好看。两人正说着，陈姝就过来了。

第十六章　跬步

高粱送走了胡秋，觉得一定要抽个空到农开工地看看。陈姝多次打电话说让他去工地视察，说他们小伙上的蒸面条特别好吃。高粱叫来司机，给他五百块钱，说你去买一些猪肉，剩余的买一桶食用油、一袋面粉、一箱啤酒。

高粱先去了褐村村室，只有厨师在那里淘菜，说陈主任他们都去工地了。

高粱到工地时，陈姝正和孔向阳说路工的事。

孔向阳说："现在原材料疯涨，路工的几个标段提出要增加工程款。"

陈姝说："开玩笑吧？咱上哪儿弄钱啊？"

高粱没吱声，孔向阳突然就住了口，目光转向一边去了。陈姝顺着他的目光看过去，高粱正笑眯眯地看着他们。

陈姝转而热情地说："县长大人驾到，也不说一声，您能找到这里，说明您何等的高明啊，高县长的高。"

高粱说："这话说的，陈胡地界儿，我还能找不到？"

陈姝转而换了话题，说："哎，高县长，正好给您汇报一下，我们正在说这个事儿呢。现在市场上原材料涨价，路工提出要增加点工程款，能不能……"

高粱严肃地说："打住，你这现场会八字还都没一撇呢。再说，县财政的情况你又不是不知道，小单位五千块钱的办公费都保证不了，你还要追加工程款？怎么可能？设计时就应该考虑到价格的波动，工程队投标时也应该知道会有市场价格波动啊。"

陈姝转脸向孔向阳说："都听见了吧？"

孔向阳说："那，我们自己想办法吧。"

陈姝转而向高粱介绍孔向阳，农开办党组成员、副主任科员，负责路工的。

高粱看着陈姝晒得脱皮的脸庞，似乎觉得自己话说得有些重，转身对孔向阳说："做好思想工作，让他们接受市场价格波动，标是他们自己投的，做工程也是有风险的，谁也不能保证百分之百赚钱。"

"请领导放心，我去做他们的工作。那我先走了。"高副县长看着满身泥土的孔向阳匆匆离去的背影，说："你们工地上真不容易，很辛苦。"

陈姝听完，瞬间感动，做一个吞咽的动作，控制住自己的情绪。她不想让人看出她如此脆弱，一句理解的话而已，何至于眼睛潮湿呢？她领着高粱看工地，转而兴奋起来，手舞足蹈地介绍着。一说到工程，陈姝就像打了兴奋剂，脸上泛着红润，眼睛发着光亮。

高粱也很高兴。说实话，这是他这些年来见过的，无论是规模，还是设计，都是最好的水利工程了。他主管农业恁多年，全省上下每年都有农田水利"红旗渠杯"竞赛，都会观摩评比，开现场会，但基本是老沟清淤、干沟整修，没有动用大量土方。今年的农开项目是在大片原田上重新挖沟，不但解决了旱能浇，还解决了整个的排水问题，至少下雨不会再出现内涝。而且，道路和沟渠形成了网格，主干道都是混凝土路，一直修到了村头。

见高粱看得高兴，陈姝趁机说："您难得有时间深入田间地头，我们想留您吃个饭，尝尝我们小伙上的蒸面条。"高粱爽快地答应了，说："我可不是白吃你们的饭，我带来了半扇子猪肉呢。"陈姝笑道："那您更应该留下来了，不吃一顿，可就亏大发了。"

猪头肉、拍黄瓜、凉拌莴笋、蒜泥菠菜，厨师凑够了四个凉菜，加上一大盆猪肉炖粉条，主食蒸面条，这顿午餐可谓很丰盛，大家吃得都很惬意。陈姝说："高县长，你看我们厨师能掐会算，知道县长要来，还特地到镇上买了猪头肉。有肉、有工作，人生何其美哉。"

高粱说："大家辛苦了，以茶代酒我敬大家一下，预祝我们的现场会如愿举办！"

高粱的话音落地，陈姝心里咯噔一下，顿时，现场会像一把泥土塞进了她心里。她转而说道："感谢高县长，有高县长支持，我们一定会，也一定能成功！"她好像是在给自己打气，但是后边的语气明显渐弱。高县长留下吃饭，大家都很高兴，异口同声地说："一定能成功！"

吃完饭，高粱准备回城，陈姝送他，还没走出村室的大门口，胡秋的电话打过来了，说和田处长约好了，明天去省城。陈姝问他要带点啥东西，提前准备一下。

胡秋说："第一次见面，啥东西都不用带，带着吃饭的钱就行了。对了，你给高县长汇报一下，看看省政府的信息发了没有，他要不要一起去？"

陈姝兴奋地说，好嘞，我让高县长接电话。

胡秋一听高粱去项目区了，也很高兴，开玩笑地说："高县长偷偷地去看陈主任了。"

高粱笑道："落实胡主任的指示不走样。我要是不来，胡主任还不得继续教训我啊。我们的信息已经报上去了，而且省政府信息处领导看了之后，非常满意。我也正要抽时间去请请人家呢，刚好，我们一起去省城。"

于是，三人一起去了省城。省城会合后，胡秋死死地盯着陈姝看。陈姝不好意思地说："胡主任，我身上有花儿吗？"胡秋说："你身上没有花儿，但是我的眼突然花了，发现陈主任变了。"

那天陈姝穿了一套浅蓝色的套裙，偏瘦的体型把衣服的腰身体现得刚刚好，既得体又不刻板，既有韵味又不妖娆。而且小香风的领型，跟她长方正脸形很搭。她那双发光的眼睛把肤色提亮了许多，脸的皮肤也水润了，看上去轮廓柔和多了。这一身的装扮，显出了她的干练精致、气质清雅，跟工地上风风火火、粗粗拉拉、素颜朝天的形象，天壤之别，难怪胡秋惊讶。

陈姝见胡秋打趣自己，自我调侃道："我见省办领导，还能不收拾收拾，昨晚还专门敷了面膜呢，这衣服也是出门时才穿的。要不然，丢咱豫东市的人。"

高粱也笑了，说："还真是，我眼拙，胡主任不说，还没看出来。确实比工地上讲究多了。"

上午分别行动，胡秋和陈姝去了省办，高粱去了省政府。

胡秋和陈姝一起来到了田耕处长的办公室。田耕让座，胡秋在对面的椅子上坐下，陈姝坐在斜对面的沙发上。陈姝看一眼田耕，觉得很面熟，好像在哪儿见过。她竭力地搜索着，恨不得把脑子劈开，却怎么也想不出来。突然，她很激动地对田处长说："田处长，我觉得您像一个人。"

田耕愣了一下，继而脸红了。这个县办主任说话不过脑子，啥叫我像一个人啊？我不是一个人，难道是一个鬼不成？

胡秋打着圆场说："当然了，像一个伟大的人。"

陈姝仔细回想，也觉得这话有毛病，红了脸，说："我是说，您像一位电影明星。特别熟悉，一时想不起他的名字。我这乡下人，没进过省城，见了领导一激动，就语无伦次了。"继而又对田耕说，"对，对，我想起来了，您和那个谁，唐国强，对，就是唐国强，绝对是一奶同胞的亲兄弟，太像了。"

田耕也笑了，说："还真有人说我俩挺像。"胡秋忙截住话头，说："言归正传啊，田处长，我们今天来给您汇报陈胡县的项目建设情况。"陈姝紧接着说："田处长，我先向您汇报一下，说得不对的，胡主任纠正。我们今年的项目区，是在一万亩连片成方的低产田上，重新挖沟修路，形成了沟、路、林网格化布局，一眼望去，整体开阔，其间没有村庄、建筑。建设标准呢，计划上批的是中低产田改造，我们县委、县政府主要领导重视农开，在财政极度困难的情况下，拿出资金提高标准，按照高标准农田标准实施的。目前工程建设进度，土方量已经完成了百分之百，沟桥完成百分之六十，井百分之三十，路百分之五十。更重要的是，我们领导重视啊，姬县长不但亲自批钱，还亲自设计。我们县财政，那才叫一个'难'，五千块的机关办公费都不能保证，愣是挤出近七十万，用于提高农开工程标准。主管的高县长，亲自到工地送肉、米、面、油。胡主任多次到工地现场坐镇指挥……"陈姝喋喋不休地说着，口吐白沫，两眼放光。

胡秋早就不耐烦了，担心陈姝猛然提出现场会，田处长有想法，会把事弄砸。这个陈姝说话直来直去，不过脑子。胡秋实在忍不住了，使劲咳嗽一声。陈姝戛然而止，不好意思地说："我说得太多了，请胡主任指正。"

胡秋赶紧打圆场，说："陈主任一说项目就激动，一激动就打不住。其实，我们来汇报的目的，就是想请田处长到我们那儿指导指导。高标准农田项目，过去我们没做过，想把它做得尽可能完美，没有田处长的指导哪行啊？田处长是专家型的领导，农开工程的标准，可都是您亲自制定出来的啊。"

胡秋还真是想多了，田耕不但没有烦，而且还是认认真真地听着陈姝的汇报。以他的经验，这个女主任思路很清晰，工作也很到位，不是瞎说的。陈胡县他去过多次，总体印象并不好。姜主任那次调研，差点要取消重点县资格，当时他跟着呢。如果不是他们书记、县长都来汇报，重点县肯定保不住。不过，听陈姝这样一说，他还真想去看看，是不是真像她说的那样。

胡秋看田处长若有所思的样子，迟迟不表态，有点着急了。他说："陈主任说了，您要是不去，她就住在省城不走了。"

田处长笑道："你这个家伙，不带这样将军的。我说不去了吗？"胡秋忙不迭地说："真是太好了，田处长，中午一起吃个便饭吧。"

田耕说："吃饭就算了吧，给你们省点钱做项目吧。"

胡秋忙说："吃个便饭，就算您请我们。我们大老远地跑到省城，您都不请吃个便饭吗？您要是不去，陈主任要哭鼻子了。"

田耕一看他们说到这个份儿上，不好拒绝了，他也知道基层工作不容易，来省里一趟，想请领导吃个饭，联络联络感情，也能理解。于是，他说："那就附近吃烩面吧。"

出了田处长的办公室，胡秋长长地舒了口气说："真是天助陈胡啊。"他让陈姝赶紧给高粱打电话，问他中午有没有安排，如果没有，让高粱一起陪田处长吃饭。

胡秋退掉已订下的高档饭店，就按田处长说的，在"萧记烩面"预订了一个包房。高粱匆匆赶来，宾主相谈甚欢，话题自然离不开陈胡的项目，胡秋、高粱、陈姝轮番游说，说得田耕也心向往之。

中午吃过饭，胡秋、高粱、陈姝送走了田耕，看着田耕远走的身影，他们都欣慰地笑了。不管怎么，算是迈出一步，初战告捷。

回陈胡的路上，陈姝接到了她家吕医生的电话。问她在哪儿，能不能回来一趟。陈姝顿时酒意全无，问怎么了。

吕医生说，咱妈情况不太好，她说这段时间身上没劲儿，不想吃饭，我以为是贫血，拉她到医院检查一下……

陈姝惊道，咋了？别说过程了，直接说结果。吕伟沉重地说，尿毒症，而且相当严重。

陈姝的眼里立刻蓄满了泪水。她母亲年纪大了，换肾是不可能的了，血液透析不但费用高，而且病人很痛苦。腹透必须要做手术，而且要到省医院去做。陈姝两腿酸软，直奔了医院，吕伟安排母亲正在做第一次血液透析。

陈姝进入透析室，差一点儿晕倒，那场景太吓人了。母亲躺在透析床上,所有的血液都在体外循环,经过过滤器把毒素滤去,然后再输进去。陈姝想,这机器一停,人肯定就不行啊。看着那些流着母亲血液的管子,陈姝心里惊悚无比,生怕出现意外,万一停电机械出问题,随时都能要命啊。

陈姝吓得脸色苍白,问吕伟:"医生呢?不能离开病房吧?"

吕伟扶着她的肩膀,安慰她说:"医生不是在这儿吗?"

有吕伟在,陈姝稍微缓解一点紧张,说:"我是说透析科的医生呢,要是停电了怎么办啊?"吕伟说:"这都是成熟的技术,你看这儿,都有自动蓄电装置。不会有问题的。先做一个疗程,然后商量下一步怎么办。我觉得还是要腹透,这样病人少点痛苦,但是家里人比较麻烦,而且透析液也不便宜。"

陈姝说:"我们兄弟姐妹都承担点,费用应该也不是大问题,能撑得住。我同意腹透,血透太毁身体了。"陈姝说完,红着眼睛看一眼吕伟,仿佛是下决心似的,说:"实在不行,我把房子卖了。"吕伟说:"没事儿,我同意。房子卖了再买,不能没有娘。"

母亲听说手术得几万块,说啥也不同意。她说该死的人了,不花冤枉钱。俗话说"上了万,没边看",她一辈子也没见过上万的钱。这次陈姝没听母亲的,她知道母亲就是心疼钱,她接受吕伟的建议,让他陪着去省城做手术,省医他有熟人,技术上也懂。

陈姝心情沉闷地回到了工地,看到工地上的施工进度,心情才略好转。她到了建桥的施工现场,看到柳武正在训斥工人,说石面没砌平,北面的挡土墙还有点斜,你自己都没看看,东边高西边低,至少错有一厘米。工人嘟嘟囔囔地说,错一厘米多正常啊,从底下到上边,稍微多打一点水泥,就会不平,水泥又不能上戥子。

柳武生气地说:"啥叫正常啊?差一厘米就是正常?差一点就不正常。干不好就别干,就是不能出差错。"工人一边扔下手里的工具一边说:"不干就不干,谁干得好找谁干去。"

陈姝一看工人要走,工地负责人也没在现场,她就叫住了工人:

"师傅，师傅，别走，有话好好说。你这手艺不错，那一点一定是没注意，还能再补救一下吗？"那工人见有人替他说话，就停下了，对陈姝说："就是差一厘米，补救也很简单，上面一层稍微多抹点水泥就行了。俺觉得柳主任就是鸡蛋里挑骨头，还不让人说话，这几天跟吃了枪药一样。见俺就说，说话死难听，俺是来干活的，不是来受气的。"

陈姝安慰道："言差语错的，都是为了干好活，也别计较恁多。一看你就是老师傅，你也知道水泥活得小心点，凝固了再改不容易，好，继续干活吧。"

柳武心事重重，带着情绪，一声不吭。陈姝问他跟沈妍处得怎么样。柳武气鼓鼓地说，吹了。

陈姝问咋回事儿啊，前几天还好好的，咋说吹就吹了？一定是你欺辱人家。

柳武叹了口气说："我哪敢啊！好端端的，突然就变化了。打电话不接，发信息不回。我去找她，赌气不见。我在学校门口，堵住了她。人家硬说我不忠诚，不可靠，嘴上说一套，背地里做一套。还说我，脚踏两只船。问她啥事儿，也不说。我都没有离开过工地，我想踏两只船，还得有船踏啊。算了，算了，我也不想这样了，太累。工作累点没啥，心太累了，受不了。再说，还没结婚呢就这样闹，将来结婚了也不会安稳。"

陈姝笑道："一定是有误会，说全世界的男人脚踏两只船，我都信，就说柳武脚踏两只船我不信。我都亲眼看着呢，这儿哪有船啊？"

柳武被陈姝逗笑了，说："我也不知道她从哪儿得到消息，说得挺像，也挺伤心，哭得跟啥似的。"

陈姝若有所思，说："哭了就好啊，要是不哭，说不定真得吹了。我准你的假，回去看看。如果她不见你，就继续在学校门口堵她，就说算是最后的道别，也得把该说的话都说了，就算做鬼，也不能做冤死鬼。哄她开口，把情况吃透。记住，要买一束鲜花，九十九朵玫瑰。她要是不收，你就说是我送她的。提醒你一点，工作中不能带情绪，会把事情弄砸的。"

柳武羞涩地笑了，说其实也不是带情绪，就是觉得建设标准不能降。

陈姝朝着柳武说："赶紧拿下，我们工程都做得那么漂亮，还拿不下一个女孩子，我希望尽快喝喜酒。"

钻井也陆续地开工了，远远地看上去，高耸的井架正在作业，钻井机正在打孔，褐色的泥土不断挖出来，翻倒在外围，形成了一个小小的土包。陈姝到了正在挖土的井工地，高一丁没在现场。陈姝到正在操作的机手跟前，问他井的深度、口径，还有滤料和井管是不是都到位了。钻孔的机手说，俺只管钻孔，那都是老板操的心，估计老板都已经定下了。

陈姝想，钻孔不会有啥大问题，关键是下管和回填滤料。回填滤料一定得有人把关，光靠两个农开办工作人员的监督是不行的。

陈姝正要给高一丁打电话，高一丁匆匆忙忙地赶来了。他说去和褐大锤点井位去了，明天另一个打井队开始支架子了。

大火球一样的夕阳，烧红了西边的天空，形状各异的云彩，色彩斑斓，静泊轻浮，这天象有些诡异，大概就是火烧云了。她想起了有一次写作文，描写火烧云，全凭自己想象，其实她从未在意过真正的火烧云，只是各种奇妙的句子堆砌而已，却被老师当作范文，在班上朗读。范仲淹从未到过岳阳楼，却写出了千古名篇《岳阳楼记》。生活真的很奇妙，谁又能说得准真假呢？

陈姝收回目光，四下望了望，大地沉浸在红光里，人和物都仿佛是光里的影子，真是太魔幻了。自己也有腾云驾雾的感觉，她用脚踢了踢路面，又看看天空，还是觉得有些不太踏实。

她跟高一丁说，通知一下褐天瑞，让他晚上到村室，我们商量一下工程监理问题。

开碰头会时，关于井的施工监督要点，袁侨提出了三点。第一是井深，三十五的井，必须要钻四十米，才能确保成井的深度，成井之后还会有淤积，如果不多钻五米，验收时一旦淤积，井深肯定不够，就麻烦了。第二，下管必须要用扶正器，不然下井管时有可能歪斜，有一节歪斜的，上面就衔接不好。第三是滤料，必须要足够，要用米石，不能有代替品，即便有，也不能超过百分之二十。还有洗井，必须达到三混三清，第一次洗清，稍停一下，再洗还是混的，直到再清，反复洗三遍。最后要能直饮，洗成的井水可以直接喝，才算是真正打成了一眼井。

陈姝说："我觉得这些技术环节倒不是问题，高一丁他们都是农开老人，对这些指标都很清楚。最关键的是滤料问题，如果滤料不够，回填好了，我们看不出问题，将来一遇上大旱，出水量就不够了。或者，洗井过度，会塌陷。天瑞，这可是关系到你们将来的使用问题，我们项目做完就走了，有些问题眼下可能不会暴露，过个三五年，就都出来了。所以，我建议你们要参与监督，村组干部要分包到井，除此之外，还要发动农户，井打在谁地里，谁就是义务监工。你们的人必须与施工队同时在工地，一刻也不能空缺，在滤料回填前，要把滤料的使用量，提前告知村组干部、农户，只能多不能少。这样我觉得才能保证井的质量，不留后患。"

褐天瑞说，他也正琢磨着这个事儿呢，怕万一出问题，这个事儿他负责落实到人。

袁侨说："褐大锤那儿，要盯紧点，那家伙可是滑得跟泥鳅一样，不好抓他。关键是得有人盯死，吃饭的空都不能丢下。一个小时没人，说不定回填都完了。"

孔向阳说："路工统一使用商砼，施工队有想法，说是成本高，想按照原来设计的，自己用搅拌机打混凝土，搅拌机他们都有现成的，即使没有，租一台也便宜，算起来比商砼便宜多了。"

袁侨说："这个确实是设计上有缺陷，因为当时时间比较急，没有考虑到这些细节。我个人觉得也可以用搅拌机，但是水泥的标号，还有水泥、石子、沙子比例，必须严格按照设计走。而且，必须要收集好样品，送到质监站。验收时，必须要有质检报告。路工占线长，你们两人有时候可能跑不过来，所以，用商砼也是咱们最后的防线。"

孔向阳说："确实商砼省事儿，他们出厂时都有质检报告，就是得跟工程队打嘴仗了。"

袁侨说："保证质量，便于操作，减轻压力，这是将来我们设计工程时要遵循的原则。今年就不说了，我们只能盯紧看牢。"

碰头会结束，孔向阳找到陈姝，说："路工有个老板叫任五，好像是县领导的亲戚。他的态度十分强硬，到时候我怕管不了。是不是让袁主任跟他谈谈？"

陈姝说，他听袁侨的吗？孔向阳沉吟道，可能也不听。陈姝又问孔向阳，那他听谁的？孔向阳低着头说，估计谁的也不听。陈姝接着问，谁家的亲戚知道吗？孔向阳说，好像是籍书记家老表，还传籍书记对老表格外关照，有求必应。

陈姝躺在床上，望着窗外的月亮，思绪万千，不知道母亲的病情怎么样了，说是这几天就回来了。可是回来之后要天天透析。天天透析可怎么办啊？光透析液一个月得大几千块，钱不说了，兄妹几个一起扛。关键是家里得有人照看啊，孩子上学，吕伟上班，谁来换透析液啊？听吕伟说，这个如果操作不好，还会引起腹膜炎，腹膜反复发炎，会影响透析效果。

孩子明年中考，也不知道成绩怎么样？能不能考上陈胡中学？

还有，任五！籍书记！

自从挖沟开始，失眠像病一样缠着她，芝麻大的事儿，会放大成西瓜，第二天醒来，芝麻还是芝麻。陈姝突然想起，还有一件大事，明天一定要盯住。

第十七章　田耕下陈胡

高粱、胡秋、陈姝提前半个小时在高速路口迎接田耕。

从省城到陈胡，大概得三个小时，路上稍微停停，差不多四个小时了。田耕到时已经十一点多了，就直奔饭店，午宴安排在陈胡宾馆，姬县长早早地在餐厅等候。

陪餐人员除了胡秋、高粱、陈姝、袁侨之外，姬县长还特邀了副书记籍春风，以及人大、政协的主要领导，田耕处长被一屋子人齐刷刷地包围着，成众星捧月之势。

坐在主位的姬县长寒暄之后说："田处长下午还要去工地视察，我们以茶代酒，大家都表示一下心意就行了。"姬县长这样一发话，大家都心领神会。

大家都是象征性地敬酒，饭后田耕稍事休息，直接去了工地。

终于到了项目区，此时的太阳已经悠悠西坠。夕阳被一块云遮住了一半，余晖像箭一样直射而下。工地上依然很明亮，机械还都在隆隆作响，工人们都在施工中忙碌，这一切在夕阳的晕染下，透出红亮和迷离。枯黄的原田，在已经做好或正在施工的项目衬托下，显得更加辽阔和沧桑。

胡秋小声地说："田处长，您看怎么样啊？"

田耕似乎回过神来，他叹了口气说："没想到，陈胡的项目还能做成这样！走，往前走走看。"

田耕下到沟底，眯着眼向前方望去，而后目光收回到路边，看着路边小桥上的挡土墙。挡土墙整齐划一，像一条伸向远方的直线。

他们顺着新开的路一直往前走。路两侧的玉米已经枯死，有些被风摧折，有些早已倒伏，偶尔看到几个站着的，倒是有些慷慨就义的意味。

夕阳的余晖已经收尽，田耕在胡秋、高粱等人的陪同下开始往回走。田耕跟高粱说："本来我计划今天晚上要赶到商丘的，明天姜主任要去商丘夏邑调研，我得陪着。"

陈姝趁机说道："田处长，您觉得我们这里离开现场会的标准还有多远啊？"现场会？田耕一时没有反应过来，这个女主任怎么会想到开现场会？都没有参加过现场会，也没有见识过人家的项目区，竟然突发奇想。

他回头对胡秋说："我觉得掉进了胡主任的陷阱里啊。"胡秋说："你掉进了陈主任的陷阱里。"

高粱一本正经地说："陷阱就是留你住一晚上，纯粹的、真诚的、热心的陷阱，田处长不用担心有啥企图。"

田耕似乎很高兴，到了项目做得好的地方，他总是很兴奋，所以他很乐意地留下来。如果不是项目做得好，他会连夜赶往商丘的，都没有商量的余地。

第二天早上，高粱敲门喊田耕吃早餐，想借机跟田处长提一嘴现场会。高粱非常坦诚，把他们所面临的情况和盘托出，包括请他来陈胡的目的，就是为了帮他们运作现场会。田耕没有想到，还真是"陷阱"，不过像他们这样用心做项目，难能可贵。

高粱和田耕正聊着，胡秋敲门进来，对田耕说："田处长，我代表豫东市农开办，向您请求支持。您也知道，我从没为哪个县办说过情。我在农开干了这么多年，也想干出点名堂，陈胡能做成一个高标准农田的示范区，我比他们都激动。"胡秋停了一下，似乎有点不好意思，腼腆一笑，又说："说实在的，不是我有私心，以工作来论，豫东市确实需要这个典型带动。您也知道，陈胡是粮食生产核心区，也是粮食生产大县。所以，这是一个需要我们农开支持，也值得我们支持的地方，无论如何还望您要想法周旋。"

田耕笑道："从来没有听胡秋这样一本正经地说过话。我也说实话啊，从目前看，你们离开现场会的标准还很远，不是一般的远。虽然设计上比之前有了很大提升，但远远没有达到全省的先进标准。不过，高标准农田项目，省里也是刚刚起步。现在全省农开项目还是中低产改造和高标准农田建设两条腿走路，但是主导推动的是高标准农田，这是一个方向，陈胡的方向是对的，开局也不错。"

高粱对田处长说，我们一下子由中低产田改造，进入了高标准农田建设的行列。

胡秋起身双手抱拳说，现场会就拜托田处长了。

田耕笑道："关键是你们这工期也是问题啊，有些地方工程已经完成了百分之八九十了。你们能赶得上吗？即便是我愿意帮你们，那现场会也不是我能定的啊。我只能说，我们共同向好的方面努力。"

高粱说："工程进度我们会加快，保证没有问题。过一段时间，姬县长会亲自向姜主任汇报。关键是您的意见，起决定性的作用。"

田耕沉吟一时，说："好吧，我尽力而为，我若是不表个态，估计你们俩是不会放我出陈胡的。"

送走田耕，陈姝就回指挥部了，刚刚进院。褐天瑞着急慌忙地进了村室，进门就喊陈主任。

陈姝擦着脸出来，问道："家里着火了？"

褐天瑞突然觉得自己有些莽撞，不好意思地说："着火了俺还真不找你，不过这事儿不找你不行，你一定得管，算俺求你了。"

陈姝看到褐天瑞着急的样子，故作调侃："啥事儿啊？说吧，要是你跟嫂子离婚，可别找我。"

褐天瑞一本正经地说："离婚肯定也不找你，找你也离不成，是褐天缘家里的事儿。"

陈姝有点惊讶地说:"褐天缘又咋了?"

褐天瑞说:"褐天缘家里出了大事儿。"

事情是这样的。一大早上，褐天瑞准备去镇上赶集，打开大门，门口外边站了一个人，吓他一跳。这么早，想干啥啊?仔细一看，是褐仙寿。老头儿一开口就老泪纵横，说:"天瑞啊，快救救这个家吧!晓光跑了，他妈要喝老鼠药，晓光奶奶哭背过气了，天缘一瓶酒灌下去，躺在地上不省人事。"

还真是屋漏偏遇连阴雨。褐仙寿的两只羊丢了之后，褐天缘百般安慰，说他打听过了，考得好的学生不用交学费，咱晓光成绩好，学费不用愁，说不定学校还有奖励呢。老先生也就慢慢地走出了阴影。褐晓光本来出去打工了，听说同学们都接到了入学通知，他就回家了。晓光到家，通知书也到了，还真是陈胡中学，这可是省里的重点中学，一家人都很高兴，晓光妈妈也不再要死要活的了。可是，陈胡中学只收了一部分的平价生，稍微差一点就得多交借读费。晓光就差五分够不上平价，得多拿几千块的学费。褐天缘一听急了，他实在不愿意再出去借钱了，就说没钱学不上了。晓光一听他爹说这话，就跑出去了。褐天缘借酒浇愁，醉倒在了院子里。晓光奶奶一看这情况，呼天抢地地哭。晓光妈妈就是瘫痪，脑子没病，家里成了这样，就在屋里闹着要老鼠药。

褐仙寿毕竟是私塾先生，家里出现了这样的情况，还是能冷静下来的，就去找褐天瑞了。

褐天瑞劝道:"没事儿，叔，晓光的学肯定得上。没钱，俺想办法。您老啊，赶紧回家吧，劝劝婶子，如今新社会，咋能不让孩子上学呢。您啊，回去跟天缘说，晓光的学费包在俺身上了，就是大家伙兑钱，也得让晓光上学。"

褐天瑞说完大话，也陷入了惆怅，说是一家一户地兑钱，能那么容易吗?肯定有人愿意，也有人不愿意啊。就算他愿意帮忙，带头拿，又能拿出多少呢?褐天瑞拿起手机，准备出门，突然就开窍了，找找人啊。他想到了陈姝。

他跟陈姝说:"陈主任,一有困难,俺就想到恁了。恁是县里的领导,一定跟校长熟悉,跟校长说说,看能不能让晓光上个平价的。"

陈姝非常爽快地答应了。

褐天瑞一拍大腿说:"俺就说,恁一准有办法。"说完,就急急忙忙去褐天缘家报喜去了。其实,他也有准备,如果真是陈姝不管,哪怕是贷款,也得让褐晓光上学,不然别说这家,就连这个村都没啥盼头了。

陈姝也不是像褐天瑞想象的,啥事都能办,但是她想,一定得把这件事儿办好啊,不能断了他们的希望。她找校长肯定不行,实在不行就找高副县长,刚好他也分管教育。退一万步说,就算是她自己掏钱,也得让晓光上陈胡中学,大不了两个月的工资。所以,她才痛痛快快地答应了。她出身农村,太知道农村的情况了,农民的孩子,上学是唯一能改变命运的出路,这个家需要改变。

要说褐天缘一家,还真是有本难念的经。

前几天,褐天棚找到了褐天缘,说:"哥,你种的那几家的地,说要涨价了。原来说好的二百斤小麦,现在要涨到三百斤了,说是现在啥都涨价,地里的产量也得涨。马上又要交农合钱,前年还一人十块,现在都涨到了二十块钱。"

褐天缘一听就火了,二百斤小麦他都不想种了,种子农药肥料,光投入得多少钱?原本就是图个秋季的收成,现在秋季收不收还都得看天。大部分是不收,即使收也是寥寥的。种十几亩地,累死累活,也就是一亩地落个百十斤小麦,如果都给他们,就图个累啊?如果不是家里这种情况,他也外出打工了,自己的地也不种。褐天棚说,他再给那几家说说。

见褐天缘没吭声,褐天棚又说,那几家说了,现在都用收割机,种收都省劲儿。

褐天缘嘟嘟囔囔地说,省劲?那不都得花钱啊?省劲不省钱。农合钱又得一百多。

褐天棚说:"俺家农合没交,俺把钱交给了仙女,让她交农合钱。她倒好,用那钱买了一件新衣裳,回来还让俺看看好看不好看。俺问她哪来的钱,她说就是那钱啊。啥钱啊?你给俺的钱啊。唉,俺气得都想毁她一顿。后来,俺想想,她说得也是,年年交,能吃多少药啊?谁还没事儿成天害病吃药。交了农合,不住院还不报销,住院报销也寥寥的,还不如不交。唉,这个败家娘儿们,不交算了,反正没病没灾,身体也都好好的。"

褐天缘没说话,他知道,农合其实就是一个保险,关键时候还是一个保障,特别是他这样的家庭,本来就有病人,还有孩子和老人,他是必须要交的。褐天棚两口子就是大处不看小处看,只计较眼前的一点蝇头小利。

褐天缘知道褐天棚来他家,肯定还有别的事儿。果然,褐天棚悄悄地跟他说:"大锤哥说你别跟褐天瑞走怎近,褐天瑞长远不了。大锤哥说了,他要是当了支书,就让你当文书,大眼那家伙不中,还有那个褐天意,都得蹬换了。"

褐天缘也低声对褐天棚说:"以后你跟褐大锤做啥事儿,都别拉着俺,也别提俺。俺这个家可折腾不起。"褐天棚说:"哥,你这是说哪儿去了,俺拉着你,还不是因为咱亲吗?大锤哥不也是想拉你一把,看你这日子过得怎难。"

褐天缘说:"日子再难,也得往正道上走。你还有啥事儿没有?俺得下地去了,北地那块红薯秧子得翻翻了。"

褐天棚说:"大锤哥让俺给你捎的话,俺算是捎到了,你思量思量。"

褐天缘看着褐天棚猫一样轻飘飘走出的背影,摇头叹息。不知道褐大锤都给他灌了啥迷魂汤。听说上访时欠人家的大篷车钱,到现在还没有给人家,当时他找褐大锤要,褐大锤让他先垫上。回来后,人家找他要不到钱,就找仙女要。仙女回家就扇了他的脸,而且还说要找褐大锤要钱，他死死拉住仙女，说自己去找褐大锤。褐天棚好说歹说，褐大锤勉强拿了钱，说是借给他的，还写了借条，借条上注明用工资抵账。他发工资的时候，褐大锤就跟他一起领钱，钱都没有过他的手，直接进了褐大锤的口袋。

褐天缘心情很不好，虽然挖沟的钱顾了点急，但到手的钱，还账，买了种子肥料也就用完了。

褐天棚刚刚出去，晓光就从外面回来了。晓光现在比较轻松了，中考结束，等着高中录取。这几天，他一直帮着父亲干点农活，料理地里的庄稼，可是，太阳底下干活的辛苦，他实在受不了，他想出去打工。

褐晓光不想回农村，因为家在这里，又不能不回。他觉得农村太落后了，一进院子，到处都是猪圈羊圈的味道，院子里不是狗尿就是鸡屎，到处都是破旧脏乱的东西。茅厕里满地都是擦过屁股的废纸、砖头，还有带尾巴的长蛆到处乱爬。堂屋当门的板子床上，堆满了旧衣服，连个坐的地方都没有。他所看到的，就数农民最苦、最难，收入最少。汗珠子掉在地上摔成八瓣，地里的收成少得可怜。他想好了，他要进城不再做农民，就算是考不上大学，也一定要出去的，好歹他读过书，也能在城里找到工作，就算是搬砖头扛水泥、扫大街送快递，也比当农民强。现在待村里的，都是老人、妇女、病人，健健康康，不憨不傻，谁还能在家里守着几亩地啊？刚好，他有个同学约他去一家餐馆打工，餐馆是亲戚家开的，管吃管住，一个月一千多块呢。

说实在的，褐天缘并不想让孩子出去，还不满十八岁的孩子，等于童工，用人单位不收，真要去还得虚报年龄。晓光说，他这样的身高，说二十也有人信，反正也不要身份证，非得要身份证就说丢了，或者让村里开个证明。

褐天缘说服不了儿子，百般无奈，只得把儿子送到了县城，他从兜里掏出二十块钱塞给褐晓光，说：“挣不挣钱都无所谓，要吃饱饭，正长身体的时候。还有，不想干了就回家啊，也别太委屈自己。"说着说着眼窝子就热了。

褐晓光说："没事儿，爸，你就放心吧，我都初中毕业了，能保护好自己的。"

褐天缘看着儿子进了那家饭店，眼泪模糊了视线。他实在不放心，他之所以送他，就是想看看这家饭店在哪儿，万一有个啥事，他也能找到地儿。

褐天缘去县城看晓光，回来刚进门，就听见母亲在院子里号啕大哭，父亲失神地坐在地上，傻了一般。他下意识地扫一眼羊圈，发现羊没了。堂屋里传来了妻子的嘶喊："让俺死吧……"

褐天缘不知道出了什么事，走到母亲跟前，说："娘，咋了？你别哭啊，出啥事儿啊？说话啊。"

母亲听见褐天缘说话，才止住了哭，说："你爹听说晓光打工去了，心里不是味儿，就牵着两只羊放羊去了……"

褐仙寿听说晓光出去打工了，长叹一声，牵着两只羊就出了村，家里遭遇到这样的事，老私塾先生更坚定了让孙子走出去的意念。两只羊是他精心饲养，用来给孙子交学费的。他来到村外路边的一块废地前，这里杂草很旺盛，正是放羊的好地方。他找了一棵大树，把羊拴上，怕它们不听话，啃了人家自留地的庄稼。老先生拴好羊，刚在几块砖头上坐下，就来了一辆三轮车。

三轮车在老人跟前停下，一个人从车上下来，说，大爷，这两只羊可值大钱了，卖不卖啊？褐仙寿说现在不卖，过一段时间再卖。那个人说，帮他掂掂看值几个钱？老人家说好啊，先打打价钱。车子没熄火，司机也没下车，说话的那人抱着羊就放在车上，说："能值千把块呢。俺再看看这个。"说着把另一只也放到车上，然后说，"这个也能值个千把。"说着自己也跳上车。老人家以为他上车是为了把羊卸下来，谁承想三轮车径直开走了。老人家高兴地想着这两千多块钱，能替晓光交学费了。车子开走了一会子，老人才想起来，羊还在车上。老先生这才明白过来,那两人哪里是买羊的,是偷羊的贼啊。于是,号啕大哭,等村里人来了,哪还有三轮车的影儿啊!老人家被大伙儿送回家,就傻愣愣地不会说话了。

褐天缘看家里的情景,头都大了,他不心疼羊,丢了就丢了,老父亲千万不能再有事啊。

他连忙走到父亲跟前,叫着:"大,大,你咋啦?说话啊!"褐仙寿像进入禅定,失神地看着地面一言不发。褐天缘赶紧把父亲抱上三轮车,去了诊所。

其实,褐天缘原本也是想着用羊钱交晓光的学费,谁想竟然出了这样的事。当晓光打开通知书时,褐天缘实在是走投无路,才把自己灌醉。家里乱成了这样,褐仙寿才找到"组织"。

褐天瑞前脚离开,褐天意后脚就进了指挥部。他说:"在镇上碰上了褐大锤家的邻居,邻居说,褐大锤让帮忙买猪药,家里的猪病了。俺问他,今天不是在你地里打井吗?他说是啊,大锤替他看着呢,俺觉得有些蹊跷,回来之后往地里拐了一下,看见那眼井正回填呢,滤料里掺的细沙多,滤料的比例有问题。"

陈姝说:"好,我去看看。随即打电话给袁侨,他们分别去了井工地。"

高一丁不在现场,褐大锤也没在现场。袁侨说:"先让他们停下来,我去找褐大锤。"

袁侨径直到了褐大锤家,高一丁、褐大锤、井老板三人正在褐大锤家里喝酒呢。褐大锤的老婆不在家,褐大锤自己弄的菜,酒喝得很肆意、很尽兴。

袁侨知道自己的角色,也知道高一丁的性格,他进院就对高一丁说:"高大人,喝好了赶紧去工地,陈主任在那儿等着呢。"

三个人一听说陈主任在工地,麻利地丢下酒杯,各自奔工地去了。高一丁对袁侨说:"金刚兄,别跟陈主任说我在这儿喝酒。"

袁侨叹口气说:"我不说陈主任就不知道了?你以为她傻啊?透

亮着呢。实话说,你知道滤料掺细沙的事儿吗?"

高一丁说:"老板请喝酒,我就猜到了,掺一点也没啥,都是行规,不作点假,哪来的利润啊?能拿到工程,不定找了多少人呢?不都得打点啊,都不容易。而且,这个日后也不会出大问题。"

袁侨不服气地说:"啥行规啊,赚钱他就干,不赚钱就不干,不能做亏心事儿。立即停止,按照计划上的设计做。"

袁侨说完就走了,高一丁在背后放了一个冷笑,小声嘟囔道:"装啥装啊,自己拿了人家多少钱,心里不清楚啊?吃馍也得掉点渣吧。不就是喝个酒吗?还能咋的?"

褐大锤来到工地,赌咒发誓地说自己确实不知道。以后一刻也不能离开,高一丁喝令井老板停工,把老板臭骂一顿,所有已经掺好的滤料,必须都拉走,重新进料。

晚上,陈姝把高一丁叫过去,问他:"中午喝酒去了?"

高一丁矢口否认,说:"没有啊,我去买包烟,让仝彦在那儿盯着呢。"陈姝冷静地说:"你不是让仝彦在北边那眼井盯着的吗?滤料的事儿你一开始就知道,是吗?"

高一丁肯定不承认,说:"井老板跟我说要掺些细沙,我没同意。其实,打井的滤料过去都是沙子,现在才有米石,并不影响质量。"

陈姝尽量控制着情绪,却也遮掩不住严厉:"不影响质量?我们为啥还这样设计呢?"

高一丁还在解释着:"现在的设计标准都提高了。其实,这些做工程的也都精着呢,知道哪儿不能偷工省料,哪儿可以省点,都是行规。不然他们指望啥赚钱呢?陈主任放心,我掌控着呢,不会出问题。"

陈姝一听就火了,厉言道:"我不放心!必须按设计标准做。工程队的酒不能喝,工程队的烟不能抽,工程队的饭不能吃。这是我们的行规,我在进场之前三令五申。你不知道吗?吃人家的嘴软,拿人家的手短。我们是监工的,和工程队既不是敌人也不是朋友。我们的职责是提供服务，监督质量，协调施工环境。"

高一丁不服气地说："我们在工地辛辛苦苦，人家吃肉，我们喝口汤还不行吗？"

陈姝斩钉截铁地说："不行，辛苦不辛苦是工作性质，不想干可以申请调动。再说了，我们在工地也就是这几个月的时间。关于吃肉喝汤的定理，不适合我们这儿。我们是公职人员，既不能吃人家的肉，也不能喝人家的汤。不能看着人家赚钱就眼红。银行职员每天手中过钱无数，看着眼红吗？能从手里漏点吗？能喝点汤吗？各事儿有各事儿的规矩，这是做人做事的底线。"高一丁试图给自己找台阶下，解释着，过去工程都是这样做的。

陈姝也平静下来，不能把事情弄得太僵了，虽然她撂了狠话，但也要适可而止。因为高一丁是县委管的干部，她没有权力处理，还是要用好他。对于自己不能把控的事情，最好不要激化矛盾。一个好的领导要让下属无怨无悔地跟着你干，这需要归心。而归心最关键的是包容，包容不一样的认知。当然，包容不是纵容，不是毫无底线。

陈姝平复了一下情绪，说："一丁，你有经验，也很敬业，我才把井的监理交给你，工程质量出了问题，不是你个人的事儿，也不是我们单位的事儿，而是农开系统的事儿。你是老人，应该知道省办的作风，施工季节，省办领导从来不坐办公室，都在工地上跑着。在农开系统，我们县一级是最基层了，我们是工程实施的直接责任人。知道我们为啥跟省办的领导都熟吗？不是只是我们，而是全省三十个重点县都熟，他们的工作模式，就是一竿子插到底，我所接触到的，工作作风最过硬的，就是农开了。我们能大意吗？"

陈姝说得自己都感动了，看看高一丁，他似乎心有所感，低着头，不停地躔着地上的裂缝，试图把这个裂缝补好。陈姝想，也许他觉得我在说教，根本没听进去。但是，她还是要说，必须说。

高一丁希望尽快结束这场谈话，说这么多大道理干啥啊，不就是监工吗？于是，他在陈姝喝水的间隙，说："陈主任，底下的工程，你就看我的,一定不会再出差错。"

陈姝点点头,说:"切记,我们不喝人家的汤,有工资自己买肉吃,喝了人家的汤,说不定就没工资了,自己的汤也喝不上了。"

陈姝望着高一丁的背影,还是不太放心。高一丁本质并不坏,就是有些江湖习气,现在说得很好,老板们一找他吃吃喝喝,说不定又变卦了。她安排袁侨,得多盯着点。对,还有省办,也得同步跟进啊。

第十八章　二进省城

陈姝觉得该给田耕处长打个电话,问一下那边的情况。这事儿她得盯紧,不能等着领导再催。自田耕处长离开陈胡之日起,陈姝就掐着时间算:他啥时候到省城,啥时候到单位,啥时候能跟姜主任汇报,啥时候打电话比较合适,跟拍舞台戏一样精准卡点。

她很纠结,人家田处长毕竟是省办领导,她直接打不太合适,觉得应该先让胡秋打,他是市办领导,这样就不嫌冒昧。于是,她给胡秋打了电话。胡秋说,直接打啊,她又不是不认识他。

陈姝下定决心,给田耕处长打电话,刚拨了一个号,还是觉得直接打似乎有些越位,县里的领导打比较合适。于是,她就给高粱打了个电话,问他能不能给田耕打个电话。

高粱很不客气地说,你们系统的领导,一个电话还用我来打吗?

陈姝愣了一会儿,还是有些犹豫,她不是不想打,就是觉得有点僭越。她只能自己给自己打气,都是工作,又不是给自己谋私,打个电话又能怎么样?

上午八点二十,应该是比较合适的时间。一般机关会议是八点半或者九点开始。打吧,陈姝长长吸口气,拨了田耕的电话。电话通了,没人接。她觉得田耕可能是在开会,或者有事儿不方便接,也许是临时出门没带手机。也许不愿接她的电话。陈姝想到最后,定位在他可能是在开会。如果这个点开会,一般十一点多都会结束的。

陈姝算着时间，十一点五十五分，接着打田耕的电话，她觉得这个点打电话比较合适，会议肯定结束了，还未到吃饭的点，正是空当。田耕还是没接。陈姝很失落，甚至有点绝望，不知道是不是还能再打。

十二点半，田耕回过来电话，说全国的土地整理系统培训班在中原举办，省办的同志都在会上。陈姝问姜主任对陈胡农开有什么看法。

"没什么看法，我建议把陈胡作为由后进变先进的典型，促一促，也建议他去看看。"田耕好像正忙着，不经意地说着。

陈姝也顾不了许多，继续追问："姜主任啥意见呢?"

"没意见啊，我觉得你可以直接见他，刚好都在会上，孟副主任和几个主要处室的处长也都可以见见，见面说会更透彻。"

陈姝欣喜地说，她马上就过去。放下电话，陈姝立马行动，启程去了省城。她先见了田处长，而后见了孟副主任和几位处长，事先打好腹稿，汇报得精简得当，效果不错。处长们过去对陈胡县不太了解，只是停留在"要取消资格"的传说中，这次亲自听了县办女主任的汇报，还都觉得确实是干事的，都很感动，都愿意支持她。

下午，培训结束之后，她终于见到了姜主任。由于田处长之前的汇报，姜主任对陈姝很热情，也很客气。当陈姝提到开现场会时，姜主任似乎显得有点惊讶，显然是没有料到。农开系统开现场、观摩会选址，都是出自他的思路。还没有哪个县办主任提出要开现场会的，开先河的竟然是陈胡。他觉得这个女主任有点不知道轻重，以疑惑的眼神盯着她，说："今年? 陈胡县? 去年要取消重点县资格，今年要求开现场会，写小说呢?"

姜主任看着陈姝一脸的窘迫，觉得自己话说得有点重了，毕竟是女同志嘛。于是，他笑着说："女主任嘛，有这种想法倒是不奇怪。可农开，不是想当然，不是传奇小说，是实打实的项目工程，少一方沙石、少一方土、少一棵树都是不一样的。"

陈姝似乎并没有放弃，迅速调整着思路，一定要抓住见姜主任这次机会背水一战。她没在意姜主任的态度,把事先想好的说辞只管说出来。

姜主任似乎不好打断她,但是确实也显出了不耐烦。农开的工程,他清楚得跟自己手掌心的纹路一样,她所说的这些,他都明白。

陈姝终于住口了,一脸热忱地望着姜主任。

姜主任实在不忍心一口回绝,像他这样级别的领导,说话都会留有余地的,他说:"难得有你这样执着干事儿的县办主任,我很欣赏干事儿的人,也应该支持你,可是这也太勉强了。现在时机还不成熟,努力争取,看看情况再说。"

陈姝从姜主任那里出来,心情似乎很好。不管怎么说,姜主任没有堵死,只要不堵死,就有反转的可能。

已经是下午五点多了,陈姝还有一个重要的事情,去医院看望母亲。母亲手术很顺利,由于年事已高,加上之前的尿毒症、高血压、心脏病,伤口一直愈合不好。已经二十多天了,一直住在省医,她还一次没有来看过。母亲进手术室之前还问姐姐:"小姝呢?俺咋有点害怕。"母亲像孩子一样拉着大女儿的手,说:"俺要是进去出不来了,就见不到小姝了。"姐姐安慰她说:"小姝不来,您肯定能好好地出来。您能不见小姝就走啊?阎王都不愿意,没事儿,没事儿,小姝在家等着您呢。"

母亲叹口气说:"啥事儿啊,比娘都重要。"母亲是农村的家庭妇女,虽然上过三年洋学堂,却无法理解人在职场的无奈。在她的世界里,爹娘、孩子、家庭,都是第一位的,还能有比这更亲的人?还能有比这更大的事儿?

听姐姐这样传话时,陈姝的心似乎有种被钩刺的感觉,仿佛拉出来的肉,丝丝可见,虽然没有血,却都是伤,都是痛。是的,她真的很忙。但是,工作比娘都重要吗?也不是。没法比,一码是一码。娘那儿有姐姐在,有兄长在。可是,陈胡县的农开办只有她一个主任,所有的责任都压在她这儿,所有的好与不好都是她的,岂敢懈怠?况且,现在正是工程实施关键时期,她不能离开。因为所有的环节,都是不可逆转的,她不能缺位。这就是很冷酷的现实,她无法跟母亲说,只能在心里祈求母亲的谅解。

母亲见陈姝来了,高兴地说:"小姝啊,赶紧跟医生说说,让俺回家吧。俺都在这儿住烦了,弄啥都不方便,一天花恁些钱。"

陈姝也强装欢颜,调侃地跟母亲说:"您以为医院是旅馆啊,想来就来,想走就走。人家医院啊,需要您再做点贡献。再过几天,我一准来接您。"

母亲躺在病床上,虚弱地说:"你还要走啊?还没来一会儿,又要走了。"

陈姝心里很酸,嘴上调侃道:"报告总经理,我先回去收拾收拾,打扫好卫生,消消毒,再来接您。医生说了,您回去要天天透析,室内要每天消毒,不能出现腹膜感染。如果感染次数多了,透析效果就不好了。我们大家都等着您回去上任呢。"因为母亲爱管闲事儿,家里大小事总想问问,当然也就是问问而已,谁也不会真听她的。所以,家里人都昵称她"总经理",她自己也非常喜欢这个称谓。

陈姝想,也罢,就算天塌下来,也得陪着母亲住一晚,转而跟姐姐说:"今儿晚上我在这儿,你歇歇,这一段时间你一个人陪着,也真是够累的。"姐姐说:"累也不累,就是有点囚磨人。"

姐儿俩正聊着,陈姝的电话铃响了,是袁侨打来的。她捂着话筒,走出了病房,问什么事儿。袁侨说:"有一段路出现了裂缝,向阳说他也发现了,跟老板联系不上。我觉得,有几种可能,究竟啥原因现在还不能确定。要不,我先通知他停工,等你回来再处理。"

陈姝一时心急如焚,她才向姜主任汇报完项目情况,说他们把项目监管放在第一位,单位全体人员吃住在工地,施工全程监管无死角,确保工程质量。姜主任对他们的做法,给予了肯定,这节骨眼上,竟然出现了这样的事。

陈姝在进母亲房间前,调整了一下情绪,她试着把微笑挤出来,挂在脸上。可是，母亲还是看出了她的心思，说："有事儿你就先回去，有你姐在这儿就行了，反正过几天就出院了。"

陈姝赶到指挥部，已经是晚上十点多了，袁侨和孔向阳都没有休息，都在等着她呢。

袁侨说："有一段路面出现了裂痕，还有一段路面上出现了凹陷，整个混凝土路面，有多发裂痕。"

孔向阳很沉重地说："出现裂纹那一段，是没有及时切割伸缩缝。"

袁侨说："还有一段没有按标准切，要求四到六米，我看有十来米还没切一下。"

孔向阳说："我一直在工地呢，开始出现裂缝时，我就发现了，老板不在现场，工人不听我的，我给老板打电话，开始说得很好，就是不行动。我再打电话就不接了，我就让袁主任给他打电话，还是不接。"

陈姝抓起手中的玻璃杯，举到了肩膀的位置，仿佛听到指关节挤压杯子的声音，但是，她停住了。她看一眼水杯里不知道啥时候的小半杯水，一口灌下去。清凉顺着喉咙下去了，直达心底。半杯凉水还是无法平复她的愤怒。

孔向阳外号迷糊，不能排除关键时候迷糊。他一直在现场的话，应该清楚原因。首先是他们监工的问题，关键环节没有看到位。小工程队更注重利润，他们只干活，从老板手里买工程，已经被剥掉一层利润了，所以不会放过节省成本的任何机会。这也是陈姝让大家吃住在工地的最主要原因，盯死看牢。可是，还是出了事，凹陷，不是小事。不及时切割出现的裂缝，也就是不好看，不能说质量有问题。但是，凹陷就不同了，肯定是质量有问题。

陈姝虽然强压着怒火，还是连珠炮似的向孔向阳射出问题：凹陷是什么原因？路基怎么做的？你不是一直都在现场吗？不是刚做好的路面吗？你干啥去了？

孔向阳没有见过陈姝发恁大的火，嗫嚅地说："那儿是个树坑，原先不知道，压的时候没压实，过重车就压塌了。当时，我跟工人说，那个地方要多填土，多压几遍。"

陈姝长长地出了口气，仿佛要呼出心中的怒火。她得让自己冷静下来，这是她的责任，孔向阳已经尽力了。有些事情不是孔向阳能解决的，作为负责人，就是要解决副职不能解决的问题。

一时都沉默下来，整个房间没有一丝的声音，只有几个人的呼吸声。过了一会儿，陈姝问袁侨："你的意见呢？"

袁侨说："路面的养护很重要，像这样的天气，一天至少浇三到四次水，最少最少，不能少于两次。我觉得出现裂缝，有这方面的原因。这个呢，需要加强养护，养护到七天以后，要及时切割伸缩缝。塌陷的那一块必须切割掉，重新打路面。而且，那一段要全部切掉，只切塌陷的地方，可能还会出现裂缝，也影响整体美观。多切一些，我们也可以看看打的混凝土的厚度，是不是达到设计标准了。"

陈姝转向孔向阳，看着孔向阳凌乱的头发、满脸的倦容、言语中的无奈，心中升起一股酸涩，大家都不容易。问题已经出来了，再责怪还有啥用，得尽快解决掉啊。

陈姝再看了一眼袁侨，袁侨摇摇头，露出了一丝无奈的笑容，然后说："我们说话都不灵，神大庙小。"

陈姝好像忽然明白了，说："今天太晚了，我明天给老板打电话，把电话给我。"

孔向阳翻出手机通信录，在一张纸上写下了一行号码。

陈姝疲惫地说："都这个点了，明天再说。我们就是瞪着眼熬到天明，也解决不了问题，都休息吧。"

第二天一早，陈姝给那个叫任五的包工头打电话。果然，他说不在陈胡，在另一个工地上。陈姝压低腔调说："你在哪个工地，干的谁的工程，我不管，但是你必须回来处理现在出现的问题。"

任五口气很牛，说过两天回去。

陈姝的声音有点压不住了，毫不客气地说："你当老板的都不在工地现场，怎么能做好工程？关键环节老板必须在场，这是常识，你懂不懂？电话不接，信息不回，谁给你撑着呢？你做的工程啥样，你自己心里不清楚吗？才几天啊，路面都塌陷了，这情况你知道不知道？你必须马上到工地。"

对方毫不示弱，反击道："你这样跟我说话，官也太小了点，比你官大的我见得多了，你傲啥傲，我就不回了，你还能咋着我？你这种人我见多了。"陈姝听他这样说，倒是冷静下来，这确实是个茬子，而且有后台。

于是陈姝不冷不热地说："我的官确实小了点，谁都想当大官，但是大官也不是谁想当就当。我的官一时半会儿也升不上去，你就凑合着听，你这么大的人物，却做我们这些小官的工程，真是委屈你了。但是，你既然做我们这样的小工程，就得听我们这些小官的。明白吗？这都是事理，事情的事，道理的理。你见过很多大官，见过很多大人物，估计也做过很多大工程，肯定也是做大事儿的人了，怎么连这样的小事理都不懂呢？还有，千万别跟我说你见过多大的官，也别提那些大人物的名字。我官小，胆也小，害怕。任老板，闲话少叙，奉劝你赶紧到工地上来，来与不来，你自己斟酌。"不等那边说话，陈姝就挂了电话。

任五一下子被打蒙了，在陈胡，还真没有人这样跟他说话，就是老表对他也是客客气气的。他老表上大学，不是他家的接济，都毕不了业。那时，他小姨守寡带着儿子在镇上生活，难得很，都是他妈偷偷地塞她钱。老表也是个知恩必报的人，现在手里有权了，给了他不少工程。

任五愤愤地想，这个女人还挂了我的电话，真是反了天了。他一怒之下，电话打了回去，但是对方不接，再打，依旧不接。他咬牙切齿地说，我倒要会会这个娘儿们，看看马王爷究竟几只眼。

果然，下午袁侨打电话给陈姝，说任五来了，要见你。

陈姝说，不见，我为什么要见他？小官不能见大人物。你按照咱们研究的意见，该切的必须切掉。

第十九章 推进

陈姝听说姬县长要到省里开会,给姬县长发信息,说,现场会的事儿还需要她多费心,跟姜主任再次汇报。

姬县长和姜主任比较熟,省里的会结束后,专门到省办拜访了姜主任。

姜主任把王副省长的批示给她看,而且还备了一份复印件给她。

王副省长的批示引起了姜主任的重视。这是他分管农业以来第一次做批示,而且批了半页纸。陈胡能在财政那么困难的情况下,挤出钱做农开,实属不易,说明地方政府真重视。姬县长再次拜访,他也非常高兴,他说听田耕讲,陈胡的工程确实做得不错。

姬县长知道,省长的批示肯定能改变姜主任对陈胡的看法,她汇报了陈胡的基本情况。陈胡是个农业大县,也是产粮大县,一马平川,除了耕地,没有别的资源,年财政收入刚刚过亿。都知道农业是最应该投入的,也是最亟待投入的,但是最要紧的是糊口,所以保工资也就成了地方财政的第一要务了。不过,姜主任请放心,不管陈胡财政怎样艰难,也会持续加大对农开的投入。

姬县长说:"感谢您和省长对我们的鼓励,期待您亲自到陈胡指导工作。我今天来主要是给您汇报一下我们工程进展的情况。下一步工作,还得请姜主任多关照、多支持。明年,我们争取按照全省最先进的标准设计。"

姬县长知道，陈姝已经向姜主任提出过开现场会的事了，所以，她没有再说明。到了姜主任那个级别的领导，都是大智慧，还能不明白她的意图？不说透，给大家都留下余地。

姜主任有点动摇了，他确实没有在陈胡开现场会的计划。现场会在哪儿开，基本都是年初就定下的，省办也会有目的地重点打造。陈胡根本不在他的视野之内，他从来没有在陈胡开现场会的念头，一下子蹿出来一匹黑马，连王副省长都惊动了，真是有点措手不及。不过，发现一个由落后变先进的典型，还是很有意义的。更难得的是，地方政府的重视可不是嘴上说说，而是真金白银地投入。这位女县长确实是干事儿的，之前打过交道，对她还是有所了解的。但是，他还是觉得心里没底，甚至感觉有点荒唐，因为超出了常规。他需要再进一步了解、考察，全面统筹，征求多方面的意见才能确定。所以，他并未给姬县长一个肯定的答复。

再说陈姝接到政府办的通知，说姬县长要到项目区看现场。陈姝很高兴，她几次都想请姬县长来项目区看看，一是姬县长确实忙，二是她想等整体效果更好点，再请姬县长。

陈姝先把路线设计了一下，尽量让姬县长看到全部的施工现场。因为，这有可能是为了现场会踩点。

当姬县长的车子上了新修的路，看到了路边新挖的沟，似乎比较满意。整个项目区，确实给人以全新的感觉，笔直的混凝土路面，还都不曾沾染尘土，灰青中透着光亮；干沟的轮廓已基本成形，沟口、沟底、坡面都已经出来了，与路相得益彰；小桥的挡土墙，呈"一"字形，像一条飘带直直地搭在沟上。田间的生产道，路基也基本做好，大型的田字格已经呈现。田野里井架正在忙着钻孔，井旁是小山一样新鲜的泥土。这完全超出了她的想象，她第一个念头就是这几十万元的专项资金没有白给，就算是现场会开不了，也是值得的。

陈姝选择了一个旷野的十字路口，把车子停下，这也是他们即将打造的停车点。

姬县长下了车，站在十字路口，四下张望，视野开阔，规模壮观，很是振奋。

陈姝领着她徒步前行，把沿途的工程一项一项地看过。陈姝边走边汇报，说："开现场会不是目的，主要目的是为我们明年申请高标准农田项目。如果没有现场会，省办姜主任等领导不来，我们明年争取高标准农田就比较困难，有可能还会继续实施中低产改造。中低产田项目每亩投资八百元，高标准农田每亩投入一千二百元。如果我们再增加一万亩，那总投资就增加一千六百万元啊。姬县长，咱拿几十万，换得一千多万，这账怎么算都是值得的。"

姬县长停下来，看了看陈姝，而后笑着说："都说陈姝心眼实在，这账算得可够精的。一千六百万啊，确实很让人激动，一个企业一年能上缴多少税？交上几百万我们都当神一样敬着。"姬县长说完继续前行，边走边说，"如果不支持这样干事的人，我们还有什么资格赖在这个位置上呢？你只管放心大胆地干，我支持你。我看看现场，心里总算有底了。要是真能多争取到一千六百万的财政投资项目，陈姝，那你可是我们县里的功臣啊。不过，我可提醒你，你这有点指山卖磨的意味，有点远啊。你让我干啥我干啥，现场会不能拿到手，到时候我可是要拿你是问啊。"

陈姝笑着说，敢想才敢干，敢干才实现。陈姝正得意扬扬地说着。姬县长停了下来，指着混凝土路面上新补的一块，问："这是怎么回事儿啊？"

陈姝的思维立马从高空降落到地面，她停了一下说："这一块原来是个大树坑，做路基时没有单独填实，过重车就凹陷了。我们发现后，通知工程队重新切割了，把树坑压实，重新打的混凝土，颜色就不一样。"

"色差大，这补得也太难看了，现场会这样可不行，得想办法处理一下啊。"

孔向阳在一旁说："新补的是商混，原来的是用搅拌机做的。水泥的标号、厂家不一样，所以有色差。"

姬县长说："要把所有路段排查一下，看看还有没有类似的情况，一定要把好质量关。还没有投入使用，就出问题了，是要追责的。"

送走姬县长，陈姝把各个工地的情况，又看了一遍，让袁侨通知大家晚上召开碰头会，着重解决工程质量问题。

看着大家灰头土脸，疲惫不堪地一个接着一个从工地上回来，陈姝心里很不落忍，农开办的苦和累超出了她的想象，工地上必须不停地走，有的有路，有的没路，有能骑车的，有不能骑车的，一天下来，哪个人也得走几十公里。但是，却不能有任何的懈怠，一旦疏忽就可能出问题。

大家通报完分管工程的进度情况，以及出现的问题，陈姝最后温和地说："现在工程进入到了关键环节，我们盯紧看牢，不放松、不客气、不妥协、不留死角、不留空当，该说的一定要说，而且要说得明明白白。一定要留好证据，包括打电话、短消息的记录，所有出问题的路段、原因、处理办法，必须要有工程日志。我们要做好自己的本职工作，防患于未然，同时要保护好自己，给自己留有退路。这就是所谓的'痕迹工作法'。"

吃晚饭的时候，陈姝让司机拿了从家里带回来的酒，说大家辛苦了，我们家吕医生私藏的酒，贡献出来了。一时间，大家都很兴奋，开始了打诨说笑，消解了一天的疲劳。

吃完饭，孔向阳借着酒意跟陈姝说："任五虽然撂了大话，自己也知道问题的严重性，乖乖地把路切割了。明年，说啥也不能再让他干农开的活了。"

陈姝愤然说道："还明年呢，今年我都不想让他干了。明年就是县委书记亲自说，都不会让他干的。"

田耕再一次来陈胡，是带着任务来的。

高粱去省里开会了，胡秋和陈姝在高速路口接住他，胡秋建议去县城吃饭。田耕说:"去啥县城啊,那么远,就在指挥部吃吧。我们下县经常在项目指挥部吃饭。下午直接去工地,所有的建好、在建的都要看。胡主任,你经常念叨让我来,我来得多了你可不要烦啊。"

陈姝不等胡秋开口,就接上去说:"我恨不得天天去太昊陵庙烧香,愿吁着田处长玉趾下临,您来了高兴还来不及呢,怎么会烦呢?"

胡秋笑着说:"听听,听听,田处长,我烦不烦有啥用,人家陈主任期盼着您来。您哪,干脆在陈胡安家算了,让陈主任给您送套房子。"田耕笑道:"胡主任是不是吃醋了?"

胡秋说:"我想吃啊,可是得有醋可吃啊?"陈姝说:"有醋啊,我们这宛丘醋厂的醋,那可是一绝。听说胡主任今天来,我还特意准备了一坛子呢。不但准备了醋,还有烧饼。"

田耕拿起烧饼,闻了闻,一股芝麻、面粉的馨香扑面而来,很是馋人。他没有马上吃,而是小心翼翼地从边上撕开,看到黑芝麻盐、五香粉与面粉糅杂在一起,很好看,随口说真像水墨画,陈胡不愧文化底蕴厚重。

陈姝说,其实说陈胡可能知道的人少,说《包公下陈州》大家都知道。这出戏来自元曲《包待制陈州粜米》,故事说宋仁宗年间,陈州三年大旱,颗粒不收,仁宗派西宫娘娘之兄前去赈灾,身为国舅的庞昱借机发财,哄抬粮价,并在赈灾粮里掺沙子,这家伙欺男霸女,荼毒百姓。百姓怨声载道,一时间状纸如雪花一样飞向朝廷。仁宗震怒,派包拯前去暗察,并放粮赈灾。庞昱听到后,百般设防,不让包拯入城。为了进入陈州城,包拯扮成"龟奴"跟着一名妓女进了城,终于摸清了国舅的犯罪事实,铜铡正法国舅,放粮赈灾。陈州的老百姓对包拯感恩戴德,但是扮"龟奴"总觉得是一种辱没。那一年包拯正好四十五,老百姓也是忌讳,在四十五那一年不说四十五,说"骂年",或者说小一岁四十四,或者说大一岁四十六,说四十五就是骂人的,意思就是王八。到现在,陈胡还流行"骂年"的说法。

胡秋听罢,笑着说,陈主任今年是不是四十五了?陈姝并不介意，说妥妥的四十五。

田耕很有兴趣，他知道《包公下陈州》是所有戏曲中都有的一出戏，还不知道"骂年"的故事。看起来，有史以来，旱涝灾害，都是农业的天敌啊。

陈姝说："田处长，您来陈胡，做高标准农田开发，某种意义上，等同包拯放粮赈灾。"

田耕笑道："陈主任过奖了，陈胡绝对不会再出现如此灾情，也不会再出现如此饥荒。我没包拯的官大，也没有包拯的能耐，更没有包拯处置贪官酷吏的权力，就是做个项目而已。不用给我戴恁高的帽子，我肯定会做好该做的。"转而向胡秋说，"估计陈主任肯定也没少给胡主任戴高帽子。"

胡秋笑着说："陈主任从来不给我戴高帽子，主要是我级别不到。她就是算计我，吃了她一个烧饼夹肉，就被套牢了，不停打电话，又是让我给他们工程当设计师，又是当监理，这算盘打得也忒精了。"

田耕说："对待你，就得这样算计，这叫'物尽其用'。"

田耕这顿饭吃得很高兴，大家都很放松。田耕说："胡主任，你还非得拉着去县城吃，县城里哪能吃到这样的家常饭。"陈姝说："就是，至少我们这里食材没问题，都是就地取材。前一段时间，高县长还送来了一扇子猪肉呢，也是在我们这小伙上吃的。"田耕说："高县长是个干实事的，思路也很清楚，有办法。"陈姝说："高县长水平没说的，开会从来不让秘书写稿子，都是自己列提纲，逻辑清晰，思路清楚，不落俗套。所以，他讲话大家都爱听，不像有些领导，上面讲得满头大汗，下面打盹鼾声一片……"正说着，电话铃响了，一看是高粱的，遂说："说曹操曹操就到了。"高粱打电话让陈姝陪好田处长，他可能晚些时候回。

陈姝领着田耕、胡秋来到了项目主干道的十字路口。田耕一改吃饭时的随意平和，眼睛像X光机一样，扫视着附近的工地。

田耕走到路口西边五十米的地方,那儿有一座年久失修的老桥,桥外墙的砖被拔掉了很多,还有一些被风化掉了棱角。他在那儿前前后后,左左右右,看了又看,然后站定,突然问道:"这个桥已经没有使用的价值了,为啥还保留着?"陈姝迟疑了一下,似乎没有想到这个问题。一旁的袁侨走到田耕跟前,说当时设计时这儿确实有座新桥,因为项目区入口处需要一座桥,当时觉得这个桥整修一下还能用,就把这个桥挪到那边了。

田耕摇摇头,说:"整修所花费的钱,差不多能建一座新桥了,而且这个桥的外形设计跟你们现在的设计风格相差太大了,很不协调,你站在路口,一眼就能看到它,像个疮。我建议拆掉。"陈姝连忙接上说:"这个没问题。既没有实用价值,又影响整体效果,那就拆了重新建。"

田耕继续往前走,他对工程细节提出了很多具体要求,所有桥的墙体都要喷上"农业综合开发"字样,这是全省统一设计的,必须有全国农开的徽标。所有的徽标,都要在同一个位置,整齐划一。

田耕跟袁侨也很熟,直接安排说:"袁主任是农开的老人,这些都应该知道的。在喷的时候,要注意细节,字体规整,徽标要在上方居中,不能歪斜。姜主任对细节很看重,他提出实用、经济,同时达到三精:精细、精致、精美。"

田耕说着,走到路边上,继续说:"所有干沟上的桥,都必须是一条线。如果不是一条线,可能是沟不直,也可能是桥基础有问题。所以,我们的要求,至少视野之内是一条直线。你们看,从这数,第三个,是不是有点向左边凸出。混凝土这个东西,确实也不能上尺子量,但是得有办法补救。"袁侨说这个好办,沟上口的白灰线,也可以矫正一下视觉的。田耕给袁侨一个意味深长的微笑。

田耕走到了第三座小桥跟前,直接下到沟里,用脚步量了一下底宽,然后向尽头眺望,转身向后极目望去,看了一会儿,从沟底上来。陈姝跟在身后,准备接受问题,但是田耕并未说什么。因为沟在这个阶段，也就是一个基础的框架，所有细活，要到主体工程结束才做。

田耕看了一眼路肩，问陈姝路肩多宽。陈姝说，设计的是一米，因为要栽树，所以不能再少了。田耕点头道："路肩这个宽度可以。记住，路肩一定要做到跟路面一样压实，有型。如果不做路肩，路面容易被水冲坏。所以，做路肩是我们农开项目的一个特色，也是要求。做路肩唯一不好的，就是增加成本，这个必须要在合同里写清楚。还有，如果年前不能栽树，树坑一定要统一打好，而且要打大坑。一个是风化一下土壤，再就是美观。"

田耕带着一群人，继续往前走，到了田里打好的一眼机井旁边。井管已经都下好，井也已经洗过了，就差井台井盖。

田耕问身边的袁侨，机井都洗成了吗？袁侨说："洗成了，三混三清，达到直饮。"

田耕边看边说，重点要养护好，井台、井盖都预制好了吗？陈姝说："预制好了，统一找的预制厂，工程队直接跟人家谈价格。"田耕说："井台要统一喷上字，高出地面二十厘米。不然农耕时会把井给破坏了。还有，井盖也有统一字样。"田耕又问："地里有老井吗？"陈姝说："很少，基本都废了。"田耕说："建议都重新淘洗，过去打井的质量还是可以的，都是管理不善。能用的重新戴帽。记住了，老井的井帽一定要和新井的一样，也要有统一字样和徽标。"

田耕让袁侨把设计图拿来，他要对照设计图，看看路、桥、井、树的网格大小以及整体布局，还有边边角角的工程以及周边的辐射范围。

田耕指着图纸最边上的一眼井位，说，走，咱们看看这眼井。陈姝看了一眼袁侨，袁侨说："田处长，这个井现在还没有动工，这个是辐射区的项目，牵涉到另一个乡的另一村。我们施工也是先从最中心展开，逐渐往四周扩散，这样施工队不再来来回回拉设备。"田耕用手指点着一段规划图上的路，问这里都修好了吗。袁侨说，正在清障做路基。

天色将晚，田耕还在不停地在项目区里看，一个下午，已经开工的工程点都看完了，而且提出了很多问题。陈姝跟在后边，心里一阵一阵地发紧。一个省办领导深入工程的实地，这样不留情面地提出这么多具体的问题，简直是刀刀见血，而且没有任何反击逆转的可能。以她的认知，省里的领导视察都是指导性的意见。而这个田处长是个特例。如果得不到他的认可，现场会肯定得黄，一点儿余地都没有。想到此，陈姝脊背发凉，头皮发麻，果真如此她可真是上吊都找不到地儿。

田耕正跟胡秋说机井配套的事。陈姝看着他在夕阳的光辉下，更加高大健硕的身影，自然弯曲的头发上也染上了一圈金黄的光晕，笑容被裹在橙金色的光辉里，更加明亮。田耕属于那种高大俊朗的类型，方方正正的脸膛透着睿智，平时说话很是风趣幽默，态度也很和气，但是一论到项目，就是咄咄逼人的架势。说实话，陈姝有点怵他，不是因为别的，就是怕一不小心，露了原形，闹了笑话，她可是农开的一个新兵。都说是"衣带渐宽终不悔"，她确实没啥可后悔的，唯一后悔的是没有和胡秋事先合计好，怎么对付田处长视察，以往迎接上级检查，谁还不是精心准备，真假不说，只要检查时不出问题就行。这次确实有些大意了，觉得项目做得扎实，心里硬气，经得起看。可是，怎么一到田处长那儿都成了问题了？也许他就是来找问题的，也许是奉姜主任的指示找托词的。天啊，这可怎么办啊？

心灰意冷的陈姝看着和田耕说笑的胡秋，心中升起了一股怨愤，这胡主任也真是，还在那儿说说笑笑，一副事不关己的样子。陈姝恨不得上前踢他一脚，关键时刻，说话啊，往前冲啊。你不是信誓旦旦要帮陈胡吗？你不是也想开现场会吗？田处长啊，田处长，您葫芦里究竟卖的啥药啊？陈姝心里七上八下，高副县长还特意叮嘱要陪好田处长，她要是把这事儿搞砸了，绝对是万劫不复，连一点回旋的余地都没有。

高粱去省里开会，本来可以早点回来，晚上陪田耕吃饭。可是临时接到通知，替姬县长开一个全省的城建工作会，下午两点开始，一直开到六点多才结束。他知道田耕已经到了陈胡，并去了项目区，中午打电话给陈姝，一定要让田处长看满意。对陈姝的办事能力，他还是比较放心的。车子刚出省城，陈姝的电话就过来了，问他到哪儿了。他说，晚饭赶不上了，他请田处长喝茶。

高粱和胡秋事先通过电话，一定要留住田耕，探清实情。姬县长跟他有交代，王副省长的批示，引起了姜主任的关注，但姜主任没有明确表态，现场会还只是个愿景，让他盯紧省办，想尽一切办法拿下。一个县能承接一场省级的现场会，确实也不容易，更何况陈胡的基础在那儿摆着呢。所以，高粱必须要见田耕。

高粱下了高速，直接去了陆家茶馆。老板迎住了他，说陈主任打电话预订了房间，他们先去"醉仙阁"吃饭，吃完饭再来喝茶。"醉仙阁"是陈胡县有名的饭店，也算是比较高档的饭店了，但凡有上级领导、外地来客，一般都会安排在"醉仙阁"。

陈姝他们去"醉仙阁"的路上，田耕坚持要吃小吃，坚持不让县领导陪。陈姝无奈，只得去了小吃一条街。这是陈胡县为了治理城市脏乱差，在城外临湖的一块空地上建了小吃一条街，生意非常火爆。陈姝找了一个临湖的、干净的、生意红火的摊位，占了一张桌子。

摊位老板是个精明人，一看这几位不像一般的本地居民，主动搭讪，说天气凉了，几位要不来点我们自己酿造的黑谷酒，健体暖胃，滋阴壮阳，美容养颜。

田耕一看这老板很会做生意，便笑道，这个可以有，不尝老板家的黑谷酒，不是白来小吃街了？陈姝接着说，来，来，来，老板，先热上一壶，放几片姜、几粒枸杞，地道的陈胡吃法。

喝一壶热腾腾的黑谷酒，最后上了一碗芝麻叶杂面条，吃得舒服，经济又实惠。田耕心情很好，说这才是真正的人间烟火。

吃完饭，他想沿着龙湖遛遛。陈姝安排司机先回，他们几个就陪着田耕在湖边散步。

龙湖在夜幕的包裹下，透出神秘的波光，连接着黑沉沉的遥远。一眼望去，深邃、广博、厚重，对岸的点点灯光明灭闪烁，仿佛是另一个不为人知的世界。白天所见的一切，都隐遁而去，仿佛都融化在这一湖水中。

田耕不禁说道："真是一个神奇的地方，这一湖水是从哪儿来的啊？"

陈姝介绍说，陈胡是一个古老的地方，传说是伏羲、神农在这儿建都，那时候叫宛丘，就是现在的平粮台遗址，后黄帝后裔陈丰氏一族在此定居，宛丘由此称陈。西周时武王封其女婿胡公满在陈地建国，这是陈胡地名的由来。它的起源呢，说法不一，有说是远古的护城河，也有说是宋时才有的。它的神奇之处，旱不干涸，涝不外溢，据专家说，跟地下河通着呢。

一行人走着聊着，不一会儿，便到了湖边上的一个茶馆前。茶馆古香古色，大门两侧挂着隶书"陆"字的大红灯笼。

陈姝指着茶馆说："这家茶馆老板自称是陆羽的后人，谁知道呢？高县长说请田处长喝茶，就是在这儿。估计他这会儿还在路上，我们先进去等他。"他们走进茶馆，一个小姑娘迎住，说高县长已经到了。

高粱见老板引领他们进来，慌忙起身，双手握住田耕的手说："不好意思啊，田处长，本来是准备跟您喝一杯的，省里的会议结束得晚。"田耕笑着说："你又不喝酒，陪着也是让我喝。"

高粱对着茶馆老板说："老板，把我私藏的茶拿出来泡上。"胡秋调侃道："高县长，除了私藏的茶之外，还私藏的有啥啊？都拿出来吧，让我们开开眼界。"

高粱说："我这饼茶，要不是田处长来，还真是舍不得拿出来，我这样说你别不高兴啊。一个朋友送我的，说是老茶，我也不懂。这个老板懂点文化，他一看说是好茶，我就把茶放这儿，是为了真正体现它的价值，泡茶需要懂茶的人。是不是胡主任？"

高粱正说着，一个两腮精光、留着山羊胡须、穿着棉麻中式马褂、手腕戴着一串珠子的中年人过来。他双手端着茶盘，恭恭敬敬地说："各位领导请慢用，这是高县长的私茶，难得的珍品。"

高粱笑道："这位是陆老板，自称是陆羽后人，说是有家谱的。这个无法考证，不过陆老板精通易学是真的，是以蓍草演八卦的传承人。"陆老板谦虚地说，我只是蒙学级，高县长才是高人。

田耕说："原来高县长能掐会算啊。"高粱说："田处长见笑了，我也只是翻翻《周易》，学了一点经文而已。"

陈姝在一旁着急，怕他们扯得远，回不到现场会上，她到现在心里还揪成一团呢，不过有高县长在，她心里踏实多了。胡秋似乎也明白她的心意，对高粱说："高县长能掐会算，你知道项目区有多少眼井吗？老井多少？新井多少？"

田耕觉得胡秋这个问题问得有些刁蛮，解围道："这个你得问陈主任。"高粱接着说道："我还真知道，但不是算出来的，我看过他们的设计图，新井一百九十五眼，老井五眼，其中三眼废井，两眼淘淘还能用。"转而又问胡秋明天怎么安排。胡秋说听高县长安排。高粱说："听我的好说，明天我领着你们谒拜胡公墓。不是去景点，是认祖归宗啊。胡、田都是陈胡公的后代，来到陈胡谒拜祖先是应该的。"

田耕笑道："胡主任，高县长绕了半天，把咱们俩都绕进去了。"胡秋仿佛回过神来，说："田处长，高县长说得没错，咱都是一家人了，你就把实底儿透一下啊。"

陈姝心里的那根弦绷得紧紧的，仿佛稍微震动一下就会断，她死死地盯着田耕的嘴边，生怕蹦出她不想听的话。

田耕笑着说："都是工作，也没啥秘密可言。我来时，姜主任确实有安排。不然，我也不会待这儿不走啊。姜主任的意思，看看陈胡具备不具备开现场会的条件，如果差距不大，就帮着设计一下现场。如果差距太大，就明年再说。"

高粱说:"田处长,差距大小全在您这儿,您说让我们咋办,我们就咋办,但是万万不可等到明年啊。明年说不定你不是你、我不是我、他不是他,我们这些人谁知道还是不是现在的自己?姜主任既然这样说,生杀予夺全由您啊。"他看到陈姝痴痴地不说话,眼里有着水光,故意提高了声音叫了她。

陈姝回过神来:"高县长,我听着呢,我主要是太激动了,心脏有点受不了。"高粱跟陈姝说:"准备太牢之礼,明天祭祀陈胡公。"陈姝如鸡啄米一样,使劲地点着头。

胡秋在一旁,其实他心里有底,田处长自动留下来,说明形势一片大好。他知道,但凡省办开现场会,田处长都要在那里蹲点,亲自指挥。在工地上,看田耕那个认真劲儿,就知道有戏。可是,田处长不说出来,他心里也晃悠啊。所以,他来时就已经向"当家的"请过假了,今晚就不回市里了,就是为了套田处长的话。胡秋之所以想帮陈胡,也是为了实现自己的夙愿,农开是个有魔性的地方,每年都有观摩会、现场会来推进项目,他从副科长到科长,从科长到副主任,参加了很多观摩会、现场会,每次看完现场,都是劲儿攒得足足的,一回到市里就泄了。他早就梦想着在豫东开一场现场会,老去人家那里参观,心里愧得慌。

田耕笑着说,现场会胡主任参加得多了,他知道现场会的标准,得聘请他当指挥官。

陈姝他们正在路工工地,袁侨看着打混凝土的机械说,这是一个带磨光的,不用再抛光了,振动和磨光一体机。老板任五不在现场,不过他得到孔向阳的暗示后,态度明显好转,没有再提涨价的事,其他的工程队也都在加班加点。

袁侨看着他们正在钉壳子板,拿出尺子量一下,叮嘱道:"你们打浆的时候,一定要打满了,中间要打成弧形的,因为中间的路基高,如果打平,厚度肯定不够。如果验收不合格,老板要扣你们工钱的。"

陈姝问袁侨,那些打好的路面要不要钻一下,看看混凝土的厚度?袁侨说,已经打过的,也没办法整改,钻不钻都一样,只要盯紧了,问题不大。

孔向阳看陈姝和袁侨都来到了工地,从另一头走过来说,一会儿都不敢离开,怕他们偷工减料。有些时候倒不是老板想省料,而是工人想省劲,他们才不管质量啥样,能省点力气就省点,老板把工程包给了工头了,工头招募的工人只认工头。

袁侨说:"这些普遍问题,咱不能解决,质量问题尽量不让它发生。你主要盯着中间,一般边上都没问题,壳子板一拆,一眼就能看出厚度,他们都不敢偷懒,路基中间有弧度,这是最薄弱的地方。"

袁侨和孔向阳都拿出尺子,量壳子板的厚度,陈姝下意识地摸了摸口袋,自从开工以来,农开办每个人兜里都装着一把卷尺。

陈姝还没有掏出尺子,电话铃响了,是巫莉莉,说是要来工地看她。

巫莉莉要来工地,肯定不是一般的事儿,不方便电话里说。如果电话里能说的,她绝对不会跑到工地的。巫莉莉学财会的,是个实用主义者,追求利益最大化,凡事算计得非常精准,不会枉费一点工夫。

经过了一道道难关的陈姝,此刻也算是比较轻松的状态了,她笑嘻嘻地说,欢迎巫局长参观指导。其实,陈姝还真想让巫莉莉来工地看看,自项目区成形之后,她就期待将它示人,本来低调的她突然就有了想炫耀的愿望,就像养了一个可爱的孩子,老想在人前炫耀炫耀。

巫莉莉见到陈姝,一脸惊讶,倒不是对工程项目,她没太在意工程做啥样,惊讶的是陈姝的变化。调侃道:"你这啥情况啊,蹂躏成这样?瞧这满嘴黑乎乎的泡,丑死了。这脸几天都没洗过吧?这小身板至少减了十斤。这减肥的效果,都可以打广告了。"

陈姝上了巫莉莉的车,开口道,说吧。巫莉莉笑道:"明白人。

推荐副处级干部呢，看你有啥想法，帮你做做工作。"

陈姝笑道："还说我是明白人呢，分明把我当傻子。你要给谁做工作，就直说，跟我别弯弯绕。我这只有一票，无偿送给你就是了。"巫莉莉笑道："陈姝不叫陈姝，叫陈明白。不过，我也不是白要你的票啊，给你带来一套资生堂，美白系列的，很好用。瞅你这脸，也该养养了。"陈姝接过东西说："好东西，你送啥我都收，不要白不要。但是，这跟推荐票没有关系啊，别说我受贿。"巫莉莉也笑了，说："想受我的贿？门儿都没有。但是，要了就不能白要。言归正传，我们老板这次有希望了。"陈姝说："你不是对他有意见吗？一天到晚啥都不干，净琢磨怎么升官。"

巫莉莉说："意见归意见，升迁之道，有共赢，有捧杀。落井下石，告状诬陷，是最低级、最下三烂的手段。物有物道，世有世道，人有人道，官有官道，人家有条件，有人、有钱、有资源，谁能阻挡得了他升呢？他要是升了，我也跟着沾光啊，帮他就是帮我，权衡的是利弊，岂是敌友？"

陈姝说："巫局长大智慧。我就是真喜欢你这个劲儿，啥事都拎得门儿清。你们老板这次可真是破费大了，这套化妆品也得上千了吧。我这一票啊，看在你的面子上，就送给他了。后备干部推荐，最好一年多推几次，均财富啊。"巫莉莉意味深长地说："这也就是你们这些小单位一把手的想法，自己升迁无望，反正推荐谁都一样，收了人家的礼，也不一定推荐人家。你说损不损啊？"陈姝说："谁损啊？这些拉票的人，哪一个是自己掏腰包？"

巫莉莉说："提醒一下，马上就要中秋节了，你也别光顾着在工地上忙，提前走动走动。聪明的人都打时间差，别都跟人家挤一堆。"

陈姝笑着说："我现在能走得开吗？再说了，我也不想走，一心一意干好本职工作就行了。"巫莉莉说："你可以不走，但你不是一个人，是代表一个单位。你没有想法，把不住其他同志没有想法，平时不拜佛，临时抱佛脚不行，你明白的。"陈姝笑了笑，没说啥，巫莉莉又说:"其实你比我更了解官场,也知道怎么做,就是没做到位,不太适合混官场。"陈姝说:"看得透彻,说得精辟。其实吧,我是不适合一个'混'字。"

陈姝看着巫莉莉的背影,十分羡慕。这真是一个精致的女人,白皙的皮肤透着光亮,一看就是高级化妆品滋养出来的。蓬松自然翻着大卷的发型,据说是一位设计师定做的,一次价格不下千元。她的衣服从来不在豫东市买,都是省城大商场里买的。身上的是香芋色小香风上衣,下面是同色两边开衩的包裙,衣服不松不紧恰恰裹着她苗条的身材,配上同色系的细跟高跟鞋,迈着优雅的猫步,真叫一个品位,一个妖娆雅致。巫莉莉有一个特点,就是爱穿高跟鞋,无论啥场合,都是那种细跟的高跟鞋,而且都是国际大牌。她说,穿高跟鞋得小步、慢走、直线,好处是,挺拔,从容,优雅。陈姝也试着穿过几次高跟鞋,也照着巫莉莉的教程做了,小心翼翼地走着,突然崴了一下,脚踝的韧带就断了,从此就跟高跟鞋绝缘了,最多也只能穿到三厘米的跟。巫莉莉笑着说,得对自己狠点,你不狠有人会狠。穿个高跟鞋,还能崴断了韧带,真是服了你了。她穿高跟鞋的初衷是为了控制走路的速度。她其实也是急性子,走路快。一个女人,大步流星就说不上从容,没有从容就没有优雅,所以她才拿高跟鞋控制步幅。她说不上美艳,但是面容姣好,五官精致,搭配和谐,一个字那就是"媚",两个字叫"耐看",三个字就叫"韵味雅",四个字叫"无可挑剔"。她身上那种女人味,不能说风情万种,但绝对是让人贴心舒服的那种。她性格看上去柔顺,若说是小鸟依人,就大错特错了。她属于那种聪明能干,精于人情世故的女人。她原本是某单位的会计,和陈姝是高中同学,在校时关系一般,毕业后也很少联系,后来风行同学聚会。同学聚会时,女同学少,爱扎堆,她和陈姝总是坐一起,完了开车送陈姝回家,两个人聊得很开心,就成了无话不谈的闺密。巫莉莉属于能得领导信任的人,被提拔就再正常不过了。提拔为副局长的巫莉莉,和陈姝来往就更多了,她消息灵通,总是把各种八卦,第一时间告诉陈姝。陈姝也都是这耳朵进，那耳朵出，不信不传不发酵。

陈姝看着巫莉莉细小的鞋跟把还没打混凝土的路面，踩脱了一层皮，心里一张一缩地发疼。

陈姝对着巫莉莉的背影，下意识地"哎"了一声。巫莉莉回头，她又不吱声了，主要是不好意思说。

巫莉莉笑着说："咋了？陈大主任，说啊？"陈姝下意识地吸了一口气说："没事儿，没事儿，走好啊，慢点，别崴着脚了，我们这儿路还没修好呢。"

巫莉莉调侃道："你啊，不是怕我崴脚，是怕我踩坏你的路基吧？我看你对路比对我都亲。"说完，习惯性地甩了一下头发，拉开车门上车了。伴着发动机的响声，尘土飞扬而起，车子绝尘而去。

陈姝心里升起一股尘雾，直到车子消失在她的视野里。

陈姝愣了一会儿，眼前的尘雾渐渐消散，转而又去了工地。陈姝想，若不是她在工地上，肯定会有更多的人找她。不过，电话开始热起来。有亲自联系的；有老领导打来的；有朋友打来的，都是非常客气地、非常婉转地请她关照某某。

晚上碰头会结束，袁侨来找她，推开门又随手关上，小声说："陈主任，听说推荐干部了，你是不是争取一下？需要我们几个做工作，你只管安排。"陈姝知道，这种事，很多单位班子都上阵，齐心协力共同进步。

陈姝突然想起了巫莉莉的话，不过这也是一闪念的想法，她不能这样去想袁侨。

如果说她没想法，那也是虚伪的，她早就想升副县了。她只是想通过自己的努力，而不是花钱买票，投机取巧。她是经过慎重考虑，才来农开办，就是为了做点实事儿。在乡镇的时候，除了加重农民负担，就是找企业补税，整天为钱发愁，开始是愁干部、职工工资，再愁教师的工资，还有教育、机关的办公费。后来，县级财政了，给乡镇每个月五万块的办公费，五万，书记、乡长两辆车跑着，能开门办公吗？乡长整天向县长要钱，什么发展思路、工作规划都是空的，就是两个字"穷忙"。那时候，她就想，如果不为钱发愁，只是一心一意地干工作，那该多好啊。其实，现在的状态正是她盼望的，不用愁钱了，国家下达的资金，只要干好就行了。她一个农民的孩子，如果不是恢复高考制度，依旧是个农民。现在拿着国家的工资，享受着科级待遇，国家拿钱干事，有啥不满足呢？

她看一眼袁侨，感觉袁侨是真诚的，遂自嘲道："我就是一个俗人，没多大出息，虽然我也觉得升官发财好，但更在意良心的安稳。胡思乱想耽误瞌睡，现在咱们不想别的，一心一意筹备现场会。"

临出门时，袁侨说了一句，中秋节马上到了，该跑跑了。陈姝说，从今年开始，咱们只跑工地，不跑领导。袁侨一愣，欲言又止，走了。

第二十章　连阴雨

项目区都是照着现场会准备的,虽然没有确切的消息,如果正常会在年底召开。时间已经很紧迫了,陈胡农开项目的工地上热火朝天,都在赶工程进度。

老天爷对这种热情似乎并不太认可,突然变了脸,瞬间仿佛从秋季进入了冬季。刺骨的风呼啦啦地刮起了,秋季的衣服已经无法抵御工地上的冷风。

陈姝和班子商量,大家也都别回去拿衣服了,统一添置工作服,我们就奢侈一回,让仝彦和钱正回去购买羽绒服、运动鞋,大干一个月,迎接全省现场会。

晚上碰头时,袁侨说,天气预报这几天有雨。

陈姝忧心忡忡地说,要倒排工期了,如果天气正常,完工没问题。千万不能下雨啊,一下雨就麻烦了。

孔向阳说:"路工,还有三分之一的路面没打好,如果天好,得二十天。我天天催着,可是老板们都在抱怨原材料疯涨,要求增加工程款。有老板说,如果不增加工程款就停了。"高一丁说:"确实,水泥价格都翻番了。唉,路工要是增加工程款,井工上的滤料也涨价啊,建筑材料都疯涨,一家追加工程款,肯定连锁反应,都要求追加。要亏都亏着,要加都得加。不然,我们可都把控不住。"

袁侨和柳武负责的桥工,老板也同样吵吵着赔钱,这种情况过去没有过，因为过去设计不精准，只是报数量，不存在清障占地，也不催进度，施工时间区间大，涨价不涨价工程队都不会找业主。现在开现场会的事，工程队都知道，越是催进度，这些人都拿工程进度倒逼着追加工程款。工程队思想倒是统一，反正着急的是农开办，急到一定程度，总会想办法解决。袁侨和柳武也在一起商量了多次，没想出啥辙，只能说好话做老板的思想工作，艰难地推进。他们也知道，增加工程款都是不可能的事，不想给陈主任添堵。所以碰头会上没有随声附和，只是说了工程进度。

碰头会结束，孔向阳又去找陈姝。他说，碰头会上他不好意思说，任五停工了，要增加工程款。

陈姝一脸惊诧，说："停了？这时候？开国际玩笑啊？那你说咋办？能增加吗？这个事儿已经吵吵很长时间了，连高县长都表过态了。"

孔向阳说："咳，就怕连锁反应。我确实也没有啥好办法，我想如果有招标结余资金，再修一段路，还让他做，工程量上弥补一下，看能不能安抚住他。"

孔向阳看了一眼陈姝，没有说话，转脸把目光投向门口，仿佛要把思绪拓展到门外。

陈姝见孔向阳没说话，估计确实没啥好办法。孔向阳是个心里有数的人，一般情况下，自己能解决的问题，就不会上交。陈姝仿佛自言自语地说："即便有，其他的工程也提出来怎么办？唉，向阳啊，没有芭蕉扇，咱也得过火焰山，做好工作，同时还得保证工程质量。"

陈姝叫来袁侨，把孔向阳的想法说了说，问他的想法。袁侨说："这肯定是任五的想法，过去招标剩余资金的活，都是他做的。因为资金量少，就不走招标程序，利润空间大。"陈姝说："任五停工，可能路工都会跟着停，肯定会耽误事儿啊。这个能不能按照往年的惯例，招标结余资金用在路工上？"

袁侨其实也在想这个事，孔向阳也跟他说了，如果针对路工或者任五，增加工程款，绝对保不住密。很有可能引起连锁反应，到时候无法收场。他们投标时就知道，建筑材料市场都会有波动，不是发包方能左右得了的，既然投标，就得照标准做。可是，理是这个理，但做工程赚钱才是真理，他们不会讲这个理的。最关键是十二月底必须完工，不但是现场会的时间点卡着，工程本身也卡着这个点呢，到了冰冻时期，工程质量也不能保证的。这种情况下，也只能做任五的工作，那些工程队都看着任五呢。如果任五不闹腾，他们也都会跟着做。

袁侨说："招标结余资金可以做路工，刚好北面通往三组的路，缺了一段，也是实际需要。不过，今年招标结余资金太少了，如果还不能说动他，就让向阳暗许他，明年再给他补上。无论如何，得保证工程正常进行，保证工期。"陈姝疑惑地说："明年？还让他做？"

袁侨沉吟道："有些情况，咱们掌控不了。咱们虽然是法人单位，不确定因素太多。我觉得让向阳去说，以暗示的方式，别说得太明了了，留有退路。"陈姝说："只能出此下策，向阳有分寸，不会套住自己。"

陈姝又找到孔向阳说："刚刚和袁侨商量个意见，你知道就行了，不能外传。路工是最基础的，总共也就是十公里，必须能通车，而且能转动圈。其他的工程吧，不在路线上的，还能缓一缓，路不通不行啊。"孔向阳看着疲惫不堪的陈姝，只是点点头，似乎再也没有力气说话。

再说田耕处长回去之后，就把情况向姜主任汇报了，姜主任虽然有点疑惑，但还是最后敲定了，十二月底在陈胡开现场会。田耕立刻打电话给陈姝，说："陈主任，你抓紧向高县长汇报，一定要保证项目按时完成，现在进入冬季了，不要错过最佳施工期，说不定会有极端天气。"

陈姝说："田处长，您就放一百个心吧，没有任何问题。"陈姝心里充满极大的喜悦，一种轻飘飘的感觉，顿时觉得鸡毛真能飞上天。

陈姝走到路边，看到路肩上钻出了一株小草的嫩芽，底部还带着鹅黄。这种草在陈胡叫削削草,学名叫草香附,可以入药,理气止痛,调经和血,耐寒耐热耐贫瘠,无处不生,生命力极强。她伸手想把它拔出来,刚刚摸到小草,一股细微的清凉,透过指尖传到她的心里。她收回了手,长在这里早晚要除掉的,这么弱小嫩绿的小可爱,就让它再长几天吧。

兴奋让陈姝的思维出现了空白,她似乎不知道该干点什么,田处长的消息无疑是旱逢甘霖,她下意识地伸出舌头舔了舔嘴唇,突然恢复了理性。她得给领导汇报汇报,报喜啊。

陈姝先打了姬县长的电话,而后打了高副县长的电话,又给胡秋打了电话。打完电话,陈姝抬头看看天,天上竟然飘着一块乌云。

千万不要下雨啊,陈姝喃喃地说,那乌云似乎遮住了她的喜悦,乐极生悲的事,从未停息地在这世上演绎着。

陈姝每天都要看天气预报,特别担心天气变化。袁侨从工地上回来,说,天气预报这几天有雨,老天爷可千万别捣乱啊。

天气预报从来都不准,天旱的时候,天天说有雨,就是不下。陈姝曾经这样调侃气象局长,但现在她却用这话安慰自己。真的,她特别希望天气预报依旧不准啊。

大雨还是不期而至,并不像陈姝他们希望的那样,这次天气预报特别准。而且,下起来没完没了。

此刻,褐村村室里,雨水噼里啪啦抽打着房顶,像抽着陈姝的神经。陈姝一会儿出去看看天,淋了一身水,水未干又出去看。天不因她的焦急而有所改变,也没有丝毫的妥协,一副凛然淡定样子,不紧不慢,从容不迫,哗哗啦啦倾泻着。

一天、两天、三天……五天,村子里到处都是水,因为没有下水道,胡同小路成了涓涓溪流,秸秆、树叶、烂菜叶、食品袋等等随着水流漂转,花花绿绿的垃圾到处旅游。村民们都窝在家里,偶尔也有一两个打着伞,在自己门口筑坝子堵水,间或有人披块塑料布出来转悠,看看自己房前屋后的水位。

静泊的村子死气沉沉，只有雨的喧嚣声，充满三维空间。

胡秋打来电话，问工程进度。他说田处长安排他到现场看看，这雨下的，也去不了啊。这边电话刚刚挂了，高副县长的电话就打过来了，问她在哪儿。陈姝接近崩溃的边缘，突然觉得眼窝子热辣辣的，说："我能在哪儿？指挥部啊，出不去，进不来。雨把人都困死了。"

高粱说："你给姬县长打个电话，汇报一下工程进度。刚刚姬县长叫我过去，说姜主任跟她通电话了，要确定现场会的具体日期。姬县长问我工程进展情况，你直接给她汇报吧。"

陈姝想说，姜主任没在天底下吗？转而一想，确实不是一块天，这里下雨，省城不一定下啊，县城和这里的降雨量都是不一样的。

陈姝没有说话，默默地挂了高副县长的电话，然而她并没有给姬县长打过去。老天爷这样下着，她无法保证工程进度，能跟姬县长说什么呢？

此刻，陈姝心情犹如天气一样，昏暗冰凉。她下意识地走出屋，到院子里站了一会儿，仰脸看看天，整个天空被雨丝缠绕着，迷蒙水亮，丝毫没有停下来的意思。她又回到屋里，拿了一把伞，出去了……

陈姝来到了压好的路基工地上，有一处凹地，被雨水冲刷成一道小沟。她倒吸了一口气，呼出时张了一下嘴，嘴上的泡痂瞬间撕裂。她觉得嘴唇上热辣辣地疼，而后有一股血腥的甜味。

陈姝蹲下来，心里隐隐作痛，即便天晴了，这路基也不能立刻就打混凝土啊，有些地方还得重新压实。她把伞扔在一边，仰着脸，任冰冷的雨水抽打着，燎泡撕裂后流出的血液，和雨水混合在一起，像一条红色的蚯蚓在下巴上爬行。

她喃喃地说："抽吧，抽吧，我就是欠抽啊，为啥天好的时候，不抓紧点呢？"

她甚至想一手遮天，自言自语地说："谁要是能一手遮天的话，我都能给他磕头了。"

"俺也给他磕头。"陈姝吓了一跳，转脸一看，是褐天瑞在说话。

褐天瑞捡起陈姝的伞，递给了她。

陈姝苦笑道："这都六天了，还没有消停的意思。你们褐村咋得罪老天爷了？旱时旱个死，涝时涝个死。"

褐天瑞说："俺觉得这很正常啊，每年都会有的。村外的龙王庙都下塌了，村里不少房顶漏了，院墙也塌了。每年都会有这样的天气，所以庄稼从来都不会大丰收，大家也都习以为常了。恁啊，主要是为工期着急，才觉得这天气恶劣，也不过才下了六天。"

陈姝说："才六天？耽误不起啊。这都啥时候了，省里的会期都定下了，工程不能完工，我咋办啊？"陈姝突然觉得眼里酸热，她转脸让眼泪流出来，和透骨的雨水混合在一起。

褐天瑞没有在意陈姝的情绪，他说："早上起来，褐天缘就到我家里借晒场布，东屋塌了，他父亲的腿都砸伤了，俺看褐天缘鼻子上都嘘了泡。"陈姝问褐天缘家里情况怎么样。褐天瑞说还是老样子。不过，褐仙寿不再背"穷在闹市无人问，富在深山有远亲……"换了"有田不耕仓廪虚，有书不读子孙愚……"这老头一肚子学问呢。

陈姝接着说："屋漏更遭连夜雨，行船又遇打头风"，还学问呢，《增广贤文》古代蒙学教材。

褐天瑞说："村里坑塘都下满了，幸亏那桥修好了，不然都得撑船了。"

陈姝看看天说："唉，这雨再不停，我就得上吊了。"褐天瑞说："不用上吊，明天就没雨了。"陈姝说："你是老天爷啊，你说停就停。"褐天瑞说："俺听天气预报了。"

陈姝愤然说道："天气预报？我一个小时看一回天气预报。昨天都说小雨转阴。阴在哪里啊？别提天气预报，一提我就来气，多少讲点信誉啊。旱天预报有雨下不来，雨天预报没雨天不晴，这都是啥玩意儿啊。"

褐天瑞理解陈姝的心情，劝道："恁也别着急。恁再急老天爷也不听恁的，不是白急吗？瞧恁这一嘴燎泡，挡着下雨了吗？"

陈姝叹道:"我也这样劝自己,劝不住啊,急长在心里啊,赶都赶不走。唉,老天爷啊,消停消停吧,不能把人逼死啊。"

陈姝和褐天瑞正说着,看到一个人披着塑料布在一台打井架跟前,正在用塑料布盖滤料。

褐天瑞说,说曹操曹操到,是褐天缘。褐天缘自从晓光上了高中,变化可大了,他抽空去工地当义务监督员。"哎,天缘。"褐天瑞朝着那个身影喊道。雨声噼里啪啦地响着,褐天缘披着塑料布,没有听到,还在那儿用手挖着泥,压住塑料布的边。

袁侨打着伞也来到工地,随后,大家陆陆续续都打着伞出来了,打好的混凝土路面被雨水冲刷如新,垫好的路肩,被冲得沟沟壑壑,沟里很多积水,一些施工的机械,都在雨中淋着,已经生锈了。

雨还在下,不紧不慢的雨点,洒落在雨伞上,像鼓杵一样,捶在大家的心里。

凄冷的工地和散乱的雨丝,让大家的心里充满沮丧。现场会激发了大家的工作热情,其实每一个人内心深处,都有一种对自我认可的期待,不管是什么岗位。创业总能让人心里充满力量,有事干就能聚拢人心,干好事儿是大家共同的愿望。农开办也是如此,大家都拼着一股子劲,从来没有抱怨过苦和累,即便家里人不理解、不支持,也从未影响过他们的工作。没有什么比工作,更能让他们心里充满力量和欣慰。可是,这种恶劣天气挫伤着他们的热情,大家都很揪心。看到陈主任出去了,知道她是心急。其实大家心里都很急啊,开始的时候还都觉得下一天雨,能休息休息,放松一下整天提着的心。第二天,大家就开始盼着能去工地了,因为都明白工期是不能耽误的,特别是这样的土工活,一天是一天的工,没有一丝一毫可以凑合和节省的。

看到整齐的队友,陈姝的眼睛不禁湿润了,大家只要能拧成一股绳,就能战天斗地。"战天斗地",她苦笑着摇摇头。

"陈主任,你看,天晃了。"仝彦突然说道。大家齐刷刷地朝天空望去,果然,阴沉沉的天空出现了亮色,一种欣喜从天而降。

陈姝扔掉了手中的伞，仰脸试着雨量。

袁侨也扔掉了雨伞……

高一丁扔掉了雨伞……

孔向阳扔掉了雨伞……

接着，大家一个一个都把雨伞扔了，都在仰着脸试着雨量，仿佛也在祈请老天，发发慈悲，不要再下了。

袁侨说："通知所有工程队，后天复工。"陈姝说："后天地里估计还不能进人呢？"

袁侨说："能进人的就开工，不能进人的往后推一天。"

一群农开人，走在雨后的新路上。雨后的空气清新无比，雨水把大地冲刷得很干净，丰沛中蕴含着生机，清朗中渗透着畅意。那种尘埃落定的轻松，仿佛给这帮农开人注入了战天斗地的豪情，没有什么能够阻挡工程建设，他们一路说笑着，回到了指挥部。

第二十一章　倒计时

雨后天晴，天空蓝得如海水一样，大地似乎是它的倒影。

初冬的阳光新鲜而有力量，蕴含着无限的生机。陈胡县农开项目工地，经过了一周的雨天停工，又开始启动了。

机械的隆隆声，工人的说笑声，和着监工的脚步，一片繁忙。陈姝恨不得单位的人，都是孙悟空，能够分身有术。

离开会的时间愈来愈近了，倒计时十天。又下了一场小雨，工地上又停工两天。

陈姝一早起来就去了工地，发现整好的路肩上，种上菜苗。有一段沟底，还耩上了小麦。陈姝真是哭笑不得，农民珍惜土地是应该的，可是那么多的村头废地、杂老树林，都是可以复耕啊，这几平方米路肩和沟底能收多少庄稼啊？

再往前走，还有更气人的，好好的沟填平了，打成了坝子，往地里送肥料了，离下一个桥也不过几米的样子。

陈姝打电话通知褐天瑞来现场。

褐天瑞到了工地，叹口气说，这些人就是大处不看小处看，俺一会儿就给他挑开。

陈姝说："你得跟人家打个招呼吧。"褐天瑞气呼呼地说："俺还打招呼，俺都想打他嘴巴子。占地的问题都解决了，自留地种的菜都吃不完，非得在这路肩上种，你说气人不气人。"

陈姝跟褐天瑞来到土坝子跟前，褐天瑞说："这是褐大锤堂弟家的。前面那个桥在褐大锤地里，他们两家不搭腔（说话）。肯定是褐大锤老婆不让人家过，人家才把沟平了，打了坝子。"陈姝说："褐大锤不是三组的吗？"褐天瑞说："这就是三组的地。这两口子，不是一家人不进一家门，可怪像。褐大锤精得头发梢都是空的，掉地下一个想粘起来俩。他老婆够本就嫌亏，站平地都嫌凹，嘴一张都喷屎沫子，噘人不重样。"陈姝问道："那为啥还让他当组长啊？"褐天瑞说："他那一门子人多，父辈老弟兄几个，小弟兄几十个，这一组差不多都是他一门子的。他们虽然窝里斗，但是对外还能抱成团。褐大锤算是个明白人，城里头有亲戚，真真假假仗点势力，所以还能拿得住。俺这就通知他把坝子挖了。"

褐天瑞说着操起手机，态度一转，说："阳会儿，麻利给俺挖掉。"陈姝一边看着，想起了褐天瑞长醉不醒的样子，摇头笑了，这就是支书的做派。

褐天瑞打完电话，对陈姝说，停车点开始着手整理了，得组织大量的人力，把路肩、沟底、沟坡重新修整，特别是沟口、沟底四条边必须拉绳打线，才能确保三个面都平整如镜。最后两天，要挑一些眼里有尺、手上有活的人，再过细一遍，一定要做成工艺品。沟做好之后，桥还要再细细看一遍，是不是都在一条线上，不整齐的，重新刷白。桥和沟就是红花和绿叶，桥整齐了，可以把沟衬托得更美观。

陈姝很高兴，这事儿交给褐天瑞算是对了。突然她想起一个事儿，对褐天瑞说，估计这两天姬县长和高副县长都会来看现场了。项目区以外的清障，沿路两侧的杂物秸秆都要清理一下，路面大坑小窑的要填平。

褐天瑞说："一切听从陈主任安排，只是，只是……"褐天瑞欲言又止。陈姝说："有话就说，拿出支书的气派，别黏黏糊糊的。"

褐天瑞不好意思地说："陈主任，俺实在说不出口，如果是俺能克服的困难，肯定就不说了。项目区以外的道路吧，坑坑洼洼的那么长距离，光填土还不行，还得填石子，上推土机、压路机。这可不是小钱啊，村里没有一毛钱，就是俺把工资都垫上也不够啊。活好干，机械也好找，钱从哪儿出啊？一分钱难倒英雄汉，别说人穷志不短，那不是穷人说的话。人穷啊，就志短。"

陈姝说："村里的情况我也知道，这样吧，姬县长来看现场，你们书记、乡长都会跟着，肯定要开协调会，征求你们的意见，到时候你提出来，县财政出这点钱都不是啥难事儿。"褐天瑞说："县财政真给钱，只怕也到不了俺们手里。钱肯定直接拨到乡政府，书记、乡长肯定把事儿推给俺们，把钱留下，过去这种事儿不是没有的。"

陈姝沉吟道："嗯，也不排除这种可能。你只管把困难提出来，让县长知道就行，实在不行到时候再想办法。"

倒计时八天了，所有的工程都在扫尾，扫尾和细节整修同时进行。路面上进一步检查，裂缝标准控制在千米三到五条以内，超出的必须要再整修。路肩上的树坑，必须是八十厘米见方，出来的土堆成四方形，大小一致，一条线。因为冬天不是种树的季节，所以必须把树坑打好，土壤也可以进一步风化，确保成活率。桥面光滑整洁，桥上的标志牌要正中，桥栏的刷白要整齐划一，一条线下来。停车点千米之内，沿路线的井帽上的标志牌要一个方向，路上能看到。沟上的工程交给了褐天瑞，包括土方和人工。

陈姝在沟工的现场，看褐天瑞领着百十号人正在收拾沟底和沟坡，突然她口袋里说"您有电话了，请接电话啊"。褐天瑞说，陈主任这声音跟播音员一样，真好听。陈姝掏出来一看，说是高县长。高粱来看现场，他在下路口那儿给陈姝打电话，让她过去一起看路线。陈姝匆匆离开，在下路口那儿接住高粱。

高粱的车子已经下了路，他正站在路口那儿上上下下地看着。陈姝远远地看着高粱，他属于那种在大众人群中找不到的人，中等个子，肤色偏暗，"国"字脸，两道浓密的剑眉，跟他的脸型不太协调。

眼睛不大，却透着凛冽之光。他的双唇棱角分明，红润丰厚，也许是不经烟酒的缘故。仔细看，高粱身上却有一种与众不同的、由内而外的光华，这也许就是所谓的气质吧。

高粱看陈姝过来，让她上了他的车。在车上，高粱说："这个下路口得整，坡度不能超过二十五度，这都四十五度坡度了，中巴车都会卡着。这路上的树茬子要除掉，还有这些老树根发的芽子，能成树的留下，不能成树的也除掉。路边的杂草最好清理一下，一看就是一副衰败相。这个麦秸垛要清除。还有这一堆玉米秸。"

车子正走着，高粱突然说："停，停，停。"车停了下来，他们下了车，往回走了二十米，那是一个大坑。

高粱说，这个大坑要填上，还有前面那堆砖瓦垛，都得挪了，赶快拉走。

他们上了车，继续往前走。高粱指着左边道路，说，这堆木料，还有这歪歪斜斜的篱笆，都得收拾干净。

高粱在陈姝带领下，看完项目区的路线，一起回到指挥部。陈姝说："高县长，你提出了十五个问题，我都记着呢。但是，项目区以外的我们真的无能为力。那个下路口，我建议让公路局承担，本来就是他们的事儿。还有，从项目区出来，不走回头路的话，要经过一片林子，都是一些老树，路面是窄小的土路，需要进行整理，这个牵涉到另一个村，得由乡政府出面协调解决。我建议开个协调会，相关部门都参加，比如林业局、公路局、财政局等，所在乡的书记、乡长也都要参加，现场办公，集中解决这些问题。"

高粱说："好，姬县长估计这两天也会来看。姬县长工作标准比我高，我才提了十五条，姬县长看了估计二十五条都不止。确实，我们这基础实在是太差了，本来这么一个偏远的村子，一下子拿到省里做典型，这差距实在是太大了。"

姬县长在高粱的陪同下看完路线，就带着大队人马到了指挥部，召开现场办公会。

姬县长说:"全省农开现场会是对陈胡的整体推介与宣传,不要说只看农开。进入城区,看的是城建,是城市管理,是文明程度,是居民素质。沿途看的作物布局,是农业的发展。全省农开系统来到这里,我们能提供什么的学习标杆?你得让人家口服心服啊。我们能够展现什么?必须心中有数,要扬长避短。希望各部门有大局意识,通力配合,不讲条件,高标准高质量完成任务,确保现场会圆满成功。"

各单位发言时,褐天瑞提出经费问题,并提出他们所花费用,能不能从农开项目中出?

姬县长说,各单位干好自己的活,至于经费,会议过后县财政统一拨付。她让陈姝负责把这些问题建成台账,一项一项督促落实,需要协调的找高县长。

正如高粱所说,姬县长一下子提出了二十五条需要解决的问题。高粱把二十五条任务当场分解到人:项目区进入出口的道路衔接,要平,要有新土覆盖,这个由公路局负责。沿途农户门前的垃圾要清理,项目区途经的农舍,以及院墙要重新涂刷,要整齐划一,要干净美观,这个由乡政府负责。沿途道路上的树木统一刷白,谁的地盘谁负责,由乡政府负责协调。停车点要有固定标语,沟坡上用白灰打上农开的标志,或者农开宣传口号,由农开办负责……

高粱说完,问姬县长还有啥安排,姬县长摇摇头,有高粱在,她比较放心。

通过这么长时间的共事,她对高粱比较认可。高粱由公选出道,在县处级岗位上流转多次了,开始副县长,而后统战部长,而后政法委书记,而后常委副县长。有时候,这种轮岗说不清是重用还是平调,也许就是一种权力平衡。常委副县长,是个比较奇葩的角色,虽然在常委,却排在副书记、政法委书记、组织部长、办公室主任、纪检书记、宣传部长后面。常委副县长不是常务副县长。常务副县长在常委班子里，应该排在副书记后边，是政府班子里的二把手，一般是掌控县里的财政大权。而常委副县长，除了参加常委会之外，其他的跟副县长也没有啥不同。高粱并不在意这些，他一心扑在工作上，工作之余，喜欢读书，各类的书都读。

姬县长临走时嘱咐高粱，这一段时间，精力往这倾斜，千万不能捅啥娄子。

第二十二章　现场会

倒计时四天了，再过三天，参会人员都会陆续报到。

高粱天天到项目区看，落实姬县长提出的那些问题，去时并不通知陈姝，自己转一圈回来，发现问题之后才跟她联系。袁侨几次碰上他，跟陈姝说，高县长又来查岗了。陈姝笑着说，他来得越多，问题就越少，我们就越放心。

报到前两天，姬县长亲自主持召开筹备会，有关单位的一把手参加。高粱通报"陈胡县迎接省农开现场会工作方案"，通报了前期的筹备情况，最后安排了各单位的工作任务。

农开办的任务，除了现场工程筹备之外，还有停车点的宣传版面、固定标语、项目简介。现场要有桌子、热水瓶、一次性纸杯子，还要备一些一次性的湿毛巾等等。

筹备会一结束，陈姝就急匆匆去了工地，她想起了有一段路的路肩不太平整，她已经安排给了孔向阳，又担心工头不听孔向阳的，还有主线道的一口老井，没有戴帽，她也给高一丁打过电话了，但是她需要再去看看，停车点她比较放心，袁侨、褐天瑞一直在那儿盯着呢。

出了政府大院，陈姝看到政府院外面的墙上，挂上了标语。主要街道、高速路口、加油站，也都有宣传的标语。

陈胡县的农开，如一匹黑马突然奔跑在人们的视野里。有好事者打听，农开是干啥的？也有人颇为内行地说，打井、修路、建桥，干好事儿的。还有人说，这种好事儿，咋轮不到俺村啊？

看到沿街的情景，陈姝很高兴，这都是高副县长协调安排的。她希望更多人知道农开，了解农开，形成一个大的氛围，工作做起来就会少一些阻力。陈姝到工地时，胡秋已经在工地了，刚刚跟胡秋寒暄几句，高粱也到了。

胡秋说："从目前看，主体工程没有太大问题，主要是再做细活了。我们在外地开现场会时，你知道人家的沟坡都是做到什么程度吗？用湿细沙土护坡，那叫一个整齐，像雕刻一样。咱们关着门说，就咱现在这工程，跟人家比，得叫爷。"陈姝就怕胡秋这张嘴，从来不会说句好听的话，差就差了，还非得叫爷？正想反唇相讥，心想人家是市办领导，随他说去吧。

高粱并不介意胡秋的语气，他似乎比陈姝更了解胡秋。他说："人家那就是沙土地，咱这是淤土。累死也做不到那样子的，这要是搁在城南的沙土地，做成那样没问题。当然，这里也可以做成那样，就是要从外面运沙土覆面，我觉得我们不搞形式主义，做无谓的浪费。"

陈姝说："明天才开始最后过细，做完之后，肯定比这效果好。您看，这沟底、沟口，白灰线一撒效果就出来了。那稍微有点凹的吧，一上灰线就看不出来了。"胡秋说："这路面要在开会前一天再清扫一次，如果来得及，最好在会议当天再清扫。你看这路面脏的，车辆人流太多了，都看不出水泥路面的颜色。"

高粱说："主要是四周都是土路，前几天天气不好，所以湿泥干土都沾上了，清扫的话来得及。"胡秋皱了一下眉头，说："说到路啊，高县长，我建议省道下来的那段土路，还得再整修一下，这本来也不是我的职责，我负责的就是项目区的工程。我今儿就'狗咬耗子'一回，主要是我被'坑'怕了。那些大坑啊，光用推土机过一遍不行，必须要填一些石子或者砖渣。倘若天气有变，中巴车要是下不来，你高县长可是要丢大人了喽。"

高粱说:"我也看到了，有个地方没填平，估计没上石子。我马上就安排人，得连夜做了，不然来不及了。"

现场会像一个巨大的热气球，把陈姝吊了起来。她的电话开始热起来，政府办要基础材料、工程简介。会务组要省办参会人员名单、通信号码。交警大队要路线图、要停经的时间表。卫生局要医生入住的房间号……她好比一个沙漏，上面所有的信息材料，下面所要的信息材料，都在她这里交汇，她觉得自己的脑容量不够，晕乎乎地飘着，总觉得落不到地上。

会议报到的前一天，县委书记也去看了路线，在停车点，他突然看到远处的一个院子，问陈姝那是什么呢。

陈姝一愣，脑子里在迅速转动，是什么出了问题？她忐忑地回答，一个废旧的驾校，现在里面住的有人。

书记继续问:"你看围墙上那标语了吗？"陈姝之前还真没在意，那儿啥时候写的标语啊？她看了看，小心翼翼地念道"少生孩子多致富"，然后说，这标语好早了。她不知道书记是什么意思？都这个点，一个标语还能有啥错误吗？她真怕书记再提出什么问题。

书记并没有什么大的情绪变化，依旧不动声色地说:"墙体标语重新刷，换成农开的内容。"

陈姝把现场的工作安排给袁侨，让他带着大家死守工地，她得先回县城。虽然农开办只负责现场筹备，但她是会务领导组的办公室主任，所有信息、资料都在她这儿。她就是那只无形的手，托着整个会务在转，电话快要打爆了。昨天夜间十二点，政府办的同志还打电话，说接待方案有变动，作陪领导的名单，需要她再校对一下，怕出纰漏。

终于到了报到的时间，参会人员陆陆续续来到陈胡。陈姝陪着姬县长在高速路口接姜主任等省办领导，电话还在不停地打过来，县委办问省办领导啥时候到，晚餐书记要作陪。陈姝说:"还不确定，还在等。"县委办的同志很不满意,说能不能说个具体的时间,书记等着回话呢。陈姝说:"这个真说不了,估计得半个小时。从高速路口到宾馆得二十分钟,你们把握一下时间。"

晚上十点,参会人员都相继入住完毕,陈姝也到了房间。吕伟打电话问,晚上能回来吗?妈想你了。陈姝说,回不了,没事儿就别打了,这儿忙得要死,电话不能占线。宾馆离家也就是十分钟的距离,她确实想回去看看老娘,但是她不能离开啊。

十一点,高粱打来电话,说:"你看天气预报了吗?"陈姝惊诧地问:"没有啊,咋了?"高粱说:"变天了,外边飘雪花了,要准备一些军用大衣。"

陈姝一下子蒙了,这大半夜的,她上哪儿买军用大衣啊?六七十号人,一个小县城,谁家会有这么多的军大衣啊?她想说,让政府办准备吧。但转念一想,就算高副县长安排政府办,一个电话,任务还是压到她儿。放下电话,陈姝脑筋飞速转动,不停地刷着人脉圈,终于找到了一位亲戚,连夜组织货源。

早上一醒,还未下床,陈姝就给袁侨打电话,问工地的情况。袁侨说,都已经就位,大家四点钟就起床了,五点钟褐天瑞开始招呼人,停车点的沟和路肩,又都过了一遍,现在正在清扫路面。停车点的桌子已经到位,资料等一切物品也都已经摆放整齐。

陈姝终于舒了一口气,只要现场准备好,这个现场会就成功了一半。她相信这个团队,关键时刻还是能拉得出、打得赢。

突然,她想起了一件大事,笑容一下子僵在脸上,脑子"轰"地一下子蒙了,天啊,她怎么能把这么大的事儿给忘了呢?

这可是现场会的灵魂啊!

现场情况介绍材料!一般现场会,地方主官都会在现场介绍情况。全省的现场会,肯定得姬县长介绍情况啊。正常情况下,介绍材料要提前准备好交给领导,好让领导熟悉情况,不妥当的还有时间修改。这段时间她忙得都快飞了,就把这事儿给忘了。这个失误,无异于过河没有船啊。

陈姝出了一身的冷汗，现在准备材料已经来不及了，就算有点时间，她也静不下来。姬县长的秘书又不了解情况，还是得跟她要材料，这会儿她去哪儿弄材料啊？离发车也就是一个小时。

陈姝急得眼冒金星，跟胡秋打电话，说了情况。胡秋说："恁大的事儿，赶紧给高县长汇报，让他给姬县长说。"

陈姝说："这就给高县长打电话。如果不行的话，就请您救场，由您介绍情况，情况您都熟悉，您参加过很多现场会，又是市办的领导，也合适。"

陈姝给高粱打电话，高粱说："姬县长肯定讲不了，我来介绍吧，情况我都知道。"

陈姝怯懦地说，需要给您准备材料吗？高粱说不用了，你们把现场准备好就行了。

一块石头终于落地。

陈姝坐在引导车里，后边的一号车里，坐的是县里主要领导和省办领导。车子驶出宾馆，转而就进入了国道。统一刷白的树干，一晃而过，像两堵柔软的白墙。两边的路肩也都有修整，阔大的官路沟刚刚重新修整过，沟坡和沟沿都是新土。陈姝心中漫过一股小小的欣喜，古老的陈胡如今的模样还是非常耐看的。

车子轻松地下了路，下路口如高副县长安排，二十五度的坡，基本没有车感。进入项目区的道路，经过推土机推平之后，上了压路机压实，路面光滑平整，边界整齐，除了没有硬化，也达到了硬化路的平整度，道路两边有白灰线，杂草和树茬都已经全部清除，路边的树坑也已经挖好了，看上去崭新规整。车子入村后，没有垃圾乱飞，没有坑坑洼洼，村容相当整洁。陈姝叹道，褐天瑞还真是很能干的，完全超出她的预期了。

进入项目区，陈姝精神为之一振。八个多月的日夜奋战，终于如新娘一样，掀开了盖头。

混凝土路像一条轴心，两边是路肩上的树坑和土堆，方方正正。小土堆呈浅褐色，树坑呈深褐色。双色方块交互相应，一个一个闪过，犹如光影流水。同时形成了两条平行线，一条靠着路边，一条靠着沟边，距离均等，犹如两条飘带。靠着路的一边，由浅褐渐变到了青灰，这种纯天然的色调，坚实厚重。靠着沟边的那一边，同样的浅褐渐变为沟边的瓷白，这色调虽然有人工，却更加柔和丰盈。

沟是最令人瞩目的，这简直就是一幅油画，青灰路面的外缘，是树坑深浅交替的褐色，一条白线，进入了沟的境界。在路上可以看到沟底和对面的沟坡，规整划一，光滑干净，不到现场是无法想象的，泥土能做成这样的工艺。沟口、沟底都有一条白灰线，不知是白灰线矩直了沟，还是沟矩直了白灰线，或许它们原本就是一体的。沟的坡面和沟底，就像是浅褐色的木板，分不清是巧夺天工还是浑然天成。还有，飘在沟上的桥，桥的侧墙、挡土墙都粉刷成了瓷白，之所以说它飘着，远远看着，就是飘在沟上的白丝带。

陈姝有意压低了车速，她真的很想让大家慢慢欣赏这些土工。

终于到了项目区的停车点，车一停，陈姝就跳了下去。她看到停车点上，有不少人在等候，有她的战友，还有乡镇干部、村组干部、看热闹的褐村人。十字路口的西北角是工程竣工牌，往前是农开的项目区标志牌，挨着的是农业局的农业科技宣传牌。路东边放着一张桌子，上面放着暖水瓶、一次性杯子、一次性湿巾等等。桌子后边整整齐齐站着的是她的团队。

突然，视野里有些迷蒙了，不知何时天上飘起了细细雪花。雪花在空中乱舞，着人便化了。可是，沟、路、桥还有田野的麦子，都在承接着它的洁白与晶莹。虽然雪花飘着，但是天色并不阴沉，地上若隐若现的白纱，提亮着天色，这一切宛如童话世界一般。十字路口的停车点，视野之内，路面干净如新，干沟的坡面、底面、路肩，光滑平整紧实，白灰线笔直伸展。方正的树坑、土堆，与沟坡、桥栏形成了平行线。整体看上去，犹如一件硕大的工艺品，沟坡的外侧，是白色的固定标语"农业开发·利国利民"。一种震撼从心底升起。她从未见过如此壮观的现场，开阔、宏大、精细、精美，在轻舞的雪花中显得如此雄浑屹然、气势磅礴。

估计她的队友们又是一个不眠之夜，而此刻还都精神饱满地等候着，像等待检阅的士兵。

柳武、仝彦、钱正看到她下车，各自抱了一沓子简介，分别走到三辆中巴车前，等候下车的人，挨个发放项目简介。

参观的人陆陆续续下车。姜主任从一号车上下来，省办领导以及姬县长、高粱都跟着下了车。后边车上的人也都陆陆续续地下了车，在停车点附近散开，有的在井前驻足，有的在沟上观览，有的在路上徘徊，有的站在桥上往远处眺望，有的站在树坑前测量着规格。不少人发出了啧啧的赞叹声，一些人在交流着感受，一些人提出了问题，一些人在计划着自己的项目。

姬县长跟姜主任一起走着，来到了标志牌前，陈姝急忙跟了过去，怕姜主任问一些具体问题，姬县长掌握不了，她能及时补上。

姜主任前后左右都看了看，而后对他身边的姬县长说，比想象的要好。姬县长向姜主任介绍着明年的打算。

大家看了一会儿，现场主持的省办孟副主任站在路中间，拿起准备好的小喇叭说："请各位参会人员集中一下，下面有请陈胡县副县长高粱同志介绍项目区建设情况。"大家慢慢地聚拢过来，形成了半包围的状态。

高粱拿起小喇叭，用字正腔圆的普通话为大家介绍情况，从项目规模到建成效益，从具体措施到政府重视，脱稿讲了二十分钟。陈姝听得一字不落，心潮澎湃，几度喉头发紧。

大家看完现场，就从现场回到会场。会议按照常规召开，书记致欢迎辞，姬县长做经验介绍，最后姜主任总结讲话。

姜主任说："大家看了陈胡的农开现场，也许觉得并不比你们做得更好，那我们为啥还要在陈胡开现场会呢？陈胡并不是项目做得最好的，却是农开系统由落后变先进的典型，一个即将要被取消重点县资格的地方，由县财政投资，硬是把中低产田改造项目提升为高标准农田，而且做得这样好，这就是我们为什么要在陈胡开现场会。这里凝聚了一种精神，就是我们农开人的精神：敢想敢做、克难攻坚、精益求精、永不懈怠、砥砺前行……"

陈姝觉得眼窝子里热辣辣的，不是领导的表扬，而是这八个多月走过的坎坎坷坷，一时间百感交集。

贰
良田篇

第二十三章 褐村与褐天瑞

褐村从未有过如此的热闹,街道也从未如此整洁。

三天了,褐天瑞一大早就起来吆喝村民,要把自己的门口、院子都打扫干净,说是有参观的,别给褐村丢人。

"参观"这个词,对褐村来说已经很陌生了。多少年了,这个词早已与褐村无缘。大集体的时候,褐村还是全乡的典型,挖沟修路、农田水利、整地收种、高温积肥等等,倒也经常有人来参观。那时候,老支书可是陵北乡支书中有名的"八大金刚"。老支书是那个时代基层干部的代表,威望高,干劲大,不管多难多苦,他依然赤诚如火,带领着褐庄的乡亲们大干快上,他活成了那一代人的传奇。大集体完成了历史使命,新一轮农村管理模式应运而生,那就是联产承包责任制。老支书恍惚了一阵子,大队松散了,社员懒散了,他也无事可干了。但是,粮食增产了,农民能吃饱饭了。他大病一场之后,就辞职不干了,推荐了刚刚退伍回来的褐天瑞当支书。

褐天瑞年轻气盛,也是当时褐村支书的不二人选。

褐天瑞接管的是一种新的乡村管理模式。大集体一解散,集体经济成了空壳,但是乡村还得正常运转。于是,便有了乡村的"三提五统"。所谓的"三提",即公积金、公益金和管理费,用于村一级维持或扩大再生产、兴办公益事业和日常管理开支。乡统筹五项:即农村教育事业费附加、计划生育、优抚、民兵训练、修建乡村道路等民办公助事业的款项。

农民扛起了新一轮乡村改革中,乡村机构运转的历史大任。走过贫穷饥饿的中国农民,如今能吃饱饭了,也有了一些收入,虽然并不富裕,但是"交粮、完银子"都是老祖宗留下来的本分,天经地义的。能吃饱饭,还讲什么价钱?于是,除了向国家交公粮,还交统筹提留、超生子女费,还有道路整修、河道清淤,一年四季的义务工,不参加的就以资抵劳。统筹提留要层层加码,不加不行啊。县里下达乡里有任务,乡里下达村里有任务,那数字都是一定的。但是,总有一些特困户,总有一些特殊的情况,可丁可卯的,根本完不成任务。所以乡里加了村里加,村里加了组里加,不加码就完不成任务,这也不能怪谁,实际情况在那儿摆着。当然,也有一些借机摊派的吃喝账以及其他的费用,农民负担实在是太重了,多的一年人均四百多,每家基本都上千元。那时候,农民还是很听话的,也有发生冲突的,喝药的、上吊的、逃跑的、打人的、犯事儿的,各种事故接连不断地发生,干群关系一度非常紧张。上访告状的不断,当然也有借机闹事,从中达到某种目的的。

除此之外,还有县、乡两级的折腾。这些折腾说起来也是好心好意,领导们都想成为农民致富的领路人,树立亲民、爱民的好口碑。中国化的市场经济和农业农产品的特性,往往与这美好的愿景背道而驰。县、乡不停地搞作物布局调整,强制农民种植经济作物。谁又知道哪些经济作物能卖上好价钱呢?种粮食不值钱,就种水果。平原地区在大田里种果树,果树结的果子又涩又小。大蒜卖两块钱一斤的时候,乡里要求大家都种,一哄而上的大丰收,市场上两毛都没人要。种韭菜产量高,也赚钱,全县都种,县政府门前成车成车的韭菜烂掉。褐村也一样,湖桑、蓖麻、棉花、蔬菜等等都种过,从来没有成功过。这些都是县、乡要推广的外地经验,不种不行,种棉花的时候,要和麦子套种,耩麦子得留下种棉花的空当,叫"麦棉套",乡干部在地头蹲着,你全部种上麦子得犁掉,把空当留出来。乡、村干部也很辛苦，地里搭上帐篷，吃住都在地头。你很难说谁对谁错。乡里让推广的，都是验证过的成功经验，可是农产品市场要的是预测，而不是经验。农产品对市场的反应是滞后的，而且生产周期又长，错过一时就错过一季，错过一季就错过一年。

褐村也开过现场会，棉花现场会、果树现场会、塑料大棚现场会等等，现场会开得热热闹闹、热血沸腾，可是市场的冷清再也无人关注了，从来没有一种模式能够让老百姓赚钱的。

减轻农民负担已经迫在眉睫了，因为农民负担过重，多地出现大的事故，直接威胁着国体的根基。二〇〇二年农村税费改革，取消了统筹提留，但是还有人均纯收入的百分之五作为农业税。还是要向农民收钱，只是人均纯收入的百分之五。只交农业税，已经让农民很高兴了，每年多点少点，大家也都不太在意，农村似乎得到稍微的休养生息。二〇〇六年农业税也取消了，农民似乎才从重压中解脱出来。

随着社会的进步、人口的增长、科技的发展、经济的膨胀，土地依然是原来的土地，产出依然有限，它再也无法满足依赖它的农民。于是，农民就开始离开了土地，到城里去了，挣钱，养家，过好日子。可是，飘在城里，虽然挣了钱，但他们身份还是农民，家还在农村，根还在土地里。即便是自己成了老板，成了大款，成了工头，还是被一条无形的线牵着，那就是家乡。

都在迅速地变，经济发达了，大楼起来了，城市扩张了，交通成网了，资讯全球通了。可是乡、村的经济困难没有变。有些乡政府因为欠账关门了，因为欠账乡长成了被告，因为欠账乡政府大门被堵。大河里没水小河里干，村也是一样的，到处打白条，到处该账，到处欠债，赤字运转。

褐天瑞也一下子陷入了困境，乡村两级组织进入了新一轮的转轨变型，因为没钱，啥事儿也做不了。村小学的教室漏了没钱修，校长找他，他把自己灌醉。村里的院墙塌了，他自个儿拉砖和泥修补……虽然有个一事一议，但是，基本是无法操作。因为农民并不像你想象的，认为好事、该做的事就同意去做，不关他个人的事，再重要都无所谓。比如修学校，他家里没有孩子上学，他就不同意出资修缮。还有，人都陆续出去打工了，一事一议时没有人，等到人稍微能聚齐的时候，事儿做大的根本不把村班子放在眼里，没有切实利益的也不会参与，所以在征求意见时，根本统一不了。一事一议基本是空设，即便能做也得九九八十一难，这样费劲还不一定能做好，那就不如不做。

  褐天瑞心中很迷茫，不知道这支书该怎么做。他也确实想做好，可是，就像狗咬刺猬，无处下嘴。想不干了，又觉得心中不甘，想干又干不成事。心情郁闷的褐天瑞，有事没事喝点小酒。李白一句诗"呼儿将出换美酒，与尔同销万古愁"。诗仙把喝酒写得何等豪迈，那就是为他写的啊。可是，可是，前两句，"五花马，千金裘"，他有吗？褐天瑞整天醉眼惺忪，开个班子会也开不齐，不是你有事，就是他不在，都不把他当回事儿。原来公章在文书褐大眼那里，褐大眼是个老好人，无论谁找他盖章他都盖，不管啥事儿，从来也不经褐天瑞的允许。褐天瑞心里很不平衡，就找了一个借口，把章子要了回来，揣在自己兜里，走哪儿带哪儿。算是多多少少找回一点感觉。虽然村里人没有大事儿找他，但是偶尔会有人写个介绍信、证明啥的，要找他盖个章。电话兴起时，褐天瑞就在自己家里装了个电话，偶尔村里在外的人打电话回来，他便用喇叭叫人。有时也会通过大喇叭发个通知，说个事儿。不管村里人听不听，该说还是要说的，他还是村一级组织的代表。

  褐天瑞也有兴奋的时候，那就是过年。春节前县里乡里都来慰问贫困户。褐天瑞这时候会精神抖擞，挨着通知被慰问的人家在家等候，这时候他步履是轻盈的，脑子也是清醒的，谁该吃照顾或者不该吃，他心里都透亮着。可是这种慰问一年到头，也只有这么一两回。还有过年的时候，外出的人都回来了，总还会有人到他家里坐坐，说说外边的见识，说说自家的诉求，扯扯村里村外的闲话儿。也还有送盒烟送瓶酒的，也都是过去的交情。偶尔也会有人请他喝一场，毕竟是少数，说有支书身份在也不排除，说没有也是实情，都是老交情撑着。

对于乡里安排的工作，褐天瑞能推就推，或者直接就躺平。偶尔去乡里开个会，他也都是坐在不起眼的地方。大多数会议，他会推托有事儿，找人替会。乡里领导也都见怪不怪了，有事儿的时候，打不通他的电话，就直接联系褐天意或者褐大锤。褐天意开会回来还会给他汇报会议情况，请示怎么落实？褐大锤汇报都不汇报，直接就把事儿办了。

乡干部偶尔也会下村走走，都是走马观花地看看，溜一圈就回了。极少数赶到饭点，褐天瑞会拿出他小舅子给他的酒，请人家到村头的小饭店里吃一顿。小饭店老板也换成了年轻人，是老老板的儿子。小老板从他爹手里接过饭店，就把招牌换了，把原来的"褐村饭店"换成了"褐村大酒店"，在原来地盘上盖几间简易房，房间上也标上贵宾×，大厅里挂上了花花绿绿、亮亮闪闪的玻璃纸拉花，地上还摆放了几盆塑料花。更主要的是经营作风也变了，老板从来不赊账。过去他父亲因为村里欠账，赔了一个大窟窿，账没还完人就走了。他接受了父亲的教训，任谁来也不再赊账，吃得起就吃，吃不起走人。据说这不赊账，主要是针对村组干部的，因为个人去吃饭，都是揣着钱现结，谁也不会赊账。村干部的权威，在金钱面前荡然无存，人家就是只认钱。褐天瑞虽然心里很不满意，但也不能跟年轻人一般见识，那样只能自取其辱。所以，一般情况下，他不去那儿吃饭，万不得已时，都是现钱现结。偶尔口袋里没钱，小老板就会追到家里找褐天瑞老婆要钱。褐天瑞老婆自然笑盈盈给人家拿钱，可是转脸就会骂褐天瑞："当这个破支书，除了贴钱，还能干啥？"

褐天瑞的老婆也很有意思，之前在褐天瑞跟前从不说一个"不"字，褐天瑞在家里那是绝对的权威，这也是褐天瑞最为得意的。能管住村里几千口子的支书，还能管不住一个老娘儿们？可是自打她娘家兄弟在外干发了之后，她就有底气了。主要是她这个兄弟，每次来看她，都是风风光光地开着小车，鸣着喇叭穿村而过，而且还给姐夫带来一箱好酒，这酒也就成了褐天瑞老婆耍横的底气。人就是这么个稀罕玩意儿，狐假虎威说的从来都是人，哪是狐狸啊。褐天瑞在家里的地位也是日渐低落。

被里外夹攻的褐天瑞，除了借酒浇愁，还有更好的办法吗？因此，时常醉倒在路沟里、田地里、桥底下、茅厕里。凡事物极必反，否极泰来，说的就是褐天瑞。

自从村室里住上了农开的人，褐天瑞以为做梦呢。起初，褐天意跟他说，农开办要用村室做指挥部，他当时就拒绝了。有事儿不跟他说，先通知褐大锤，而且褐大锤到处吆喝是他找的项目，那褐大锤俨然以褐村主官自居，就连用村室还要让褐天意来找他，这不硬往他眼里推石磙吗？

褐天意说，人家农开通知乡政府了，乡政府办公室打不通你的电话，才给褐大锤打，估计是黄乡长安排找褐大锤的。褐天瑞虽然迷醉在酒精里，但是他并不糊涂，听褐天意这样一说，觉得这事儿不是他能阻挡得了的，而且他现在也不能跟褐大锤撕破脸皮。褐大锤做的那些事儿，他都知道，就是佯装不知，不撕破脸都有回转的余地，一撕破就只剩下输赢，而他并没有把握能赢，所以他不能硬碰。他知道褐大锤有后台，乡里也有意扶持褐大锤，所以只能任褐大锤往他眼里扬沙子。他想，还是将就着吧，权当不知，且让他们折腾。折腾好了是他的成绩，出了问题就是褐大锤的事儿，就让褐大锤尽情地蹦跶吧。

没想到，那一声炮响，把褐天瑞给炸醒了。褐天瑞在反思自己，上级给他的这个支书的头衔，是让他给群众办事的，让他做领头雁、带头人的，不是他褐天瑞攥在手里的资本。况且，他又有啥资本可言呢？配合说起来容易，可是种种困难就像山一样压在他心里，他又退缩了，是陈主任一番掏心窝子的话，让褐天瑞彻底醒悟了。

褐天瑞酒也不喝了，天天像打了鸡血似的，拿自己的地去给那些占地户，被他老婆骂了好多回也不还嘴。

褐天瑞看着地里的工程一天一个样，心里从未有过地舒坦，曾经的豪气慢慢地回归他的心里，笑和光也回到了他的脸上。村里的老少爷们见了他，也都老远地打招呼。

一辆一辆的大小车子从村子里穿过，即便是过年的时候，也是没有过的。转眼过了大半年，大田地里的变化，让褐村人好像做梦似的。

天不亮，褐村的喇叭又响了，那是褐天瑞在叫人，抓紧到村北项目区上工。

老支书也去了，但不是因为褐天瑞喇叭上喊叫，而是褐天瑞掂着他小舅子的酒去请他的。关于农开项目，褐天瑞早就给老支书汇报过了，老支书并不看好。他早就对褐天瑞失望了，整天泡在酒精里，能折腾出啥新花样来？

不断传来项目区变化的消息，说是如何如何好，老支书心动了，就是褐天瑞不来请他，他也会去看看的。褐天瑞来请他，还有一个更大的名头，让他去担任土工活的现场指导。老支书很痛快地答应了，要知道，"刮胡子""净面"的土工活，他可是一把好手。生产队的时候，大兵团作战，打畦田、挖沟、护坡，他的眼睛就是尺子，只可惜后来再无用武之地。褐天瑞来请他，说是要开全省的现场会，他觉得褐天瑞吹牛，还全省的现场会，全乡的能开吗？凭他一个褐天瑞，能翻出陵北乡的地界吗？这些年来，褐天瑞也是"玩把戏的趴地上"——没招儿了。褐大锤早就蠢蠢欲动，话里话外都透出那个意思。褐大锤知道他爱抽土烟，还给他送了两包啥子雪茄，说是他老表给他的，自己舍不得抽，孝敬他的。褐大锤脑袋瓜灵活，也会来事儿，但有一条，就是私心重。私心一重，众人不服，众人不服你还当谁的支书？支书虽然官小，也不是谁想干就能干的，能当县委书记，未必能当好村支书。当干部最主要的一条，就是不能有私心，得公道，得能吃亏，得能替群众着想。乡里也找过他，问褐大锤的情况。他心里清亮着，褐大锤并不是为了褐村的群众，他看重的是支书的名和利。可是，一个村里住着，低头不见抬头见的，他也不想得罪褐大锤，所以并没有参与这些烂事儿。

老支书到了现场，觉得褐村也许真的要变了。几十年，褐村在他手里，没什么大的变化。即便是到褐天瑞那儿，也是天天跟群众要钱、要粮、要命（计划生育）。这些年，虽然不跟群众要钱了，各家的房子也都渐渐翻新，有些盖起了楼房，家家户户也都有点闲钱，那都是人家出去打工挣的钱，那是形势的变化，跟村干部一毛钱的关系都没有。

老支书被一种说不出的情绪牵动着，他终于理解了褐天瑞的兴奋。何止褐天瑞，褐村的大人小孩，都值得兴奋啊。

停车点的打造，老支书亲自下手，用一把平铲一寸一寸地拍打，把土坡打造得犹如镜面；沟口棱角分明，犹如刀刃；灰线也是他亲自撒的，均匀如模制，丝毫不输当年的手艺……

一辆一辆的车子进入了褐村，还有警车开道。大人和孩子都站在路边，好奇地看着这大大小小的车辆，穿过村子到了村北的大田地里。不知道褐天瑞怎么就折腾了这么大的事儿。

褐天瑞在大家的眼里变得高大起来……

送走参观的大队人马，褐天瑞就回家了，他倒在床上睡得天昏地暗。一觉醒来，屋里亮着灯，外边黑乎乎的。"都啥时辰了？"他喊了一声他老婆，问道。

褐天瑞的老婆笑眯眯地端来一碗红薯片小米粥，一盘刚刚烤好的千层油馍，一盘子油渣炒蔓菁丝，一盘子醋熘土豆丝。还有自己腌制的醋蒜瓣、辣萝卜条，都是褐天瑞爱吃的东西。

褐天瑞突然觉得有点变天了，他老婆态度大变，是不是出啥大事了？他得绝症了？将不久于人世？褐天瑞"呼"一下子坐起来，瞪大眼睛问："出啥大事儿了？"这回轮到他老婆惊诧了，反问："啥出啥事儿了？你这是哪儿的话啊？"

褐天瑞稍微平静了一下，说："你这是咋了？做了恁多好吃的？"

褐天瑞老婆长长地舒了口气说："咋咋呼呼的，吓俺一跳。你都睡了一天了，叫都叫不醒，俺寻思这段时间太累了，就多炒了个菜，赶紧起来吃吧。"

吃过饭，褐天瑞还是觉得困，继续睡，这一觉睡到了大天亮。

褐天瑞没有吃早饭，就匆匆忙忙地来到项目区，他站在停车点那儿，放眼望去，宽阔的水泥路，笔直的沟渠，均码的树坑土，一字排开的小桥，田地里新打的机井，感觉恍然如梦，这都是真的吗？

他的手抚摸着那块标志牌，一种清凉浸入他的手指。是的，这是真的。标志牌上写的是："农业综合开发褐村项目区"。

褐村！这路、沟、桥、井，都有了，旱涝再也不用愁了。他又可以挺直腰杆工作了，两行热泪滚出了褐天瑞的眼窝。

褐天瑞离开了停车点，继续往前走，他把这些项目覆盖的田地都走了一遍，尽管已经走过了几十年，这些土地可以说每一寸他都再熟悉不过了。但是，带着如此新鲜感、成就感、豪迈感地走过，还是第一次。

褐天瑞又走回到了原路，看到停车点的十字路口，聚集了一群人。他的班子，文书褐大眼、副主任褐天意、计生专干等，老支书、褐大锤的老爹、五叔等一些老年人，都在那里聊天。突然，掌声响起来了，大家都面带笑容看着褐天瑞，掌声持续热烈地响了一阵子。

褐天瑞被这突如其来的掌声打蒙了，一副不知所措的样子。这么多年以来，作为支部书记，从未遇到过如此情况。

他自打接了支书，就一直是收粮、收款、大呼小叫地开会，招呼人干活，没干多少老百姓喜欢的事。他也知道，那些年当村组干部，人前被人看似尊敬地打招呼，背过脸就会骂娘。他家的庄稼被毁，麦秸垛被点，东西被偷，树被拦腰砍，门前放花圈，院子里扔死狗，但凡农村认为倒霉的事儿时常发生。这些事儿不只发生在他身上，很多村组干部都经历过，查不出是谁干的，也没有人查，都明白就是得罪人了。后来，村组干部就成了可有可无的多余人，人家打工挣钱，盖楼买车，逢年过节回一趟村里，走亲串友的还忙不过来，谁还有时间理你呢？

第二十四章　褐大锤进城

褐大锤烦闷地出了家门，走着走着就到了项目区的停车点。这原本应该是他的功劳，是他翻身的机会，却不想那不死不活的褐天瑞又返精（恢复）过来了。他从西边一座小桥上，走到自己的责任田里。

褐大锤弯腰拔掉一棵野菜，抬头却看到褐天瑞从北面过来，他不想搭理褐天瑞，又弯腰装作拔草，等褐天瑞过去。褐大锤看到停车点站了一群人，他佯装看地里的苗情，侧耳静听，想听听褐天瑞说些什么。

褐天瑞走近了，对着大家伙鞠了一躬，然后哽咽地说："这也不是俺的功劳，这是国家的政策，是农开项目。明年春天，这路边还要种树，你们没事儿就可以在这里遛遛弯，也可以带着马扎，走累了歇歇，停下来搁搁大方（五道棋）。家里好烟好茶都拿出来，跟大家伙一起喷喷唠唠。咱褐村也有个遛弯的地儿了。"

哼，褐大锤从心里发了一声，不屑地想，这是你的成绩吗？确实，对于一个见惯了雨天污水横流、晴天垃圾乱飞、砖瓦到处堆放、秸秆随地乱垛、狗屎鸡粪随处可见、大街小巷都是坑坑窑窑的褐村人，突然看到自己的地盘里也有了宽阔的水泥路、干净整洁的环境，心中有说不出的兴奋。兴奋归兴奋，也不能把成绩记到褐天瑞的头上啊！不是他褐大锤领着搞规划，哪有项目的实施？临了临了，好事儿都记在了褐天瑞的头上了。

就连老支书也来了,他还说:"天瑞,要是咱村里都修上水泥路就好了。"褐大眼说:"天瑞哥能让大田地里都修上了水泥路,也能让村里都修上。""啊,呸!他褐天瑞有啥能耐让村里修路?不是农开,这大田里的路能修吗?还村里呢。"褐大锤恨声自语。

五叔也随着说:"天瑞,咱村里的路,最好能和大官路接住,咱们褐村人出门就不再踏泥了。"那五叔就是个老好人,见谁都说好话,一点儿立场都没有,不知道薄厚远近。褐天瑞干了这么多年的支书,让你吃过一分钱的照顾了吗?

褐天瑞还以为自己是谁呢,晕乎乎地说,只要国家有政策,咱就能修水泥路。老支书还随声附和,政策有,但是也得去争取,有些项目还没普及,是分批实施的,要早点实施,得想办法争取。这老支书有名的老奸巨猾,他褐大锤也没少给他送东西,就是想让他说句好话,他说了吗?听黄乡长说,老支书就是不说那句话,嘴里噙着不吐不咽,但凡他能说一句,那褐天瑞也就下台了。

褐天瑞接了一个电话,说是黄乡长打的,乡里要上报一个农田水利建设的材料,要他去乡里座谈一下。

黄乡长早就许他褐大锤当支书了,褐村有事儿也都是找他,怎么会给褐天瑞打电话?肯定是褐天瑞故意显摆的,他就是贴黄乡长贴得再紧,也白搭,抵不上老表一句话。走着瞧吧,鹿死谁手还不一定呢。那狗日的褐天棚就是个窝囊废,一个褐天缘都拉拢不住。褐大锤想着想着,又在心里骂起了褐天棚。而后,箭弩一样的目光扫向褐天瑞。

褐天瑞刚走两步,就碰上了褐天缘用架子车拉着老父亲,往停车点来。褐天缘说:"天瑞哥,你这是去哪儿啊?你看,俺爹听说咱这水泥路修好了,非得来看看。"

褐天瑞停了下来,拉着褐仙寿的手说:"仙寿叔,趁天气好,多出来晒晒太阳。这水泥路上平时过车少,可以在这儿活动活动。您看,大家伙儿都在前面那儿喷空呢。俺要去乡里一趟,就不陪您老了。"

褐仙寿一只手被褐天瑞握着，一只手朝着褐天瑞伸出大拇指，只重复着说一个字："好！好！好！"

好一个褐天缘！看样子，彻底地站到了褐天瑞的队里了。

褐天瑞走后，褐大锤也回家了。一进院，就拿起搠在墙上的扫帚，朝着猪圈里的猪挥去。一扫帚打在猪圈的墙头上，猪吓得嗷嗷叫，又一扫帚打在了那只公猪身上，那只猪"嗷"的一声挤到了墙角。

"老虎"正在屋里拾掇粮食，听到猪叫就出来了。她一看褐大锤正在打猪，气不打一处来，一个大男人有气朝猪身上撒，没出息。于是，她掂起一只破鞋，朝褐大锤扔过去。

褐大锤正要打第三下时，头被什么击中了。转头一看，他老婆正凶神恶煞般看着他。

褐大锤"哼"的一声，把扫帚扔到地上，骂了一句，妈的，啥玩意儿。不知道骂谁的，他老婆一看他那神情，就没理会他，回屋继续拾掇粮食去了。

褐大锤还在恨恨地想，黄乡长还主动打电话给褐天瑞？打死他也不相信。瞧褐天瑞那小人得志样子，本来这项目是黄乡长先通知他的，是要他负责实施。事到如今，他咋弄啊？无论如何也不能等死。于是，他骑着车子去了乡政府。

黄乡长的办公室没人，问通信员，说是在小会议室开会呢。褐大锤就坐在会客室里等着。等了一个多小时，黄乡长才端着茶杯拿着笔记本从会议室出来，通信员一见，慌忙接过茶杯和笔记本，打开了他办公室的门。

褐大锤见黄乡长身后跟了一群人，也跟了上去，等那一群人离开之后，才进了黄乡长的办公室。

黄乡长看到褐大锤，不冷不热地说："大锤来了，坐吧。"

褐大锤怯懦地说："黄乡长，恁安排的事儿，俺没有办好。恁再给俺一次机会，俺肯定让恁满意。"

黄乡长一愣说："我安排的啥事儿啊？我有工作会直接安排到支

书、主任那儿，咋会一竿子插到组长那儿啊？不会吧。"褐大锤一下子被打蒙了，路上想的那些话，都说不出口。他小心翼翼地说："农开项目，恁不是说……"

黄乡长说："哦，农开项目啊，省里都开现场会了，褐天瑞刚刚才走，乡里正总结褐村的经验，上报给县委县政府呢。县委籍副书记都问几回了，让报一个经验材料。褐天瑞座谈时还说，大家配合得很好，特别提到你，干得不赖。最近乡里正要表彰一批在农田水利建设中作出贡献的村组干部呢。到时候，我让褐天瑞把你报上来。"

褐大锤不知道该说啥，正犹豫着，又进来几个人找黄乡长。黄乡长跟来人说事儿，褐大锤在一边站也不是，坐也不是。那拨人还没走，又来了一拨。黄乡长说："大锤，你还有事儿吗？没事儿就先回去，你看我这儿忙的，中午就不留你吃饭了。"

褐大锤一肚子话，当着恁些人咋说啊？再说了，黄乡长也没给他说话的机会啊，也只好悻悻地离开了。

回来的路上，褐大锤一直在想，不能就这样算了。黄乡长之前说得好好的，现在说话的口气都变了，他还是得再找黄乡长，之前说的那些话还算不算数了？他今天太忙了，等他哪天空闲了好好地跟他说说。

褐大锤想着想着，就掉转了方向，索性去找他的老表，让老表再给黄乡长说说。其实，黄乡长对他，都是买他老表的面子，他一个村里的小组长，在乡长那里能有啥分量？

褐大锤到县城，想着去哪儿找他老表，单位还是家里？家里肯定是好说话儿，有事能说得开，但是去家里不能空着手啊？买东西吧，日常的人家不稀罕，昂贵的他也买不起，想想还是去单位吧。

褐大锤的老表听褐大锤说完，就劝褐大锤："现在支书也不好干，你操那心干啥啊？还不如自己干点事儿呢。你不是在家养猪吗？现在有政策扶持，畜牧局长是我同学，我跟他说说，给你弄个项目，多挣点钱，不比当支书强啊。"

现实确实如此，可褐大锤就是有点不甘心，都谋划了恁多年了，黄乡长也许过了，说不想就不想了？挣钱虽然好，但是谁还不想又当官又挣钱的？褐大锤还是想这个事儿，就央求老表给黄乡长再说说。

褐大锤的老表说："我已经给他说过，能办肯定办了，不办肯定是有难处，硬将军也不好。再说了，人家黄乡长哪有心思管你这事儿啊。人家忙着升官呢，马上就是黄书记了。"褐大锤说："那不是更好，权力更大了。"

他老表说："这你就不懂了，节骨眼上，人家才不会管你这破事儿呢。黄乡长是大智慧，不会因小失大。停停吧，停停再说。"褐大锤心里顿时又充满了希望，说："等黄乡长当了书记，这事儿一准能成。"他老表不咸不淡地说："当书记也不一定在陵北。"

他们正说着，有人敲他老表办公室的门，两个人一起进了门，说是要汇报一个事儿。他老表对着褐大锤说："老表，先回去吧，等有了机会再说。我一会儿还有个会，就不留你吃饭了。要不，你去家里吃吧。"褐大锤说："中，哥，俺不去家了，俺刚好去给猪买点防疫药。"

褐大锤从他老表那儿出来，已经快十二点了，老表不留他吃饭，他心里很不高兴，恁大的官，吃顿饭能吃穷了？就是忙着不能陪，还不能安排一个馆子？明显就是嫌弃他这门穷亲戚。

没混上饭的褐大锤，在一个小馆子的门口停下来。他站在那儿犹豫着，是不是在这儿吃点饭？一想到他老婆跟他算账，一分一厘都不会放过，又骑着车子走了，想着下一步怎么反转。

第二十五章　验收

陈姝一觉醒来，不知道自己在哪儿。屋顶不是村室里的竹编八字顶棚，窗帘倒是她熟悉的花色。再看看床头，跟她亲自挑选的宫廷式台灯一模一样。

她拉开灯，屋子一下子清晰起来。她笑了，原来在自己的卧室里，看看表，上午十点。她起身走出卧室，老母亲正在客厅里坐着呢。

陈姝说："我这一觉睡得可真叫舒服。半辈子都没这样睡过，过瘾，过瘾。"母亲说："你都睡了两天两夜了，吕伟说，再不醒就拉急救室了。"

吕伟肩膀上搭着一条毛巾，端着托盘进来了，嘴里说着："来了，来了，陈主任最爱吃的煎饼果子、回锅老油条、豆沫、豆腐脑。"

陈姝笑道："真是人民的好公仆，这还都热腾腾的呢。这些都是我爱吃的。"吕伟说："打住，打住，你以为你真是人民啊？我就是那公仆？导演在这儿呢。"吕伟指指坐在旁边的陈姝母亲，继续说，"我下夜班回来，妈说你一会儿该醒了，非得让我买这些。'总经理'的意见，我敢不听？"

吕伟对老太太非常好，其实也是一种爱的回报。老太太对吕伟比对自己亲儿子都好，常言说"疼闺女，爱女婿"，一点不假，更不用说他们的儿子是老太太带大的。

吃过饭，陈姝去了单位。都十点多了，大门还锁着，这些人都干啥去了？陈姝心中升起了一团无名之火，她对懈怠工作的人几乎零容忍。她常给单位的人说，干好工作是做人的本分，因为工作是你赖以生活的根本，不是你为单位作出了贡献，而是单位为你提供了养家糊口的平台。

陈姝打开大门，然后打开了自己办公室的门，烧水、开电脑、打扫卫生。等她坐下来，端起茶时，才想起来，是她给同志们放假了。

会议结束时姬县长向姜主任请示，想邀请与会人员参观太昊陵。姜主任说，这是你们的事，跟会议无关。我们每年都有现场会，除了项目区从来不安排去别的地方。虽然如此，姬县长还是发出了邀请，不管人家去不去，陈姝得在太昊陵等候啊，万一有人想拜拜人祖爷呢。当时她安排大家都回家休息，放假三天，好好歇歇。而她得等到参会者全部离开，才能回家补觉。

难得轻松、清静，陈姝走到书柜前，这么多的书，她不由得心生欢喜。只可惜没有读多少。陈姝正在翻书，突然听到大门的开关声。她放下手中的书，走出办公室，看到大家也都陆续地来到单位，聚集在大办公室里说笑。她站在门外，敲了敲门，屋里立刻静下来了。大家都惊愕地看着她。她故作严肃地说："今天上班的罚款。"袁侨笑道："好，罚了款请客。"孔向阳说："不太习惯放假。"高一丁说："在家没意思。"柳武说："本来出去遛遛，遛着遛着就到单位了。"

陈姝一时也很感动，说："今天我请客，对面的'东云阁'，咱们好好吃一回。"

陈姝安排仝彦提前在饭店订一个大房间，全班人马刚好一大桌。陈姝笑说："我敬大家一杯酒，说一声感谢。若说敬酒辞，也能说一些，但我不想说。一杯酒，一个谢，我先喝了。"她端起酒杯一饮而尽，大家都知道陈姝不能喝酒，有些感动，也都端起酒杯干了。

吃喝一阵子，袁侨起身端起酒，说："我觉得我们今年的农开项目，实现了三个不可能。一个是县财政拿钱投农开。凭以往的经验，根本不可能，要五千块钱的办公费，难于上青天。第二个是王副省长的批示，我觉得根本不可能。有史以来，全豫东市农开系统都没有副省长的批示。再一个就是现场会，一个将要取消重点县的地方，一年逆转开现场会。这可不是写小说，想咋写咋写。不可能变成了现实，感觉有点玄幻，所以我先喝一杯验证验证。还有三个没想到，没想到我们进入'高标准农田'项目行列；没想到，我们项目能在计划时间内完成，过去项目拖到第二年屡见不鲜；没想到我们现场会竟然开得如此成功。三个不可能加三个没想到，开启了农业综合开发新局面。从此，我们扬眉吐气了。"

袁侨敬酒敬到柳武跟前，笑着说："还有一个没想到，柳主任拿下了沈小姐。"

柳武不好意思地说："这得感谢陈主任。"

陈姝也觉得好玩，说："我都忘了问你了，那天回去啥情况啊？"

柳武有点羞涩地说："我回去了，按照您的安排，买了一大束玫瑰花，说是最后的告别吧。"

陈姝得意地看着柳武，说："小说里的情节啊，你先别说，看看我编得怎么样啊：沈妍接过花就哭了，而且哭得特别伤心。你上去抱住她说：'如果是我伤害了你，我向你说一声对不起。我没有别的请求，只想让你告诉我，我究竟做错了什么？'然后，沈妍哭得更伤心，你就在一边静静地抱着她，等候她的平静，最后她终于说出了误会。我不知道究竟是什么误会，柳武，你接着继续说。"

仝彦说："陈主任，这确实有点像小说，我都有点感动了。"

柳武对着仝彦说："你还感动呢，都是你惹的祸，害得我差点儿单身。"

陈姝说："你先说，我编得对不对？"

柳武笑着说："一点儿不差，跟剧本一样。她说本来去工地看我呢，结果看到我骑着摩托车带着一个女的，风驰电掣一般，从她们的车跟前飞奔而去。"

孔向阳一脸懵懂地说:"谁啊?带的谁啊?哪有女的啊?要说高一丁带个女的,我还相信。说柳武,打死我也不信。"

柳武说:"谁啊?除了仝彦还有谁啊?高一丁去找褐大锤了,仝彦一个人在工地上,她从打孔的那堆土上下来,脚一滑,崴着脚脖子了,不能走路,看到我正好骑着摩托车路过那儿,喊住了我,让我带她回指挥部,真是太巧了。"

仝彦笑得直不起腰,说:"还真的,当时我确实看到一辆白车停在路边上,还是一辆新车,没上牌照,一个女司机。我还纳闷,路都不通,车停这儿干啥呢?我哪知道是你女朋友查岗呢。我要是知道,打死我也不坐你的车。"

陈姝笑道:"柳武,你得给仝彦敬杯酒,她帮你考验了沈妍对你的感情。姻缘都是天定的,该是一家的,终归还是一家。我们真是好事连连啊,大家共同碰一杯,祝贺柳武。赶紧摆喜酒,明年抱孩子。"

大家放开吃,放开喝,也放开说,都很放松,都有点喝多了。陈姝微醺,端着酒杯说:"今天就喝到这儿了,刚才袁侨说还有一个没想到,让我说。我觉得,这个也不算是没想到,因为现在很多单位都会有的,就是每年出去参观。顺便呢,看看祖国的大好河山。五天时间,由袁侨带大家出去,算是给大家的福利,不去也可以,视为放弃福利。"

工程已经结束了,进入了验收阶段,然后拨付余款。农开工程是省、市、县三级都要验收的,不过省办验收每年抽查30%,市里抽查50%,因为去年省、市都看过了,估计都不会验收了。

陈姝是个急性子人,想尽快验收,争取阴历年前把工程款都结了,皆大欢喜。过年不欠债,也是豫东民间的习俗。

工程验收也是一个非常关键的环节,必须要把好关。因为她对这一块的情况不是很熟,所以她得征求一下袁侨的意见。

陈姝正准备给袁侨打电话,高一丁推门进来,低声说:"巫莉莉的事儿，你听说了吗？"

高一丁知道陈姝跟巫莉莉的关系，所以一早就过来八卦了。陈姝吃惊地问他："啥事儿啊？"高一丁说："巫莉莉本来要接局长的，没接上，去了一个小单位，气得要跳湖自杀。"陈姝说："在哪儿啊？听谁说的？"高一丁说："神龙桥那儿啊，陈胡县都传遍了。"

陈姝笑了，说："龙湖那么大，她在哪儿跳不好，非得在神龙桥？是不是神龙救了她？"

高一丁一本正经地说："不是神龙，是一个捡破烂的，看她要跳湖，抱住了她。听说她老公还给了人家一万块感谢费呢。据说晚上十点，巫莉莉哭哭啼啼地从县委大院出来，然后就直接去了神龙桥，高跟鞋脱在桥头，光着脚走到桥中间，直接就上了桥。"

陈姝说："说说验收的事儿。"高一丁说："验收每年都是袁侨领着，这几天都没见他，我咋听说他准备调走了，说是组织部都找他谈话了。"

陈姝说："不知道啊，组织部没给我说，没接到正式通知之前，别乱传了。想点咱们自己的事，组织部的事有人想。"

关于袁侨的传闻不知道高一丁从哪儿听到的，估计也都是捕风捉影。袁侨是不是有意想调动？陈姝还真是琢磨不透，她先给袁侨打了个电话，问他在哪儿。电话还没有拨出去，却接到巫莉莉的电话，陈姝笑了，刚刚还说她要跳湖呢，这边电话就打过来了，但是这些传闻还是不能电话里说，就佯装不知，等有机会见了再详细问她。

巫莉莉也是八卦这次的干部调整，她的老板虽然没有提拔，却换了一个更好的单位。正如高一丁八卦的，巫莉莉没有如愿接任，被调整到一个相对弱小的单位当了正职。听巫莉莉的话音，她对这次调整很不满意，所以也就有了跳湖的传说。现在还真是奇了怪了，不提拔的不满意，提拔的也不满意；不调整的不满意，调整的也不满意。每一次干部调整都会引起轩然大波，一片哗然，都会横空出现一批黑马，真真假假的消息铺天盖地，各种人脉关系都会浮出水面。大家谈论的都是谁是谁的关系，而不是谁该提拔。

巫莉莉的八卦，主要是说某某某的提拔，本来也是没有他啥事儿，提拔名单都准备上常委会呢。县委书记在开会的路上，接到上级的一个电话，所以会议延迟，临时补了考核材料，硬是搭上了这趟快车。

陈姝知道巫莉莉肯定是心怀悲愤才发如此感叹的，但她还是提拔了。提拔的人还如此牢骚，没有提拔的人呢？她突然觉得，八卦袁侨也许是替袁侨鸣不平吧？

陈姝长叹一声，没接话，巫莉莉自顾自地说着。

陈姝想，袁侨、高一丁有想法也很正常的，人一生谁没有点上进心、没有点追求呢？这次干部调整，陈姝确实事先没有听到消息，他们都在工地上忙呢。再说了，这也不是各单位领导能够左右得了的，组织自有统筹安排。

巫莉莉终于说完了，陈姝说，抽时间聚聚，给你庆贺庆贺。巫莉莉说，贺个毛，我准备休假呢。

陈姝挂了电话，摇头一笑。而后叫来了孔向阳，问他往年验收的情况，都是哪些人参加。孔向阳说，都是一些本土的专家，水利局、城建局、土管局等单位的相关技术人员，还有监督单位人也参加，比如财政局、审计局、纪委等。陈姝说，专家验收是不是要有劳务费？"有啊，一次性劳务费，也不多，大概五百块吧。"陈姝又问这些劳务费都从哪里出的。孔向阳说："劳务费都是工程队出的，咱们没有这笔钱，这也是多少年的惯例。咱的人都参加，但是不拿劳务费。"

孔向阳刚刚离开，袁侨就进来了，说他回老家，老父亲过生日。这几天陈胡又热闹了，现场会倒是成就了黄豆。黄豆因为农田水利工程项目做得好，提拔到陵西乡当书记了。陈姝虽然没有太关注，但是黄豆的提拔，还是觉得很意外，农田水利项目做得好，这也能扯到他身上？袁侨说，实际的原因肯定不是这个，都知道他跟籍副书记关系好，肯定是籍副书记说话了。

陈姝想起了高一丁的话，就问袁侨，是不是大家心里不平衡啊？袁侨停了一下，说："高一丁找到我说，那黄豆都因为现场会提拔了，你咋回事啊？最应该提拔的是你吗？不是看政绩用干部吗？人家都跑领导，咱跑工地，驴辈子也挨不到咱。陈主任要是跑跑，能到这儿来吗？都在乡里主持工作几个月了，这几个月都在拼命地工作，也不想走走路子，还是老实人吃亏。"

陈姝突然觉得有点愧对他们，想起了工地上巫莉莉和袁侨的提醒。但是，她坚信自己没错，不是她没有想到，也不是不会，就是不想那样，人总得有自己的信念，有做人的底线，才落得心里坦荡。虽然她也有过迷茫，有过不满，有过委屈，有过牢骚，但她相信正总会压邪。一个人心里要有光，也许照亮不了别人，至少能照亮自己，不至于迷失方向。所以，她有自己的坚持，绝不反悔。可是，人的认知总是不一样的，所以她带班子还是要解决思想问题，鼓起干劲。

陈姝看着袁侨说："咱们这次没出人，肯定是有别的原因，不会是因为我只跑工地，不跑领导。你们都放宽心，咱不跑领导，也得提拔。"

袁侨说："相信组织的眼也不瞎，虽然不能做到绝对公平，相信也会向公平的路上走。提拔不提拔，不是咱想的事儿。高一丁也只是嘴上说说，其实他早就该当局长了，上次被人顶了，想着这次是个机会。他人不坏，就是心里藏不住事儿，说了也没事儿了，你就装作不知道，咱们抓紧工程验收，争取年前不欠账。"

关于验收，陈姝基本有了明了的思路，今年不同往年，所以验收也不能完全照着原来的路子走。她之前要求大家在工程建设中，要实行"工作留痕法"。因为土建工程没有可逆性，工程一旦完工，就无法再修复了。所以，在监理过程中，遇上问题一定要有照片、文字等资料，进入下一个程序时，也都要留有记录。这次验收，除了专家签字外，凡参与验收的也都要签字。从现在开始，实行工程质量终身负责制，不管人还在不在这个单位，谁负责的工程，一旦出了问题，就要追责到底。还有，关于付款程序，所有的工程，验收结束，竣工资料齐全，农开办签字盖章不能过夜，不得以任何借口和理由为难工程队，不得出现任何形式的吃拿卡要。

陈姝征求意见时，高一丁说，验收材料原来都没有咱单位自己人签字；袁侨说签字不签字都一样，真要是出了问题，谁也跑不掉，不过签上更好，这样更规范一些；孔向阳说咋都行，他没意见。

袁侨负责整个验收工作。果然，验收中遇到了往年没有遇到的问题。验收井的时候，抽查的井有井深不够的，袁侨让高一丁签字，高一丁不签，还是说过去都没有签字，现在这样就是自己套自己。高一丁不签字，竣工材料就没法做，工程款也没法付。袁侨没有汇报到陈姝那儿，不想让高一丁觉得是他告的状，想着让高一丁自己跟陈姝说。这种事儿，高一丁才不会主动说呢，能拖一会儿是一会儿。所有工程队都在整理竣工资料，办理相关的一些手续。唯有打井的几家迟迟不动，陈姝问究竟怎么回事儿。袁侨说，问问高一丁就知道。

陈姝就把高一丁和袁侨都叫在一起。高一丁说："新井淤几十厘米也算正常。"

袁侨说："正常你就签字啊，淤个几十厘米正常，淤一米两米也正常吗？"高一丁一脸的不耐烦，却没有说话。陈姝问："啥原因出现这种情况？"袁侨说："一般是洗井时间不够，还有就是可能滤料不合格。新井如果出现这样的情况，到了旱天很有可能抽着抽着就没水了。"陈姝说："怎么处理？能补救吗？"

袁侨沉吟一下说："重新淘，然后继续洗。"陈姝跟高一丁说："通知工程队，牵涉到谁的，上机械继续淘洗，必须达到验收标准。而后重新验收，你必须要在验收表上签字。"

袁侨也不想跟高一丁闹僵，以缓和的语气说："第一次验收出现一些问题，也都是正常的，土工活不可能一点儿问题都没有，整改也是正常的，过去都有过。这些问题也都是专家提出来的，不整改专家肯定不签字，专家不签字，咱手续再全，财政局也不会拨款。"

阴历年就要到了，一个工程队的负责人找到了陈姝说："俺在一个部门盖个章，都跑了八趟了，说得挺好，就是不给盖，今儿推明儿，明儿推后儿，这钱俺都不想要了。"说着说着，他做了一个吞咽的动作，像是把眼泪咽下去，而后又说："陈主任，你能不能帮忙协调一下啊？说到底，俺干的是农开的工程啊。"

陈姝长叹道："唉，我若是给他们局长打电话，就有告状之嫌，人家还不一定买我的账，或许认为我跟你们勾结呢。"

陈姝苦笑着摇头，眼盯着手里的一本农开杂志，仿佛自言自语地说："不是不帮，是帮不了啊。"

陈姝想着，人家也是出于无奈才找到她的，一口回绝了也不太好。于是，对那个老板说："你先回去吧，我和袁主任商量一下，但也保不准能成。"

老板离开之后，陈姝把袁侨叫过去，问他这种情况该怎么办，能不能协调一下？

袁侨叹口气说："咱不卡他已经仁至义尽了，再出面协调，公对公，不好办。公对私有嫌疑，私对私合不着，私对公死路一条。"

陈姝笑道："你这还一套一套的。究竟该咋办啊？"

袁侨说："唉，到哪儿哪儿卡，都认为人家做工程赚钱了，出点血是应该的，谁该替他们白办事儿啊？"陈姝脱口说道："啥叫白办事儿？不都拿了工资吗？工资不是国家的钱吗？国家的钱哪儿来的？不是纳税人的钱吗？说不定就有这些人缴的税钱。"

袁侨说："咱这样想，人家不这样想。手里有点权，得用足用尽，不用感觉就是傻子。别说他们，我就亲自经历过，也是因为工程款。这家公司有一些小问题，需要变更一下账户。这家单位刚好换了领导，工程队去找，人家不见人，工程队就找到我。我也是好心，带着他亲自去了，人家新领导连听都不愿意听，说是老问题别跟我说。没办法，人家找了一位县领导说话，局长才安排给了副局长。再找副局长，副局长提出了一堆的理由，后来也一个一个都解决了，只等办手续了。实在找不出理由了，甚至蛛丝马迹都找不到，副局长还是推，说等周五吧，那天刚好是周二，可以立马办的。我也不知道为啥非得等到周五，也不好意思问，只得点头哈腰说，好，好，好。到了周五，我又去找他，他出差了。打电话，说等周二吧，又一个星期过去了。这个老板说，我若再做政府的工程就不是人。政府的形象被这些人糟蹋殆尽，其实这些工程队都知道该怎么办，就是不想多花钱。"

陈姝叹口气说："关键是人家该不该花这个钱。"袁侨说："没啥该不该的，有些人早该进监狱了。"

陈姝说："可是我答应人家了啊，要帮他想办法的。"

袁侨停了一下说："让他找我吧。我也不能用脸扛过去，估计他不打点打点还是不行的。"

第二十六章　过年

褐天瑞在现场会之后，不断地被邀请到乡里开座谈会。那天，他又接到办公室的电话，说请他参加座谈会，黄乡长专门点的将。褐天瑞一下子成了香饽饽，虽然自己有点不太适应，但是心里很是舒坦。

一早，褐天瑞就去了乡政府，说是座谈会，也没几个人，主要是几个农田水利基础差的村让褐天瑞介绍一下经验。黄乡长见到他非常客气，远远地掏出烟让他，还把褐天瑞让进他的办公室，拿出一盒黄金叶扔给了他，说好好介绍介绍经验。会议开始了，黄乡长亲自参加，副乡长罗布主持会议。褐天瑞能有什么经验啊？就说农开项目怎么怎么好，他是怎么配合的，怎么挖的沟，怎么做的细活。褐天瑞讲的都不是黄乡长想听的，因为这些都是不可以借鉴的经验，也不是乡里的成绩。会议结束，黄乡长让秘书继续跟他谈，秘书提醒他，主要是站在乡政府的角度谈，乡政府怎么支持的，领导怎么坐镇指挥的，具体的措施，实际的经验，一定要把褐村作为陵北乡先进典型推出去，要抛开农开，你现在是陵北乡褐村的支书，要代表陵北乡，明白吗？秘书继续启发他说，乡政府计划借助全省的现场会，大造声势，召开全乡农田水利观摩会，让全乡的支书都到褐村参观学习。最近，黄乡长还要找主管农业的籍书记专题汇报，估计全县农田水利观摩会也会在陵北乡褐村召开，学习陵北乡的经验。陈胡是农业大县，农田水利是重中之重，你一定要好好地把经验提炼出来，总结到位。褐天瑞自己云里雾里,怎么可能有恁高的站位?也不知道该怎么提炼,说了半天,还是绕到农开上,秘书只得放他走了。

褐天瑞从会议室出来,见夏大雨在那儿等他呢。他说:"大雨,中午俺请你吃饭,上次到俺村里留不住你,现在刚好到了饭点了,走,吃饭去,还是'刘家老母鸡面叶'。"夏大雨说:"中,俺就等着你这句话呢,站这等你半天了,腰都站疼了。"

夏大雨之所以等着褐天瑞,就是想把褐天瑞灌醉,套他的话,跑这个项目究竟找的谁、花了多少钱。夏大雨也参加了座谈会,罗副乡长让褐天瑞谈经验,他谈来谈去,还是说农开。夏大雨最清楚褐天瑞的情况,他不说农开,能说啥?凭褐天瑞自己,还不是得走"S"形,睡官路沟,睡桥洞。褐村的项目区,他去过不止一次,看一回眼气一回。他跟桂英奶奶也找过夏仁了,夏仁倒是一口答应了,说老家的事儿,一定帮忙,农开办他还真有个熟人,一个同学好像就是管这个的。可是,都过去恁长时间了,到现在也没个回信儿,他也不好再追问。夏仁那儿没信儿,也不能坐等啊,还是得从褐天瑞这儿寻找突破口。实在不行,哪怕是跟褐天瑞要个电话,他直接找农开办的领导。夏营村跟褐村挨着,看到褐村的项目,夏营人对夏大雨都有看法了,说当初大家让他回来,想着他能做点事儿,谁知道就是嘴劲儿,说功好,做功不行。夏大雨还真就不信这个邪了,褐天瑞能干的,他就不能干?所以,开会来的时候,他就计划好了,大不了破费破费,请褐天瑞再吃一顿。

两个人还没有走出乡政府大门,通信员就喊住了褐天瑞。褐天瑞往回走了几步,通信员附在他耳边小声说了一句。褐天瑞说,好,好,好,知道了。

褐天瑞回到夏大雨跟前,不好意思地说:"大雨,对不住了,今儿咱就不吃了,算俺欠着你的。黄乡长说还有事儿,让俺在乡里大伙上吃饭,要不你也一块吃吧。"夏大雨笑道:"天瑞哥,你这可是一步登天了,连黄乡长都请你吃饭了。俺就不凑这个热闹了,不合适。天瑞哥,你这项目也做完了,现在总可以透点信息了吧,你究竟找谁要的项目啊?"夏大雨计划落空,也就不绕圈子了,直奔主题。

褐天瑞说:"俺要说谁也没找,你肯定不信,那就是天上掉的金砖砸着俺了。兄弟,俺也不能为了这个事儿赌咒不是?这样吧,俺把农开办袁主任的电话给你,你问问就知道了。俺觉得这个农开,年年都有项目,你可以争取一下。"夏大雨听褐天瑞这样说,还是有点不太相信。但是,看褐天瑞这架势也不像是假的,要了袁侨电话之后就匆匆地走了。

褐天瑞得有十年没在乡政府吃过饭,黄乡长一直给他敬酒,罗布副乡长也陪着,这规格简直让他受宠若惊。

褐天瑞心里高兴,虽然喝得不少,但也没有醉倒,脑子还是很清醒的。他回到村里并未进家,而是骑着车子又去项目区转了一圈,到了停车点下了车,摸了摸标志牌,冰冰凉凉,好舒爽,然后骑上车去了村小学。

李校长在项目建设中立下了功劳,褐天瑞一直想感谢他,都没顾上。今儿,他想请李校长喝一场。

李校长刚下课,就看到褐天瑞脸色红扑扑地进来,高兴地说:"祝贺啊,天瑞兄,听说项目区弄得不赖,都响到省里了。"褐天瑞说:"得谢谢你,今儿晚上,咱哥俩喝两杯。"李校长说:"今儿不行,我侄子结婚,回去商量事儿呢,改天吧。"褐天瑞说:"酒可以不喝,但是俺有一个请求,你一定得答应。"

李校长说:"啥请求不请求的,有事儿你只管说,跟我还客气啥啊。"褐天瑞说:"你不是要回家吗?跟我一起,顺路到项目区去看看。"李校长笑着说:"这个请求容易满足,走,现在就去,光听说弄得不赖,我正想去看看呢。"于是,褐天瑞骑上车子,一口气跑到停车点,扎下车子,等着李校长。

李校长站在十字路口,前后左右都看了个遍,而后说:"天瑞啊,这得多少钱啊?"褐天瑞说:"咱一分钱都没花,都是国家的钱。"李校长感慨地说："天瑞兄，你干了一件惊天动地的大事儿啊。太壮观了，建这么好，光在这儿种地，多可惜啊。我有个想法，明年开春，我们在这里开一场小学生春季运动会，就在这项目区。你看怎么样？"褐天瑞说："太好了，奖品俺来准备。"李校长说："这周末，咱就带着孩子们来这里搞个实践活动，我们搞个有奖征文，就叫《我和农开》，让孩子看看现场，写写怎么做的家长工作，一定非常有意思。"

褐天瑞眼里潮潮的，说："喝墨水多了，就是不一样。俺就是觉着喜欢，没事儿就到这转转，越转越高兴，想干点啥又没思路，不干呢心里又躁动不安。乡里让俺谈经验，俺有啥经验啊？都是人家农开的，俺就说农开好呗。"李校长说："天瑞兄本分人，不抢功，不诿过。"褐天瑞欢欢喜喜地说："明年开春，树一栽，就更好看了。"李校长说："等这里种上树，我就领着孩子们认领，每人两棵，没事儿了可以浇水，成为义务护树员。"

再说褐天缘拿到那笔款时，眼窝子一下子就热辣起来，这是农开工程挖沟的钱，褐天瑞结完账，就把钱分给了褐天缘。

快过年了，褐晓光和褐晓明都放假了，家里一下子就热闹起来了。褐仙寿非常高兴，两个孩子学习都好，他就喜欢这样饱满的人气。褐晓光看到爷爷身上的那件破棉袄穿好多年了，棉鞋也好多年了，就跟父亲说，想带着爷爷去赶集。褐仙寿非常高兴，这么多年他都没赶过集，不买不卖的，主要心里不干净不想出门。

褐晓光骑三轮车带着爷爷，褐天缘和褐晓明跟在后边。

临近春节的集镇上，乌泱乌泱的人，像喧嚣奔腾的流水，根本过不了三轮车。褐晓光建议把三轮车放在主街道的外边，步行到主街上。

进入主街，晓光和晓明一边一个扶着褐仙寿。褐天缘自个儿东看西瞧，被一个新式的打药桶吸引住了，是个电动的，容量也很大，正在跟老板谈价钱，被褐晓光拉了一下胳膊。褐天缘顺着褐晓光的手势，看到仙女正跟人家吵架。

那是一个卖成衣的摊位，门店在里边，摊位在外边。这也是小镇集市的一个特色，每逢过年过节，店主都会把商品摆在门外，以此招揽生意，特别是那些超市，把商品摆得像山一样，仿佛以此证明自己的实力。

原来仙女看中一件棉衣，跟人家搞了半天价，人家说不赚钱，不卖。她一直在那儿搞价，老板赌咒发誓说要是赚她一块钱，就是那个啥。因为过年的时候，生意都很好，摊子跟前聚拢很多人，老板看她真心喜欢，就说算了算了，赔本也卖给你。仙女开始掏钱，掏了半天，也没有凑够。老板就不乐意了，说你没钱买还搞啥价啊，吃饱了撑的。那仙女也是口齿伶俐的人，说买卖心思不同，不能强买强卖啊。说着说着，两个人就吵起来。

褐天缘一看，赶紧走上前去，说："咋了？咋了？"老板说："没见过这号的，死个劲儿搞价，搞好了又说没钱了。买不起就别搞价啊，俺做生意也不是陪你磨嘴皮子的。"褐天缘对老板说："和气生财。"转而问仙女，差多少钱啊？仙女一看有人帮她，倒是来了劲儿了，说："不买了，不买了，白给也不要。没见过这样做生意的，兴你要价，不兴还价啊？"褐天缘劝道："相中就先拿上吧，俺这有钱，还差多少啊？"仙女说："还差九块钱。"老板说："都搞了半天，都按你说的，又说不买了。这会儿想买俺也不卖了，给多少钱都不卖。"

褐天缘说："做生意不赌气，老板，给你十块，把衣服包起来吧。"仙女嘟嘟囔囔地把钱掏出来，拿起衣服就走了。

褐晓光说："仙女婶儿的这件衣服好看，给俺妈也买一件吧，俺不买了。"褐天缘心头涌起一股酸涩，本来他这次赶集是准备给母亲、父亲、两个孩子都添一身新衣服。还准备给父亲买一顶新"火车头"帽子，这是他父亲几年前都想要的，老支书有，五叔也有。其实，他并没有打算给妻子买衣服，因为妻子出不了门，买了也是浪费。既然晓光说出了，褐天缘就痛下决心，刚好也趁着仙女搞好的价格，给妻子买了一件。褐天缘说："今天来赶集的，每人一身新衣服，兜里装着钱呢。"

晓光说："爸，你也买一身吧。我是个学生，主要任务是学习，除了教室就是寝室，衣服新旧无所谓。"

褐天缘眼睛一热，摸着儿子的头说："没事儿，孩子，放心买吧，爸兜里有钱。"临回的时候，褐仙寿还让晓光买了一大卷红纸。

从集上回来，褐晓光就帮着奶奶淘洗麦子、磨面、劈柴，准备过年蒸馍、炸丸子了。

褐仙寿开始张罗着在院子里写春联了，每年都是他亲自写，乡亲们自己买纸。今年他提前备了很多纸，让褐晓光写，他拟文，晓明倒墨运纸。他们家要给乡亲们送对联了，他说以后写春联的纸也都是他家包了。

褐村在外打工的人，也都陆陆续续地回来了。那些在城里生活时间长的人，延续着饭后散步的习惯，项目区便成了散步的地方；一些放假回来的学生娃，继续锻炼，也去项目区跑步。褐村一改往日的冷清，热气腾腾，充满新的气象。

随着越来越多的人去项目区，褐天瑞的威信也一点一点地恢复。褐天瑞不再自己喝酒了，有一些在外赚钱多的人开始请褐天瑞喝酒。褐天瑞去喝酒时，总会拎上瓶酒，虽然他老婆不满，但也不再明里反对，只有在褐天瑞走后，自言自语地唠叨几句。

褐天瑞要去看望村里的几位老人，先进了褐仙寿的家，看到褐仙寿爷儿几个正在忙着写对联呢。褐仙寿说："天瑞啊，俺正准备让晓光给你送对联呢，你来得正好，自己挑，喜欢哪个就拿哪个。"

褐天瑞说："好啊。仙寿叔，过年了，俺呢为咱村里八十岁以上的老人，每人发一百块钱。以后，俺买纸，你跟晓光写，咱村里免费发对联。"褐仙寿说："中啊，中啊，谁买纸都中，用不了几个钱，大伙儿喜欢就中。"

褐天瑞正在弯腰挑对联，褐天棚进了院。褐天缘看他进来，招呼褐天棚进屋。褐天棚看到褐天瑞在，转身离开了。褐天缘看着褐天棚猫一样轻飘地迅速转身，想起了借给仙女的十块钱，不知道仙女给他说了没。听说仙女背着褐天棚借了不少的钱，买一些衣服和女性用品，还不让人家找褐天棚要，两口子也没少因为这个生气。

　　褐天缘知道褐天棚来干啥的，虽然他欠了上访人的车费，也因此跟褐大锤闹得不愉快，但依旧对褐天瑞有意见，主要是挖沟工程没有带他。他依然跟褐大锤缠在一起，不断找他收集着褐天瑞的"罪证"。褐天棚在褐大锤的迷魂汤下，继续做着"村主任"的大梦，而且他一定要拉上褐天缘，他觉得褐天缘可以做他的军师，有些事儿需要褐天缘帮他拿主意，毕竟他跟褐天缘是最近的堂兄弟。他说褐大锤有一个天大的计划，到时候一下子就能把褐天瑞掀翻了，那褐村的天下就是他们的了。褐天缘问是什么天大的计划，褐天棚说，大锤哥说了，先保密。褐天棚一定是来游说让褐天缘参与他们"天大计划"的。

第二十七章　谋新篇

年后上班第一天，陈胡县农开办热气腾腾，开始谋划新项目。过去的项目区有些零星，因为全县可开发的耕地太多了，可以灵活安排。现在几个部门都在做农田水利项目，国土资源局"土地整理项目"、发改委"千亿斤粮食项目"、水利局"小农水项目"、财政局"农业产业化项目"都是打井配套，挖沟修路，而且不能搞重复建设。国土局、发改委的项目，资金相对多一些，开发任务也重，但是都不是人家的主业。农业综合开发主业就是中低产改造高标准农田建设，重点是农田水利建设，要求标准比较高，必须连片成方，不能重复开发，而且项目道路不能入村，选择项目区要尽量避开村庄。

陈姝征求袁侨的意见，今年的项目区定在哪儿比较合适。袁侨说，可以接着褐村往西，陵北乡和西北乡接壤处，整个陈胡县西北片区，村子稀疏，大块耕地多，由于偏僻，其他项目也都不放在那儿，我们可以进去，抢先占地，以后其他项目就进不来了。

陈姝说，和我的想法一致，过几天我们就去实地勘察，也到褐村回访一下，看看项目建成后运行情况。

车子进入褐村，村里的路虽然依旧是土路，但是平整多了，看起来褐天瑞年前也整修过了。车子穿村而过，到了混凝土路上也就进入了项目区。遇上好路，司机就开始飘起来。陈姝说，不着急，路虽然好，也不用飙车。

道路两边的干沟依然规整，极少数的沟底种上了麦子，路肩上零零碎碎种上了菠菜、趴地菜。沟外的麦田一望无际，经过暖冬的麦苗，都已经盖住了地面，虽然麦子的品种不同，但是麦苗并没有明显的区别，视野里全都是充满生机的油绿，像一瓶绿色的油彩被上帝打翻在硕大画板上。这中原独有的风景，让人从眼到心都为之震撼。

车子在缓缓前进，司机不禁感叹道，城里的绿化带，还有公园，有咱这绿化面积大吗？百分之百全覆盖。不但物美价廉，而且收益很大啊。

陈姝和袁侨都没有说话，也许真被这场景感染了。车子往里走，一下子就热闹起来了，路边上停放了很多自行车、三轮车，还有一些小手扶。

三轮车上坐着老人，也有抱着孩子的妇女。稍微大点的孩子，在沟里上上下下嬉戏。再大一点的孩子，都在地里帮着大人干活。田地里，除了干活的人们，还有一些挖野菜的老人。虽然已经立春，暖阳依旧在竭力地销蚀着残寒，人们还都穿着棉服。

田野里到处都是人，每一眼井都有机器响声，喷灌机在喷着水，有人在忙着拉管子，有人忙着挪动出水口，有人正在装卸机器。喷药的人背着药桶，左右交替挥动着喷杆。施肥的人，顺着田埂，来来往往地撒着肥料。

春耕使田野一下子灵动起来。

陈姝和袁侨在停车点下车，看着热闹起来的田野，心里十分畅意。一个身穿大红羽绒服的妇女在跟旁边的人说话，只听她说："大眼哥，你浇完了，给俺浇呗。"褐大眼说："天意说得早，他家还没浇呢，他家浇完，还有一家。"那女的说："褐天意当干部，得让着群众，俺先浇。"褐大眼说："褐天缘快浇完了，他有机器，你跟他说说，他那儿快点。"那女的不依不饶，说："俺谁也不找了，就找你。你替俺浇地，就是浇你自己的地，俺现在的地，不是你家的地吗？当初，你给俺换地时，说的比唱的都好听。换了地了，就不管了？"

不远的一个人,听他俩斗嘴,说:"大眼,啥时候跟仙女一家了?褐天棚知道了还不跟你拼命啊?哎,对了,大眼,你的地不是换给褐天棚了吗?"

褐大眼说:"可不就是嘛,要不仙女说,浇她家地就是浇俺的地。"那人呵呵一笑说:"那你可得当心点,褐天棚看他老婆可是看得紧啊。"褐大眼说:"看紧看不紧,人家仙女也看不上俺啊。"仙女说:"看上看不上的不说,反正你得先给俺浇。"

那人说:"大眼,还别说,这一开发,咱这地都值钱了,麦子最少也能增产五百斤。你看,这地里人都稠起来了,原来让人家种的地,也都要回来自己种了。"

大眼说:"那是啊,旱了浇点水,涝了也能排了,旱涝都能保收成。"

陈姝听着他们说话,一种温暖油然而生。于是,她往前走了几步,准备跨过前面的一座小桥,到田野里去看看。还没到小桥跟前,就见两个人骑着车子到了车前。那人跟袁侨打过招呼后,就冲着陈姝说:"陈主任,你们来了也不说一声,搞突然袭击啊。"

褐天瑞指着陈姝,对和他一起来的人说:"李校长,这是陈主任。"

陈姝伸出手说:"李校长好!我们还得感谢你啊,你可是帮了我们大忙了,那封信写得真是感人,我还保存着呢。"

李校长不好意思地说:"哪有啊,你们才是真正为老百姓做好事的。我只是帮着喊了一嗓子而已。"陈姝被李校长的话逗笑了。

褐天瑞说:"李校长来看场地呢,他准备在项目区开小学生运动会。"

李校长说:"我们主要是让孩子们感受一下氛围,给孩子们一个野外运动的机会,尽情地玩玩。同时也让孩子们以不同的视角看社会。运动项目主要是一千米、五百米、二百米短跑,有拔河、跳绳,还准备一项'斗鸡'比赛。"

陈姝兴奋地说:"有创意,奖品我们出,每个孩子一个书包,所有的孩子都有。获胜的孩子除了书包，再奖励文具盒、课外书。李校长，您看需要啥书，列个单子，我们准备。"

李校长说："我先替孩子们谢谢了。陈主任，我们还开展了"我和农开"作文竞赛呢。写得最好的就是褐晓明。作文上写'父亲签完字，脸阴得跟狗刚刚滋过尿的地。父亲领着我们赶集的时候，脸喜得像刚刚喝了一碗鸡蛋茶'，这措辞可是太鲜活了。"

袁侨一旁静静地看着他们说笑，待到说话的间隙，他说，陈主任，他们得走了。陈姝说这就走，又对褐天瑞说，现在抗旱浇地没什么问题吧？

褐天瑞说没有，基本上是五到七天可以浇一遍，现在都有专业浇地的了，一亩地四十来块钱。

陈姝说："这样浇地的多吗？自己浇一亩地得多少钱啊？"褐天瑞说："让外边浇地的还是不多，大部分是自己浇，自己浇一亩地也就是二十来块。"

李校长说："陈主任，等你们这树种上了，我准备发动孩子们义务护树，每人认领两棵树，让孩子们和树一起成长，等孩子走出褐村，树也就成材了。"

陈姝和袁侨正要上车，一个穿着大胶鞋的人从地里走出来，畏畏缩缩地来到他们跟前。那人不好意思走近，站在一旁拍着手上的泥，怯怯地叫声天瑞哥。褐天瑞突然听到有人喊他，扭头一看是褐天缘，就问有事儿吗。

褐天缘有点吞吞吐吐地说："县里领导都在这儿，俺想问一下，有几家耕地撂荒的，俺想接过来种，这都是县里打的井，允许不允许啊？"

褐天瑞说他觉得可以，那不是一直荒着吗？种起来多好啊。褐天瑞觉得自己不能表态，刚好陈主任袁主任都在这儿，褐天缘也真会瞅时机啊。

褐天缘说："俺也不白种，俺想好了，原来俺种那几家的地，都是一亩地二百斤小麦。现在条件好了，俺算是租他们的地，一亩地四百块钱，他们要粮食也行，天瑞哥，你就当个说合。"

褐天瑞转而对着陈姝说，天缘种地是把好手，原来的机械都有，小手扶、打麦机还都能用，他想承包那些撂荒的地。

陈姝对褐天缘说，国家有政策，支持土地流转或者托管。转脸又对褐天瑞说，褐村可以搞试点，农开也有政策支持的。

褐天缘兴奋地说："中，中，中，有几家俺都说过了，四百块钱一亩他们都同意。俺就是想找个中间人说一下，天瑞哥是支书，大家都信他。"

褐天瑞说："这土地一开发，身价都提高了，我也想做点事儿呢。俺们这里有磨粉的习惯，红薯种植面积不小，可以建个粉条加工厂。俺可以引进一些出粉率高的新品种，集中成片地种植，大家都可以参与进来，不想参与的可以把地兑出来。"

袁侨拍了一下褐天瑞，说："好主意，做成合作社形式，这样大家都有积极性，风险也能共同承担一些。"而后又转脸对陈姝说，"这种模式的农合组织，我们农开也有支持，咱们可以向省办争取一下。"

陈姝立即打通了田耕的电话，田耕说，这个确实有支持，但是在产业化处，不在他那儿。陈姝放下电话，跟袁侨说："我们可以去一趟省办，找找产业化处的领导，争取产业化项目，能多争取就多争取。"转而对褐天瑞："你们借鉴一些外地的经验，可以先计划，稳妥推进。我们这边有支持的，肯定会为你们争取。我们得走了，今天你这儿不是主场，我们主要是看土地治理项目的项目区，路过你们这里。"说完示意袁侨上车。

车子刚刚离开了停车点，看到一位妇女正和一位老人吃力地卸柴油机和喷灌机。陈姝让司机停车，下来帮他们卸下来，然后袁侨帮他们把机器安放到机井上，又帮着他们把潜水泵放到井底。

陈姝说："这样浇水也太费劲了，一个人不行，两个人都吃力。"袁侨说："现在农村在家的都是妇女老人了，确实不方便，而且我们配套的只有喷灌机和喷带，没有动力。地里的那些人，估计是打工还没有出去的，趁出去之前再浇一遍水。像这一家，男劳力可能已经走了，或者压根儿就没有回来。"

陈姝若有所思地说："这是个很大的问题，得想法解决。"

出了褐村地界，车子在沟沟壑壑的土路上穿行，司机说，不是都村村通了吗？这路咋还恁赖啊？

袁侨说，村村通只是通到村室，自然村还不在计划之列，关键现在还在实施中，还没有全通，通到这儿估计得几年。

司机嘟嘟囔囔地说，多让上级领导走走这路，通得就快了。司机不是本单位的，所以说话就少了遮拦。县直机关的小单位都没有专车，主要是有规定，更主要是养不起。农开办的前身是农委，算是大单位，机构改革变成了黄开办。经过了一轮又一轮的改革，职能不断变化，越来越单一，单位也越来越小。所以，他们也养不起车。由于项目实施在乡村，不得不常年租车。这司机跟老主任是小偏亲，合作多年了，人热心，技术也好，所以跟大家都很熟。陈姝来之初，租车协议刚好到期，袁侨把情况说了，征求她的意见还要不要续租，如果不用，趁早让人家找活。估计现在还欠着人家的租车费呢。陈姝说，工作需要就用，只要价格合理就行，租谁的不是租。袁侨说，原来的协议只付租车费，一个月三千，我们自己加油，随叫随到。陈姝说还按原来的协议走，啥都涨价，人家如果不提出涨价就算本分。聘个临时工得多少钱啊？连车带人这价不算高。司机本来想着干不了农开的活了，把欠的租金要回来就算不错了。没想到袁侨通知他继续签订租车协议，而且把老账也清了。所以，他也很感激，很尽心，不当自己是外人。

司机正嘟嘟囔囔不停地打着方向盘，袁侨说："停！"司机突然刹住了车，疑惑地说："咋了？袁主任。"

袁侨说："没咋啊，就是让你停车啊。还老司机呢，停个车都不会吗？靠边，靠边啊。"

司机呵呵一笑说："吓我一跳，我以为出了什么事儿呢，你们先下车。还靠边，这路哪有边啊？现在车子就在地里停着呢。"

正是陵北乡和西北乡的交界处。一望无际的原野，麦苗干巴巴地伏在地上，干黄的叶梢与裸露的地面相拥着，透出斑驳的沧桑与荒凉。

袁侨放眼望去，激动地说："这块地好啊，村子稀少，如果和褐村连起来，这规模可真是没说的。"

陈姝说："这麦子该浇返青水了。"袁侨说："估计浇不了，原来的沟渠都不能用了，只有少数的机井还留着，一个村都不一定有一眼。"

陈姝也是眼里放光，都是有待开发的原田啊。

袁侨说："如果这一块作为开发区，路一通，做成网格，沟、路、桥、井全齐活了，是不是太壮观了？"

陈姝和袁侨上了车，继续往前走。走着走着，袁侨又叫停车。他们下了车，袁侨望着不远处，一块整整齐齐、颜色深绿的地块，镶嵌在无际的凌乱中，就像一件旧衣服上补了一块新崭崭的补丁，特别吸引人的眼球。那一块地，方方正正，平整如镜面，畦子像尺子量的，宽窄一样。地里的麦苗虽然也显出了旱相，但明显比其他地块苗壮，透着油光，显出了底墒、肥料都很充足。

陈姝说："不知这是何方神圣栖息之地啊？"袁侨说："至少这地的主人是位讲究人，地都种得这样，那日子一定过得不差。陈主任，如果咱们项目区放这儿，这里就可以打造成停车点，一望无际，太开阔了，也好规划，建成之后肯定壮观。"

陈姝说："两万亩的高标准农田，就在这儿做成一个停车点，前面的斜路取直，做一个循环路线，完全可以打造成一个高标准农业示范园区。"

袁侨不禁吃惊，问道："两万亩？谁说的？"

陈姝并未在意袁侨的表情，抄起电话拨过去……

胡秋刚进办公室，打开电脑，正点开新浪博客，陈姝的电话就打过来了，隔着手机，耳膜都被震得嗡嗡响，他下意识地拉开了手机的距离。只听那边陈姝兴奋的声音传过来："胡主任，报告你一个好消息，发现了一个大宝藏。"

胡秋一愣，不耐烦地说道："啥啊？大过年的，一惊一乍的。能不能把事儿说清楚点？"

陈姝笑道："俺一激动，话都说不好了，项目区，哎哟，俺那个娘唉，好大好大的一片。"

胡秋漠然地说道："我以为你中奖一百万呢。项目区咋了？"

陈姝的兴奋丝毫不减，说："两万亩高标准农田的项目区，我和袁侨已经选了一块非常好的地方，适合做高标准农田的地方，足足有两万亩。"

胡秋疑惑地说："两万亩？谁给你的两万亩？"

陈姝一愣，遂说："省办啊。"

胡秋觉得有点可笑，这个女主任工作热情真高，刚过完年还都没有启动正常上班模式呢，就开始说项目了，脑子不正常。随之不屑地说："两万，你是不是在做春秋大梦啊？指标都没下达呢，哪来的两万亩？"

陈姝一直处在兴奋中，丝毫没在意胡秋的语气，依旧声调不减地说："没有，没有，没做梦，清醒着呢。开现场会之前，不是您跟高县长说的吗？您说的话我都记着呢。君子一言驷马难追，您不能反悔啊。"

胡秋有点不耐烦，他最烦县办主任跟他说开发任务的事儿，开发任务是省办直接下达的，他想留点余地都不可能。为此，他也多次建议省办，把指标下达给市办，让市办多少有点主动权。但是，他的想法一直也只是想法而已。这也忒不照道了，年还没过完就说指标的事儿，遂说："这哪儿跟哪儿啊？指标是省办分的，我能当家吗？还两万亩。我当时说是有可能啊，有可能！明白吗？那是为了帮你做工作。"

胡秋的态度丝毫没有影响陈姝的兴奋。她知道胡秋只是这样说而已,他要是能看到这么一片田野,一准能兴奋。于是,陈姝说:"我以陈胡人民的名义,特邀您来视察。"

"十五以后再说吧。"胡秋说完,挂了电话。

打完电话,陈姝和袁侨上车,继续往前走。

袁侨跟司机说:"照着没有人走过的路,只管开,越是人少的地方越好。我们今天就在地里转,反正油钱是我们的,你别心痛车子就行。"

司机笑道,反正就天地之间,远呗。开车不怕远,只要油箱有油就行。

陈姝和袁侨看完回来,项目区的位置大概就确定了,但是他们还要和主管副县长汇报,主管副县长要汇报到县长那里,作为年初的工作计划,还要上县长办公会。

高粱听完陈姝的汇报,说:"可以。但是,全县得有一个基本布局,项目建设不能重复,旱涝不均。你们可以往西北做,整个大西北远离县城,成了被遗忘的角落,你们这样安排挺好。发改委往北,国土局往东,水利局往南,这样几年之后,我们的农田水利项目就可以全覆盖了。有空了我去看看现场。你们也可以向市办汇报一下,争取市办的支持。虽然任务指标是省办直接下达的,市办的意见也很关键。"

陈姝说已经和胡主任电话汇报过了。高粱说:"光电话汇报不行,得去一趟当面汇报。还有,胡主任虽然和省办比较熟,何主任毕竟是一把手,有些情况也得跟他多汇报。绕过他,人家会有意见的。"

陈姝笑道:"何主任已经有意见了,嫌我汇报得少。方便时,您邀请他来看看。"高粱说:"你们直接领导你不邀请,让我邀请,你倒会给我派活儿。好吧,有空我邀请他,胡秋那儿,争取让他来看看。"

陈姝正在和高粱汇报着,黄豆敲门进来,是请高粱把涉农项目往陵西乡倾斜倾斜。黄豆提拔之后,到陵西乡当书记了,主政一方,想出政绩是必然的,又想起了农业综合开发。他本不想找陈姝,怕说不成，想通过领导直接压过去，没想到竟然和陈姝碰上了，而且还是在高副县长的办公室里。黄豆想，这样更好，料她陈姝也不能当面拒绝。于是，他说："高县长，我是专门向您汇报农业综合开发项目的，正好陈主任也在这儿，今年能不能向陵西乡倾斜一下，党的阳光雨露也让我们沾一些。"

陈姝没等高粱开口，就说："我们已经实地勘察过了，暂时还没有涉及陵西乡。"她怕高粱留下活动话，黄豆可能会找籍副书记或者姬县长要项目，因为他们都不太了解地形，很有可能答应，到时候就被动了。现在，各乡镇的领导也都开始关注项目了，因为乡镇的财力有限，县里又没有财力投入，所以也都开始盯着各种涉农项目，多少能让乡镇出点政绩。

黄豆似乎很生气，没有想到陈姝当场给他难堪，恼火地说："陈主任，是不是我们没给你送礼啊？陵西乡跟陵北搭界，离城也近，为啥绕过陵西乡，直接去了西北乡？西北乡都到陈胡的边界了，你开发得再好有啥意思啊？你该不是对我有意见吧？"

陈姝的犟脾气也上来了，不甘示弱地说："黄书记此话差矣，你是冉冉升起的新星，我是夕阳西下的老朽，岂敢对你有意见啊？我们确实没想到黄书记也想搞开发啊。再说了，直接去陵西乡确实便捷，但是西北乡就成了被遗忘的角落，你们陵西乡占有地利，各种项目比较多，比人家得到的阳光雨露更多啊，又何必在意农业综合开发的项目呢？"

高粱见他们话不投机，就说："农业项目的区域布局区是我定的，农开接着陵北乡往西北乡做，发改委往北，国土局往东，水利局往南。陵西乡迟早都会有的，黄书记也不用着急。"

陈姝从高粱办公室回来，就和袁侨商量提灌设备的改善问题，妇女和老人吃力地挪动小马达的场景，一直萦绕在她的脑海里。现在妇女成了农村生产、生活的主要力量，年轻力壮的男人都出去了，只有少数特殊情况的在家，有些农活女人一个人干不了，若是请人干活的，就会出现一些不测或者闲言，这其实也是一个很大的社会问题。如果能把提灌问题解决了，也算是解决一些社会问题。袁侨建议，跟田处长联系一下，让他推荐一些项目做得好的地方，出去开开眼界，现在很多水利设施，都引进了高科技的东西。

　　陈姝让袁侨先在网上查查，看看哪里有做得好的，不拘泥于农开，其他部门做的项目也都可以借鉴。他们还没有确定好参观地点，省办的观摩会通知就来了。

第二十八章　开新局

观摩会的地点，是万阳洼里十六万亩的高标准农田项目区，这原本是一个泄洪区，没有村庄，没有建筑，一望无垠的洪荒之地。高标准农田建设项目实施后，过去荒芜的泄洪区，如今已经变成了沃野良田。整个项目区方方正正的田字格，像棋盘一样。田间所有道路都是混凝土路面，干沟和支沟都是笔直如线，道路两旁的树木整齐划一，而且引入了先进的自动灌溉系统。

观摩者都兴奋不已，泄洪区变良田是可遇而不可求的，不是哪里都有泄洪区，但是项目标准、工程设计都是可以借鉴的。陈姝找到了田耕处长，汇报了陈胡今年的计划设计和以后的长期规划，请他推荐一家自动灌溉系统的企业。

田耕说："杞县的沙窝镇项目区自动灌溉系统做得比较好，不过不是农开项目区，你们可以去看看。"陈姝停了一下，又说："田处长，您觉得我们能不能做好两万亩啊？"田耕笑了："你说我是说能好，还是说不能好呢？"

这时候，胡秋也凑上来，田耕说："胡主任，陈主任要求今年开发任务两万亩，反正你们豫东就那么多，你们自己调剂，你看要把哪个县任务减掉，给陈胡增加上。"

胡秋急忙说："田处长，咱可不带这样玩儿的。陈主任是跟您要的，可不是跟我要的。省办给我们的指标，都是精准到县，一个萝卜一个坑，您又不给我机动，我上哪儿给她调剂啊？田处长的神通谁不知道啊，国家每年都新增，您给谁不是给。"

田耕说："我神通再大，也不会生钱，国家给多少，我下达多少，你多了人家就得少了。新增的有没有，有多少，都是不确定的，得看全国耕地占用税的征收情况。"胡秋继续纠缠，说："田处长教导我们说，中国是个人情的国度，谁还能没有点人情？我们陈主任可是您的铁杆粉丝，我们都是啊。根据以往的经验，您那儿每年都留有机动。而且，国家每年都有新增的，只是多少不等而已，您就倾斜倾斜。"

田耕淡漠地说："农开项目资金主要来自耕地占用税，国家财政年初都是有预算的，每年增加部分也会用到农开项目，属于计划外新增资金，但是有多少都是不确定的，通常情况下指标下达比正常计划晚。"田耕说的也是实情，即便是新增部分的下达，还是姜主任拍板，他能做的只是建议而已。他建议胡秋直接找大老板，这种法外开恩的事儿得大老板发话。

胡秋把陈姝拉到一边，说田处长肯定会替咱们说话，你最好拉着何主任去见姜主任。如果田处长把计划列上，姜主任认可，那不就成了？陈姝激动地拍了一下胡秋说，真哥们儿啊。

会议间歇时间，陈姝向何主任说了想法。何主任说："一个重点县，一年一万亩的开发任务，下达豫东市的就么多啊。增陈胡就得减别的县，你觉得减哪个县合适？"陈姝解释道："何主任，我不剜您篮儿里的菜，看看能不能额外增加。我听说省办有机动，每年有新增的。我想请您跟我一块见见姜主任，争取了有百分之五十的希望，不争取就没有希望。如果争取到了，也是咱市办的成绩啊。"

何主任并不像陈姝想象的那么积极，豫东农办是三办合一，一套人马，各自有分工，农开也只是市农办的一项工作而已。他能来参加农开观摩会，也是显示他对农开的重视，正常情况下都是胡秋参加的。再说了，他到农办的时间不长，跟省农开办的领导都不太熟，说小话、赔笑脸没关系，万一说不成面子上不好看。还有，他对陈胡这个女主任印象并不好，平时不汇报工作，临时有事儿找他，不懂常规，情商太低。虽然如此，何主任毕竟还是处级领导干部，基本素养还是有的。他停了一下说："你和胡秋先去找姜主任，探探虚实，看有没有可能，需要时我再去找姜主任。"

陈姝只觉得兜头一盆凉水，打了一个寒战，再傻的人也明白这一推就是拒绝。胡秋让她找何主任时，她就有预感，不会很顺利，没想到竟是这样。就此罢休也不是她的性格，她又去找胡秋。

胡秋听陈姝这样说笑了，遂说："我就知道他会这样说，你不踢踢门槛，人家会嫌你不懂事儿。"

陈姝这才转过弯，笑道："就是嫌我不懂事儿，我脑容量小，有时候转不过弯来。以后但凡这样的事儿，还请胡主任明示。"

姜主任倒也痛快，说，如果有可能的话，可以考虑，省办支持干事的同志。出了姜主任的门，胡秋站住，仰望天空。此刻的天空万里无云，蓝得透明，他笑出了声，说有希望啊。转而他看着陈姝，悠悠地说："但是，你还得继续盯紧田处长。我的任务到此结束，往下就看你自己了。"

观摩会结束，陈姝就打电话给袁侨，带着班子一起过来看看洼里项目区。她得让大家做有标准，学有楷模，干有超越。

陈胡县农开办的班子成员顺着全省项目观摩的路线看了一圈，会场的宣传版面、固定标语，都还新崭崭地在那儿。看完之后，大家都很亢奋，跃跃欲试，陈姝让他们都回去想想今年的项目设计标准。她和袁侨一起去了杞县沙窝项目区。

沙窝项目区靠着省道，他们下车后直接进入了农田。远远地，看到一个牌子立在田间，走近一看，是一个方形的显示器。上面写的是"射频卡机井灌溉控制系统"下面一行小字：中原祥瑞水利工程有限公司，联系电话××××××××××。袁侨随即打了上面的电话，说想参观一下他们的设备。不一会儿，一位农户就到了，说这块地就是他家的。他从口袋里掏出一张卡，说这个就是智能卡，在控制器上一刷，出水口就喷出了水。持卡农民说，浇地的时候，只要带着喷水带就行了。

陈姝问他，这一眼井能带多少个出水口啊？那人说，十个左右吧。袁侨问，电源呢？那人说，项目区有配套，有变电房。

陈姝非常兴奋，说："这个再也不用拉着机器浇水了。只带喷水带，一个妇女就能操作，不用找人帮忙。"转而对袁侨说："你和这家公司联系，让老板去陈胡一趟，把这个设备引进到咱们项目区。"

袁侨沉吟一时，说："还有一个问题，咱们得考虑，就是电力。地下的估计没问题，埋管埋线都可以折到水利设施上，地上的高压，变电设备，需要不少钱，咱项目中没有电力这一块的资金。"陈姝说，办法都是想出来的，回去之后再琢磨琢磨，肯定有解决的办法。

陈姝正看《农业综合开发》杂志封底的提灌设备广告，说是目前国家最先进的设备，顺手记下了联系电话。这时，袁侨领着一个人进了她的办公室，说，陈主任，这是祥瑞公司的水总。

陈姝起身说："请坐，请坐，冒昧地问一下，是哪个字？是随便的'随'吗？这个姓氏好像来自湖北，周朝有个随国。"袁侨说："氢二氧一水利的'水'。"

陈姝笑道："我这人没文化，不知道还有这个姓。"

水总笑道："哪里哪里，确实是很稀少的姓。《百家姓》有记载：水氏系出姒姓，明朝浙江省鄞县有水苏民，其先氏以禹王庶孙留居会稽，以水为氏，科第甚蕃。水氏跟大禹治水有关。"

"你从事水利行业，还真是秉承祖业啊，是真'祥瑞'。水总之前是做啥的？"陈姝问水总。

水总说："我之前也是机关工作人员，水利局的，熬不下去了，就辞职了，主要是想自己做点事儿，也做点自己的事儿。"

陈姝说："挺好的。袁主任也都跟你说了吧，我们想推广你们那个产品，不让你请客吃饭，也不要你任何回扣。我们要的是你最优的质量，最低的利润。如果你能做到，以后我们可以长期合作。你在沙窝做过项目，知道情况，国家的项目，政府的钱，专款专用，不用考虑工程款拖欠问题。"

很多工程队都想做国家投资的项目，就是因为资金有保证，只要项目拿到手，就能赚钱。所以都在托关系，找熟人，不惜代价拿项目。他们这样谈项目，对于祥瑞公司等于天上掉馅饼。所以水总感动地说："好，好，陈主任，这个您放心。我也是刚刚起步，需要更多的支持。你们能找到我，是我的荣幸。我有自己的施工队伍，一定会竭尽全力配合好你们的工作，我向您保证，不管是该做或者不该做，只要需要，都没问题。"

水总走后，袁侨跟陈姝说："我向电业局也咨询过了，他们有电力支农项目，可以申报。但是，跟咱们的时间节点不一样，他们项目实施的时间早。咱要跟他们合作，就得提前一年确定项目区。他们做地上的，我们做地下的。"

陈姝兴奋地说："咱们大概的布局都是确定的，高县长也都拍了板，向政府常务会作过汇报，设计可以做到基本精准。我下午就去找他们局长，协商合作申报项目的有关事项。"

袁侨说："高标准农田项目才开始实施，有些问题还没有显现，估计以后会有这一块的资金，如果咱们能做地上的电力就再好不过了。"

陈姝把《农业综合开发》杂志递给了袁侨，说："你看看这封底上的提灌设备，联系一下，最好实地去考察一下。我们要用最好的产品，做最好的工程，用最少的钱，做最多的事儿。我最讨厌不良商家，专门钻国家的空子，以为钱是公家的，使劲儿坑。项目预算都有利润，咱以后设计的时候，也要就高，让他们赚该赚的，但是别想偷工减料，从咱这儿多拿钱。"袁侨说："人家都是承包人找业主，咱们是业主找承包人，承包人肯定是欢天喜地，质量也肯定有保证。"

陈姝想起胡秋在洼里项目区跟她说的话，让她盯紧田处长。她计划去省办一趟，找找田处长，打探一下消息。但是，省办领导经常下县，得先联系好了。她也知道自己说话直来直去的，于是她在电话之前先润色一下，而后才拨通了电话，她说："田处长，打扰您了，您现在在省办吗？我想去拜访您一下。"田耕倒是没有客气，说："有啥事就说，不用来回跑，这么远的路，浪费时间。"陈姝说："那我就电话上先向您汇报一下，观摩会回来，我们就直奔了沙窝镇，自动灌溉真是太方便了，我们今年的水利设施，全部设计成自动灌溉。特别感谢您的指导，您可真是我们的大救星啊。您知道吗，多开发一万亩地，可以增长三百万到五百万斤粮食啊。"田耕说："这都是国家大政，我们不过是实施者，没有国家政策，我们能做什么啊？"陈姝似乎有些动情地说："我觉得做农开人很幸福，不是我矫情，而是真实的感受。我们不跟老百姓要钱，而且还专门做好事儿，在古代，修路、修桥都是积德行善的事儿。国家的大善让我们来行，我们不是最幸福的人吗？"陈姝的这些话，确实出自内心，她的真诚似乎感动了田耕。

田耕非常清楚陈姝的意思，他停了一下说："你们的两万亩计划，我跟姜主任汇报过了，已经上报国家办了。但是，国家农发办要对上报的计划进行评审备案，所以省办得等国家办的批文到了，计划才能下达。"

挂了电话，陈姝做了一个深呼吸，平复一下心情。这个消息对于她来说，真是天大的惊喜。虽然没有下文，那也是板上钉钉的事儿，省办往国家办报批，基本都会通过。她觉得得把这个消息分享出去，不然她小小的心脏也藏不住啊。

陈姝在高粱办公室，兴奋得手舞足蹈，向他汇报省办的计划指标，高粱也很高兴。

陈姝趁着高粱高兴，继续说："如果项目确定放在西北乡和陵北乡交界处，估计要疏通两个乡之间的沟渠，要把干沟通到贾鲁河，解决大涝时排水的问题。那地方我去看过，排水沟基本都没有了，需要重新开挖。大集体时那儿倒是都有干沟，后来老百姓把沟平了，慢慢地变成了耕地。"

高粱听陈姝说到此，打断了她，问道："这些资金都是项目所包含的吗？"陈姝有点羞涩地说："挖沟的钱是有，可能不够。农开项目投资结构都是死规定，水利设施、交通、林业、农业都有比例，超出比例不批。"高粱疑惑地盯着她，说："你是不是又在想县财政的钱啊？我可提醒你，得寸进尺可不好。县财政都困难成啥样了，正常办公都保不住，工资时常拖欠，还向财政要钱。明知山有虎偏向虎山行，你有打虎的能耐吗？"

陈姝不好意思地说："财政虽然困难，但该办的事儿，还是要办的，失去了机遇就不会再有了。再说了，农业综合开发有规定，以中央、省资金为主，市、县都有一定比例的配套。我们是国家级贫困县，配套资金免了。如果我们不是贫困县，配套资金不得有吗？就当我们不是贫困县，就算是配套不就行了。听说，咱们贫困县也是争取过来的。"

高粱说："别道听途说！县里的事儿不是你怎么想，事实明摆着，财政上没钱，拿啥配套啊？"

高粱还没有说完，电话铃响了，他拿起电话，只听胡秋那边高八度的音调传过来："高县长，得请我喝茅台。"

高粱自然知道胡秋的意思，遂说："这年头都喝茅台，哪有恁多茅台啊？"

胡秋说："我不管，反正你得让我喝。两万亩啊，陈胡农开新突破，豫东也是首次。增加一万亩，一千多万啊，还不值一瓶茅台吗？"

高粱笑道："行，没问题，就是偷也给你偷一瓶，批文下了吗？"胡秋说还没有，但是已经上报国家办了，国家办也只是走程序，一般不会有问题的。

高粱把电话递给了陈姝，陈姝笑道："胡主任，我正在高县长的办公室，跟他汇报工作呢。您说的话，我都听见了，我就是倾家荡产，也得让您喝真茅台。"

陈姝喜颠颠地走了，没有继续再和高粱说财政配套的事儿，因为她知道只要有可能，高粱一定会努力争取的。如果做不成，那是真没办法了，不用她多说。

高粱望着陈姝离开的背影，摇了摇头。陈姝确实是想干事儿，说实话，现在像她这样一心扑到工作上的人也不太多，所以他也愿意支持她。但是，真要是让县财政投入，他也不好再向姬县长开口。作为主管副县长，他自然希望财政的资金能多往农业倾斜，可他也很清楚财政的情况，陈胡是个贫困县，整个运转靠着转移支付，本级财源非常有限，工资都难以保证。财政困难的程度无法想象，县政府小车加油费，欠着人家石油公司钱，电费欠着电业局的钱，水费欠着自来水公司的钱。所以，他特别能理解姬县长的难处，所以一般情况下，他不找姬县长说钱的事儿。他不能只想自己分管的工作，得有点大局意识、合作意识。所以，作为副县长，他一心一意维护姬县长的权威，配合她的工作。他之所以给陈姝泼冷水，也是基于这种情况，而不是推诿。

第二十九章　褐天瑞的小心思

虽然批文还没有下达，陈姝和袁侨开始着手今年的工程设计了。她说："今年本着四个原则：美、新、实、高。美就是外表美观。新就是样式新颖。实就是实用便捷。高就是科技含量高。还有一个，就是便宜，价廉，因为没有那么多的钱。"

袁侨笑道："那就是五个原则。我建议：小桥的墙面由石面改为砖面，不但节省费用，而且还很实用，外面统一用水泥喂缝，然后粉刷。对，还有，今年的道路要设计四米，三米五破车有些勉强，厚度最好十五厘米。其他项目中的路都是十五，不过咱们资金紧张，又是田间生产道，十厘米也可以。关键道路长度也有规定，一万亩十公里，多了审批不过。再一个就是，今年的路面，我建议全部用商砼，这样质量有保证，但是造价有点高。如果确定下来，我们投标时要注明，避免施工过程中有争议。"

陈姝说："可以，我现在有一种倾向，宁愿让他们多赚一点，也得保证质量。当然，这个必须在常规的造价中，我们可以就高，但是不能超过常规市场价。如果利润太低，就可能会偷工减料，质量不能保证。"袁侨说："超过常规市场价，财政评审的时候也通不过，这不是我们能当家的。"

这时，吕伟打电话，说老母亲想吃"脑肠"，陈姝说："我下班路过时，买点回去。"

陈姝本想早点回去，拐个弯去"孟家卤肉店"给母亲买脑肠。刚出大门，听到有人叫她。

回头一看是褐天瑞。

褐天瑞说："俺有个事儿，想给你说说。"

到了陈姝的办公室，褐天瑞说："还是合作社的事儿，基本工作都做好了，办公地点、组织机构、人员、章程都齐了，想申报今年农开的产业化项目。"

陈姝说："我们并不是审批机构啊，需要市级、省级的评审的。不过你放心，我们会竭尽全力地帮你们争取。"

褐天瑞从口袋里掏出一个信封，往陈姝的办公桌上一放就走了，陈姝还没有反应过来，人已经不见了踪影。

陈姝看着信封摇摇头，自言自语说，这年头，都兴这个。她拿起信封，掏出钱数了数，五千整。陈姝把钱又装进了信封，放到抽屉里。

不过，看到褐天瑞这种变化，陈姝由衷地高兴，农开项目实施后，褐天瑞开始想干事、谋事了，褐村班子也进入相对稳定的时期。高标准农田的实施，不但改变了农民的生产方式，而且改变了农民的生活方式，班子建设也进一步加强了，这是她之前想都没有想过的。

再说褐天瑞从县里回来，路过褐大锤家，听到"老虎"正在门口骂褐大锤呢，说一大早就出去了，猪也不喂，都到这时候了，还没见个人影，还办啥子养猪场？也不撒泡尿照照你的瘦犊子样，还盖场子，盖你娘的×啊。

"老虎"正骂得起劲，见褐天瑞路过，便敲打道："整天蹿腾腾、蹿腾腾，人模狗样的，以为自己是哪一级的官？吃群众的肉，喝公家的血，两盅子猫尿一灌，狗日的又不知道是谁了？"

褐天瑞知道她是指桑骂槐，摇摇头过去了。这娘儿们一张臭嘴，不但她混得"臭"，家院里也很臭，养了十几头猪，一进院都能把人熏晕。几家邻居都找褐天瑞多次了，说让褐大锤把猪挪出去，或者他们搬家，让褐天瑞找宅基地。褐天瑞能管得了吗？也只是嗯啊地应付着，有一次他实在被缠得没法了，就准备找褐大锤谈谈，一见褐大锤那嘚瑟劲儿，话就憋回去了，谈也白谈，褐大锤能理他的茬？说不定又生出啥幺蛾子对付他。

"老虎"噘褐大锤，确实也是他该挨噘。一早出了门，说是找他老表跑项目，要盖养猪场。猪圈里的猪生病了，"老虎"去请了兽医，打完针喂完药又去喂食儿，喂完食儿又去买饲料，这一趟跑下来，嗓子眼儿直冒烟，想买瓶水都没舍得。又渴又饿的"老虎"回到家里，褐大锤还没有回来，怒不打一处来，就盛了一碗凉水，坐在门口边喝边噘褐大锤，这龟孙又不定蹽腾哪儿去了，蹽腾也不怕蹽腾，就怕他乱花钱。花钱也不怕他花钱，就怕钱填给那些骚娘儿们。

褐天棚这熊货也是火上浇油，一天找褐大锤几趟，说褐天瑞找他要他入社，他没答应，他不愿意跟褐天瑞合伙，要跟着褐大锤做大事呢。褐大锤自然知道褐天棚的想法，他得不断地给他抹点蜜，让他有想头，好死心塌地跟随着。可"老虎"不一样，一看见这个狗屁"元帅"就烦。还"元帅"呢，三脚猫一样飘来飘去，来找褐大锤就不会有啥好事。两口子都是好吃懒做的人，驴辈子也过不好。那仙女整天就只知道往身上抹香香，那味道能把活人熏死，"老虎"最烦那勾引人的骚气。

那遭瘟的"元帅"一大早就敲门，"老虎"睡眼惺忪，骂骂咧咧地开了门，说道，"缉脚子"撑着呢，这一大早的敲、敲、敲。

褐天棚嬉笑着说："嫂子啊，大锤哥呢？""老虎"白了他一眼说："没起呢。"褐天棚进屋，褐大锤已经在堂屋里端坐着。

"老虎"虽然嘴赖，但是她男人当支书，她还是支持的，只是觉得靠着褐天棚也张不成啥精，就自己去厨房做饭了，不想掺和他们的事。

褐天棚走后，褐大锤推着车子出去了，还没出门口，"老虎"问："干啥去啊？"褐大锤说："跑个项目，咱建个养猪场。"

路上，褐大锤一直在想，他这一身的能耐，不当支书真是老天爷都瞎了眼。他要干，肯定比褐天瑞干得好啊。褐天瑞就是运气好，借着农开还魂了，现在又倒腾啥合作社、粉条厂，装神弄鬼的。褐天瑞这样折腾，就挡住了他的路，他要是认尿了就不是褐大锤了。

褐大锤确实是跑项目去了，但是没有直接进城，直接骑车子进了乡政府大院。他得找黄乡长问个究竟，说话还算不算？好歹也是个乡长，说过的话不能像放屁吧。

褐大锤见到通信员，问黄乡长在不在。通信员说，哪个黄乡长啊？黄豆乡长啊。通信员说，黄乡长调走了，现在是罗布罗乡长。

罗布当乡长了？褐大锤大喜，他认识罗布，找他老表给罗乡长打个电话，肯定比给黄豆打电话好使，那黄豆光说人话不办人事。罗乡长一看就是实诚人，既然来了，还是得见见，先说说，让罗乡长对他印象更深刻一点。

他敲罗布办公室的门，没人，问通信员，说下乡了。褐大锤正想离开，通信员说，罗乡长的车回来了。褐大锤就站在门口等着，有点忐忑，毕竟还不是很熟，想着该怎么给罗乡长说。

通信员开了罗乡长的门，褐大锤便跟着进来，说，罗乡长，俺是褐村的褐大锤。罗布说，哦，见过，坐吧，坐吧。

褐大锤听罗乡长这么一说，心里不禁欢喜，他说："罗乡长对俺村很支持，没少往俺村里跑。"罗布知道一些褐村的情况，随口问道："你们褐村农开项目效果发挥得怎么样啊？"

褐大锤也不傻，他得说好，不然罗乡长肯定对他有看法。他现在不能说褐天瑞的坏话，坏话也不能直接从他嘴里说出来。当干部对外得有好形象，得从长计议，有机会了一下子就掀翻他，在外边看来是他自己翻的车，赖不到别人身上，这才叫高手。

褐大锤暂且绕开话题，不说褐村的事，也不说褐天瑞的事，就说自己的事，先让罗乡长知道他的能耐，而后才能用他啊。于是，就说他想办个养猪场，看乡里能不能支持支持。

罗布说，现在国家有政策，扶持种养大户，你去畜牧局问一下，看看具体怎么办。需要乡里支持的，都没问题。

从罗乡长办公室出来，褐大锤还是觉得不安稳，说是放长线钓大鱼，但是这线也太长了，他有些着急。罗乡长把他推到畜牧局，他去畜牧局找谁？还是得找他老表。上次他老表说过，要帮他跑项目。他这次见了老表，只说项目的事，不再说当支书的事，那是早晚的事，他得先把项目弄起来，得先赚钱。他要是成了大款，那还不是他说啥就是啥了？乡长也得听他的，褐大锤这样想着，心里也就高兴起来，哼着小曲找他老表去了。

第三十章　各行其道

省办的批文终于下达，正像田耕传来的消息，两万亩高标准农田。陈胡县农开办的一班人马便投入了紧张的工作，开始做可行性研究报告。这必须在项目实施之前做好，不能动用项目资金，需要资金虽然不多，对农开办来说也是负担，小单位经费少得可怜，如果不是每年的项目管理费撑着，几乎不能运转。

袁侨说："水利设施部分，埋管和埋线，必须要到实地丈量，而且不能出现差错，万一路线改变，都是牵涉钱。井位和井管走向，设计时是啥就是啥，不能有大的出入。还有，自动装置和出水口，也都得按照设计施工，不能出现差错。这个得请祥瑞的水总做，我们自己肯定不行。这个常规的沟、路、桥、井都没有太大问题，要不咱把这些基础资料给提供出来，让水总一并做了。"

陈姝担心水总中不了标，袁侨说："按照以往的规矩，只要和代理公司说好，应该没问题。但也不能保证万无一失，事先给水总说好，万一不中，让中标的公司给他设计费，这也是常规的操作。"

小小的县城哪儿有工程，都是秃子头上的虱子，那些做工程的都在到处找关系。陈姝的电话很快就热了起来，都是要工程的，陈姝只得小心翼翼地解释，说是现在还没有到时候，我都记着呢。她不能直接拒绝，如果把人都得罪了，还怎么在这个小小的时空里生存？所以，低调得不能再低调了，甚至想把自己变成一丝人看不到的纤尘。

那天，陈姝接到她中学老师的电话，老师说："都知道咱们的师生关系。所以，托到我这里。我打电话算是给人家一个交代，你该怎么办就怎么办，不能办解释好就行了。"毕竟是老师，说话留有余地。

陈姝有些招架不了，身边的亲戚朋友也都开始找她了，有些打电话，有些直接到办公室。她就和袁侨合计着招标的事。袁侨说："按以往的惯例，有些领导必须得考虑，你得亲自去汇报，看人家有没有安排。还有一些相关部门也都得照顾到，有些人得罪不起。建议你招标期间，更换一个手机号，招标公告发布后，你找个地方待几天。还得找一家可靠的代理公司。"

他们正在说着，陈姝的电话铃响了，是一个开小饭店的老板。小老板的哥哥在外面事业做得很大，算是陈胡的知名人士。陈姝原来在他们老家当乡长，每次小老板的哥哥回来，陈姝都会陪着去小老板的饭店吃顿饭。小老板人也很精明，见面都是亲热地喊陈姐，逢年过节也都会发条短消息。陈姝离开之后，就不再联系了。这次突然打电话，陈姐陈姐地叫了半天，陈姝才算是对上号。小老板也没有绕弯子，直接说，他想和朋友一起做农开的项目。陈姝疑问道，开饭店不是很好吗？他说，干饭店累死人，也赚不了几个钱。

陈姝不是不想帮他，而是觉得太离谱了，耐心地说："做工程你又不懂，而且还要置办一些机械，要投入很多钱的。再说了，我这里也不可能年年都有工程给你，靠这一次工程，也不一定能赚钱，说不定投资都回不来。"小老板很执拗，不肯放弃，一直纠缠。

袁侨笑道："这才开始。"陈姝说："想不到的人，想不到的关系，都一下子冒出来了。"

袁侨说："现在都想做政府的工程，资金有保证，拿到就是赚到。有关系的找关系，没关系的攀关系。中国的关系网是一大奇观，一个乡下的农民，攀着攀着就能攀到联合国。"

要工程的，很多不做工程，转手就卖了，赚的就是关系钱。有些工程倒了好几次手，层层剥利，到了干活人的手里，基本赚不了几个钱。但是没办法，能干活的拿不到活，拿到活的不干活啊。陈姝疑惑地问，这得多大成本啊，质量有保证吗？袁侨说，所以监管很难，人家干活，没有利润，谁愿意啊？那就偷工省料。这不是咱们这个层面上能解决的，但咱也不能先破规矩，想干事儿就得先保全自己。

陈姝长叹一声。她不能另立新规，她没这个能力，也没有这个权力，得保全自己，才能干点事儿。那些该拜访的关系，还得拜访。

陈姝的电话又响了，那声音很洪亮："姐，在哪儿忙呢？我是迟万金啊，这两天抽你的时间，兄弟摆个场儿，请姐吃个饭。"

陈姝一时想不起迟万金是谁。袁侨在旁边听得很清楚，陈姝目示袁侨，这个迟万金是谁啊？袁侨小声说："渎侦局的。"陈姝笑着说："哦，不忙，不忙，改天我请你。"迟万金说："我听说你们的工程下来了，姐得给兄弟点活干干啊。"

陈姝说："好，好，好，我知道了，到时候再说，早着呢。"

陈姝长叹一口气，说："我都不认识他啊！你听，这姐叫的，跟没出五服似的。哦，我想起来了，一起吃过一次饭。"袁侨说："陈胡就这么大，科级干部都算是名人了，谁还不知道谁，即便是不熟悉，也都是知道的。这个人你可要小心。"

陈姝下班回家，有客人在，是母亲娘家那边的远门亲戚，喊母亲老姑奶奶的，曾听母亲不断地说起。陈姝也认识，只是这么多年，母亲跟她一起生活，老家的一些亲戚来往少了。

老母亲自然是十分热情地接待娘家人，而且还留着吃饭。人老了，都念旧，老太太没事儿就念叨着几门老亲戚，好不容易来了，而且是找她办事儿的。老太太留人家吃饭那热情劲儿，仿佛不吃饭就对不起人。人家带着土特产，不白吃你家的饭，自然也不客气，单等陈姝回家开饭。

陈姝陪着说了一阵子，才明白还是想找点活干，老母亲也帮着说话。陈姝只能说，等有了合适你干的活通知你。老母亲没再往下说，她知道陈姝这是在回绝，自己的闺女，她还能不了解？能帮忙肯定会说利亮话。母亲显然很失落，很无助。客人要走时，她起身送客，站了几次都没有站起来，只得坐着送客。

陈姝看着母亲，心里猛然收紧，母亲真的很老了，而且各种疾病缠身。她说，妈，你坐着吧，我去送。

那一刻，她似乎有些心动，是不是应该给母亲点儿面子，帮帮她的亲戚。但这也只是一闪念而已，她知道这种事绝不能感情用事，只要她一松口，各种亲戚都会盯上来，根本无法招架。

晚上，陈姝跟吕伟说："我现在压力很大，整个被围猎的感觉，需要你的支持。不管是你家亲戚，还是我家亲戚，但凡找你要项目的，一律回绝，不用到我这儿。"

陈姝长叹一口气说："一旦开了口子，哪怕是一个人，我都堵不住，今年你照顾一个人，明年就有十个或者几十个人找。而且，只要你开口子，照顾他一回，他就会觉得是天经地义，就会继续盯着你，蚂蟥一样吸着你。今年给了，他高兴；明年不给，就会翻脸。这是人性的复杂，不是关系的亲疏、人品好坏的事。所以，我必须把这头堵死，就不会再有亲戚找了，怨就怨了，骂就骂了，以后都能理解。不能理解的，大不了不再来往，也无所谓吧，谁也不欠谁。"

明天，先去拜访谁呢？陈姝心里盘算着。

该拜的都拜完了，陈姝忐忑不安地去县委，找籍春风汇报招标工作。

籍春风给人的感觉很魔幻，不是高不可攀，也不是平易近人，而是看不出他的真假、虚实、高低、喜恶。陈姝觉得跟他打交道心里晃晃悠悠的，很不踏实，但又绕不过他。关于籍春风的八卦一直在坊间流传，说有一次，籍春风路过一个算卦摊，想看看到底能升到哪一级。卦师看一眼他的面相，说，你爷爷是当官的，你爹也是当官的，祖宗三代都是当官的，到了你这儿，那就是个官孙子。现在正是鸿运当头，不过以后会有牢狱之灾，若想平安，俺可以给你破破，不过要费大钱了。籍春风一听，明显就是个江湖骗子，起身就走了。谁知，那先生看着他的背影说，最好当心点，不义之财不可贪。虽然那人的声音不大，但籍春风听得仔细。第二天安排人收拾那位卦师，却不见了卦师的踪影。中层干部中，也有对籍春风的议论，都说他走领导夫人路线，陪领导内眷打牌最拿手，总能使人家大满贯。夫人们很喜欢"小籍子"，说他是个最高明的输家。没有牌场上的输，哪有官场上的赢？籍春风不但善输，而且会说话，会来事，很讨夫人们的欢喜。当然这也都是传闻。

陈姝突然想起了关于任五的传说，说是籍春风家的至亲。陈姝想着怎么能跟籍春风说说任五的事儿，现在很多人都是拉大旗作虎皮，打着领导亲戚的幌子，为自己谋福利或者为非作歹，而很多事领导未必知道。也许任五就是其中。

陈姝敲开了籍春风的办公室，听到一个"请进"的声音，这声音有些尖锐，涩剌剌地带着尾音。也许籍春风知道陈姝的来意，很热情地让座。

籍春风长了一张俊朗的脸，保养得非常好。他面色红润、细腻、透亮，似乎没有经过岁月的沧桑，却饱含着官威，一看那气势就是当官的。很多人一看面相，就知道是不是好人，很少有恶人长着一张好看的脸。但是籍春风的脸却是那种先天的底子好，加后天的滋养，一看就让人浮想联翩。

陈姝汇报了今年的项目情况，也顺便说了任五的情况，能不能换一家公司。籍春风笑着说，好啊。出了县委院，陈姝嘘了一口气，感觉很轻松，总算是踢完门槛了。

陈姝刚刚回到办公室，高一丁敲门进来。高一丁说，褐天瑞找我了，要申报产业化项目，他说跟你说了。陈姝说："我答应他了。你帮他运作好，盯着市办的评审时间。产业化项目好像评审权交市办了，只要市办评审过了，就差不多了。"

招标信息挂到网上，陈姝并没有关机，她下载了"你拨打的用户不在服务区"，把它设定为铃声，又把手机调成了振动，时刻关注着信息，看到一些重要的电话还要回过去。她不能把自己挤进死胡同，戴着脚镣跳舞，才是真正的舞者。会计给她买的那个新卡，也只有袁侨打过来，还有几个估计是跟袁侨要的号码。袁侨知道分寸，不是特别重要的人，他不会把她新号码给人家。

投标结束之后，陈姝收到那位饭店小老板的信息："现在才知道，你是最势利的小人，俺哥回来时你跑前跑后，让你帮点小忙都不帮，主要还是没给你送礼，势利的人都不得好死。"陈姝看完，就笑了，骂得好！一通骂，了结了一桩人情公案。以后这个人再也不会找她了，本来也不欠他的。如果不骂一通，说不定还会纠缠她。被纠缠的感觉，还不如被骂的感觉好。笑着笑着，陈姝眼里有些湿，毕竟无端挨骂也很委屈。陈姝想，不知道他哥哥知道之后会是什么感觉？也许他哥哥并不知道他的作为。罢罢罢，世间万象，各行其道，有向光明，有向黑暗，有向新生，有向毁灭，都是自作的。

第三十一章 夏大雨的心心念念

招投标结束了,陈姝感觉终于走过炼狱般的煎熬,但也有风雨也有晴,还有风雨过后的绚丽彩虹。

鉴于招投标时出现的一些情况,还有上一年工程实施中出现的问题,陈姝觉得在工程的监管上需要进一步改进。最主要的问题是监管中沟通阻滞,缺少足够的公开透明,如果实行全开放式管理,把管理办法、工程标准、各种施工要点,以及监督监理机制、质量要求、技术要点、验收标准,包括最后的竣工资料的整理、奖惩措施等等,通通都交给工程队,真正做到管理过程的公开、透明,这样管理起来就相对容易一些。陈姝也在思考,以什么样的方式去做。集中培训无疑是最有效的途径。举办施工前的承包人集中培训,把这些纸质材料发给他们,让承包人心里明白,哪一个阶段该怎么做,规矩、程序、流程,都写得明明白白,让他们做个明白人,同时让承包人感觉到真诚、公正,不掺杂人为因素,监管并不是高高在上的指手画脚,而是有温度的指导、规范、服务,当然也有惩处。这样公开透明,对管理者也是一种制约,杜绝了滥用人情的现象。工程标准是刚性的,丝毫不能让步,服务监督是柔性的,温情更能让人接受。

她必须让大家明白,农开办的职能是服务,是指导,是监督,是管理,是业主不是地主,是监督不是对立。统一培训无疑是先礼后兵,让工程队明白,如果做不好,以后永远不能再做我们的工程。做好了，会有长期合作的机会，让他们绷紧质量弦，甚至成为自觉意识。培训会不但是业务培训，还是开工令，同时也是集体统一签合同的会议，农开办全班人马，带着章子，现场办公，不再像过去，签一个合同跑一趟又一趟，今天少盖个章，明天少签个字，好像是故意刁难人家。

陈姝召开班子会统一思想，提出农开办每一个人都必须转变观念，树立"人人都是法人，人人都是农开办主任"的意识，都要对项目负责，哪个环节出了问题，哪个工程出了问题，都要追责到底。她要求大家建言献策，把好的建议意见都提出来，集中智慧，真正建立一套从头到尾、从点到面、从粗到细、从技术到资料、不留死角的工程监管机制。袁侨说："培训很有必要，有一些标准，标书上虽然都写着，但是承包人没有几个正经看标书的，估计有些人看也看不懂，都是凭借经验。还有，培训通知要提前发，让承包人带着签章齐全的合同，以防现场签字时缺这少那。通知时一定要说清楚，干活的老板必须亲自参加，不能随便找人点个卯，咱们要的是实效，而不是花架子。"

高一丁说："就得让承包人做明白人，省得揣着明白装糊涂。都是白纸黑字，摆在桌面上的东西，得让他们知道，赚钱是原则，质量是底线，良心是保证，做工程得凭良心。"

孔向阳说："工程质量的压力不能只在我们这里，也让他们有压力，最主要的是感受我们的真诚，与我们合作有前途，绝不唯利是图，只讲眼前利益。以后这个最好成为一种工作流程。"

班子会达成一致意见，陈胡县农开工程"首届中标单位培训班"正式开班。陈姝主持培训会，袁侨宣读了工程管理办法，高一丁宣读了奖惩措施，孔向阳讲了技术要点，水总代表中标单位发言。

会场纪律出奇地好，工程队的负责人也都听得极其认真，他们都是第一次参加这样的培训，也极少见到业主单位集体亮相。特别是陈姝讲到"若有吃拿卡要现象，直接举报"时，会场里响起了热烈的掌声。虽然管理严格了，立了规矩，但是整体感觉被尊重了，现场办公集体签合同，也是过去从来没有过的，说明风气确实在变。会议结束之后，开始签合同时，现场欢声笑语不断，热情高涨，人声鼎沸。

合同签完，袁侨找到陈姝，说："我们要求中标工程的负责人参加，好像还有顶替的，签合同时，我看有人在打电话请示。"

陈姝说："我们不是要求中标人带着身份证来签合同的吗？"

袁侨说："现在的以假乱真，无所不能。"陈姝一惊，说："好像没有任五吧？我们终于摆脱他了。"

袁侨说："但愿吧，也许没有浮出水面。"

夏大雨听说褐天瑞又搞了一个合作社，也是农开的项目。他骑着车子去了褐村项目区，途经停车点时，下了车，前后左右望了望，嘴里"啧"了一声，去了褐天瑞的粉条加工厂。

褐天瑞的粉条厂就在项目区内，原来那个废弃的驾校里。褐天瑞领着一帮人，正热火朝天地修路建厂房。

夏大雨羡慕得不行，褐天瑞算是走了狗屎运了。让褐天瑞传授传授经验时，他却赌咒发誓地说是人家找的他。现如今，哪个项目不是跑的？人家找你的，鬼才相信呢。

说实话，他从心眼儿里看不起褐天瑞，都是邻邦村，现在褐村的项目已经实施结束了，透点实情又能咋的？一点胸怀都没有。夏大雨很无奈，褐天瑞不说，也不能按住他从嘴里掏啊。

从褐村回来，夏大雨有些灰心丧气。夏仁那儿也没有消息，说明事儿没办成，如果成了早就打电话了。其实，夏仁也是很热心为家乡办事的，夏大雨回村之后，先拜见了茂爷，又去市里见了夏仁。夏仁很高兴，说全力支持大雨的工作，老家有事只管说。

此刻的夏大雨感觉上天无门，心想放弃算了，反正是国家的项目，大家的事，他也不能为这事上吊啊。

夏大雨去了他爷爷家，爷爷不在，就从爷爷的酒坛子里灌了半瓶子乌珠酒，回家拍了一根黄瓜，一个人喝闷酒。他得先把自己灌醉了，不然老想这事儿，不是骂褐天瑞就是怨夏仁，甚至想一头撞在南墙，借着酒让自己拐个弯。

夏大雨喝着喝着，手机铃响了，他一看是个陌生的号码，没接。还是那个电话，又打了过来。夏大雨很烦，骂道，妈的，不是广告就是诈骗，任它响去。他第三次打来时，他摁开免提，一只手夹着黄瓜菜，一只手端着酒杯，对着电话"喂"了一声，说："啥事儿？说啊！"

那边说："夏大雨，我是罗布啊。"

他一听是罗乡长的电话，赶紧放下手里的筷子和酒杯，拿起了电话，连忙说："罗乡长，您有啥安排？"夏大雨因为换了手机，不常联系的号码丢了不少。

罗布说："农开的高标准农田项目，安排到你那儿了，你知道吧？"

夏大雨以为罗乡长跟他开玩笑呢，说："罗乡长，你不会是开玩笑吧？"夏大雨确实找过罗乡长，争取过项目。罗乡长当时说这是县里的项目，乡里不当家，让他去市里找关系，他说找过夏仁了。估计罗乡长以为是夏仁的关系，才问他是不是知道。罗乡长安排他配合农开搞好规划。

放下电话，夏大雨拍了一下自己的脸，又拧了一下大腿。好疼，估计这事儿是真的。可是这也太突然了。过年的时候，夏仁回来，夏大雨还专门去了他家，问他情况。他说，他跟市农开办的一位副主任说了，人家没回话，他回去再问问。夏大雨听他那意思，估计没戏。他觉得还是从县里入手，就去找罗乡长，罗乡长也没有明确表态。他就像狗咬刺猬，无处下口，才又去了褐村的项目区转悠，转来转去，转了个烦恼。

夏大雨确定这次是真的，虽然他不清楚是谁的劲儿，但是项目落在他夏营是确定无疑了。夏大雨愣了一会儿，就急匆匆地出去了，他的心里藏不住这么大的喜事，得出去走走。他家住村南，想往村北走，这是一条主道，但不是直的，中间拐一个大弯。平时，他啥时候走到拐弯处，啥时候堵心。今天却觉得这造型好可爱，像吉祥"万"字纹的一条腿。到了那个拐角，正是夏根茂家的院墙，这本是一条直道，不知道夏根茂听了哪位先生的话，硬是往外扩出了一米多。村里的道路本不宽敞，他占了一小半，拉个架子车都勉强。虽然如此，鉴于夏根茂的家族势力，谁也不敢说啥。

夏大雨停了下来，站在路的中间，往两边望了望，这是村里唯一的一条主路，看这房子盖的，不是这家往外边凸出一点，就是那家往里凹进去点，还一溜斜着下去，到了前面又拐了一下，再往前顺着又回去了。恁大个村子，没有一条整整齐齐的路。以前他没当支书，就没在意这些，几十年都是这样，谁想盖哪儿盖哪儿，谁想咋盖咋盖，谁想盖啥样盖啥样，你有足够的钱，就可以盖房，基本没人管。他回来当支书的时候，曾仔仔细细地在村里走了一圈又一圈，觉得村子的布局咋就那么闹心呢？看看人家城市里的小区，那个规整，那个干净，那个美啊，真是让人眼馋。起初，他心里冒出来一个念头，是不是改造改造？想想又放弃了，主要是他没有挣恁多的钱，也做不了啥事。所以，每回走到这儿，就是觉得堵心。今儿心情好，看啥都顺心，不过那个改造的念头，似乎又蹿了出来。

夏大雨转到了村北的夏半语家，这是全村最破落的房子了。夏半语只穿了一个大裤衩，光着膀子，正在院子里的一张破席子上，呼呼大睡呢。这才真叫"一人吃饱，全家不饿"。

夏大雨站住，犹豫了一下，还是离开了。他顺着村西往东走，也是曲里拐弯的，说是没胡同，也都能走过去，说是有胡同，前后左右都不照道。走着走着，夏大雨就进了穆桂英的家，没进门就喊，桂英奶奶，铁树开花了。

穆桂英笑着从堂屋里出来，说："你这孩子是咋了？啥事儿啊，让你高兴的？"夏大雨说："落在咱这儿了，终于落到咱这儿了。"

穆桂英一头雾水，说："啥落到咱这儿了？金凤凰啊？"夏大雨说："比金凤凰还金的，农开项目。"穆桂英也兴奋起来，说："俺就说夏仁能把这事办了，俺这就跟他打电话，问问咋办的，送礼的钱咱不能让他垫啊。"夏大雨说："别打了，不一定是谁的劲儿呢。"穆桂英说："不是夏仁，还能是谁替咱办这样的大事儿啊？"夏大雨说："我也不知道是哪路大神啊，反正罗乡长给俺打电话了。你也别给夏仁叔打，如果真是他办的，他肯定会先给咱打电话；如果不是他办的，就有点难堪了。咱们暂且把这好记在他头上，将来再找他办事的时候，先说感谢的话，办事儿就更顺当了。"

穆桂英说："还是大雨想得远，那咱咋弄啊？"夏大雨说："罗乡长说让咱们配合好。"穆桂英说："那还用说？让咱干啥就干啥呗。"夏大雨说："走，桂英奶奶，咱去地里转转去。"

穆桂英说："现在去转啥啊，咱村里哪块地你不知道啊？闭着眼睛也能知道哪有个坑、哪有个窑。自从褐村回来，俺都跟着去看多少回了。"

夏大雨说："这回不一样，要不你先忙着吧，俺自己去转转。不去转转，这喜气散发不出来，心里憋得慌。"穆桂英高兴地说："走，俺也去，转转去。"

前期规划时，是祥瑞的水总领着他们的人做的。项目指挥部就设在夏营村室，这也是夏大雨主动要求的。

两万亩的高标准农田项目区主要在陵北乡，有一小部分在西北乡，夏营村基本在项目的中心位置。

夏营村清一色的夏姓，据说是春秋时期陈国司马夏御叔的后世子孙。这里曾经是夏御叔的驻军之地，所以叫夏营。

大队人马安营扎寨之后，项目就正式启动了。

项目作规划时，夏大雨配合得很好，实施方案也做得非常顺利。袁侨来过多次，跟夏大雨很熟，因为有褐村的教训，该规避的问题也都规避了。乡里、村里配合得都很好，感觉施工不会有啥大问题，不料还真是出了问题。

第三十二章　新情况

还是挖沟出了问题。

机械才进场,就碰上了一个大难题,新规划的沟里有一座坟。这座坟原先在一条小路的边上,坟头小,也就没人在意。现在路开宽了,路边又开了沟,这座坟呢,刚好一半路上、一半沟里。

夏大雨其实是知道的,他没有说,是怕农开的同志说他事儿多。他确实有些大意,觉得这就不是个事儿,这个坟说迁就能迁,不过是他一句话的事儿,因为这个是准五保户的祖坟。这个人因为说话有点口吃,当地人称口吃为半语子,所以村里人都叫他夏半语,真名叫啥,很多人不知道。夏半语人实诚又有羊角风,加上性情懒惰,爹娘去世早,这样的家庭条件,就没有娶上老婆,至今一个人守着爹娘留下的老屋过活。

夏半语的祖上倒也富裕过,但是到他这里就绝户了,没有后人的夏半语,早晚都得依靠村里,所以夏大雨就没把他当作一回事儿。可恰恰是这个人,挡住了挖沟的路。任谁都没想到,夏半语竟然躺在挖掘机前,扬言谁要是挖他家的祖坟,就先从他身上碾过去。他把铺盖都拿到坟前,吃住都在那儿,日夜守着。他说,他家到他这儿已经绝户了,还要把祖坟挖了,他死了如何见祖宗?扬言不要钱,给多少钱都不要,就是不能动祖坟。

夏半语就这样耗着,油盐不进。

大意失荆州啊，夏大雨后悔没有事先谋划好。他之所以没把夏半语当回事儿，并不全是因为夏半语本人的问题，还有一个非常重要的原因。那就是这个孤坟起初并不在这儿，是后来人家硬给它迁到这儿来的，当时迁的时候，根本就没有经过夏半语家人的允许，一夜之间就到这儿了。

夏大雨听他爷爷说，起先，夏营有两个非常好的哥们儿，家境都不错，是歃血结拜过的把兄弟。有一天二人偶遇了一位风水先生，说是在夏营有一穴好地，将来要出大人物，只是要在四代以后。两位兄弟便掏出身上的钱，兑在一起，请风水先生点穴。两人约定，谁先死，谁先占那块地。这两个人一个是夏半语的祖爷爷，他先死了，就占住了那穴地；另一位就是夏仁的祖爷爷，那老先生虽然后死，但是生前一直念念不忘那块风水宝地，并让儿子发誓，一定要把那块地弄到手。

夏半语的祖爷爷虽然得到了那块风水宝地，但是儿子以及孙子都是单传，人脉并不旺盛。反倒是夏仁的那一族人丁旺盛。夏仁的爷爷就找夏半语的爷爷商量，想把那块地买过来，而且一亩顶两亩，结果没有商量成。到了分地的时候，夏仁的父亲夏根茂，就想了一个法儿，给村、组干部送了礼，把那块地留到自己家的责任田里。夏根茂虽然要到了那块地，但是一座孤坟在那里，也是影响风水的，就强行把夏半语祖爷爷的坟迁到了集体的一片废地里。其实孤坟没迁之前，这一族也都衰微了，到夏半语刚好四代。所以，夏大雨觉得这样一个被迁过的坟，再迁一次能有啥问题？再说了，这本来就是一块集体的废地。哪承想，这个夏半语日夜看着，不让动弹。

除了这个夏半语之外，前面还有一户，户主叫夏喜地，道路规划区所有的地面上障碍都清理完了，就他那一块地里棉柴还长着，像是无所畏惧的斗士。棉花早就收完了，就剩下光秃秃的棵子。夏大雨已经通知他不知多少次了，光说好，就是不动。夏大雨原想，实在不行就自己出钱找人替他拔了，但是人家就是不吐口，不吐口等于没说通，没说通他也不敢私自动。据说这个夏喜地听到要占他家地的消息，就住进了医院，说是心脏病犯了。他儿子夏春秋在外面打工，光说回来就是不回，明显是软耗。

夏大雨天天往这两家跑，一点儿进展都没有。夏大雨的万丈豪情也被销蚀得差不多了，他没想到做好事也恁难。当时他听说褐村拿刀子穿人的事件后，嘲笑褐天瑞没本事，这点事儿都摆不平。如果是在他夏营，绝对不会出现这样的事儿。大话还真是说过头了，虽然夏营没有出现那样激烈的场面，他也同样是束手无策啊，甚至行凶的心都有了。眼看着一天一天地过去了，其他的地方都挖通了，就剩下这两处不通。

袁侨也很着急，天天摽着夏大雨，急得彻夜难眠，血压噌噌地往上蹿，鼻子尖上都嘘上了泡。

夜深了，袁侨睡不着，起身去了工地。远远地看见一团火光，袁侨不由得收住脚步。他是个不信邪的人，从不相信什么鬼神。不过，毕竟是风高月夜黑，幽幽鬼火明啊。

袁侨想拐回去，但是遇难而退，不是他的性格。他壮着胆子，继续前行，想挑战一下鬼的世界。待稍微靠近时，还听到有鬼说话，说的不是鬼话而是人话。这倒是真把袁侨给吓住了，他停了下来，仔细一听，还真是鬼啊。因为声音来自那堆火，袁侨虽然两腿有点发抖，但还能勉强立住。

袁侨屏住呼吸，那声音断断续续地传来："祖宗爷啊，是耀祖不孝，让你们不得安宁。这开发啊，确实也是个好事儿。大雨都找了俺多少次，天天找俺，差不多都跪下磕头了。俺心里难受啊，要是真修了路，你们这房子也占着路，骑车的，开车的，碰着你们了可咋办啊？要是这样啊，俺的罪就大了。俺也不知道该咋办啊！"那鬼说完，呜呜地哭起来。

袁侨站直了，也放松了，相信这不是鬼，实实在在的大活人。他开始走向那声音所在，正是那座孤坟，光棍夏半语给坟主烧纸呢。

袁侨不禁哑然失笑，进而心生悲戚。中国有根文化。中国人有祖宗情结。一个人得知道自己的根在哪儿，祖上是干啥的，老家在哪儿，祖坟在哪儿。不管飘到哪儿，心也是安稳的。所以，人生在世，念念不忘的是祖宗，是根，落叶是要归根的。陈胡有人祖太昊陵庙，据说是伏羲爷的衣冠冢。伏羲爷时，人类还都是游牧民，伏羲爷千里万里寻一块好地，把子民安顿起来，驯化动物、植物，人类也由漂泊到定居，从此有了根，有了香火的延续。这大概也有万年左右吧，就是农耕文化的肇始。不孝有三，无后为大，当一个男孩儿呱呱坠地时，身上就背负着荣宗耀祖的使命。耀祖，这个半夜给祖爷烧纸的独身男人，叫夏耀祖。这个孤坟，就是夏耀祖心中的根。听夏大雨说，这个坟是后来迁的，原先的那穴地，是风水宝地，到了孙子这一辈，也就是夏耀祖他爹这儿就衰败了，一夜之间，夏耀祖的祖爷就到了这地方了。所以，夏耀祖的父母也都没再进老坟院，埋到自家的责任田里了。这儿也就成了一个孤坟了，成了夏耀祖心灵的归宿。

袁侨自言自语地说，夏耀祖——夏半语，夏半语——夏耀祖，整个夏营又有多少人知道他叫夏耀祖？夏耀祖也好，夏半语也罢，就是一个符号。突然，袁侨有了主意。待天亮，袁侨打电话给夏大雨，让他来指挥部一趟。

夏大雨慌里慌张来到指挥部，袁侨问他："你们这儿有没有看风水的先生？"夏大雨说："干啥啊？你家里有事儿吗？"

袁侨笑道："是你家里的事儿。"夏大雨结结巴巴地说："啥事儿啊？"袁侨说："先说有没有。"夏大雨鸡啄米似的，说："有，有，临村徐楼，有个徐半仙儿，在这附近很有名气的。"袁侨说："你去请他，让他偶遇夏耀祖，当然该多少钱给人家多少钱。"

夏大雨一头雾水，说："谁是夏耀祖？"袁侨没有说话。夏大雨挠了一下头，愣了一会儿，而后一拍大腿说："哦，对，对，对，俺忘了，夏半语大名叫夏耀祖，上学时他爹让老师起的名字。后来得了病，学也不上了，话也说不囫囵了。人家都说是那个名字起得太大了，都不叫了。你咋知道他叫夏耀祖啊？"

袁侨眯着眼睛，叹了一口气，仿佛下定决心似的说道："夏耀祖，嗯，夏半语，让徐半仙跟他说，他祖爷托梦了，想要搬个家，这路边上太吵闹，不得安生。夏半语已经动摇了，就差最后一点意念，让徐半仙点化一下。"

夏大雨拍手道："高。实在是高。"

果然，两天以后，夏半语主动找到了夏大雨，说他想通了，胳膊拧不过大腿。但是迁坟的费用，还有安葬的地方，你得考虑。

袁侨跟陈姝汇报，陈姝说："安葬费以及补偿一定要到位。村里不出我们想办法，但安葬的地方村里得想办法。"夏大雨说："其实，夏半语的父母都已经另拨新茔了，迁到一起就行了。"

所有补偿到位之后，夏半语又在祖爷坟前烧了纸："老祖爷啊，给你们盖了新房子，今儿就搬迁了。"

安置住了夏半语，另一家就不那么容易解决了。

这个夏喜地年轻时在地主家打过短工，羡慕地主家种不完的地，不吃不喝攒钱买地，就在解放前一年，终于买了几亩地，还没来得及种一季就解放了，还因此划成了富农。可他并不觉得富农成分不好，心里很喜欢这个称号。儿子夏春秋上学时在成分一栏里写上贫农，他非得让改回来。但是，村里谁也没把他当成富农，几亩薄田没种几天就收走了，说到底，他就是一个爱地如命的人，一辈子就喜欢种地，跟富农边都不沾。他家的自留地边边角角都收拾得整整齐齐的，哪怕是一拃宽，也得种一棵庄稼。因此，经常和邻居争地边子，打官司闹纠纷。起初规划时，大田中间那块刀切一样规整的方块田就是他的。

这么一个爱地的人，突然听说他的地被占充公了，可想而知，老喜地就受不了，一下子就病倒了，病是真病，说是心脏病，其实是心里病。他儿子夏春秋在外面打工，而且做得也不错，受他的影响也同样喜欢种地。开始想到新疆包地，一是没有足够的资金做后盾；二是新疆太远，爹娘年龄大了，来来回回不方便。后来，就在一个园艺场打工,成了场主的得力助手。夏大雨给他打电话,他答应得很好,就是不回来。他爹病倒了,他不得不回,就直接去了医院。每天在医院里陪着老爹,就是不回村,其实夏喜地的病也基本好了,就是怕说地的事儿,一直在医院里耗着,不回家。

陈姝和袁侨也去医院看过夏喜地了,问过医生了,没多大事。但是夏喜地一直说心里疼,就是不愿意出院,夏春秋也一直陪着老爹,总不能硬把人家从医院里拉出来吧?再说了,有病不同其他事,探望也只能说让人家好好养病,不能说让人家尽快出院啊。老喜地父子也不说别的,也不提条件,就这样耗着。夏春秋不是夏半语,他是村里"光棍户",在外面做得不错,每年回来也都开着小车,对夏大雨也是敬而远之。夏大雨再着急,也不敢动粗动硬,只能不停地打电话,每天去一趟医院探望,可是毫无结果。

挖沟的机械都在那停着,每天还得给人家钱,工程队一直在催,说是耗不起,几次想要撤离,但是就剩下这一点,再来回折腾也不合算。

挖沟工程似乎绾上了死结,陈姝一筹莫展,这个似乎比褐村更让人心焦。褐村是因为褐天瑞不主动,而挑事儿的人有明确的要求。这个夏大雨积极配合,对方就是软磨。开始,穆桂英也信心十足,去做夏春秋老婆的工作,可是人家也说得很好,答应做公公的工作,说是人在医院里,等病好了再说。

陈姝不停地在挖沟的机械跟前转悠,恨不得使个魔法,打通这一段。

陈姝走着走着,被脚下的一块土坷垃绊了一下,她停了下来,踢了一下脚下的泥土,突然就开了悟。解铃还须系铃人,夏喜地不是喜欢地吗?夏春秋不是也喜欢地吗?那就让他们喜欢啊,喜欢足,喜欢够。

于是,她打电话给袁侨,让夏大雨也一起过来。陈姝说:"袁侨,你和夏大雨再去医院一趟。"袁侨摇着头说:"估计没用,心结打不开，礼品埋着他也不行。"夏大雨也垂头丧气地说："俺天天去，那个夏春秋俺真不想再看见他，瞅见他那不咸不淡、不死不活的样子，俺就来气。"

陈姝说："让你们去就是打开父子俩的心结的，你们到医院后，拉着夏春秋去褐村，让他看看褐天缘的土地流转。"夏大雨一拍大腿说："这是个好主意。"

夏春秋看到褐天缘种了那么多的地，眼里直放光。他问身边的夏大雨，咱村里也可以这样搞吗？

夏大雨一心只想把沟挖通了，想都没想就说："当然了，只要你愿意，有啥不能的。"

夏春秋的老爹下午就出院回家了。

第三十三章　节外生枝

工程按部就班地进行着。

那天上午，高一丁带着满脸尘土回到指挥部，还没有顾上喝口水，打井的那家户主随后就到了，说："高主任，钻机停了。"

高一丁一脸不解地说："为啥啊？刚才还钻得好好的。"

那家户主嗫嚅道："前边的，隔一家的那家，不让打了。"高一丁一听马上就火了，说："还隔着一家？碍着他家啥事儿了？"

那人支支吾吾地说："说破了他家的风水。前面地里，是他家的老坟院。"

高一丁那种包打天下的脾气上来了，说："继续打，又不是他家的地，还隔着一家，都碍着他家的风水了？那不是胡屌扯吗？陈胡的城湖还都挖了呢，咋没有碍他家的风水？我们打个井破他家的风水，他家的风水有多大啊？"

那人听高一丁这样说，也觉得有底气了，说："还没出过恁大的官，不过人家坟院的风水还真好，东南角又埋了一个人，也是想沾沾他家的风水。乡里乡亲的，人家在自家地里埋着，他们也不好说别的。后来听说他们又找风水先生看了，拿了很多钱重新拾掇的。"

高一丁越听越恼，说："接着打，就破他的风水了，看能咋的。搞封建迷信，不把他送到派出所就算便宜他了。"

那人说："派出所啊？人家才不怕呢，公安局就是他家的。他还能怕派出所啊？他儿子就在市里公安局。他家的孙子就更不得了，在哪个啥国留过洋，阳会儿在北京国家机关里。他家这个风水啊，太厉害了。他家的左邻都被吸干吸净了，败得不像样子了，走的走，逃的逃，人都没有音信了，大门都锁几年了，一个破院子，院墙都塌了几处。"

高一丁一听，顿觉气短，这个人还真是听说过，在陈胡挺有名的，遂问道："那个谁，谁，我一时想不起来，是你们这儿的？"

那人一看高一丁的态度转变，也来了兴趣，似乎有些自豪地说："夏仁，就是他啊。不信你问大雨。要不然，谁敢拦着不让打井啊？还隔着一块地。整个陈胡县，也没有比他官更大的了。"

高一丁听来人这么一说，随即改了口，对他说："那行，你先回去吧。情况我都知道了，我们研究研究。"

高一丁就匆匆忙忙地找陈姝汇报，关键时刻，打井不能停。陈姝听高一丁说完，问他："你的意见呢？"高一丁一愣，说："要不先停了，让夏大雨做做工作。"

不一会儿，夏大雨旋风一样刮来了。他说："唉，茂爷跟俺说了，俺没答应。俺觉得夏仁也不一定知道这事儿，都是他家老人的顾虑。老头儿说，找人看过，坟院前后百米之内不能有井。哦。对了，原来那儿有一眼井，都被他填上了。"

陈姝说："你们那个主任穆桂英，不是他婶子吗？这也算是他们家里的事儿，让她做工作啊。"夏大雨不好意思地说："俺也给桂英奶奶说了，她也有顾虑，那也是她家的祖坟啊，家里都闹翻了，她家的孩子也都不愿意，自己的阻力都恁大，她哪敢去找夏根茂啊。"

陈姝说："那个夏仁好像是市公安局哪个稽查队的吧？"夏大雨说："是。他爹夏根茂，村里平辈的都叫他老茂，小一辈的叫他茂叔。俺这一辈的叫他茂爷。因为夏仁在市公安局，村里人有事儿都找他，他也很热心帮忙。村里人也是看着夏仁的面子敬着他爹。夏根茂一出门，都是拄着夏仁给他买的红木拐杖，捋着山羊胡子，大家老远都喊茂叔、茂爷的。"

夏大雨欲言又止，他想把找夏仁的事儿跟陈姝说说，想了想，还是算了吧，万一夏仁没找人，这功劳记到他头上也不合适。再说，也怕陈姝不高兴。

夏大雨年轻，当支书不久，干事有股子热情，处事儿难免考虑不周全，有时候想法多，但是实际困难大，所以工作中总会遇上这样那样的问题，有时候就束手无策，既定的事儿推不动就放弃了，有时候也会找夏根茂出出主意，加上有个夏仁撑着，所以，夏根茂基本上是这个村灵魂式的人物。在他这遇上难题，夏大雨就真的解决不了。

陈姝觉得夏大雨态度暧昧，不想得罪人，就直接问他："你说该咋办啊？这眼井还打不打了？要不就少打一眼？"

夏大雨说："不打的话，这家户主肯定不愿意啊，再说那一大块地没有井。现在钻孔都快结束了，咋能就这样算了呢？俺觉得吧，这事儿还得做夏仁的工作，让夏仁做他爹的工作，一准能成。"

陈姝叹口气说："你们都该干啥干啥吧。高一丁盯紧滤料。大雨，每一眼井所在的农户，都要安排好，打井时都要有人盯着，施工期间不能有空当，老党员、老干部都要上阵地了。你们村里是直接监督人，不管我们的人在不在，你们的人，农户也好，其他人也好，必须保证有人在现场。"

他们都离开之后，陈姝沉思着，谁认识夏仁呢？县里领导肯定都认识，但这种事不能捅到县领导那儿，否则就有告状之嫌，把人家给得罪了。陈姝想来想去，决定给胡秋打电话，说："胡主任，您是不是该来视察视察了？田处长不是说要来看吗，您不先踩踩点啊？"

胡秋说："正准备去看看呢，我还准备拉着何主任一起。"陈姝说："早就期待何主任来看看了。哎，我好像听您说过跟夏仁很熟啊？"胡秋有点跟不上陈姝的思维，这弯拐得也太陡了。胡秋一头雾水，不明就里地说："吓人？谁吓人啊？哪个吓人啊？"陈姝笑道："不是吓人的吓，人民的人。是夏天的夏，仁义的仁，市公安局的，老家是陈胡的那个。"胡秋说："认识啊。"陈姝说："你们关系怎么样啊？"胡秋说："你说啥事儿吧。"陈姝笑道："首先不是我犯了事儿，其次也不是我亲戚、朋友犯了事儿。他老家就是咱们现在项目区所在地，打井妨碍了他家的风水。"

胡秋越听越糊涂，说："打井正好打在他家坟地里吗？稍微远点不行吗？换个地儿不行吗？你们就是太死板了。"

陈姝说："您批评得都对，但是现实是这样的，离他家的坟地远着呢。还隔了一家呢。人家说百米之内不能有井，有井就破了他家的风水。据说整个夏营，就他们家一块风水宝地。那么一大块地，没有井怎么办？老百姓不愿意啊。"

胡秋说："别扯恁远，想让我做什么，直接说。"陈姝故意给他卖关子，说："您别着急，听我慢慢说，其实我觉得人家夏队，也未必知道这事儿，是他们家老爷子的想法。您要是方便的话，跟他说一下，让他做一下老人的工作，不耽误咱工程进度。那井就在路边上，要是何主任来看，停工了就不好了。"

胡秋沉吟一时，随后说："我想起来，前一段时间，好像是去年，他还真给我打过电话，说他们村里的支书找他了，让他找找人，把项目放到那村。我当时想，项目放哪儿，市办能当家啊？就给他说到时候再说。还真是放他那儿，是不是有人找你了啊？"陈姝笑道："还不是为了你吗？我听说找你了，就放他那儿了。所以，你把功记在自己头上，就说你安排的不就完了。你给他打电话，就说按他的意思，都安排好了，现在项目正在实施，需要他做工作。你看这对接得天衣无缝，是天助夏营村。"

路工又出现了问题，打好的路面有些起砂。

孔向阳一脸阴沉地来找陈姝，听说那段路的老板还是任五。陈姝也很惊诧："怎么可能？我亲自跟籍副书记说的。他都答应了。签合同时也不是任五啊？"

孔向阳说:"签合同的不是去年那家公司,估计你跟籍书记说的话,籍书记也跟他说了,合同不是任五签的,他是幕后老板。也有可能是他又转包给现在干活的这个人了。"

陈姝说:"先停下来,找这方面的专家,看看怎么处理这样的问题,找合适的修复方式,不管花多大代价。"

陈姝找来了袁侨,问他工程接转的情况。袁侨说,大部分参与竞标的公司都不干活,都是卖资质的。谁用公司资质,谁交管理费,稳赚不赔。大部分干活的人,都是没有资质的,都是拿钱租用别人的资质。钱拿到手,就跟这个公司没有关系了。

陈姝很惊悚地问:"风险呢?"袁侨说:"啥风险啊,政府资金有保证,拿到工程就赚钱,卖给干活的人,也都是有利润的。干活的人也都长期干工程,知道工程哪些地方能减点料,哪些不能。他们只要有钱赚,工程质量不会有太大的问题。"陈姝说:"这个国家不是一直在治理吗?"袁侨说:"治不住。上有政策,下有对策。而且,所有操作流程,都是合规的,都是电脑上操作的,查都查不出毛病来。"

陈姝打断了袁侨,说:"这个不是咱管的事儿,说说现在的情况怎么处理。"

袁侨说:"我认识一个专家,说是有一种改性修补材料,能整修这个,能做到跟原有的路面没多少色差,强度也没有问题。"

夏大雨气喘吁吁地跑来,没进门就大声喊:"袁主任,不好了,北地打好的井,洗着洗着塌方了,强度也没有问题。"

袁侨说高主任呢,夏大雨说,就是他叫俺来喊你的。

袁侨跟着夏大雨来到工地,果然在新打的井外面出现了一个大坑。他问高一丁咋回事儿。高一丁说,洗井洗的,不停地洗,一直都是浑水,洗不清。

袁侨又问,这种情况有几眼?高一丁说,整个这一块地都是,五六眼吧。袁侨心里咯噔一下,袁侨转脸问夏大雨,你们这块地过去打过井吗?

夏大雨拍了一下脑瓜子，他说，自打他记事儿，没见过有井，他这就回去问他爷爷，爷爷当过生产队长。袁侨跟高一丁说，先停下来，待查清楚啥情况再说，不能再洗了。

陈姝、袁侨、高一丁讨论着出现的新情况。

高一丁赌咒发誓地说，滤料一点儿问题没有，都是米石，而且都很足，我都在跟前看着呢，吃饭都是换班，尿尿站在钻井机旁，一秒钟都没有离开过人。陈姝看着灰头土脸的高一丁，相信他说的是真的，自从去年验收材料加上监工人员签字之后，大家都很谨慎，而且今年的培训会上要求又严，都不敢懈怠。

不一会儿，夏大雨来了。他不好意思地说，他爷爷说了，那块地就没有打成过井，地下有流沙层。

袁侨说："我一看现场就有预感，最担心的就是这个。报计划时没有水文资料可参考，而且我们就是为了报项目，从来都没有勘探过。一是来不及，二是没有经费，过去一直都这样。打个井要请专业的勘查公司来做水文勘探，从来没有过这样的先例。即便是找了，不管啥结果，项目区的工程还是要实施的，找与不找，也没多大意义。"

陈姝说："我觉得还是滤料的问题，不一定是量的问题，也许是不合规格，水利专家对这些问题肯定有办法处理。袁侨你联系一下咱们县里那些老牌子土专家，老钻井队的师傅，他们有经验，真正的搞理论的，都是纸上谈兵，未必能拿出好主意。"

袁侨说："我刚好认识水利局原打井队的几位老师傅。明天找辆车把他们接过来，搞理论的水利专家也要请几位，能从根本上找到问题。"

第二天，几位专家看了现场，一位当年在这打过井的老师傅说，当年就是因为在这儿打井没打成，他还挨过批斗呢。没想到，这个死症又被提出了，多年了，这里从来都没有打成过一眼井。

一位专家提出了一种办法，用机选滤料，就是用米石、泌阳砂、大砂，按比例掺和，可以根据土壤情况提供合理配比。大家也没有好的办法，只有在滤料上想办法，都说可以试一试。中午，几位专家在指挥部吃饭，继续讨论打井问题。

袁侨提出，如果我们再设计的时候，井深到四十米以上，是不是可以规避这样的问题。专家说，穿过流沙层会好一点，但是，还是要在滤料上下工夫，一定得有一个合适配方比例。

高一丁大包大揽地去做打井队的工作，更换滤料，增加用量，继续开工。可是，打井的老板并没有买他面子，明摆着不是他们的问题，滤料增加，重新回填，都不是小活儿啊，再说了滤料的钱、人工的钱，还有洗井，成本都得增加。他们是按合同上的设计做的，没有偷工减料，所以责任不在他们。照目前情况看，已经亏本了，这井都已经洗了很长时间了，一直没有洗清。合同上要求新打机井要洗到三混三清，一清都达不到，所以他们也很小心，一直在洗，都洗塌方了，原来是打到流沙层了。原以为是他们自己的问题，都憋着不敢吭声，现在原因找到了，不在他们这儿，再让他们承担额外的费用，就有点挖软泥了。

高一丁觉得那些工程队平时对他都恭恭敬敬的，他说啥是啥，都很听话，才拍了胸脯。可是一牵扯到增加成本，工程队的态度马上就变了，提出了很多问题，虽然不是硬戗茬，态度也是很坚决的。人家说的也不是没有道理，他觉得没法答复，又都原封不动地捧到了陈姝面前。陈姝问他的意见，他想了想，如果有补贴，估计也能说成事儿，关键是没有钱啊。绕来绕去，又绕到增加工程款上，这就是个死结。

陈姝觉得人家说的也不是没有道理，确实是意外情况，但是工程还是要往前推。于是，就召集大家一块商量。

袁侨说可以换一个思路，让水总帮帮他们，帮他们解决点困难。硬柿子咱捏不动，还得打软柿子的主意啊。没准儿水总很乐意，因为这边打井进度上不去，他们的地埋管道、出水口和自动刷卡仪都推不动啊,某种意义上说,这是一个整体。

他们的话刚刚落音,水总胖墩墩的身影就出现了,他笑呵呵地说:"承蒙你们看得起我,主动找到我,把工程给我,不管赚多赚少,赚不赚钱,我都会全力配合好。我愿意与你们这样的业主合作,也能借机发展自己。井的整修费用我来出,需要解决的问题,我来承担,我也是水利上的老人了,有资源。"

陈姝笑道:"太好了!这也到饭点了。水总,你将就着在我们伙食上吃顿便饭。"

站在一旁的夏大雨赶紧说:"俺爷爷有酒,是青杏酒,俺这就回去偷一坛子。"

水总说:"难得如此高兴,夏支书也不用回去偷酒,我车上有,今天,你们兑菜,我兑酒。我的是雪莲酒,天山雪莲,一个朋友送我的雪莲,我泡了几坛酒,放在车上自己喝的,今天就请各位品尝品尝。"

袁侨去了伙房,看能不能多整几个菜下酒。师傅说,还别说,昨天你们都没在,来了两个人,开着车给咱送菜来了。还有新鲜的南瓜、玉米、花生、梅豆角。问他们是哪儿的,说是褐村的,都是自家地里种的不值钱,顺道送来点。

袁侨说,那人长啥样?师傅说一个人高马大的,一个还像个学生娃。袁侨说,八成是褐天缘。师傅说,他们还说,不让说是谁。走的时候,就听那个大人喊娃儿,叫晓光,赶紧走吧。陈姝听到褐天缘和褐晓光来了,特别高兴,说褐天缘承包了两百多亩地,日子也红火起来了。

水总打电话让司机拿来酒,还有他车上的一些肉罐头。一帮子人说说笑笑坐下来吃饭,袁侨找来一次性塑料杯当酒杯,陈姝提议,此时此刻,大家应该干一杯。

大家响应陈姝的提议,纷纷起身,端起软乎乎的塑料杯碰杯。就听到门外有人说:"喝酒也不叫我。"袁侨一下子就跳了起来,连忙跑出去,说:"我说今天早上喜鹊咋在树枝上叫呢,原来真有贵客。罪过啊,罪过,竟然没有来得及打扫庭院,铺上红地毯,迎接我们的胡大主任。"

陈姝赶紧起身,安排师傅再上一套餐具,请胡秋坐在主位上。

胡秋说:"我不坐那个位置,那是你们县长的位置。"陈姝说:"您就别谦虚了,这儿又不是县政府大院,我说了算,没县长啥事儿。"

胡秋还没落座,陈姝的电话响了。一看是高粱的,瞪大眼睛,捂着话筒说:"今儿真神了。"

高粱说:"胡主任到了没?"陈姝说:"刚到啊。高县长,您在哪儿?"高粱说:"我就在大门口。"

陈姝起身出门,果然见高粱在大门口,一只手拿着电话,一只手拎着一个食品袋。陈姝连忙接过食品袋,说:"您这是?"高粱说:"老穆家牛肉、王家羊头,都是胡主任点的菜。"

陈姝很兴奋,似乎还没有反应过来,这情景咋跟神话似的,一转眼,各路大神都到了。

高粱进屋,也不客气,直接就坐在空椅子上了。胡秋挨着高粱坐下,说:"我今天是来蹭饭的。"

陈姝说:"胡主任,您来视察能不能提前说一下?差一点儿掉进饭眼里——没饭吃。"

高粱说:"胡主任是神龙见首不见尾,变化无常。"胡秋说:"其实,本来没准备在你们这儿吃饭,我去看道源县项目区,他们把饭都安排好了,我一看时间,吃饭还早点儿,就想拐到你们这儿看看。出了道源项目区,我就给高县长打电话,预计我们两个应该同时到。谁知道,你还没我到得早呢?是不是不欢迎啊?"

高粱笑道:"我本来安排敲锣打鼓欢迎你的,时间来不及了啊。我得先落实你安排的事儿啊,转了大半个陈胡县才买齐活。本来还想买点你爱吃的烧饼,排队排得老长,怕耽误事就没买。"胡秋笑着说:"我若不让你买点菜,咱们两个来蹭饭,他们肯定没有准备,不买菜有些心里过意不去，买菜来不及。"

陈姝说："今儿真是个好日子，胡主任、高县长都来视察项目区。我来介绍一下，水总，中原祥瑞水利有限公司的老板，专业做水利自动配电设备的。今年项目区的自动刷卡设备，就是他们公司做的。这个酒是水总带的，他帮我们解决了一个大难题。"转而向水总说："这位是市办胡主任，这位是陈胡高县长。"

吃完饭，胡秋、高粱、陈姝一起去了项目区。新项目开工，高粱、胡秋都没有来过，到了停车点，沟、路都是新开的，比起褐村更加开阔，几乎看不到村庄，整个设计也更规整、更合理、更精细。挖土机在挖沟，压路机在压路，还有一些旋耕机、推土机间作业，大田地里的钻井机不停地吐出泥土，挖出来的新土堆成了小山，小山旁边是已经备好的滤料，也是一堆一堆绵延着。

高粱说："这项目区做得多开阔，多壮观，和褐村连成一片，一望无际。胡主任，你这是多大的贡献啊。"

胡秋说："我也就是个办差的，把差办好是本分。倒是你高县长，多支持农开办，多争取点指标，才是对陈胡县的贡献。"

陈姝一旁站着，听胡秋这样讲，就趁机说："这条沟渠离贾鲁河还有一公里，但是已经出了项目区，如果打通需要县财政出钱，如果不打通，这条沟渠就是个废品，小涝可以排排水，水一大就完了。"

高粱并没有看陈姝，而是对胡秋说："我已经向姬县长汇报过了，列入今年的农田水利基本建设工程，今年县里计划对贾鲁河等多条河道进行清淤，已经把这一段加进去了。款项拨到西北乡，由西北乡统筹规划实施。胡主任的指示，我们坚决落实好。"胡秋笑道："这跟我何干，我的任务就是建设高标准农田，配套是你们县里的事。"

陈姝兴奋地说："西北乡做最好，真要交给我们施工，我们也没有那多精力。"

高粱忧心忡忡地说："我担心乡里干不好，现在乡镇财政特别困难,一个乡一个月五万块钱的经费,书记、乡长的车油钱都不够,这个钱能全额用到挖沟上吗?"胡秋说:"专款专用或者先干后补啊。"高粱说:"说起来容易,到时候还是哪急顾哪。至于先干后补,有些乡镇负债太多,失信,工程队都不愿意跟乡里共事。"胡秋说:"你们县里的事,自己想办法。我今天也不是白吃高县长的牛肉和羊头,咱们今天看看路线。如果副省长来调研,我们路线怎么走?"

两位领导上车,陈姝坐到前面副驾驶位,说:"项目区设计有'回'字形闭合路线,可以走大圈,也可以走小圈,就看省长要看多长时间,半小时、一个小时、两个小时都没有问题。"胡秋说:"这个项目区布局应该没问题,他可能还要看科技项目。"

陈姝说:"科技项目在褐村,从这里可以直接去褐村,路都是通着的,也是一个大的项目区。刚好也让省长看看,真正的连片开发。但是,我们做不出洼里十六万亩的规模。"胡秋说:"洼里是个特例,原本就是个泄洪区,没有可比性。我们这个是中原腹地,人多地少,村庄密集,做成这样的规模已经非常难得了。说句实话,褐村的路况太差劲了,你们得想想办法,项目区做好了,估计过车也多了,总不能再配一个推车队。"

高粱说:"那倒不用,村村通已经列入计划了,一直修到项目区,村内的主干道都列进去了。"

第三十四章 入伙

褐天棚见褐天缘进门，就知道他是来说那几家租地的事。褐大锤让他跟褐天缘说，有几家的地，不愿意让他种了，说要种也中，得涨租金，一亩地五百，比之前他们自己提出来的还多一百呢。褐大锤之所以让褐天棚这样说，是那几户都是褐天棚的老要好。这些户原来都是经褐天瑞说好的，突然又反悔了，而且是褐天棚从中当说合。所以，褐天缘就找褐天棚问问实情。

褐天棚支支吾吾，虽然这几户都是褐天棚的老要好，但他却在褐大锤的掌控中。褐天棚哪敢私自表态啊。褐天缘一看这情况，就明白了，说，他就是问问，不愿意算了，反正现在这个价不愁租不到地。

褐天棚说："不是，哥，大锤哥要盖养猪场，相中那一片地了，说是让那几家入股，年年分红。阳会儿不都兴那个啥子合作社了。"

褐天缘说："你再去问问，尽快给俺个信。"

褐大锤确实要盖养猪场，地点他都选好了，村东头自己的地里，他自己的那块地不够，刚好挨着他家的那块是褐天棚的，他老早就给褐天棚说过了，现在正在拉建筑材料。其实那几家离褐大锤的猪场比较远，但是褐大锤说了，不能让褐天缘做大了，做大了不好控制。褐天棚听了褐大锤的话，才想出来这么个招数。褐大锤跟褐天棚说，马上村委班子要换届了，看褐天瑞还能蹦跶几天？罗乡长对褐村的班子最了解，知道褐天瑞干不成啥事儿。现在褐天瑞兴起来了，还不是因为农开项目。项目做完了，看他还能撑多久？褐大锤觉得，罗乡长对他看法很好，临出门时还跟他握手，说有困难就找他。他先把这个项目做好了再找罗乡长，他要是成了乡里典型了，那支书还不是手到擒来。

　　褐天棚去找褐大锤，表面上是汇报褐天缘的事，实际是跟他说占地的事。褐天棚其实也打着自己的小九九，褐大锤说让他以地入股，他心里不踏实，得有个协议才好。褐天瑞和大家都签了协议，还有啥子章程，有事儿大家一起商量。褐大锤能跟他商量吗？还有，褐大锤要是赚多了能多分他钱吗？就是褐大锤想分，他能当"老虎"的家？再说了，褐大锤要是赔了呢？他的几亩地就白占了？仙女也不愿意把地交给褐大锤，说褐大锤没安好心，仙女跟他闹好几天了，一家人生活就靠着那几亩地，让褐大锤占了他们还活不活了？

　　褐天棚想，就说仙女也想入褐天瑞的合作社。看看褐大锤咋说。如果褐大锤不同意他入褐天瑞的股，就得把占地协议签了。他不能入褐大锤的股，只要租金，这样褐大锤赚赔，都跟他没有关系，都得给租地金。

　　褐天棚觉得自己这样算计，算得周全圆满。但是，褐大锤是谁啊？连褐天棚几根头发都清楚，还能不清楚他那点心眼子？褐大锤说："天棚，你就是不信任俺啊，俺让你入股那就是帮你啊，你也没个啥生意，也不出去打工，就在那几亩地里刨食，仙女也不理事，日子过得稀烂。俺养猪有经验，这又是国家支持的项目，那都是稳赚啊。想入俺猪场股份的人多了，俺为啥单挑你啊，你心里还不清楚吗？"

　　褐天棚这次倒是打定主意，任褐大锤说啥，不为所动。他说："那都是仙女的主意，大锤哥，你也知道她那脾气，俺能当她的家？若是不听她的，日子就别想过了。"

　　褐大锤笑道："仙女，仙女，能让一个婆娘当家？你嫂子恁厉害，也不当俺的家啊。你想想看，你要是当村主任，还能被一个女人管着？若是大势里都知道你在家里不当家，谁还会选你啊。明年就换届了,就得重新选人,那村里男女老少,还能选一个被女人管着的村主任?要是选一个被女人管着的当家人,那不就等于被一个女人管着了吗?谁愿意啊?你可不能给人这样的印象。这个事虽然是俺当家,到时候也不能拿着人家的手画票不是?"

褐大锤知道这就是褐天棚的麻骨点,接着又说:"天棚啊,俺觉得你跟俺有点离心,这些年了,俺待你啥样,你自己不知道?不是俺给你跑,你能干上电工?俺把你当作一个娘的亲弟兄,你还给俺说这说那,一到关键时候就扛不住。听一句不投意的话,心就变了,这哪中啊?你这脾性得改。当干部就得说话算话,就得吐个唾沫是个钉,不能一会儿一变的。你看,入伙协议俺都做好了,你写个名儿就行了。这是批准的项目书,都是咱两家的。"

当村主任,是褐天棚心中最大的愿想。他之所以追随褐大锤,目的就是这一个。他想,要是能当上村主任,仙女一准得听他的,就算仙女再疯扯,谁还敢打仙女的主意?人前人后,谁还能不敬着他。况且,褐大锤到手的还是政府项目。他就服褐大锤,有真本事,能办大事。这养猪场的项目,不吭不响地就到手了。那农开项目,也是褐大锤争取过来的,褐大锤一不管,出了多少事儿啊。

褐天棚虽然这样想着,还是犹豫,毕竟仙女的反对也是真的,仙女说的也是实情。他在褐大锤的逼视下,慢吞吞地拿起协议,说:"这个俺也看不懂啊?"褐大锤说:"你也不需要懂啊,这都是人家的合同模子,全中国都一样。其实,咱也就有这么个意思,咱兄弟这关系,要这有个屁用,就是为了让人家看的。"

就这样,褐天棚被褐大锤哄着签了入股合同,他本来说地租的事儿的,却变成了褐大锤的合伙人。"合伙人",这个很高级的称呼,对于褐天棚来说,却是晃晃悠悠地不踏实。褐天棚叹了一口气说:"大锤哥,俺信你。咱这个万一赔了呢?"

褐大锤笑眯眯地看着褐天棚,说:"想啥呢?还万一,万万也不会赔,俺刚才不是让你看文件了吗?那是国家项目资金,几十万呢。

咱就是养猪不挣钱，那国家的钱，不是都在那儿的吗？咱这场子一盖好，钱就来了。"褐天棚相信褐大锤的能耐，钱肯定能到他那儿，怕就怕到不了他褐天棚的手里。

褐大锤的养猪场确确实实是一个养殖合作社的项目，他老表帮他跑的。褐大锤确实也有雄心壮志，想把事儿做大，将来能统领一方。申请项目，需要各种材料，得有场地，得有合伙人，得有注册手续。文字材料都好办，场地是实打实的，褐天棚的地跟他家的地挨边，所以，他就打算把褐天棚的地占了，先把猪场建起了，等场房建好之后，项目款就到了。项目款到了之后，先给褐天棚点钱，稳住他，以后看看发展情况再说。

褐大锤拉着褐天棚去了新猪场，褐大锤已经把建筑材料都进过来了。褐大锤说："天棚，咱这个猪场都是工商局注册过的，归国家管了。以后你就是副场长，就在这里上班了，工地上的事儿就交给你了。俺得忙着联系小猪崽、饲料、防疫药，还有一些项目上的事儿，都得俺跑啊，你就在场里守着。"

褐天棚从此就在褐大锤的猪场上班了，一天到晚地在工地上盯着，建筑工人都喊他"元帅"。

再说褐天缘从褐天棚家里出来，就去了褐天瑞家。他之所以不先找褐天瑞说，其实是想自己把事儿解决了。褐天瑞已经帮他说好了，中间出了变故，肯定是褐大锤捣的鬼，不过也无所谓，就算那几家都不愿意，这二百多亩地也够他种的了。但是，他还是想再努力一把，如果都能租过来，机械耕作，良种补贴，还是能赚些钱的。他想把情况给天瑞说说，看他能不能出个面，再做做工作。现在天瑞在村里威望高了，大家伙也都愿意听他的。

褐天缘进了褐天瑞的院子，他老婆正在洗衣裳。他问："嫂子，天瑞哥呢？"

褐天瑞的老婆放下手里的衣裳，说："去北地粉条厂了，天天忙得不着窝。天缘，屋里坐吧。"褐天缘说："不了，俺去北地找他。"

褐天缘来到了"瑞合合作社",看到院子里的人都在那儿热火朝天地干着,他站在大门口,不知道该不该进去。褐天瑞看见了褐天缘,就放下手里的活,走了出来。

褐天缘说明了来意,他想跟村里签协议,村里再跟农户签协议。这样以后有点啥事儿,他就不直接跟一家一户的打交道了,大家都好说话。

褐天瑞说:"这个没问题。俺去找他们。"

褐天缘就把那些户的名单子给褐天瑞,他想先把这二百三十亩签下来,试一年看看怎么样,如果可以再继续扩大。毕竟,他没有家底,折腾不起。他已经算过账了,就是有恶劣的天气,保丰收是没有问题的,最多是少赚点,或者赔上点辛苦,不至于赔本。

褐天瑞终于为褐天缘签下了二百三十亩地租赁协议,他也非常高兴,建议在村室搞一个签字仪式。这是他当支书以来,第一次签订这样的协议,也是褐村跟村民签订的第一个协议,具有纪念意义。

仪式结束,褐天瑞动情地说:"这要是在以前,俺想都不敢想。褐村变了,褐村人也变了,变得越来越好了。天缘,好好干吧,村里支持你,俺支持你。"

褐天缘拿着协议出了村室大门,心中五味杂陈,他觉得脸上痒痒的,用宽厚的手掌抹了一把,手掌心顿时感到热乎乎的濡湿。

褐天缘回到家里,看到堂屋里的香炉上插着正在燃烧的香,香烟袅袅盘旋在香炉的上方,他知道一定是父亲。他母亲信佛,初一十五都会烧香,但是今天不是初一,也不是十五,母亲不会烧香的,而他的父亲,每逢重大的事儿来临之前,他都会虔诚地上香。父亲说敬先祖、敬天地,不是迷信,是自古传下来的礼仪。

褐天缘走到了里屋,他拉着妻子的手说:"晓光妈,咱有希望了,等俺挣了钱,咱就去大城市里看病,咱去北京,俺一定得让你的病治好。"

他妻子抽噎着,一句话都说不出来。她看着这个高大粗犷的男人，头发早已花白，黑红的脸膛布满皱纹，心里好疼啊。他也曾是个英俊的青年，因为变故，重压让他早衰。自打事故发生，他阴沉的脸上从来没有过笑容，变得沉默寡言了。可是，今天，她看到了他眼里的光，舒展的皱纹里露出了白皙的底色。她知道，锅底的日子已经到头了，他们家开始往上走了。自从她躺在床上，她似乎已经失去了语音交流的功能，但是她心里啥都清楚啊。

褐天缘摸了摸妻子的脸，转身离开了，不然他眼里的泪水，控制不住会滚落下来。

褐天缘去了他的田里，路过农开竣工标志牌，停了下来，用手抚摸着，没有落下一寸。没有人懂，这个标志牌对他人生的意义，它使他有一种重生的感觉。那是一种非常奇妙，非常温暖，非常欢喜，又带有涅槃意义的感觉。他离开了标志牌，站在十字路口，望着田里那些散发着勃勃生机的玉米苗，眼里发出炽热的光芒。

他走向那座小桥，深入了田间。

二百三十亩地，他用脚步丈量着，它的宽，它的长，它的对角线。他从未想过，能一下子种二百三十亩地，这感觉真的好虚幻啊。他父亲的理想生活就是有地种，有书读，儿孙贤孝。而他的理想就是种很多地，挣很多钱，过上不愁吃喝、不愁用度的好日子。当然，最重要的就是儿子上大学，妻子能走路。这希望在他的心中升起了。

第三十五章　褐天缘的科技缘

豫东大平原冬季基本不种别的，全是冬小麦。只有黄河和淮河之间的走廊地带才生长冬小麦，十月播种，来年的六月收获，粮食作物中算是生长期最长的，口感最佳，营养丰富，所以中原人称小麦面为"好面"，而其他一切粗粮面统称"杂面"。"好面蒸馍"曾是中原人最向往的美味，是中原人的肠胃最欢迎的食物，也是中原人之所以成为中原人的生命密码，更是美好生活的标志符号。当然，还有更多的美食，也来自"好面"。"好面条"也是中原人日常饮食，筋道、软糯、丝滑，醉人的麦香滋润着人的五脏六腑，无论是汤面、捞面、烩面、炒面、卤面，都是人间至臻美味。"好面"经过油炸之后的油条、麻叶、麻花、丸子，更是香酥可口，让人回味无穷。前些年，"乡愁"一词一出现，很多人立马就想起了蒸馍夹肥肉、蒸馍就蒜汁、盐水香油泡蒸馍、芝麻叶面条、茅草丸子……

再有一个星期，麦子就该收割了，一年中最为激动人心、充满喜悦的时节就要到了。人们开始躁动起来，好吃的，好喝的，都预备齐活了。有人开始联系收割机。有人开始请亲戚朋友帮忙收麦。外出的人也陆陆续续地回来了。现在的麦收不比从前了，不磨镰，不磨铲子，也不造场、碾麦，大部分都是收割机，过去没有十天半月不能"麦罢"，遇上连阴天哩哩啦啦得个把月，现在一天就能"麦罢"了。天气好，收割机有保证，一个村也不过三四天的工夫，地里就白茫茫的一片麦茬了。

五月的热风像催熟剂，吹一遍，麦子就黄一色。今年小麦苗情好，长势好，虽然种时底墒不足，但是入冬前和开春后都浇透了水，算是风调雨顺了。一眼望去，齐刷刷，视野内铺满了金黄。这铺天盖地的金黄，与尽头的蓝天相接，仿佛主宰这世界的只有两种颜色，就连空气也被它们染得明晃晃的。太阳热辣辣的眼神，落在这一片金黄上，蒸腾着袅袅的麦香。

麦熟一晌，杏熟一宿，收割机开始一辆一辆地进来，麦田里喧嚣起来，欢声和笑语在麦田里盘绕。

褐天缘天天往项目区跑，他的二百三十亩地就在停车点对面。现在，地里的麦子正在收割。他是从今年秋季签的协议，得等各家的麦子收了，他才能开始实施他的种植。他想好了，今年承包的第一季就种玉米。麦地里的金黄已经渐淡，大部分都收完，褐天缘开始往种子公司跑，咨询玉米的品种和价格。

褐天缘正在给农资公司的售货员讲价时，接到孔向阳的电话，说陈主任安排今年农开的科技项目在他那实施。褐天缘一愣，做梦一样，没明白啥意思。孔向阳说，就是今年秋季，他的玉米种不要再买了，省农科院新研发的品种，农开办都已经联系好了。褐天缘好像明白了，说，中啊，中啊，不买了。然后，对农资公司的售货员说，对不住了，他有事儿要走了。售货员说，中，留个电话，方便联系。褐天缘就在他们名片上，写了电话，又顺手拿了一张名片就走了。

科技项目不但给褐天缘带来种子，而且还到褐村做一场技术培训。褐天缘欢天喜地去找褐天瑞，说培训的事。

褐天瑞说："俺正要找你呢，孔主任也给俺打电话了，培训地点就在村室里，桌子、板凳都是现成的，他们可能还会带一些资料啥的，到时候你早点儿去，帮着收拾收拾场地，招呼招呼人，看有啥需要帮着弄好。咱褐村这可是头一回来省里的专家，争取让他们把咱这里作为长期联系点。"

培训会热热闹闹，村室里一下子聚集了很多人，男女老幼都去了，有真听讲座的，有看热闹的，有借机喷空的。褐天缘是最认真的一个，他还专门找了一个褐晓光不用的作业本和自来水笔，把要点随手记下。他很激动，也很虔诚地重新做一回学生。开完培训会，褐天缘又把徐老师他们拉到他的玉米地，看了苗情。

褐天缘看着他地里的玉米苗，欢喜像泉水一样涌出来。他的玉米比周围的苗情都好，叶子绿油油地放光，每一棵都很粗壮茂盛。他在徐老师的指导下每一个环节，都是精心管理，包括种植密度，要求是每亩五千到六千，他种了五千五。从抽穗到抽缨，到最后成熟，每一个时期的病虫害防治，他都做得一丝不苟，实在顾不过来，他就雇人，不会错过最佳农时。

秋天褐天缘看着他的玉米地，灿烂的笑容挂在脸上，他从来没有见过这么大的棒子，都是个顶个的匀称，差不多都有尺把长，每一个都使劲儿向外展挺，想要拖垮生养它的秆子。已经到丰收的季节了，玉米秆顶端的叶子还有几片青绿，那青绿虽然已经失去了油亮，但依然挺直向上，透着沧桑之后的霸气。褐天缘用手摸了摸，它身上的刺依然锋利。下面的叶子已经完成了使命，干枯苍黄了，将要进入生命的另一个轮回。

他走到了那棵巨无霸跟前，他叫它"棒子王"，是这块地里最大的一棵。看着它，像看着自己的儿子，满心欢喜。它的顶穗已经枯萎，顶端还有油绿的叶子，棒子之下的叶子已经全部枯黄了，棒子的苞叶也在逐渐变黄，鲜嫩的玉米须经过激情燃烧后，也变黑干枯起来。摇摇欲坠的棒子似乎要和老去的秆子分离，消耗过度的秆子还在竭力地抓住棒子，不忍放手。褐天缘撕开了棒子的苞皮，金黄饱满而又整齐的玉米粒，挤挤歪歪腻在一起，仿佛诉说着它们的成长。褐天缘抠掉几颗玉米粒，籽粒已经变硬，乳线也已消失，通体焕发着晶莹的光泽。他用手掐了掐，硬邦邦的，掐不动了，成熟了，该收了。

他打电话给徐老师，徐老师说，一定要稳住，千万别着急，我给你讲过，玉米的增产最后几天非常重要。只要不耽误种麦，晚收一个星期，可以增产百分之十。

可是，褐天缘实在等不及了，周围的玉米全都收完了，有的开始着手耕地了。最关键的是，他这一块玉米成了独立王国，虽然很壮观，但是也会遭小偷。已经有人在偷掰棒子了，他挠心一样的着急。褐天缘不能再等了，也不再请示徐老师，直接联系收割机。

褐天缘一大早就给机手打电话，让他十点之前到地方。他打完电话接到了农资公司门店的电话，说他要的麦种到了。褐天缘急匆匆地去了县城。

生意难做，这家公司也很用心，知道褐天缘是种植大户，有啥好的品种都会给褐天缘打电话推荐。褐天缘也因此了解到不少良种信息，还有一些新型肥料、农药信息。褐天缘想着十点之前肯定能赶回来，就算赶不回来也没问题。全褐村就剩下他那一块地的玉米，机手不会认错地方，到了可以先收着。

褐天缘还没到家，机手的电话就打过来，说你赶紧回来吧，有一个人拦着收割机不让下地。

啥样的人敢拦着不让收？褐天缘很纳闷，他没有安排别的人去玉米地啊？本来还想让褐天棚去帮忙，褐天棚在褐大锤的工地上忙活呢。他本想着路很顺，给机手说一下就能找到地方，就没再找人。

机手说，是一个戴眼镜的人，看着不像本地人。褐天缘说，先停下来吧，俺马上到。挂了电话，褐天缘更觉得奇怪了，谁会拦着收割机不让下地，还是外地人？

褐天缘到地方，只见一个人正站在收割机前跟机手拌嘴。那人说，任你说啥，褐天缘不来，你就不能收。机手说，一个小时几十块钱，耽误了你付钱啊？那人掏出二百块钱，说，行，耽误的时间算我的。

褐天缘走近一看，这不是农科院的徐老师？随说："徐老师，恁咋来了。"徐老师说："我咋来了？我不来就坏事儿了。我给你咋说的，再等等，还有三天，你就等不及了？"褐天缘不好意思地说："徐老师你看看，这地里还有庄稼吗？这个玉米长势恁好，光遭小偷啊。"

徐老师愤愤地说："遭小偷？你看着啊。就是不看，人家偷你个棒子又能咋的，能影响产量？你这早收一天，能减收多少？你算过这账了吗？真是大处不看小处看。"徐老师说完，看了看一片精光的大田和远处正在耕地的人，叹口气说："我给你们咋讲的？我还把资料发给你们，玉米一定要晚收，晚收一周能增产百分之十的产量，你们咋不算算这个账啊，百分之十是多少？你这一块地，就是一两万斤啊。"

褐天缘不好意思地说："大伙儿都收了，俺琢磨着也差不多了。"徐老师说："科技是差不多的事吗？科技是精密的、精细的。大伙儿不听，你也不听啊？我让你坚持，就是想让你做个示范，让大家伙儿跟着学学。庄稼都长到这份儿上了，增产就是几天的工夫，现在耕地也是机械了，都很快，不会耽误种麦的。"

机手在一旁听他们这样絮絮叨叨，就急了，说，还收不收了？不收也得给个说法啊？徐老师一听机手说话，生怕褐天缘反悔，赶紧说，今天不收了，过两天再收，这两百块钱是油费，赶紧走吧。机手没有接钱，看了看褐天缘，是褐天缘叫的机械啊。褐天缘连忙说，不收了，再过三天，还是这个时间，这账先记着，收完一块算。机手并没有接徐老师的钱，上车走了。

机手走后，褐天缘问徐老师，你咋知道俺今天要收玉米啊？斯斯文文的徐老师笑着说："我咋知道？我会算啊。我经常在下面跑，还能不了解农村的情况，农村人都是凭经验，随大溜。你一看人家都收了，肯定该急了，撑不到最后。我这次来啊，不单是看你收玉米，还有一个事，就是小麦品种的繁育。我的团队研发了一个小麦新品种，现在有一批材料，想拿到你这里培育。我们这个材料，种出来是原原种，再繁育一代才是原种。你一块地，土壤、地力、水肥都有保证，肯定没问题，我看你人也很可靠。省农开办跟我们是技术合作单位，我们也是经常跟着他们的项目区跑。前提是所有产出的麦子不能流向市场,我们全部收回,经过精选包装,就是原原种。我们经过精选之后,会留一部分给你,作为明年繁育的原种。"

褐天缘激动地说:"中,中,中,您说咋办,俺咋办,俺一定听您的。"徐老师说:"你肯定得听我的,不但要听,而且还得签协议。"

第三十六章　迎接调研

胡秋、陈姝陪着田耕来到了夏营项目区。只见项目区里彩旗飘飘，工地上还有高音喇叭，播放着豫剧《朝阳沟》，一派热火朝天的景象。

田耕脸上却露出了不悦。他说，搞这一套玩意儿，有意思吗？形式主义的余毒没有肃清。王副省长最讨厌形式主义这一套了。胡秋也不解地看着陈姝，说，这是想干啥啊？陈姝一脸委屈地说，不是他们安排的，是施工队自己弄的。这时候，水总过来，跟田耕打招呼。

肉墩墩的水总气喘吁吁地跑过来，说："我跟田处长、胡主任汇报一下，这些彩旗都是我们公司自己准备的，花不了多少钱，而且可以长时间使用。工人是我们自己的队伍，插上旗帜，响着音乐，大家高兴，干活效率高。过去大集体时，平整土地、收和种，都是大兵团作战，田间地头，红旗招展，高音喇叭里放着革命歌曲，真是战天斗地豪情冲天啊，那时候穷是穷，但是心情好，热情高。人是群居的社会生物，好热闹。"

田耕说："要加快进度，王副省长来看时，所有设备得能基本投入使用。水总，你这自动装置设备，到时候得保证一刷卡就出水啊。"

水总圆胖胖的脸庞，笑成了一朵大菊花，他说："我这没问题，前提是井和提灌设备都能投入使用，井和地埋管，不是一家的活。"

陈姝看一眼旁边的袁侨，说："该你表态了。"袁侨笑了笑说："我替陈主任表态，竭尽全力，快马加鞭，保证工程进度和工程质量。"

　　陈姝说："田处长，您看我们这两万亩工程设计怎么样啊？"田耕点头说道："不错啊，很开阔，村庄少，能连成一片。"

　　陈姝说："我们不但这两万亩能连成一片，今年的两万亩和去年的项目区，也都能连成一片。明年接着继续往西做，都是未开发的原田，我们计划打造十万亩的高标准农田项目区。"

　　胡秋瞅一眼田耕，生怕他误会了，接着说："你再连片，能大过洼里的十六万亩的规模，人家十六万亩，一个村庄都没有。那才是田处长精心打造的样板。"

　　田耕笑道："胡秋，你俩又开始唱双簧了，十六万亩确实很壮观，但不具备典型性。如果这个能连一起十万亩，才是真正的我们想要的典型。"陈姝说："如果明年能有五万亩任务，就差不多可以做成洼里项目区的效果了。"

　　田耕一愣，说："哎哟，一不小心，就掉进你们的陷阱了。五万亩，真敢想啊。五万亩，你知道啥概念吗？比你们豫东市整体开发任务的一半还多啊。只要你们胡主任同意，我没意见。"

　　胡秋说："我就说她是痴心妄想吧，还说我不支持她工作。陈主任，你可听好了，别再缠我了，田处长这一棍子都打死了。"

　　田耕边走边说："不是打死，是累死。五万亩啥概念啊，你们今年的这两万还不过瘾？五万亩，真能把人累死，知道吗？真是人心不足蛇吞象。"胡秋跟田耕并排走着，扭头看一眼陈姝说："真能累死人，这不是想当然的事。"

　　陈姝对胡秋说："胡主任，你究竟是哪边的啊？是省里的还是市里的？"胡秋说："我是省里领导下的豫东市，听明白了吗？农开项目不是写小说，可以虚构，得实际点。"

　　田耕说："一切都是未知数，只要为之努力，皆有可能。走，去你们的科技项目区看看，科技项目不是我管的，但是领导有交代，想让省长看看科技项目，这个是国家办多年来扶持的重点，我们省也想打造一个亮点。"

胡秋和陈姝已经把路线都走过了,就领着田耕,穿过夏营项目区,直接到褐村项目区。

车子停在停车点,田耕从车上下来,水泥预制的标志牌、项目竣工牌都还完好。他站在十字路中间,前后左右都看了看。

项目区的沟还在,只是不像开现场会时那么整齐了,有些沟底种上了庄稼,有些沟上还打上了坝子。路两侧的杨树倒是很少缺苗的,树叶大部分都落光了,少许叶子零星地挂在树枝上,仿佛是拼尽全力,抗拒着飘零,能多待一会儿是一会儿。路肩上还都保持着原有的模样,间或也有种上菜或者庄稼的。

陈姝担心田处长批评,一直小心翼翼地跟在后边,工程的管护实在太难了,因为没有专项资金,都是村组干部义务管护。

田耕看了一会儿,说还算可以,有些项目区前脚建好,后脚就不成样子了。听田耕这样说,陈姝悬着的心算是落下来了,这个应该是所有项目区存在的共性问题。

褐天瑞气喘吁吁地赶来,说:"俺去乡里开会了,今天是全乡农田水利动员大会,让俺表态发言,我一说完,就往回赶了。"

陈姝说:"天瑞,你这沟里咋还都种上庄稼了?褐村也不缺这点地啊?"褐天瑞说:"农民见地亲,有巴掌恁大的地儿,都想埋颗种子。"

褐天瑞现在可是乡里的头面人物了,乡里开村、组干部会,再也不用悄没声地坐到后边角落里了。要是哪天他高兴了,想往后坐着,一准被书记、乡长请到前面。现在,书记、乡长有些决策,都得征求他的意见,整个陵北乡全仗着他撑门面。县里的小麦生产观摩、农田水利观摩、林业观摩,都看他这儿。上级一些涉农部门的领导来调研,也都看这儿。今年陈胡县冬季农田水利建设观摩评比,把褐村项目区作为停车点,乡里要重点打造。现在县里搞农田水利建设也改规矩了,以奖代补,不搞平均拨款。褐村也自然成了重点扶持的对象,开动员会时让褐天瑞发言。

褐天瑞一脸兴奋地说:"田处长,恁要是稍晚几天来看,一准和现场会是一个样了。托田处长的福啊,俺本来也是等候撤职的人了,乡里实在是找不到合适的人选,才让俺半死不活地凑合着。谁承想,这农业综合开发,把俺们村激活了。阳会儿,俺算是看透了,这农业、农民,都是靠国家政策活着呢。"

田耕对于这种变化见得多了。自农业开发以来,所有的中低产改造项目区的群众,都会经历这样的变化。没有什么比看到老百姓由衷地拥护更让人开心了,这种成就感不是谁都能体会到的,这也正是激发他们敬业爱岗的真正原因。

他的目光投向了田地。虽然之前来过这里,虽然他见过很多项目区,但他还是很震撼。旁边的麦田里畦子笔直方正,地面平整如镜,麦苗透着油绿,饱含着勃勃生机。宽阔厚实的麦叶,肥硕健壮地伏在地上,微风拂过,轻轻地摆动着,像撒娇的孩子扑在母亲的怀里。由此可以看出,一个农民对土地那种发自内心的热爱,对庄稼那份精心。这才是农民的田园、本真的田野,没有诗情画意的遐想,只有一腔热血的真诚;没有字里行间的敬业,只有心满意足的付出。所谓的诗和远方,也不过是无病呻吟的矫情。

田地里,插着很多小牌子,像是试验田。麦田的远处,有一人在忙活着,好像没有在意路上的这群人。

褐天瑞并不知道田耕在想什么,抄起电话说:"天缘,你在哪儿啊?让你早点儿在这儿等着,咋现在还没到呢?"

电话里传来了褐天缘的声音:"俺早就到了,在这地里测苗情呢,农科院的徐老师要统计小麦分蘖情况呢。俺以为还得一会儿呢。看到了,看到了,俺这就过去。"

褐天缘手里拿着一把麦苗走过来。褐天瑞连忙介绍褐天缘,说这二百三十亩的试验田就是他种的。

田耕笑着说,就是挖沟时拿着刀子要穿人的那个?褐天缘方方正正的脸膛一下子红了，羞涩地说，那是俺喝多了，犯浑了。田耕看到他的脸都红了，觉得更好玩，继续调侃道，听说你把胡主任的白衬衣都穿了一个大窟窿。陈姝想起胡秋第一次来时的情景，也笑了，说："可不是吗，害得我赔胡主任一个新白衬衣。"

胡秋说："田处长，您可要做证啊，陈主任要是不给我买一件白衬衣，我可真要天天吆喝她。"

一帮人的笑声在田野里回荡。

褐天瑞向田耕汇报，褐天缘申报了今年科技项目，引进了省农科院的玉米新品种，喜获丰收，亩产达两千多斤。农科院的老师们来讲课，发现褐天缘真喜欢种地，而且还很用心，他的流转土地也初具规模，各种条件也都具备，就把这里作为一个联系点。刚好他们培育的有小麦新品种，就把这里作为了繁育基地。

褐天缘在褐天瑞介绍完之后，补充说，还要扩大土地流转的规模，和农科院合作，建一个良种繁育基地，名字就叫"天缘种业合作社"，农科院的徐老师他们技术入股，乡亲们土地入股，觉得这个肯定能行。

田耕说："胡主任、陈主任，你们要继续扶持他啊。"陈姝说："得令，我们只能搞好服务，资金、资源，还都需要省办加持。"

田耕一改过去的谨慎，非常高兴，当即表态："这个都没问题，我回去建议，王副省长下乡调研，就来这儿看。现在省里也在探索农业发展的路子，藏粮于地的潜力，随着中低产改造和高标准农田的建设，终归要全部释放，接下来要深挖藏粮于技的潜力了。你们要看看一号文件，对农业合作社、种粮大户都有资金支持，有些项目在农业局，农机局还有农机补贴、以旧换新等项目。这些惠民政策你们一定要争取，抓住国家扶持政策的机遇。"

褐天瑞在一旁搓着手，一直看着褐天缘，意思是别再继续说了。可是领导们都谈兴正浓，褐天缘也像打了鸡血。终于，褐天瑞等到了一个空当，指着远处的一个院子说："田处长，您能看到那墙上写的啥字吗?"田耕笑道:"'农业开发,利国利民',不是开现场会时你们书记让写的固定标语吗?"

褐天瑞说:"看标语不是看标语,而是想让您看那房子,都走到这儿了,不差这两步,走,去看看吧。"

田耕一行人步行往北面走,不一会儿就到了那个大院子门前。只见大门口挂着一个大牌子:瑞合合作社。院子里堆放着一些还未拆封的机器,一些人在忙碌着安装机器。一排新盖的厂房,还正在做地坪。

褐天瑞汇报说:"这个废弃多年的驾校,俺们把它重新利用了起来,筹办一个粉条加工厂。俺们这儿有种红薯的习惯,家家都会做粉条。想建粉条加工厂,把大家伙的红薯统一收购,统一加工,然后统一销售。之前,是有心无力。现在,有政策支持,觉得应该行动起来了。俺这个加工合作社,已经申报了今年的产业化项目。"

陈姝突然想起来,她还安排高一丁盯着这个事呢。褐天瑞还真是个有心人,多会抓机会,省办领导要是来看,立项就不会有问题了。于是,陈姝就把褐天瑞的项目申报情况,向田耕和胡秋汇报了,请他们多关注支持。

胡秋笑着说:"这个陈主任真是太贪心了,啥项目都想往这儿投,到处挖坑让我们跳。"

田耕笑道:"我们支持谋事干事的同志。"

夏营项目区的机井经过整修,基本可以达到用水标准,提灌设备都已经安装好了。水总带着一班人,正连天加夜地调试着自动刷卡设备。这是一个下沉式井保,在机井的旁边是自动刷卡设备,比起沙窝那个装置,改进不少。

农开办所有同志,夏营村的村、组干部,还有一些群众,都站在自动刷卡装置周围,目光聚焦在水总身上,只见他拿着卡,在自动刷卡装置上轻轻一放,清澈的井水便从出水口里喷薄而出。

试水成功！随着井水的涌动，掌声响起了，经久不息。

陈姝眼里竟然也湿起来，有一种梦想成真的感觉。这真是太好了，太便捷了。再不用拉着动力机械、潜水泵、喷灌机、输水带，一大车子的东西去抗旱了。一个妇女，就可以拿着卡轻松地浇地了。

试水之后，陈姝就跟田耕、胡秋、高粱分别打电话报喜。高粱也向姬县长报告了喜讯。姬县长很高兴，随即给姜主任打了电话，报告了项目建设情况，邀请他来视察。一切都准备就绪了，就等着副省长来调研了。

工地上还在紧锣密鼓地进行工程扫尾，陈姝接到田处长的电话，敲定了王副省长来陈胡的时间。

陈胡县的高速路口，豫东市主管农业的刘副市长、农办何主任、陈胡县委书记、县长，还有胡秋、高粱、陈姝等相关人员，一同在等候迎接王副省长、姜主任一行。

县委办安排了两辆接领导的车子，一辆引导车，一辆"考斯特"。陈姝被安排在前面引导车上，省、市领导在"考斯特"上，胡秋、高粱对项目的情况都很熟悉，路上可以给省领导介绍情况，领导询问时，不至于卡壳。

省里的领导还没有到，等候人员都坐在车上闲聊。陈姝一直跟省办电话联系着，省长他们快要下高速了，市、县领导也都从车上下来恭候着。

陈姝从车上下来，刚往前走了两步，夏大雨的电话就打过来。陈姝的心里马上紧张起来，这时候打电话肯定是哪儿出了问题。果然，夏大雨说，离控制器最近的那个出水口被堵死了，是用小木棍儿捅进去的，估计是上学的小孩子堵着玩儿的；还有，挨着的那个出水口被撞歪了，像是晚上开车撞的，控制器好像也有点歪斜，像是一辆车连环撞的。

陈姝的脑子"轰"的一下就蒙了。书记、县长看过路线，还都现场亲自试过水。当时他们拿着卡刷，笑容满面，赞叹不已，这是陈胡县历史第一次使用如此先进的灌溉设备。试水时都好好的,怎么突然就出现这样的情况?早不坏晚不坏,偏偏这个时候坏?这不是要命吗?

陈姝火冒三丈,但还算是清醒,她说:"赶紧跟水总联系,让他火速赶往停车点,立即抢修。"

夏大雨说:"水总就在现场啊,出水口临时修不了,他得回到厂里拉新的,现在来不及了。不过,邻近的两个都没有问题。"

陈姝气急败坏地对着电话吼道:"不是有人看着吗?咋看护的?啊?是不是有人故意搞破坏呢?"夏大雨从来没见过陈姝发恁大的火,吓得不知道说啥好,嗫嚅地解释道:"不像是故意破坏的,好像是司机喝多了。我这两天没在家,交代给了文书,谁知他突然拉肚子。我从外边回来,直接就去了项目区,发现了这些情况。"

陈姝冷静下来,缓口气说:"唉,可真会选日子,早不撞晚不撞,单等省长来时撞。"

夏大雨像做错了事的孩子,小心翼翼地说:"陈主任,你看咋办啊?要不让省长等一天,我们修好了再来。"

陈姝立刻又火了,厉声说道:"你当我是谁啊?我能让省长等一天?我能当省长的家?县长的家我能当吗?"

夏大雨那边一声不吭,陈姝觉得自己有些失态,换了一种口气说:"算了,就这样吧。这其实也是我们存在的问题,省长是来调研的,看到存在的问题,也算是真实的情况,不一定是坏事。"

王副省长一行到了项目区,看到一望无际绿油油的麦田,开阔整齐,设施配套齐全。沟、路、桥、井,横平竖直,网格像棋盘一样规整。地里的出水口、自动控制装置很先进,非常高兴。

水总早已在那儿等候,待王副省长一行走到控制装置前,他拿出了射频自动取水卡,亲自操作。王副省长看到卡到水出,再刷即停,连声说:"这个好!很便捷,真正地在惠民、便民上下工夫了。"转而对姜主任说,"他们还真是用心。"

水总很聪明，他自己先把问题暴露出来，省长是来调研的，肯定得有问题啊，与其让省长发现，不如主动暴露。主动暴露就意味着他的态度诚恳，正在解决中。或许一些过去不能解决的共性问题，领导一重视，就能解决掉了。他说，省长请移步，到这儿看看。他领着王副省长，到了那个被堵上的出水口跟前，让省长看看被毁坏的出水口。他说："其实，我们的产品还需要更进一步地完善，您看这个出水口，被小孩子用小树枝堵死了，还没投入使用就废了。还有前面那个，被车子撞歪了。"

王副省长说："对啊，这个确实容易被毁坏啊，没有保护装置，小孩也好，车子也好，将来的收割机、播种机下地，都容易被撞毁的。你们要研究一下保护装置，能够预防小孩破坏、机械撞击，不能光靠人工看护啊。"水总说："我们现在正在研究，已经初步有了思路。"王副省长说："你们的自动控制装置，我看着就有点歪斜，可能也被撞过。你们也要研究一下，也可以做一个不锈钢的外壳，或者玻璃钢的。确保牢固、耐用、美观，防撞击、防破坏。"姜主任跟王副省长说："现在管护是个普遍的问题，项目里没有这一块钱，地方又没有财力往这儿投。"

王副省长走向下一个出水口，跟走在他身后的姜主任说："这个问题你们要好好研究研究，项目建好了，维修管护要跟得上。"姜主任说："我们也正调研，拿方案。"说完，转脸对何主任说："看看你们的产业化项目和科技项目吧。"

褐天缘正在他的育种基地里喷施叶面肥，接到了袁侨的电话，说副省长要到陈胡调研，看褐村的科技项目，主要是看他的育种基地。

褐天缘说："中，中，中，俺等着。"接完电话，褐天缘就停下了手里的活。他一个农民竟然也能见上省长，这都是几辈子的造化啊。而且，省长来，市里、县里领导都会跟着，肯定会给他带来更多的好事儿。上次田处长来，说农机都能换新的，他去了农机局，果然，那些旧玩意儿都换成了新的，而且买大型的农机具都有补贴。如果不是领导来，他哪能知道这些消息呢？种粮大户的补贴，他也在申请。国家对农民有这么多的好政策，他真的觉得当农民其实也是很幸福的。体力劳作苦是苦点，可是谁又不苦呢？他母亲说，人生下来就是受苦的，要不一落地咋就哇哇地哭，谁又没惹他，哭的就是命苦。

褐天缘背着药桶回到了地头，在田埂上坐下来，看着一望无际的田野，心里充满了感慨。他是一个农民，因为饱受经济的压力，出去打工，也挣到了钱，成了农民工，就是做工的农民，无论挣多少钱，干什么工种，他还是农民，因为他来自农村，他爹娘是农民，他有责任田。就是在外面打工，就是在繁华热闹的大城市，他也从未感觉他是工人，也从未感觉城市跟他有啥关系。他的根儿还在褐村，褐村有他的爹娘，有他的责任田。只有在褐村，他才心安，才踏实。可是，土地只能让他果腹，他的孩子需要上学，妻子需要治病，父母需要赡养，还有红白喜事、人情来往，都需要钱，现有的土地给不了他恁多啊。他感觉没有希望，没有出路，没有奔头，都不知道该怎么办。他也知道，他的遭遇是个例，所以他并未怨愤谁，这跟国家、政府都没有关系，所以他并不关心国家的政策，村里说啥就是啥，如果有大家都有，若是没有大家都没有。

农开项目落地，开始他并不关心，当他知道占了他家的地时，才一怒而起，他啥都没有考虑，就是想着不能占他的地。他都这样了，再把地占了，还能活人吗？所以，才发生了一系列的故事。

故事的后续是他没想到的，有了政策扶持，他还是觉得种地安稳，累点苦点，心里痛快。他喜欢开着拖拉机犁地的感觉，喜欢一望无际的庄稼苗，喜欢成熟季节的收成。看着自己亲手种的庄稼成为粮食，没有什么比这更幸福的事儿了。

褐天缘坐在地头，胡思乱想，他突然觉得要把这消息跟谁说说。他打了一个电话给褐天瑞，褐天瑞说他知道了，县农开办的袁主任通知的，正准备给他打电话呢。

褐天缘说，咱咋办啊？褐天瑞毕竟见过世面，他说："就跟平常一样，你该干吗就干吗，省长来时，你在地里就行，问啥说啥，不问别乱说。"挂了电话，褐天缘还是觉得不踏实，也没心思干活了，背着药桶回家了。

褐天缘进了院子，刚好父亲褐仙寿在那念念有词地读书，见儿子回来，他合上那本线装竖排的老书，问："半晌不夜的咋回来了？"褐天缘说："大，省长要来了。"老人家说："省长跟咱有啥关系啊？"褐天缘笑道："关系可大了，专门看咱的。"

褐仙寿招手让儿子到跟前，伸手摸摸他的脑袋说："没发烧啊？说啥胡话啊？"褐天缘突然就觉得有种愧疚，顺势跪下来，拉着父亲的手说："真的，大，省长要来看农开项目，咱承担有农开的科技项目。"褐仙寿摸着儿子的头，点了点头说："孩子，省长来看的不是咱，是咱承担的项目。项目是国家的，省长也是国家的，国家对咱好，咱老百姓要对得起国家，好好地把项目做好。"

褐天缘一大早起来，父亲已经把院子打扫得干干净净的，站在院子中间，默默念叨着。

褐天缘吃惊地问："大，你这是干啥啊？你咋扫地了？"褐仙寿说："洒扫庭院，喜迎贵客。"褐天缘笑了，说："贵客又不到咱家来，去项目区。"褐仙寿说："来与不来都一样，干净在院里，恭敬在心里。"

褐天缘说："咱这院子，俺天天都扫啊，一天都没落过。"

褐仙寿说："庭院就是心境，掸灰除尘，才不至于蒙昧。心里干净了，就不会做出有悖人情事理的事儿。"

褐天缘心里一热，他知道，爹娘比他更看重这件事。

刚刚放下饭碗，褐天瑞就打来电话，让他带着铁锨去现场，一些地方还要收拾一下，还有下田的那个小桥，边上有道水冲的沟子要平一平。

第三十七章　仙女告状

一辆"考斯特"在"引导车"的带领下，向褐村项目区进发。

褐村的道路修好了，一路都很通畅，路边的障碍也都清理了，卫生打扫得都很干净，村里主街道还新添了一些垃圾桶。县里、乡里都在搞美丽乡村建设，又出了一个新名词，叫"一眼净"，就是视野之内看到的都是干净的。所以，县里拿出一些经费，着力打造一下美丽褐村。

王副省长他们到了褐村项目区内，先去看了褐天瑞的"瑞合合作社"的粉条厂，这是农开的产业化项目，厂里机声隆隆，甚是热闹。王副省长看了生产车间，问了效益，对于这种种植、加工一体化的农产品合作组织给予了肯定，并要求农开和县委加大支持力度，嘱咐褐天瑞一定要创好属于自己的品牌。

从"瑞合合作社"出来，步行到了褐天缘的"天缘种业基地"，直接进入了田间，和褐天缘探讨土地流转方式，土地租金和效益，以及和农业科技部门的合作方式等等。

一阵嘈杂的声音传过来，大家纷纷望去，好像有一个女人，要见省长诉冤情，有人拉着她，不让她往里走。

那女人就地撒泼，躺在地上，并且大声叫喊："俺就是要见省长，省长不是老百姓的省长吗？老百姓的省长老百姓就不能见吗？俺要反映问题。俺要见省长。"于是，她对着田地里那群人喊道："省长，省长，俺冤枉啊。省长啊，俺有冤情。俺要见省长。"

突然蹿出来的上访群众，让所有人都深感意外。一般领导视察，地方都会做好工作，一些上访群众也都早早地被安顿住了。像这种拦路喊冤的也不是没有，但是极少出现。也许因为是项目调研，所以都没有特别设防。

王副省长好像也听到了动静，停下来看着县委书记，县委书记看着乡党委书记，乡党委书记看着褐天瑞，褐天瑞慌忙说："俺去看看。"两位乡干部也随着褐天瑞去了。

大家似乎被这个上访群众搅得十分尴尬，随行的高粱为了缓和局面，转脸问乡党委书记，知道啥事儿吗？乡党委书记很惭愧地摇摇头，很显然乡里对此事毫不知情，估计不是老上访户，老上访户都被他们安顿好了。

褐天缘看着一群惴惴不安的人，说："俺知道，没多大事儿，是俺堂弟媳妇儿，她男人给人家干活摔伤了，住院的时候人家都报销药费，没给他报销。"

王副省长问："为啥不给他报销啊？"褐天缘说："她没交合作医疗费，人家查不到她家账号，没法儿给他报，她一直跟村里闹，都闹了几次了。这会儿是看领导都来了，才故意闹的。"

褐天瑞走到那群人跟前，对仙女说："你先回去，明天俺再去县里给你办这个事儿，你看中不中？"仙女说："不中，俺得见省长，俺得告你们。"褐天瑞说："中，俺领着你去见省长，但是你得实话实说，是啥就是啥，不能说瞎话。"仙女："俺从来不说瞎话，都是你害的，俺的人都残废了，没钱看病，你都不管，你咋当的干部啊？"褐天瑞心平气和地说："仙女，人得凭良心，是谁害了你，你心里不清楚吗？"仙女不为所动，大声说："就是你，你是干部，你咋就不管啊？"

褐天瑞也很生气地说："走吧，咱找省长说理去。"仙女显然没想到褐天瑞这样的态度，反倒安静了。她原想这样一闹，褐天瑞肯定害怕。出乎意料的是，该死的褐天瑞不但没有害怕，还激将她，她也不能就此罢休。于是说："走就走，俺怕谁啊？俺也不是吓大的。"仙女起身就往省长跟前走，褐天瑞和两个乡干部就跟在仙女后边，快走到省长跟前的时候，那两个乡干部拉着她的衣服，怕她扑到省长身边。仙女说："你俩拉着俺干啥啊？俺也没犯法，俺也跑不了。"拉着她的两个人便松开了手，仙女也站住了，说："不见省长也中，得把这状子交给省长，俺反映的问题，都在上面写着呢。"

乡干部一看是一张纸，上面写了一些文字，估计是反映材料，就说："你都到这儿了，就自己交给省长吧。"仙女说："恁不是不让俺见省长吗？俺不见了，你替俺递给省长就中了。"仙女把告状信递给了乡干部，转身就走了。

乡干部很惊讶，不知道该怎么处理这材料，众目睽睽之下他不能压下，直接就交给了乡党委书记，乡党委书记交给了县委书记，因为上访的人扬言要交给省长，大家都听得清清楚楚，省长也听到了，县委书记也不敢私下把信压下，直接呈给了王副省长。

王副省长看完，就问褐天瑞究竟怎么回事。

褐天瑞说："俺也去问了，人家说都录入电脑了，临时加不上。等到明年缴费时，才能加上。俺跟她说好的，明天去医保局找找局长，想想办法。没想到她今天就上来闹了。"

乡党委书记急忙表态说："明天我跟你一起去。现在这种情况很多，有一些农户收钱时觉得亏，谁还能年年有病啊？就不愿意交钱，一旦有病了再去交钱就晚了，系统加不上。"

下基层遇上这种事也是正常的，王副省长就把信交给了县委书记，说情况我都清楚，就不批示了，你们一定要把这个问题解决好。

王副省长又把话题转到了农开，充分肯定了农开项目实施的成效，特别是对引进先进设备的做法给予充分认可，并指示省办要支持、鼓励把先进的科技产品应用到农开项目中。同时，王副省长对农开今后的工作，提出了希望和要求，要改善提升，加强管护，确保农开资金发挥更大更好的效益。他并没有因为项目的设备出了一些问题或者不完善的地方责备县领导和农开系统的领导,也没有因为出现了这个小插曲而批评县、乡干部,总体还是比较满意的。

送走了省、市、县领导,乡党委书记非常生气地责问褐天瑞:"究竟咋回事儿啊?有没有一点政治敏锐性啊?你事先就没有得到一点消息吗?还要拦着省长喊冤?"

褐天瑞说:"一定是背后有人指使,跟她说得好好的,她也同意了。"党委书记说:"说得好好的,光说能行吗?为啥不找人盯着她啊?关键时刻掉链子。好好检查一下你自己的问题,按照这个上面的问题,一条一条写好情况说明。"党委书记把仙女要交省长的材料交给了褐天瑞。

正如褐天瑞猜测,仙女告状确实有背景。褐天棚被褐大锤任命为副场长,干劲十足,天天按时按点上班,猪场也很快就投入使用了。褐大锤为了稳住褐天棚,项目资金到位之后,就给了他一笔占地的钱,一共占他六亩七分地,给了褐天棚五千块钱,说是年底还有分红。

褐大锤养猪确实有经验,但是十几头还行,一下子进了上百头,他就有些顾不过来。项目款主要是用在固定资产上,仔猪、饲料、防疫等,还是需要投入大量的流动资金,褐大锤就把原来的那些家底也都投上了。开始运转还可以,也有赢利,走着走着就感觉勉强了。现实的情况与他想象的差得太远了,原本想着能赚满钵满盆,没想到收本都很难。第二批仔猪进来时,褐大锤就不想多投,包括防疫药,他都减了量。"老虎"一看情况,也嘟囔褐大锤,说他就没有赚钱的命,瞎折腾啥啊,还褐总?咋不叫杂种啊?

褐大锤咬牙坚持着,不料想猪出了问题。那些猪由于防疫做得不好,陆续死掉。生病的猪不舍得埋掉,就提前宰了,卖给附近肉铺和冷冻厂。褐大锤勉强收回了一些成本,但是猪场都建成了,他也不会干别的，只有咬着牙坚持着，希望能时来运转。

随着时间的推移，褐大锤陷入了不可逆转的困境。褐天棚的地钱，还有工资钱，都无法兑现。褐天棚看着褐大锤愁眉苦脸地应付一些要账的，也开始担心自己的收入。可是他一提钱，褐大锤就拿着合同吓唬褐天棚，说是白纸黑字，合同都写着呢，合伙人就得有难同当。

褐大锤除了该着褐天棚的钱，他还赊了人家的饲料、防疫药、仔猪钱，外面欠了不少账，整天想点子挖东墙补西墙，而褐天棚就这样被吸着，想撤又撤不了，干活也没有工钱，几亩地被占着，种不了庄稼。

那天，猪场的太阳能热水器坏了，褐天棚说找厂家来修修吧。褐大锤说你咋惹些熊事儿，来人修不得钱啊？你是电工，上去看看，收拾收拾就中了。

褐天棚胆小又恐高，上房顶有点害怕。"老虎"说，瞧你那兔子胆儿，不是有梯子吗？俺给你扶着，你上吧。

褐天棚就上了房顶，捣鼓了半天也没找到毛病，要下来时却不见了"老虎"。梯子没人扶，褐天棚吓得小腿直抽筋，只觉得眼前一黑脚就蹬空了。听到"妈"呀一声，"老虎"一泡屎没拉完，提起裤子往外跑。褐天棚已经摔到水泥地上，昏死过去。

褐大锤慌忙把褐天棚拉到乡卫生院，接诊的医生说转院吧，估计骨盆摔骨折了，得动手术。褐天棚就被送到县医院，当时就做了手术，据说骨盆上打了几个大钢钉。褐大锤拿了两千块钱一天就花完了。他让仙女看着，说是回去拿钱，回到家里，"老虎"却不出钱了，说是他自己不小心掉下来的，钱都让咱出，得多少钱啊？医院就是个无底洞。

褐天棚住在医院里，褐大锤一去不返，仙女在病房里干着急，她听同病房的人说，住院的钱可以报销，她按照人家说的，就找褐天瑞写了证明，但是人家却不给她报，说没有她的账号。人家问她交合作医疗费了没有？她说没有。人家说，没交就没账号，报啥啊？仙女就去找褐天瑞，她不说没有账号，只说你写的介绍信不对，人家不给俺报。褐天瑞就去了一趟卫生局，问清楚了情况，才知道褐天棚家一直都没有交医疗保险。褐村医疗保险的钱，都是乡医帮着收的，褐天瑞也不太清楚情况，想着有时间了再帮他们协调，看能不能补交一下。

医院里催交住院费，褐大锤迟迟不送钱，仙女无奈之下，只得回去找褐大锤。褐大锤躲着不见面，"老虎"说："家里一分钱都没有，急得烧雪吃，不是不想给钱，是真没钱。你先垫上，等有了钱再给你。"

仙女就回家把自家的钱全部都拿上，可是没过两天医院又催续费，说再不交钱就用不上药了。仙女没办法，又去找褐大锤，刚好堵住了褐大锤。

褐大锤当场把自己的口袋全部都翻出来，不到一百块钱，还赌咒发誓，要是有钱不给就是孙子辈的。说你先找褐天瑞借点钱，等我把猪卖了就把钱给你。

仙女就去找褐天瑞借钱，褐天瑞说俺先给你拿点钱，过几天俺去县里找找人，看能不能给你把户头立上，估计得把去年的钱都补齐了才行。褐天瑞把钱递给仙女，说，天棚不是在褐大锤猪场出的事儿吗？褐大锤得负责啊，医疗费他得出吧？

交的钱又用完了，医生说，你们干脆出院吧，反正是硬伤，在家里养着吧，医院里花销大。

家里没有一分钱了，仙女真是哭天天不应，叫地地不灵啊。没办法了，她只能再去找褐大锤。

陷入经济困境的褐大锤听到一个非常令人沮丧的消息，省长要来褐村视察了。褐天瑞的筹码又增加了，连省长都来褐村了，褐天瑞的尾巴还不翘到天上去啊。那县委书记、县长，乡里的书记、乡长肯定都陪着啊。褐天瑞可真是风光到顶了。

褐大锤正烦得要死,一拳打在了墙壁上,手打得生疼,恰巧仙女来找他。看着仙女走近,褐大锤突然觉得,真是天助他也。

仙女说:"大锤哥,医院让出院呢,还欠着人家住院费,出不了院,大锤哥,你就行行好吧,说到底天棚也是给你干活受的伤啊,就算不是在你家受的伤,天棚有事儿了也得找你啊,不找你,他还能找谁呢?"

褐大锤摸了一下仙女的胸脯,笑嘻嘻地说:"天棚就是俺亲兄弟,医疗费俺想办法,咋的也得能出院啊。你先回去,俺晚上想法儿找点钱。明天一早啊,你来俺家拿钱。"

仙女一时转怨为喜,千恩万谢地说:"谢谢你了,大锤哥。"

褐大锤笑着说:"谢啥啊,一家人不说两家话。"又摸了仙女一把。仙女说:"当心嫂子看见,若是让她看见,还不撕烂你的嘴啊。"

褐大锤说:"'老虎'没在,记住明天一早来啊。"

褐大锤笑眯眯地看着仙女想,这小娘儿们早晚都得是他的。他翻转的机会来了,扳倒褐天瑞就在眼下了。如果能扳倒褐天瑞,他的一切问题都能解决了。那些上级的扶持,还有一些项目,都能轻易地搞到手,他的猪场说不定就能起死回生,兴旺发达了。

第三十八章　褐大锤的计策

第二天一早，仙女来拿钱。褐大锤拉着她的手说："仙女，听哥说，咱翻身的时机到了。你也知道，天棚早就想当主任，天棚要是当了主任，那你不就是干部家属了吗？还不是想穿啥好衣裳都随你心意。"仙女抽出手说："大锤哥你说，让俺做啥吧？"

褐大锤说："今儿省长要来，你就拿着这个材料，说找省长告状。只要把这个递给了省长，咱就胜利了。"

仙女说："俺咋递给省长啊？肯定有人拦住俺啊？"褐大锤说："你先悄悄地过去，如果有人拦你就撒泼，躺在地上不起来，他们谁也不敢拉你，你就大声叫喊，就说要找省长申冤，你也不要真见省长，只要把这个反映材料递上去就行了。"

褐大锤望着仙女的背影，得意地笑了，任谁还能"能"过他褐大锤了？他不能让仙女与省长见面，那仙女见了大官，说不定就把实情秃噜出来，不就露馅了？他就是让仙女把材料递给省长，就算完了。只要省长见到信，肯定会批示。只要有省长批示，下面肯定会狠狠地查。现如今，查谁还能没有一点问题？只要想查谁，一准能查出点事儿，撤职那是小事，说不定得进去了。看那褐天瑞还能再蹦跶几天？于是，就上演了一出"仙女告状"。

褐天瑞决定先去医院看望褐天棚，他只知道褐天棚被摔伤住院，具体摔成啥样也不清楚。现在乡里让他写情况说明，必须得见褐天棚啊，于是买了四样东西，掂着进了病房。

褐天棚一见褐天瑞，哭得一把鼻涕一把泪的，咋劝都劝不住。褐天瑞就站在那儿，等候他平静。褐天棚哭了一会子，就停了下来说："天瑞哥，俺做梦都不敢想你能来看俺。"

褐天瑞见褐天棚一个人在床上躺着，就问："仙女呢？"

褐天棚又哭了，抽噎着说："仙女下去拿药了，人家医生说能让出院了，可是，还欠着住院费，开不了出院单，出不了院。"

褐天棚正说着，仙女抱了一些药进了病房，看到褐天瑞在，愣了一下，转身捂着脸跑了，药袋、药瓶撒了一地。褐天瑞一头雾水，这两口子究竟是咋了？

褐天棚哭着说清了缘由。

褐大锤让仙女早上去他家拿钱，其实拿的不是钱，拿的是告状信，让她递给省长的那个。仙女问钱的事，他说给人家说好了，等这个事儿办好，晚些时候来拿。

到了晚上，刚落黑，仙女就去猪场拿钱。褐大锤见仙女进门，摸摸兜里的钱，那是从"老虎"放钱的柜子里拿的。"老虎"知道了定会有一阵好闹，闹就闹吧，闹一会儿，他几句好话就能哄住。但是，钱就这样给了仙女，还是舍不得，可是自己说过的话也不好反悔。他把手放到嘴里湿了湿，又数了数钱，抽出两张另放着，给自己留点私房钱。

仙女进屋，叫了声大锤哥。褐大锤就抱住了她，仙女躲闪着说："大锤哥，你把钱给俺啊，天棚还在医院里躺着哩。你赶紧放开俺，让嫂子看见，还不敲烂你的头。"

褐大锤被色胆冲昏了头脑，遂说："她敢！俺说啥时候不要她，她立马就得滚蛋，还敢打俺！反了天了。"

褐大锤真是高兴得太早了，他以为他把"老虎"支走就安全了。那"老虎"可不傻，她早上来猪场的路上，远远地看见仙女从猪场里出来，就知道褐大锤又使啥歪心眼儿了。他那些鸡零狗碎的事，还能逃过她的"老虎"法眼？要让褐大锤得逞，她就不是"老虎"。

褐大锤的话音刚刚落地，哐啷一声，一只破洗脸瓷盆儿摔到屋里的水泥地上。"老虎"骂道："骚×女人，狐狸精，半楣门子货，男人才摔着，你就痒了，来勾引俺男人了。"

刺耳的摔盆声和恶毒的叫骂，把褐大锤和仙女都吓蒙了。"老虎"以迅雷之势，去抓仙女的脸。仙女不妨，顿时觉得脸上火辣辣的，也顾不上太多，只是死死地护着头。"老虎"哪能善罢甘休，抓住仙女的头发就往门上撞。仙女个头瘦小，哪是"老虎"的对手？加上羞愧胆怯，像鹰爪下的小鸡，任"老虎"施暴。眼看就要出人命了，吓傻的褐大锤明白过来，双手死死地抱住"老虎"，对仙女说快跑啊。

"老虎"被褐大锤抱着双手，动弹不了，破口大骂。她把所有恶毒、羞辱的咒骂喷薄而出，射向仙女。

"老虎"见仙女夺门而出，遂把恶骂射向褐大锤："你个瘪犊子，熊渣滓，你小娘都跑了，还抱着老娘干啥啊？想把老娘勒死啊？你个坏良心的龟孙家儿，你把钱都给了那骚养汉精，孩子的彩礼咋办啊？老娘都愁死了，你还拿着胳膊往外拐。你还是人不是啊？"

"老虎"其实一直小心着褐大锤，褐天棚躺在医院里，仙女肯定来要钱，褐大锤那个憨货见了娘儿们走不动，肯定会做糊涂事儿。

"老虎"正在为钱发愁，谁家能有闲钱放着等急事儿？"钱出急窍门"，有事儿自然要多方想办法，不能光盯着她家。"老虎"急的不是褐天棚，褐天棚在医院了，一时半会儿也死不了，硬伤就是养着，不治也能好。她急的是儿子的婚事，这是儿子一辈子的大事儿啊，眼看年龄大还没个说媒的，她发愁啊。他们两口子没黑没白地干，舍不得吃穿，她买衣裳都挑最便宜的，雪花膏都没有舍得买过，到了冬天脸皴得跟树皮样，手上黑一块紫一块都是冻疮，这样攒了几个钱，就是为了给儿子娶个媳妇。儿子有点小毛病，其实也不算啥，但是女孩看了就是大毛病了。所以，她见人都让人家给她说儿媳妇，请了专门的媒红，依旧没有着落。就在前几日，媒人突然递了个信儿，说是一个姑娘愿意嫁到他们家，但是要八万八的彩礼。八万八，原本她家里也攒了点钱，能凑够。但是，如今被褐大锤的养猪场折腾干了。"老虎"把压箱底的钱都翻腾出来，咋都凑不够，就准备再去娘家借点。唉，还有个上学的闺女，月月都得要钱。看看那仙女整天就是想着吃穿，脸上抹得油光锃亮，浑身上下都透着香气，褐天棚还把她捧在手心里，啥活不让她干，处处依着她。自己天天像个抱窝的老母鸡，咯嗒咯嗒地护着这个家，这个遭瘟的褐大锤倒好，整天没个好脸。没个好脸也罢，竟然还吃里爬外，起了外心。"老虎"想到此，不禁悲从中来，号啕大哭。

褐大锤倒是吓坏了，"老虎"平常强悍得像头狮子，张嘴就噘人，从来都不会说句软和话，咋还哭了起来？肯定是伤透了心。于是，赶紧将功补过，端起洗脸盆，倒了一盆热水，端到"老虎"前面，先给"老虎"擦擦脸，又把"老虎"的脚放进盆里泡着。一边做一边说："都是俺不对，别哭了。俺也是为了这个家啊，那仙女也是为咱立了功的，若是她把这些事儿都抖搂出来，咱吃不了还得兜着走啊，别说娶儿媳妇了，家都得破了。俺就是拿几个小钱稳住她。你想，那褐天棚在医院里住院，她一个女人家也不容易。"

听褐大锤说一个女人不容易，"老虎"又哭了起来。他只知道别家的女人不容易，咋就没有看到他家女人的不容易啊？

褐大锤想着几句话就哄好了"老虎"，没想到越说"老虎"越伤心，就直接跪下了，说："反正俺知道错了，你打俺骂俺都中，就是别再哭了。你这一哭，俺心里瘆得慌。"

"老虎"心想，享福受罪都是命里注定，靠谁都不行，还得靠自己。她抹了一把脸，也就不哭了，而后跷起脚，让褐大锤给她擦脚。

"老虎"想，治住没治住褐大锤这龟孙不说，那骚×狐狸精肯定治住了。她得把这个无底洞堵上，把仙女的路堵死。以后，那仙女再也不敢来她家要钱了，甭管是地钱、药钱啥子钱，统统都她娘的算完了。她这把柄算是抓死了，若是仙女再来要钱，她一准吆喝她一个村，让全村看看，她要的到底是啥钱。

仙女虽然治住了，那彩礼钱还是不够啊，明天还得去娘家一趟，找娘家兄弟、妹子借。

再说仙女，像被猎人追赶的兔子，跌跌撞撞地回到家，她顺手把大门反锁上，又把压水井旁边的红硪石搬到门后顶着，还是不放心，又从屋里搬出两把椅子也放到门后。

仙女在家里越想越委屈，钱没要到手，被褐大锤占便宜不说，"老虎"还打她。褐大锤占了她家的地，褐天棚为他干活摔伤住院，还不拿钱治病，这是不让人活了啊？她一个人受了恁大的委屈，天棚不在家，也不能为他撑腰，她嫁这个男人算是窝囊透了。仙女哭了想，想了哭，哭了想了一夜，也没啥主张，第二天一大早就去了医院。

褐天棚一看她的脸，像鸡挠的一样，就问她咋了。仙女一张嘴，就哭背气了。

褐天棚正跟褐天瑞叨叨着，医生查房来了，见面就问褐天棚，你打算咋弄，今儿走不走啊？

褐天棚看一眼褐天瑞，说，这不正借钱吗，借了钱就走。褐天瑞对查房大夫说，今儿能出院是吧？

医生说能，几天前就让他们出院了，没钱在这儿耗着干啥啊？褐天瑞说那行，能出就出吧。医生说，得先把账结了，才能开出院证，有出院证才能办手续。

医生走后，褐天棚的眼圈又红了，他躺这儿也不能动弹，靠一个仙女，去哪儿借钱啊？那个遭雷劈的褐大锤，不给钱也就算了，还使坏心眼，两口子没一个好人。他看一眼褐天瑞，过去做了恁些对不起人的事儿，如今咋好意思张口借钱啊。

褐天瑞看着褐天棚的难受劲儿，没再问那些材料的事，因为仙女不识几个字，估计也不知道上面写的啥。褐天棚在医院了，也没看过材料，估计都是褐大锤瞎胡写的。

褐天瑞叹了口气，这两口子纯粹是自作自受。褐天瑞摸摸口袋，也没有恁多钱。对，他带着存折呢，是大伙儿兑的订设备的钱，先取出来吧，让褐天棚出院再说。关键是褐大锤猪场也不太景气，就算褐大锤愿意出钱，那"老虎"也不会轻易让出。"老虎"平时恨不得把一分钱当一块钱花，一下子给褐天棚拿恁些药费，不定多心痛呢，不定把褐大锤骂成啥样呢！如果不是当时情况紧急，住院的钱都不一定拿。

褐天瑞对着愁眉苦脸的褐天棚说："先出院吧，回家养着，俺问问医生，需要多少钱，俺带着存折呢。"

褐天瑞走到走廊里，看见仙女在那流泪，本想装作没看见走过去，还是站住了，说："仙女，过去的事儿就算了，吃一堑长一智。你先回病房收拾收拾，俺去取钱，回来就办出院。"

仙女只是哭，一句话都说不出来。

褐天瑞把钱取回来，跟褐天棚说："俺叫了一辆车在下面，办完手续就先回家吧。还有，你把身份证拿过来，俺去县卫生局一趟，跟他们领导都联系好了，把你的账号添上。以后每年都得交，再不能断档了，就算是添上账号，估计这次也报销不了。"

褐天棚两口子，像听话的孩子，任凭褐天瑞安排，只点头说是。

褐天瑞安顿住了褐天棚，出了医院大门。他想着这个情况说明咋写，先不管它吧，他刚好路过民政局，就拐了进去，看看能不能为褐天棚申请点救济款。估计，他那点家底也被花光了，回去总得过日子。反正卫生局那边早一会儿晚一会儿没关系，有领导安排，他们也不敢怠慢。

第三十九章　新款设计

陈姝召集水总和他们的设计团队，还有袁侨以及农开办的同志，一起去了工地，落实王副省长调研时提出的问题，现场研究自动控制保护装置，以及出水口的设计改造。

陈姝提出，机井保护装置沉入地下也不方便，如果水泵出了问题，得把预制棚板全部掀开，而且不是一个人能做得了的。在改进控制器保护装置的时候，能不能把"井保"也同时改进。

袁侨提出，控制器能不能做出一个不锈钢的外壳，基部就地预制，上面是不锈钢的材质，固定在地上预制好的底座上。

水总说可以先设计好上面的样式，一个不锈钢材质的，像一个扁平房子样式，尽量美观，但成本可能就大了。

陈姝说："先不讲成本，不能被成本束缚住思维。咱们可以先做一部分，今年使用，明年普及。增加的成本明年再说，我们也不能亏了水总。"

袁侨说："我觉得出水口也可以考虑用混凝土预制成一个罩，侧面留有孔，方便接喷水带，小孩子搬不动，也毁不了。这个罩可以设计精巧一些，上面半圆形，像城堡屋顶，搬回家也没啥用，不能当板凳也不能放东西，其他地方也用不上，一无用处，也就没人费力气搬了。"

水总说："这个想法很好，我们可以研究研究出水口的保护装置的抗撞击性。"袁侨说："为了达到防撞效果，设置一个奖项，撞坏一个，奖励多少钱。"水总说："创意都是碰撞出来的，我们这些设计团队只是从专业的角度思考，你们从实用的角度，两者结合就完美了。"

陈姝跟袁侨说："可以把夏大雨他们也叫过来，他们站在使用者的角度考虑，怎么才能够更好用、更便捷。以我们农开办的角度，怎么更适用、更适当。你们设计团队站在专业的角度，怎么更科学、合理、美观。咱们争取把这个设计，做到趋向完美，能够申请一个专利，以后所有涉农的项目，都能用我们设计的产品。"

再说夏大雨刚刚起床，夏春秋就来串门了。夏大雨赶紧让进屋里，夏春秋可算是稀客，他在外边也挣了不少钱，跟村里人来往却不多，每一次开着车回来，也都不吭不响的。他不像有些人在外面挣点钱回来就显摆，仿佛是世界富翁了。

夏春秋可不是胡乱串的，自项目实施后，就不打算出去打工了。那天他见到褐天缘那方方正正的畦田，那么大的面积，都羡慕得要死，他回到医院跟他爹一说，老人家自己就把吊针拔了，非得让夏春秋拉着他去看看。他就拉着老人又去了褐村，老人家一个劲地问褐天缘，他一家真的能种怎多地吗？褐天缘笑着说，那还能假啊，这些都是他种的。

夏春秋在一旁说："人家不都是亲口跟您说了吗？咱村里不也是有很多耕地都撂荒了，有一些虽然种着也跟荒着差不多。签个契约，咱也能种怎些地。"老人若有所思地说："那地种是种，也不是咱的啊。那跟过去的长工有啥区别啊？"

夏春秋说："区别可大了。解放前您扛长工，种的是地主的地，您就落几个工钱。现在这地是集体的国家的，大家一般高的肩膀头，不给谁扛长工，也不打短工。咱种地收入都是咱的，这打井啊修路啊都是国家的钱。不但种地收入归咱，种地还有补助呢。您过去种地主的地，地主反补您吗？"

他父亲夏喜地自从褐村回来，倒是惦记上了大块地，不停地催他，地的事儿咋说啊？于是，他回到打工的园艺场，把东西收拾收拾，向老板辞去了工作，说要回家种地。老板很不理解，说农民都不愿种地，都出来打工了，哪还有赶着回家种地的？累死累活的，能挣几个钱啊？老板说的也是实情，村里很多地都撂荒了，没有水利设施，旱涝都不收，啥都涨价，就是粮食不涨，就算丰收了，粮食值不了几个钱。农民也会算账，也得生活，也得培养子女，也都赡养老人，所以，为了钱，大家都打工去了，种地倒成了副业。他也听到一些人说啥子乡愁，住着高楼大厦，享受着现代文明，却说农村老房子没了，村庄都改建了，袅袅炊烟不见了，男耕女织过时了。这都不是农民说的话，农民也想享受社会文明，享受科技进步。城市里都有网络电视、花园、广场、商城，农村就不能有吗？全人类吃的喝的不都是土地里产出来的吗？农民就是那个盖房子的根基，那些高楼大厦没有牢固的根基，能稳当吗？

所以，无论老板怎么劝说，夏春秋坚决回到了夏营。他觉得当农民种地没啥不好的。他父亲喜欢种地，把地看得金贵，那是骨子里的喜欢，是长在心里的热爱。父亲对土地的珍惜超出常人，一分一毫都不愿放弃，每年跟人家争地边子，弄得他都不好意思。他跟父亲不一样，也喜欢种地，但是不是像父亲那样像对神一样侍弄它。他喜欢土地，更喜欢那种劳动的过程和丰收的喜悦，看着那些种子下地，你不停地侍弄它，生根、发芽、成熟、丰收，所有的辛苦劳累都烟消云散，只有满满的幸福感。他喜欢更多的土地，喜欢更多的收获，喜欢新的稀有品种，喜欢新的农机具，他喜欢跟土地打交道。

所以，他想跟大雨聊聊，了解一些政策问题，国家有哪些扶持。两人正聊着，夏大雨接到袁侨的电话，让他立刻赶往工地。夏大雨说，马上就过去，然后，跟夏春秋说："政策上你放心，都有，一些特殊的，咱可以争取，你自己先想想，有个计划，咱再一起合计。"

夏大雨来到工地，水总正兴奋地比画着，说着他们的设计。

夏大雨说好，不过侧口的空隙要留大点，方便喷水带装卸，装的时候，要口朝里面，不浇地时看不到有口，这样就能避免小孩子的无意识的毁坏了。

水总兴奋得两眼放光地说，集思广益，越来越完美。

陈姝在项目区转了一圈，项目区的设备都基本安装完毕，可以投入使用了，想着开发前的状况，她按捺不住内心的兴奋，特别渴望有人来分享他们开发的成果。

陈姝突然想起了巫莉莉，巫莉莉调整到一个小单位，平时也没啥事，整天抱怨闲得慌，还有前一段时间对她的传闻。于是，陈姝给巫莉莉打了电话。

一辆车子直接开到停车点，一位优雅的女子从车子上下来。她身着宫廷红的羊绒大衣、黑色的羊毛裙，及踝的高跟短靴距裙子大约二十厘米，显出黄金距离感。

陈姝站在控制器前，拍着双手，等那女子走近。

陈姝说："巫局长配我们的控制器，精美绝伦，可以给我们做广告了。"

巫莉莉笑着走到了控制器跟前，说："先说广告费，少了我可不干。"

陈姝把卡一刷，对巫莉莉说："你看前面那个出水口。"一股清泉喷涌而出，巫莉莉张大了嘴，说："我的天啊，这也太高级了。你可是农业技术的革命者，我很荣幸能够免费给你做广告。"

陈姝说："像你们这些养在办公室的人见啥都是稀奇的。这种技术人家早就有了，只不过我们这儿引进得晚而已。"

巫莉莉说："陈主任请上车，在你的项目区转一圈，满足一下你的虚荣心。"陈姝笑眯眯地上了巫莉莉的车子，坐在了副驾驶的位置。

车子发动了，车速控制在二十迈。走着走着，巫莉莉停了下来，陈姝问她："又没有劫道的土匪，停了干啥啊？"

巫莉莉没有说笑，下了车四处眺望，而后感慨地说："这是我见过的最震撼的农田了，也是最让人心旷神怡的土地。原来田地也可以变得这样美，这样撼动人的内心。说实话，我真为你高兴，不是谁都能做到的。"

陈姝说："车子就停这儿吧，我们步行往前走走，你这城里人难得下乡，体验一下乡间情调。"

冬日的暖阳，像毛茸茸的毯子，裹着项目区，也裹着两位项目区的闺密。陈姝说："我本来想去看你呢，一直在工地上忙，这才算是松口气，我想还是请你在这里散散心吧。"

巫莉莉说："看我干吗？我又没得绝症，也没啥烦心的事儿。"

陈姝说："前一段时间，关于你的八卦不少，我觉得你可能也知道点。"

巫莉莉平淡地说："谣言传到主人公那儿，也许就是最后归宿了，说来听听。"陈姝突然觉得自己有点多事，有点传讹之嫌，既然都说到这儿，也不好回转，以巫莉莉的聪明，应该知道是啥事儿，于是就说："传你因为调整的不满意，就跳神龙桥了，我觉得这不是你的风格，所以求证一下。"

巫莉莉哼的一声，冷笑了一下，随后说道："孔子看见颜回吃米饭，以为他是偷吃。"

巫莉莉回想起那天情景。那天，巫莉莉听到了干部调整的消息，就去县委找籍春风了，籍春风说已经尽力了，而且调整人员已经基本敲定。她从县委大院出来，确实有点晚，因为籍春风出去应酬，回来得比较晚。当巫莉莉听到调整的结果时，真的很悲愤。她知道有些人员的调整毫无原则。她苦苦地努力这么多年，早该提拔了，论资历，论能力，她都不输那些人。她去的这个地方，如果不是干部调整安排一个新人，根本没人记起，三年都不会去一个县级领导，更不用说什么名和利了。

巫莉莉有些失控，她觉得以籍春风的能力，如果真心办这事儿，应该没问题。之前找他，他答应得好好的，说没问题。可是由此看来，籍春风并没有尽力办这事儿。他的重心在黄豆身上，没有他说话，黄豆估计不会提拔。而对于她，估计籍春风也只是顺势而为做些工作，只是打个招呼，也许招呼都没有打。他一个副书记，又不分管组织，也许活动能力有限，况且他把自己的前程看得高于一切，他不会为了帮她或者帮任何人，对自己前程造成一丝一毫的损害。

巫莉莉当时，确实感到无奈和无助、失望和不平，甚至悲怨和愤恨，当然，她并不只是对着籍春风，只是一腔复杂的情绪无法排遣。

巫莉莉甚至有些后悔，她其实有个更大的关系，在北京，是老公那边的，她没动用这个关系，是想养着，等更高一个层级时再用。而且，她觉得找籍春风是最便捷、最有效的途径，有时候身边的人反而能把事儿办得更好。对于关系的利用，远近、大小、亲疏，各有各的妙处，就看你怎么把握。用好了，小关系能成大事儿；用不好，大关系也会归于零。巫莉莉用心经营多年，权衡再三，以必胜信心找的籍，却没想到是这样的结果。

"铁打的营盘流水的兵"，也许精妙的设计并不适合官场的多变。若能把那个更大关系用上，也许能成。悔恨交加的巫莉莉从县委院出来，时间很晚了，可是她没有开车，也不好打车，就给老公打电话。

巫莉莉上了老公的车，一言不发，快到神龙桥时，她说停一下，你先走吧，我想一个人待会儿。

她老公看她情绪不好，有些不放心，就悄悄地跟在后边。

巫莉莉穿着高跟鞋，走着走着，觉得有点脚疼，便脱掉了鞋子。因为夜晚，路上基本没有行人，她光脚走在石板路上，竟然觉得很惬意。夜色深沉，偶尔也有匆忙走过的人，谁会在意一个光脚走路的女人。

她走到桥的最高点，停了下来，伏在桥栏，眼前是一望无际的沉沉黑夜，也许只有黑夜才让人感到更真实和舒展、放松和自由。宇宙的神奇就是给了人们白天的装，夜晚的卸。夜的黑能包容一切，一个光脚行走的女人，甚至一个裸体奔跑的男人。脚下的冰冷让巫莉莉竟然有些亢奋，她突发奇想，如果坐在桥栏上，看看夜晚的湖水，那也许有更加神妙的感觉。于是，将自己的一条腿迈上桥栏，这时候，她老公突然蹿出，抱住了她。

她并不感觉意外，说，干啥啊？她又不是跳湖，就想坐在桥栏上，看看龙湖的夜景。

她老公便将她抱上了桥栏，静静地陪着她，当天光渐亮时，她说回家。巫莉莉倏然回神，说："我其实已经很幸运了，比我优秀的人多了去了，都没有提拔，我有啥理由跳湖呢。再说了，提拔也不是活着的唯一目标，我会为了这个跳湖？纯属污蔑！"

陈姝跟巫莉莉正在项目区走着聊着，袁侨跟水总过来，袁侨说水总有了新的设计思路。

巫莉莉一看他们说工作，就说她先走了，哪天回城请陈主任吃饭。陈姝说，听说西城区新开了一家烤肉店，回头请巫局长啊。

巫莉莉走后，水总说："我们团队设计了新款自动控制器保护装置，如果可以，我们就投入生产。"

水总还未打开图纸，陈姝的电话就响了，一看是吕伟的电话。她调侃地说，吕医生，有啥指示？

吕伟半天没有说话，似乎在调整情绪，而后低沉的声音传来，你回来一趟吧，妈被车撞了，现在医院里。

陈姝的脑袋一下子就蒙了，放下电话，深深地吸了一口气稍微平复了一下。

袁侨和水总看着她瞬间的表情变化，问她，出了啥事儿？陈姝努力地控制着自己的情绪，平缓地说："你们先研究研究，我得回家一趟。"

第四十章　伤逝

陈姝直奔医院，老母亲正在重症监护室里抢救。

陈姝正要闯进去，被吕伟拉住。吕伟说："抢救室进不去的，现在昏迷，就算能进去，也是一边看着，净碍事。"吕伟是内科主任，医院里都很熟，所以医生们都在竭尽全力抢救。

陈姝靠在墙上，立刻瘫软，吕伟把她抱到走廊的椅子上，眼泪不住地流出来。她不敢问怎么回事儿，也不敢想最后的结局，一句话也不说。

吕伟拉着她的手，把她揽在怀里，不停地为她拭去眼泪。这个表面上风风火火的女人，其实内心也是很脆弱的，尤其是面对亲情，那也许是她最柔软的地方。他作为医生，知道医术也无回天之力，抢救也只是让家属心里得到一点安慰而已，因为老人家送来时呼吸和心跳都已经很微弱了，心脏复苏器、呼吸机、激素都用了，心电图那条波动的线，一直接近平直。

抢救室的门开了，医生们纷纷出来。主任走到吕伟跟前，说，让陈主任进去看看吧，节哀顺变。

陈姝几乎是匍匐着过去的，她已经无法行走了。看着母亲脸上的血迹和肿胀的双唇，整个脸完全变形，失去了原有的模样。陈姝一声悲泣，几乎昏死过去。

吕伟一直在她的身后，双手抱着她，待陈姝哭了一阵之后，他说:"别哭了,还要处理后事呢,得先给哥哥姐姐们打电话。要不我先通知他们。咱得把妈先拉回家,不能让她进太平间。"陈姝似乎想都没想说:"回咱家啊,回咱家,那是她的家。"

吕伟犹豫了一下,不是不想让老人回他们家,而是按习俗要回老家的,况且他们家确实也没法搭建灵棚。

吕伟打了陈姝大哥的电话。大哥说:"回老家吧。"大哥跟陈姝通完电话,才跟老家的邻居说,让帮忙收拾老家的屋子,先把院子打扫一下,因为他们兄妹都不在老家,院子里常年没人居住。

陈姝随着灵车送母亲回老家,老家的亲邻也都在她家的大门口外等候。

好在母亲生前已经把自己的棺木、寿衣都准备好了,包括一些随葬品也都是提前准备好的,在老家放着,邻居们帮忙把母亲入殓。陈姝和两位兄长、姐姐,都围跪在母亲的棺木前守灵。

现在,他们面临的一个重大的抉择,就是要不要把母亲火化。

母亲生前最大的愿望就是土葬,多次跟陈姝说:"别把俺烧了,俺想留个囫囵尸首。到时候你请请人家的客、送点礼,偷偷地把俺埋了。请客送礼的钱,也不用你出,俺有钱。"

陈姝只当母亲是说着玩儿的,每每开着玩笑回应:"没事儿,送礼的钱让恁儿出。咱认识火葬场的人,可以给你开个假火化证。"

母亲信以为真,欣慰地笑了。她相信女儿,无论如何,女儿还是认识几个人的,能把这个事儿办好。

陈姝想到母亲那欣慰的笑容,心如刀绞。她坚持找人,买个假火化证,把母亲拉出去一圈,假装火化,然后偷偷埋葬,这也是母亲生前就设计好的场景。

豫东市正在开展轰轰烈烈的殡葬改革,陈姝如此决定,实在是冒着很大的风险。但是她决不动摇。吕伟说,我现在就联系陈胡县的殡葬公司。这是陈胡县唯一的一家殡葬公司,从拉死人到火葬场,到入土埋葬,以及各种随葬品,和哭丧队伍一条龙服务。吕伟通过一个熟人联系了老板，虽然不太熟悉，巴掌大的陈胡县，一说名字大家还都知道。吕伟说，钱随便说，只要能保证不火化就行。

老板也很客气，说："现在不是钱的事儿。你的这个事儿我真办不了。现在风头恁紧，我要是跟县里顶着干，政府还不把我掐死。我这是生意，有钱肯定要赚，但顶风违纪的事儿我不能干，我要是犯了事儿，还能赚钱吗？你要是说插个队提前火化，价格优惠点儿，这都没问题。现在这时候，假火化证拿不到。你有所不知，民政局的，还有火葬场的，好几个人都因为这个被开除了。我要是作假，不是开除，而是进去。"

老板说到最后，吕伟就把免提打开了，陈姝听得很清楚。但是她还是坚持，就这样埋人算了，顶风就顶风，违纪就违纪，不就是个小公务员吗？科级干部算个啥玩意儿啊，随他们怎么处理。

陈姝跪在母亲的棺木前，被悲怆和无助碾压着。她从来没有这么近距离地面对死亡，不相信母亲真的离她而去。可是，那冰凉的棺材装着母亲的尸首，她的眼泪默默地流下，声音嘶哑得已经说不出话了。悲痛让她瑟瑟发抖，她不但没有了亲娘，而且还不能保全母亲的遗体。她的生命都是母亲给的，她还吝惜自己的饭碗吗？丢掉工作她还能饿死吗？此时的陈姝，决定铤而走险，漏网就漏网了，不漏就鱼死网破。

大哥劝道："小妹，咱们都是娘的孩子，心情都一样。都想让娘留个囫囵身子。你也知道，很多偷偷埋葬的人，最后都被扒出来重新烧掉的，而且还要罚款。这么大的事，怎么可能捂得住？万一有人举报，还得把尸体扒出来重新火化。如此折腾不是更让娘不得安息吗？赶紧跟殡葬公司联系，把咱妈拉走。"

陈姝似乎已经被伤痛折磨得有些麻木了，姐姐挽着她一起上了灵车。火葬场内阴风呼叫，天色混沌昏暗，细细的雪花当空乱舞，舞出了凄冷和凛冽。一股寒风搅动着枯叶，形成了一个旋风，在陈姝的脚下翻滚。佛教里有"中阴"说，一个人死后，她的灵魂还在，跟活着时是一样，她所有的意思还都是生前的延续，只是肉体已经没有知觉，七七四十九天内，才会进入下一个轮回。陈姝觉得那旋风一定是"中阴"中的母亲在和儿女们告别，不禁打了一个寒战，一股刺骨的冷从她的心里升起，像电流一样遍及全身。

陈姝还在拉住运载母亲遗体的小推车，死死不肯放手。姐姐掰开她的手，扶着她走进了焚化间，她眼睁睁地看着母亲被推进了红通通的焚尸炉，一下子昏厥过去。

当她醒来，母亲已经成了一堆灰烬。太虚幻了，这骨灰就是母亲吗？天天打电话让她回家的母亲？

当她的哥哥抱着一个狭小的骨灰盒上车时，陈姝还是迷蒙的状态，似乎停止了思维。她不知道自己身在何处，也不知道母亲身在何处。

母亲下葬后，陈姝似乎才接受了母亲离开的事实。当她回到家，看到母亲的"宝座"，客厅靠着东墙的那张罗圈椅空空如也，她的眼泪一下子又涌出了眼眶，不停地抽噎。吕伟给她沏了一杯热茶说，想哭就哭吧，别憋着。

吕伟这样一说，陈姝倒是不再哭了，问道，究竟怎么回事儿。自她在医院看到母亲以后，她还没有问过母亲是怎么走的，她不敢问！

吕伟叹口气说："都怪我。我早上上班时，妈说有点感冒，我就找了一点感冒药，让她吃了。中午有同事要一起吃饭，我本想吃完饭给她带回去点，就不再做饭了。她一个人在家，感觉有点发烧，刚好邻居家的小孩放学回来，她就跟人家小孩商量，用三轮车拉着她到前面的卫生室打一针。她没有给我打电话，可能觉得打一针就没事儿了。邻居还说，大娘，我送你去吧。她说没事儿，不远。那小孩骑着三轮车带着她，走到前面的十字路口，有点坡度，小孩骑不动，就下来推着走。推着也走不动，就把车子放那儿，准备回家叫妈妈来帮忙。小孩子放下车子却没有拉刹车，小孩走后，三轮车就倒退，这时候刚好来了一辆小车，没有来得及刹车，直接就撞了上去。三轮车当场撞飞了，妈被甩到了马路牙子上。而后那辆肇事的小车，在路边停下来，看看路上没人就逃逸了。小孩子和妈妈赶到时，妈已经昏迷了。是邻居打电话给我，我叫了救护车拉走的。都怪我，如果我要是中午回来，就不会发生这事儿了。我已经报警了。"

陈姝抱住了吕伟，哽咽地说："不怪你，也许一切都是天意，我们都在轮回之中。妈去天堂了，再也没有病痛，没有烦恼。可是，我再也没有妈了，没有妈的爱。"

吕伟的电话铃响了，是派出所的民警，说肇事司机找到了，要他去派出所处理事故，问笔录。

陈姝说："去吧，记住，放弃追责，放弃赔偿。如果他做得不对，上天会谴责他。如果不是他的责任，又何必追究。能不跟司机见面，就不见面吧，陈胡县城很小，避免再见成为负担。"

陈姝望着吕伟离开的背影，往事不断涌进脑海。

陈姝和吕伟认识是她在县医院住院的时候。那时候吕伟还是个刚刚毕业的医生，她是乡下一个小学里的老师。

陈姝从小体弱多病，三四岁时肚里长"石"，腹部有一个又大又硬的肿块，经常发烧。那时候不知道啥病，也没钱去医院治，眼看小命就要归西了。母亲十分着急，又束手无策，整天哭哭啼啼的。母亲已经失去了一个大儿子了，眼看着最小的女儿又活不成，忧心如焚，天天烧香磕头拜神。有一天，村里来了一位游医，说是路上碰上一个白头发老人，老人说前边的村里有一个小女孩有病，让他来瞧瞧。他几经打听，来到了陈姝家。母亲听闻，倒头就拜，说神医救救俺闺女啊。老郎中说，老嫂子请起，让我看看你家闺女。

母亲把她抱出来，老郎中把把脉，看看舌头，按了按腹部，说这个病也好治，脾大，营养不良造成的。老郎中就拿出了小针刀，在她的手腕、前胸、后背划了很多小口子，然后挤了挤，也没有出血。划完之后，老郎中说，三天不见水，不会再发烧了，给她多吃点好的，有鸡蛋吃鸡蛋，有肉吃肉，补养补养，很快就好了。母亲把家里仅存的两块钱拿出来给老郎中。老郎中笑着说："嫂子，钱我不能收，你看我也没有用药，这针刀还是这针刀。你就给俺做一顿捞面条吧，到饭时儿了，俺吃完饭再走，俺也就是靠着这个混碗饭。"就这样，老郎中把陈姝的小命给救了回来。后来，陈姝在七八岁时，胯上又长了一个特大的脓包，说是因为跳墙头伤着了，里面有积血，没有吸收完发炎了。乡卫生院都不敢动，母亲和哥哥拉着她去了县城的第二门诊，脓包切开时，脓液喷薄而出，把医生的白大褂都溅湿了。医生一边清理伤口，一边说，咋能到这个程度啊？你们大人就没有发现吗？这么大的一个脓包，这孩子竟然还没有发烧，还没有患败血症，真是奇迹。母亲说，她光说腿疼，就去看了骨伤诊所，正骨的医生说是崴着腿了，正骨复位就好了，还拿了膏药，说贴上几天就好了。脓包切开以后，因为腔隙太大了，里面塞了很多引流条。医生要求隔一天去换一次药，母亲和哥哥按医生的嘱咐，拉着她去十几里外的县城换药。还好，最后总算是愈合了，但是肌肉烂掉很多，疤痕处成了一个凹陷的坑。

体弱多病的陈姝，在她大学将要毕业的那一年得了一个很奇怪的病，就是泌尿系感染。问诊的医生很奇怪地说，一个女孩子怎么会得这个病呢？没有特别的办法，就是吃中药。吃了无数中药，但是病情越来越严重，发展到后来血尿，再后来突然咯血，被救护车拉到医院，拍片之后，就转到了传染科，原来是肺结核。不但肺部有结核，肾、膀胱等器官也都有结核。所谓的泌尿系感染实际上是膀胱结核。那时候正值毕业考试，班主任老师去医院看她，跟医生交涉要她回学校考试。

她病未痊愈就毕业了，在学校上班不久，又出现了一次大咯血，被救护车拉到了县医院。家里人乱作一团，当时的主治医生就是刚刚从医学院毕业的吕伟。母亲一直在医院里陪护，实习生突然就把老太太叫到医生办公室，交代了病情，给她下了病危通知。当母亲接到病危通知时，一下子被打垮了，坐在走廊里放声大哭。

吕伟刚好路过，安慰陈姝的母亲说："你闺女这个病说危险也危险，因为病灶离大血管很近，如果继续咳嗽，有可能大血管破裂，造成大出血，病人就会有生命危险，所以这种情况，我们医院必须要下病危通知。说不危险也不危险，如果不再咳嗽，不再出血，就没太大问题。所以，你得冷静，让病人情绪保持平静，这样才有利于治疗。"陈姝的母亲遂止住了哭，换上笑脸回到病房。陈姝问母亲，医生说了啥？母亲说："要你静养一段时间就好了。"陈姝说："我知道这个病叫'痨病'，林黛玉就是这个病。那时候是治不好的，现在都有药了，能治好。"

母亲没吭声，她实在憋不住那么大的秘密，愁闷还是显在脸上，陈姝就意识到了病情的严重性。第二天，吕伟来查房，陈姝就开玩笑说："吕医生，我还能活多久啊。实话实说，我不怕死。"

吕伟看了看陈姝的母亲，又看了看陈姝，以为她母亲都跟她说了，想稳定一下陈姝的情绪，就跟她说："那你想活多久啊？"

陈姝笑道："我想想啊，海枯石烂吧。"吕伟觉得病人挺幽默，下了病危还能如此心态，难得，也笑了，遂说："这个没问题，只要人类能活那么久，你就没问题。"

陈姝的母亲自从在走廊里被吕伟安慰一番之后，就看上了这个小伙子。她经历了大儿子夭亡，小女儿多病，一心想让女儿找个医生。可是，人家能看上她家的闺女吗？关键小妹是个病人，而且还很危险。陈姝在医院住了一阵子，病情也渐渐稳定，医生建议她回家养治。

母亲是个有智慧的人，她打听出吕伟还没有对象，就想促成陈姝与吕伟的婚姻。出院的前一天，她瞅着吕伟查房结束，又坐在走廊里痛哭。吕伟恰巧又路过，说："大娘，你还哭啥啊，你家闺女的病稳定了，只要坚持治疗，就能痊愈。"

母亲见吕伟说话，戛然而止，她叹口气说："唉，俺家小妹命苦啊，这么大了还没个对象。昨天，她在做梦时，叫一个人的名字，俺羞愧得死的心都有了。"吕伟哪知老太太设的套，说："做梦叫人很正常，有啥可羞的？"老太太说："俺是觉得她是看上人家了。一个女孩子动了这样的心思，还不能说出来，心里多苦啊，那还不是命苦啊！"吕伟觉得老太太挺有意思，遂说："现在自由恋爱，男女都可以说啊，只要合适没啥不可以的。"母亲认真地说："可也不知道人家是咋想的。"

吕伟就给她出主意，说："这还不好办，找个人问问不就行了。合适就谈，不合适就算了，也不是啥丢人的事儿。"

母亲就停住了，想了半天，说："你说得也对啊，这不是啥丢人的事儿。那俺也就觍着老脸问一问。"吕伟说，问吧。说完就要走。母亲见吕伟离开，连忙叫住了他，说："吕医生，你先别走。那俺就问了，如果这个人是你呢？"

吕伟一下子就蒙了，脸"唰"的一下红了，他结结巴巴地说："你这问得也太突然了，我得想想。"其实，吕伟对陈姝也是有好感的，她是个知性的女孩，又读了很多书。他很喜欢这个类型的女孩子，性格直爽、有趣，又很安静。虽然她不是那种光鲜漂亮的类型，但五官端正，特别是那双眼睛，明亮清澈，很有灵气。可是，她是他的病人，他从没有往这方面想过啊。

这一切的操作，陈姝并不知情，还依旧跟吕伟说笑，没有半点拘束，倒是吕伟很不自在。陈姝开玩笑说："吕医生，你好像有什么秘密？是不是做错啥事被女朋友训了？"

出院时，陈姝接到了吕伟的一个字条，上面写着：我愿意陪你到海枯石烂。陈姝跟母亲说起这事，母亲只当不知道，说："这多好啊，人家能看上你，那是你的福分。中，中，中，俺看着中。"

后来，吕伟说起母亲在走廊里大哭，陈姝才知道，她和吕伟的姻缘是母亲牵的。所以，吕伟一直对母亲非常好。

结婚之后，陈姝发现这个人也有很多毛病，最大的毛病就是太抠，可能从小穷惯了。他从来不买贵的东西，超市也好，商场也好，都是挑便宜的买。他自己穿衣服都是地摊货,不过给孩子和陈姝买东西,倒是舍得出血。仔细想想,吕伟还是一个实打实过日子的人,除了有点抠,除了爱喝点酒,也没有别的毛病,对家里人也都很好。要说缺点,还有一个就是不懂浪漫。几年前,巫莉莉突然发了一条消息:"情人节快乐",随后又发了一束鲜花的图片。陈姝一时糊涂了,回道:"情人节"?啥玩意儿啊?咋还玩上这个了?巫莉莉回一条:给你科普一下,这是洋节,源于基督教,又叫圣瓦伦丁节或者圣华伦泰节,国内正流行呢,花是老公送的情人节礼物。巫莉莉的老公是做生意的,是那种特别会哄女人的人,换句话说就是情商很高,这也是商人的特质吧,做生意全凭一张嘴啊。

刚好那天她回家,吃完饭和吕伟一起散步,碰到一个卖花的小女孩。她便问吕伟:"你知道今天是啥节日吗?"吕伟反问:"啥节日?陈乡长回家省亲的节日啊。"陈姝说:"傻样儿,'情人节'啊。"

吕伟随口就说:"'情人节'跟我有啥关系?我又没有情人。"陈姝一本正经地问他:"你确定没有?真没有?你发誓。"吕伟随口说道:"我发誓,我还发神经呢。"

陈姝继续追问:"有没有想过,有个情人啥的?"吕伟有点不耐烦,出来散个步还探讨这个,说:"想过,想我的病人。还情人呢,哪有那闲心?就是有那闲心,还得有那闲钱呢。就算有那闲钱,还得有那闲力呢。就算有那闲力,还得有那闲工夫呢。"

陈姝还是不甘心,深入试探他,说到底是没有机会吧?总之还是贼心不死。今天我给你个机会,给曾经的情人买一束花?吕伟吃惊地看着她说,曾经的情人?谁啊?陈姝羞赧地说,远在天边,近在眼前。吕伟一脸不屑地说,你?情人?鲜花?别闹了,有买花的钱还不如买点肉吃呢。陈姝悻然说道,跟他结婚,还不如跟个榆木疙瘩结婚呢。

吕伟转而笑道:"不就是一束花吗?买,买,买,我是说,这都是没用的东西。好,好,好,给陈乡长买束花。"

陈姝反倒觉得自己有点矫情了,凡事说白了,也就没啥意思了,随口说道:"算了算了,不让你破费了。不是真心想买,买了有啥意思呢。"

吕伟从来没有给她买过花,从此她也再不提鲜花的事,他们家也就跟鲜花绝缘。即便有,也都是她随便采的野花野草。遇上这么一个人,陈姝骨子里的小浪漫被他销蚀殆尽。

父亲去世后,陈姝便把母亲从老家接回来跟她住一起。她跟母亲说,等她退休了,就拉着她到处旅游。母亲说,就想去北京看看天安门,每天《新闻联播》里都出现的那个天安门。陈姝答应母亲,等开了春就带她去,而且许诺说坐飞机去。可是,天安门在,飞机也在,母亲呢?陈姝的泪水,不停地流着,穿过嘴唇,越过下巴,滴落在手上……

吕伟回来,看到陈姝又在落泪,走到饮水机旁,接了一杯水,放点茶叶,送到陈姝跟前说,司机全责,但按照她的意见,已经撤回追责了。

母亲葬后三天"圆坟",这是豫东的风俗。"圆坟"之后,孝子要去母亲的娘家谢孝。豫东的风俗娘舅为大,谢孝时要把娘家来吊丧的礼盒,原封不动地回过去。通常娘家人去吊丧,都是一个大团队,抬着礼盒子,娘家人不到是不能发丧的。谢孝之后,陈姝和哥哥姐姐们给母亲做"一七",上坟烧纸。

过完母亲的"一七",所有的繁杂事情基本尘埃落定,陈姝也安静下来。母亲的死,似乎让她有了一种参悟,对命运有了新的认知。所谓幸福、成功,也不过自己的感觉,当你不在乎别人的看法,不在乎名利得失,幸福不是很简单的事儿吗?亲人相爱,家人相伴,就是幸福!很后悔没有更多地陪伴母亲,她忙,忙啥呢?工作吗?事业吗?工作可以推一推,还有时间做,事业也不是一时成就的。可是母亲呢?说走就走了,再也不回来了。

陈姝躺在床上觉得自己垮了,动一下哪儿哪儿都是疼的,好像全身破碎后重新拼接缝合的。吕伟感觉她状态不好,请假在家陪着她。

听到敲门声，吕伟出来开门，是单位的同事来看陈姝。

吕伟把他们迎入客厅，转身进卧室通报，陈姝说谁都不见，让他们都回吧。

吕伟说，起来吧，单位的同事都来了，怎么也得打个照面啊。走不动，我背着你。

吕伟把话说到这份儿上，陈姝只得起身到客厅。大家看到陈姝的状态，都很吃惊。他们一直在工地，不知道她家里出了那么大的事。陈主任自工地上回来，一直不接电话，大家也各自忙着，没往别处想。听到消息时，老母亲已经下葬了，所以大家都很过意不去，才约着一起来看看。

大家也都沉默不语，不知道说啥好，气氛颇为尴尬。袁侨本来想说一下工作，看陈姝的样子，也就缄口不语。落座几分钟后，大家起身告辞。

吕伟把大家送出大门，返回到屋里，陈姝已经躺在床上了。吕伟的电话铃响了，是一位病人家属的电话，说无论如何也请吕医生给他母亲看看病，他母亲快不行了。吕伟沉默了一下，说，我请假了，我老婆也快不行了。

那边声音传来，"吕医生，求求您了，我给您跪下了，救救我母亲吧"。吕伟挂了电话，电话又打了过来。吕伟就在陈姝的身边坐着，电话的声音听得清清楚楚，听到"母亲"字，她眼里立刻蓄满了泪水，说，去吧，救死扶伤，是医生的本分。

吕伟急匆匆地走了，陈姝也昏昏沉沉地睡了。陈姝好像又见到了母亲，母亲紧紧地拉着她的手，说，姝儿，你这是咋了，病了吗？你咋不去上班啊？母亲不是死了吗？原来母亲还在啊，她真的很高兴，她想起身，可是身上确实像压了千斤重石一样，无法挣脱。吕伟呢？她大声地喊着吕伟。

吕伟一只手拉着她的手，一只手轻轻地摇晃着她，姝儿，姝儿，醒醒啊，醒醒啊。

陈姝睁开眼，原来吕伟正拉着她的手。她揉了一下眼睛，说："哦，我魇着了，老人家怎么样？"吕伟长叹一声，说："走了，一个老病号，一直都是我给诊治的，大心脏，高血压，说走就走的那种，就是住到医院里也没办法。"陈姝说："是不是你给耽误了？"

吕伟沉重地说："不是，我到医院他们还没到。她儿子在路上给我打的电话。姝儿，不是只有你失去了母亲，所有的人都得面对生死。我们医生见过太多的突发死亡，都司空见惯了。不是我们冷漠，是客观规律在那儿。我们自己也会死去，不是你先离开，就是我先离开，早晚的事。古代帝王也都在寻求长生不老药，找到了吗？自妈离开，我跟你的心情一样。妈走了，我们就不过了吗？你得振作起来啊，你这样下去，我和孩子怎么办啊？妈八十多了，也算是高寿了。在农村，这也算是喜丧了。这些天，我没劝你，主要是想让你休息休息。你需要休息，人不能太拼了，身体透支，很容易出事的。妈身体多病，都跟年轻时过度劳累、透支身体有关啊。高血压，壮年时就有了，她说过去就有头晕病，晕得天旋地转的，谁还去医院看啊？躺两天就好了。现在我们都知道，头晕病有可能就是高血压。高血压导致心脏病，吃药时间长了导致肾功能损害，尿毒症。咱家有医生，她才不用去医院，如果不是有医生，还是要三天两头往医院跑，就跟刚刚那位老太太一样。"

陈姝被吕伟拉起，倒像个听话的孩子，由吕伟扶着慢慢地在屋里活动，就在这时候，农开办却出了大事。

第四十一章　蝴蝶效应

袁侨刚刚回到家里，水总就打来电话，说陈主任电话一直打不通，自动装置保护外壳、出水口保护装置的设计图纸都出来了，需要最后敲定。如果定了，就开始投入生产了。

袁侨就把陈姝家里的事跟他说了，让他再等几天。袁侨放下电话，去了卫生间，出来时，他妻子说电话响了。

袁侨一看，赶紧回过去，只听那边胡秋气咻咻地说："咋回事儿啊？陈主任电话一直打不通，你也不接电话。陈胡县不归豫东市管了是吧？"

袁侨连忙解释。胡秋依旧怒气冲冲地说："省办打电话，说陈胡县网上有帖子，农开工程是豆腐渣工程，还有照片，附有几张小桥被毁的照片，还有桥头路被碾坏的照片。到底怎么回事啊？姜主任很恼火，中原省的农开从未出现过负面消息。陈胡是第一家，省办责成市办赶紧跟发帖人联系，做好工作，以最快速度删帖，不能再有这样的消息出现。并要求市办迅速组成调查组，深入陈胡项目区现场处理，并将处理情况速报省办。我打不通陈主任的电话，你火速向她汇报。"

挂了电话，袁侨心情很复杂，但是事情紧急，刻不容缓啊。他没来得及跟胡秋说陈姝家里的事，胡秋就把电话挂了。

陈姝家里出现了这样的大事，依照惯例，单位同事都会去帮忙的。可是，自她从工地上离开，大家各忙各的，都知道她母亲身体不好，以为住几天医院就回去，再说吕伟是内科主任，医院的事都能搞定，甚至不用去医院就能治疗，所以大家也都没太在意。工地上一堆事，等着她敲定，水总那边的设计也是等她看过之后就投入生产了。还有，产业化项目、科技项目省办下了文件，马上申报。高一丁、孔向阳都来找他，说一直跟陈主任联系不上，不知道怎么回事儿。他很着急跟陈主任联系，但是电话一直没人接。她的几个号码都打，都没音。他也感觉她一定遇上了大事儿，就找熟人要了吕伟的电话。当他听完事情经过之后，真是太意外了。他连忙召集单位的同事一起看望陈主任。

他本来想着趁大家都在把这些紧迫的事情跟她汇报一下，她一拍板，工作继续往前推，由他盯着，她可以继续休息。可是看到陈主任面色晦暗憔悴，精神委顿，就不好意思再提工作上的事。可是，现在他该怎么办呢？

情况十分紧急，袁侨一时没了主意。他打开了电脑，看到了那个帖子，后边还有很多跟帖的人，言辞相当偏激。不明真相的人一看，农开办这帮人拉出去枪毙都不亏。他看了这个发帖的人，突然想到两个月之前，他接到一个电话，说是某媒体记者到项目区采访，看到一些工程有问题，想跟他见面。稿子也写好了，请他们审核，然后定稿。他也确实收到了那篇稿子，纯粹的胡说八道。他知道这是个假记者，因为之前被敲得太多了，每一起都是拿点钱算了。老主任说"没有君子不养艺人"，这些人都是靠这吃饭的，多少抹点打发了算了。被假记者围猎的，不只是他们这一个单位，但凡有点小项目、有点小权力的单位，都是被围猎的对象，哪个还能不被敲诈？

当时，他拿着这篇稿子跟陈主任汇报。陈主任看了看，说："纯属敲诈，一看就是假记者。我在乡里的时候，经常遇到这种事。这些人，原则上不要惹，也不要惯。要钱没有，态度客气。按照稿子上写的那些事，咱们写一个材料，解释清楚就行了。"

那个人等了两个月，没见到钱，就狗急跳墙，在一个个体网络平台上把稿子发了出来。

　　这些人都有一个圈子，消息互通，资源共享。稿子一发，跟帖的很多，网上转得到处都是。而且这个圈子里的人，像嗜血者闻到了血腥，很快就会麇集，像蚂蚱队一样，围攻一个目标。这条消息散发得火速，姜主任看到后，就直接给何主任打电话。何主任直接给陈姝打电话，陈姝电话不通，就让胡秋跟袁侨联系。

　　袁侨急得火烧火燎的，在客厅转圈。妻子说，干啥呢？陈主任家里有事，你也趁着休息休息。袁侨说，情况紧急，拖不得啊。陈主任现在这种情况，我也不好去找她啊？妻子说先给吕伟打电话，问一下陈主任的情况，然后请他转达你的意思。她现在也没有生命危险，不过是心病。

　　袁侨见到了陈姝，虽然还是很憔悴，经过洗漱精神好多了。陈姝听完，说："你就全权办理吧。"

　　袁侨一听就急了，说："陈主任，不是我推托，你了解我，干工作从来不讲价。但是，这个事儿大，姜主任都发火了，市办何主任也很生气。再说，各个部门的协调，非您出面不行啊，哪怕是您不说话，出个面就行。"

　　袁侨正说着，胡秋的电话又打过来了，袁侨把电话给了陈姝。胡秋很不客气，代表市办要求陈胡县农开办第一时间把问题解决掉。

　　陈姝放下电话，沉默不语。许久，她仿佛自言自语地说："我为啥当时没有理会这个记者呢？不就给点小钱吗？现在，估计花十倍的钱都摆不平了。我们有问题吗？没有啊，所以，不想助长这样的邪气。他们有一个圈子，你一旦被盯上，后边的敲诈就会像蚂蚱一样，一哄而上。"

　　袁侨没说话，他默默地倾听着，他知道只要陈姝开口说话，就能把问题解决掉。陈姝说："这都啥世道啊？魑魅魍魉都在兴风作浪，讹诈成了合理合法之事，冠冕堂皇之事。删帖、沟通、低头、说小话，就差磕头谢罪了，而那帮孙子沾沾自喜地拿钱走人，还不屑地说我们都是贪官污吏、傻子废物。"

陈姝抄起电话，给县委宣传部网信办的主任打电话，让他想办法先把帖子删了。网信办主任说："我得看看在哪个网站上的，如果是外县的，还得到市网信办去一趟，这些网站都是个人的，而且是个技术活。"陈姝说："费心了。我这边保证服务好，需要咋办就直接安排，我们都不懂。需要我出面的，我出面。一会儿我让我们单位的袁主任跟您联系。"

陈姝放下电话，跟袁侨说："先和网信办主任联系，按他的要求办，不惜代价。另外，你也跟这个假记者联系，看在哪儿见面，谈价钱，满足他的条件，让他撤稿。"

袁侨看着陈姝跟网信办主任打电话，心里由衷地高兴，他知道，陈主任已经重新回归了工作状态。

陈姝看着袁侨离去的背影，对吕伟说还觉得心慌气短。吕伟扶她回卧室，刚躺下，又起来，说得给市办回个话。

胡秋接到电话，沉默一阵，说："对不起，陈主任，我不知道你那边出了恁大的事儿。刚才袁侨给我说了，实在抱歉，没能去看看。只要你出面，这些事儿都不是事儿，我相信你们都能处理好。这种事儿多了，大家都能理解。主要是现在国家媒体，正在系列报道中原农开综合效益，过一段时间，主管副总理要来调研，所以在这节骨眼上，姜主任怕出负面效应，大家都互相理解吧。"

陈姝气喘吁吁地说："是我们没做好工作，给省办、市办添乱了。"胡秋说："也不全是你们的责任。国家办盘点农开项目，总结经验，排查问题。最近派出了暗访组，到各项目区检查，确实发现很多农开项目区出现了问题，一些项目区，工程质量标准不高，配套上不去，都废弃了，国家投了那么多钱都浪费了。所以，要求各省农开办要举一反三，全面排查。姜主任担心我们出问题，要求市办把情况调查清楚，然后形成材料上报。"

陈姝说:"跟胡主任汇报一下,照片上那个小桥的照片,是2002年的项目区,那些大田地里农用小桥的设计,都是有载重量限制的,被一个超重的大车撞了一下,早就修好了,而且我当时就跟那位记者解释过了。他要的不是解释,而是人民币,说拿两千块钱就不上稿子了。两千块钱我们也可以给他,但是就是不想助长邪恶。现在,估计十个两千都下不来了。"

胡秋长叹:"有些不良风气,靠我们少数部门不行。大的风尚需要国家层面上的引导,这些问题早晚都会被治理的。"

袁侨跟陈姝说跟那个记者联系上了,口气很大了,说他是省媒的,听他的口音,不像是省城的,普通话都说不好。他故意跟记者攀老乡,他说老家是邻市的,现在在省媒工作。袁侨说他侧面打听了一下,所谓的记者是省媒下属一个什么记者站聘用的通讯员,不是正式记者。这种人最难办,你说他不是记者,他跟记者有关系;你说他是记者,又没有正儿八经的编制。他们这个阶层,能做很多政府做不了的好事,更能做很多坏人都做不了的坏事,关键是鱼目混珠。记者提出要在省城见面,还得请陈姝亲自出场。陈姝说,她倒是想会会这位大神。

省城的某大酒店,那位记者带着几个媒体的朋友,还有一帮子女孩子。他毫不避讳地跟那些女孩子调情,八卦了很多官场之事,哪个领导是哪条线上的,哪个领导将要履新提拔,都像是第一手资料,权威发布。他讲,有一个市委书记,带着一个女孩子出去吃饭,在座的都是大企业家,觥筹交错之时,市委书记对那些企业家说:"你们不要给我送礼,送我也不要,党的干部历来讲廉政。你们帮帮这位小妹妹就行了。"于是,这个小妹妹很快就成了商界新人,身价不菲。这个女孩儿,前天他们还在一起吃饭,长得明星一样,八面玲珑。你一见她,就觉得你上辈子欠她的,光想补偿她。坐在他旁边的一个女孩儿酸溜溜地说,哥,你是不是已经补偿她了。那位"记者"说,哥想补偿啊,哪轮得上呢,估计现在想补偿她的人都排成长队了。说完一阵狂笑，全然不在意在场人的感受。

陈姝从酒店出来，感觉胃里翻江倒海。她赶紧扶住一棵树，只觉眼前昏暗，心慌气短，快要晕倒的样子。她下意识地做着深呼吸，脑子里一片空白，过了一阵子，陈姝缓过劲儿来，长嘘了一口气。

陈姝先离开了，袁侨跟"记者"去了宾馆，按照他的要求，开了一间豪华套间。袁侨带着钱，带着录音笔，进屋就开始跟他套近乎。"记者"以为他们领导都来了，肯定也是知道他的神通，所以也就更加放肆地吹嘘炫耀。袁侨就有意把话题引向了网上的这篇文章。"记者"显然喝得有点多，就讲他们怎么去的项目区，怎么写的稿子，怎么发出来的，发出来之后引起的效应等等。最后，说到了钱，说到了撤稿。袁侨说，这钱请你点点，对不对。那人说："不点了，兄弟，我相信你。你这都是银行打好捆的，还能有假？"袁侨说，你不点我来帮你点吧，你看着就行。袁侨点好，报好数，说："你收好。"又说，"唉，酒店不错，叫啥名字来着？""记者"报了酒店的名称。袁侨说："你在这很熟吧？"那记者说："那是啊，基本都是这个8899房间，主要是我喜欢这个数字。"

袁侨说："那太好了。"说完，袁侨拿出手机，按下播放键，放给"记者"听。那"记者"一下子酒就醒了，说："兄弟，你这是干吗啊？"说着就去抢袁侨的手机，袁侨说："不干吗，就是留点资料。你抢走手机，也无所谓，我这里还有录音笔呢。"见袁侨这样说，他就站在门口，把门绊上，说："你是走不出这个屋的，我马上就叫人过来。"袁侨说："没事儿，我已经给前台说好，两分钟之后，他们就会敲门，敲不开就会破门而入。"

"记者"一听，知道这都是设计好的，也只能认栽。他说："兄弟，都是误会，钱你拿走，稿子我撤了，然后再给你们正面报道一下。"

袁侨说："见谅，以后常来常往啊。"说完，掂着钱离开了。

从省城回来后，陈姝就上班了。袁侨和水总把新的控制器保护装置、出水口保护装置的设计图给陈姝看。

三人正在看图，市办打电话给袁侨，要求写一个情况说明上报给市办，然后市办再向省办写情况说明。还有，从二〇〇三年开始，全省开始拉网式检查项目区，路、井、桥，要登记造册，建立档案。有问题的要整修，保证项目区的设施都能使用。

这是一项非常大的工程，时间紧，任务重，而且他们的项目区还没有竣工，根本没有精力顾及，只能借助乡、村两级的力量。关键整修需要资金，乡、村两级肯定无法承担，没有资金保证，工作无法开展。

陈姝问袁侨整修得需多少资金。袁侨说主要是机井的淘洗，需要一笔钱，过去的路都是一些石子和砖路，没有太大的问题，一些小桥都不在主干道上，也没太大的问题。淘洗机井情况也不一样，有的出水量不够，淘淘就好了。有的淤滞太多，需要钻机。还有一些可能井管坏了，需要大动干戈。综合下来，估计一眼井要五百元左右。

陈姝觉得，既然是上面压下来的任务，不做不行，那就要做好。一定要抓住这个机会，把那些废弃或者半废弃的机井修整一下，等于实施中低产田改造，这倒是个好事。

陈姝跟袁侨商量，先出一个方案，把省办、市办的要求写清楚，把农开项目发挥效益的情况也都写出来。主要是写问题，写原因，确实因为缺乏管护和维修，一些工程不能发挥应有的效能。建议措施一定要写清楚，包括上级要求完成任务的时间节点，这个是方案的重中之重。另外，要做一个预算，需要多少资金，然后再向政府写一个要钱的报告。这么一项大的工程，靠农开一家推不动，得由县政府组织召开各乡镇主要领导参加的动员会，到时候还得请高副县长亲自动员才行。这样既可以把整修台账建起来，如期完成整修任务，也不影响在建的项目区工程进度。

陈姝拿着报告正要去找高梁汇报，接到网信办的电话，说网上又一个帖子，还是说农开项目区豆腐渣工程，这次说的是刚刚修好路就出现了裂痕。

果然，蝴蝶效应出现了。

陈姝问是哪个网站啊。网信办主任说，不是在咱们县网站上发的，是外县的一个网站，也是个人的。不过指名是咱们项目区，估计是上一个消息的余波，署名是小李飞刀。刚才查了一下，好像是道源县的，是一个单位聘用人员，专门写材料的，可以找人做做工作。

挂了电话，陈姝骂了一句，不知道是骂谁的。她喝了一口茶，搓了搓脸，感到极度疲惫，心力交瘁，好想回家歇会儿。

"小李飞刀"，刀子乱飞呢，找一个人？道源县？陈姝似乎觉得自己的脑子像榆木疙瘩，没有丝毫的缝隙。这年头鸡毛都上天了。找人？找谁呢？陈胡县她还认识几个人，去道源县找人？找谁呢？

她想到了胡秋，他可以跟道源县农开办的打个招呼，找个熟人。拿出手机，还没有拨号，她摇摇头放下。胡秋知道了，说不定又是山呼海啸。得找一个能够治得住某局局长的人，一个聘用人员还不是局长一句话就搞定了。

突然，陈姝脑洞大开，她有一个市委党校青干班的同学，是道源县检察院检察长，虽然平时联系不多，帮忙解决这个小事儿应该没问题。于是，她给那位同学打电话，扯了一通，虽然她一贯打电话都是直奔主题，可是求人办事，就有点张不开口。闲聊了半天，待人家快要挂电话时，她才说借检察长的官威办个小事。那边笑道，啥官不官威不威的，有事儿请指示。

陈姝大概说了情况，让他给某局的局长打个电话，并把局长的电话发过来，她得跟局长把情况说清楚，而且她也通过局长把小李飞刀的电话要过来，跟人家解释清楚。不然，她和单位都会陷入万劫不复之中。网上的名字可以随时换，他们术语叫"马甲"，换个网名就是脱个"马甲"，再重新发帖，谁也不认识他是谁了。所以，必须把后路都切断了。

检察长一个电话，小李飞刀就把帖子删了。但是陈姝也好话说尽，小李飞刀十分不满，迫于局长的压力，就此罢休。

第四十二章　大变局

时隔不久,县委召开中层干部会议,传达中央八项规定。那天,陈姝跟虞觅坐在一起,虞觅说,咱作为基层干部不能妄议,但是感觉是出现了新气象,有了新希望,特别是咱们这个层面,再吃再喝,单位都得关门了。陈姝说,过去不是每年都有文件严禁吃喝,可是都没管得住啊。虞觅说,这次不一样,你看这会议的规格就知道了。

过完年,陈胡县请了一位省委党校教授作宣讲,全陈胡科级干部都参加了,很多人也是经常不见面,见面不免寒暄,但是没有人再说中午喝几杯,县里几个高档饭店关门了,洗脚店也转行了。各种消息依旧在传,传得最多是老书记要出事儿了。陈姝听完之后,还是觉得挺吃惊的,老书记才提拔不到一年,他在陈胡多年,关系网盘根错节,又得牵连很多人,陈胡县的官场说不定得塌方。休息间隙,虞觅找到陈姝,说中午请她吃饭。陈姝笑道,还敢请吃?她可不敢吃请啊。虞觅说,请吃是自己掏腰包,现在谁还敢公款吃喝啊?

陈姝不太喜欢各种热闹的场合,特别是无厘头的聚会吃喝,她属于小单位小众人,而且很多提拔的新人也都不认识。但是,对于虞觅似乎例外,虞觅是乡党委书记中比较有能力的,口碑也好,他们关系相对来说比较近。到了乡党委书记这个层面,各种工作、各种协调、各种对接、各种关系都要周旋拮顺,既要寻找生存、生机之道,又要谋得突破发展之路,当然也会关注升迁之机。所以,他们的人脉资源都非常广泛，对于官场动向消息得到的就比较多了。于是，就聊起了老书记的事儿。

老书记出事儿也不像外界传言，说原来班子不和，有人告他。他提拔之后，觉得有些人情也要还一还，春节期间也不免走动。其实也不是因为春节期间的走动，而是春节期间在饭店吃饭被省纪委暗访组逮住了。他以为像往常一样，给人家说说情况，再找人说说情就完了。没想到风气变了，只要你有事儿，就不是协调能解决问题的。他情况也说了，人也找了，那边还是抓住不放，说是顶风违纪。他为了表明自己的态度，就主动找纪委的同志交代了一些问题。谁承想越扯越多，越扯事儿越大，结果自己完全失控。到了后来，不是被迫交代，而是主动交代。一时间，整个陈胡的干部队伍出现集体恐慌，因为之前逢年过节，谁还不走动走动？现在不让走就不走了，可是已经走过的再也回不来了啊。

三级扩干会，主持会议的是籍县长，县委书记是新来的石晨。虽然主官都安住位了，但是恐慌还在发酵。因为老书记的案子没结，都还没有波及科级干部。这一轮的陈胡大变局中，胜出的是籍春风。姬县长因为受老书记的牵连，没有接上书记，被调离本县另有安排，副书记籍春风如愿接了县长，高粱由常委副县长提拔为副书记。

陈姝拿着项目整改方案去找高粱，虽然他不是主管县长了，但副书记协调农业，分管的副县长万能是新来挂职的，对农口的工作不太熟悉。

高粱说："我开动员会也没问题。但是，政府组织召开乡镇主要领导的会议，得向县长请示。籍县长同意才可以，这是规矩。你先去找县长要钱，有了钱才能启动。没有钱，咱们会议也是白开。等你的报告批了之后，籍县长对这个事情也有基本了解，我再去跟籍县长汇报。"

陈姝犹豫了一下说："能不能先开动员会，因为市里省里都在催进度，开了动员会，说明我们有进度，对上也好交代。不然，等于工作没落实啊。"高粱沉吟了一下，明白陈姝的意思，说："也行，我跟籍县长请示一下，再通知你们。"

陈姝心情似乎很复杂，籍春风当了县长，他对她也许没啥不好的看法，但她总是觉得不太好接近，没有底气。她想着，不能先找籍县长要钱，说不定一下子就被"堵"死，先行动起来再说。

农开项目整修动员会如期召开，由各乡镇的乡镇长参加。高粱副书记主持，万副县长动员，最后高副书记说，要想把事做好，首先领导得重视，领导不重视，下面累死也干不好。

工作推进得很顺利，省办、市办都很高兴，把陈胡的做法在全省推广。陈姝拿着省办的简报去找的高粱。高粱也很高兴，说："拿来吧。"陈姝一愣说："啥啊？""装糊涂，你不是来要钱的吗？"陈姝说："高书记圣明，各乡镇都找我要钱，我说高书记已经答应了，钱很快就到账了。"

高粱笑着说："我就知道你会把我卖了，不过，除了卖我，你也没有别的办法了。"

陈姝欢天喜地，她的苦戏还没唱，高书记就揭谜底了，拿出要钱的报告，就准备离开，又听高粱说道，省办出了专题简报，陈胡出了经验，籍县长肯定也很高兴。

高一丁敲开陈姝的门，八卦着陈胡县进驻了纪委的专案组，某某被叫去了。陈胡县的科级干部，基本都叫了，听说纪委那边定了一个线，日常来往把钱退了就算了。陈姝看着他，一直没吭声，小县城这种消息，传得比风都快。

高一丁突然就住了嘴，他知道陈主任不太喜欢听这些。他也是一时兴奋，就说多了，突然想起来，是汇报产业化项目的，他说，产业化的项目批文到了，上周拿到的。说完，他不好意思地说，我说跑题了。陈姝说，岂是跑题，风马牛不相及。

高一丁说着说着，又回到了原题上，说，巫莉莉……他其实开始就是想说巫莉莉的事儿，绕得太远了。果然，陈姝听到巫莉莉的名字，就关切起来。说，巫莉莉怎么了？也被叫去了？

高一丁终于找到了一个点，他说："不是，有人给巫莉莉支了高招，巫莉莉出去看病去了，从北京寄回来的病历。"

陈姝说："不说巫莉莉了，褐天瑞的粉条加工厂批了吗？"高一丁说："批了，一百多万呢，我帮着他跑到了市里。"

陈姝对高一丁说："你打电话，让褐天瑞来一趟，就说我找他呢。"陈姝并未让高一丁拿批文，她知道，高一丁肯定把文件复印件给过他们了。

高一丁给褐天瑞打电话，说批文都下来了，你赶紧去见见陈主任吧。这一百多万的无偿资金，怎么着也得感谢感谢吧。

褐天瑞毕竟当了恁多年的支书，心领神会。他知道，高一丁也领着他去市里县里协调，打通了很多关节，争取项目确实不容易。不过，确实应该感谢一下陈主任，没有陈主任他们的项目实施，他以及褐村的班子都不会有现在的情况。若是搁从前，这种事儿他想都不敢想。

褐天瑞敲门进来，陈姝正在跟田耕打电话，汇报明年的十万亩高标准农田建设规划。田耕对陈胡的规划很感兴趣，省办一直想打造一个新的项目区，作为带动全省的典型，他跟陈姝说："你们的理念要融进大老板的思路，才有可能实现啊。今年的计划任务，省办也有新设想，对于你们来说是个很好的机遇，我肯定支持你们，但我拍不了板……"

田耕说话的时候，陈姝示意褐天瑞坐下。田耕说完了，陈姝起身给褐天瑞倒水，问他，厂子怎么样啊？

褐天瑞说："情况不错，销路需要拓宽。"他有些局促不安，没等陈姝接话，接着继续说，"多亏上级领导支持，产业化项目批了一百二十万。"陈姝说："这里包含你们的自筹资金吗？"褐天瑞说："全部是财政资金，但是项目要求有自筹资金，我们都已经落实到位了。"

陈姝听褐天瑞说起自筹资金，就想起了那天王副省长视察的情景，问褐天瑞，那天上访的事儿，后来怎么样了？又闹了吗？褐天瑞就讲了褐天棚的情况。

他帮褐天棚把欠医院的钱还了，还帮他申请了一笔救济款。褐天棚在家养了一段时间，就能下地走路了。那天，褐天棚和仙女拎着一件方便面和一箱饮料，到了褐天瑞家里，说是谢谢他的，其实是让褐天瑞帮他解决褐大锤占地的事。褐大锤盖猪场占他的地，有协议，他也有签字。褐天瑞让褐天棚通过法律程序解决，这不是村里能说和的事。再说了，签协议时，村里也不知道。褐天棚说他不想看见褐大锤，估计是知道要不回钱。褐大锤的猪场不景气，外面欠着账，他组里的农资补贴、养殖补贴都没发下去，被他挪用了。还好，三组都是他亲一窝，没人告他。褐天棚伤好了之后，不能干重活，褐天缘那儿正好缺个跑跑颠颠的人，就让褐天棚去他那儿了。仙女也没事干，褐天瑞就安排她到粉条厂上班了。占地的事也只能慢慢地解决。

褐天瑞拿出一个大信封，在手里握着，神色有些慌张。

陈姝也拿出一个信封，说："这个现在可以还给你了，这也是我今天通知你来的主要目的。在项目没有下批文之前，我替你保存着。如果当时还给你，你可能觉得我不会替你办事。现在都这样，觉得花钱办事正常，不花钱倒是心里没底。其他地方花钱，我没办法，但是……"

陈姝停了一下，她得让褐天瑞感到她的真诚，她是实实在在地坚守着底线，坚守着她做事做人的原则，而不是假模假样的另类。她望着褐天瑞，继续说："在我这里真不需要，我得让你知道，不花钱也能办事啊。因为这是我的工作职责。如果我在这个位置上，不去做这些事儿，就是没有种好自己的责任田。"

褐天瑞倒是僵住了，这确实在他的意料之外，他本来是感谢陈姝的，也准备好了谢礼。他看到陈姝拿的那个信封还是之前他给的，当时他放下信封，夺门而逃。出去时还在想，送礼的感觉也不好。

当陈姝把信封递给他时,褐天瑞还没回过神来,他只听到陈姝说:"千万不要在这拉扯,我最烦这个。我不拿你一分钱,办成事儿,心里才高兴,才有成就感。我拿你的一分钱办事,那就不是工作,而是一种交易,拿自己的职责去做交易是犯法。钱不是衡量人与人之间关系的标准,至少在我这里不是。我会继续支持你的。将来的销路,我们也可以帮你扩展一些渠道,比如一些机关单位、学校、商场、超市等等。中原人对粉条有着特殊的嗜好,你要拓宽思路,把好质量关,市场前景一定会很好。"

褐天瑞从陈姝办公室出来,有一种很虚幻的感觉。这个情景,若不是亲历,也许他都不敢想象。

第四十三章　管护问题

褐天瑞刚刚离开，夏大雨的电话就打了过来，说项目区的树被毁了。陈姝吃惊地问，毁了多少啊？夏大雨说："大概有三百多棵。"陈姝说："报警了吗？"夏大雨说："报警了，但是没啥结果。派出所的民警也来了，看看现场，取了一个大脚印就走了。我去了派出所几趟，总说在排查。我实在忍不住，说了几句不好听的话，差一点儿把自己送进去。"

陈姝有点恼火，树是今年新栽的，省办还没验收。零零星星地丢几棵还好说，一下子丢了几百棵，光秃秃的几百米，这不是开玩笑吗？于是，责问夏大雨："你们没有人看护吗？"

夏大雨说："现在在家的都是老弱病残，哪有精力管护啊？"陈姝说："那，你让我做什么呢？去给你们看树吗？"

夏大雨小心地说："那可不敢，是想让恁跟公安局的领导说一下，让他们督促一下派出所，快点破案啊。"

陈姝也平静了，问题已经出来了，再责怪谁也没有用，只能面对问题想办法。她跟夏大雨说："我说一下也没问题，但也不会有啥效果。很多案件都比这大，派出所人手不够，还能帮你破几百棵树的案子？"夏大雨叹口气说："要不然这样吧，俺先做做工作，谁家地头谁补，实在不愿补的俺来补，不给你们找麻烦了。"

陈姝觉得夏大雨还真是不容易，放弃自己的事业，回村想为大家做点事儿,据说他生意做得风生水起,也有一个团队。若是没有点情怀,谁愿意回村干这种吃力不讨好的事儿啊?她也确实想帮他,就说:"你跟袁主任说一下,看看人家种树的,能不能再提供点树苗,项目有一年的保质期,成活率种树要求百分之九十五,我们这儿还有人家的质保金。不过说实话,咱们这样做很不地道,因为树毁了不是人家的责任,死了人家可以补,你这一下子丢了几百棵,能这样算成活率吗?你让袁主任跟人家商量一下,就说是我的意见,看看能不能帮个忙。"

夏大雨停了一下,又说:"还有一个事儿,一些出水口也被毁了。"

项目做完之后,工地上就交给了夏大雨,陈姝去工地很少了,对项目运营情况,也没太关注,听夏大雨这样说,心疼得直吸气。这才建成多长时间啊,都出恁多问题,就问夏大雨,不是都装上保护装置了吗?

夏大雨说:"保护装置只装了一部分,还有一些没装。水总说,原来设计的就没有保护装置的,现在装的这些,都不在原来的工程预算中,都是他们赔钱做的。俺也不好意思再提要求。"

陈姝知道重建轻管,是普遍的问题。建设单位把项目建成了,就算完成了任务。实在没有精力管护,况且项目都是在田地里,建设单位鞭长莫及。农民使用很方便,但是,不是自己掏钱建的,坏了也不心疼,不可能自己拿钱整修。乡村两级组织,没有管护资金,想修也是无能为力。工程管护是一个非常迫切需要解决的问题。

陈姝和袁侨商议,开个管护座谈会,让村组干部、农民代表参加,听听他们的意见。袁侨说:"也可以,现在管护问题亟待解决。一年之内的管护,我们可以压给承建单位,有些小修小补的,都没有问题,有质保期,我们这儿也有质保金。关键是一年以后,就比较麻烦了,我们又不能派人看着。我觉得项目建好之后,咱跟村里签一个交接协议,把管护使用一起都写进去。"

陈姝说:"签移交协议是个办法,责任压在行政村。但是行政村现在的运营情况你也知道,形同虚设。协议签订之后,我们是没有责任了,但是问题并没有得到解决,只是把皮球踢走了。踢皮球容易,如果出了问题,真正追责的时候,不管签啥协议,还是要记到承建单位头上。"

管护座谈会在夏营的村室召开的。袁侨主持会议,农开办的班子都参加了,褐村和夏营村组干部以及之前项目区的代表,也都参加了。

褐天瑞说:"这些水利设施也好,道路也好,材料都是混凝土,出点小毛病也很正常,用个三五年都得小修。如果不修,小毛病变成大毛病,也可能都废掉了。能不能让政府拿出一笔专款,用于水利项目维护,其实不光是咱农开的,其他部门也在做,将来开发区越来越多,很多项目都会有一些小毛病,能及时维修,就能长久发挥效益。"

夏大雨说:"说实在的,俺们村里管护着也没问题,看护得再好,就算是没有人为破坏,总还有一些需要小修小补的,村里没有钱,小毛病养成大毛病啊。"

另一位支书说:"其实看护是次要的,说到底还是维修的事儿。不光是农开项目,发改委、国土局、水利局都有这样的项目,如果不及时维修,很快就毁掉了,国家花了恁多钱建项目,因为不能及时维护而坏掉,太心疼人了。俺也觉得能有一笔专门的维修资金最好。"

夏春秋也参加了座谈会,他说:"看护的问题也好解决,现在村里都在巡逻,把这个内容加上不就行了。把这个事儿当成一个重要的工作,交给组里,组长要负责,井在谁地里的谁看着,安排好。路啊桥啊,稍微留心一下就行了。坏了有人知道,有人修,关键是谁来修。"

座谈会开得非常热闹,大家说了很多开发项目的好处,但是管护问题似乎并未找到一个好的解决方案,都提出了维修,管护问题归根到底还是维修。村集体经济是个空壳,没有钱办事。乡财政解决这样的问题基本不可能,保运转都十分艰难。绕来绕去,还是一个"钱"

的问题。

听了大家的发言,陈姝说:"关于维修资金的事,乡、村两级都不可能解决,至少得县财政。县财政的钱得列入财政预算,我们也做不了主,这个我们会积极争取。在这个启动之前,我们的任务就是做好眼下的管护,工程竣工以后,要启动项目移交程序。项目建成之后,要整体移交给村里,与村里签订移交协议,使用权和管护责任一并移交。我建议,行政村与村民小组、村民小组与村民都要签一个使用管护协议。项目建好了,交给你们使用,你们自然也是管护主体。所以,拜托大家了!我相信,如果把它当作自己家的事儿去做,看护好没问题。关键是防止人为的破坏,正常状态下出现了问题,及时和我们联系,以便我们尽快和承建方联系。"

夏春秋留下来,看样子有话要说。夏营项目区挖沟时,陈姝在医院里见过夏春秋。

夏春秋一看就是个精明人,中等个,长方脸,肤色偏白,眼睛有神。他对世事看得很透,算盘打得很精,敢想也敢干。他已经和夏大雨搁磨过好几回了,国家对农业扶持政策很多,对于有想法的农民来说,机遇非常好,他想做一个纯粹的农民。所以,夏春秋听说要开管护座谈会,就主动要求来参加了。他主要是想见见农开办的领导,把一些政策吃得更透,准备大干一场。

陈姝看夏春秋有话说就主动开口,问他怎么没有出去打工。夏春秋说:"俺爹名叫喜地,他是真喜欢种地。俺受他的影响,也喜欢种地。现在水利设施都齐全了,俺想在家种地。当时出去打工也是没办法,孩子得上学,房子也要修整,家里需要钱的地方多。现在,爹娘的年龄也大了,俺出去也挣了一些钱,还是想回来种地。俺想成立一个耕地托管所,也就是'地保姆',俺起了一个名字就叫'春秋地保姆土地托管中心'。有人不愿种的地,可以流转;有人想种没有能力,俺可以帮着种。想问问陈主任,有没有政策支持?"

陈姝高兴地说:"出去见过世面,就是不一样啊。你这想法非常好，都有政策支持啊，我们农开就有产业化项目、科技项目，都是可以支持的。农业局还有农业合作社项目，种粮大户补贴，农机局的农机补贴，有很多涉农项目啊。农开的项目，我们这都没有问题，其他部门的具体政策，你可以去问问。现在不是人找政策，而是政策找人，真正做项目的、想把项目做好的农民还是不太多。"陈姝当场安排他和孔向阳、高一丁对接。

从项目区回来，他们继续讨论管护问题，重点落到维修资金上。陈姝说，逆向思维，反过来想，国家拿那么多钱搞农田水利，地方政府投入一点维修资金不是应该的吗？维修资金跟投资相比，都不算比例，这个账应该算算啊。陈姝似乎在说服班子，也在说服自己。

高一丁说："应该的事儿很多，比这着急的事儿多着呢，现在是哪儿急顾哪儿。"孔向阳说："咱是这样想的，因为就这一项工作。在领导那里，全县的事儿多着呢，在大盘子里，这就不算啥，不如看看那几家。"陈姝说："咱不能跟人家比，人家是副业，是一个分管副职，一个业务科室干的事儿。咱是主业，一班人马，全力以赴就这一个事儿。人家干不好情有可原，咱干不好不能原谅。"

袁侨说："我先和这几家分管的副职联系一下，形成一个共识。我们可以联合写一个关于农田水利维修资金列入预算的报告，说不定还真有希望。"高一丁说："籍县长那一关不好过，他的兴奋点不在这儿，他更喜欢搞项目，高大上的那种，还有搞国有资产的改革。新来的石书记好像不太问政府的事儿。"

陈姝说："领导的事我们少说，种好自己的责任田。维修资金的争取，尽力而为，成就成了，不成再说，至少我们尽力了。"

陈姝拿着那个关于陈胡县农田水利工程维修资金预算的报告去找高粱时，其实也是惴惴不安的，向财政要钱，而且这么大的一笔钱，也不是农开一家的事儿，高副书记又会说她多事儿。不过，重建轻管的弊病，已经引起了上面的重视，《焦点访谈》曝光了一个项目区，就是没人管，时间一长，各种设施都废掉了。曝光的目的就是促使尽快解决。说到底,还是资金问题,国家已经投入大量资金为地方建设项目,再配套管护维修资金,似乎不太可能,真正的责任还得落到县一级政府。这些年国家涉农项目的资金量很大,项目建设很多,如果真正让县财政出钱维修,也是一笔不少的钱,一年总得几百万。这几百万的维修资金,对于贫困县陈胡来说,不是比登天还难吗?

她也明白高粱的处境,县里的副书记基本是跳板,所分管的工作,都是牵头协调,说话的分量还是很有限的。

高粱仔细地看着报告,沉吟着,拿出笔,想签意见,最终又把笔放下。他抬头看一眼陈姝,说:"这个问题确实也该解决了。上次农开项目拉网式整修后,刚好赶上秋季的大旱,有个乡镇的书记见了我说,可是解决大问题了。只是,预算的问题是个大事儿,要县长同意,要上县长办公会,还要通过人代会审议。我和主管县长先沟通一下,有机会我会跟籍县长好好汇报汇报,不确定能成。不过,先呼呼吁吁是对的,今年解决不了,明年解决,总会有解决的时候。"

第四十四章　中国式人情

这一年，陈姝过得相对轻松，大家都不走动了，她心里也就没有恁大的压力了，由衷地高兴。她也不想做那个特立独行的人，尤其官场，没有足够强大，很容易被人碾压，碾压之后，可能再无重生之力。

过完年，陈胡农开办开始忙活着计划新一年的项目，陈姝召开班子会，通报了十万亩高标准农田项目区的设计意向，虽然不知道能争取多少，机遇都会幸临有准备的人，做好一切准备，给多少任务都能顺利完成。

袁侨说："两万亩已经是比其他县市多了一倍了，再多能多到哪儿呢？"高一丁看一眼袁侨，说："那也说不定，我们已经挑战了很多不可能了。现在，农业所有的项目观摩都看我们项目区，农业、林业，包括水利。如果咱能把十万亩高标准农田项目做好了，那可是一道亮丽的风景线。"

陈姝说："从明天开始，你们去看项目区，拿着乡里的地形图，把每一条能走的小路都过一遍。主要涉及陵北、西北、陵西等乡镇，先看看路线怎么走。咱从北面往西北做，然后再往西面、西南，这样转着走。争取和国土、发改委、水利他们的项目会合。袁侨，你找一家设计公司，先设计好图纸，然后我去省办汇报。"

袁侨说："水总的公司就可以，他也不收咱们的设计费。今年的项目区，全部都用他们新改进的设备装置。水总可是雄心勃勃啊，他想让全省农开系统的项目区，都能用上他们的产品。现在，咱们县里那几家做高标准农田的，都到咱们的项目区看了，要引进咱们设计的出水口、自动控制仪。"高一丁说："让水总告他们侵权。"陈姝说："告啥告啊，这叫资源共享，只要用到咱们陈胡就行。"

袁侨按照陈姝的安排，一大早带着高一丁、孔向阳、柳武，还有地形图就出发了。袁侨还带上水总，主要是为了把停车点和道路、沟渠的网格，以及大小回路一并确定下来，这样水总的设计团队就可以直接设计。

车子在田间匍匐晃动着，孔向阳突然说："袁侨，这不是到你老家了吗？"柳武说："看见你家房子了。"高一丁说："'金刚'，前几天你们村里支书来找你，是不是说开发的事儿啊？这回你可以设计进去了。"

袁侨说："支书来找我要修路的，咱这哪有路啊？至于咱们的项目，该进去就进去了，我也不当家。"

他们一行人看了整整一天，大小道路全都走了一遍，天色差不多完全黑了。水总跑得筋疲力尽，说："我见过拼命的，没见过你们这样拼命的，三天的活，非得一天干完？把人快累瘫了。"袁侨开玩笑说："不是水总的时间宝贵吗？我们为你节省时间。"水总说："我的时间再宝贵也没有命宝贵。这一圈下来，怎么着也得三天，你们硬是一天跑完，早上天不亮就出发，晚上摸黑才回，这哪是干公家的活啊？我干自己的活都不带这样的。"高一丁笑着说："陈主任教导我们说，干工作就是给自己干的，我们经常这样干，有啥稀罕的。"

袁侨说："今天我请客。不过，说好了，水总，得赶紧把规划设计图做出来，要详细的，贴近施工图，达到拿着你这个图能施工的要求。"水总笑着说："行，我知道袁主任要求标准高。"袁侨说："不是我要求标准高，是陈主任要求标准高。"高一丁说："不是陈主任要求标准高，是省办要求标准高。"孔向阳说："不是省办要求标准高，是农开系统要求标准高。"水总笑着说："行了，别说了，再说就说到国际标准了。"

陈姝看着十万亩高标准农田的设计图，兴奋得两眼放光。这就是一张宏伟蓝图，太好了，得想法变成现实。

灿烂的笑容，圆润了陈姝棱角分明的长方脸。当她看到平整的田地，路相通，沟相连，田成方，林成网，小桥一条线，那心情不亚于去看5A级风景区。当她看到农民刷卡时的笑容，质朴的语言说着开心的话，她好有成就感，那种愉悦无以言传，所有的辛苦、委屈都烟消云散了。她相信，所有的农开人都有这种感觉。

陈姝看着看着，突然就发现了问题。她把袁侨叫来，指着规划图上的一个角，说："这个咋回事儿啊？这个不是陵西乡吗？西北乡还没有做完，怎么就拐了一个角，绕道陵西，啥意思啊？"

袁侨的脸一下子就红了，说："陈主任，我还没有来得及跟您说呢。这个是我徇私情了。这个角是我老家，村支书来找我，说想修路。我们项目是不能进村的，我也去交通局找了我的一个同学，跑了几趟也没个音信。我想，如果我们的项目能把这一块设计进去，路、桥、树、井、灌溉都没问题了，也算是给支书一个交代。咱们这只是个规划，如果今年低于五万任务，根本做不到那儿，所以我就没跟您说。我想等到计划批下来再给跟说。"

陈姝沉默不语，看着图若有所思。袁侨一直忐忑不安地看着陈姝，非常后悔，怎么没有提前说一声呢？这样被发现，像当场被抓获的小偷。他之所以没有提前说，还有一个重要的原因，就是陵西乡的黄豆书记因为开发的事对陈主任有意见。所以，袁侨有顾虑。

果然，陈姝抬头问："是不是陵西乡的黄书记找你了？"袁侨说："这个真没有。黄书记怎么会找我？他要找也是找籍县长啊。"

陈姝长叹一声，突然就笑了。她说："估计他也不会找你，咱们岂能入黄大书记的法眼。"袁侨很惭愧地说："陈主任，对不起，就这一次，不会有下一次了。我马上改回来。"

陈姝笑道:"先别忙着检讨,听我说完再改不迟,谁说我们只能开发别的地方,就不能开发你老家?只要在陈胡县内,这些低产田早晚都要改造的。这怎么能叫徇私情呢?你老家先一步实施,有啥不可以呢?只是你先给我说一声,我就不会有啥疑惑了。要说这是徇私情,我也徇一回私情,如果真是无端这样,我肯定会让你修改,现在我觉得很完美了。黄豆书记虽然对我有意见,那也都是因为工作,我们个人之间又没共过事。我不会因为他对我有意见就不在他那儿实施项目,我没有那么狭隘,我们是为农民实施项目,不是为了领导政绩。再说了,我们做事都在原则之内。项目实施在你们村,井也不会打到你家去,路也不会修到你家里,你们家和村里所有人一样享受的是国家政策,没有多得多占。我刚才之所以问黄豆书记,只是不想落下更多的口实,减少点工作中的麻烦。工作中尽量避免矛盾,避免不了咱也不怕。"

袁侨很感动,说:"明年我们的规划就到你们老家的村子了。"

陈姝笑道:"这个你不用过多考虑,按照咱们的总体计划走。我不是不食人间烟火,顺水人情,顺势而为,我也都会做,但是违背原则的事儿我不做。我呢,是出门子的闺女,村里、乡里也不会找我,就是找到我,我也好说。"

袁侨走后,陈姝盯着规划图陷入沉思,这是一个超常规的设计,也是一个挑战不可能的设计。陈姝苦苦地寻找一个突破口,怎么能把这个事做成?她冒出这样的想法时,只顾兴奋,抛出之后,自己也吓了一跳,确实有些孟浪了。但是,她已经抛出来了,不得不往前走。据她所知,除洼里十六万亩的高标准农田项目区之外,全省还没有这样的设计,一个县一年五万开发任务,省办也从未有过。

她也很清醒,十万亩的规划图,就是为了实际的五万亩开发任务,再有五万亩,整个陵北乡和西北乡就能融合在一起,形成一个大规模的开发片区。她抛出十万亩,也不过是虚张声势的大背景,一个做工作的由头,就是为了引起领导的重视,引起社会各界的关注,这样更好推动工作。

如果陈胡县能争取到今年的五万亩，那无疑是陈胡农开史上的高峰了。现在的投资金额增加了，一亩一千三百元，五万亩，算算多少钱啊？想想都激动。可是，她这样做，为自己设置了一个极限，关键是心里也没底。

陈姝实在想不出突破口在哪儿，就安慰自己，暂时先缓缓，换个思路，计划先做了，别想那么远，走到哪儿算哪儿，实在不行就一年接着一年做。

陈姝抬头，看见对面的墙上王副省长来视察时的照片，忽然脑洞就大开了，拿起电话就给胡秋打过去。她说："胡主任，我们这儿有一家特别好的特色饭店，纯粹的铁锅、土鸡、干豆角、笋瓜片、玉米面饼，还有绿豆面芝麻叶面条。"

胡秋笑道："又给我设啥套了？现在有八项规定呢，不请吃，也不吃请。你们的老书记，不是把自己吃进去了吗？有事儿说事儿。"

陈姝说："我们新规划了一个十万亩项目区，想请您视察视察。"

胡秋说："十万亩？在哪儿啊？哄鬼吧？"陈姝故意卖关子说："真真正正的十万亩，不过，我现在不能给您说在哪儿，您来看看就知道了。"

胡秋一听说十万亩的规划，也兴奋了。他说："这个比啥子铁锅炖土鸡有吸引力，别动不动就拿吃饭说事儿，好像我是酒囊饭袋似的。以后别再说吃饭的事儿了。市里的几家高档饭店全都关门了，那个'皇宫宴'，照着北京最高档的标准装修的，才试营业几天就关门了，老板差点跳楼。纪委到处暗访，宾馆、酒店，公款吃喝的、随便签单的，只要查着，立马处理人，已经处理很多人了。"

陈姝说："好好好，我记住了。我现在请谁吃饭，都是自己掏腰包，谁还敢公款吃喝啊？您真的需要来看看，我们需要您指点江山，要不然这宏伟蓝图咋实现啊？"

胡秋笑道："别忽悠我，你先让高副书记去看看，只要他支持，工作就好做。"陈姝灵机一动，说："我跟高副书记汇报过了，就是他让我请您的。"

胡秋高兴地说："可以，就明天上午。"

陈姝放下电话，拿起规划图喜颠颠地去找高副书记。她想好了，见了高副书记就说，市办的胡主任约他明天看新规划的项目区。到了高副书记门口，等候接见的人很多，都在秘书那儿排队。高粱当了副书记，协调的部门多了，也确实比原来更忙了，好在他还分管农业。

一位候见的局长见陈姝过来，笑着说："陈主任地利天时，你转脸就到了，就别跟我们在这儿挤了。"

陈姝一看这满屋子委主任、局长，笑着说，各位辛苦了，实在等累了呢，就到我们那儿喝口水，中午不走有饭吃。那我先回了。然后，又跟秘书交代，一会儿人少了跟我说一声。

第四十五章 新征程

陈姝在高速路口接住胡秋,见面就说,高副书记开个小会,结束了立马赶过来。

胡秋不以为然:"人家高副书记现在可是大忙人。"陈姝说:"高副书记说了,只要胡主任来,再忙他也陪,其他人统统靠边。您看咱是在这儿等,还是在项目区等?"胡秋说:"当然是项目区了,我是来看项目区,又不是看高副书记的。"其实,陈姝是号准了胡秋的脉,才这样说的,有项目区,他哪肯在高速路口等啊?

陈姝领着胡秋从褐村项目区进入,然后穿过夏营已经建成的项目区,继续深入,进入今年的规划区。进入新规划区之后,也就进入了真正的原田。没有一条大路,都是一些田间的小路、断头路、斜梢路。小路也是宽窄不一,形状各异的。还有一些是麦地中间,硬生生地踏出一条小路,就是为了抄个近道。似路非路,似田非田,说是小路,麦苗还都努力地长着,说是田地,被踏成了一条明显路的形状。

大块大块的麦地凌乱无序,畦垄参差不齐,横竖不一,各成天地。还有些地方,坑坑洼洼,高低不平,估计是因为取土的原因。有一些农户家里要用土,就到自己田里随意取。还有一些是在自己地里取土烧制砖瓦的,所以就比邻地洼了很多。

走着走着,车子被卡在一个凸出的树根上,发动机嗡嗡响,就是走不动。胡秋想起第一次到褐村项目区的情景，就笑了。他说，都下去吧，车子减轻点重量。

胡秋在田地里走着，兴奋得两眼放光。他说："陈主任，你真是火眼金睛啊，真会瞅，要是以这儿为中心设计一个停车点。前后左右，视野之内没有村庄，一马平川。"

胡秋正眯着眼，往远方极目望去，想象着这荒凉的原田上，宽阔的水泥路纵横交错的壮美景观。他手里的电话响了，一看笑了，兴奋地说，高大书记，赶紧来啊，看看你这十万亩的高标准农田规划设计。说着，转身往后一看，大笑不止。

高粱的车子也搁浅了，他只身步行走过来。一会儿，西北乡的书记虞觅和村支书也来了，估计是高粱让通知的。

虞觅人还没到胡秋跟前，双手就伸过去了，说："胡主任，您可是活菩萨啊，我们这里，基本上是只收一季麦子，也都是靠天收。秋季不是旱就是涝，赶着是半收，赶不着就不收。如果真的旱能浇涝能排，平均能增产五百斤没问题，八百斤也说不准。不是我瞎胡说，您看看这土质，不沙不淤，刚刚好的联和土地啊。要是不旱不涝，轻轻松松增产一个秋季。您，可真是雪中送炭的活菩萨。"

高粱主管农业，各乡镇也没少跑，真正像这样深入田间的并不太多。当他听了虞觅的话很是震惊。这么多的耕地，农田水利设施基本没有，纯粹靠天收，作为粮食生产核心区，水利设施的潜力还都没充分挖掘，农业的增产、增效不是一句口号吗？政府每年都提出"抓工、强农、促三产"，抓了吗？强了吗？促了吗？基层政府大部分是穷于应付，保障运转，意在过紧日子，年复一年面貌依旧。他作为地方长官，虽然不是主职，也深深地感到惭愧。他问陈姝，现在全县没有开发的耕地还有多少？陈姝说，目前还有八十多万亩。其实高标准农田建设，也就近两年才开始提出。现在有几个部门都在实施，过去的都是中低产田改造，仅限于打打井、修修小桥，挖的沟大部分被农民回填了。高粱沉重地说，任务艰巨啊。

陈姝说:"高书记、胡主任,咱继续走吧,这才走完一半的路程。咱们继续往前走,我们设计的有一个出口,从那儿出去直达国道。我们设计的有回形路线,但现在没有大路可走,只能在这小路上走。"

从项目区出来,已经是下午一点多了,一行人看得都很兴奋,也不觉得饿,待到上了国道,才觉得饥肠辘辘,高粱建议就在一个路边的手擀面馆吃。

待面条端上来,胡秋调侃道:"高书记,你们陈主任拿什么铁锅炖土鸡诱惑我,我上赶着来了,合着就是一碗手擀面啊?"

高粱何其智慧,他说:"是我让陈主任请您的,今天不算数。那家店我去吃过,还真不错啊。不过,我还真带着你爱吃的羊头呢。羊头、羊杂,配上新鲜的韭菜辣椒圈,这可是过去的皇宫贡品啊。"

吃完饭高粱跟胡秋就地商量,怎么运作争取这个五万亩的任务。

胡秋和高粱分析,陈胡还是有优势的,这个项目区选点很好,连片成方,村庄少,这么大规模的设计,全省也不多见。加上前两年的高标准农田项目实施得好,有基础。副省长都来过这里,对陈胡项目区也是肯定的。这样的条件,全省没有多少可比的,都是争取支持的有利条件。但是,光靠嘴说不行,必须让领导亲临现场。

胡秋说:"请高书记带着规划图去省办一趟,把姜主任请过来亲自看看,说不定他一锤就能定音了。"

高粱说:"这个没问题。我还想请胡主任一起去,咱先跟田处长汇报,然后一起找姜主任。"

麦子已经到了拔节的时候,陈姝焦虑不安,一直和胡秋联系着。胡秋说:"要不你和田处长再联系一下,我都不好意思再催了,多亏是朋友,不然人家早就烦了。"

陈姝拿起电话,犹豫了一下,随后还是放下了。停了一会儿,仿佛是在心里组织一下语言,又拿起电话,没有拨号,直到出现长长的嘀嘀声。陈姝做了一个深呼吸,又按了一下重拨键。

田耕说:"姜主任也很感兴趣,已经答应去看看。省办这一段时间确实很忙,国家的调研组刚刚走,又接到省政府的通知,国务院的领导要来中原省看粮食生产,省里预定看农开项目区,办里一直忙这个。去陈胡的具体时间,得等这个时间定了。"

终于,等到了姜主任行程的确定日期。陈姝按照高粱的安排,在新设计的项目区入口处,准备好两辆越野吉普。中巴车只能到入口处,田间没有可以通过的道路,而小车有可能随时会被卡住。

西北乡党委书记虞觅也坐着一辆越野吉普,在入口处等候。

姜主任一行到了入口处换车时,虞觅急忙上去迎接。高粱介绍完,虞觅双手握着姜主任的手说:"盼星星,盼月亮,总算把您给盼来了。"高粱说:"虞书记,赶紧上车吧,你的车子走前面。"

车子穿梭在麦田的海洋里,犹如遇上风浪的小船,起伏摇晃。突然,正前方出现了一个坑,司机迟疑了一下,遂加大马力冲向大坑,车子跳出大坑时像一颗弹珠,呈连跳状态。姜主任不防,头一下子撞在了车顶上。

高粱急忙说:"不好意思,姜主任,我们这里的路,实在太糟糕了。"姜主任尴尬地笑道:"你这儿还叫路?"高粱说:"所以,我们请您来,看看现状,就知道我们对农开的期盼。这里的农民几乎只收这一季麦子,如果遇上大旱,半季都不能保证。旱不能浇,涝不能排,只能靠天吃饭,我都觉得自己在犯罪啊,但又没办法。"

下车之后,陈姝介绍,这是我们设计的第一个停车点,刚才走过的是我们设计的一个小回形路,再往前,是第二个回形路线。这些都是按照农开标准要求的网格设计的。

虞觅见姜主任下车,气喘吁吁地跑过来说:"姜主任,您不知道,我一有空就去夏营项目区转,都快羡慕死了。高书记说项目安排到我们乡时,激动得我一夜没睡着。您看我们这儿,几百亩地没有一眼井,原来的几眼井基本都废掉了。您看看,哪有一条正经路啊?这些路每到播种的时候就被犁起来，种完庄稼就又踩成了路，我叫它'露水路'，好比露珠儿，早上有，太阳一出来就没了。"

姜主任一边听虞觅说，一边摇了摇腰。田耕见状，也走过来，说您的腰没事儿吧？姜主任吸了一口气说，够呛。

田耕附在胡秋的耳边说了一句话。

虞觅继续说着："姜主任，您不知道，那年发大水，我蹚着水进村，在水里泡了一天一夜，等大水退了，我的脚气愣是给泡好了。大旱的时候，地里的庄稼一片干枯，群众哭，我也哭，我恨不得把自己变成一滴水啊。那种心疼……"

临上车时，胡秋拉了一下陈姝，跟她说了一句。陈姝又拉着高粱说："田处长的意思，不用走那么远，姜主任腰间盘突出，咱这颠簸得太厉害，简直是翻山越岭，别让姜主任的老毛病给弄犯了。您看，咱继续走还是直接返回？"

高粱皱了一下眉头，说这事儿还问我，你领路，自己定。陈姝会心一笑，说："明白，按既定方案走，破釜沉舟了。"

车子继续在麦田里颠簸着，姜主任一只手扶着腰，一只手抓住顶棚上的扶手。高粱见状，赶紧找了一个靠背垫，放在了姜主任的身后。他有些愧疚地说："姜主任，实在对不起啊，我们主要是想让您对整个项目区的规模，有一个直观的了解。以您这种情况，实在不应该再继续走下去。您能来我们项目区，太难得了，那就是天助我们项目区的老百姓啊。所以，今天有点冒犯了。"

姜主任说："没事儿，我很高兴，就想看完。"他看着窗外的田野，由衷地感叹说："高书记，这一片地还真是很壮观的，设计好了，会成为一个亮点。"

高粱忙不迭地说："我们这只是初步设计，还想请您推荐一个专家，替我们把把关。"姜主任遂说："田处长就是专家。"

走完了项目区设定路线，已经是下午一点了。一行人在出口处换乘了来时的车子。高粱安排陈姝直接去饭店。到了饭店，石书记、籍县长都在饭店门口等候,自然是一阵寒暄。十万亩高标准农田的开发,毕竟在陈胡的历史上,是一个很大的突破。这对于传统农区来说,也是个不可多得的机遇,所以书记、县长都很重视。

姜主任落座之后一脸的痛苦,而后又双手抃着后腰站了起来,来来回回地扭着。

石书记随即起身,感动地说:"姜主任辛苦了,上午累得够呛吧?"

田耕意味深长地拍了拍旁边的高粱,说:"高书记,你得找个地方,给姜主任按按腰,估计这一颠啊,我们回去都很困难了。"没等高粱说话,籍春风就说:"这个没问题,高书记,咱们这儿有个中医推拿师,专长就是椎间盘突出的理疗。我把名片给你,你安排好。前一段时间,我也是椎间盘突出的老毛病犯了,按摩了一次就好了。"

胡秋像犯了大错,从座位上起身,走近姜主任,不好意思地说:"实在抱歉啊,姜主任,这一圈下来,几个小时,像坐过山车一样,我们都觉得散了架子似的,别说您这老病腰了。"

姜主任笑道:"我这老腰估计真出问题了。不过说实话啊,还是很值得看的。石书记、籍县长,如果这十万亩真能连片成方地开发,那还是相当可观的。"

石书记说:"感谢姜主任对我们的鼓励,我向您汇报一下,陈胡也有自身优势,是粮食生产主产区、核心区,粮食生产大县。今年又规划了十万亩高标准农田,具备了'两个聚焦'的基础。还请姜主任把焦点聚集到我们这里啊。"

姜主任之所以来看,也确实想打造一个中原高标准农田项目的典型。二〇〇九年全国农开工作会议上提出了"两个聚焦",并对高标准农田有了具体要求,要求"田地平整、土壤肥沃、路渠配套、林网适宜"。

听石书记这样说,姜主任笑道:"我已经把焦点聚到这儿了,不过,今年开发任务的分配,我们将实行新的机制,提出两个'倾斜',向能干事儿、干成事儿、不出事儿的重点县倾斜,向县委、政府支持的地方倾斜。十万亩设计非常好,可以相继建设,估计地方财政还是要一些配套的,我说的不是政策性的配套。你们陈胡是国家级贫困县,按照政策是没有县级财政配套的,我说的这个是在政策以外的支持。"

第四十六章　夏春秋的春秋梦

待农开的项目验收完，夏春秋就开始了他的春秋大梦。他爹比他更激动，每天去地里转悠，每天催他加快进度，"春秋地保姆土地托管中心"已经注册了。

夏春秋的土地托管中心，主要是想帮人种地，现在很多人都忙于打工，家里的土地也只是种种收收，疏于管理。现在农开把基础设施建得这么好，便捷省力。他喜欢种地，喜欢种大块地。他在项目区转悠了无数次了，以现在的耕作条件，麦子可达一千五百斤左右，秋季也能收个两千来斤。如果能集中种植，统一耕作、管理、种收，这样也可以减少成本，挖掘最大生产潜力。最主要的是，国家政策太优惠了，购买大型的机械有补贴，耕地、种子、肥料都有补贴。他算了一笔账，除了帮农民种植以外，靠政策和成本节约，一亩地至少能赚五百元以上，好了可达千元。这账夏春秋早就算好了，现在正是靠种地赚钱的好时机，但是规模小了，就没有利润可言，必须要大规模才有钱赚。他既然打定主意回来种地，肯定是要靠种地赚钱啊。

夏春秋被自己的想法激动着，但他不是个孟浪的人，喜欢把问题琢磨清楚，琢磨透彻。夏大雨回村之前，乡里是想让他当支书的。他不想干，不是他能力不够，而是不想操那份心，有时候还得生闲气，老少爷们儿个个都得哄住。支书的工资又少得可怜，其实就是个跑断腿、磨破嘴、操碎心的苦差事儿。他喜欢干自己的事儿，挣自己的钱，清白利落，挣一分是一分，不喜欢跟太多的人瞎耗耗。

夏春秋又一次去了褐天缘的种业基地，看到路边停着辆皮卡，褐天缘在田里施肥，这地块比他上次来的时候大了很多。他把电动车停在路边，径直到了褐天缘的麦地。

褐天缘看到夏春秋，非常高兴，停下手里的活，说春秋兄弟上家去吧，晌午不走了，咱哥儿俩喝两盅。

夏春秋笑着说："早着呢，俺是来看看你的基地，俺看着这地亩比原来的多了。"

褐天缘说："这一块是五百亩地，因为是育种，要求得比较高，农科院徐老师他们还要一些数据，所以步子不敢太大了。"

夏春秋问了租地费用，褐天缘说，现在是五百块，如果效益好的话，明年要涨价了，俺现在也是起步阶段，前期的一些投入比较大，包括一些农机具，还有种子、农药、肥料都有特殊的要求，不过今年还是赚了一些。夏春秋还询问了一些效益和管理情况。

他们正聊着，褐天棚骑着车子来了，他气喘吁吁地来到地里，说："哥，刚才农开办的孔主任来电话了，他说打你的电话打不通，说是徐老师他们这几天要来，看看咱的育种基地，还要办一期培训班，看看咱们能不能多组织点人。"

褐天缘说："咱这儿需要啊，可以多组织点人，俺一会儿跟天瑞哥说说。"说着就去翻手机，突然想起放在皮卡车上了，遂对褐天棚说："俺手机放车上了。你给孔主任回个话，就说没问题，时间由他们定，定好了通知咱就行了。"

夏春秋说："这个是谁啊？看着有点面熟。"

褐天缘说："俺堂弟，在俺这儿帮忙的。"

夏春秋说："你发他工资吗？"褐天缘笑着说："肯定要发啊，人家也要养家糊口。"夏春秋说："那你不就成了老板。"褐天缘："啥老板啊，都是自家兄弟，咱就是一个农民，咱能有地种，种好地，也就知足了。能帮人一把就帮一把，帮不了也不害人家，对得起自己的良心就行。"

褐天棚因为骨盆给摔坏，欠了不少账，褐大锤占着他的地又不给钱，两人就闹翻了。他也不再跟随褐大锤，不再想那些"吃天鹅肉"的事了，踏踏实实地跟着褐天缘干活。褐天缘也需要有人打理日常琐事，跑跑颠颠，买个东西，招呼人干活，这正是褐天棚的长处。毕竟是自己兄弟，褐天缘虽然给他发工资，却不把他当成工人，主要是想帮帮他。褐天棚知道褐天缘对他的好，也不把自己当外人，该干的活，该操的心，不等褐天缘安排，主动就干了，俨然二当家的，大家戏称他"二元帅"。褐天缘还给他报了一个驾校培训班，让他学开车。褐天棚初中毕业，人也不笨，对新生事物接受得也快，学会开大型的农机，将来的旋耕机、农药喷洒机，都可以置办。最关键的是，现在一些外地的大型收割机非常抢手，麦熟季节，农民都不愿意自己收割了，早早地拦截收割机，甚至为争先后，吵架干仗。褐天缘萌生了买大型收割机的想法，想先买一辆，让褐天棚开，自己的收割问题解决了，附近的麦田也都可以收割，价格比外边的还便宜点，一季下来能挣不少钱。褐天棚有这样的技术，以后就是不在他这儿干，也不愁生计了。

褐天缘的项目区就像一个打气筒，夏春秋每次到这儿，心里的劲儿就打得足足的，就有想飞起来的感觉。

褐天缘也羡慕夏春秋，他有地利啊。听说他们那里的项目区高级得很啊，一刷卡就能出水了，浇地也就打个电费，他这浇地还得需要动力。不过比起以前，都好到天上去了。没开发之前，谁还想着能种恁多地啊。

夏春秋告诉褐天缘，他那地租比褐村高啊，项目一结束，简直坐地生金啊，一亩地的租金马上涨到八百了。说不定再过两年，得上千元了。农开的项目还没投入使用就生效益了。

夏春秋从褐村回来，心里就有底了。他不走褐天缘的路子，褐天缘有农科院做依托，有科技人员指导，可以搞良种繁育基地。他就种粮食，小麦、玉米，大宗作物，节省人力，也好管理。

　　他初步圈定的一千亩土地，请夏大雨出面，开这些农户的会议，然后一户一户地游说，开始大家觉得夏春秋说梦话，但是到地里一看，确实觉得集中种比分块种要多打粮食，自己不再辛辛苦苦地干活了，而且比自己种得到的还多，还有啥不同意呢？也有一些想不通的人，不在乎钱啊粮啊，就想种地的，现在条件改善了，种地轻松多了。夏春秋对于想种地的，采取了地换地，想种地给你地，一亩换一亩不行，就换两亩，就是换个地方而已。

　　夏春秋一圈工作做下来，虽然很累，但是心里高兴。那天晚上，夏春秋把他外出打工时，老板送他的那瓶酒拿出来，整了两个凉菜，和老爹喝起来。几杯酒下肚，老喜地就开始讲起老辈子的事。说当时夏仁的老祖爷和夏半语的老祖爷是如何拜的把子，如何一同出去做买卖，如何处置那块风水宝地。老爷子说着说着，夏春秋突然"哎"了一声。

　　老爷子吓了一跳，说："咋了，大惊小怪的？"

　　夏春秋回过神来说："没事儿，没事儿。咱这一千亩地，也算可以了吧。也比当时夏仁、夏半语祖爷那会儿的地亩，多得多了吧？"

　　是的，夏春秋突然想起了，他还没有找夏半语啊，把他给忘了。他跟夏大雨开那些户主的会时，夏半语根本没去。他当时也没在意，他的目标只定在那些大户口，那些"光滚户"上，忽视了夏半语。他想，夏半语就是不爱干活，不让他干活还能有粮食，他还不高兴死啊？但是，毕竟没见到夏半语，当他爹说到夏半语时，想着应该见见夏半语。这个人虽然谁都不把他当回事，但是绊起人来，丝毫不弱。挖沟的时候，夏大雨差不多跪下来求他，又补了他迁坟的钱，好歹才算松了口。

　　第二天一早，夏春秋就去找夏半语了。

　　夏春秋来到夏半语家，这院子是夏营最破败的，土院墙豁口绵延，像波浪起伏。大门的门板掉了一块，为了防家畜进院，钉了一根横棍。院子里倒也干净，除了几堆柴火、一把生锈的铁锨、倒在地上的木杈，啥也没有。三间低矮的老屋倒也是老砖老瓦，长了不少瓦松。屋檐上方盖了几块毛毡和塑料布。

一股浓烟从窗子里钻出来，看样子夏半语正在做早饭。夏春秋进了屋，这是一座三间通着的老屋，西边是灶屋，中间堂屋里有几件家具，也都是他爹娘留下的，被烟火熏得辨不出颜色和质地，歪歪斜斜地缺胳膊少腿，一张破大床靠着东山墙，床上的被褥也黑乎乎地看不出颜色。夏半语正在低头往灶膛里添柴火，按照辈分夏春秋该喊他叔。

夏春秋想着应该喊他的大名，显得尊重一些，但一时也想不起，只好喊道："半语叔，半语叔。"

夏半语仿佛没听见，头都没抬一下，不停地往灶膛里添柴，滚滚浓烟充满了整个房屋，夏春秋被呛了出来。对夏半语，你不能把他当正常人看待，夏春秋这样想，就在院子里等他出来。

夏半语终于出来了，眼睛被烟熏得通红，满脸灰道道。

夏春秋放低了自己，诚心诚意地说："半语叔，跟你商量个事儿，你的地俺帮你种，啥都不要你的，一分钱也不要你出，打多少粮食都给你。"

夏春秋好说歹说，夏半语就是摇头。

夏春秋说："俺不要你的地，就是替你种着，地里的粮食都给你，不要粮食折合钱，中不中？"

夏半语听夏春秋说了许多，终于开口了，说："俺、俺是傻子啊？你种地，还让俺画押，一画押，地不就是你、你的了？"

夏春秋说："你想要种地也可以，俺给你在旁的地方找一块，两亩换你一亩，中不中？"

夏半语很坚决地说："你、你就是死蛤蟆说出尿来，俺也不同意。走吧，走吧，哪儿凉快去哪儿，别烦俺。"

夏春秋做梦也没有想到，他的春秋大梦还是在夏半语这儿绊醒，只得到村室找夏大雨。起初，夏春秋想把夏大雨拉进他的土地托管中心，想着借助村干部的影响，遇事儿也好有个靠山。可夏大雨说，其实俺真想参加，俺要是一参加，说话就没力量了，若是扶助你就会有人说俺以权谋私。俺不参加，可以正大光明地为你服务啊。

夏大雨听夏春秋说完就明白了，夏半语那块地在正中间，五六亩呢，那一块拿不下，春秋大梦就白做了。夏半语也确实情况特殊，他爹娘的地也都还在，坟地也在那儿。上次动地时，村里人可怜他，就把他爹娘的地保留下来了，算是照顾他了。项目区挖沟时，他祖爷的坟才迁到那里的。

对于夏半语，夏大雨可是领教过了，不能硬来，只能智取了。本来，对于夏半语他也是有计划，已经给他申请了危房改造项目，为他重建新房。夏半语最想要的不是新房，而是新媳妇。如果没有新房，就这样的破落院子，谁愿意嫁他啊？想娶新媳妇，必须先盖新房，他已经找准了夏半语的穴位。

夏春秋看着笑眯眯的夏大雨，不知道他想啥，就说："大雨，夏半语这事儿，就交给你了。俺看，这托管协议啊，就和村里签，村里再和一家一户签。俺不能直接对农户签，麻烦事儿太多了。"

夏大雨说："可以，可以，没问题。俺去找夏半语，包在俺身上了，你该做啥做啥，往底下继续进行。"

夏大雨把这前景给夏半语一说，夏半语提出来，要他的地可以，但是要在他家的祖坟院里立块墓碑，坟院周围要留出半亩，不能耕种。夏大雨一口应诺，只要能把地交出来，这些都不是难事。最后，夏半语提出了一个特别的要求，夏大雨沉吟半天，也答应了。

夏春秋签完协议，就开始筹划办公地点，他让夏大雨给他找块地，盖几间房子。夏大雨建议他把牌子挂到村室，现成的院子，不用再投资，也不要租金，这里多气派啊，也算是给夏营村长长人气。

夏大雨其实有自己的想法，夏春秋的办公室在这里，人多热闹，他没事了也可以坐在这里办公，看看报纸，喝喝茶，不就是机关工作人员的待遇了？再说了，将来夏春秋事儿做大了，这房子的修修补补，院子里种个花花草草，包括村里的一些公益，都可以让他出钱啊。还有，下来扶贫的第一书记符品，是省建筑设计院的，吃住办公都在这里，有事找人也方便。

于是，夏营村室又多了一块牌子：春秋地保姆土地托管中心。

第四十七章　机遇与挑战

陈姝接到省办的通知，就赶紧去找高粱汇报。

高粱正开一个小型协调会，陈姝就在外面等着。这时，胡秋打电话，问接到省办的通知了吗，陈姝说接到了。

胡秋说："我建议，让高副书记去答辩。主管的副县长情况不太熟，而且跟省办的领导也都不认识。如果有可能，籍县长或者石书记去更好。"陈姝说，她正在高粱门口等着汇报呢，一会儿向高粱转达胡秋的意见。陈姝见局长们相继从高粱办公室出来，推门进去，高粱正和一个局长说事。那位局长见陈姝没敲门就进来了，知道事急，起身说："高书记，您放心，我们一定落实好。那我就先走了。"

陈姝没等人家出门，接着就说："高书记，省办通知，今年农开任务的分配，实行地方领导答辩的方式，要求各开发县的主管领导，到省城参加答辩。这是时间、地点。您看，咱们这儿谁去？"

高粱看了看，说找万副县长汇报。陈姝说："我知道，先给您报告一下，刚刚胡主任打电话说，建议您去。"高粱说："我去的话，需要跟石书记汇报，得请石书记敲定。你拿着通知，直接找石书记。还有，敲定之后，给万副县长报告一下。"

石书记听完陈姝的汇报，说："通知要求主管副职参加，我们正职参加，以示重视，让籍县长去吧。"

陈姝说："籍县长去就太好了，不过，籍县长没有高副书记跟省办的领导熟啊,而且高副书记对项目区比较了解,包括设计、布局,都很清楚。答辩时专家们会对一些细节进行询问,籍县长可能没有高副书记了解得更全面。"

石书记说:"那就让高副书记去,需要怎么支持,我们就怎么支持,一定要把五万亩的开发任务拿下来。"

石书记随即打了高粱的电话。

胡秋带着各县主管领导、县办主任去了省办,参加全省高标准农田建设项目的现场答辩,答辩地点就在省办斜对面的宾馆,顺序是各县办主任抽签。答辩现场十分严肃,一个县一个县地过,主考官是省办的领导和特邀的农业科技专家,那些副县长也都很紧张,因为牵涉到开发任务的分配。

答辩进行了两天,陈胡县排在第二天。陈姝也在不停地打听着场内的情况,她很庆幸抽到的号比较靠后,这样就能得到更多信息,准备得更充分一些。她相信高粱答辩是不会有问题的。但是,她依旧像高考前一样,很紧张,很揪心,生怕哪个环节出了问题。

从答辩现场出来一位工作人员,在走廊里高声喊道:下一个陈胡做准备。

答辩现场,领导、专家和答辩者对面而坐,气氛很严肃。高粱和陈姝相继进屋。高粱落座之前,先向对面鞠了躬。

姜主任笑道:"高副书记亲自来了。"高粱很郑重地说:"这次答辩本来是石书记要亲自来的,正赶上国务院有个调研组在陈胡,一时脱不了身。他嘱咐我一定要把这个事儿向各位领导和专家说明,转达他的歉意。石书记还安排,要我代表他感谢省办和专家组对陈胡的关照,农开工作,我们县委、县政府全力配合,要钱给钱,要人给人。我们县委、县政府都听陈姝指挥,她让我们干啥,我们就干啥。"

姜主任笑着点着头,而后说:"好一个高副书记,先来一个反向制人啊,我们啥都没说呢。其实,这正是我们让各位主管县长来的真正意义，就是要看看各县对农开工作的支持力度，不是嘴上说的支持，而是实实在在的真金白银。"

田耕说："陈胡的十万亩高标准农田的设计，我实地看了，也看了设计图。做得还是很切合实际，也很有科技含量。陈主任，说说你们那个自动装置和出水口。"

陈姝就把自动装置和出水口保护装置是怎么改进的，改进后的效果，作了简要汇报。

还说，为了坚固耐用，我们设定了一个"撞坏奖"，谁能把这个撞坏了，就奖励谁，就是要检验一下坚固耐用的程度。

陈姝正说着，胡秋推门进去。高粱和陈姝进去时故意留了一个门缝，让胡秋关键时刻救场的。听到陈姝汇报自动控制装置保护器和出水口保护装置时，胡秋按捺不住，不等请就自己进去了。

省办的孟副主任说："胡主任，还不该你出场呢，你咋抢戏了？"胡秋说："你们没安排市办的戏，陈胡答辩完，我们豫东市就结束了，我也就该回了，再不露个面，就没有机会见领导了。好不容易来省办一回，不见领导就回，我这心里也不安啊。刚好，我也借机说几句话，我们豫东市今年的高标准农田，计划都采用陈胡县的这个设计，确实很实用、很坚固，也很先进。因为这个设计不但有企业设计团队，还有我们农开的人，以及农民等合力研发的一款专利。陈胡其他部门做的高标准农田项目，都引进了这个设计。"

田耕说："这个我看实物了，确实不错，我们全省的高标准农田也可以推广这个。"陈姝说："我们今年的项目全部用这个，后期在外观上，还会进一步改进，尽量做得既便捷、实用、坚固，又先进、美观、经济。"

答辩结束后，各开发县的任务就下达了，全省有两个五万亩任务的开发重点县，豫西一县和陈胡。答辩时，豫西那个县是县委书记亲自去的，陈胡县县委书记虽然没去，高粱副书记把书记的意思带到了。所以，这两个县是全省重点投入的开发县。

计划下达之后，豫东市农开办就怎么确保工程质量召开了座谈会，要求各县办主任参加。会议结束之后，陈姝问胡秋，有啥安排？胡秋长叹一声，说："计划指标已下达，估计各县办主任会遭受新一轮的围猎，有一些领导要提前汇报，别等人家给你打招呼，有一些打招呼的也不一定都考虑。有人打着我的旗号找你要工程的一律回绝，不管说跟我啥关系，都不要理会。真有推不掉的，我会直接给你打电话。包括一些打着领导旗号的，只要不是领导亲自安排，都不要理会。真正需要照顾的关系，领导肯定会直接跟你联系的。"

省里的批文一到，陈姝就有点蒙了。五万亩的开发任务，其中四万亩高标准农田，一万亩中低产田改造。省里的开发任务一般是下资金文，然后按照资金多少设计标准。五万亩的开发任务在农开系统已经放了卫星，但是这一万亩中低产田改造怎么办？放到哪儿？如果五万亩都做成高标准农田，财政上肯定要再投入。姜主任上次说的要政府支持，估计就是指这个。陈姝很为难，虽然书记、县长都表态支持农开，但是真要是再向财政要钱，怕也没那么容易。她叫来袁侨，征求他的意见。袁侨说："如果财政上能给钱更好，不给钱我们在设计上精打细算，也应该没问题。我老家那，就是一个角，主要就是水利措施，用不了多少钱，拿中低产田改造的钱，可以做成高标准农田。"

农开办争取到五万亩高标准农田项目的消息，在陈胡的工程领域里传开了，这就意味着将有六千多万的工程，于是各种蛰伏的关系，开始纷纷醒来。

陈姝和袁侨他们开始着手研究今年项目区的设计。由于投资标准增加了，农开系统自己可以做高压了，项目建成之后，随即就可以投入使用。祥瑞公司对出水口也做了进一步的改进，在之前现浇的基础上，做了一个盖儿，现在做成了一体的，侧面开了一个口，不用再动保护外壳，直接装喷灌带就可以了。控制器外壳由钢制的，换成了玻璃钢的，比之前更小一些，更精致一些，也更美观了。机井旁边，又设计了一个人工取水口，方便农民打药时取水。

关于项目区的路肩绿化，陈姝提出了新的想法，项目区不但能粮食增产，而且耕作时让大家心情也好。项目区的未来设计不但要增收，要改变农民的生产方式，也要改变农民的生活方式。耕作之余，在田间散步休闲，到处都是养眼的景致。让乡村真正地美起来，让城里人都羡慕。袁侨说这个想法很好，如果都种上景观树，造价太高，项目里林业资金这一块估计不够，还得县财政出钱。

陈姝说，钱在脑子里，只要敢想，就有办法。现在涉农的项目很多，一些项目可以引进或者整合在一起，就像之前和电业局的合作，也可以和农技站、农业局、林业局联合，大家一起做，效果就会更好。

下班回家后，吕伟递给她一个信封，说是一个朋友送来的，上面有人家联系方式。

陈姝大吃一惊，说："你怎么能收人家的钱呢？"吕伟一脸的委屈，说："我哪儿知道啊？平时关系不错，他说来坐坐，我不能拒绝吧？走了之后，才发现这个。追过去的时候，人没影了，再打电话没人接。"陈姝说："等过一阵，你就直接打信封上的电话，还给人家就行了。做工程的，不会白送你钱，接不了工程，退回去的钱肯定会要的。这些人以为只要钱送出去，工程就到手了。"

陈姝想起了胡秋的话，确实有些人得拜访，不能再拖了，再拖下去任你钢铁之躯，也会被碾压成碎片。于是她先去找籍春风，籍春风倒是很客气，说工作干得不错，为陈胡争光了。陈姝说，马上要招标了，您有啥安排？籍春风说，这两天我让人找你。陈姝想说任五的事，话到嘴边，还是咽下去了，说了也白说。他安排谁，你也不知道，即便答应了，只是不让那个人出面而已，因为这个无法控制。

果然，没多长时间，就有人打电话给陈姝，说是籍县长让找她的。陈姝说，你找袁主任对接，我安排过了。

陈姝电话热起来了，职能部门的一些人开始客气了。陈姝原本想着尽量不让那些工程队连续做，一些职能部门也别年年都要，让她有一个回旋的余地，也能都照顾一下。可是，那些原来干过工程的一些人并不是给他做过一次就感谢你，就能罢手，而是像蚂蟥一样紧紧地吸着。旧的关系还没有摆脱掉，各式各样的新关系，不停地从四面八方涌来，你无法想象曾经沉入海底的那些关系，竟然被一根利益之棒搅上来，而且带着各种混浊的杂质，像火山的岩浆一样翻滚升腾。

袁侨说，得赶紧招标了，他的手机都快被打破了，都是打听陈主任行踪的。

陈姝把手机开成了静音，信号灯不停地闪烁，她知道电话一直不停地打进来。

到了下班的时间，大家都走了，单位里静悄悄的，整幢楼都陷入了沉寂。陈姝坐在办公室，脑子似乎一片混沌。但凡找她的人，都是经过再三斟酌，都是觉得关系不错，都是觉得能够办成事，或者能够收拾她的人，个个都得罪不起。突然，她感到很无助，眼睛无意识地瞟向窗外，不知何时，黑暗已经裹住了这世界，视野里一片混沌，只有远处那幢居民楼里，间或有光亮从窗子透出来，像幽暗的眼睛，窥视着被裹在夜幕中的神秘。

陈姝被沮丧碾压着，好像在期待着什么。她看一眼手机，是的，母亲的电话，每当这个点她还没回家，母亲一定会给她打电话，问她回不回家吃饭。

母亲的电话再也等不到了，想起母亲，陈姝的眼窝立刻钻出一股热辣，她好想好想母亲啊……

她想起了故乡，想起了故乡那条古老的河，还有河里的白鹭……好像高一的暑假，她到河边溜达，因为汛期，河水上涨，水流湍急，从上游冲下很多树枝、木棍、破家具、塑料袋等杂物。突然，她看到一只鸟，站在水中，随浪起伏，这简直太神奇了。于是，她便站住，等候那只鸟漂来。到了近处，才看清楚，那是一只褐鹭，稳稳地站在一根木棍上，任水流浪急，竟然一动不动。她追着它走了一段，它还是漂走了……不知道为什么，她突然就生出一种伤感。它的家在哪儿？它将去哪儿？为何独自漂流？一根木棍能撑起它的旅途吗？它为何不飞，而是选择栖息木棍漂流？它是不是太累了，还是觉得这样好玩？少女的心总是捉摸不定，第二天她又去了河边，希望能再次见到那只独行褐鹭，希望它只是觉得好玩，漂流一段就回。可是，她看到的，却是更加令她惊奇的一幕。污浊流急的河面上，出现了一座绿色的小岛。这是一座从来没有见过的小岛，难道是一夜之间飞来的吗？很多地方有飞来石、飞来山，古老的沙颍河竟然飞来一座小岛？而且岛上有两只白鹭，亭亭玉立，悠闲淡定，就像传说中的仙鹤。

她看着看着，却发现小岛竟然离她越来越近，这是一座会移动的小岛。待小岛漂到最近距离的时候，才看清不是小岛，而是上游水急冲下一块很大的草皮，两只白鹭就站在那块草皮上，顺流而下。它们是一家吗？还是去找那只褐鹭？它们和它是朋友还是亲人？它们将去寻找远方的美好？还是自己的理想王国？在这急湍的水流中，它们竟然那样悠闲淡定，波澜不惊。它们不怕，是因为会飞，遇上漩涡，它们随即可以展翅而飞。有展翅的能力，还怕水急吗？

吕伟的电话把陈姝从遥远的回忆里拉回，问她回不回家吃饭，说他在外面吃饭，要不要给她捎回去点？

陈姝粗重地呼出一口气，平静地说，吃过了。而后端起茶杯，一口气喝完杯子里已经冰凉的茶水。瞬间，一股清冽的冰凉穿肠而过，一种决绝渐渐回到她心里。于是，她起身回家！

陈姝下车走到胡同口时，突然从路边的车里蹿出一个人来，拦住了她，陈姝吓了一跳，只听那人说，陈主任回来了，俺来看看您。

陈姝一看，原来是做过农开工程的一个包工头，塞了一个信封就走了。

招标公告发布，到报名结束，陈姝走过了炼狱般的煎熬，接下来要做善后工作了。她搅在烟火中，不想因为工作招致更多的怨愤，得罪更多的人，虽然她也不欠谁的，但是一些人一次照顾不到，马上就会翻脸，马上心怀怨愤，马上就会出拳。陈姝把袁侨叫到办公室，她拿出一沓子信封，上面都有电话和公司名称。她说，都退了，做好工作，就说等以后有机会，今年实在没办法。给人家留点想法，别把话说死，不然把人全都得罪了。

开标那天，她去了现场，参加投标的那些人也都去了现场，整个交易大厅人声鼎沸。她刚刚说完"开始"，就接到一个电话，是渎侦局的迟万金。迟万金说："这几天打你电话，一直没人接啊，我还以为你有啥事儿呢？"陈姝突然觉得，她犯了一个严重的错误，就是没有考虑到迟万金。她说："实在不好意思，兄弟，我这边开标呢。这次情况特殊，明年，一定会补偿你的。"迟万金没等陈姝说完，就挂了电话。陈姝心里一沉，想起袁侨说过的话，这是个惹不起的人。

果然，时隔不久，就出事儿了。那天，陈姝刚刚进办公室，会计钱正就来了，说渎侦局的通知，要把近五年的账十二点之前送到某宾馆，通知说涉农项目资金安全检查。陈姝不禁哑然失笑，涉农资金安全检查？单位的账目基本没在过单位，纪检委、审计局、检察院、上级财政等等，轮番的查账，一查都是三年五年的。每一次查账都会提出一堆的问题，然后是无穷无尽的协调、沟通、整改。

一个星期后，陈姝正在向副县长万能汇报路肩绿化的事儿。她建议路肩上都种上黄花菜，黄花菜是陈胡的特产，而且有很悠久的历史，也算是陈胡的一个历史文化符号。路肩种上黄花菜，不但防止路肩被毁掉，还防止路肩种上庄稼或者蔬菜。黄花菜开花时很漂亮，不开花时作为绿化，叶子也很美观。最主要的是，到了花季，农民也可以采摘，或卖鲜菜，或晒干菜，应该有很好的收入。她想把万副县长说服了，至少能呼呼呼呼。

万副县长听完之后却说："这个很好，项目里有这个钱吗？"一说到钱，陈姝马上委顿，说："没有啊，得财政上出钱。"万副县长说：

"财政出钱的事，我不当家的啊。"陈姝说："跟您汇报，就是想着您方便的时候，向籍县长汇报一下，看看财政上能不能支持支持。这个也花不了多少钱，我都问过了，一棵苗也就是一毛钱，如果我们只种主干道，也就是几十万块钱。甚至我们可以以几个停车点为重点，打造一个中心区域。"

万副县长说："不是我推，咱本着能做成事儿的原则。你先跟高副书记汇报，高副书记说话的分量肯定比我重，现在就一个专职副书记，是县长的不二人选。"陈姝也只能转移话题，说："现在有传言，石书记要提拔了，籍县长要接书记了。"万副县长毕竟是县领导，遂说："都是瞎传，现在民间，人人都想过一把组织部长的瘾，臆想症。所以，各种拟任命也很多。不到任命书下来，谁说的都不准，上过常委会的还有变化呢。"

陈姝又把话题绕回，妄想策动万副县长，把项目区的树也做成景观树。这时，袁侨的电话打过来，她挂断了，又打过来，她又挂了。袁侨第三次打过来时，她觉得一定是急事，一般袁侨是不会这样的。

陈姝接了电话，对袁侨说，我马上回办公室。陈姝打开办公室的门，袁侨就跟着进来了。袁侨急促地说："钱正住院了。"陈姝问："啥病啊？要紧吗？"袁侨说："渎侦局要把他带走，他一急之下就突发哮喘，心肌炎。"陈姝很着急地问："现在情况怎么样？有危险吗？"袁侨说："危险暂时没有，人还在医院里，渎侦局的人在看着，估计是怕出人命。"陈姝叹了一口气，问："查出来啥问题了。"袁侨说："好像是车辆的租赁协议，说是租赁的车子实际上是老主任自己的，公养私车，之前的协议是钱正签的。"

陈姝想，用外国人的观点这是蝴蝶效应，用中国话说叫敲山震虎、杀鸡儆猴。租车的问题，陈姝也清楚。现在他们还租着那家的车，都是工作需要啊。而且，这里并没有高于市场价，甚至比市场价还低，服务又好，租谁的车子有规定吗？即便是老主任的车子，违反纪律吗？关键是牵扯上了钱正。当时租车签合同时，老主任觉得自己的亲戚，他签不太合适，就让钱正签的。

袁侨说："醉翁之意不在酒。如果不协调，就是这个事儿不提，也还会再找别的毛病。大事儿没有，鸡毛蒜皮的小事总有。即便小事也没有，捕风捉影的传闻总有。就算这些都没有，还有出奇制胜的，他们自己写材料，说是人家举报的。电脑上随意敲几行字，拿着就当举报材料了，就可以说事儿了。谁又能躲过这样的暗箭啊。即便查不出什么问题，这样折腾得鸡犬不宁，谁受得了啊。好端端的单位，这样一折腾，外界就觉得有问题了，以讹传讹，谣言满天飞。"

陈姝仰天叹道："党纪国法都看着呢。这样吧，我出面请他喝茶，底下的事儿还是你办吧。"

一周之后，钱正出院，见到陈姝就哭了，说财务不干了，说啥也不干了，受不了这样的惊吓。

陈姝说，只要你自己没问题，怕啥呢？工作上的事儿，该谁的责任谁承担。钱正一脸委屈地说，因为工作上的事儿，被呼来喝去，不当人看，搁不住。

由于袁侨出面协调，租车的事情也就成了过往。

第四十八章　砥砺前行

五万亩高标准农田项目全面开工，工程指挥部设在西北乡株林村，虞觅书记亲自到场，送来了米、面、油。

陈姝也很感动，比起之前的陵北乡，施工环境确实好了很多，而且通过项目的实施，村组干部以及村民看到了实实在在的效果，大家都在盼着农开项目能够在自己大田里实施。

虞觅作为地方主官，能争取到这样的项目，感觉是为政的最大成就，一再向陈姝表态："陈主任，你只管实施项目，监管好工程质量，施工环境不用你操心，有啥情况，打个电话就行了。农开项目能够落地西北乡，是我们的福分，我们一定会珍惜这千载难逢的机遇，配合好。"

虽然施工环境改善了，但是五万亩是历史新高，同时也是新的挑战。主要难度还是工程监管，农开办依旧是那几个人，所有的人一律吃住在工地。班子分工不能再按照原来的方式，采取切块方式，一个人一万亩的监管区域，其他同志配合，两人一组。同时，对监理公司提出了新的要求，公司经理必须吃住在工地，一万亩土地，必须有两个持证监理在施工现场，巡回监督。每个施工环节的转换，必须有持证监理签字，才能转入下一个施工环节。

即便如此，陈姝也感到压力很大，要知道，发包方和承包方永远是一对矛盾，发包方想以最低的成本，拿最优质的工程。而承包方，想要的是最低的成本，获最高的利润。这没有谁对谁错，只是立场不同，认知不同而已。在承包方看来，偷工减料是获取高利润最直接的方式。还有一些民工并不是为了老板省工省料，而是为了自己省力。所以，保证工程质量是很艰难的事儿，承包方接工程之前，毕恭毕敬，一旦工程到手，就开始了盘算，就开始了斗智斗勇。

陈姝一再强调，工作留痕法，就是要求工程的每一个环节，都必须有监理在现场，都必须留有照片和文字材料。每一种材料必须要有相对应的合格证以及照片，有监理签字，有负责工程的班子成员签字。陈姝基本上每天都要到工地上走一遍，不停地穿梭。她必须在场，至少给工程队她在场的印象，这样他们也会多一些忌惮。

陈姝最担心的还是路工，因为路面做不好，是最容易成为外界焦点，不要说路基混凝土等材料问题，仅是路面一旦出了毛病，立刻成为社会关注的焦点事件，她每天必去路工各个地段走一圈。

陈姝走到离停车点五百米的地方，停了下来，发现路面的磨光度不够好，比较粗糙，有些起砂。再往前走，发现了裂缝。混凝土路是允许有裂缝的，一般千米三到五条。有几条裂缝，也不一定是质量问题，有可能是没有及时切割。她继续往前走，裂缝就不止三五条了。前面的路面刚刚拆掉壳子板，她掏出尺子量了量，厚度还够，也有些地方超出标准，说明混凝土打得不均匀。有些路工的承包方在做路基的时候，中间高两边稍微低一些，两边的混凝土浇筑时都超过标准，所以在验收抽查时，一般隔500米取样，分左、中、右，左右位置取芯点距路边不低于50厘米。但是到验收时再卡标准，已经晚了，打好的混凝土路不能掀了重新打。

陈姝继续往前走，突然看到了一大片起砂的路面，还有大的裂缝，她停下来，给监理打电话，让监理和他们的经理立刻赶到现场。她看到前面有工人正在打混凝土，走过去问，你们这儿谁负责的？工人抬头看了看，没有吭声。陈姝拿出尺子量了量厚度，然后对他们说，你们先歇歇，让老板来一趟。几位民工停下手里的活，扬长而去。

陈姝看着他们的背影，无奈地摇摇头，他们才不在意你是谁，只认包工头的账。

监理公司经理和监理都赶了过来。陈姝强压着怒火问道："你们去哪儿了？合同条款里写得明明白白，我开会时也讲得非常清楚，凡有施工，监理必在现场。还记得吗？"

经理说他刚刚还在这里。监理说，他去了西面的施工路段，刚走不到一个小时。

陈姝领着他们到刚刚走过的地段，指着裂缝和起砂的地方对经理说："你刚刚离开，这些地方看到了吗？"经理说："看到了，我也跟他们的头联系了，答应得很好，就是不见面。再联系，就不乐意了，说得很难听。"

陈姝说："咋没听你吭声啊？你处理不了，跟业主说啊，这点常识你不懂吗？"经理说："我们一手托两家，不想把关系弄僵了。"陈姝暴怒，说："你一手托两家？哪两家啊？你是我们招标的监理公司，一屁股坐到承包方怀里，还好意思说一手托两家，出了问题你是负全责的，明白吗？你是要受到法纪制裁的？严重的要进监狱的。"

经理脸色非常难看，遂说："陈主任，你别生气，人家有后台啊。我这个小小的监理公司经理，还能管住他吗？停工通知也下达了，就是不停，继续施工。我跟袁主任也说了，袁主任和他电话里吵了起来，结果人家根本不当回事。"

陈姝突然意识到什么，给袁侨打电话。因为工程面过大，她跟班子的同志都是电话联系，有问题的也都电话上沟通过了，晚上碰头时，大家都累得要死，说说工程进度和特殊情况，就各自休息了。袁侨估计也知道这个情况，可能是碰头会时觉得不便说，也就没有吭声。袁侨电话里说，老板还是任五。

陈姝一怒之下，来到政府大院，找到了籍春风，一五一十地把任五的情况都说了。

籍春风笑眯眯地看着带着情绪的陈姝，然后说："你说的这个人是谁啊？我不认识啊，你们该怎么处理就怎么处理。现在打着领导旗号的人很多，这些人都不要理会，你们按程序、按规矩做就行了。像这样的事情，不需要汇报到我这儿啊，你们是怎么把的关啊？招标时你们干啥去了？怎么能招这样的公司啊？"

走出籍县长的办公室，陈姝突然感觉眼前晃动了一下。她使劲地眨了眨眼，稳了稳神，还是觉得很虚幻。她觉得自己好傻，好荒唐，就这样急赤白脸地找领导，人家一巴掌打过来，你一点招数都没有啊，即便是你把另一边脸也伸出去，人家只是对着自己的巴掌轻轻地吹了一口气，说手疼不想打了。有意思吗？应该换一种方式，她突然想起了，夫差的太子友，想劝谏父王夫差，去请教王孙骆，王孙骆说了五种进谏的方式，让他自己选择。再想这些有什么用呢？只怪自己太莽撞、太狷介、太耿直、太冲动。陈姝觉得后背发凉，坊间传闻，籍春风越是笑眯眯地跟谁说话，谁就会倒霉。他要是发火了，倒是好事。

回想起来，籍春风的笑容好可怕，他双眼眯起，目光却像冰刀，双唇上挑，笑意里透出狰狞。他的整张脸，就像熔化的铁汁，突然淬火，真的无法形容。

她刚刚出了政府大院，万副县长打电话来，说你晚上安排一桌饭，准备点土特产，有几个外地的朋友过来了。另外，宾馆也订一下。

陈姝说，哦。好的。万副县长估计听出了陈姝的声音异样，遂说，陈主任要是有难度，他就让农业局安排。陈姝连忙说，哦，没有，没有，她这就安排。

万副县长是省里下来的，看他的朋友多，免不了各局委都得承担点任务，也是情理之中。但是，中央八项规定，这种吃喝接待不允许报账，所以有些局委的局长自己也都不敢吃喝了，即便有客，都是掏自己的腰包。一些有实力的单位，开始筹建职工食堂，食堂里都有包间雅座，请的厨师也都有拿手好菜，来了客人可以在本单位招待。像他们这样的小单位，万不可能单独开灶的。实在需要加班的，找一家定点的餐馆，按照标准，个人出点，单位补点。陈姝犹豫了一下，万副县长是主管领导，不能得罪啊。有一位作家曾经说过，官场多种花，少栽刺。谁又想栽刺呢？

过了几天，陈姝突然接到一个外地电话，把她骂得狗血喷头。被骂傻的陈姝，没来得回击电话就挂了。她电话打到电信局，让一个熟人帮着查一下，是谁的电话？回说是一个虚拟的电话，公安局都无法查到。陈姝冷静下来，她知道是谁了，也许这只是刚刚开始。

第四十九章　多重碾压

陈姝突然觉得有一块大石头压在她身上，意识非常清楚，就是动弹不了。她看到了吕伟熟悉的背影，但是跟他在一起的不是她，好像是一个女人，也是一个背影。她喊吕伟，却发不出声音，眼睁睁地看着他们渐去渐远的背影。

陈姝在使劲儿地挣扎……醒了……梦魇，这一段时间，老是发生梦魇，感觉醒着，身边的人和事儿都很真实，他们的言笑都在耳边，而她却是被压着动弹不了。恐惧像橡皮筋一样绷着她，挣扎，醒来之后，还是梦，还是黑沉沉的夜。

夜间，经常会被一种剧痛惊醒，诈尸般坐起，揉捏抽筋的小腿。抽筋的剧疼，抵制着梦魇，但会延续几天。第二天，她依旧还得在工地上继续巡视，她不敢有丝毫的大意啊。尽管她穿着运动鞋，可是脚上还是血肉模糊。每天五万亩的施工现场都要走到，至少正在施工的工地要走到。都知道她要求严，说话难听，也就多了忌惮。

可是，今天的梦魇好奇怪啊，怎么是吕伟？吕伟从来没有在她梦里出现过。她突然想起，吕伟有好多天没有打电话了。正常情况下，他每天都会打电话啊，这一忙，也给忘了。前一段时间，连续好几天，都是晚上喝多了打电话，嘟嘟囔囔不知道说啥。她很累，说别这样好不好，有话就说，没事儿别打了，累得要死。那天晚上，她睡着了，第二天一看，吕伟打了十几个电话。她想回过去，估计没啥事儿，肯定又是喝多了，一忙又忘了。

巨大的疼痛像电流一样穿过她的神经，她从床上坐起来，伸直了腿，揉搓着被痉挛抽紧的僵硬肌肉。小腿的疼痛刚刚缓解，双脚又火烧火燎地疼起来，拇囊炎、无菌性腱膜炎、过度挤压的血泡一起袭来，双脚被疼痛折磨得不由自主地抽动。陈姝再无睡意，起来去了一趟卫生间，看看表三点半。她想还是睡吧，明天一定得给吕伟打个电话，不能太冷落了他。

第二天一早，陈姝擦把脸，依旧精神抖擞，吃点饭又去工地了，似乎把夜间的事儿全部忘掉了。到了中午，她突然想起给吕伟打电话，可是电话没人接。她躺在床上稍微休息了一下，没想到被失眠困扰的她，竟然也睡了一会儿。元气又回到了她的身上，她又去了工地，晚上，再打吕伟的电话，还是没人接。她有些担心吕伟，她工作忙，顾不了家，也从来没有照顾过吕伟，甚至没有真正地关心过他，以为他根本不需要。她觉得很内疚，想回家看看。但是，项目正处在关键时期，不能走。转念一想，吕伟也不会有啥大事儿。她便给巫莉莉打个电话，让她去看看吕伟。

巫莉莉接到陈姝的电话，愣了一下。她不相信吕伟会有啥事，他是医院内科主任，工作确实很忙，有时候不接电话也正常。倒是对陈姝有一些不好的传闻。

巫莉莉下午两点多去了陈姝家，刚好是上班时路过，这个点吕伟应该在家。由于跟陈姝的关系，她跟吕伟也很熟，巫莉莉经常带着病人找吕伟看病，或者打电话介绍病人，有时候两家还在一起吃个饭。所以，她也就没事先打电话，顺道来看看，如果不在，再专门来一趟。

到了他们家的胡同口，巫莉莉站住了，揉了揉眼睛，确定那个背影就是吕伟，可是那个扶着他的女人呢？确定不是陈姝。吕伟摇摇晃晃地走不稳，那女的间歇扶他一下。到了他们家大门口，吕伟掏出钥匙开门，那女的试图想进去，吕伟转身关了门。那女的在门口站了一会儿，就离开了。

巫莉莉为了不让自己出声，差点把手指头咬破，那女人从她身边走过时，巫莉莉假装打电话，偷偷扫一眼觉得那女人有些面熟。

巫莉莉一时蒙了，不知道该怎么办。吕伟可能下夜班，中午喝多了。但是，看起来他还是清醒的，他知道以陈姝的聪明，家里要是进了别的女人，她一定会找出蛛丝马迹。巫莉莉还是不敢相信，刚刚看到的一幕。如果不是亲眼所见，打死她也不相信，吕伟会出轨。她不能告诉陈姝，她得先弄清楚怎么回事儿。

巫莉莉决定明天先去医院，以看病的名义找吕伟，探探他的情况。吕伟是个敬业的医生，在病人中口碑很好，所以找他看病的人很多，巫莉莉在默默地排队，排到跟前时说："吕医生，我最近一段时间，感觉胸闷，是不是得了心脏病啊。"吕伟一看是巫莉莉，说："巫局长精神焕发，哪像有病的样子？"巫莉莉说："确实不是我，是我的一个亲戚，但是不方便来，你能不能帮忙出个诊啊？"吕伟说："巫局长有请，我哪敢怠慢啊，啥时候去吧？"巫莉莉说："明天上午，我来接你。"吕伟说："刚好明天我下夜班，查完房，等你电话。"巫莉莉说："一言为定，我明天大概十点左右跟你联系。"巫莉莉起身往外走，正碰上一个穿白大褂的人，领着一个病人进来，巫莉莉觉得很面熟，突然想起了什么，放慢了脚步。只听那女人说："吕主任，这是我家亲戚，请你看看这个胸片儿。"吕伟说："好的，稍等一下。"

巫莉莉拉着吕伟去了项目区，路上，她问陈姝的情况，吕伟沉默不语，问得急了，他说："谁知道呢，没进过家，电话也不接。"巫莉莉说："她不接你的电话，你也不接她的电话？是不是你俩闹别扭了？"吕伟说："我打电话她嫌烦，不接，说累，都有人看见她回来了，也不进家，这日子还能过吗？"

进入项目的施工现场，工地上热火朝天，吕伟被震撼到。巫莉莉说："这都是你家陈主任的工地，她容易吗？"巫莉莉顺着路线走了一圈，把车停下，远远地他们看到陈姝穿着灰色的冲锋衣，一拐一瘸地走着，料峭的寒风刮乱了她的头发，单薄的身子倒也挺拔，瘦削得像一捆麻秸秆。长方形的脸庞更加骨感，满嘴黑乎乎的都是燎泡结的痂。吕伟知道她一上火，嘴上就会燎疱，一层一层地叠加。褪了色的冲锋衣和看不出颜色的运动鞋，已经显不出性别了，如果不是那凌乱的头发，估计没人知道她是个女人。

很显然，陈姝并不知道远处的车子里坐着她的闺密和丈夫，她甚至没有看见路上停着的车子，她在跟监理说工地的事。

吕伟眼窝子热辣辣的，他推开门，想冲下去。巫莉莉一把拉住了他的衣服。他的心好疼，这个他千宠万爱的女人，开始是他的病人，而后是他的爱人，现在是他的亲人。他是医生，不解风情，也不懂浪漫，也不再有激情，他的爱是实实在在的，是体贴入微的。在家里，他从来不让她管柴米油盐，从来不让她去菜市场，从来不让她做家务。每次回家，他都会做一些她喜欢吃的饭菜，会把牙膏挤好，连杯子里的水温他都会试试。他的爱都融化在生活的琐碎里。她生活的环境虽然不富裕，但从来不缺乏爱，母亲的爱、兄弟姐妹的爱、丈夫的爱、孩子的爱，因为被爱包裹着，所以她心里充满阳光，所以她以爱的方式对待这个社会。他从来没有想过她家庭之外的状态，没想过她在外边所经历的一切……如果不是巫莉莉拉他来，他一辈子都不会知道她的另一面，她所经历的那些纷乱与杂芜，他下意识地揩了揩双眼。

巫莉莉说："走吧，别让她知道我们来工地了。"

回来的路上，两个人都没有说话，到了医院门口，巫莉莉把车子停下了。她说："你要相信陈姝，她是一个值得珍惜一辈子的女人。她工作虽然拼命，但对家庭同样看重。她打不通你的电话，很着急，怕你有啥意外，才让我来看看你。"

吕伟说："我能有啥意外？倒是担心她。可是……她……"

巫莉莉说："你是不是听到有人说啥了？"吕伟愤然说道，岂止是听到，他说，他接到几条短信，说是陈姝和县里的高副书记怎么怎么着。吕伟知道陈姝回家也经常说起高书记，短信编得有声有色，某时某地某宾馆，看到他们。吕伟半信半疑，想借着酒意，把这个事给她说说。因为不喝酒，有些话他说不出口，可是喝得越多就想得越多，想得越多就越生气，越生气就越说不清。所以，这一段时间，基本上天天喝醉。吕伟也是一个心中不藏事儿的人，这样的事儿憋在心里，他实在受不了，只能把自己灌醉。

吕伟把这些说出来之后，心里舒服多了。巫莉莉说："不要让陈姝知道这事儿，她的压力太大了，一个女人这样拼命工作，还要承受工作之外那些乌七八糟的事儿，我都觉得她可怜。唉，她这又是何必呢？干好干歹，工资不少一分，又不指望提拔了，这样拼命干吗呢？"

巫莉莉知道吕伟对陈姝的感情，但是她昨天看到的那一幕，老是在眼前晃。在吕伟拉开车门要下车的时候，巫莉莉说："吕医生，知道今天我为啥带你去陈姝的项目区吗？昨天中午我去找你了，看到一位女士，从你们胡同里出来。"

吕伟的脸一下子红了，他说："不要跟陈姝说，我会亲自给她解释的。"巫莉莉说："好。你去上班吧。别忘了给陈姝打电话，她需要，即便她不接，继续按点打。或者发信息。至少让她知道，你没事儿。你没事儿，家就在。家在，爱就在。爱在，心就安。心安，就不惧风雨。"

巫莉莉望着吕伟的背影，摇摇头，自言自语地说，人性都很脆弱，最经不起考验的就是人性……

第五十章　真记者

　　陈姝接到胡秋的电话，说某主流媒体驻中原省记者站的记者到豫东市的两个项目私访，发现了很多工程质量问题，已经在内参上登出来了，而且省里领导有签批，要问责，要查处。

　　陈姝懵懵懂懂地问，是不是假记者搞的？胡秋说，真溜溜的真记者，假记者最近治理得差不多了。但是，这件事也是有背景的，这位记者曾经让县里把他家乡的路修一修，县里领导也应允了，把事安排给了农开办。农开办已经做完计划，说明年可以考虑，结果第二年做计划时给忘了。记者回老家省亲，乡亲们围着他七嘴八舌，说哪个村出了什么人物，把村里的路修了，哪个村出了什么人物，把桥建了，哪个村出了什么人物，把路灯装上了。咱村这路早该修了，你这都是省里领导了，恁大的官，修修路还能有多难啊？直说得那位记者面红耳赤，羞愧难当。吃过饭，他直接把车开到项目区，找了一些毛病，路过陈胡项目区，顺带把陈胡项目区的也都筛查了一遍，刚好到了停车点的北边，有图有文字，"铁证如山"，这一下问题就大了。省办打电话给市办，何主任也非常生气，直接打电话给籍县长。

　　陈姝一听，从头冷到脚，正是任五修的那一段啊。果然不一会儿，籍县长的秘书打电话，让她去籍县长办公室一趟。

　　陈姝战战兢兢地走进籍县长办公室，籍春风倒是真的没有生气，他亲自倒了一杯水，放在陈姝面前的茶几上，然后和蔼可亲地说：

"陈姝啊,古话说得好,'家丑不可外扬',有些情况咱们自己可以解决的,不一定要借助外界的力量。"

陈姝一头雾水,茫然地问:"籍县长,您说的是?"籍县长并不看陈姝,仿佛是自言自语地说:"刚刚市办的何主任给我打电话了,说是咱们农开项目区修的路,还没有投入使用就坏了。"

陈姝感觉到籍县长的声音被一种气流紧紧地控制着,他应该大发雷霆才是啊,如此诡异地平静,让陈姝如坐冰刀。她连忙说:"籍县长,我刚刚听胡秋主任说了,这记者,是这样的……"

籍县长说:"其他的不要说了,我希望你要以大局为重,以陈胡的声誉为重,把这个问题协调掉。让这位记者重新撰文,逆转舆论,正面宣传我们陈胡。至于怎么做,你自己想办法,我只要结果。"

陈姝出来时,心里很决绝,已经跳进黄河了,洗不清也不准备洗,但是她得完成县长交给她的任务,这不但是县长的任务,更牵涉到豫东市、农开系统的形象。这个任务完不成,她就是千古罪人啊!

下午,陈姝又接到胡秋的电话,说市委宣传部都出面了,要她做好准备,一起去省里协调。

还好,那位记者也很明白,县里已经答应把他老家的路修好,他也不能让当地政府太难看,"回家"的路也是断不了的,答应弥补负面效应。

胡秋跟陈姝说,你们需要单独协调,材料中出现有你们单位的名字,要把情况给人家说清楚,拿出整改意见,争取获得人家的认同。

陈姝想到了籍县长的话,仰天长叹,把眼泪咽了下去。

市里协调小组离开之后,陈姝单独去见那位记者,人家很不屑地说:"豫东的政治生态太坏了,小丑多,告状的也多。你带的东西,千万别放这儿,我不想落下口实。"陈姝真的想找个地缝钻进去。无奈,她只能帮着人家骂豫东人,骂豫东的官僚,骂豫东的刁民。骂得人家觉得过分了,才缓解生硬的态度。

陈姝从省城回来,去工地有些晚了,回家吕伟还没下班,想起籍县长的话,觉得应该把协调的情况汇报一下,于是跟司机说去县委。来到了县委大院,陈姝却敲开了高粱办公室的门。

高粱一见陈姝的脸色,说:"这是咋了?像是外边欠着账似的。"陈姝满腹怨气和委屈,不知道该找谁发,听了高书记的话,不禁悲从中来,哇的一声哭了。

高粱很是惊诧,以为出了什么事儿,起身把门关上,倒了一杯水端到陈姝跟前,用手拍了拍她的肩膀,一句话没说又回到了座位上。他默默地等陈姝自己平静,他知道陈姝是个直性子,却不是一个情绪化的人,一定是遇上了解不开的结。

陈姝哭了一阵子,忽然觉得自己有些失态,端起水杯一口气喝下去。一杯水下肚,她平静了许多,说:"不好意思,高书记,我失控了。"说完就起身,又说:"没事儿,我走了。"

高粱看着她,笑了一下说:"坐下说吧,这样哭一场就算完了?"陈姝一时不知道从何说起,想想籍县长的话,她觉得有些事不能跟高粱说。但是,就这样哭一场就走,又太唐突了。于是,她说了媒体的事,说了任五的情况,但是却没有挑明他和籍的关系。

高粱说:"跟籍县长汇报一下,除了协调的情况,项目进度也一并汇报,让他有所了解。"

陈姝心情沉闷地回到家,习惯性地打开客厅的灯,只要进家,她就会下意识打开所有的灯。她喜欢光亮,不喜欢暗淡。

当她打开灯的一瞬间,目光不自觉地聚焦在那张躺椅上,那是母亲的"宝座"。椅子还在那里,只是母亲已经走了。突然,眼泪热辣辣地蓄满眼窝,她一个人呆呆地坐着,等待吕伟回家。

吕伟被一个病人绊住,回家有点晚,见屋里开着灯,知道陈姝回来了,他没有打扰她,转身去了厨房。不一会儿,一碗热腾腾透着葱香的酸汤面叶端到了陈姝跟前。陈姝努力地控制着,不让眼泪流出来,但还是没有控制住。为了不让吕伟看见,她起身去了卫生间,稍微平静了一下才出来。她故作轻松地说:"唉,还是家里好啊。酸汤面叶,我的最爱。"

陈姝最爱吃母亲做的酸汤面叶,是因为小时候家里穷,一次生病了,母亲借了一瓢好面,给她做了一碗酸汤面叶发汗。当时,她觉得这酸汤面叶是天底下最美味的食物。后来,她总是让母亲做这个,但是却总也吃不出那时的感觉。

陈姝暂且不想那些烦心的事儿,好不容易回家,就和吕伟一起去了洗浴中心,想泡个澡,解解乏。

洗完澡出来,她看到一个未接电话,是孔向阳打来的。这个点打电话,一定是工地上有事儿,她赶紧回了过去。孔向阳说:"咱们项目区里,有个人找我,说是你家的亲戚,问修路能不能拐个弯,到他家门口,也没多长,就几十米。"陈姝知道,孔向阳一般不会节外生枝,估计他也是顾及她家的亲戚才说的,她不知道亲戚是怎么跟孔向阳说的,不管怎么说,这口子是不能开的。她说:"多修几十米,钱谁出?他能出吗?如果他能出,可以直接找工程队协商。如果他不能出,就一口回绝了。给承包方说死,计划之外的,一厘米都不能多修,找谁都不行,就说是我说的。他要是硬修,那是他的事儿,我们一分钱都不会多给。"

陈姝想把电话关了,安安稳稳地睡一觉。正要关机时,又有电话打过来。陈姝还是先接了电话,是她的同学齐天圣,一位私营企业主。齐天圣企业办得相当红火,跟县领导关系处得也好,总能借助各种政策支持,与其说是企业经营不错,不如说是靠政府政策养着。因为同学关系,平时见面还算客气,总说要请吃饭,但也没有请过。

齐天圣说:"陈主任,老同学,明天想请你吃个饭,提前预约一下怎么样?"

"哪敢啊。"陈姝敷衍道。

齐天圣郑重地说:"真的,我说了几次了,都没有请到。明天,我请万副县长陪你,总得给个面子吧?我跟万副县长都约好了。"陈姝听说万副县长参加，心里犹豫了一下，上次因为万副县长安排的事儿没办妥当，闹得万副县长很反感。这些企业家，都是通天人物，县领导好像他亲叔二大爷，基本是有求必应。他说是万副县长答应了，那一定是真答应了。

陈姝知道把万副县长都搬出来了，肯定是有事，陈姝犹豫着。还没等陈姝说话，齐天圣就说："就这样定了，饭店订好了，我把房间号发给你，明天中午不见不散。"齐天圣企业做得恁大，肯定也是人精，他一定听出陈姝的犹豫，才这样不留余地地敲定。

果然，齐天圣说他新建的一个分厂，在项目区内，离主路有五百米的距离，能不能帮忙把这段路修了？

陈姝当场就笑了，说："我是很想帮你啊，老同学不帮还能帮谁啊？只是现在项目正在实施中，项目区的道路都是计划好的，每年多少条路，每一条多长，每条路的位置、走向，都是报项目之前就设计好的，我们的计划书和可行性研究报告，都是经国家农发机构审批过的，标书里写得清清楚楚，没有多余的钱啊。只要万县长能争取财政资金，就没问题。"

万副县长笑眯眯地说："财政上的情况，你不是不知道，我哪有那能耐啊？人家请的是陈主任，我只是陪客，别转移目标啊。"陈姝说："吓死我也不敢转移目标啊，您是省里下来的领导，资源多，人脉广，可以在省里想想办法，看有没有其他的项目支持。"齐天圣说："就五百米的路，我不值当再去找项目，陈主任也就高抬贵手，支持一下。我这个企业也是籍县长一手扶持起来的。"陈姝知道，齐天圣是拿籍县长压她，又请了万副县长坐镇，想是志在必得。不是她不帮，实在是帮不了，于是，赌咒发誓地说："苍天在上，我真的没办法啊。如果是报计划前，你说一下，我估计还有运作的余地。现在一锅熟米饭，都有主儿了，一粒米都不剩。既然是籍县长扶持的项目，籍县长还不能帮你解决这点小事儿啊？"

万副县长一看这情况，便说："行了，行了，这个事儿，你们同学私下说。"

第二天，齐天圣电话打过来，不高兴地说："都说陈主任六亲不认，果然啊，没别的意思，就是好长时间没有和吕医生喝酒了，给他带几瓶酒，跟修路没有关系，你这是干啥啊？不是打我的脸吗？"

陈姝听他这样说，连忙解释说："老同学，说句掏心窝子的话。我是真帮不了你，你也了解我的为人，但凡能帮的，我会竭尽全力的。再说，吕伟也不喝酒，我也不喝酒，你不是浪费吗，送给会喝酒的，没准儿还能办点事儿。咱们是自己人就别客气了。"陈姝尽量地套着近乎，不让人家生出反感，不替人家办事，已经得罪了人家，尽量靠语言挽回一点。

齐天圣倒也很豁达，说："没事儿，不让你为难。你看这样行不行，这一段路的钱我自己掏，你给工程队安排一下，和你们的工程路一起做，我也不再找工程队了，就是图个省劲儿。"陈姝说："可以是可以，我不便给工程队说，你们可以私下谈，估计他们也乐意做。万副县长也知道，我们农开只做田间工程，主路也都是不得不走才列入计划的。咱们自己人不说外话，你和我们工程一起做，会引起不必要的麻烦，咱清清亮亮的同学关系，很可能因为这个就被抹黑了。"

唉，陈姝叹口气。是的，她栽不了花，也不想栽刺啊。

陈姝把手机扔在床头柜上，手机并未示弱，发出铃声抗议。她拿起手机，看到一条短信，上面写着："陈姑姑，您好。我今年高考成绩不错，报了中原省农业大学。我原本想报个医学，把我妈妈的病治好，可是我觉得学农更有意义。我想成为一个农业专家，为更多的农民服务。录取通知书已经到了，过一段时间就去报到了。谢谢您在我最需要帮助的时候，帮我渡过了难关。还有，我爸让我告诉您，他的种业基地，效益很好，今年又扩大规模了。明年准备进入你们新开发的五万亩项目内，他说那里设备更先进了。再次谢谢您！褐晓光。"

第五十一章　陈胡新局

石书记到任未经一年,便灰溜溜地调离,一张照片惹的祸,传说都是做的局。不管有着怎样的背景,反正是走了,籍春风当了书记,高粱也随之当了县长。

籍春风当上书记的那天,就把老娘请来了。晚上,华灯初上,他亲自开着车,拉着老娘绕着龙湖转了一圈。湖面平静如镜,一丝涟漪也没有。湖边的霓虹把自己沉入湖底,复制一个倒立的影像,依旧闪烁,依旧绚丽,只是透出虚幻和魔性,远远地望去,像神秘的水底世界。

籍书记不禁感慨,真是一方有灵性的土地啊,遂对坐在副驾上的老娘说:"娘啊,这可都是咱们的地盘了。在这里,横着竖着都由您啊。"老娘半天没说话,许久,长长地出了一口气,说:"拉俺去太昊陵庙吧。"籍春风疑惑地问:"大晚上的,去那儿干啥啊?"

老太太说:"趁天黑,俺去人祖爷坟上烧个香,俺听说,那儿烧香灵。俺没啥文化,只想让人祖爷保佑你,平平安安。"籍春风豪横地说:"谁让我不平安,我让谁上西天。"老太太痛心地说:"儿啊,赶紧送俺回老家,离地三尺有神灵啊。人啊,不能逞强!不能逞大!不能逞威!这官啊,是公家的,不是咱家的。"

籍书记的老娘对儿子当官一直战战兢兢,她说,他家老坟院没那风水。她一手拉扯大的孩子,他有几根头发她都知道,他哪能当恁大的官啊？

老娘爱子之切也是有原因的。籍春风在老家时，是孤门小户，父亲老实巴交，干活从来都是打下手，还时常受人欺负。那年，村里一家盖房，请人帮忙，他父亲也去了，上架子的人临时有事儿，领工的就让他父亲顶上去。那时候农村盖房子，砌墙运砖都是下面的人一块一块地往上扔，上面的人稳稳地接住，这需要两个人默契的配合。下面扔砖的人，一看上边是籍春风的父亲，就故意抛高了一些。他父亲没接住，还把自己摔了下来，头磕在砖上死了。母亲拉着他挨门挨户磕头求葬，每一次下跪，籍春风都在数数，他觉得自己就是那只蚂蚁，任人家踩压。他和母亲磕了三遍头，才去了几个人，勉强把父亲埋了。一次次的下跪，跪出了他骨子里的尖锐，跪出了他心中的冷漠。他那疼肿的膝盖告诉他，膝盖不是用来下跪的，是用来载着他走向更远的路。

他父亲去世后，老有人半夜敲他家的门，因为母亲年轻而且稍有姿色。母亲半夜惊醒，搂着他瑟瑟发抖。他无法忘记，那黑夜里的敲门声，给他们带来怎样的惊悚。他发誓，一定要让母亲成为尊贵的人，成为让人敬仰的人。孤儿寡母在村里无法度日，母亲就投靠了镇上的大姐，就是他的大姨。他大姨给母亲在街上租了一间门面，母亲凭借一双巧手，开了一家缝补店，勉强度日。那时大姨家日子稍微好点，大姨想接济他们，又怕家里人有意见，总是偷偷地去他们店里。还好，籍春风聪明伶俐，学习成绩很好，而且外表阳光帅气，在老师和同学们眼里，都是品学双优的好学生。籍春风在贫寒和卑微中成长，但是他一直都在伤痛中丰满着自己，用努力疗愈自己。他想让自己强大，想让那些曾经欺负过他的人低头认罪，他想要登上山顶俯视众小。大学毕业后，他分到教育系统，偶然一次机会，认识了乡党委书记的老婆，后来认人家为干娘，调到了乡政府。他人聪明，又能写，很快成了两办秘书，也成了领导的心腹。而后，他又成为书记夫人的娘家侄女婿，尽管那女孩既没有文化，长相也不好，他还是让那女孩感觉到了爱情，感觉到公主般的尊贵。他把爱情置换成资源，从此，踏上了行政之路。后来，他迷上了《厚黑学》《人性的弱点》《曾国藩家书》等书籍，这些书让他明白，非常成就必走非常之路。

籍春风在搬到县委办公之前，先去了前书记的办公室。他伫立在窗前，沉思良久。县委办公楼是老房子，这间房子是整个办公楼的中心，刚好和大门遥相呼应，宽大的玻璃窗让坐在办公桌前的人能把整个院子一览无余。历任县委书记都在此办公，这也是坊间认定的权力象征。曾经多少次，他站在县委大门口，遥望这间房，期待着有朝一日能够入主此房。上天眷顾，他真的入主了，夙愿实现了，却有种虚幻的感觉。一丝的不安，像蝉翼轻摇，在心里晃动。同时也生出了一言九鼎、君临天下的豪情。县委书记是一个特殊的位置，级别不高，但权力极大，既是主血管的末端，又是毛细血管的入口，更是庞大机器的传送带，或者是轴承，一个区域的资源、资本、人脉，生杀予夺等等皆取于一人。

籍春风站在玻璃窗前，一动不动，目光悠远地望着县委大门。虽然这屋子重新粉刷和打扫过，但是感觉还有一种幽幽沉滞，这给他带来若有若无的压抑，他喜欢更加阔大、恢宏的感觉。

籍春风找了一位风水先生，看了看三楼的办公室。那位先生建议他打通东边的一间屋子，紫气东来，所有的光和能量，都来自东方。而且，根据他的生辰八字推测，他将有大任在肩，不只是州官。所以，建议他把大门改造一下，要再高一些、再阔一些，一定要朱红的。同时建议他把西柳湖那尊首龙掉转一下方向，方能镇住风水。于是，那些龙被黑网罩住了几个月，再见天日时，已经改变了方向。

他置换一套行头，以公正廉洁、务实创新、朴实亲民的新形象，出现在全县广大干群的视野里。他把那些名牌的衣服、腰带、鞋子，统统都收了起来，换成了旧的。籍春风是个聪明人，深谙为官之道。所以，方方面面他都很谨慎，办公室里的陈设，除了增加了一尊腾空而起的玉雕龙，其余都是原来的旧东西。

陈胡县的班子也进行了一次大洗牌，该调离的调离，该交流的交流，该提拔的提拔。

那天下午，巫莉莉给陈姝打电话，说是晚上一起喝茶。陈姝说，晚上喝茶不行，影响睡眠。巫莉莉说，喝点熟茶没事儿，"陆家茶馆"有简餐，而且档次不低，已经提前预订过了。

喝茶聊天，是她和巫莉莉相处的基本形式。巫莉莉透出无比的兴奋，她说："籍书记上任，陈胡的事业要大发展了。"陈姝笑道："是你的事业要大发展了吧？"巫莉莉说："说啥呢？人家籍书记可是清正廉洁、公平公正的。"陈姝说："喝茶喝茶，说这个有意思吗？"

于是，巫莉莉对着门口喊："老板，上三十年的普洱，一般人请不动陈主任，今日陈主任肯赏光，我得破费点。"陈姝笑道："'见鳖不捉，一律同罪'，老板，上最好的。有一百年的普洱吗？"老板跟她们都熟，笑眯眯地说："有啊，姐，上不上？"陈姝说："上啊。有人请客还能不上？我自己掏腰包也喝不起啊。"巫莉莉笑道："算你狠。当了几年农开办主任，嘴都刁成这样了。"

陈姝小口呷一下杯中的茶说："真好。只可惜俺是第一次尝这稀罕物。唉，说真的，是不是该换个大衙门了？"

巫莉莉说："官场很诡异，不傍主官，永远在局外，傍了主官百分之五十的希望。因为你不知道他会不会调离，会不会出事儿，变数太多。早些时候，陈胡有句名言'出一个县级干部，垮掉一个单位'。再往后，就是不再轻易动干部，不动没有事儿，一动就告状。将来会是啥样，谁知道呢？喝茶吧，唯良辰香茗，不可辜负。"巫莉莉呷了一口茶，然后放下杯子，悠然地说，"想提拔，还是得有过硬的关系。得有人真心给你说话。光靠钱和嘴经营的关系，不牢靠，太轻飘。因为钱是单位的钱，嘴是自己的嘴，都太随意，缺乏真。"

陈姝笑道："还真呢？真在哪儿啊？眼见为真？耳听为真？心想为真？"

陈姝和巫莉莉两种完全不同性格的人，却是好朋友。和巫莉莉一起，会觉得很放松，可以信口开河，这也许就是巫莉莉的过人之处。她总让人觉得很真诚、很率性，而且又很通透，可以交心。

陈姝说："我这种人吧，毛病大。特别不善于处理人际关系，也想跟人家处好关系，又不想刻意地讨好，觉得以诚相待就可以，总是走不近。"巫莉莉笑了，她知道陈姝说的是跟籍春风的关系，遂说："也不是啥毛病，就是缺心眼儿。"陈姝说："也是啊，你介绍一下经验，怎么就一下子成了书记的亲信了？"巫莉莉说："我是神仙啊，一下子成了人家的亲信。关系也是慢慢地养的，当时，他还是副县长时，我是财务科长，跟着我们局长一起办事，有时候一起吃饭，一回生，两回熟，接触多了就熟了，有时候他不好意思找我们局长办事，就直接安排我了，觉得我还可靠吧。"陈姝说："还是你有眼光。是不是给你家那口子安排了很多项目？"

"大家共同干点事儿吧。"巫莉莉知道自己说漏了嘴，又补了一句说，"我们家那口子也就是干点零碎活，赚点活便钱。"

时隔不久，陈胡县中层干部进行了一次大规模调整。籍春风是陈胡成长起来的，对陈胡的科级干部都了如指掌。主要部门自然会安排上他比较放心的人，而那些他不太看好的人，安排到看上去比原单位光鲜并不实惠的单位，属于明升暗降。籍春风绝对是大智慧、高智商的人，对人事把握得非常精细精到，动了那么多的干部，竟然也没有引起震动，各个方面还都很稳定。

巫莉莉如愿当了某局的局长。黄豆调到一个非常重要的乡镇当了书记，按照惯例，能到这个乡镇当书记，那就准副县级了。

农开办依旧是原班人马，继续实施着项目，大家对干部调整好像没有更多的期待。

第五十二章　褐天缘的家事

大一放暑假，褐晓光回到了褐村。对于一个大一的学生，第一个暑假也许是最轻松的了，没有了高考的压力，也没有了学习的压力，更没有就业的压力，就剩下自由自在地放飞自我。褐晓光没有像其他同学那样，结伴去观赏祖国的大好河山，而是回了老家。

村里的路修了，现在正在实施饮水安全工程，家家都通了自来水。据说，爱卫会正在实施改厕工程，农村也开始使用水冲厕了。明年暑假，他想邀请几位同学，来褐村看看，看看他家的种业基地。

这个走出褐村又回到褐村的大学生，经历了一年的大学生活，他完全以另一种眼光看褐村了。他再也不是排斥、厌恶、逃离的心态，而是一种眺望、回归、期待的眼光。

褐晓光利用假期，帮父亲打理种业基地。父亲的种业基地，随着面积扩大，永远缺人手，因为他不愿雇更多人，能自己干的就自己干，说到底是不愿意多花钱。

褐天缘在给玉米打药，因为茎秆比较高，种植密度也大，机械完全用不上，所以只能人工喷药。褐晓光跟在父亲的身后，晒得头晕眼黑，直喘粗气。汗水顺着脸颊不停地滚下来，脸被汗水渍得生疼，加上日光的暴晒，整个脸上火辣辣地通红。手臂上很多被玉米叶子划出的伤口。他跟在父亲的身后，看着父亲背上的晒伤，还有一层一层的脱皮，褐晓光心痛得直吸气。

热浪和灼疼一阵一阵地袭来，褐晓光感觉快要坚持不住了，但是他还是咬牙坚持，陪着父亲。他不再是那个收麦时候不想干活，找借口说自己病了的少年。他心里已经长出了担当，父亲能吃的苦，他为什么不能呢？褐晓光手持着喷药桶的长柄，不停地移动着喷头，突然手机响了一下。他放下肩膀上的药桶，掏出手机，是一个北京的女同学庄嘉，给他发了一条消息，问他在干啥呢。他秒回：正在打药。又问：是不是社会实践？又回：自己家里的庄稼。女同学以为他开玩笑，发了一个笑出眼泪的笑脸。褐晓光再次背起药桶时，父亲已经把他甩得老远。

褐天缘回头一看，儿子满脸通红，衣服湿透，汗水顺着两鬓流淌，心疼地说："晓光，你回家吧，天太热了，这不是学生娃干的。你们这一辈儿跟俺们这一辈儿不一样，你们从小都没有吃过苦。爸让你读书，就是为了不让你们活得跟俺一样，要活得跟你们自己想要的那样。"

褐晓光说："爸，我没事儿，雇些人吧，你也不能一个人硬撑着，这不是一天两天的事儿，以后地亩会越来越多，你一个人也干不完啊。"褐天缘说："你天棚叔正找人呢，俺这儿能干多少是多少。"

褐晓光说："爸，我觉得农业将来不一定需要这么辛苦地干，可以依靠科技减少人工劳力，像这种大面积打药，人家国外都是无人机喷洒。"

褐天缘笑着说："晓光，那是你们的事儿啊。俺觉得，农业就是劳动，没有劳动那还是农业吗？俺就是在劳动中才觉得踏实，才觉得幸福。看到经自己种下去的苗子，一天一个样地生长、成熟、收割，那滋味好着呢。用自己的双手劳动，种很多地，挣很多钱，干很多事。"

其实，褐晓光下地跟父亲一起喷药，是有一件特别的事儿跟父亲说。他的弟弟褐晓明，就是在"我与农开"征文中获奖的那个学生，如今已经上高二了，他面临着高考选专业，他喜欢文科，喜欢语言类的表演，他想考播音主持。他之所以跟哥哥说，是因为他觉得父亲和爷爷肯定不同意，而且还要上专业的培训班，学费也很贵。褐晓光非常支持弟弟，他想，他们这一代人，要有自己的兴趣，不是只为了就业或者工作去上大学。只有热爱，才能有所建树。

褐晓光和褐天缘坐在地头歇着，褐晓光说："爸，我跟你说件事儿。晓明想考艺术类的专业。"褐天缘对艺术类的专业似乎没有什么概念，他问道："啥是艺术类的专业啊？"褐晓光说："就是唱歌的、跳舞的、弹琴的、演戏的，等等。"

褐天缘一下子就蒙了，这些行当，别说在他父亲那儿，就是他也认为不是啥正经工作。

褐晓光一看父亲的反应，说："不过，晓明学的不是这些，他想学播音主持。就是电视上《新闻联播》里，天天出现，跟大家说话的那些人。"节目主持人，褐天缘还是知道的。只是这孩子咋会想着干这个呢？他爷爷还想着让他当个啥长呢，就是当不了啥官，学门技术，当个老师、医生，都好啊。

褐天缘一时接受不了，不过孩子大了，有些事他也阻挡不住。褐晓光说："晓明的成绩在学校不是很好，上好点的大学比较困难，艺术类的院校分数低。现在城里有办法的家长，基本也都走这个路子。但是，这个路子花钱多。学这个要上专门的校外辅导班，学费不低。学费我觉得是次要的，关键是晓明喜欢。"

褐天缘说："钱吧，俺觉着现在咱能供得起。就是干这一行，将来人家看不起啊。"褐晓光说："现在这个可是吃香的行业，将来可以挣大钱。如果学费没问题，我觉得可以让晓明试试。您不是说，让我们活成自己想要的样子吗？我当时报考的时候，有很多想法，也夹杂了一些复杂的因素。我觉得，现在我们家有条件了，可以让晓明选择他喜欢的专业。"

褐天缘突然觉得儿子长大了，不知道从啥时候开始，他有事儿就会征求儿子的意见，包括基地的一些事儿，而且晓光总是比他想得更周全。在大儿子晓光的劝说下，褐天缘虽然默认了褐晓明的选择，但心里还是不太熨帖。

父子俩正在聊着,褐天棚骑着车子过来了。他说:"晓光,这农业不好干吧?你大学毕业,一定要留在大城市工作,可别回咱农村了。"

晓光说:"天棚叔,咱这农村咋不好啊?你看现在自来水、水泥路,还有水冲厕所,不都有了,就连垃圾箱都有了,若是再发展几年,那城里人想来咱农村还来不了呢。"

褐天棚笑着说:"说得也是啊,确实变化大。"他转脸对褐天缘说:"哥,俺找了十个打药的人,一天一百块钱。你看中不中,现在人不好找,进城搋个大泥都得二三百。要是中,明天就开始上工。"褐天缘说:"中,明天开始吧,估计得六七天才能干完。"

褐晓光笑着说:"天棚叔天生就是个管理人才,还真是生逢其时。"褐天棚羞涩地笑了,说:"俺就是你爸的跟班儿。"褐天缘好像想起了啥事,遂问:"仙女那边咋样啊?"

褐天棚说:"好着呢,天瑞哥大人大量,不记仇,让仙女在厂里搞接待,端个茶递个水,打扫打扫卫生,也累不着。"褐天缘说:"天棚,咱这玉米,还是需要再浇一次水。"

褐天棚说:"中,等这一遍药打完,俺就开始找人浇水。"

褐天棚骑着车慌里慌张地离开了,两口子的变化还真大。褐天棚这一摔,摔明白了,算是因祸得福吧。

褐天棚现在日子过得相当舒心,虽然没有当上梦想的村主任,但是他觉得现在比当村主任神气多了。他一心跟着褐天缘做事,也希望褐天缘越做越大。他看着褐天缘的两个儿子,心生羡慕,他想自己的儿子,将来也一定要上大学。他们两口子都有工资,日子也越来越好,将来他也会有自己的楼房、汽车,想到此,他不由得笑出声来。

那仙女也是,在褐天瑞的粉条厂做接待,原本爱说爱笑爱热闹的她,可谓是如鱼得水。她打心眼里喜欢自己这份工作,所以一改在家的懒惰,把办公室收拾得干干净净,衣服也每天一换,大家都喊她常主任，也有喊仙女主任的，她也很受用这样的称呼。想起过去，因为几块零花钱，跟褐天棚拌嘴吵架，因为交不起住院费，坐在走廊里哭。那日子真叫难啊，她做梦都想不到，日子还能过成这样。她真心感激褐天瑞，不但为褐天棚垫了药费、雇了车，还给她一份工作。她和褐天棚各自干各自的工作，吃完饭都各奔东西，两口子也不再因为生活琐事生气了。

第五十三章　利民之路

陈姝还未到工地，袁侨打电话说，水总的自动装置已经研究到了第四代产品了，他想在项目区做个高标准的示范区。总价还是招标价，超出的部分他们自己解决。田处长跟他说了，如果便捷实用，又美观，就在全省推广。

陈姝说，爱出者爱返，水总还是有想法的。如果真是在全省推广，他的企业可真是做大了。

陈姝赶到了工地，袁侨、水总、村干部、群众一大群人都围着新设备谈笑着，见陈姝到来，留出了一条过道。

水总边说边演示，这是他们的第四代产品。它在性能上更加精进，应用了电子集成块，能跟大数据库联网。外观更加轻巧，更加实用，也更加美观，利于保护。另外，在机井旁边开了一个提灌门阀，方便群众打药取水。如果只是打药，用水量很少，不需要刷卡到出水口接水，用手工提水就可以了。

水总跟那个手持智能卡的农民说，可以刷了。那位农民走近控制器，卡落卡起之时，一股清流从出水口喷涌而出，滚滚流进麦田里。

水总说，今年的配套，是微喷管道，均匀透彻，只要把管子摆放好，一米之内都没有问题，减少人力成本，而且节水节电。

陈姝担心价格，超出招标价就无法实施。水总说："价格还是招标价不变，不会额外增加费用的，这是我们自己的新产品研发。农开给了我这么一个平台，我也想让全省的农开项目区都用上我们的节水灌溉系统。"

大家都在那儿聊着，只见那位刷卡的农民笑眯眯地走向了出水口。他似乎很庄重虔诚地伸出黢黑有点变形的双手，轻轻地触摸水流。然后，一种明亮的笑意，从心里泛到脸上。他自言自语地说："俺做梦都没有想到，能用上这么先进的玩意儿。俺们这里十年九旱，一年不旱就发水。一年也就是收一季麦子，还得看老天爷的脸色。秋季基本收不上，收点也是半秕子。这下子可好了，这一下子啊，旱能浇，涝能排了，也不用拉机器，拿着这小片片，一晃都出水了。俺都成神仙了，这一年能多打多少粮食啊！"

大家都不说话了，所有人的目光都聚焦在他的手上，聚焦在那喷薄而出的白花花的水流上，仿佛从他手指间流出的不是水，而是由心而发的愉悦、幸福和温暖。

陈姝心里一阵感动，农民的笑容，抵消了他们所有辛苦和委屈。

这时，陈姝接到胡秋打来的电话，说最近田主任要来项目区调研。

陈姝疑问道："哪个田主任啊？"胡秋说："田耕处长升副主任了，前几天刚刚下了文，估计田主任下周来，你们进度怎么样啊？省里一下子给陈胡那么多任务，他们还是有些不太放心，所以要跟踪问效。"

籍春风当了书记，陈胡制定了新的施政方针，提出了"兴商崛起，重工跨越，稳农固本"的发展模式。为了招商引资，聚拢资源，籍书记把陈胡在京的大人物，都打听得一清二楚，每年在北京开两次老乡联谊会，目的是让这些成功人士，为家乡做贡献。所以，那些旅外的成功人士，对他高度认可，一片叫好声。而且他身体力行，经常带队外出招商。他的工作思路，是以项目建设为抓手，以城市建设树形象，以经济发展为目的，以社会和谐共进为终极目标。而且，要求全县干部，要有超前意识，要跟上他的思维。

果然，籍春风招来了一个大商贾，说是玻璃大王。一个占地上千亩的工业园区就紧锣密鼓地开建了。

田耕履新之后第一站就到了陈胡，五万亩高标准农田，也是省办的大动作，除重点打造洼里十六万亩之外，其他再也没有过，今年一次两个重点县，他必须要盯紧看牢，不能有丝毫的懈怠。田耕来之前，就跟高粱联系过了，都是老朋友了，肯定要先通个气。高粱接到电话，就跟籍书记汇报了。籍书记对各个单位一把手有要求，算是一条严格的政治纪律，凡重要客情，处级以上的上级领导来，都必须向他报告。他接到报告，凡在家，也都会陪同，至少陪吃饭。高粱对籍书记的要求带头严格遵守。所以，田耕副主任来调研，他肯定要跟籍书记汇报的，再说田耕跟籍书记也熟，都不是见一次两次了。实际上，县长、书记的关系都是很微妙的，归根到底是权力之争。高粱深谙此道，不管籍书记怎么着，都不争不抢，不急不躁，有人说他太老实了，也有人说他太狡猾了。不管谁说啥，他都不动声色。甚至财政大权，他也让给了常务副县长，财政和人事，他从来都不过问。常务副县长是籍书记身边的人，也是特意从外县要过来的。他把财权让给了常务，就等于让给了籍春风，也是向籍春风示好。他只想要一个能干事的好环境，不愿为那些蝇营狗苟而耗费精力。

籍春风没有陪同田耕去项目区，本来就是政府的事儿，有高县长、万副县长陪着已经可以了。

市办何主任、胡副主任和高县长一起到高速路口接田耕，全程陪同。一行人到了项目区的示范点，也是精心打造的停车点。袁侨、水总、村干部，还有持卡的农民，都在那儿等候。

何主任站在停车点的十字路口，前后左右，远目眺望，沟、路、桥、井，田间网格都已基本形成，还有正在施工的现场，他被这场景深深地震撼，真的没想到，项目区建设如此规模，如此先进，如此精细。他由衷地感叹说，没想到！没想到！真是没想到啊！

何主任看农开项目比较少，因为扶贫开发的任务越来越重，近期提出了精准扶贫，他忙得睡觉都睁着眼。农开这一块，有胡秋盯着，除了分解任务，招投标，他掌握一下，平时具体工作并不多问。这次田副主任来，他无论多忙，也要抽出时间陪同一下。他也是第一次在豫东市看到如此规模的农开项目区，震撼之外，还有一种油然而生的自豪。

田耕主任笑道，何主任还要多指导啊，陈胡这个项目区的设计，要在全省推广，豫东市要率先推广啊。转而又对高粱说，如果陈胡一百多万亩耕地，都建成这样的高标准农田，粮食生产要翻番了吧，陈胡可真是名副其实的中原粮仓了。

高粱接着说："陈胡一直都是中原粮仓啊，只是仓廪的丰盈程度不同而已。我这还有三十万亩的中低产田，都是未开发的处女地。有四十万亩已经开发过，有待提高标准的，都是以前各个部门投资开发项目区，标准不高，机井倒是有，主要是配套上不去。如果田主任加大支持力度，中原粮仓可就丰盈了。"

田耕笑道："我就知道高县长会讲价钱，你们今年的任务，已经打破了全省的历史纪录了。别光盯着我们农开一家，发改委的千亿斤粮食、国土局的土地整理、水利局的小农水，都在做高标准农田啊。而且投资力度比我们还大，标准也很高啊。"

高粱笑道："我不是跟您最熟吗，好讨价还价，我们这儿有句俗话，'熟人多吃四两豆腐'。"

下午看完，田耕执意要回，高粱说："您要是走了，籍书记就会怪我，籍书记再三跟我交代，无论如何要留住您。晚上，他想陪您吃个饭。今天省委组织部来调研基层组织建设，他陪着到村里去了。您要是走了，他可认为我故意把您放走的，那我可是跳进黄河都洗不清了。"

晚上吃饭的时候,籍书记自然坐在主位,田副主任、何主任分别坐左右。高粱坐在籍书记对面,万副县长说:"高县长,您得挨着田主任坐啊。"高粱说:"你坐那儿,跟田主任喝酒方便。我不喝酒,坐那碍事儿。"陈姝站在一边,不好意思地说:"高县长您坐这儿,我坐哪儿啊?"高粱指着万副县长旁边的位置,说:"你挨着万县长坐,女士优先,我今天坐副主陪座儿,搞好服务。"

籍书记对高粱让座似乎很得意,他知道高粱在他面前的态度,高粱是很明智的,他走了,书记还不是高粱的?现在,他就是一把手,一言九鼎,就是权威,就是决策者,县长维护书记的权威就是替自己谋位置,跟书记磕的县长都是傻子。

杯觥交错间,何主任向籍春风说:"籍书记,我敬您一杯。看了项目区,我有四个没想到,没想到项目区设计得那么先进,没想到工程进度那么快,没想到标准那么高,没想到你们那么重视农开工作。一句话:太震撼了。籍书记,陈姝是个实干家,你们要重用啊。我啊,市办缺人,真想把她调到市办。"

田耕也被感染了,起身说:"何主任敬酒,我陪一杯。陈胡的农开,这几年真是让人刮目相看,从最落后到全省的先进,都是你们县委、县政府的支持力度大啊。我赞同何主任的说法,陈姝是个实干家。"

陈姝看到籍书记的笑容,一股冷气从心底升起。这两位领导看似夸她,可能会适得其反,有可能会被籍书记误会,以为她找的说客。她连忙站起来说:"各位领导,我诚惶诚恐啊。没有籍书记、高县长、万县长的支持,我啥也干不成啊,我就是一个拱地的小卒子。"

籍春风笑眯眯地看着陈姝说:"当然了,我们陈主任可是我们陈胡一宝啊。"田耕说:"强将手下无弱兵,都是籍书记带兵有方啊,陈胡可真是人杰地灵。"

第五十四章　节外生枝

田耕走时安排工程进度要往前赶，尽量不要在低温期施工。今年的国家办来中原验收，肯定要看陈胡了。田耕离开后，整个项目区正在紧锣密鼓地进行。但是，国家办验收，他们没有经历过，陈姝心里没底，压力很大，万一提出什么问题怎么办？于是她打电话给胡秋，让他协调一下，国家验收组尽量不要来陈胡，先列入省办验收，积累点经验，再接受国家的。胡秋说："你咋不跟田主任说啊，这都是省办预定的。"陈姝笑道："我听说都是各市抽签，到时候，你抽前手上喷点香水。"胡秋说："谁验收都一样，关键是工程不能有大问题。到时候，我们市办先模拟验收一下。"陈姝说："模拟虽有标准，但是态度模拟不了啊。如果人家就是找碴儿，就麻烦了。"胡秋说："你也太小看国家办的水平了，怎么可能光找问题？"

若是只看工程质量，陈姝心里还是有底的，就是怕节外生枝，说工程量疑似不够、资料疑似不全等等。这么大的工程验收，怎么可能没有一点问题啊？

陈姝不敢有丝毫的懈怠，每天在工地上穿梭，生怕工程出现一些小问题。代表中原省接受国家办的验收，一旦出点小问题，就是全省的普遍问题，说不定全省农开系统都得跟着整改。

那天，陈姝接到吕伟的电话，说儿子这周过大星期，有几个月没见娘了，抽空回来一趟吧。

陈姝挂了电话，突然觉得想儿子了，准备回家看看。

难得回家一趟，陈姝觉得身上都发臭了，但是也不想去洗浴中心，就让吕伟把电暖气拿到卫生间，开开浴霸，想在家洗个澡。

陈姝刚洗完澡出来，换好衣服，在客厅里坐下，突然听到敲门的声音。吕伟说，我去看看。门外站了两位执法人员，问道，这是陈姝的家吗？

吕伟说："是的，你二位是？"

"我们是市检察院的，这是执法证，陈姝在家吗？"吕伟心里咯噔一下，市检察院找陈姝啥事儿啊？检察院只要一出面，肯定是犯事儿了啊。但是，吕伟还是说："在家。能不能问一下，你们找她有啥事儿吗？"

其中一个人说："我们找她落实点事儿，电话打不通，就直接来了。请她出来，跟我们走。"吕伟说："稍等一下，我喊她。"

陈姝听完，看了看手机，确实有几个未接电话。估计他们认为她是有意不接电话，有意逃避询问，肯定是有问题了。于是，果断采取措施，立即把人带走。

陈姝跟吕伟说："没事儿，我跟他们走。一会儿，儿子回来了，就跟他说我去市里开会了。你也不要跟其他人说，我心里坦然，没事儿的。"

陈姝被带到市检察院的内部宾馆里，有一位穿着制服的女子看着她。

不多时，两位穿着制服的人过来。其中一位说："姓名？年龄？籍贯？工作单位？"

另一位说："你知道为啥让你来吗？"

陈姝说："不知道。"

"不知道？好好想想。经济上有没有非法来往？想好了写在纸上。"

两个人说完就走了，只剩下两个看着她的工作人员，一女一男，男的在门口，女的在屋里。

陈姝开始想，她跟谁有过经济来往？钟表的嘀嗒声，像锯齿一样拉着陈姝的神经？她真不知道自己有啥问题？焦虑似热锅一样煎烤着。失去自由的恐惧，像绳索一样牢牢地捆着她。她很想知道，自己究竟跟谁有过经济来往？甚至她借过谁的钱？谁借过她的钱？朋友之间的往来？逢年过节的人情？都没有任何问题啊！她真的想不起来，跟谁有经济往来？她知道坦白从宽，抗拒从严。她也好想坦白，但是确实不知道是什么事啊。

陈姝说："我想去个卫生间。"那女的就跟着她去卫生间。陈姝说："你不用跟着我，我不会跑，也不会自杀。"那女的说："这是我的工作。"

陈姝继续苦思冥想。她跟看她的人说，能不能提个醒，我确实想不起来。看她的人不屑地说："你自己做的事，自己不知道，还需要别人提醒？"

时间仿佛停滞不前了，陈姝只能坐着，脑子里一片混乱。天色终于暗下来，那两个人又来了，说，想得怎么样？

陈姝诚恳地说："实在想不起来。我真的不知道。能不能提醒一下？"来人说："好，提醒你一下，工程上有没有啥问题？你好好想想，想好了写在纸上。"两个人又走了。

陈姝对两位看守人员说："你们不用看我，我不会跑，也不会出啥意外。我有工作、有家庭、有孩子，即便有什么问题，也不会跑的。"那女的说："无用的话也太多了，说重要的，赶紧交代了走人。"

灯开着，陈姝实在撑不住了，和衣躺在床上。但是，脑子一片混乱。她强迫自己捋思路，她到底跟谁有经济上的来往？陈姝望着外面漆黑的世界，仿佛一下子沉入了海底。她这是怎么了？为什么会这样啊？究竟是什么问题？她实在想睡一觉，一觉起来就天亮了，什么事儿也没有发生。但是，她看着女看守打盹，自己却无丝毫的睡意。

一夜无眠，这是真正的无眠啊，眼睁睁地熬到天亮。这是她有生以来第一次如此的经历，无助、焦虑、恐惧交织着胁迫她。她还是镇定地告诉自己，她没有问题！

第二天，询问她的那两位又来了，问了同样的问题，并说："赶紧交代，交代完就出去了。在这儿熬啥啊？"

陈姝说："我真的想不起来，就是杀人了，我只要做过，也会坦白的。该是啥罪是啥罪，都是自己为的。但是，我确实想不起来啊。"那两个人说："想不起来，好好想。"说完又走了。

经过了一天一夜的焦虑折磨，陈姝似乎麻木了，脑子里一片混沌，啥都想不起来。

突然，她想起来，她是市人大代表啊，他们不能这样拘问她。即便是拘问，好像不能超过二十四小时的。

下午的时候，那两个人再次来，问她："想好了吗？"她说："没有。我是市人大代表。"

那个人说："我们知道你是市人大代表。市人大代表犯法照样会受到制裁。你好好想你的问题，想好了就走。想不好，即使放你出去，也会再传你进来。不会因为是什么代表，就可以徇私枉法，就可以将自己置之法纪之外。"

离二十四小时还有几个小时，询问的两个人来了，问陈姝，还没有想好啊？陈姝不知道怎么才能让他们相信她的真诚，恨不得把心都掏出来，可是，即便能把心掏出来，她还是说，没有。

询问的人似乎有所让步，提示她说："你在工程上，有没有以权谋私？"陈姝反问："以权谋私？"那个人说："比如路修到你自己家门口，比如帮着企业修路，得人家多少好处？"

陈姝似乎明白了，说："确实有个亲戚想要把项目区的路修到他家门口。但是，我没有同意，而且我给主管的副职说得非常清楚，一厘米都不能多修。因为项目都是计划好的，多修了没有钱。不给钱，工程队也不会干的。这个你们可以向主管副主任落实。"

这个会落实的，还有呢？那人继续追问。陈姝说："还有，也是路，项目区有一个企业，老板确实找过我，想把路修到他新建的厂子门口。但是我没答应。我们项目区的路都是事先设计好的，有招标合同。后来，他说，他自己掏钱修，用我们修路的这家施工队。刚好就在项目区，施工方便。当时我跟他说，那是他们自己的事，私下协商，跟我们项目没有关系。我不知道他的路修了没有。"问她的那个人说："你不知道？你不发话，他敢修路吗？"另外一个人说："他都有证言呢。"陈姝说："他让我跟工程队安排，我没有安排，他送了我一箱茅台，我让司机退回去了，这个你们可以调查。如果他的路修了，是谁修的？哪儿付的款？应该都能查到，但是我确实不知道。"

另一个人说："我们会调查的。"

陈姝说："我们的工程还没有竣工，工程款还没有拨付。我们都是按合同付款，只要合同上没有，我们不会拨付工程款的。即便我同意签字，跟合同不符，财政局也不会拨款。至于工程队在施工期间，接没接其他的工程，我们都无权干涉。前提是，他们必须保证我们的工程进度和质量。"

"我们会调查的。你把你说的都写在纸上，如实写。"

再说吕伟同样也是二十四小时没有合眼，他就坐在客厅的沙发上，一动不动。

他担心陈姝，他太了解她了，他相信她，她绝不会做违法乱纪的事，可是她真的被检察院带走了啊，而且留滞不回。陈姝不让他告诉其他人，他也不知道怎么办，不知道该找谁，也没有人可找。

对妻子的担忧像梦魇一样压制着他，让他无法动弹。他不吃不喝，只是自责自己无能，不能保护她。他回想起她在工地上的情景，心疼得嘴唇颤抖，牙齿紧咬，她太不容易了。

他想起了巫莉莉的话，心中突然生出了愧疚，他没有向她解释，是因为怕引起她的误会。有时候有些事，越解释越说不清。但是，他没有背叛她，没有！他应该感谢巫莉莉，如果不是巫莉莉拉着他去工地，他真的不知道自己会做出什么糊涂事。

巫莉莉?！吕伟突然想起来，他可以跟巫莉莉说说，巫莉莉神通广大，她肯定能帮陈姝，他真是给急傻了。

于是，他抄起手机，准备给巫莉莉打电话。电话还没有拨出，手机一声短响，一条消息：吕医生，来接我吧。

吕伟眼窝子一下子热了，他急忙奔出家门，开车先去了花店。是的，他为陈姝订了一束鲜花，六十六枝红玫瑰，三十三枝粉百合。

吕伟来到了宾馆的大门外，看到在料峭寒风中茕茕独立的身影，抱起那束鲜花直奔过去。

他只叫了一声："姝儿……"把陈姝和鲜花一起抱进车里。还未走到车跟前，只听到一声巨响，车子已经掉转头，撞在一个路灯杆上了。

原来吕伟急着下车，忘了拉手刹了。吕伟试了试，还好，发动机没事儿，车子可以正常行驶。

回家的路上，夫妻二人一声不吭，仿佛失语了一般。

陈姝坐在车子里，只觉得所有的元气都耗尽了，好想睡一觉，于是便昏昏沉沉地睡去。蒙蒙眬眬中，她听到一个声音说，到了。

陈姝听着这声音好熟悉，像是从很远很远的地方飘来，她不知道是谁在说话，也不知道到哪儿了，她心里很害怕，使劲地晃动着自己，强制着让自己明白过来。陈姝终于睁开眼，看到外面黑沉沉，仿佛是一个幽冥的世界。她抬起有点麻木的双手，揉揉眼睛，才完全清醒过来，原来她是在吕伟的车子里。她说："这是哪儿啊？"

吕伟说："下去吧，下去你就知道了。"

陈姝犹豫了一下，还是下了车。有吕伟在，天再黑她也不怕。

树木、麦田、村庄，这一切她都很熟悉，仿佛是她的项目区，又好像不是。

陈姝在车子外面站着，让眼睛适应一下黑暗，微微的天光下，她终于看到了，田间那黑乎乎的土堆。

是的，她的乡村，她的家乡，她母亲的坟墓。她出来的第一时间，想的就是这儿。

陈姝深入麦田，围绕着母亲的坟墓转了三圈，又转了三圈，心情平静了许多。她坐在母亲的坟前，仿佛投进了母亲的怀抱，夜空深沉，星光遥远，泥土冰冷，四周寂静，仿佛这世界只有她和母亲。

静静地，静静地，灵魂仿佛悠然出窍，她脑子一片空白。轻轻地闭上眼睛，仿佛要和母亲融为一体。

许久，吕伟来到了她身边，扶起她……

回到家里，吕伟默默地为她准备好了洗漱的东西，包括刷牙杯子里的温水，和牙刷上的牙膏，还有一盆烫脚的热水。

夫妻俩躺在床上，陈姝幽幽地对吕伟说："吕医生，有你，真好。"

吕伟终于回到正常的情绪中，他调侃道："我要是不好，还至于妈来设套吗？"

陈姝醒得晚，睁开眼睛，太阳光已经射到了她的脸上，一时间她竟然不知道自己在哪儿。她猛然起身，看到对面的墙上，是她和吕伟补照的结婚照。那几年好像风靡补结婚照，她拉着吕伟去了一家照相馆，赶了一回时髦。她欠吕伟的太多了，若不是他的包容，她能那么投入地工作吗？

她习惯性地打开手机，看到很多未接电话。在她被带走以后，手机就被命令关机，放在了指定地方，不能与外界联系。所以，可能谁都找不到她。

一个熟悉的电话号码进入她的视野，她马上回了过去。高县长说："你到我办公室来一趟。"

她走进高县长的办公室。高县长说："究竟咋回事儿啊？这两天风传陈姝被双规了。"

陈姝心里一震，怯怯地问："双规了？"虽然她在官场，也不断听到说某某被双规了，好像都是犯了事儿才被双规的。她觉得这种事离她很远啊，她犯事儿了吗？她这是双规吗？当这个词和自己联系在一起时，竟然如此触目惊心。她回过神来，怯懦地说："是的。"

她把情况给高粱简单地汇报一下，高粱说："你怎么不说一声啊？"随后又说："没事儿就好。"

高粱并未问工作，说明他只是关心这件事。陈姝心里一阵感动，高县长还是比较信任她的，尽管他自己很低调、很谨慎，但是工作上敢担当，对手下敢爱护。

陈姝被双规这两天，陈胡县发生了一件大喜事。市委组织部考核陈胡班子，推荐一名副处级干部，黄豆和虞觅两人被列入候选人，最终黄豆胜出，正在公示中。

巫莉莉打电话，说要一起吃个饭。

陈姝本不想去，巫莉莉说："嫌我官小？"且不说私交，她的单位是县里重要部门，比陈姝的农开办大多了，人家专门请你一个人，不去不是有点不识抬举吗？聚聚也好，反正不花公家的钱，她老公做生意，钱多的是。

还是陆家茶馆，还是百年普洱，陈姝终于喝出老陈香韵，滋味丝滑丰厚，回甘有喉韵。

巫莉莉说："咋回事啊？前几天还都传着你能入围呢，说省、市里领导都来为你说情了。不入围也就算了，咋还被双规了呢？"

陈姝似乎有点明白了，但是她还是有些懵懂。她从来都不想提拔的事，能干点事儿就满足了。自己从来都没有想过，入围从何说起呢？

陈姝说："黄豆和籍书记究竟是啥关系啊？"巫莉莉说："很早的时候，黄豆在县政府办公室，籍书记当副县长时，黄豆曾经跟他服务过一段时间。那时候，籍书记的岳父去世，他跑前跑后，出了大力。后来，籍书记家里大小事都是他操办的。"

陈姝说："原来是这样，不但铁杆，而且嫡系。你这次怎么没有竞争一下啊？"巫莉莉嗲笑一下，说："我能跟黄豆竞争？虞觅都败下阵了。再说了，这些年，副县级不都是从乡党委书记里出吗？局委能跟乡镇竞争？"

陈姝说："难得，巫局长啥时候都是清醒的。"

一杯老普洱，喝出了体感，陈姝的后背有些微汗，想起了卢仝的《七碗茶歌》。她突然想明白了，其实她算是经得起考验了，无所畏惧了，只要干干净净做事，即便做不成，又有什么关系呢。

陈姝回家，见袁侨与水总在客厅等她，吕伟正和他们聊着。

袁侨来是汇报会议精神的，县委办打不通陈姝的电话，直接通知仝彦，县里召开会议，参加一位领导。仝彦就通知了袁侨，让他替陈姝参加了一个县委扩大会，部署动员"三严三实"主题教育活动的。籍春风作了动员报告，最后，就廉政建设作了重要讲话。袁侨说，之前没有听过籍书记讲话，这一听，真有水平，他脱稿讲话，都是党章党纪的原文，还有很多古诗词。引经据典，逻辑性强，人家就是有当领导的天赋。籍书记还说，作为党的干部，要有为天地立心、为民生立命、为往圣继绝学、为万世开太平的雄心壮志。不要耽于三场：上午牌场，中午酒场，晚上歌舞场。县委下了禁酒令，中午一律不准许饮酒，一旦发现，绝不姑息。看政绩用干部是组织的铁律，有些干部意志消沉，萎靡不振，理想丧失，胸无人民，工作懈怠，一心想着提拔……他讲得下面掌声雷动。多少年了，开会几乎没有主动鼓掌的，这次开了先例，不说别的，就这文字水平盖了。

袁侨汇报完，水总说，设备改造方案，想请陈主任再敲定一下。还有停车点小桥的设计，为了美观，建议用石质雕刻的桥栏。

陈姝看着摊在茶几上的图纸，对水总说非常好，石质雕刻的桥栏就没有必要了，这是农用桥，要怎奢侈干吗？国家的钱也不能浪费啊。工程设计的事说完，袁侨示意水总先离开，吕伟自然早就回避了。

袁侨说："陈主任，这几天大家都说你出事儿了，连工程队的人也都在打探。我问一个工程队的承包人，听谁说的。他说……"袁侨停了一下，陈姝说："听任五说的。"袁侨说："嗯。我打你电话打不通，高一丁也在八卦，孔向阳情绪不对头。我套了向阳的话，他说有人问过他，齐天圣修路的事儿，他都照实说的。齐天圣修路是向阳牵的头，齐天圣让他跟工程队联系的，说是咱们不出钱，他自己拿钱。齐天圣跟向阳说了他和籍书记的关系，向阳说反正咱不拿钱，联系一下有啥呢，哪承想会出这样的事儿啊。还有，你家亲戚的那事儿，也是任五的路段。大家都担心你。水总也是，非得一起来看看你。"

陈姝说："谢谢大家对我的信任。这很正常，不经这事儿，或许真是一本糊涂账，大家传啥是啥了。经过这件事儿，不都清楚了，坏事反倒变成好事了。没事儿，我明天就去工地了。"

叁
田园篇

第五十五章　田园综合体

虞觅书记送来一扇子猪肉，说是来慰问大家的。其实，陈姝也非常明白，这一阵沙尘暴刮得天昏地暗，人妖不辨。虞觅也很失落，他被打入另册，只是因为石书记曾在干部大会上表扬过他。当时石书记好像还有意向让他到黄豆现在的那个乡镇任书记，还没来得及调整就被调走了。所以，他被划到石书记阵营也在所难免。籍春风很在意身边人的纯粹性，要求手底下的人绝对可靠。不过，虞觅对于这个好像也不太在意，一如既往地谋划着各种项目的落地。陈姝"双规"这件事在陈胡科级干部中似乎掀起了轩然大波，虞觅也算中层中的顶尖人物，肯定知道这事。他来指挥部慰问农开工作人员，再正常不过了。

虞觅不说明这事，是觉得事情已经过去了，陈姝也没啥问题，再提起怕陈姝面子上过不去。所以，虞觅在放下东西之后，就跟陈姝说起"田园综合体"的规划设计。他说，陈主任，咱们计划的那个"田园综合体"，明年继续谋划，这个创意太好了。

之前，项目规划之初，陈姝曾跟虞觅讨论过，在项目区设计"田园综合体"，说他们都是农民子弟，为什么不把农田建成花园呢？其实也很简单，路边的树每年栽每年毁，一些农民嫌树大罩地，一些嫌耕作时碍事。如果都换成景观树，小树种，又好看又方便管护。虞觅说这个创意好，"田园"建好之后他们在项目区开农民运动会，搞种植成果大比武，搞民间艺术会演，还可以申报国际马拉松比赛。这个

"田园"有诗意，不但改变了农田的效益，也改变了农民的生活方式，把农田建成休闲娱乐的场所，堪与公园媲美。当时，陈姝跟高粱说过路肩要种黄花菜的事儿，也跟万副县长汇报过，虞觅也跟石书记提过办农民运动会，但是以目前这种情况，估计是实现不了。

其实，陈姝对"田园综合体"一直是情有独钟，她心里一直住着一个"田园"梦，"田园"就该属于农民，农民既是"田园"的肇始，也应该是"田园"的拥有者。听虞觅再次提起"田园"，陈姝也非常高兴，虞觅也是那种做事情不轻易放弃的性格。她说："现在就可以着手设计，不过我们只有思路，没有资金啊。"

虞觅笑道："不要你们的钱，有思路就好。干不成就是不想干的理由，想干一定能干成。"

陈姝笑着说："受教受教。我想就以停车点为中心，打造一个'田园'，可以找专门的设计师，好好设计一下，后期我们这里有项目了，可以往那边放，算我们联合共建的项目。"

虞觅说："陈主任是个爽快人，说干就干，走，咱先去现场看看。我一到项目区，就热血澎湃，就觉得不折腾点事儿，就对不起这顶帽子。"

于是，陈姝和虞觅去了工地。刚好袁侨也在那儿，说："这个小桥应该做得高级点，可以用石雕的挡土墙，也增加不了多少成本。"

虞觅说："我建议咋好看咋做，就这么几个小桥，能用多少钱啊？咱不是要建田园综合体吗？必须提高标准。"

袁侨说："提高标准也简单，不过是在原图纸上，略微改动一下而已，到时候再向市办写个申请。这个老板跟咱们合作多年，质量绝对没问题，也想做点创新的东西。"

虞觅说："咱这个时候就需要融入'田园'元素，不然就晚了，如果做成了再重新改造，会造成不必要的浪费。"

陈姝跟袁侨说："虞书记要把这个地方打造成'田园综合体'，咱们要配合好，联合打造起来。"

他们正聊得热闹,一辆崭新的小轿车在停车点停下。陈姝和袁侨都盯着那辆车子,看看究竟是谁。项目区还没有竣工,道路没有正式通车,外边的人不会来这儿,即便有人来,也都是事先联系的。

车门打开了,褐天瑞从车上走下来。

袁侨远远地说:"呵,褐支书,鸟枪换炮了。"

褐天瑞笑着说:"那是,新车,俺是来炫耀炫耀。"说着打开他的后备厢,提出了两个纸箱子,走到陈姝他们跟前,说:"陈主任,你看看这个包装盒怎么样?这是俺们粉条设计的新款包装盒。你的眼色头高,给俺提提建议。"陈姝笑道:"看来真赚钱了。"褐天瑞说:"今年的红薯产量高,但是粉条市场不太好。俺也找高县长了,看看能不能在销路上帮帮俺。高县长说得真高,他让俺打纯绿色品牌,不要任何添加,而且要把这个理念设计在包装上,往各大超市送货。还有,把我们生产的各个环节都录下来,网络直播,俺这脑洞大开了。俺想着,请你们帮俺们策划策划,录像时该说啥、不该说啥,这不得有个戏本子吗?"

陈姝说:"现在农产品加网络的销售模式,非常火爆啊。"褐天瑞说:"俺今儿来啊,主要是想让你们尝尝俺这粉条咋样。陈主任,能不能领俺去你们指挥部坐坐啊?"

陈姝知道褐天瑞有话,就说:"可以啊。袁侨你们先研究着,我试试褐书记的新车。"

到了指挥部,褐天瑞卸下来了一大包用编织袋装着的粉条。他说:"早就该来看看了,没有农开的支持,俺这个村早就瘫痪了。就这个粉条厂,没有你们的扶持,俺也搞不起来。陈主任你说,高县长说的这个,俺能不能搞啊?俺咋觉得'狗咬刺猬无处下嘴'啊,恁帮俺出出主意。"

陈姝说:"其实这个不难,你那厂子里有年轻人吗?"褐天瑞说:"很年轻的没有,年轻人心野,都出去打工了;稍微年轻点的对这个网络也不行,弄不出啥名堂来。"陈姝说:"你们村不是有驻村的第一书记吗？现在各单位都抽人到贫困村任第一书记，而且抽人时要求年轻的优秀干部，回去都是要提拔的。年轻人都很精通网络，制作视频啊、写文案啊，都没有问题。而且这些年轻人都想干点事儿，这是一个大家共赢的好思路，人家肯定都会积极参与。包括那些扶贫单位，资源很多啊。"

褐天瑞乐呵呵地说："俺思谋着啊，你准有法子。俺这是骑着驴找驴啊。第一书记就是专门管脱贫这一块的，俺的粉条合作社做大了，啥问题就都解决了。原来，俺寻思着人家第一书记，年轻人驻村里干啥啊？开个会、填个表啥的，有事儿俺就通知他，没事儿就让他回去了。"

陈姝说："你这老脑筋，该换换了，多好的机遇，多好的资源，你们要好好地利用。对口扶贫的单位都有任务，而且都要考核的。他们也都想做点事儿，但是可能不知道该做些啥？你得有思路，想要人家为你们做啥，把你们的需要，变成人家的工作。明白不？扶贫，重点是扶持，是造血，是长久的技能开发，收入的稳定。不是给你点钱就算了。你一天吃不上饭，给你点钱就可以了，你一辈子不吃饭呢？得多少钱？谁来养活你？自己养活自己啊。所以，要从根本上解决问题，你想办法得谋一条长期的发展路子。你想啊，现在有政策，政策不会一成不变的，如果没有了政策的支持，还能继续发展下去吗？所以，你要调整思路，靠政策起步，靠智慧发展，靠科技支撑，还有要靠后继有人才长久。你得有人才，得培养自己的人。"

褐天瑞突然想起来，他来还有一件重要的事，褐天缘找了他好几次了，让他找陈主任，想把村里的灌溉系统更新一下，能不能再帮褐村做成地埋管自动刷卡的那种。夏大雨到褐村，吹嘘他那儿多先进，就拿一个小纸片一晃就能出水。说得褐村人开始讽刺褐天瑞，说他就是一头老骡子。

陈姝跟他讲了农开政策，不允许重复开发，再说褐村也才开发没几年，估计水利、国土也不能重复开发。你们是贫困村，现在精准扶贫，说不定能争取到扶贫单位的支持。

褐天瑞一下子就被点化了，他说："俺村里有几口废旧的坑塘，可以利用起来，重新清挖一下，承包给贫困户。穿村的那口塘，您也知道，就是褐大锤不让修桥的那个，可以绿化起来，种些花花草草，建几个小亭子，护个坡，建个小花园，像城里一样，让大家有个说笑玩耍的去处。这个俺想好了，帮扶单位能解决就解决，不能解决的话，俺们合作社出钱，不一定一下子修完，每年拿点钱，几年的工夫就能修好。"

陈姝又问起褐天缘怎么样了。

褐天瑞笑道，褐天缘比他的事儿大多了，整天跟他叨叨，说夏营的灌溉设备先进，褐村里不够他折腾的，和夏大雨定了良种繁育合同。夏营的夏春秋现在也搞了一个土地托管的地保姆，做得可红火了。

陈姝说，夏营项目区也是农开科技项目的示范区啊。褐天瑞说，夏大雨嘚瑟得很，每天都到项目区锻炼。他锻炼，还拉着他爷爷。他爷爷是个种地的老把式，德高望重。那些老头、老太太见夏大雨爷爷去锻炼，也都跟着去了。他还去了教体局，争取了一下体育器材。停车点那儿成了小广场，锻炼、玩耍、喷空、搁大方，热闹着呢。

褐天瑞突然低下声来说："陈主任，俺也听说了，你也别往心里去，俺知道你是清白的，有人想陷害你。"陈姝一愣，继而笑道："没事儿，有事儿我早就进去了，你来了也见不到我了。你今天中午别走了，虞书记送来的有猪肉，你有粉条，中午咱吃包子，刚好跟袁侨他们几个再合计合计。三个臭皮匠，顶个诸葛亮。"

第五十六章　褐天棚的幸福生活

仙女一大早起来，就开始做饭，吃完饭褐天棚刷锅洗碗，她收拾自己。今天是发工资的日子，她心情特别好，穿上那件修身的粉色呢子上衣，黑裤子，半高跟皮鞋，很是干练。她站在盆架上的镜子前，看着镜子里的人儿，俩大眼双眼皮，肤白恰似二层鸡蛋皮儿，嘴角微翘自带笑，这是褐村最人彩（漂亮）的女人了。现在她自己能挣钱，想买啥不用再跟褐天鹏说了，香水、雪花膏、裙子、呢子大衣，只要她喜欢，随意买。

仙女轻轻地拍了一下自己的脸，往手上滴了几滴花露水，两手匀开抹到了头发上，一股桂花香顿时漂满了屋子，仙女心里顿生欢喜，她觉得这就是女人的味道。收拾整齐后，她就去粉条厂，打开大门，开始打扫院子里的卫生，而后办公室的角角落落都收拾一遍。

其实，仙女每天都是这样，第一个到厂里，院子都收拾好了，大家才陆续到。她守在办公室，只要有人来，就让座、倒水，问人家有啥事，小事儿自己安排，大事儿请示褐天瑞。俨然办公室主任的角色，所以，大家都喊她常主任。下午，工人们下班都走了，她把该收拾的收拾好了才回。她喜欢上班的感觉，喜欢这种忙碌的感觉。褐天瑞夸她，说是天生的管家料，现在是褐村的形象大使了。是的，走过褐村，她就是一道风景。仙女的变化让自己也吃惊了，回到家开始收拾屋子了，家里变得干净多了，她也不得空串门子了，觉得跟村里的大闺女子媳妇没啥好说的，主要是没有时间串，自己的事都操心不完，哪有闲心瞎喷呢。她不再跟褐天棚拌嘴了，凡事看得很开，不再斤斤计较。褐天棚笑话她，在家里也穷讲究，她说，屋里干净了，看着就是味儿。

那天晚上，仙女正在收拾屋子，褐天棚也屁颠屁颠地回家了。见仙女忙着，他就把钱往桌子上一放，说："拿去买衣裳吧，啥好看买啥，啥贵买啥啊。"仙女调笑道："二元帅，发财了？俺粉条厂挣恁多，也没见天瑞哥像你这样嘚瑟。"

褐天棚酸溜溜地说："还天瑞哥，天瑞哥，叫得怪亲热啊，粉条厂挣得再多，也不会多给你一分钱。你啊，还得花俺的钱。"

仙女不屑地说："瞧你那熊样儿，从前跟你要一分钱，跟割你的肉一样。现在不要了，你倒是大方了。"

褐天棚突然就有了不安，是啊，好长时间仙女都没有跟他要过钱了，孩子上学也不跟他要钱了，家里的父母过生儿，他也没拿钱啊。都是仙女的钱？他整天忙忙活活，在家少，管家里的事儿也少，跟仙女也都是晚上才见面，就是那个事儿吧，也不如从前想恁多了。他突然觉得，自己咋就变化恁大啊？人家都说男人有钱就学坏，他现在可是有钱男人，也没有学坏啊。他还是个好男人，他依旧爱他老婆，爱他的孩子，还有父母。

褐天棚今天也很高兴，他拿着褐天缘发他的工资，还有收割机的收入，妥妥的小万把了，他一辈子都没有见过恁多钱，外边的账也还完了，他都觉得自己是有钱人了。还真别说，他现在可是个人物了，实际干的就是经理的活，有时候晓光、晓明开玩笑叫他"二元帅"。有一些比较正式的场合，褐天缘这样介绍他："这是我们基地的副总褐天棚。"那些人就喊他"褐总"，听着就入心入味的。他觉着阳会儿真要是给他个村主任当，他还真不一定干呢。那褐天意不也是在天缘这干活吗？有时候，他还给褐天意安排事儿呢，褐天意是村委副主任，以这样看来，他是领导村委副主任的，还不相当于村主任啊？他腰杆挺直了,说话有底气了,才把恁多的钱放到仙女的眼皮子底下。可是,仙女并没有他想象的那么高兴。

褐天棚似乎有些失落,说:"再咋,俺也是你男人,还得俺疼你,俺给你买一辆电动车,省得你上班来回走着累。"

仙女撇嘴说道:"真心痛啊?买小轿车啊。"褐天棚说:"买小轿车也不是难事,过个三两年就能买一辆。关键是买了你不会开,也用不着啊。俺想着,不如先买一辆摩托车。"

摩托车是褐天棚向往已久的物件儿,自从他第一次见到摩托车,就发誓要买一辆。可是,后来的日子过成了烂泥,也就没有这个念想了。经仙女这样一说,那念想就突然死灰复燃了。

仙女也算是见了大世面了,听褐天棚说买摩托车,豪气地说:"买摩托车也中,钱不够了,俺给你添点。"

褐天棚说:"俺的钱够了,等再攒了钱,咱也把这平房翻盖成小楼。天缘哥家的小楼都起工了,盖得跟城里的一样。"

第二天褐天鹏买了一辆新摩托车,仙女买了一辆新电动车。正当两口子各自擦着自己心爱的坐骑,憧憬着美好未来时,褐大眼急匆匆地进了他家的门,一进门就说:"天棚,你去村室一趟,检察院的找你呢。"

褐天棚心里咯噔一下,头就蒙了,所有的喜气都烟消云散。他结结巴巴地说:"找,找俺干啥啊?"大眼说:"俺不知道啊,你赶紧去吧,去了就知道了。"

检察院找他一定不是啥好事儿,褐天棚新摩托没敢骑,步行走向村室。他想步行会慢些,能留点思考的时间,想想他究竟犯了啥事儿,知道啥事也能有个对策啊。

褐天棚到了村室,心里扑通扑通直跳,他真的不知道到底犯了啥事。他看到两个穿制服的人,示意让他坐下。其中一个问道:"你就是褐天棚吗?"

褐天棚点点头。

那个人说:"我们是县检察院的,找你了解褐大锤的事儿。我们看了材料,你是褐大锤养猪场的合伙人,了解一下,你们这个养猪场的经营运转情况。"

褐天棚一听是褐大锤的事儿,气不打一处来,就把褐大锤怎么骗着签协议,怎么占他的地不给钱,他是怎么摔伤的,不给医疗费,他妻子又怎么打了他妻子。说到最后,痛哭流涕,扑通一跪,又磕头又作揖,大声说:"青天大老爷啊,咱可找到能给俺申冤的人了。"

那两人显然没有想到会是这样的情况,面面相觑,问他的人说:"起来说话,我们是调查这个养猪场的情况,因为有你的合伙协议,你看看这是不是你本人签的字?"褐天鹏说:"字是俺签的,是褐大锤诓着俺签的。"问他的人说:"是你签的就行了,至于你说上当受骗,那是另一档子事儿,你可以通过司法程序解决。褐大锤涉嫌套取国家项目资金,还弄虚作假套取涉农、扶贫资金,被依法追究责任,正在走法律程序。你把这些情况都写成文字,签字按手印。然后,你这一段时间不要外出,有些情况可能还会找你核实。"

褐天棚走出村室的大门,仰脸看看天,觉得这天真蓝,太阳真好。他自言自语道:"报应啊,报应。"他想,这一段时间他肯定哪儿都不去,打死也不出去,就等着看褐大锤受审判。

褐天棚没有回家,他想起褐大锤对仙女做的事儿,牙根子都是痒的,这恨像大石头一样压着他,也没处摆理,现在好了,总算有人替他出了这口恶气。这悲喜怨怼都扭到一起,装在褐天鹏的心里,实在是憋得慌,得找个人说道说道。

褐天棚直接去褐天缘家,说:"哥,老天爷替俺报仇了。"褐天缘听到这没头没脑的话笑了,说:"你给谁坐上仇了?"褐天棚说:"褐大锤进去了。"褐天缘说:"早抓走了。"褐天棚说:"俺得找'老虎'要钱去,该俺的地钱,几年了,还有医疗费,该算算账了。"

褐天缘沉默了一阵子,说:"俺听说猪场也查封了,地肯定会还给你的,可你这时候去找'老虎'要钱,是不是有点落井下石啊?

'老虎'现在带着一家子也不容易,你要是缺钱,俺给你。"褐天棚嘟嘟囔囔地说:"不是俺缺钱,不是钱的事儿,就是咽不下这口气。"

褐天缘说:"你都咽了几年了,也不差这一时半会儿的。冤家宜解不宜结,你呢,也别得意人家的出事儿,别到处乱说。"

褐天棚想想,褐天缘说得也在理,但还是觉得心里不舒坦,褐大锤一家都进去才好。那"老虎"就算是没有褐大锤的事儿也该进去了,村里人哪个不遭她嘁?

他回到家了,想着是不是应该给仙女说说,转而想不对啊,仙女在粉条厂上班,她应该知道这个消息啊。粉条厂是村里消息最灵通的地方,褐大锤出事儿,褐天瑞应该是第一个知道的,咋就没有透露分毫?

褐天瑞确实知道褐大锤出事儿,没出事儿之前就有预感,早晚得出事儿,谁都拦不住。所以,当他知道褐大锤出事儿时,一点儿都不意外。这就是一个出事儿的时节,不断听说这个出事儿了,那个出事儿了,都是自己作的。出事的人都是有前因的,出事儿也就是个果、是个报。不过,当他听到农开办也出事了,有点不太相信,得去看看,他开上新车,刚出粉条厂的大门,大眼就过来了,说检察院找褐天棚,落实猪场的事儿。

褐天瑞说,通知褐天棚,让他照实说就行了。

第五十七章　乡村变奏曲

夏春秋的"春秋地保姆土地托管中心"正式运营，夏大雨对夏半语最后的承诺也都该兑现了。

精准扶贫正在登记造册，原来报的那些贫困户都是村里瞎写的，当时有些人愿意让报，有些人不愿让报，有些是村组干部嫌费劲，把自己的亲戚邻居写上去，有些把自己也写上的，还有根本就找不到人瞎写的，底子比较乱，上边发现了这些问题，就要求重新登记造册。

夏大雨领着驻夏营村扶贫第一书记、省建筑设计院的符品入户走访。符品看了夏半语的家，唏嘘不止，说不入农村，真不知道农村的现状，不帮夏半语脱贫，他就不回去了。

本来夏大雨已经把夏半语的危房申请递上去了，也是不知道啥时候批下来。夏春秋的托管中心已经运转了，他还没有兑现夏半语的承诺，刚好符品来了，就和符品商量给夏半语盖新房子。他动员符品书记借助单位的力量，给夏半语添置一些生活用品、新铺盖、新家具，还有电视机等一些电器，等家里焕然一新，他再给夏半语找个半截媒，村里这个贫困户问题就解决了。

夏大雨领着符品在村里转悠，对整个村子的布局越看越不顺眼，他就问符品："符书记，你看看俺这个村庄咋样啊？"

符品说："挺好啊，原始的村落，淳朴的村民，寄寓着浓浓的乡愁。"夏大雨笑了，说："吟诗作文呢，俺是说，你看咱从村室到夏半语家，曲曲弯弯绕了一个大圈，其实直线距离也不远。你在这儿一天两天新鲜，没有网络，没有硬化道路，没有自来水，没有抽水马桶，没有电影院，没有好的教育，没有诱人的美食，没有那些时髦的玩意儿，更主要的是，你的劳作回报率极低，如果让你长期生活在这里，不是为了临时工作，你会怎么想？"

符品一脸茫然，说："我没想过啊，我想这干吗啊？"夏大雨说："可是我想啊。乡愁，那是从乡土中走出，不再回来、不愿回来的人心中的挂碍，那只是曾经生活过的遥远记忆。而农民愁的是咋把生活变得更好，住上更好的房子，吃上更好的食物，穿上更好的衣服，用上先进的物件，拥有更多的财富，是对美好生活的向往，是对先进社会的融入。扶贫不是留住乡愁，乡愁不属于农民。"

符品颇有感触地说："夏支书，你说得太好了，确实是这样。"

自从符品来了之后，夏大雨萌生了一个想法，借助扶贫攻坚，借助符品的资源，把居住环境改造好。建筑设计院刚好有设计人员，能把他们村里的房屋重新规划一下，道路拓宽一些，尽量统一样式，建成横平竖直的大街小巷，路边种上花，种上常青树。而且，他这次把自来水入户，上下水道，水冲卫生间，包括院内院外的小花坛，都规划上，不说能有多长远，起码二三十年都不落后。

符品觉得夏大雨的想法非常好，马上就向领导作了汇报，领导也非常支持，表示免费提供设计图纸。

夏大雨拉着符品召集村民代表开大会，统一思想，不搞一刀切，也不一定一次建成。谁建新房按新规新图纸建就行了，估计也就是个三五年，就可以大变样了。现在农村人变化很大，见过大世面，文明程度也高了。即便在家里的，居住环境也都改变了，耕地的基础设施齐全了，种地有补贴，养羊、羊猪也有补贴，买种子、肥料也有补贴，老年有补贴，小孩上学也不要钱，贫困村的孩子上大学还能加分。还有，田里那些桥啊井啊都建得那么好，老百姓不掏一分钱，这都是实实在在的变化，所以，村里人听夏大雨说要规划新村，大家也同意。

　　夏大雨天天拉着符品在村里转悠，符品说近期设计师就会来实地查勘，图纸也很快就会出来的。可是这么大的事儿，得有点动静才是，夏大雨就又打起了符品的"主意"，跟符品商量好让他们单位出点钱，先把村里的道路硬化了。如果这个一启动，大家都觉得是真的了。如果光有图纸，没有行动，那图纸不就是废纸吗？符品也觉得要动起来才好，他的扶贫工作也算是见实效了。

　　万事开头难，夏大雨和符品拿着图纸比画着、研究着，希望能有一个突破口。符品正要打电话找他一个同学帮忙问问，办公室主任电话打过来了，说项目马上就下来了，道路规划和村容建设一起实施。夏营村雨天不踏泥的愿望，很快就要实现了。

　　夏大雨觉得现在当村干部也很幸福，你一天天地看着村子在你手上发生这么大的变化，那些好的政策通过你来实施，人心都是肉长的，得到的好处多了，大家也都气顺了，也都敬着你。

　　突然，夏大雨就想了一个自以为得意的突破点，只要这个突破了，其他的就都迎刃而解了。

　　这时候，符品接到电话，说是通知第一书记要到乡里开会。夏大雨说："你先去开会吧，回来咱再好好地搁磨搁磨。"

　　符品刚走，穆桂英就着急慌张地来了，她说："大雨，赶紧回去看看吧，你爷爷正在家里骂你呢，问他啥事儿也不说。"夏大雨笑了，他心知肚明，这个事儿不让爷爷骂一回，是过不去的。

　　"春秋地保姆土地托管中心"正式运营，夏大雨还搞了个揭牌仪式，夏春秋买了两挂鞭炮，揭牌仪式结束之后，在村室的牌子那儿、项目区停车点都放了放。

　　夏春秋的"春秋大梦"成真了，他买了大型的旋耕机、播种机、收割机、大型喷洒机，基本不用多少人工。其实，土地托管并不是夏春秋最终的理想，他不像父亲，父亲最大的愿望就是种地。他想搞一个农场，把现代的科技和全世界最先进的农业技术都引进过来。

夏春秋正在给小麦施叶面肥，这大型的农药喷洒机真是太方便了，不用拌药，不用背药桶，开着机械过一遍就行了。如今种地，真的就是跟坐车观光旅游一样啊。

夏春秋远远地看着一辆车过来，停在路边，只见褐天缘从车上下来，夏春秋急忙从喷洒车上下来。

夏春秋拉着褐天缘要去他的中心本部。褐天缘说，听说兄弟搞大了，他就是过来看看，学习学习。

夏春秋陪着他在项目区走走，褐天缘嘴里不停地啧啧，这条件真好。他想在夏春秋的旁边再承包一些耕地，拓展天缘种业种植面积。夏营的项目开发区科技含量高，设备先进，比起褐村的上了一个档次。而且，新开发区可以申报农开上的科技项目，他就是科技项目的受益者。因为褐村的科技项目，他才得以和农科院的老师们联系，成为他们的育种基地。自袁侨领着夏春秋来看他的种业基地，他们就成了好朋友。

夏春秋说起他的种植计划，想拿出一些地亩种经济作物，保证基本收入。他说夏营有种蒜的传统，这几年种大蒜效益好，销售没问题，他和几个大超市都有联系，可以卖新蒜。卖不掉的，有多少陵南乡的蒜片厂可以兜底。他就是缺乏技术，想请褐天缘引荐一下农科院的老师。

褐天缘说，这个没问题，他跟徐老师联系一下，夏春秋也可以申请农开的科技项目，有特优良种、肥料等支持。夏春秋也听夏大雨说过，农开的项目做得非常大，而且越来越高级，他也动心了。既然褐天缘来找他，就和褐天缘一起去找农开办陈主任。他虽然和陈主任见过，但没有褐天缘跟她熟，熟人有话好说。

夏春秋和褐天缘一起去了西北乡株林村的农开指挥部，现在所有道路都打通了，都是硬化的道路，十分便捷，十几分钟就到了。

陈姝正想要去工地，见夏春秋和褐天缘进院，非常高兴地让进屋里。

褐天缘从后备厢里卸下了自己地里种的大白菜和萝卜，夏春秋拿出了他父亲特意为农开办种的蜜薯。夏喜地为了感谢农开，专门跑到镇上买了蜜薯苗，种了一两趟子蜜薯，说，他在医院住院的时候，陈主任还带着人去看他，他吃过人家的礼，得还给人家啊，催着夏春秋送到指挥部。

陈姝笑道，还都带着礼啊，下不为例，再带东西来，就别进门了。两位中年男子羞涩地笑了，说都是地里种的，没花钱。褐天缘说，天缘种业想承包夏营的另一块耕地，与夏春秋毗邻。这样整体成了规模，即便是上级来看，各种参观交流也都方便。还有更主要的，扶贫攻坚开始了，各种资源都聚焦到贫困村，刚好他们夏营、褐村也都是贫困村。天眼工程的实施，各个村里都有摄像头、路灯，所以乡村治安也好多了。各种条件都是最好的，天大的机遇啊，他们想大干一场。

陈姝问褐天缘，老父亲身体怎么样啊？褐天缘说："好着呢。如今满面红光。没事儿就诵读，现在不再诵读《增广贤文》，开始诵读啥子《诗经》，《诗经》里的啥子《载芟》'有饛其香。邦家之光。有椒其馨，胡考之宁。匪且有且，匪今斯今，振古如兹'。"

陈姝高兴地说："家有一老如有一宝，老爷子可真是我们陈胡的宝啊。"

夏春秋说："俺的地保姆土地托管中心已经运营了，农业局、农机局都有支持。气象局也跟进了，说要建气象监测点。俺觉着新开的项目里，这些设备更先进了，如果他们没有人承包，俺可以在这做啊。俺想搞一搞特色种植示范区，把先进的玩意儿都引进过来，搞个示范区，免费为大家提供技术，大家能学的就学，不能学的就我们自己继续发展。如果再做大了，可以跟大的投资商联合，让他们帮俺找销路。"

陈姝说："你们做这个，我们支持，科技项目跟上，其他需要我们协调的都没问题。你们需要跟虞觅书记汇报一下，你们要承包大面积耕地，需要土地流转，这个需要乡、村两级来做工作，直接跟农户打交道不太方便，很多问题你们解决不了，必须由乡、村两级出面才行。"

夏春秋说："确实，俺有切身体会，俺现在就是跟村里签的协议。"褐天缘说："俺也是跟村里签的。"

陈姝说："西北乡环境更好，虞书记工作有办法，资源也多，会给你们争取很多的项目，也会给你们提供更好的服务。农业发展需要探索，我们只是做了基础设施建设，农业局、农办、农机局等部门都有具体的项目、技术人员，都可以提供支持的。"

他们正聊得热闹，虞觅书记到了。

陈姝说："说曹操曹操到，咋恁巧呢。"虞觅笑道："掐指一算，今日宜访客见友。"陈姝介绍完，虞觅双手拉住他们说："需要我做啥，只要说出来，需要我们出面协调的，责无旁贷，土地流转，我们做工作。我搞好服务，环境啥的都没问题。县里的、市里的，需要哪个部门的，我亲自去。"

夏春秋和褐天缘激动得搓着双手，语无伦次。夏春秋说："今天早上，俺家院里的那棵老槐树上，落了好几只花喜鹊，叽叽喳喳地叫。喜事要来，挡都挡不住。"

褐天缘这些年还是经历过一些场合，遂说道："虞书记，恁这一表态，可得说话算话啊。"虞觅笑道："一言既出驷马难追。我不但算话，而且还要签协议。"

褐天缘说："俺们有顾虑，现在有很多后任不买前任的账，不搭前任的茬儿，您要是高升了……"

虞觅叹口气说："都是官场陋习，不是慢慢在改变吗？一切都会好起来的。"

夏春秋西北乡之行，最大的收获就是二百亩大蒜种植列入了农开的科技项目，技术指导还是徐老师他们。夏春秋是个有心人，想着靠农科院积累点人脉和资源，以后项目结束了，也能在技术上有个依托，还能及早掌握一些科技信息。所以，在徐老师来项目区时，他跟徐老师说，大蒜引种时，他跟着一起去，长长见识。徐老师笑道，他都不去，让夏春秋自己去。夏春秋脸一下子红了，他以为自己的小心思被徐老师看破了，徐老师不愿帮他了。

他说："徐老师，您别生气啊，俺没有别的意思，就是想学习学习。"

徐老师正言道："我没有生气，本来就是这样的。"

夏春秋一下子就蒙了，不知道该说什么。徐老师看他一眼笑道："我说的是真的。大蒜没有培育的品种，异地引种就是优良品种。你去金乡大蒜市场，挑大个的、长得好的，买回来就是优良品种。"

夏春秋这才缓过劲儿来，说："徐老师，照恁这样说，那金乡的大蒜种，都是哪里引进的？"徐老师说："金乡的都是河北沧州的。大蒜是自性繁殖，只要个头大就好，但不能多年重茬。"

夏春秋买回来蒜种，就跟徐老师联系，请他来指导种植。徐老师这次没推托，说："你们就按正常的方法备播，播种时我过去现场指导。"

到了播种时，夏春秋请了一些种蒜的农民，徐老师亲自示范，开成南北垄向，把蒜种像学生排队一样，脸朝一边。面朝南，背朝北，一个都不能错了。

大家都觉得徐老师有点神道，种个蒜谁不会啊，还面朝南背朝北，一个都不能错，开大会啊。夏春秋觉得一定得按照徐老师的指导，那些都是他掏钱雇的人，所以都听他的。

种蒜结束了，夏春秋向徐老师请教，为什么这样种啊？徐老师说，植物生长靠光合作用。光合作用靠的是叶子。叶子得到光照越充分是不是长势越好啊？大蒜的叶子是不是左右对称的？你让它们站好队，谁不挡谁的光，是不是得到了最充足的光照，而且通风最好啊。

夏春秋说，是啊。徐老师说，教你这个技巧，可增产百分之二十，这就是农业科技。

夏春秋恍然大悟，由此把徐老师奉若神明。他听说过，徐老师只身拦截褐天缘的收割机，为褐天缘多收了一两万斤的玉米。

到了收蒜的季节，夏春秋笑得嘴都合不拢，他的大蒜亩产超过了万斤，他靠大蒜的收入，基本包住了所有地租金。

第五十八章　道耶魔耶

田耕副主任陪同国家办验收小组来到陈胡，对陈胡县五万亩高标准农田项目进行验收。

专家们通过实地勘察，以及和项目区干部、群众座谈，总体印象不错。查看了各种资料，也都做得很规范。当然，也提出了一些建议，需要做出整改。不过，项目区整体通过了验收。

验收小组离开的前一晚上，籍春风在县委小伙上设宴招待。席间上了特制的荷叶茶，带队的孟老师喝出了野生老参的味道，遂说："籍书记果然厉害，这荷叶茶啊茶气很广、很足。荷叶能做出这个味道，也绝非等闲之辈啊。"

籍春风笑道："真是京城国师，见过大世面。这茶还真是请了宫廷制茶传承人的弟子，为我们特制的。我们的万亩龙湖，都是野生的莲藕，制成这样高等级的茶叶，可谓是变废为宝。这茶也是清明前的叶子做的。泡茶的水，是我们从南关那口甜水井里专门取的。那口井据说是宋代的，现在都是省保文物了，在没有自来水之前，整个城区的居民都是吃那口井水，清冽甘甜，所以坊间叫它'甜水井'。"

孟老师不由得惊叹道："这真是一方神奇的水土，随便捡一块瓦砾，都是秦砖汉瓦。"

籍春风说："陈胡可是历史文化积淀厚重啊，人类第一缕阳光出现在我们这里。李四光曾说地球还一片汪洋时，淮阳古陆是首先浮出地面的。第一座都城在我们这里，伏羲建都于此，那时候叫宛丘。伏羲画八卦，这是《易经》发祥地。第一缕炊烟升起在这里，燧人氏神农在此建都，这里是人类稼穑之源。有天下第一陵——太昊陵。天下第一园——剪枝公园，被称为独秀园。还有天下第一剧目《包待制陈州粜米》，是目前全国唯一一个所有剧种都演的一出戏。"

孟老师说："籍书记对地域文化了解得真多，如数家珍。佩服佩服，用您的茶，借花献佛，敬您一杯茶。"

高县长连忙起身续茶。孟老师稍微转一下身说："您这大县长的，一直都在服务，我敬您一杯。"

高县长连忙起身笑道："谢谢孟老师。我就是一个搞服务的出身，刚参加工作时就在乡镇办公室，服务乡长、书记，端茶倒水可是我的长项，都是那时候练就的基本功。所以，我一看到有空杯子就想续水，都成下意识了。"

田耕回到宾馆，换好衣服正要洗漱，有人敲门，以为是服务员，说："稍等一下。"过了一会儿，敲门声又响，他穿着浴袍开门一看，是高粱站在门前，手里还拎着几盒茶叶，遂说："不好意思，我以为是服务员呢。"

高粱进来说："这么晚了，还打扰田主任，实在不好意思。不过呢，都这么长时间没见面，挺想的，我可不能就这样放您走了，得唠唠。"田耕说："可不是嘛，您这一县之长，手里还拎着东西，不怕人家说你送礼啊。"

高粱笑着说："不怕啊，我这都是大鸣大放的。"田耕也笑了，说："你不怕，我怕啊。孟老师跟我说，这荷叶茶不是一般的茶，里边有老野参，孟老师能喝出来。我不行，反正就是觉得挺好喝的。"高粱说："所以，籍书记让给你们每人送一盒。"

田耕说："这孟老师可不是一般的人，据说是京城世家子弟，祖上是宫廷里的什么官，还什么镶旗的。你这个茶叶估计送不掉，你们工程做得非常好，真的不用这个。若是工程做得不好，送再好的东西也没用。他们这些专家全国各地跑，什么场面没见过啊？"高县长说："这个我知道，来的都是客，这也是待客之道嘛。我到您这儿就完成任务了，您送不掉就自己留着喝，反正都是我们自己做的，也不算是贿赂。其实，这也是籍书记的意思。"

田耕意味深长地说："这种事儿，你一县之长还亲自来，没必要如此委屈自己啊。"

高粱笑道："我没觉得委屈啊，老板安排的事儿，我得办好，况且也都是为了陈胡的发展。最主要的是，我想跟您说说私房话，顺便捎盒茶叶，说到哪儿也不算违规吧？"

高粱见田耕确实是有目的，为了明年的开发任务。全县还有三十万亩的任务，农开能做个十万亩，基本可以了。不是非要一年完成，能有个两三年，甚至三五年也都行。这样，陈胡粮食生产的土地潜力才能充分发挥。他当县长，才算是实实在在地为陈胡、为陈胡的民生和百姓做点实事啊。他和田耕是老朋友了，有话能说得开，能交心，所以才深夜来访。

田耕说："我也给你交个实底儿，姜主任明年就要退，国家办也一直提出控制投资规模，最大限度地发挥投资效益。姜主任要在退休前，完成一项历史性的大举措，就是为农开立法。现在已经启动了，估计年底可以完成。而且，立法之后，全省农开还要有一个平衡。所以，明年不可能像今年这样，给你们那么多的开发任务。不过我会尽力的，请高县长放心。"

高粱说："我不为难您，咱这都是工作，种好自己的责任田，不违规不违纪，竭尽全力就行了。"

新一年的开发任务下达了，虽然没有去年的任务多，但也是开发县中任务最多的，估计也是高县长与田耕深夜会谈的结果。

陈姝去找高县长，汇报新一年开发规划与整体打算，按照连片开发的理念，她建议搭着去年的西北乡的项目区，把西北乡的做完，然后继续往西推进，进入陵西乡，再后往西南乡、陵南乡，南边以及东南由国土资源局在做，争取跟他们合围。

高县长笑道："陵西乡早就有意见了。人家黄豆书记刚刚走，你就开发陵西，人家不说你故意才怪呢。"陈姝说："我倒是想巴结人家，跟不上啊。人家黄书记都当副县长了，还兼着陵阳镇的书记，那可是大权在握，炙手可热，哪还有心思在意开发不开发啊。"高县长说："玩笑而已。你们要做大规划，把与国土局项目中间的这一块做一个总体规划。可以逐步实施，但是规划一定要一次完成。"

陈姝回到办公室，打电话给袁侨，商量规划的事。说实话，规划好做，她最怕的就是招投标，心理压力太大，每年都像过关一样，考虑着怎么周旋和平衡。

袁侨进了陈姝的办公室，兴冲冲地说："陈主任，今年的招投标有新规定了，不让业主参与评标了。咱可以躲清静了，你也不用再关机躲起来了。"陈姝虽然高兴，不过也担心监管是不是难度大了。袁侨说："其实监管更容易了，反正这些人跟咱也没有关系，秉公监管就行了。反倒是那些关系户，各种背景和后台，更不好管。"陈姝说："高县长安排要咱做后期开发规划，估计得有十五万亩，做下来也得不少钱吧？高县长安排的工作，跟县财政要点小钱也应该不难吧？"

袁侨说："我觉得，咱还交给水总，他有专业队伍，应该不是难事儿，他也不跟咱们要钱。县财政的钱，咱们可以用在别的地方。"陈姝沉吟道："如果水总这个公司中不了标，费用怎么办啊？"

袁侨说："这个也好办。一个咱们在做招标文件时，可以贴近他们的资质，他们在这个行业中，很有影响。咱把情况说清楚，具体怎么操作，是他们的事。再退一步，实在不行，咱们再给他设计费也不迟。"陈姝说："这样也好，不管怎么说，咱们是解脱了。"

在招标公告发布之前，陈姝还是去找了籍春风，她得把这事汇报清楚。陈姝联系籍春风的秘书，秘书说籍书记不在家，出去招商了。

陈姝问，啥时候回来？秘书说，不知道，还有黄县长一起去的，估计得几天，回来了跟她说一下。籍春风的名言，出门就有收获，向上才有机遇，天天在家窝着，还怎么能发展？籍春风勇于创新的工作思路和大刀阔斧的工作作风，使得陈胡看上去风生水起，蒸蒸日上。籍春风对基层要求也很严格，县委布置的工作必须不走样地执行，否则挪位置，他有名言，不换脑子就换人。他自己也很敬业，不是出去招商，就是在招商的路上。乡镇县直的主要负责人汇报工作，只能在晚上去他办公室，只要回到县里，晚上十一点之前没有离开过办公室。所以，大家对他都很敬畏，能不见他尽量不见他。陈姝是没有办法，她必须要见啊。

几天后籍春风听完陈姝的汇报，悠悠地说："'道高一尺，魔高一丈'，上有政策下有对策，不具有应对能力，还怎么能负责一个单位的工作？"

陈姝说："业主不参与评标，有明文规定的，全面放开了，我们也解脱了，一心一意搞好监管，确保工程质量。"籍春风打了一个哈欠，悠悠地说："你们自己把握吧。"

陈姝从籍春风办公室出来，抬头看看天，天蓝得没有一丝云彩，这几年环境污染治理力度大，多数时候都能看到蓝天白云。不过，籍春风的话还在她耳边回响，"道高一尺，魔高一丈"，谁是"魔"？谁是"道"呢？陈姝觉得，她连小鬼都算不上，还"魔"啊"道"的，太吓人了。陈姝停下脚步，长长舒了一口气，有规定在，籍书记也不敢勉强。

招标公告发布之后，电话又开始热起来，依旧是要工程的。陈姝非常诚恳地解释着。

一波电话潮过去了，陈姝舒心地笑了，这感觉真好，虽然费点口舌，但是总体还是轻松的。

电话又响起，是迟万金打来的："姐，我听说招标公告发布了？"陈姝说："是的，兄弟，今年出台新规定，不让业主参与评标。我们都不参与，有投标意向的都可以参加，但是能不能中标，真的就不能保证。"

挂了电话，陈姝长长出了口气，心想，终于能说出有底气的话了。她自言自语地说："天气晴朗，呼吸顺畅。"话没落地，有人敲门。

进来的人说："陈主任好，籍书记让我来找你的，今年的工程看看能不能干点活？"

陈姝笑容满面地说："今年的招标不让业主参与，这个我给籍书记汇报过。全面放开了，想干活就去投标，我们这儿不能保证中标。你掂量一下。"

来人依旧不死心，不依不饶地说："恁安排一下，看我跟谁联系，恁这儿总有办法。"

陈姝耐心地说："招标公告上有联系电话，我们这儿跟谁联系都没用。真的。如果你听说我们安排一个标段，可以举报，纪委、检察院哪儿都可以。这个是公开的。籍书记让你来，我还敢糊弄你吗？"

来人起身，很不屑地说："我不会举报的，但把不住别人不会举报，陈胡就巴掌那么大，啥事儿能瞒得住啊。"

临近下班，袁侨到陈姝的办公室，说他跟水总说过了，水总这两天就安排人开始项目的设计规划。

就在袁侨转身离开时，陈姝叫住他说："我们搭班子几年了，你对我应该很了解了。有句老话，船到桥头自然直。但凡到了事情无法解决的时候，总会出现转机，就像我们招标。我们确实是大撒把了，但我听说还是有人暗箱操作。你给代理公司说清楚，但凡出现一点儿情况，他们全权承担法律责任。你得给我保证，不能和代理公司有任何工作之外的联系。至于他们各自出什么招数中标，和我们都没有任何关系。明白吗？"

袁侨说："陈主任你放心，我这儿没问题。"

陈姝说："只要我们不干预，出了任何事情，和我们没有一毛钱的关系。但凡有一丝的联系，整个儿就塌方了。我是个简单的人，只想享受工作给我带来的快乐，不想经受额外的压力，这样的工作环境，我盼望已久了。"

招标结束了，再次培训时，确实很多生面孔，但是整个工作纪律和效率比以前明显好转。

培训结束，各个工程队必须在规定的时间内开工。虞觅陪着陈姝和袁侨他们也在选合适的场地做指挥部。

西北乡原有一万亩耕地还没有开发完，这一万亩是在与外县交界处，道路不通，而且都是一些不成片的边边角角，所以设计时就绕过去了，直接进入陵西乡。虞觅听到消息，天天泡在高县长的办公室，然后跑到省办、市办，终于拿下了这一万亩开发任务。

虞觅和陈姝、袁侨正说笑着，接了一个电话，脸色就沉下来了。然后，他对陈姝说："黄豆出事儿了，估计籍书记也麻烦。"

第五十九章　弦歌茶歇

陈胡出现了历史上最大的官场塌方。

起先，是黄豆进去了。黄豆进去也是非常偶然的，是因为一位市里的领导出事了，司机、秘书自然都会被传问。司机交代了很多与他有关系的县、乡领导。这些县、乡的领导都是想通过司机方便联系领导，关键时候也会打点打点。黄豆也是属于这种情况，被那位领导的司机供出来了。但是黄豆一开始并不知道找他啥事儿，也不知道是被牵连的，以为是别人告他的，纪委该掌握的都掌握了，所以一股脑儿该说不该说的全都说了。籍春风便浮出了水面。

黄豆把籍书记的事都交代得非常清楚。籍书记为了提拔副厅级，在一次民主推荐时，给手里有推荐票的人，送了大量的现金。谁负责送谁，送多少，都是黄豆做的方案，有账单，有名单，清清楚楚，全部交出来了。籍春风向上走路子、经营关系、活动贿选等等，基本上是黄豆办理或者参与的，黄豆进去，他所经过的乡镇所有账目都被调走。

当然，籍书记不只黄豆一个办事员，他有自家班底。那位他从外地引进过来的"玻璃大王"，也是"向上谋发展"的主力干将。这位"大王"神通广大，据说认识许多京城的大佬，办公室里悬挂许多他与高级领导的合影。除了这些关系，企业家主要是籍书记的钱袋子，不好出的经费都是企业家出的。企业家也不是白出，财政的退税、补贴，无偿提供的土地，购买经营不善的国企，啥能赚钱做啥，能赚钱的都装进了他的企业，而且这还是一家正在运转上市的企业。企业被包装成陈胡乃至全国的知名企业，经常被籍书记挂在嘴上的，体现"陈胡模式、陈胡速度、陈胡形象、陈胡精神"的企业，在省城、京城都有办事处。籍书记也经常在他的办事处接待客人。当然，企业家也进去了，于是财政局、县委办、招商局、乡镇企业局、发改委等等，都被牵扯进去了。

籍春风在陈胡可谓根深叶茂，关系盘根错节，科级副科级几乎都和他有经济来往。随着案情的深入，更多的人浮出了水面。与籍搭过班子的，共过事的，也都渐渐地浮上来，更有一些籍春风的私生活，成了人们茶余饭后的谈资。陈胡的蚊子都在哼哼着陈胡官场大地震，议论着谁谁又进去了。

陈胡派进专案组，一大批科级干部被牵连，受到了党政纪处分。

关于巫莉莉和籍春风的关系，坊间也多有传闻，只是她的事不发，大家都觉得很奇怪。陈姝自然相信巫莉莉是没啥事儿的，因为她了解巫莉莉，她有足够的智慧，会把自己身后打扫得干干净净。

陈姝一开门，高一丁就来了，进门后背手把门关上，一脸神秘地说，巫莉莉进去了。

陈姝没说话，只是盯着他看，似乎在甄别真假。高一丁说，昨天晚上进去的。高一丁知道陈姝跟巫莉莉的关系，所以才一大早来通报消息。

果然，陈姝打不通巫莉莉的电话。差不多过了一个多月，巫莉莉的电话才打通，陈姝说一起喝喝茶吧。

陆家茶馆，还是那间"尔雅厅"。

陈姝说："老板，三十年的普洱，来一壶，我们自己泡。"

巫莉莉瘦了很多，但是依旧很精神。她说："饭碗没了，不进去已经是万幸了。"陈姝说："你能挺到现在，我觉得应该真没事儿。"

巫莉莉习惯性地甩了甩刘海，淡然一笑，她说："我相信宿命，人间的一切事，早就有了定数。我跟籍，说有关系，也有关系，但都不是能定罪的关系，我本来可以躲过这一劫的。你知道，我老公家的一位亲戚在北京，跟籍关系很好。我提拔的事，是籍当县长时就许诺的，因为那位亲戚为他牵了一个很大的线。本来，籍硬挺着，想着能规避的都规避了，只要咬着牙不招，就能躲过这一劫。"

陈姝静默着，轻轻地为巫莉莉添茶。气氛有些沉滞，许久，陈姝问巫莉莉有啥打算。

"我离婚了。"巫莉莉轻飘飘地说，那语气仿佛是吹了一口气。

陈姝惊得把杯子都打翻了，瞪大眼睛说："啊？真的假的？你怎么会呢？你老公对你……"

巫莉莉呷一口茶，讲述了她和老公的故事。

"我进去一个月零八天，出来的时候，一个人独自回的家。当我推开家门，从卧室里出来一个女孩，不慌不忙地走了，临出门还回头向我点头微笑。我并不意外，我早就知道他在外边有人，家庭幸福都是做给外人看的。如果不是碍于职务，我早就离了。虽然如此，那一刻，我还是有些崩溃。我努力地控制着自己的情绪，到卫生间洗了一个澡。然后，回到了客厅。他已经等候在客厅里，手里拿着离婚协议。我说，放那儿吧，我肯定会签。说说你的条件？不会直接这样把我扫地出门吧？他说，莉莉，你听我说。我说，别叫我的名字，我嫌你的嘴太脏。你也不用浪费唾沫，留着去舔那些女孩儿吧，直接说条件。他自顾自地说，这些年来，我们各自奔走，虽然钱越来越多，但心越走越远，感情都消失殆尽了。你我还有一丝的爱吗？你说过，没有爱情的婚姻是不道德的，不如好说好散……我实在不想听他多说一个字，我就想立刻让他在我眼前消失。我打断他的话，说，住口，你要是想让我签字，就别再说话。你的话有股新鲜的大便味儿，让我恶心，直接说条件。他克制着情绪，说，我的条件就是听你的，你提什么条件我都答应。我说这个房子我要，因为我不想出去租房子。你有多少钱,我也不想知道。我要的钱,可以开一个茶馆即可,我应该得到的远远不止这些。"

巫莉莉用手拢了拢额头上的头发,仿佛在平复自己,而后接着说:"我在协议书上签完字,把笔扔在地上说,把你卧室的东西,全部扔进垃圾桶,别脏了我的手,然后从老娘眼皮子底下消失,滚得越远越好,再也别让老娘看见你。他冷漠地站着,从鼻腔里发出了"哼"的声音,说你也不用这样侮辱我,你跟籍真像你说的那样清白吗?为什么把你关进去这么长时间,如果真是清白的,情况早就明了了。我没有想到他会这样说,倒是冷静了,我眯起眼睛,重新审视他,他以为我背叛他在先,才这样跟我谈判,但是没有想到我没等他把戏演完就拉幕了。我冷笑了,去数数你的钱,哪一个不是老娘的人脉?有多少是籍安排的,你心里比我清楚。你咋不早说呢?你不用等我出事儿的时候落井下石。卑鄙就是卑鄙者的通行证。说完,我去了我的卧室。我躺在床上,想着我是不是太便宜了这个人。但是,我不想让他小看我,觉得我会狮子大张口,也许他准备好了净身出户。钱,我自己可以挣啊,干干净净地挣钱。"

巫莉莉停下,端起杯子抿了一口茶,说:"这些垃圾男人根本不值得留恋。不是我决绝,你想想,这么多年的夫妻,就在落难的时候,在需要安慰的时候,他带着新欢,鸠占鹊巢?我知道,这一切都是他设计好的,包括那女孩的出现。他知道我一定会受不了的,一定会赌气地在协议书上签字。如果我还不签,他就会拿籍要挟我。他没想到,我这么干脆地签了,虽然我签了,但不是赌气。我早就看透了这个人,他肚里有几条蛔虫我都知道。女人啊,千万不要自作多情,千万不要希望背叛者会可怜你。为什么不给自己留点尊严呢?即便他不提出,我也会提出离婚的。"

巫莉莉转动一下杯子,仿佛甩掉负担,她说:"我在想,做人得明白道理,道是什么吗?事物本身的规律,内在的,看不见的。理呢?文理,是呈现出来的东西,外在的,事物的特质。所谓'得道知理'，才算是明白。人明白了，才知道别人要什么，自己要什么，做事儿才能成功。我知道，他手头有钱了，外边也就有人了。这年头，但凡有点小钱有点小权的，都会采摘野花，再正常不过，哪里还有耐得住寂寞修为自己的人啊？我不想容忍他的坏，只想独享自己的好，所以，我早就想剔除他了，只是那个时间点和那个地方，不是我觉得最合适。我帮他，也是帮我自己，他是获取经济利益最佳载体，没有他我无法实现我需要的钱财，这是我想要的。这一切都成了过往，我丢掉了消耗我的男人，想都不会想，想一想就消耗自我。有想这些烂事的工夫，不如给自己泡杯茶，舒缓安抚一下自己，给自己一份清静。女人吧，得先爱自己，有没有人爱你都无所谓，只要你自己还爱自己，就足够了。我一直在琢磨，不管多么优秀的男人，如果不能为你所用，只是消耗你，通通丢掉，就像丢掉一块用过的餐巾纸。"

巫莉莉放下攥在手里的杯子，看着陈姝说："知道籍怎么崩溃的吗？一份亲子鉴定，让他彻底崩溃。籍的妻子生了一个女儿，而籍的母亲心心念念想要一个孙子，因为籍已经单传三代了。籍骨子里还是一个传统的男人，他便和一个最爱的女孩子生了儿子。他把所有的爱和希望都给了这个儿子，而这个儿子和他没有关系。当他看到亲子鉴定时，就交代了所有，开始疯狂地乱咬。"

巫莉莉不再看陈姝，好像在清理着思路，继续说："复杂的社会，造就了复杂的人性。其实，开始的时候籍还非常谨慎的，也很敬业。出身卑微的他，想通过自我奋斗改变人生，这也无可非议，但是后来就不择手段，疯狂无度。他的改变也是从遇上一个女孩开始的，那时候都流行卡拉OK，他去歌厅唱歌，遇上了一个女孩。那个美艳的女孩，走进了他荒芜的情感世界，从此，一发不可收。籍跟歌厅那位小姐的事，很快被他的妻子发现，他妻子拿着女孩的内衣，扬言要到县政府大院里吆喝他。籍找到我，让我想办法安抚住他老婆，因为我跟他老婆很熟。我帮他摆平了他妻子，之后，他妻子听了我的劝，也就不管他了。那女孩也很快就成了过往，籍也开始纯粹的猎艳。很多女孩，都是主动地投怀送抱。有一段时间，籍压力特别大，就让黄豆给他找女孩，而且是从外边找的，要求必须是干净的，说是待上几天就送走，籍的猎艳已经达到了变态的程度，凡他看上的，都不会放过。这都是黄豆交代的。"

陈姝听得心惊肉跳的，不禁惊叹："天啊！现实远比小说更离奇。不说这些了，你有啥打算？"

巫莉莉说："没有工作了，我得自己养活自己。做点自己喜欢的。"

巫莉莉好像突然想起了什么，盯着陈姝说，你和吕伟没事儿吧？陈姝笑着说："暂时还没打算离婚，凑合着过吧。"

巫莉莉没有再往下说，她不知道吕伟跟陈姝坦白过没有。陈姝是个有智慧的人，也许她选择不完美，或者宽宥和包容，抑或是"有意不知"。巫莉莉说她突然就渴望一种静泊，想开一家茶馆，地方都已找好了，也是临湖的，一个农家小院，名字就叫"弦歌茶歇"。可以喝茶，也可以种花。陈姝说："我可以入股吗？"

巫莉莉说："可以啊，不过仕途中人怕是不便吧？"陈姝说："玩笑话，入不入股，我肯定是一名常客。"

陈姝从茶馆出来，不禁仰天长叹。她曾那么羡慕巫莉莉，她拥有外人看起来不可企及的东西，突然，天就变了，家庭没了，爱也没了，谁的人生又是圆满的呢？

第六十章　履新

高粱被任命为县委书记的那天晚上，一个人悄悄地出了门。

月光下，高粱的影子一会儿长一会儿短，一会儿前一会儿后，他沿着龙湖漫步，用脚步丈量这神秘古老的土地。

这个古老的小城四面环水，城在中央，号称北方水城。虽然没有南方水乡的温婉妖娆，却也蕴含着古朴恢宏，能在此为官，是他多大的福分啊。他是村里第一个考上大学的人，也是第一个吃皇粮的人，是村里最大的官。他也经历过很多诱惑，也喜欢美女，喜欢钱财，但他都把持住了，他知道哪些是应该的，哪些是不应该的，他不停地修剪自己的欲望。他知道，权力不是他家的，不是靠奋斗得来的，也不是衡量他个人能力的标度。

高粱思绪纷杂地走着，他确实很兴奋，但是压力也很大。为陈胡主官，稳农固本，肩上所负的不只是一方百姓的小康，还有粮满天下的重任，还有社会经济发展，更重要的是保有良好的政治生态，没有良好的用人导向，又怎能盘活人力资源？又怎能激发正气挖掘潜力？这是一块心田，是他最大的责任田，更是良心田。

当东方曦光投射在龙湖的水面，一湖水像抖动的热血，高粱停止了脚步，回到了县委大院。

高粱上任不久，田耕和胡秋相约来到陈胡。当然不是为了检查农开工程和督察工作，而是纯粹的朋友关系，来看望一下。田耕有言在先，不谈工作，只叙闲话。但叙着叙着，又叙到了农开话题。田耕笑道："胡秋，你又把我拉进陷阱里了，怎么又谈农开了？"

高粱笑道："哪儿有那么多闲话啊，您也不是叙闲话的人啊。我倒是有个想法，可以开启陈胡农开新纪元。"

陈姝并不知道田主任和胡秋来陈胡的消息，还是事后胡秋告诉她的。胡秋跟她打电话说这事儿，目的是传达一下田主任、高书记的新设想，还没有进入实施阶段，也只是把这个意向告诉她，让她有个思想准备。

高粱当了书记，陈姝自然高兴，农开办的同事们也都很高兴，大家都知道高书记和农开的渊源。

那天，袁侨找到陈姝，试探道："陈主任，高县长当书记了，你有机会了，努力一下啊，我们都支持你。"陈姝笑道："怎么？就这么想让我走？"袁侨说："我当然希望能跟你搭班子，但是，'铁打的营盘，流水的兵'，工作单位再好，谁还能干一辈子啊？能有机会提拔，不是更好吗？机遇不是常有的，遇着了就抓住。"

陈姝说："如果有机会，你想去哪儿？"袁侨说："我也没有大的愿望，农民子弟，这一辈子混个正科就行，还能有多高的想法啊？我是想，实实在在干点事儿，再有个级别待遇就满足了。"陈姝说："高一丁是不是也是这样想的？"袁侨说："高一丁估计想的是正职。县直机关提拔的机会少，也很少交流，很多人一辈子在一个岗位上，到退休也没有混个副科级，感觉很失败。不是这些人没能力，实在是没有机会。"

陈姝说："乡镇也一样，多年不出一个科级干部，人心也都疲了。"

袁侨的话让陈姝陷入了沉思，不论哪个场，人心思上是好事，大家都想进步也是情理之中。但是，干部任用是县委的事，基本不征求单位负责人的意见，大部分干部调整既不是本人意愿，也不是用人单位的意见。她到农开办，只是一味地抓工作，对大家要求得也很严，各种福利补贴相对规范，有钱也不能乱发福利。人家跟着你干，前途无望，利益没有，动力又何在？即便是为了工资，应付住也就算了，谁还能用心干事？干事敬业是在心里，而不是喊在嘴上。每一个从业者，都无怨无悔，积极主动，这才是一个单位工作作风的最高境界。

陈姝回想一下，这些年，大家和她一起奋斗，走过了多少沟沟壑壑，一直都无怨无悔。作为负责人，真要感谢他们，也到了考虑他们待遇的时候了，她必须对大家有个交代。

所以，陈姝觉得不能再等了，正像袁侨所说，最佳时机到了。虽然她是个简单的人，但也懂做人做官的"道理"。

陈姝正要起身，接到虞觅的电话。虞觅说："陈主任，今年的工程已经结束，给我个机会，庆贺一下，请农开办的全体同志吃饭。"

陈姝笑道："现在要求严，都省了吧。"虞觅说："就在我们乡政府的大伙上，农家打的小野公鸡、野兔子，加上我们自酿的黑谷酒，吃便饭，不超标。"

虞觅之所以如此破费，还是有目的的。他想多渠道促成"田园综合体"尽快启动。高粱当了书记，陈姝从农开这个角度汇报，可以争取一下县里的支持。他从农村、农业发展的角度汇报，争取其他项目资金的支持。现在国家的各种惠农政策很多，特别是扶贫政策，可以说整个国家的财力都在向农村倾斜。他想建议高书记，整合一下资源，算是搞试点，也算是对将来农业发展方向的一个探索。

陈姝听了虞觅的想法，笑着说："我汇报没问题，但是我觉得你直接找他力度更大。"虞觅说："我肯定会找他的。农开是我们西北乡独有的优势，现在项目已经完成，需要后期配套建设，以搞示范工程为由，申请县财政的支持。之前，你跟高书记汇报过，他很感兴趣，曾跟我提过。现在，是重按启动键的时候了。"

陈姝确实准备去找高粱书记，但是，主要的不是说"田园综合体"，她相信虞觅完全有能力把这个做好，到时候，她敲敲边鼓即可。

她说的是另一件事。

一大早陈姝起床洗漱，她必须在八点之前去见高书记。这是高梁当书记后，她第一次见他，不是她不愿意见，而是去了好多次他都不在，不是下乡就是下企业，或者开会。这一次是她下定决心，堵他一回。

陈姝忐忑不安地上楼，毕竟是有求于书记，倘若被拒，她得想好如何应对。

果然，高书记正要出门，被陈姝堵个正着。

高粱对秘书说让师傅等一下，然后笑着对陈姝说："有事儿赶紧说，上午安排了三个点呢。"

陈姝突然就有些慌乱，准备好的一大堆客套话，一句也说不出来了。她迅速整理一下思路，得把重点说出来。高书记的风格是简洁本真，直来直去，他的口头禅就是"捞稠的"。陈姝稍微停了一下，说："那我就不绕弯子了，关于干部调整，我想请您关照一下。"高粱说："你想去哪儿啊？"陈姝说："不是我，是我们的班子。"

陈姝看了看高粱的表情，继续说："高书记，您一来陈胡就管农业，也有好多年了，我们的工作状况您也了解。人事制度改革，我也听说了，实行职级并行，我觉得对我们来说是个非常好的机遇。我想，袁侨、高一丁能不能提拔为正科级？孔向阳任副主任，柳武能提拔为副主任，钱正、仝彦都能进入副主任科员。"

高粱看一眼陈姝，说："你们单位还有人吗？"陈姝不好意思地说："没有了。不过，我想要一个年轻的，懂电脑的，能写材料的。现在无纸化办公，各种材料要电子版。"高粱说："有空编吗？"陈姝说："没有啊，要有就不麻烦您了。"

高粱说："你这要求可不低啊，班子配备都超过副处级的部委了。我肯定是支持干工作的人的，这些年你们的工作成绩，大家有目共睹。如果没有编制，只能交流，出一个进一个。你考虑一下谁出？你去找组织部长，把这些都跟他汇报，最好列一个单子。我们这次干部调整，是要征求各单位负责人的意见。当然，征求意见不是听从意见。"

陈姝满心欢喜，如果大家能满意，她自己无所谓，而且她凭直觉，很有可能会如愿。

陈姝起身时又说："高书记，非常感谢您的关照，见您一次不容易，借这个机会跟您说说工作上的事。您当副书记时就给您汇报过，想把项目区的路肩绿化做了，现在我们在西北乡项目区，做一个田园风格的示范区设计，让农民在耕作的同时，欣赏到优美的风景，像在公园里一样，累了有休息的地方。"

高粱说："虞觅也有想法，你们可以先拿个方案，尽量争取项目资金，实在不行，县财政也可以支持一些。但是，财政资金得跟县长汇报，我可以打个招呼。"

陈姝高兴地说："这可真是太好了，我马上跟虞书记联系。"

高粱又说："前一段田主任来，我跟他提了一个大胆的要求，能不能争取一个国家级的高标准农田建设现场会。我们是粮食核心产区、产粮大县，要以现场会来促使上级部门给予更多支持，提高投资标准。"

陈姝激动得两眼放光，说："高书记，您这可真是高瞻远瞩啊。如果真能开国家级的现场会，省办必然会重点打造，资金必然会倾斜，标准必然会提高。"

陈胡县经历了一次历史最大规模的干部调整，四百多位副科级一步到位，而且一个任职文件，集体谈话，限时报到。陈胡干部的心稳住了，大家的积极性也都调动起来了，谋事创业的局面迅速形成，社会政治生态也趋向转好，各项事业步入了稳定发展的轨道。

农开办皆大欢喜，正如陈姝所想，袁侨升级主任科员，相当于正科级待遇兼副主任，孔向阳也明确了副主任，柳武提拔为副主任。钱正、仝彦都提拔为副主任科员，新进来的一位年轻人叫屠地，也是新进的副主任科员。高一丁被交流到他想去的审计局，不过不是局长而是正科级副局长。审计局比农开办社会地位和职能大多了，也相当于重用了，算是实现了他个人的意愿。人员全部如愿，都是副科级以上的待遇，没有一位一般干部，除了农开，全陈胡没有一家科级单位如此干部配备的，这也足以显出县委对农开工作的充分肯定，被袁侨总结为"又一个没想到"。

陈姝虽然自己并没有什么变动，但依然很兴奋，早早地回到家里，准备为吕医生做点好吃的，尽一尽家庭主妇的责任。

她在厨房里翻腾了半天，也没找到什么可以显示厨技的食材，本来她也不擅长做饭，终于找到了两包方便面，很好，就它了，可以做个炒面，给吕医生一个惊喜。她知道，不管她为吕伟做什么，他都会很高兴。

叮咚，门铃响了。

她已经把炒好的面放到餐桌上了，就站在大门的背后轻轻地拉开门，等着吕伟进来。

好一会儿，没有动静，她才从门后走出来。

一个陌生人站在门外，手里捧着一束鲜花。

那人说，这是陈姝的家吗？他是花店的，有人订花给她。陈姝接过花，心想着，这吕伟唱的哪一出啊？咋舍得出血买束花啊？如果是买块肉回来，她倒是不会有疑惑。转而又想，今天是什么日子吗？是不是她忘了？她经常忘掉一些特别的日子。结婚纪念日吗？

吕伟一进大门，就说："我回来了。"因为大门开着，他知道陈姝在家。他一进客厅，看到一束鲜花，就问："今天什么日子？"陈姝瞪大了眼睛，说："不是你买的？"吕伟不屑地说："我吃饱了撑的。有买花的钱，不如买肉。"

陈姝说："你出个气儿，都带一股子俗味。买肉，买肉，就知道吃肉。换一个说法行不行？比如，不如买豆腐，不如买萝卜啊，等等。真没劲。"陈姝说完，又拿起来那束花，发现好眼熟啊。她看到一个小小的粉色卡片，上面写着：愿您如花。落款是：柳武、沈妍、柳大宝、柳小宝。

陈姝猛然想起，这不是当年她借柳武之名，送给沈妍的那束花嘛。陈姝的一束花，消解了他们之间的误会，感动了沈妍，后来结婚生子。柳武这次提拔,估计是他多年来的梦想。

吕伟调侃道:"呵,陈主任也开始有人送花了。"

陈姝一脸正经地说:"当然,你不送,就不兴别人送?"

晚上,陈姝洗漱完也就上床了,突然,她听到呜呜的声音,吓了一跳,找了半天发声源,原来是手机的振动声。一般情况下,晚上上床之后,陈姝会把手机调成振动,不想在夜深人静时,突然有铃响,惊心动魄的。

她拿起手机,心中一惊,是钱正。正常情况下,钱正基本不给她打电话,这大晚上的一定有急事。

陈姝说:"钱正,有事儿吗?说话啊。"半天,钱正口齿不清地说:"陈主任,我喝多了。我高兴。谢谢你。我这一辈子,最大的愿望,就是能晋个副科级。如今,年过半百了,头发胡子都白了,终于如愿了。我高兴。"

陈姝听到那边有个女人的声音,说:"喝多了,别说了。陈主任该休息了。明天到办公室,见了面再说。"钱正说:"办公室,见面,我说不出来。"

陈姝的眼窝子一下子湿润了,她说:"钱正,你听我说。你不用谢我,你也不用感谢高书记,你谁都不用感谢。这是政策,国家的政策。没有这个政策,我们啥都做不了。按你的工作,早该享受这个了,不用谢谁,你自己应该得到。"

毕竟这次调整,大家都很满意。陈姝一到办公室,就按捺不住给胡秋打电话报喜,这也是农开系统的喜事啊。胡秋听完,并没有陈姝想象的那么高兴,反而平淡地说:"不要高兴得过头了,高书记如此高看你们,是有目的的,他要的可是全国的高标准农田现场会。你有多少把握?反正我觉得难度不小。"胡秋的话,丝毫不影响陈姝的心情,她说:"只要大家气儿顺,就会用心做事,只要用心做,都是可以做好的。"

第六十一章　雪中送炭

褐天瑞从"瑞合合作社"的大门出来，直接去找了扶贫第一书记时代，为标准化厂房建设选址。

随着业务范围的扩展，瑞合合作社又增加了新的品种。开发了山药粉条，山药是他们村今年引进的高产优质品种。另外，还上了玉米淀粉生产线。这些生产材料都是本地的，省了运输成本和中间收购成本。高出市场价直接从农民手中收购，农民也得利。

褐天瑞走路哼着小曲，他真的很高兴，这简直就是雪中送炭。本来他是计划扩大规模，扩建车间的，但资金是个大难题。如果把钱都用在厂房建设上，资金周转又成了问题，一旦资金链断了，那就麻烦了。像他们这样的小加工厂，是经不起这样风险的。

前一段时间，褐天瑞天天在村里转悠，看看哪儿合适建厂。转一圈回来，愁肠百结，即便有地方，钱从哪来呢？他们是农业合作社，效益也都用于分红了，不像私营企业，赚了赔了都是个人的，也不像国营，有国家兜底。他想扩建一个分厂，靠他们自己的资金根本不可能，项目资金该争取的都争取了，还是撑不起来啊。

扶贫第一书记时代从乡里开会回来，叫住了他，说赶紧选址，刚好国家有政策，每个贫困村都建成标准化厂房，用于安排就业，租赁费用于村公共设施建设和村办公费。

褐天瑞一把抓住了时代，吓得时代一直往后退，身子抵到一棵大树上。时代语无伦次地说:"褐支书,你这是咋了?我,我说得不对吗?这是传达会议精神,不是我瞎说的。"

褐天瑞放开了他,眼窝子热辣辣地说:"哎呀,太好了。咋不早说呢?俺都愁死了。"时代委屈地说:"我也是才知道啊,这不刚散会嘛。"褐天瑞一拍大腿说:"走,兄弟,俺请你喝酒去。"时代笑着说:"褐支书,又是你小舅子给你的酒?你小舅子给你送多少酒啊?"

褐天瑞不好意思地说,别听他们瞎说:"俺小舅子现在都是喝俺的酒,俺有酒了,自己酿造的黑谷酒。"时代说:"还是算了吧,你上次送的那壶还没喝完呢。这酒很好喝,可就是太热了,喝了脸上光长痘痘。"褐天瑞说:"你不喝酒,那,咱吃铁锅炖打鸣大公鸡。"时代说:"这个你也不当家,打鸣大公鸡是你家属喂养的,咱们赶紧去看场地吧。"

关于场地,褐天瑞心里早就盘算好了。

褐天瑞领着时代在村里转悠,刚好路过褐天缘家的小洋楼。褐天缘家里的老房子扒了,照着城里的样式,盖成了三层小楼,据说按照他儿子的要求,屋顶上还留下了看月亮的天窗,说是国外流行的。褐天瑞没去看过,觉得都是有钱烧的,月亮哪儿不能看,非得在屋顶上看。咱农村最不缺看月亮的地儿,不像大城市,不见月亮、星星,看见一回跟过年似的。这才进城几年啊,都蜕化成这了。

时代哪知道褐天瑞的想法啊,说,这小楼真漂亮啊,要是我们家也有这样的小楼就好了。

突然,时代就愣住了,瞪大眼睛,低头侧耳。一个苍老的诵读声传来:"有飶其香。邦家之光……"

许久,时代才回过神,说:"我的天哪,简直太神奇了。如此乡野之地,竟然有人诵读,褐支书,你知道他诵读的是什么吗?"

褐天瑞习以为常地说:"不知道啊。有人问过他,他说是啥子《诗经》里的。"时代说:"这老先生是干啥的啊?"褐天瑞说:"当过几天私塾先生,整天给他的孙子说'万般皆下品,唯有读书高'。不过也还真是，俺褐村里除了老支书的女儿出去上大学了，再就是他家的晓光、晓明了。晓光现在正在省城上大学，农业大学。"

时代连连叹道："神奇，神奇，太神奇了。褐支书，文化扶贫也是扶贫工作中的一项重要内容。我回去动员单位捐点书，咱们建一个阅览室，让老先生当管理员。咱们光伏发电站建好之后，村里有钱了，可以给他发点工资。"

褐天瑞说："发工资？估计不用，给他也不会要。他家现在不缺钱，俺还想让褐天缘出点钱做公益呢。还真别说，让他做图书管理员，没准儿老人家还真高兴呢。"他们两个人正说着，大门打开了。褐天缘的老婆坐着轮椅出来了。看见褐天瑞在门外站着，连忙招呼道："天瑞哥，上家来歇歇，喝点茶。"

褐天瑞一下子愣住了，他简直不敢相信自己的眼睛。褐天缘的老婆整天在屋里屙尿，哭着喊着"不想活了"，眼下竟然可以出门了。虽然坐着轮椅，总算是可以活动了。

褐天瑞揉了揉眼睛说："弟妹啊，你这都能出来了？"褐天缘的老婆说："托您的福，天缘带着俺去北京找的先生，一个月去一次，做理疗，吃中药，俺都能走几步了。医生说，再治个一两年，就跟正常人差不多了。俺这病啊，主要是拖的时间太长了。"

褐天瑞说："真是太好了。"时代捅了捅褐天瑞，示意他进院，他想看看农村的小洋楼究竟长啥样。驻村以来，他去了很多贫困户家里，对于相对富裕的人家，倒是没有特别在意。

时代跟着褐天瑞进了院，院子里种了一些花花草草，还有不少果树，一棵苹果树，两棵柿子树，一棵有些年份的老枣树。最显眼的是那棵老石榴树，苍老遒劲，叶片肥硕油亮，原本盖新房时想刨掉，品种太老了，结了果子也没人吃，但是褐仙寿说啥也不让刨掉，说是吉祥树。这是一个土洋结合的院落，中间一幢别墅样式的主楼，在原来五间房基础上设计的。两边依旧是东、西厢房，厢房里放一些杂物农具之类的。原来的猪圈、羊棚，变成了车库。褐仙寿不愿住小楼，还住在他之前的东厢房里。

他们进院时，须发银白、面目慈祥的褐仙寿，手里拿着线装老书，坐在东厢房前的老圈椅上，见人进院，停止了诵读。

褐天瑞走上前去，俯身对褐仙寿说："仙寿叔，您老身体还好吧？"

褐仙寿连忙起身，被褐天瑞按住。他说："天瑞啊，有些日子没见你了。忙啥呢？"褐天瑞说："这不忙着建厂子嘛。天缘没在家吗？"

褐仙寿说："去株林了，好几天都没进家了。"说完，转脸朝屋里喊道："晓光奶奶，赶紧烧茶去啊，天瑞来了。"

一个小脚老太太满脸笑容地从屋里出来，沧桑的脸上透着矍铄的光芒，瘦小扎实的身板，迈着轻盈碎小的步伐。

老太太笑盈盈地领着他们进屋，褐天缘的老婆坐着轮椅跟在后边。

进门就是客厅，客厅有两间房大，沙发也都是人造革的，客厅的北墙还是一张大方桌，方桌上依旧供着财神位，是一尊挂彩釉的瓷像。镂花铁壳的热水瓶不见了，换成了一把电烧水壶，挨着烧水壶的，是一个塑料托盘，上面放着几个玻璃杯子，杯子上搭着一块白色圆形蕾丝小巾，一看就是个摆设，基本是没有用过。这里依旧是豫东农家的摆设，只是所有的物件都是新时期流行的物件。客厅东墙放着一个硕大的平板电视，壁纸也是鲜艳的花鸟图案。

褐天缘对老太太说："婶子，您就别忙活了，俺们就是路过。这位是省城来扶贫的时代书记，看您家的楼房盖恁好，想进来看看。"

老太太笑吟吟地说："托政府的福。"

从客厅出来，时代拉了一下褐天瑞，小声说："我能不能跟褐爷爷合个影？"

褐天瑞笑道，说："有啥不能的，保证还不收费。"

出了褐天缘的家，时代感叹道："农村变化也太大了。但是，总还有些东西，是无法改变的。我也说不好是啥，是精神？文化？或者是一种亘古以来长在骨子里的东西？"

褐天瑞似乎没太听懂时代的话，自顾自地说："唉，你不知道俺村之前的样子。你过来时，已经改变许多了，就这褐天缘家，穷得也只剩下大床是木头的，能卖的都卖完了，他老婆长年瘫痪在床，还得花钱治病，孩子上学，就靠那几亩薄地，还得看老天爷脸色，有种无收的。老爷子的这把罗圈椅，不是拼命地护着，也早就被收老玩意儿的人收走了。俺那时候也是玩把戏的趴地上——没招儿了，整天长醉不醒，单等着撤职呢。这一步步地走过来，日子变成现在的样子，俺还是那个俺，水平还是那水平，都是这政策改变的。"

褐天瑞边走边说，突然，停在一片废房子跟前。时代说："褐支书，这是谁的房子啊，废掉没人管了，这可不行，太影响形象了。"

褐天瑞说："这就是俺让你看的地儿，褐大锤的养猪场。"

褐大锤出事之后，场子也就废了。养猪场建在褐大锤的责任田里，挨边的是他爹娘的地，他嫌不够宽敞，又租了邻近的褐天棚的几亩地，因为有项目资金，场子呼啦一下就建起来了。国土局来查他，也曾贴过封条，但是最后好像都是他老表帮忙协调的。

养猪场离粉条厂不太远，褐天瑞想让他到村外远点建，粉条厂毕竟是食品加工，养猪场的味道太大了，村里人也都有意见。褐大锤笑眯眯地数着钱，说天王老子也甭想阻挡俺发财的路，上面俺都打通了，上到局长、县长，市里俺也有人。还扬言，褐天瑞也是瞎咋呼，蹦跶不了几天了，咱说不让他干，他就干不成。

褐大锤确实攒了点钱，都是之前养猪赚的，新猪场并没有赚多少钱，主要是舍不得投资。他外边也有不少赊账，由政策扶持、项目资金垫着，基本还能维持着。褐天棚一出事儿，他也花了不少钱。"老虎"使出狠招治住了仙女，才堵住了这个大窟窿。儿子的婚事也有了着落，可是人家姑娘张口就是八万八的彩礼，少一分也不行。"老虎"把钱都归拢归拢，还差了不少，又跑回娘家借了一些。总算是把儿媳妇娶到家了，这姑娘人有点憨实，长相也不差，对住他家儿子绰绰有余。而且，对丈夫、公婆还算不错，喜得"老虎"见人就夸儿媳妇懂事。

可是好景不长，起初是褐大锤的老表出事了，据说是在睡梦中被人带走的。人家已经盯他好长时间了，几点睡觉、几点做梦都是算好的。褐大锤的老表原本是准备提拔的，说是考核过了，还准备了一套高档西装，单等上任那天穿的，天价西装也被抄家抄走了。他老表事发才有意思呢，传闻说家里特别有钱，在市里买了一套房子，光装修就花了两百多万，叮叮咣咣装修了半年，扰得上下左右都不得安宁，刚好他楼上住的是一位市纪委领导，说查查这个人是谁。这年头，谁还能经得起查啊。你现在没病，不代表你以前没得过病。

老表的事儿，褐大锤也是在别处听说的。一个农村的远房亲戚，也是就有事儿了才去找人家。人家看着老辈人面子，勉强认个亲戚，顺便帮个忙。关系被放大，搞得跟亲爹亲娘一样，那都是因为利益的驱使，拿出来抬高自己、吓唬别人的。褐大锤得到消息，顿时消了气焰。"老虎"也性情大变，逢初一十五都去烧香拜佛。

过了一段时间，褐大锤也没有啥事儿，估计是他老表并未把他供出来，帮他也是举手之劳，而并未从中获利。褐大锤一颗不安的心，总算是稍微平复了。褐大锤再见褐天瑞，态度大变，一口一个天瑞哥叫着，说："你有啥事儿言语一声，立马就到，帮个人场，出个苦力，都没问题，谁叫咱都姓褐呢。"

褐大锤出事，跟他老表无关，是国家涉农资金检查查出来的。褐大锤套取项目资金，骗取国家养殖补贴。他把养猪名额，分配到没有养猪的农户，等于伪造资料，也冒领了不少资金。褐大锤猪场资金紧张时，把大家的补贴都挪用了，一直没补上，等于挪占、贪污。

褐大锤知道他老表进去之后，一直小心谨慎着，赶集上店都前观后看的，怕是有人跟踪他。"老虎"在家里供上观音菩萨的牌位。可是，还是没有挡住褐大锤被抓的噩梦。那天，褐大锤觉得心神不宁，不知道该干点什么，就拿起水管子往猪舍里灌水冲洗，打扫卫生，他一直注水，一直注水，仿佛灵魂出了窍，脏水流得院子里到处都是。这时，大门外来了一辆车，下来的几个人悄没声地进了院，问道：

"你就是褐大锤吗？"褐大锤点点头。来人说："我们是检察院的，跟我们走。"

褐大锤被带走时，"老虎"在屋里看得清清楚楚，一时间她也傻了，突然觉得天塌了。平时她虽然对褐大锤也没个好脸色，嫌弃他没本事，但家里的事儿还都是大锤撑着，她也不过是打扫卫生、做饭洗衣，有时候上集买个东西，并不管多少大事儿。平时也没觉得大锤多重要，可是一旦没有了这个人，她的天就塌了啊。一大家子人，一二百头猪，她可咋办啊？平时强悍的"老虎"，惊忧交加，坐在堂屋里放声大哭。

所谓"好事不出门，坏事传千里"。很快，褐大锤进去的消息在方圆传遍，那些要账的人一窝蜂地围过来，都找"老虎"要账。"老虎"知道自己平时为人不好，左邻右舍都得罪完了，就偷偷地把猪处理了，带着儿子、儿媳，还有正在上高中的女儿小葱一起外出躲债。

褐天瑞知道消息时，只剩下这个空院子了。

养猪场的场房闲置着，褐天棚就把院墙拆了，收回了自己的地。主体场房还都在，褐大锤父母的地也都没有收回，他们守着这个破旧的场子，仿佛是守着儿子，守着希望，期盼儿子能早点儿出来。

因为离粉条厂不远，褐天瑞一直想把这个破猪场租过来。褐天瑞之所以举棋不定，是遗留问题太多，也不知道能不能联系上"老虎"。即便联系上了，她啥态度也吃不准。

褐天瑞看看时代，说："这个场地，再合适不过了。要不，咱这就过去找褐天意商量商量。"褐天意在褐大锤出事之后，兼着三组的组长。

时代听完褐大锤一家的故事，若有所思地说："褐大锤一家出现了这么特殊的情况，也算是扶贫对象了。之前呢，他不在贫困人群的名单上。我们现在是不是也应该帮帮他呢？虽然他进去了，但是他老婆、儿子儿媳、小女儿也都是褐村村民啊。我们不能唯名单扶贫。"

时代的话让褐天瑞有些感动，说实话，褐大锤这些年一直跟他作对，造谣生事，告状使绊子，一心想取而代之。所以，当他听说褐大锤出事儿，心里很高兴，觉得活该。时代的一番话，他觉得自己太狭隘了，毕竟他是支书，是这个村里的当家人，村里的人无论好歹，都要管起来。他说："是啊，现在是精准扶贫，是真扶贫、扶真贫。褐大锤虽然是他自己作的，现在这种情况，确实也算是贫困户了，不能看着不管。"

褐天瑞、时代找到了褐天意，一起商议怎么解决褐大锤一家的事。

褐天意说："'老虎'其实很能干的，就是强悍点，为人不好，好噘人，但经过了这场事儿，也该收敛了。她如果回来，可以在家继续养猪，她养猪有经验。"

时代说："猪仔我帮她买。"褐天瑞说："褐大锤的儿媳妇老实憨厚，咱们光伏发电站建成之后，卖电的钱能雇几个清洁工，可以让她打扫卫生。褐大锤的女儿小葱因为她爹出事儿，高中没上完就出去，其实这孩子成绩挺好的，可惜了。"

时代说："高中生可以学学电脑，将来做个视频、搞个直播啥的，都可以的。"褐天瑞高兴地说："俺们正缺这样的人才，让她到粉条厂上班，做广告宣传，拍个视频，整理个资料。猪场的租赁费，可以帮着他们还还账。"

褐天意说："就这么办，俺现在跟'老虎'联系。"他说着就掏出手机，当场给"老虎"打电话。

"老虎"一听是褐天意，以为又有麻烦事儿了，不等说话，就开始哭了。她说带着一家咋作难，晚上住桥洞，白天捡破烂，就差点儿去要饭了，有家难回的滋味她算是尝尽了。

褐天意知道她啥意思，等她说完了，哭完了，停下来，才把村里的意见告诉她。"老虎"半天没说话，她怎么也没有想到，村里还这样想着他们，沉默一阵之后，问褐天意啥时候让他们回来。

褐天意说："随时都可以回来，越快越好啊。""老虎"嗫嚅了半天，说没有回家的路费。时代说："我给她点钱做路费，我工资卡里有钱。"褐天瑞说："你那点工资，都拿过来也不够扶贫的，你不吃饭啊?"时代说："偶尔拿出来点没事儿，再说，我们扶贫工作队有伙食补贴。"

褐天瑞转而对褐天意说："天意，你先给她转点钱，多转点，路上得吃饭啊。回来之后车票拿过来，俺给他们报销。这也算是他们的收入不是，这个能算在人均收入上吧?"

时代说："能，能，能，我就是怕他们不能脱贫呢。"

褐天意笑着说："你以为她真的没有回家的路费啊。这个人，俺太了解了，她呀，知道村里让他们回来的，就借机要点钱，算计得精着呢。"

时代瞪大了眼睛，看着褐天瑞。

褐天瑞笑着说："你们城里人不懂乡下人的穷，也不懂乡下的苦，更不懂乡下人的心。她的这点小心思，俺心里都清亮着呢。唉，还是穷啊，若是家有万贯，谁也不会为这点钱耍心眼子。"

褐天瑞说，这些年来，确实大家手里也都有点钱，但是来往少了，人情淡了，各过各的日子，各顾各的门前，互相照应的心思没了，公家集体的事儿都不关心了。

褐天意说，真是也该抓抓精神扶贫了。

第六十二章　对症下药

夏大雨听桂英奶奶说他爷爷正骂他时，原本想拐去看看，转而又回来了。他知道爷爷为啥骂他，解释不解释都得骂，骂一阵子也就过去了。

横竖不过是那坛子乌珠蛇酒，这一坛子老酒，有些年份了。他爷爷总是在冬天腰疼腿酸时喝点，舒筋活血，人老了，总是这疼那痒的，小毛病不断。那天刚好阴天，爷爷膝盖有些酸疼，想着喝杯药酒温一下。没想到打开酒坛子时，一提子下去，竟然没打着酒。那酒若不是夏大雨喝了，还能自己跑了？偷喝就偷喝，多少留点啊？越想越气，就开始在院子里骂他。

夏大雨心里明白，其实一坛酒也没那么重要，爷爷骂一阵子就完事儿了。即便没有这坛子酒，爷爷也经常骂他。主要是老爷子过去是受人尊敬的老把式，很要面子的人。如今孙子当支书了，他想骂就骂，显得他人前有面子、在家有权威。很大程度上，夏大雨故意让他骂，哄老人开心。

不过关于喝酒，夏大雨还真是有点冤枉。他这么大一个人了，好歹也算是村里的当家人，也不会无缘无故地偷喝他爷爷的药酒。那天，他找夏半语。夏半语不知道在哪儿听的，说夏大雨爷爷家有神仙酒，能治百病。他想喝点，看看能不能把他的病治好。若是夏大雨不答应，他就不同意跟夏春秋换地，夏大雨只得咬着牙同意了。其实，他也就给夏半语小半瓶子。其余的，是他请人家设计规划院的老师们喝了。设计规划院的老师们来到夏营实地勘察，他觉得人家跑这么远，又不收费，虽然是单位的工作，还觉得亏欠人家。夏大雨平时爱说个大话、逞个能，但是在人家设计师跟前，实在没啥可吹嘘的，一不小心，就把他爷爷的药酒抖搂了出来。夏大雨那嘴，说着说着就发酵了，把药效说得神乎其神的。符品说，刚好一位老师说腿有毛病，阴天下雨时候老疼。夏大雨一口答应，说没问题，就是治这个的，于是就急急忙忙回家，偷偷地灌了两瓶药酒，让大家都尝尝。

"偷酒"风波一阵空骂也就过去了，爷俩谁都不提这档子事儿，权当是没有发生过。老爷子非常明白，大雨虽然是他的孙子，但毕竟还是村支书，"偷酒"毕竟是家事儿，对外是不能提的。

夏大雨一心一意地实施他的"美丽乡村建设"，他先把道路清理出来，规划的效果也就凸显出来了。道路是在原有的基础上，有些加宽了，有些取直了，总体变动不是很大。现在主要是有两家妨碍着路面的清障，只要把这两家清理出来效果就能初步显现，而且村里道路硬化就可以实施了。

这两家，一家是夏半语，一家是夏根茂，都是老房子。

夏半语问题不大，他的房子是危房，没有"美丽乡村建设"，也要扒掉重建的。而且夏半语的要求，夏大雨也都答应了。只是还有一条，夏半语没有明说，但夏大雨也隐隐约约应允了，那就是给他说个媳妇。夏半语其实并不傻，就是有些懒，爹娘去世早，加上之前患羊角风，当婚时被耽误了，人没有了念想，也就破罐子破摔。一晃四十多了，再想娶媳妇就没那么容易了。夏大雨也托了很多人，给夏半语盯着点，看看有没有半截媒（寡妇），残疾、傻子也都行，只要是个女的。可是，这样的一时半会儿也碰不上啊，所以，他也就没有明确答应他。

夏根茂的房子占了大路的一角，像一只老鹰的翅膀尖，如果再往里挪两米，这大路就宽敞了。

夏大雨一天两趟往夏根茂的老房子前转悠，就是没敢进院。这座老房子就像一根卡在喉咙里的鱼刺，必须要拔掉。只要能够扒掉重建，他的"美丽乡村"的宏图就可以实现了。可是，这夏根茂可不是夏半语，且不说夏仁在市里，夏仁的儿子更厉害，说是在北京哪个部委。在他没有想好对策之前，他是万不能进他家院的啊。

这可是一块真真正正的硬骨头，就连穆桂英都劝他："拐个弯就拐个弯，都拐了几十年了，咱干吗要取直它啊？不是说夏根茂是俺大伯子哥，俺向着他。你想想，咱去市里找夏仁，人家在大饭店里请咱吃饭。请吃饭还不说，夏仁还给咱争取项目，现在项目建好了，你倒要扒人家的老宅子。这话能说得出口吗？要说，你去说，反正俺不去。"夏大雨本来也没指望穆桂英去做工作，只是给她通个气而已。

夏大雨想，要解决这个问题，还得在夏根茂身上下工夫。他知道，夏根茂一直想要一个深宅大院，好跟他家的人气相匹配。但他又不愿意盖楼，说楼房不接地气，也不愿意搬新址，说是老房子风水好。老房子的右侧是大路，想要大院子只能往左扩，而左边这家的院子刚好空着。左边这家的主人叫夏三留，是因为早些年犯了点事，出来之后就去做生意，一走就杳无音信，不知道是发了还是赔了？是进去了还是出了意外？也有人说他在外面又成了家，有了孩子，反正是传闻很多。夏三留的爹早死，他把家扔给老娘。泼辣的老太太只得领着一家老小过日子。夏三留的媳妇生性懦弱，在婆婆的淫威下苟且偷生。这家的大男孩叫夏长江，夏三留不在家，夏长江也是有人生没人养的，经常打架斗殴，小偷小摸，村里人都不待见，稍微大点就出去打工混社会了。夏三留老娘去世之后，他老婆跟着孩子们出去了，这院子一直空着。因为没有人住，加上风吹雨打，经年不修，房子已经破败不堪。外边传说是夏根茂家的人丁太旺了，把夏三留家的风水都吸干了。夏根茂呢，就起了买这院子的心。他不怕破败，破败的是夏三留，他家能罩得住这宅院的风水。

符品来了之后，提出第一个要求就是把夏三留家的破房子修修，太影响村里的形象了。可是，怎么也联系不上他们家的人。后来，村里有人说，在温州碰见过夏长江，还打了招呼，说夏长江在温州做发了，还干了一个啥子加工厂，房子都买下了，老母亲也跟他生活在一起。夏长江在老家也没啥人，自然少了牵挂，加上小时候的遭遇，就断了回老家的念头。

想着想着，夏大雨就豁然开朗。打蛇打七寸，夏根茂想要"夏家大院"，而"夏家大院"的关键就是夏长江的老宅子。

以眼前看，夏长江未必真心想保老宅院，如果想保早就回来修了。他不回来修，不是没钱，而是没心思。只要夏长江的心思不在这个破院落里，就好办了。

如果夏长江愿意把老宅院让出来，不就成了吗？怎么撬动夏长江呢？夏大雨穷追不舍，终于找到了夏长江的电话。

夏大雨终于联系上了夏长江，先把他哄晕了，他说："长江啊，村里人都很想念你啊，都想让你回来看看。人家都是衣锦返乡，你事儿做恁大，咋也得回家看看啊。你家的房子都塌了，院墙也倒了，好像没有人似的。抽个空回来看看，修修房子，在外面做的事儿再大，也不能忘本忘宗不是？"

夏长江想必也见过一些世面，应酬着说："也是啊，就是原来的宅基地太小了，想建一所大点的房子。"这其实正是夏大雨想听的话。夏大雨说："你恁多钱，咋也得盖个别墅啥的。咱村很多盖小洋楼的，你肯定得比他们盖得好啊。你回来吧，老宅基地归公，俺给你找一个大点的宅基地，能盖别墅的。""好，好，好，我有时间了就回去。"夏长江应酬着。

夏大雨说："回来提前联系，俺去接你啊。家里的事儿俺就全权帮你处理了，保证你满意。"

放下电话，夏大雨露出了得意的笑容，他哼着小曲，终于进了夏根茂的老院子。一进院，只见夏根茂一只手拄着红木拐杖，一只手捋着山羊胡子，笑眯眯地逗他的那对百灵子。

这院子干干净净的，南墙一棵大石榴树。挨着石榴树摆了一些盆盆罐罐，里面种满花花草草。还有一些名贵的紫砂花盆，栽的都是奇奇怪怪的盆景，一看这气势，就不是普通农家的品位。

夏大雨进门就说："茂儿爷，您老身体还好吧？咱这十里八村的就您是个有福人。这日子过的，比太上皇都滋润，老神仙啊。"

夏根茂最爱听这话，笑眯眯地说："大雨啊，你不是忙着啥子扶贫的吗？咋有空来俺这老宅院啊？"

夏大雨说："啥扶贫不扶贫的，俺有空就得给您请安，这不，俺专门来看您了，要是不见您，俺吃饭都不香。"夏根茂笑道："呵，是想俺的好烟了吧？"喜大雨也不客气，说："可不是嘛，俺就惦记着夏仁叔的好烟好酒呢。"

夏根茂非常高兴地回屋，拿了一盒大中华递给夏大雨。夏大雨知道，夏根茂要的就是这种荣耀和满足，夏仁给他的好烟好酒，也基本上都是他消费了。夏根茂不抽烟不喝酒，但是每次夏仁回来，都带着好烟好酒，就是为了让老爹撑门头呢。

夏大雨说："夏仁叔也有一段时间没回来了吧？要说您这老宅子啊，就是养人，方圆几十里也没有恁好的风水。要是把这个角调直了，东边的院子能扩进来，那俺兄弟在北京指定能混个部级啥的。"夏根茂叹口气说："谁说不是呢。夏三留也不知是死是活，咱也不能硬抢人家的宅院啊。俺早就惦记着，这两处宅院，能并在一起，那该多舒心啊。可现如今新社会，你夏仁叔又再三叮嘱，不能轻易占人的宅院。"

夏大雨说："茂儿爷，为了咱村将来能出个大官，俺帮您把这个事儿办了，您老看怎么样？"夏根茂说那可太好了，果真能办好，请他喝茅台。夏大雨故意吸溜一下嘴，说："不过有一个条件。"夏根茂看了一眼夏大雨，觉得他不像说笑话，这孩子他看着长大的，说话有时候油嘴滑舌的，没个正形。故意激他说，别说一个条件，就是十个条件也行，就看他有没有那本事了。

夏大雨笑着说:"俺几斤几两您老人家最清楚了,俺在您这里哪敢打诳言哪。这回啊,真的,条件呢,就是您老屋扒了盖新屋,要往里挪个两三米。要是中的话,俺就做这个主了。夏三留那边,有啥事儿俺担着。"夏根茂一听,别提有多高兴了。

夏大雨接着说:"还有一个条件,这夏三留的老宅子不白让的,得把这老宅子买下来。"夏根茂说:"买啊,钱没问题,只是别胡乱要价。"夏大雨笑嘻嘻地说:"哪能呢,就夏仁叔往那一站,吓死他也不敢啊。"

夏仁家有的是钱,在农村盖房能用多少?夏根茂当时就给儿子打电话,说要翻盖房子,把左邻的宅子给买了。夏仁是个孝子,说好好,要多少钱他拿,把工作做好,人家愿意才行,不能硬来。

夏大雨从夏根茂家里出来,点上夏仁的大中华烟,美美地吐了一个烟圈。他想着,用这卖宅基地的钱,刚好可以把村里的绿化搞一下,种点花花草草,他的美丽乡村的宏图实现在即。

夏仁的老屋和夏半语的老屋一扒,一条贯通南北的大道就打开了,这条道一直通到乡道,乡道连着县道,县道通着省道,从此夏营就与外界畅通无阻了。目前的道路,村道通往乡道的,还有一段没接上。不过也正在申报项目,估计明年就可以实施了。

夏大雨和符品站在大路中间,看看南,望望北,终于通了。这也是夏营人多年的愿望。过去晴天尘土漫天,来客不见真颜;雨天人不出门,客来天自留人。道路不通,留下的人不想出去,出去的人不想回来。出一趟远门,得倒几种车,下了火车,坐汽车,下了汽车坐三轮车,下了三轮车还得有人骑自行车接。

夏大雨听说,县里的公交车都通到乡里了,这简直太好了。他鼓动符品,向县里再争取一下,直接发往夏营一趟,这一趟可以穿过好几个村呢。

符品说,他明天就去县里,刚好有个同学的亲戚在交通局呢。

第六十三章 "马拉车"

夏大雨的爷爷在夏营也是个传奇人物。

他的传奇故事有两个,一个是赶车技术,著名的"两两三不",据传,他能连续赶车两天两夜,赶着车照样睡觉,车马照走不误,不会岔道,不会错路,不会撞人。第二个是"神仙秘方",传说有一次他赶车出远门,半路下雨,遇上一个要搭车赶路的,他心存善意,就载了人家一段。那人下车时,说,你家有大喜了,还给了他一个泡酒的药方子,啥药治啥病,上面写的都有。回家之后,果然有大喜,他的大孙子出生了,所以他就给他取名大雨。车把式当年,在这一代也是响当当的人物,不但有传奇故事,而且走南闯北,见过大世面,用他自己的话说,吃过洛阳的水席、开封的小笼包、商丘的水煎包,喝过宝丰大曲、林河特曲、张弓神曲,更甭说鹿邑大曲、淮陈老酒了,陈胡有名的胡辣汤、焦鱼汤、烩面、锅盔也都吃过,所以他觉得夏大雨当支书拿不住势,他才是夏大雨身后的支撑呢,夏营村谁还不买他面子啊?就连老茂,见了他也喊把式哥。

除了骂孙子,车把式最近又添了一件喜好,那就是由孙子带着到项目区遛弯。他觉得这项目区就是他孙子建的,就像是自己的传家宝一样,特别期待大家都去看看。只要大家到了项目区,必然说起大雨。即便夏大雨不在家,他也会跟他的老伙计们一起去项目区遛弯,然后在停车点喷空、抬杠、搁大方、下五道棋。

夏大雨觉得老人们在项目区遛弯儿、休闲也是一道风景，就去了教育局，争取了一批健身器材，放到村室一些，放到停车点一些，老人们在喷空、抬杠的同时也可以锻炼锻炼身体。

那天，车把式就跟夏大雨说："大雨，俺看电视上，有好多人跑那个'马拉车'，老远老远地跑，一窝蜂地跑，也没个啥章法。俺觉着也怪有意思，你说，跑就跑呗，都是人在那儿跑，还叫啥子'马拉车'。"

车把式对这个跑感兴趣主要是名字——"马拉车"，马拉车谁还能超过他啊？这"马拉车"，他也可以试试啊，也可以在项目区搞个啥子"马拉车"。

夏大雨笑得蹲在地上，他说，爷爷，那不是"马拉车"，是马拉松。

车把式很不屑地说，那就"马拉车"，你小孩子家知道啥啊？俺听得真真切切就是"马拉车"。

夏大雨说："爷爷，你听俺说啊，这是个国际运动比赛项目。马拉松，是个地方的名字。很早很早以前，大概是孔圣人的时候，西方有两个国家打仗，那个地方就叫马拉松海，有一方打胜了，就派了一个飞毛腿回国送信。那个飞毛腿跑啊跑，跑到地方说，我们胜利了，我们胜利了，就死了，累死了。后来，两千多年后吧，那个奥运会，为了纪念这个事儿，就设立了马拉松比赛，主要就是跑步，全程42.195公里。明白了吧？跟你的马拉车没啥关系，啊，别再说'马拉车'了。是马—拉—松。"

车把式怎么能在孙子跟前认输呢？他说："那在外国是马拉松，在咱中国，就是'马拉车'。人家都能'马拉车'，咱这项目区，就不能'马拉车'了吗？"

夏大雨说："爷爷，你真厉害，不愧为车把式，咱可以搞一个'马拉车'比赛啊。"

夏大雨把这事儿跟符品一说，符品拍手叫绝，他说："你搞啥马拉松啊，还得申请，那就是个洋玩意儿，'马拉车'多好，多接地气，咱就搞个'马拉车'老年竞走比赛啊。咱们村，老年人不太多，也可以邀请邻村的，褐村、株林，都可以啊。"

夏大雨高兴地说："俺看可以啊，而且咱这项目区也都连起来了，把老人们都聚在一起，乐和乐和，他们年轻时候都认识，老了也难得一聚。"符品说："一定得有奖品啊，这样老人才愿意参与进来，才高兴。"夏大雨说："对，奖品不一定多贵，得实惠，能吃能喝，让老年人看着就高兴。"

这时，穆桂英来找夏大雨，夏大雨就征求穆桂英的意见。穆桂英一拍大腿说："中，中，这些老年人，孩子们不在家，天天太阳底下晒暖，吃饱等饿，咱要是把他们都组织起来，搞个啥子'马拉车'，不定多高兴呢。"

符品说："穆主任这么一说，我就开悟了，我们这一下子还解决了空巢老人孤独的问题了。穆主任，你说买啥奖品好呢？这个钱啊，我们单位出。"穆桂英想了想说："依俺说，就买'马四果子'，老年人都爱吃。"

夏大雨笑着说："有创意，亲戚送俺家的喜果子，都是'马四果子'，爷爷特别喜欢吃。"

夏大雨找到褐天瑞，说要在项目区里搞个老年"马拉车"竞走，邀请褐村的老人家都参加，凡参加的都有"马四果子"。

褐天瑞说："中啊，这些老人啊，在家闲着也是闲着，要是听说有'马四果子'，才不管'马拉车'还是'人拉车'呢，你都拉不住。你啊，得注意点，别把果子给哄抢了。"夏大雨说："抢倒不会，俺村里的干部都在那儿搞服务呢。"褐天瑞说："俺帮你通知到人。"夏大雨说："谢谢天瑞哥，你这粉条厂越干越红火了，俺夏营也得谋点事儿干干。"

夏大雨说着，看到一个体态肥胖的女人在那儿费劲倒垃圾，倒了扫，扫了倒，总也扫不完。夏大雨想笑，就问褐天瑞，那个女人是谁啊？这么笨还能在粉条厂上班？

褐天瑞看了看说："她啊，褐村的大惆怅，一个老大闺女，脑子有毛病，爹娘都熬死了，俺把她弄到粉条厂，让她打个杂，多少发点钱给她，有口饭吃。"

夏大雨倒是听说过，今天才算对上号。

夏大雨从褐村回来，又去了株林村，请株林的老人也都参加，越热闹越好，如果成功了，可以经常举办这样的活动，让农村老人的生活丰富起来。夏大雨到了株林村，才知道他们正在搞"田园"，这对他来说，可是意外收获，可真是太及时了，正好引进到他的"美丽乡村"啊。

第六十四章 "五湖十八坡"

陈姝压力确实很大，国家级的现场会好比天上的星星，她怎么可能摘到呢？虽然高书记支持，他也只是提个原则，有困难了帮着解决，但是具体工作，还是他们去做啊。目前，他们整体的士气都是没说的，但是得有思路。从哪儿下手啊？也许胡秋说得对……陈姝想到此，抄起电话，给胡秋打过去："胡主任，想请您来看看，我们这个十五万亩的规划，怎么能进入省办领导的视野，从而再进入国家办的领导视野。"胡秋说："我正准备去看看呢。如果真能在我们豫东开全国的高标准农田现场会，那可是我们农业大市的辉煌啊。我们不但为国家粮食生产做贡献，还能为全国的高标准农田建设提供标杆，这也是我多年的梦想啊。"

陈姝的热血一下子就沸腾了，连忙说："太好了，太好了，您啥时候来？我到高速路口接您，直接进入项目规划区。"

陈姝和袁侨在高速路口接住了胡秋。

陈姝说："我们新规划的项目区是按照高书记的思路，接着现在的项目区往西南走，跟国土项目区接壤。"

胡秋说："这个思路我赞成，不要交叉进行，各自划定区域，种好自己责任田。"

袁侨说："胡主任，这块地啊，您看了保准激动。您知道吧，这里就是传说中的五湖十八坡。"胡秋笑着说："别跟你们陈主任学着瞎胡说，哪儿有五湖啊？十八坡吧，还有点挨边儿。"袁侨说："一点儿都不瞎胡说，真正可待开发的中低产原田，一望无际啊。"

车子走着走着，就搁浅在一个大坑里了。胡秋心有余悸地说："我可下不去推车啊。"袁侨说："您就坐车上，俺就是抬着车子，也得让您看完。"

还好，坑比较浅，袁侨跟陈姝下来，在车子的后边稍微用点劲儿一推，车子就上来了。

车子爬出大坑，继续在弯弯曲曲的小道上爬行着，走着走着，胡秋大喊："停车！停车！"

陈姝和袁侨相视一笑，袁侨遂给司机说："停，停啊，靠边。"

车子停下，胡秋跳下来，陈姝、袁侨也都跟着下了车。胡秋站在小斜土路中间，看着空旷无垠的田野，眼里放出了亮闪闪的光。陈姝用手碰了碰袁侨，示意他看胡秋。

袁侨笑道："胡主任，胡主任，醒醒。"胡秋回过神来，说："干啥啊？大惊小怪的。"袁侨说："我看您像着了魔一样，只见眼里有光，不见嘴里有声。"

胡秋笑道："嗨，这真是一块好地。高书记来看过吗？"陈姝说："这就是高书记安排的，估计他不止看过一次。胡主任，您看我们农开人，是不是都有职业病？看到一块这样的地，就说这块地可以开发。"胡秋说："还真是，我都有好几回这种事儿了，走个亲戚，下个乡，突然停车，说这个做项目区好，被家里人骂称神经病。"

陈姝说："这里就是孔子周游列国，去往楚国时，经过的'陈蔡绝粮处'。"胡秋说："打住，打住。陈蔡绝粮在阳城境内，咋又变成你这儿了？上一次在阳城项目区，他们也跟我说孔子'陈蔡绝粮处'。圣人被困，是啥好事吗？还都争这个！"

陈姝笑着说："好事儿坏事儿，都是历史传说。没准儿这儿在很早很早之前，就是一片汪洋。五湖十八坡的名字也不是没有来由的。还传西施范蠡在此泛舟呢。"

胡秋说:"都扯到西施范蠡啦。咋不说拿破仑、恺撒大帝都到这儿打过仗呢?上车,上车,今天上午看完。下午,我去见见高书记,看他有什么打算。"

从规划区出来,陈姝接到虞觅的电话,问她有没有时间,一起说说"田园综合体"的事。

陈姝故意大声说:"正陪着市办胡主任看项目区呢。"虞觅会意,遂说:"今天是个好日子,择日不如撞日,我现在就安排杀鸡炖兔子,一定得请胡主任来乡政府大伙上吃个饭,我正准备去市办请他呢,不想他亲自来了。"

陈姝说:"你跟胡主任说吧。要不然,他又该说我设套了。"然后,把电话递给了胡秋,说西北乡的虞书记炖了一锅兔子肉等他呢。

那边虞觅说道:"胡主任,我准备了八抬大轿,还有响器班子,就在路口等您呢。"胡秋跟虞觅也熟,笑着说:"你娶媳妇儿等我受头呢?我可没有带礼金啊。"虞觅说:"您还带啥礼金啊,人一来啊,万民欢呼。"胡秋说:"陈主任去,我就去。"说着就把手机递给了陈姝,陈姝捂着电话,问胡秋:"您这算是答应了?"胡秋说:"到了你这一亩三分地,要杀要剐由你们了。让吃啥吃啥。"

西北乡政府食堂有一个单间,上边来客,都是在那儿吃。胡秋、陈姝他们到时,饭菜都准备好了,都是传统的家常菜,还有一大盆炖菜,用虞觅的话说叫小学数学题——"鸡兔同笼",主食是炕油馍、手擀面。

虞觅拿出了本地自酿乌珠酒,胡秋说,中午不喝酒,这是纪律。虞觅也不勉强,说,恭敬不如从命,都是家常菜,勉强过饭时儿吧。

正吃着,有人敲门。开了门,通信员身后站着两个人,通信员说:"虞书记,你们家亲戚。"

虞觅睁大了眼睛,正要说话,陈姝笑道:"夏大雨,你怎么来了?你跟虞书记是亲戚啊?我咋没听说过呢?"

夏大雨笑嘻嘻地说:"对不起虞书记,秘书拦着不让进,说书记正在陪客,俺就冒充一下您家的亲戚。"胡秋也笑了,说:"来来来,添两把椅子。"虞觅随口说:"来的都是客,快请坐。"夏大雨说:"俺先介绍一下,这是俺村扶贫第一书记,符品。"

符品说:"竹付符,三口品,符品。"待二人坐下,袁侨说:"符品,你这名字可真够应景的。"

符品不好意思地说:"没有扶贫之前,我就叫符品了。也是因为这个名字,单位领导才选我当第一书记的。不过,我觉得扶贫是我一生中最难忘的经历。严格说,我也是陈胡人。五代有个大将军,叫符颜卿,是豫东宛丘人,最著名的是他一家出了三位皇后,我们就是这一支的符氏。"

虞觅说:"好啊,回老家了,都是陈胡公的后人。"陈姝说:"夏营是陈国司马夏御叔的封地。夏大雨,你们都是名门之后啊。"虞觅笑道:"还真别说,奇了怪了,陈胡公妫姓,是舜帝三十四世孙。我们这一支虞氏,是舜帝后裔商代虞随的后代。你们陈氏啊、胡氏啊、夏氏啊、袁氏啊,都是胡公的后裔,还真是一家人啊。"

大家说笑了一阵,夏大雨说:"俺还是先说事儿吧,俺村的美丽乡村项目已经初见成效了,请各位领导给指导指导。还有一个,俺听说株林那儿搞了'田园',也心动了,和符品书记去项目区看了又看,之前陈主任说过路肩要种黄花菜,俺那儿有种黄花菜的习惯,不少人家现在还在种。俺想着,能不能再申请一下,要是项目区的路肩都种上,那可真是一道风景线,不是也'田园'了吗?俺还想啊,要是西北乡株林项目区做'田园',能不能稍微伸长一些,把俺夏营也纳进去。这样不是更好了吗?"

虞觅笑道:"夏大雨啊夏大雨,陵北的大雨,都下到西北乡地里了,你的'田园'计划,都走到我们前面了。"

夏大雨不好意思地说:"这不都是咱陈胡老百姓的地吗,大雨下哪儿还不都一样啊?"

吃完饭,虞觅说:"请胡主任到我办公室里坐坐,我真是正要去请您呢，您就来了。是不是有神谕啊？"

虞觅还真要找胡秋的，关于"田园综合体"，高书记指示本着顺势而行，就地取材，节约成本，搞个示范园区。让他们先拿个方案，然后县委、政府联席会上通一下。他想向胡秋请教，外地有没有类似的项目可以借鉴的。最重要的是，想通过胡秋这个途径，向县委、县政府争取点资金支持。胡主任的意见在高书记那里肯定好使。

胡秋明白虞觅的意思，也说了自己的意见。农开主要是高标准农田建设，"田园综合体"项目，听说国家有计划，要搞试点，主要是在江浙一带。至于中原地区，搞不搞，啥时候搞，都说不准。他建议，整合涉农项目资金统一使用，这个上面有政策，就在贫困村所在地搞，即便是没有农开资金的支持，县里也可以统一协调其他项目资金。

胡秋最后向陈姝建议，夏大雨那个村可以试试，这也是农开项目区的持续性建设。投不了多少钱，现在的黄花菜苗子很便宜。甚至农户自己就可以分根移栽。可以请符品的单位出点钱。再说了，黄花菜是陈胡的特产，听说独有七芯，别的地儿都是六芯。夏大雨是一个有想法、想干事的村干部，听说他把夏仁家的老房子都拆了，也够敢干的。

送走胡秋，陈姝和虞觅继续探讨"田园综合体"的规划，陈姝说："咱们先搞试点，只要不贪大求洋、狮子大张口，申请点财政资金也应该没问题。"

虞觅说："我也是这么想的。咱们就选定株林停车点，刚好夏春秋的农业示范园区，褐天缘的天缘种业也都在那一块。往西往南，可以接着今年的项目区和新规划项目区，离国道、省道都比较近，离新开的高速出站口也很近，主要是便捷。"陈姝说："既建田园综合体，还是以田园为主，按照公园式的设计，原有的干沟可以用花砖护坡，可以加上少许的木栈桥。路肩种上花，要多年生的草本，以好活好管品种为主。路上的树以小株长青，不用修剪的那种。还有一个，我们要有一个公共休息的地方，有饮用水，有卫生间，具备停留半天的基本功能。刚好他们两家也可以在此办公，我们就叫'耕者驿站'。"

虞觅说："'耕者驿站'这个名字太好了，设计费由我们乡里承担，方案马上出。小钱我们乡财政挤一挤，再向有关部门争取点项目资金，如果缺口大，再让县财政投入，先启动再说。实在推不动了，我直接去找县长，无非是多跑几趟，多哭哭穷，做好了也是为县里争光的事儿，相信领导们都会支持的。"

陈姝万万没有想到，"田园综合体"的方案，还真会被绊住。

陈胡县县委县政府联席会议上，通报西北乡"田园体综合"方案，万能副书记提出了不同的意见。他认为现在扶贫攻坚，主要财力应该用在扶贫上，而不是搞花拳绣腿。农业不是吟诗作画，也不是风花雪月，是实实在在的农田，实实在在的粮食。搞得再花哨，粮食产量上不去，也没什么实际意义。万能挂职后转岗了，原来是抓农业的副县长，去年进了常委，调整为抓政法的副书记。因为曾经抓过农业，他对于农业似乎更有发言权。

参加会议的领导也有替西北乡说话的，认为农村工作都是囿于过去的套路，应该鼓励有创新思路的同志，县财政拿点钱支持一下也是应该的。因为四个班子，各自都有包的乡镇，莫衷一是。

轮到县长说话，态度并不明朗，主要是县财政没钱。他说，可以让西北乡自己先想办法，后期财政有钱了可以支持一些。

万副书记的一番发言，看着是站位全局、正气凛然，却把导向带偏了。他发言确实不是对西北乡的"田园综合体"方案来的，而是针对虞觅本人的。

县里为了加强对乡镇的监管和扶持，采取了四大班子包乡镇，任乡镇第一书记。万副书记开始包的西北乡，老让虞觅办事儿，小到汽车加油，大到往上跑路的礼品，来客招待就不用说了。也难怪，县里的副职经费实行包干，一个月就两千块钱，下乡多的，汽油费都包不住，更不要说日常开销。乡镇也是县财政啊，实行报账制。十八大以后，各种财政制度都规范了，要求严格，有些经费没法出。这些呢，都不是最主要的原因。最主要的是有一次，刚好情人节，万副书记想让虞觅给他办一张消费卡，送给一个刚认识的女孩子。虞觅一忙给忘了，万副书记很不高兴，找了一个工作借口，把虞觅训了一顿。虞觅实在无奈，就找了个机会跟高书记说，万副书记介绍了一个项目，他没对接好，把万副县长得罪了，估计一时半会儿也缓不过劲儿来，这样下去不利于工作，能不能调换一个包乡镇的领导？第二年县领导分工调整时，万副书记就去了一个更远更穷的乡镇。到了县这一级岗位的领导，都是人精，万副书记肯定知道是虞觅捣的鬼，就和虞觅结下了梁子。但凡涉及西北乡的事儿，他都会提点反面意见，也许没啥作用，但是总是让人觉得，这个乡镇的工作没做好，无形中就影响了虞觅的形象。苍蝇只要抖动着翅膀，就能发出嗡嗡的声音，让人感觉到它的存在，落不落下，都会让人知道这地方不干净。

　　虞觅为了缓和关系，主动请他吃饭，但是人家该吃吃该喝喝，表面上一团和气、称兄道弟、搭肩勾背，但依旧不说他的好话，只要有机会，总会损几句。所以，在通报"田园综合体"的方案时，万副书记就又伸出一只脚。高书记自然也知道这其中的缘由，越是这样，他越谨慎，尽量不给人家留下口实，这也是对虞觅的保护。有时候，人得时刻准备着肉中扎刺，能把它挑出，即便是疼也要挑出来。但是，有些刺即便把皮肉全都挑破，也挑不出来的时候，就得准备与刺同在了。刺在你的体内，虽小，永远是刺。

　　陈姝听说联席会议决议，对"田园综合体"方案县财政支持暂缓，由西北乡根据财力，自行筹措、稳妥推进的消息，觉得非常意外。她原想，有高书记在，通过肯定没问题。

　　陈姝跟虞觅打电话，说了"田园综合体"没通过的事。虞觅叹道："人心复杂，不是因为你伤害了他，损害了他的利益，他才说你不好，使绊子。只要他看着不顺眼、不舒服，即便你跟他半毛钱的关系也没有，照样会说你，就是图一个嘴巴痛快，心情舒畅。不和三七二十四的人抬杠。"陈姝说："佩服虞书记的智慧，估计我做不到，我这人也就是由着性子干点事儿可以，处理太复杂人际关系不行。"

西北乡的"田园综合体"虽然没有财政资金支持，也在稳妥推进。虞觅把设计图纸拿出来，找陈姝一起商议。他说："有钱能干事那不叫能力，没有钱能干事才叫能力。我计划好了，发动在外工作的、发财的老乡捐点，咱不要钱，直接捐建筑原材料，也不用入账，不管谁来查，都不会违规违纪。"

虞觅知道有人在盯着他，不管别人出于什么动机，但对于他来说，也未必是坏事，时刻提醒自己谨慎做事，不要偏离方向。

陈姝感慨地说："为了工作，你欠人家那么大的人情，划得来吗？"虞觅说："其实，也不能算谁欠谁的人情，我们只是为了工作，尽职尽责，说到底，西北乡是他们的，不是我的。我们都是过客，过客都那么努力，他们不应该做点贡献吗？能在外面做大事儿的，也都是有些胸怀、有些见识的人，所以大家都应该明白这个理儿。能做事儿、做成事儿的人很多，但有平台的却不多，我们幸好有。不是因为我们能力强，有水平，而是幸好。如果占有幸好，而不做事儿的话，我觉得对不起自己的良心。"

陈姝有点感动，说："我时常也是这么想。升官发财，人人都想。人生在世能干点事儿，却不是人人都想的。"

第六十五章　被点亮

胡秋回到了市里，想着老同学高粱交给他的任务。其实，也是他最想做的事，主管农开这么多年，之前之所以没有想，是因为时机不成熟。说实话，能遇上一个有思路、会干事的主官不容易，事成者天时、地利、人和，如今都有了，再做不成，也只能遗憾终生了。高粱说他搞好保障，陈姝全力配合，确保能把全国的现场会拿过来。陈胡农开做得确实不错，但放到全国还是有差距的，他参加过全国的现场会，知道先进地区的工作都是亮点纷呈。陈胡的亮点在哪里？自动灌溉都已经普及了，技术上、设备上如果没有突破，怎么能成为全国的典型呢？即便是陈胡有看点，这也不是他能当家的事儿啊。他知道，高粱在调动他的积极性，其实他的积极性不用调动，他本就很积极。他也确实想把这个事儿干好，但是，他力不能及。

胡秋在办公室里来来回回地踱着步，想找出一个突破口，却感觉像走进了一团雾里。他出了办公室，去敲何主任的门，想向何主任汇报一下陈胡的打算，以及全市农开工作的思路，何主任肯定会有一些建议。他敲了半天，没人，办公室主任说何主任下县了，省里扶贫工作督察呢。

胡秋悻悻地回到办公室，这时陈姝的电话打过来，她说："胡主任，高书记让我跟您联系一下，看看我们下一步做什么。"

胡秋说："我也在想啊。不能只在陈胡遐想啊，想得再好也没有用。对全国的整体情况，我们也不太了解，得尽快去一趟省办，见见田主任。"

他必须去省办一趟，而且必须要让陈姝一起去。这么大的事儿，如果在见到田主任之前，没有任何的判断，就去跟何主任汇报，何主任有可能一句话就拍死了，幸亏何主任不在办公室，他差点儿做了一件糊涂的事。他得把前前后后的情况掌握清楚了，剔除可能会出现的障碍，才能确保市领导支持。

陈姝并不知道胡秋的想法，高兴地说："好的，您看啥时候方便，我随时恭候。"胡秋说："我先跟田主任约一下，你等我电话。"

田耕一进办公室，看到胡秋、陈姝坐在那里，笑道："远路的客人啊。临时通知的，省委组织部谈话去了。"

胡秋起身笑道："恭贺恭贺，我们今天赶上好日子了，中午一定得喝一杯。"田耕笑着说："中午不喝酒，文还没下呢，就想让我违纪。"

胡秋汇报了陈胡县的设想，说请田主任运筹帷幄、指点迷津。

田耕说："上次见高书记就提出了这个想法，我现在问你们一下，你们自认为有多少优势？就目前的工程，放在全国，有哪些闪光点？有哪些可以供全国借鉴推广的地方？"

胡秋和陈姝一时语塞，他们没有想到田主任会问得如此直接、如此尖锐，确实没有想过啊。

田耕看他们没吭声，接着又说："有想法很好。但是，工作不能只凭热情和想象，得从实际出发，有实际措施，看实际效果。我去国家办，直接给人家说，在我们中原省开会吧，我们那儿有太昊陵，有龙湖。行吗？"

出了一身汗的胡秋，被田耕最后一句话逗笑了。确实，他并没有一个明确的思路，只是被高粱的热情点燃，所以才来省办的，可是他不能跟田主任这样说啊。

胡秋和陈姝望着田耕，一句话也接不上。田耕见他们不说话，继续说:"如果在中原省,我可能还能做主,可是放到国家办,我能左右得了吗?是的,我跟土地司的领导都熟,那是两码事,工作是工作,人情是人情。人情,也只是在工作的基础上,才能具备一定的推动力。是不是啊?陈大主任。"他说完望着陈姝。

陈姝仿佛大梦初醒,急切地说:"您说得太好了,田主任。我们主要是有热情、有想法,这也只是奋斗目标、努力方向。我们就是想请您给我们指点迷津,下一步该怎么做,我们也好奔着这个方向努力。"

田耕换了轻松的口气说:"该怎么做,胡主任很清楚啊。一是项目区设计有什么新颖性、实用性,有什么独特之处,可以在全国推广的。二是要具有高科技的元素在里面。三是具有未来农业发展的方向性。四是整体综合的先进性。我们已经在发掘藏粮于地的潜力,但是藏粮于技的潜力还没有很好地挖掘。毕竟我们开发的目的是为了农业的发展。所以,你们在项目区设计时,要考虑它的实效性、科技性、前瞻性。现在的项目区普遍存在的问题,就是建成没几年,就要提质升级,造成不必要的浪费。另外,我觉得,项目区设计要以点带面,重点打造一个示范点。"

胡秋也醒悟过来,不停地点头,说:"听了田主任指示,我们如醍醐灌顶,有前进目标,有努力方向,回去制定切实可行的措施。"

田耕笑道:"胡主任啊胡主任,还醍醐灌顶呢,你就是揣着明白装糊涂。还全国现场会,真敢想,你没见过人家外省的项目区吗?高书记这么一说,你就跟着起哄,踏踏实实地实施好项目得了,别净想一些没影儿的事。"

胡秋也笑着说:"田主任,您别打击基层积极性,想想那些没影儿的事,也是促进工作的动力啊。诗和远方,不都是没影儿的事吗?"

陈姝不失时机地说:"田主任,我们先做一个规划,请您指导指导。高书记安排,让我们把十五万亩一起做规划,统一规划,分步实施。"

田耕说："好啊，关键是我们投资标准有限，今年估计会超过三千。但是，如果做示范点的话，投资标准可能还会高一些，你们县财政要配套啊。"陈姝说："配套应该没问题，高书记已经答应了，需要多少县财政兜底。"

陈姝说这话的时候，很有底气，虽然今天没有得到省办的认可，但是收获也很大，至少她知道差距在哪儿、接下来该怎么做。田主任说的也是实情，况且他也刚刚接任主任，肯定也想促成这事儿，只是目前难度比较大而已。这对于陈胡来说，确实是非常好的机遇，同时也是巨大的挑战。

陈姝从省办回来，就跟高粱汇报了见田耕主任的情况。

高粱觉得田耕不愧是省办的领导，说得太好了，科技性、示范性、前瞻性，陈胡应该探索一下，要打破传统模式的农业发展路子。要把藏粮于地和藏粮于技结合起来。藏粮于地，高标准农田完全可以满足。现在需要挖掘藏粮于技，这可是浩瀚大海啊，只要人类存在，科技就无止境。他要求陈姝，做规划时一定要请农科院的专家参与，引入最先进的农业科技。以点带面，面上可以按照现行的标准实施，点上要打造一个高科技的示范点。同时，要让褐天缘和夏春秋他们都参与进来，这些热爱农业的新型农民有想法。还有，要和农业局联合，把一些新特品种引进过来。

陈姝说，虞觅的"田园综合体"已经规划好了，想着能和咱们这个示范点连接起来，做一个精品路线。

高书记说，虞觅是个有办法的人。他已经开过老乡联谊会，把那些在外的"财主"都请到乡里，在乡政府大院摆了几张大桌子，大会标是："乡贤群至·诸葛开会——共商西北乡发展大计"。搞得大家还都挺高兴的，实际上就是为"田园"募捐。据说，他还准备在"耕者驿站"竖立一个"乡贤碑"，把捐献人的名字、捐物数量都刻上，听说当场就捐了不少呢。他那个"田园"应该没问题。钱不够的话，再从别的地方挤点。

陈姝很兴奋，说："我跟田主任也汇报了我们的'田园综合体'项目，他说这个国家办已经启动了，不过先在南部搞的试点。我们明年也可以争取一下。虞书记不会等靠。夏营项目区启动了路肩绿化，道路两旁都种上了黄花菜，现在正联系苗子。您有时间了可以去看看。"

高粱高兴地说："实践证明，干工作不是钱的问题，而是脑子的问题。思路打开了，钱就来了。"

陈姝从县委出来，感到很振奋，随即给夏春秋、褐天瑞打了电话，请他们过来商量项目示范园区的事。

夏春秋接到电话，非常高兴，说："俺正准备给恁打电话呢，刚好俺和天缘哥在一块呢，虞书记说'耕者驿站'建好了，无偿给俺们提供办公室，让俺们把牌子挂在'田园'。"

陈姝说："你们在哪儿呢？"夏春秋说："就在株林的'田园'啊。"陈姝说："你们不用往县里跑了，直接去西北乡政府吧，刚好请虞书记参加，我们一起讨论。"

陈姝叫上袁侨急急忙忙往西北乡政府赶去，刚出县政府大门，接到褐天瑞的电话，说是他们新上的山药粉生产线已经投产了，想请领导剪个彩。

陈姝笑道："你想请谁剪彩啊？"褐天瑞说："当然是想请你啊，如果能请到高书记更好。"

陈姝说："褐支书现在都学会兜圈子了，直接说请高书记就行了啊。但是，你给我说没啥用，要请自己请，我可给你请不来，我哪有恁大的面子啊。高书记一般不出席什么剪彩、开工仪式的。别再说请我的话了，我这一段时间也没空。"

袁侨说，褐天瑞算盘打得精着呢，他看重的可不是剪彩，他是借领导的光芒，照亮自己。他想的是用新闻宣传产品，而不是广告宣传。如果高书记参加，肯定得带着电视台、报社的记者，县里肯定是头条新闻。这宣传力度，比他做个专题片效果好得多得多，而且不花钱。他要是真请电视台给他宣传专题，不定得要他多少钱呢。

陈姝说："呵，这褐天瑞啊，还真长进了，都能算这账了。高书记只讲工作，不讲人情。要请，他自己请去。"袁侨说："真要是他自己请，没准儿还真能请动高书记，他那儿可是贫困村，现在这个正是上级抓的重点工作。"

第六十六章　夏大雨的田园

夏大雨从虞觅的西北乡回来，一直回味着虞书记的野兔宴。不是贪恋肉香，他也经常吃野兔肉，他们这穷乡僻壤的，其他不说，就是野味多。他羡慕他们的"田园"太诱人了，农民才是田园真正的主人。"田园"这个词自陈主任提出后，他就喜欢上了，就开始想他的"田园"，也许不是梦。

夏大雨去了标准化工厂建设工地，看看能不能找到点灵感。他绕着工地转了一圈又一圈，如果县里能支持一下路肩黄花菜就好了。那"田园"不是有了吗？"田园"需要钱啊，听说虞书记找他们乡里有钱人捐助的。他夏营村就这么几个人头子，掰着手指头算，都算不出几个有钱的，就算有几个小钱，也不顶啥事儿。没有钱怎么办呢？西北乡的"田园"断然不会延伸到这里，虽然他们是毗邻，虽然夏营村离西北乡政府的距离，比西北乡最远的村还近，但是出了乡界，人家就不可能管你。

实在不行，坐地生金啊。自己先育点苗行不行？可以不花钱，或者少花钱。育苗，在哪儿育呢？

夏大雨突然就想起了夏春秋，拍了一下大腿，笑了，办法总比困难多。他又拍了一下脑袋，暗自得意地说，它也太好用了。

夏大雨回到村室，夏春秋的堂弟夏冬冬正在"地保姆"办公室接电话。等他挂了电话，夏大雨就问他，春秋叔这段时间忙啥呢？夏冬冬说，听他说是在农开新区弄啥子"田园"。

夏大雨说："见了他，让他给我回个电话。"夏冬冬笑着说："你有他电话，直接打呗。他天天忙的，脚打屁股锤子，几天还不回来一趟呢。"夏大雨不耐烦地说："咋恁多废话呢，你没看我忙着嘛。你大爷呢？"夏冬冬说："北地项目区呢，自打托管中心挂牌，比机关工作人员上班都照时，天天去，雷打不动。你说这爷儿俩，都跟抽风似的，可真像。"

夏大雨说："没有爷儿俩的忙，你能在这儿坐办公室？好了，别忘了让春秋叔给俺打电话啊。"

夏冬冬摇着头说，知道了。待夏大雨离开，夏冬冬朝着他的背影小声嘟囔道，打个电话也小不了你，整天摆个支书架子，多大的官啊。

夏大雨领着符品去了项目区。项目区的停车点，竖了一个大牌子，蓝底白字"春秋地保姆土地托管田"。四个角上还有一些健身器材，几个老人在那儿喷空、锻炼。

符品看着牌子下面的路肩，简直不敢相信自己的眼睛。路肩像切好的豆腐，边线绷直，棱角分明，绝对是工艺品的功力。符品深吸了一口气，慢慢地呼出，说："这是干吗呢？路肩做这样子，就是为了好看吗？吃饱了撑的？这得花费多少精力啊？"

夏大雨笑而不语，用手指指桥，示意符品从桥上过去，到田里去。符品小心翼翼地走上桥，然后站在那里，不敢下地。桥下边的田里，靠着沟边的，也是规整划一的畦子，表面平滑净光，实在是太规整了。符品蹲下去，用手摸了摸光面，手不粘土。他说，这样种地，不累死人吗？

夏大雨说："你知道有人喜欢盘串珠吗？没事儿用手在那儿揉啊，搓啊，搓出了包浆。啥包浆啊，还不都是手上出的汗。也有人喜欢盘核桃、盘茶壶，叫什么文玩，玩文玩都是闲人。还有一种，跟这文玩类似的，叫盘田地。"

符品笑了，说："这田地也能盘出包浆吗？"夏大雨一脸正经地说:"当然了,只要是用心盘、用爱盘,都能盘出包浆。这老先生啊,一辈子就喜欢土地,就连名字,也叫喜地。他种过的地,那才叫精耕细作,畦田打得四棱四正的,田里想找一块核桃大的坷垃都没有。过去种地化肥少,家家都要攒粪积肥。这老爷子,家里家外都扫得精光,躺地下打滚都不带粘土的。你以为他爱干净啊?错。他扫淉子(垃圾)沤粪呢。到了秋季整地,往地里送粪,一车子一堆,比尺子量的都精确。撒粪更是一绝,他站中间,打圈撒,一圈下来,比圆规画的都圆。"

符品说:"真神人也,这土地还是土地吗?"

夏大雨说:"土地依旧是土地,只是他把土地当作神敬了。知道夏春秋为啥那么喜欢种地吗?就是因为有这么一个老爹。"

远远地,夏大雨朝着地那头喊道:"喜地爷,歇会儿吧。"那位精神矍铄的老人,喜颠颠地走来,边走边说:"大雨啊,你今儿咋得空了?"夏大雨说:"领着符品书记看看你老人家种地。"

老喜地开心地说:"种地有啥好看的?农民谁不会种地啊?"

符品说:"爷爷,您这畦田咋做得这么好呢?下雨不会淋坏吗?"

夏喜地呵呵一笑,说:"淋坏了再做啊。俺一辈子就喜欢这个,摸摸这泥土啊,心里就踏实,就乐和。这世间万物,啥有土地好啊?你种一粒种,还你万颗籽儿。只有你对它好,它就能多打粮食。"

夏大雨说:"喜地爷,您说咱项目区这路肩,要是能种点啥中不中?"

老喜地说:"中啊,恁多的地不种,多可惜啊,俺本来想种点啥,春秋吵俺,不让种。大雨啊,你说这地种点啥不比荒着强啊?"夏大雨说:"俺琢磨着啊,咱种点黄花菜,又好看,又能卖钱,咱这儿家家也都会晒菜。"

老喜地说:"老中了,菜苗子现在不好弄吧?"夏大雨说:"俺这不是跟你商量的嘛,现在还有一些土苗子,能不能先秧点。"

说到种地,老喜地没有不内行的,他说:"黄花菜苗子好秧啊。"

夏大雨说:"俺就知道,啥事儿都难不住您老,能不能在园区里秧点,到时候咱村里统一收。"老喜地痛快地说:"中啊,你把苗子拿过来就中了。"

夏大雨高兴地说:"中,咱先这样说。俺还没见春秋叔,您要是见了他,先跟他说说。"说完,拍了一下符品说:"符书记走吧,闲了再来。"

符品走着还不停地感叹:"种地都能种到这种境界!你说,人要是都这样对待自己做的事,啥事干不好呢?我这一生最受益的经历,就是在这儿扶贫了。夏支书,你这黄花菜还真能种成啊?"

夏大雨胸有成竹地说,当然了。

第二天,夏大雨就开始联系种苗,计划先繁育一部分。先在夏春秋的托管园区育种,有老喜地在,育苗啊、种植啊、管理啊,都不用操心,保管都做得妥妥的。夏春秋的园区以外,谁家地头谁种,统一提供种苗,实在没人种的再想办法。至于加工,夏大雨也想好了,就让夏长江办厂。夏长江在南方办厂有经验,夏营的标准化厂房就租给他,前两年可以不要钱,只要乡亲们在他这儿打工就行。鲜菜加工实行传统的手工艺,柴火大地锅,纯日光晒,现在都时兴这个。越土越有人喜欢,说不定还可以申报啥子非遗产品。黄花菜是陈胡的老玩意儿,据说大陈国的老太后,周武王的大闺女,下嫁陈胡公时从西边带过来的。黄花菜还有个名字,叫忘忧草,清热、利湿、通乳,能治病。

夏大雨联系好了黄花菜苗,就与符品一起去找夏半语。

夏半语搬进了新院子,三间大瓦房。屋里的所有用品都是新的,就连床也是符品他们单位给他买的席梦思,衣服也是新崭崭的。夏半语笑眯眯地从屋里出来,迎他们进屋。屋里的大电视、烧水壶,还有茶杯,除了一张大方桌、两把圈椅,其余都是新的。那几件旧东西,还是符品说值钱,才留了下来。

夏大雨对夏半语说:"半语叔,你这屋里收拾得像洞房啊,就差娶新媳妇儿啊。"

夏半语说："你得给俺瞅着啊。说，说，说好了，请你吃大鱼。"

夏大雨笑道："好。俺瞅着呢。你啊，从明天开始，就去村室里打扫卫生啊，当清洁工，有工资。你看你，有工资、有低保、有新房、有地租金，这条件，再有个媳妇，完美人生啊，俺都羡慕你了。"

夏半语跟在夏大雨和符品后边，乐呵呵地笑着，眼睛里透出由内而外的光亮。他说："中，中，中，俺，俺，俺明天就去上班。"

第六十七章　职业农民褐晓光

陈姝、袁侨、水总以及几位专家，在会议室讨论修改项目区的规划，在之前规划的基础上重新注入新的科技元素。水总把全智能灌溉系统、水肥一体机、卫星遥感病虫害监测系统、气象监测系统等农业区域内最先进的实用技术，都引进过来了，计划做一万亩。其他的按照现行的高标准农田要求做，如果超出投资标准，申请其他部门的项目资金，农业项目资金都整合了，可以打捆投资。现在设计的项目区，都是原来申报的贫困村，所有扶贫政策，都可以享受。

气氛很热烈，专家们都希望在中原传统农区，能建成一个高科技的综合示范区。中原一直都承载着粮食安全的历史重任，而陈胡又是中原之中、中原之重啊。

陈姝正在倾听着专家们的意见，仝彦推门进来，附在陈姝的耳边说了一句。陈姝离开了会议室，回到自己的办公室。她进门，一位年轻人慌忙起身，说："陈姑姑，您不认识我了？我是褐晓光啊。"

陈姝喜出望外，激动地说："晓光？我的天啊，都长成这样帅的大小伙儿了？岁月真是一把雕刻刀。"

"陈姑姑，我大学毕业了。今天跟您报个到。"

陈姝说："毕业了？这么快啊。都是大学毕业生了，真是太好了。"褐晓光说："我和我的几个同学，组成一个团队，我们要做职业农民。"

褐晓光以一个职业农民的身份出现让陈姝非常意外。农民竟然也是一种职业，这也太惊艳了。要是我们祖先知道有这么一个词，都不知道会说什么。过去填个啥表都有"成分"一栏，大部分都贫下中农、富裕中农、地主等等，现在成分好像换成了"身份"或者"职业"了，填写的时候会写"务农"，却不写"农民"。

"职业农民？"陈姝不禁反问。褐晓光说："就是以农业为职业，具有相应的专业技能，收入主要来自农业并达到相当水平的现代农业从业者。与传统农民的差别在于前者是一种主动选择的'职业'，后者是一种被动烙上的'身份'。职业农民有职称的，分生产经营型、专业技能型和社会服务型三类。"

褐晓光停顿一下，接着说："我听我爸说，咱们这儿搞了一个高科技农业示范园区，我们想参与进来，注册一个农业科技服务公司。"

陈姝看着这个高大英俊的小伙子，身上散发着帅气和儒雅，脑海闪过那个瘦弱的初中生，为了一套模拟试卷，绝望得夺门而出的情景，她心底生出由衷的欢喜，问："你妈妈的情况怎么样啊？"

褐晓光说："说来神奇，我妈现在能走几步了，都是我爸的精心照料，我爸每天早上起来的第一件事就是给我妈洗漱、翻身、换尿垫子。有时候我奶奶想帮他，他都不让，说这就是他的事，不能让婆婆伺候儿媳妇，除非他不在家。我和弟弟放学回家的第一件事，也是先见我妈妈，帮她翻翻身，帮她按摩，跟她说话，往往都是说着说着她就哭了，我们俩就逗她笑，给她讲笑话，说我们学校的事。她最高兴的事就是我们得奖状，所以我跟弟弟学习都很努力，就是想让我妈妈高兴点。我爸挖到第一桶金，就开始给我妈看病了。我爸说，要不是我妈天天吵喝着要死，他说不定早就趴下了。他就是觉得不能让这个女人在绝望中死去，他宁愿自己累死，只要有一口气，他也要让她重新站起来。"褐晓光说着眼圈都红了。

陈姝问他："你不是想学医吗？为啥又改变了呢？"

褐晓光忽然目光悠远，回忆起那段曾经的时光。

"那时候，我们家里好穷，无法想象的穷。就是因为我妈妈突遭车祸，而司机逃逸。我们不知道该怎么维权，也不知道怎么申诉，只是默默地承受，认为那就是天灾人祸，命运的安排。我知道，我花的每一分钱，都浸透了我爸的血汗，所以我立志通过学习改变命运。我觉得我们家的厄运就是因为妈妈的病，所以我要让我妈妈站起来，让她过上好日子。我最大的幸福，就是看到我妈妈脸上那种由心底发出的灿烂笑容。自从她遭横祸之后，就再也没笑过。我家院子上空，时常飘荡着'让我死吧'的绝望嘶喊。我爷爷依旧诵读着那些经典，也许正是那些经典，替我爷爷承接着绝望。我之所以选择学医，正是因为我妈妈绝望的嘶喊。"

褐晓光停了一下，做了一个吞咽的动作，似乎在平静一下心情，而后接着说："我放弃了学医，是因为我跟我爸去了天缘种业园区。我看到我爸在麦田里的那种陶醉，眼里发出的那种光亮，被深深地震撼了。我爸说，儿子，你一定得上大学。上完大学，你有知识有文化有能力了，就可以选择自己的事业。如果你喜欢，也可以在土里刨金。这土里，有金啊。"

褐晓光说着，眼里发出了光亮，声音也充满激情，他继续说着："我弯下腰，抓一把泥土，心里立刻就涌起了一种说不出的感觉。就是我和土地那种天然的缘分。我想，农民并不等于底层，同样可以拥有更大的尊严。都说农民最苦，农业微利，那是因为农业投资周期长，市场信息反馈滞后，不可控因素太多。还有一个原因，就是农业落后，落后于社会和科技的发展。而恰恰是落后的农业，才是社会的根基，是人类生存的基础。而现实的情况，农民的精英后代都跳出了农门，不再从事农业。农业成了最薄弱、最需要科技反哺的产业。其实，农业的潜力很大，如果我们能把风险规避掉，提高预见的前瞻性，把管理做到位，把科技融进去，农业还是彩虹行业，毕竟是人类共生存的基石。所以，我和我的几个同学经常在一起探讨，也关注着全球性农业技术的发展。我们想做新型的职业农民。"

陈姝静静地听着，觉得这孩子对人生、对社会、对未来的思考，并不亚于那些所谓的"社会精英"。

陈姝和褐晓光聊兴正浓，仝彦来敲门，说："陈主任，那边专家们在等您呢。"陈姝说："好的，马上就来。哎，晓光，你不是还有个弟弟吗？"

"是啊。我弟弟褐晓明，在读大学生，学的是播音主持。"

"播音主持？"陈姝还真是有点儿被颠覆的感觉，因为现在艺考都是一些家庭条件比较好的，或者有资源的，通过艺考能上一个好的大学，艺考要上各种补习班、请专业老师一对一上课，是很烧钱的。她真的没有想到，褐天缘这样的家庭，竟然也出了艺考生。最关键的是，褐仙寿怎么会同意呢？

褐晓光就又说起了褐晓明的事。

"别说我爷爷，就是我爸开始也不同意。不是怕花钱，就是觉得那些艺术行当都不是个正经职业。我就天天陪着爷爷看《新闻联播》，看完就问他，您觉得播音员怎么样啊？我爷爷说，中，中，模样周正，说话好听，他天天在这儿说，就是靠这嘴吃饭吗？我说，可不是吗？不但吃，而且吃得好、吃得香。要是咱们家也出个这样的人，不只是咱褐村，咱陵北乡，咱陈胡，整个全中国都知道他，你说厉害不厉害啊？我爷爷说，这孩子说梦话呢，厉害是厉害，咱家哪有那样的人啊。我说，我看晓明就中，他喜欢，老师都说他中。爷爷说，咱晓明咋有可能啊？我就说，如果有可能，您就说愿意不愿意吧？爷爷说，这个，这个啊，靠嘴吃饭，俺咋觉得不安稳呢。褐晓明如愿地考上了传媒大学的播音主持专业。现在网络资讯那么发达，他不一定非得进电视台啊什么的，平台太多了，就业前景很好。我还想着，将来我们这个公司也需要这样的人才。陈姑姑，我还有一个事儿，想给您说说。我听说西北乡的'田园'里要建一个'耕者驿站'，我建议多建几间房子，而且最好建成那种纯木质房，生态环保的，不要栅栏围墙，全开放式的，和农田直接衔接。场内可以放置一些农具，展示从上古到现代农业历史变迁的器具，这个一定是国内首创的。我想申请一下，在那里租几间房子，作为我们的工作站。原因呢，一是在项目区，便于我们对田间情况的观察。二是环境好，租金肯定也低。三是现成的房子，我们进去就可以工作了。"

陈姝笑道："租房子也没问题，我去和虞书记说。免去你们的租金，作为对大学生创业的扶持政策。走，和专家们见个面。"

陈姝领着褐晓光进入了会议室。她说："各位老师，向大家介绍一下。褐晓光，中原农大毕业生，职业农民，农业服务公司经理，正式加入我们高科技农业示范区建设队伍。"

第六十八章　蝶变

胡秋给高粱打电话，说最近国家办来中原调研高标准农田建设，田耕主任想领他们看陈胡。高粱说，太好了，刚好今年的项目也快做完了，胡主任有时间就一起来看看路线。

陈姝接完高书记的电话，突然想起了褐天瑞剪彩的事，褐村项目区虽然不太先进，但也是高标准农田项目区，让领导多走多看，最后路线敲定时，也好有选择的余地。

陈姝就给褐天瑞打了电话，说国家农开办要来陈胡调研，高书记明天去看路线，我们把褐村设计进去了，你要做好准备，可以看你的粉条厂，这个比剪彩重要多了。

一辆丰田柯斯达在301国道上行驶，道路是去年加宽重修的，从县城出发二十多分钟就看到了褐村的标志牌。车子下坡后，胡秋指着窗外说："高书记，我第一次来褐村时，车子就陷进这地方了，那个坑啊，能卧一头牛。"

胡秋盯着车窗外，混凝土路面，规整干净，两边路沟都保持得完好，路边的树是常青的大叶女贞，路肩上是黄花菜。进入褐村，道路两边的院墙，都是规整划一，墙体统一刷白，路边有垃圾箱，这不只是"一眼净"啊，分明就是"一眼美"。

车子拐弯进入村中，路过那口坑塘时，陈姝请领导们下车。胡秋说："还没有到项目区呢？"陈姝笑道："有咱的项目啊，您看这个桥，有咱农开的标志。"

一行人下了车，这里好像是一个小公园，坑塘四周种上了瓜子黄杨，间隔着有一些红花檵木、月季、杜鹃，四边有四条亲水步道，台阶也都是青石板。沿着亲水线，是木栈道，往上是花砖护坡。塘子的四角有垂钓台。南北各有一个木质六角亭，亭子底下是一圈连椅，中间放了一张铁艺的小桌子。他们的位置正是北面亭子前。

胡秋走到亭子底下，一屁股坐下来，而后用手拍了拍桌子，说，这个要是换成木头的就好了。

"这个是捐的。"褐天瑞突然发声，众人的目光唰的一下，集中在褐天瑞的身上。胡秋说："天瑞，吓我一跳，到你这一亩三分地里，咋才来啊？"

褐天瑞笑道："胡主任、高书记，俺来晚了。刚才补镜头呢。"胡秋说："还补镜头？你拍电视剧了？"褐天瑞说："还是高书记给我们出的主意，拍视频呢。"

高粱说："天瑞，这坑塘整修得不错啊，还有健身器材呢。"褐天瑞说："夏天大家纳凉，春秋天来锻炼身体。自打建好，村里人没事儿都到这儿来玩了。"胡秋说："得花不少钱吧？这亭子、护坡、栈道，还有石板。"

褐天瑞说："是扶贫单位出资修建的，这里养的有鱼，还有不少人来钓鱼呢！"

高粱说："走，天瑞，看看你的粉条厂。"胡秋边上车边说："高书记，这跟你的龙湖湿地公园有啥区别啊？"

高粱说："肯定有区别，大小不一样啊。"大家都笑了。车子出村不远，就停下了，褐天瑞下了车，说："这是我们的山药粉条加工车间。"胡秋说："天瑞，这好像是褐大锤的养猪场啊。"

褐天瑞说："是的，褐大锤进去之后，养猪场就倒闭了。我们新上山药粉条生产线时，没有场地，就租了过来。"胡秋说："我记得褐大锤的家好像就在刚才那个坑塘的边上。"

褐天瑞说："胡主任对俺村很熟悉，就是亭子后边那一家，现在坑塘就承包给了褐大锤的儿子，褐大锤的老婆养猪，儿媳妇当了清洁工。一家人收入还是相当可观的。"

高粱一行进入车间，有打粉车间、成品车间、包装车间，这是一个流水生产线。车间里工人们都穿着工作服，戴着口罩，流程也都很规范。机车隆隆，人员穿梭忙碌，没有因为有人进入而停下来。从生产车间出来，到了产品陈列间，产品种类很多，褐天瑞拿起一个小包装袋，撕开递给了高粱，说："高书记，您尝尝这个，是我们开发的方便食品，直接食用的，小孩子特别喜欢吃，没有添加剂。"

褐天瑞拿起一个方便盒样式的包装，介绍说："这个是我们做的山药粉方便面，特别适合老年人和三高病人。"

高粱接过方便碗，反复看着，问道："这个销路怎样啊？"褐天瑞介绍了他们的销售情况，有销售团队，与各大超市都建立了联系，定时送货。还有电商网络平台，成本低，操作起来也很简单。扶贫单位也有友情代言，系统内有优惠促销。他们的产品不走高、大、上的路子，讲的是经济实惠健康。

胡秋笑道："褐天瑞，褐支书，褐厂长，都成了推销专家了。"

褐天瑞一看领导高兴，接着说："高书记，再看看玉米淀粉车间，不用坐车了，挨着呢。"高粱说："是新建的车间吗？"褐天瑞说："是的，国家出钱为贫困村建的标准化厂房，每个村六百平方米，刚好我们租用了。租金用于村里办公和绿化。光伏发电厂卖电的钱，用于我们保护环境。我们这里有垃圾箱、清洁工。您看，村里哪儿哪儿都是干净的。玉米淀粉没有深加工，直接出粉，分别是二百克、三百克、五百克的独立包装。玉米淀粉是厨房的辅助材料，这几年市场需求量也很大。俺们销售上做过市场调查，原材料充足，所以这个是才上的生产线。"

从玉米淀粉加工车间出来，褐天瑞又领着高粱一行到了粉条厂。还是老厂址，远远望去，院墙外面的"农业开发·利国利民"的固定墙体标语还在。进入院内，首先看到的是一个很大的晒场。有几个人正围着一个穿着汉服的小姑娘拍摄，小姑娘在一行行挂满粉条的架子里，微笑着漫步，做着各种姿势，有晾晒、有检验、有试吃、有收藏，有模有样的。还有一位同样穿着汉服的中年妇女，好像是母亲，两个人偶遇，交谈着，打着手语，还真是跟拍电视一样啊。

高粱他们远远地站着看看，不敢走近，怕影响拍摄。那边收镜头换场地的间隙，褐天瑞喊道："小葱，过来一下。"

小姑娘近前，褐天瑞说："这个就是我们的销售经理褐小葱，负责宣传包装设计，啥都干，刚才那几个都是她团队的。"

陈姝看着小姑娘，突然觉得面熟，便问褐天瑞："这孩子我在哪儿见过？"褐天瑞说："这孩子您肯定没见过，她爹您见过，褐大锤。这孩子是个上学的料，她爹出事时，正上高二，就辍学跟着她娘出去打工了。回来之后，俺就把这个任务交给她了。"

陈姝笑道："还真是，我说看着咋恁面熟呢，有她爹的面相。哎，那个女的，不像是褐大锤的老婆，褐大锤的老婆我见过，五大三粗的。那个是谁啊？"

褐天瑞说："是仙女。"

高粱说："仙女？就是拦着王副省长告状的那个吗？"褐天瑞说："就是她。仙女平时喜好穿着打扮，小葱就把她拉进了她的团队。小葱这孩子有想法，俺这个粉条，走的是纯粹的传统路线，从红薯苗下地，到浇水、除草、到翻秧，都是人工，纯自然，不用农药化肥，生态环保。然后，人工挖刨，再到磨粉，下粉，成品包装。每个环节都有视频，让购买的人能够看到生产的全过程，增加信任度。"

看完粉条加工车间，大家都上车了，褐天瑞非要跟着上车，说要送出村。走到村口时，褐天瑞说："高书记，俺有一个请求，能不能吃个饭再走，您看这'褐村大酒店'，天天爆满，都是提前订房间的。俺今天特意让老板留了一个房间。"

说起"褐村大酒店"，褐天瑞也丝毫不避讳。前些年，老板他爹开店时，被村委会吃了大窟窿，看见村里的干部就关门。欠的钱还不上，大年三十，老板就到褐天瑞家的大院门口外边烧纸、放炮。现在老板的儿子当老板，从来不赊账，生意反倒好了，主要是村里人手里也都有钱了，家里来客都是到饭店吃，逢年过节也到饭店订菜。还有一些城里的人，专门找乡下馆子，吃老土味道，寻儿时记忆，又经济又实惠。最关键的是，这儿有两道"名菜"，一个是刚刚出锅的凉拌粉条，直接从粉条锅里捞出来，拿到这儿还都热乎着呢，啥都不放，只拌上点香油、香醋，撒点葱花儿香菜末儿直接上桌，那个鲜爽劲儿啊，真是馋死个人。还有一道菜，就是铁锅炖打鸣大公鸡。活鸡现杀，吃哪只点哪只，铁锅炖个半熟，加上咱们的山药粉条、自己晒制的笋瓜片儿，再放上点黄花菜、干豆角啥的，最最重要的是，他们自己晒的面酱。这一出锅啊，都能香几里地。

陈姝说："天瑞，你要是不下车，就一起走，我们还得去夏营项目区呢。今天是看线路，不是来吃饭的，啥时候专门来吃一顿。"

褐天瑞并无下车之意，说："走吧，俺不下了，好不容易上一回领导的车，再坐一会儿。"

车子继续前进，路过村室，曾经的农开指挥部，陈姝再熟悉不过了。不过，里外好像都重新装修了，连大门外边都种上了花草，变化很大，都有点认不出了。

褐天瑞在前面不远处下车，他站在车下，笑着说："各位领导不用下车了，看一眼就行了，这就是俺村正在建的'希望小学'的教学楼。"

陈姝说："我们第一年在这搞开发的时候，遇到阻力，褐天瑞找校长写'致家长的一封信'，是校长亲自写的，褐天瑞感动得许下诺言，要给学校盖一幢教学楼，现在终于如愿了。项目区建成之后，李校长在项目区开小学生运动会,还搞了一个'我与农开'作文比赛。"

胡秋也恍然若梦,他说:"变化太大了,褐天瑞过去整天醉醺醺的,现在竟然也谈营销、谈文化了。"

褐天瑞下车后,大家沉默了一阵子,都被这变化触动了,而且都见证参与了这种变化,一时况味复杂。

第六十九章　夏营新村

项目区的路都是大环线贯通的，道路平坦、挺直、开阔。很快，陈姝看到了路肩两边有了变化，都是新种的黄花菜，看起来非常肥硕壮实，叶面发出绿油油的光亮，像是今年的新苗子，她知道已经到了夏营的项目区了。

高粱也看到了路边的绿植，问陈姝："这就是你们种的黄花菜吗？"陈姝笑道："高书记，这可不是我们种的，夏营村他们自己做的。"高粱说："胡主任，你看，路肩这样绿化，还真是好看啊。"胡秋还没说话，陈姝就接上了："还没到好看地儿呢，是不是胡主任？"胡秋接着说，这里好看的地方多了。

车子停在项目区的停车点，农开项目竣工碑、项目区标志牌、农业局麦田管理技术要点牌、农田水利标准化工程牌、夏春秋地保姆土地托管园区的牌子，毗邻而立，四角还有一些健身器材，很是热闹。

夏大雨、符品、夏冬冬等一群人都在项目区等候，见车子停下，都迎了上去。

高粱走到路边，看了看路肩上的黄花菜，弯下身子用手摸摸，问道："这个是今年才栽的吗？投资多少啊？"夏大雨说："是的，基本没咋投钱，开始陈主任说的时候，俺还想着，那得多少钱啊？没敢动。后来俺听说株林搞'田园'，就憋不住，想把这个事儿做了。想了一些办法，真干起来，并没花多少钱，也没想象的那么难。苗子我们自己育了一部分，农户原有的移栽一部分。夏春秋的项目区内，占线比较长，他找人种的。"

高粱看着项目区田头地边都非常规整，整块麦田，望过去像一面镜子，很平坦，苗情也很均匀，一位老人正在田间拔草。高粱问夏大雨园区今年收成怎么样，有利润吗？

夏大雨扭头看他身后的夏冬冬，说这是夏冬冬，夏春秋的堂弟，负责这个园区的管理。

夏冬冬第一次见县委书记，腼腆地说："头一年没赚多少钱，今年可以。赚了不少钱，而且还给农民分红了。"

高粱奇怪地问："你们不是托管吗？替别人种地，地里收成不都是人家的吗？为啥还有分红？"

夏冬冬说："一些是托管的，还有一些是全承包的，一亩地八百块钱，公司统一收种。春秋哥说，他赚钱了，让大家都得点利，以后我们扩大规模好做工作。"

高粱点头道："嗯。有思路。你们还需要人工拔草吗？那老人家怎么在地里拔草啊？"

夏冬冬说："土地都是经过处理的，深耕，消杀，包括除草。那个是俺大爷，他就喜欢在地里干活，有一棵草芽子都得拔掉。"夏大雨在一旁接着说："夏春秋的老爹夏喜地，一辈子就是喜欢种地。高书记，请您看看俺的新村建设吧。"

车子停在村口，夏大雨说："高书记，咱们走走吧。"

一条宽阔的水泥路穿村而过，小巷子规整有序，虽然房屋的样式不同，有平房，有两层小楼，也有三层的，但是风格基本一致，门楼院墙都是一样的，甚至那些门头镶嵌的匾额都是一样的字体。有"幸福花开""吉祥如意""兴旺发达"，一看就是一个人的字。整个村容村貌紧凑整齐、干净卫生，绿化得也非常好，像是重新规划，都是精心设计的城里别墅样式。

大路两边种的是大丽花、鸡冠花，还有一些格桑花、月季，不同的地段都有不同的品种，都是一些好打理又便宜的花，而且开花都很鲜艳，花期也很长，特别适合农村种植。

高粱说："还真不错，现在旧村改造不容易吧？"夏大雨说："其实，俺们就是因地制宜，先把规划做好，盖新房时，要按照新设计的图纸，有平房、两层、三层的图纸，根据自己实力自由选择，这样阻力就小了。院墙门楼都是统一的，而且，门头的匾额，是俺村里统一预制的，想要哪个自己选。那匾额上的字，是夏仁叔在市里找书协主席写的。"

他们来到村室前的一个小广场。广场中间建有花坛，四周有健身器材，东西各有一个小景观，设计得非常别致，跟城里的街头小公园没有什么区别。只是一些石雕上的图案，麦穗、棉花、高粱等农作物元素比较突出。

广场的东侧是一个水系，两边都有硬化，边上有一些绿植。高粱说："你这儿还有个小湖啊？风景挺好的。"夏大雨说："这是一个废旧的坑塘，重新修整了一下，也都是建筑设计院做的，俺村是他们扶贫点。"

他们正走着看着，前面迎来了一个人，挡住了去路。高粱一看，这个人穿着一身新崭崭的衣服，连鞋子都是新的。但是，由于衣服样式很新颖，夹克衫、牛仔裤，一双崭新的皮鞋。这身衣服跟他的年龄、相貌，似乎有些不搭，看上去很滑稽。

高粱以为是上访户，总有一些村民对村干部有意见，一听说上级领导来，会拦着反映问题，上次在褐村就有一个，他下乡也时常碰到这种情况。

高粱站住了，和蔼地问那个人："你有什么事儿吗？"

夏大雨连忙说："这是俺村里的贫困户。"那个人不高兴地说："你，你才是贫困户呢。"陈姝一看，乐了。这不是半夜烧纸的夏半语吗？于是，她脱口而出："夏半语啊，夏半语，你想干啥啊？"

听人当着领导的面叫他夏半语，夏半语更不高兴了，说："俺、俺、不叫夏半语，俺有名字，叫、叫夏耀祖，夏、夏耀祖。"

陈姝笑了，说道："哦，对，对，对，夏耀祖，我忘了。你这穿得跟新郎官似的，我都不认识了。人靠衣装马靠鞍，这新衣服一穿就是精神。你这是干啥啊？挡着路不让过啊？"

夏半语有点羞涩地说："俺没有挡、挡路啊。俺，俺，就想让高、高、高书记，上、上、上俺家喝、喝茶去。"

这么多人在场，而且是跟县委书记说话，夏半语有些紧张，愈发结巴了。

高粱看着夏半语，不明白啥意思，又看了一眼夏大雨。夏大雨对夏半语说："肯定去你家啊，你先回去吧，在家烧好茶等着。"夏半语就高高兴兴地走了。

夏大雨笑着跟高粱说："夏半语，对，夏耀祖，听说您来了，急急慌慌穿了一身新衣服，都是扶贫单位买的，想让您去他家里坐坐，看看他的新家。"陈姝笑道："现在状态不错啊。"

夏大雨说："那是啊。有低保，有清洁工工资，有责任田租金。每天在村室给符品他们帮个忙，叫个人，送个信，在他们小伙上蹭个饭。小日子过得神仙似的，就是一心想找个老婆。高书记，您不知道，符品他们驻村刚来时，看到夏半语家的情况，当时就哭了，说就是倾家荡产，也得帮他脱贫。"

夏半语的小院子非常整洁，三间大堂屋，还带着厝厦，里里外外都是新的。堂屋里的家具也都是新的，数码大电视、沙发、茶几、椅子、小桌子，就靠后墙的那张捆腿方桌是老的，两边两把老榆木椅子。高粱打开了他卧室的门，看到新的席梦思床，还带着床头柜，床头柜上还有台灯，床上用品也都是新的，褥子、被单、被子、枕头，还都带着吊牌。看着看着，高粱笑了，说还真是照着婚房配套的。

返回了正堂屋，看到老榆木桌子上，放了一摞一次性塑料杯，一个烧水壶，一个小型的暖水壶，还有一个托盘，托盘上竟然还有一个茶叶盒，高粱拿起来一看，铁盒子上写着"信阳毛尖"，估计也都是符品他们给他置办的。

厨房里设计的有瓷板灶台,有煤气灶,各种锅碗盆勺都有,也都是新崭崭的。这些用品基本上是按照城里的生活装备的,符品一一教他使用,夏半语不笨,一学就会。有了这些装备,夏半语真的就觉得他是城里人了,每天一早就起床上班了。现在生活的唯一目标就是想要娶个媳妇儿。

夏半语知道书记要来,在屋里等着,桌子上的一次性杯子里,都倒好了水,上面还漂着几粒茶叶末。高书记看完了他的屋子,便在沙发上坐下来。夏半语慌忙端着一杯茶,让道:"喝、喝、喝茶。"

一直站在夏大雨身后的符品这时出列,说:"这茶叶不错,是我从老家带回来的,给了夏耀祖一盒。"

夏大雨这才意识到,自己光顾兴奋,忘了介绍符品了,连忙说:"哎,对了,高书记,这是俺村的扶贫第一书记符品,是个笔杆子,还写了一篇叫《夏半语的幸福生活》的文章,在他们行业报刊上发表了。"

高粱接过杯子,一口气喝完杯子里的水,说不错,符品书记辛苦了!随行的人一看高书记都喝了,也都端着杯子喝完。

夏半语看大家都喝了他的茶,非常高兴,满脸笑容,跟高粱说:"高、高、高书记,给俺,宣、宣传、宣传。"

夏大雨笑着对高粱道:"他说,让您给他宣传宣传,找个媳妇儿。"夏半语的脸一下子红了,而后羞涩地笑了。高粱呵呵笑道:"好,我在全陈胡县给你征婚。"

从夏半语院里出来,夏大雨就领着高粱一行去了他们的标准化厂房。这是他正在筹建的黄花菜加工厂,他让高粱看了看他们的大锅台、晾晒场。他说:"用最传统的手法,做最原生态的产品,绿色环保无公害。俺们村在过去家家户户都种黄花菜,都会馏菜、晒菜,现在城里人倒是都愿意食用过去那种食品了。所以,俺要从种植、采摘、蒸制、晾晒,到成品的包装,整个制作的过程,全透明公开地推向市场。俺把夏长江也拉回来了,让他承包这个厂子,俺也入股,所有项目区路肩、自留地都种上黄花菜,原料就足够了。当然,俺也得备着阴天下雨的时候,还建了一个烘干车间。"又问陈姝:"陈主任,咱所有项目区的路肩,能不能都种上黄花菜?可以观赏,可以加工,俺负责收购。"

陈姝笑道:"可以啊。但是我也不当家啊,这得跟人家项目区所在的乡、村结合,我想应该没问题。闲着也是闲着,而且不容易遭人破坏,种上这个又好看,又有收入。"

夏大雨说:"明年麦罢,就能吃上俺的新菜了。"

夏大雨正在喋喋不休汇报着,恨不得把脚上那双新买的袜子都让别人看看。陈姝微笑地看着他,想让他自动闭嘴的可能性不大,就趁他喘息的当儿,对高粱说,虞觅书记打电话,问啥时候到,他已经在株林"田园"恭候多时了。

夏大雨跟在高粱身后,说:"俺也想再看看株林的'田园'。"

高粱说:"走吧,都上车吧。"

胡秋说:"你那儿已经很田园了啊。哎,高书记,我感觉啊,你们这儿的支书,见了你都好像打了鸡血一样啊。"高粱沉吟一下,说道:"胡主任,你是市里的领导,仙气腾腾,岂知民间烟火?"

高粱似乎若有所思,检讨着自己,下村太少了,下乡大部分也都是到乡政府走走,这些基层的干部很少见他。基层干部的这份热情,不是给他的,而是给县委书记的位置的,谁当书记都一样。这些支书就是见了乡党委书记也一样的,这是一种实现价值感的兴奋与满足,是时代给了他们做事儿的机遇。能做事,做成事,不出事,就会有成就感,这是很多基层干部的心态。他不也是如此吗?同心同理,天下同理。

第七十章 "耕者驿站"

　　车子平缓而行,道路两边的树种变了,变成了红叶石楠,路肩的黄花菜也不见了,变成各色的万寿菊、碧冬茄、三色草、石竹花等热烈怒放,绚丽多彩,非常漂亮。

　　胡秋似乎有些疲倦,在车上闭目打盹,陈姝用手推了推胡秋,说:"胡主任,胡主任,到您的项目区了。"

　　胡秋不太高兴地说:"咋说话呢?谁的项目区?"陈姝笑了,说:"您的啊,全陈胡的农开项目区不都是您的,漫说陈胡,全豫东市不也是您的吗?"

　　高粱也笑了,说:"就连陈主任也是你的。"

　　车子在一个宽阔的十字路口停下了,这里同样竖立着很多牌子,但是,最醒目的是那块原木"西北乡综合田园"的大牌子。

　　车子一停,虞觅就颠颠地跑过来,和大家一一握手,大家仿佛被田园风光镇住了,并没太注意虞觅宽厚温暖的大手。

　　这确实是在大平原上少见的田园风光,仿佛是一望无际的田野里,镶嵌着一朵七彩魔幻的硕大花朵。原木的牌子竖立在十字路口的西北角,牌子下方是石雕挡土墙的小石桥,远处是一座木雕小拱桥,干沟都是用花心砖护坡。过了小石桥,就进入了开放式的精心设计的园区,没有栅栏,没有过渡,直接进入。

　　园区内房子是纯木质,自然古朴。整个园区内,都是小青砖铺路，没有道牙。小道之外是规整的畦子，里面种的各种庄稼：红薯、绿豆、土豆、花生等等，一畦子一个品种。包括各种开花的，也都是农作物。

"耕者驿站"横坐在一块大石头上。这是一块原木烙刻的牌子，自然中带着古拙。园区内，还有一些亭子，也都是木质的，有四角方亭，有六角圆亭，还有一个木质长廊，长廊下方是联排的椅子，供来人休息。

高粱一行人进入了驿站，大厅宽敞开阔，可供几十人共同休息，里面有桌子、椅子、电脑、充电装置，还有饮水机、书架、自动售货机，其功能基本等同于一个接待游客中心，唯一不同的，这里都是自助的。

大厅旁边，分别有几间房屋。左边挂的是"良田科技服务有限公司"牌子，正是褐晓光他们的办公所在地。里边几个年轻人在忙碌着，说褐晓光去省农大了，他老师推荐一款新软件，他去学习一下。

右边的房子还空着，虞觅说他计划要放置一些农具之类，展示中原农耕文明的历程。

从园区出来，过了小桥，高粱突然就停住了脚步，说："这还有水啊？从哪来的？"虞觅说："前面不远就是贾鲁河了，我们直接从贾鲁河引过来的。"

胡秋站在道路中间，向左右前后眺望，而后感慨地说："好一派田园风光啊。'耕者驿站'真好！褐晓光大学毕业做了职业农民，这大概也是农业发展的终极了吧。虞书记，你这得累死多少纳税人啊。"

虞觅谦虚地说："没有，没有，都是西北乡自己的血汗钱。钱出者钱返，还都在西北乡这块土地上的。我们这个综合田园，以'耕者驿站'为中心点，中心园区的面积是两千亩，辐射三万多亩，覆盖到周围整个项目区。主要功能还是粮食生产，辅助休闲、观赏、科普等功能。项目区以外，不远处，就是在贾鲁河岸，那里有一个野餐去处，可以野炊宿营的。贾鲁河前面就汇入沙颍河了，听说沙颍河生态经济带正在设计中。我们这一段，将来可以和沙颍河生态经济带接着，建一个野营基地。"

胡秋说这么大的园区怎么经营啊？维护起来也得不少钱啊？虞觅说："没有经营，全免费对外开放，主要为耕种的农民提供休息场所。最近一段时间，很多城里人带着孩子来感受农耕文化，走近农作物，科普农业知识。日常的管理由褐晓光的公司负责，我们不收他的租赁费。还有，右边房子，是褐天缘、夏春秋他们日常办公用的。他们也参与园区的管理。另外，我们初步计划，扩展一个采摘区，主要是绿叶菜的采摘。比如说红薯叶、菠菜、生菜、芹菜、香菜、荠菜等等，这些都是我们搞绿化用的，不打农药，不施化肥，来玩的人，可以顺便带点回家尝尝鲜，一次一人只带十块钱的，多了没有，就是图个有趣。"

陈姝说："也可以搞一个瓜果采摘园啊。"虞觅说："还真有人跟我联系过，搞什么采摘园，我都回绝了。瓜果种起来太费劲，而且我们不搞经营，也杜绝园区内经营，就是纯粹的休闲，是耕者的休闲，是生活状态的原本，农民本该有的生活方式。"

大家都在那儿转悠着，一望无际的田野像棋盘一样，网格规整，主道边是大叶女贞，路肩嵌着花带，花带外边是潺潺的流水。在这里耕作，渴了有水，饿了有食。

虞觅看看手机，已经是十二点多了，他走到高粱的身边说："高书记，到饭点了，请到我们大伙上吃顿便饭吧。"

高粱这次倒是痛快地答应了，他说："虞书记都说过几回了，他大伙上的野兔肉非常好吃，咱今天就尝尝他家的野味。"

陈姝说："上次夏大雨吃过虞书记的兔肉之后，就说回去在夏营开个野味饭店。"夏大雨说："这不是还没顾上嘛，今天再吃一回，把卤肉料的配方吃回去。"

陈姝说："虞书记做事，从来都是'瞻前顾后'，妥妥当当的。'瞻前'就前瞻，具有前瞻性、预见性。'顾后'，就是往后看，有退路,有余地,这是做人的最高境界了。在中国,世事通透,人情练达,才能造福一方。"

吃过饭,一行人直接去项目区,项目区的一些项目还在施工中,路已经基本结束了。整个的框架、网格都已经形成。车子停下,这个是设计的停车点,各种设施已基本完成。水总、袁侨他们都在。水总引导着他们,边看边介绍。

首先看到的是与道路相连的一个小型广场,广场与农田的分界是圆形的石磙,上面刻着二十四节气浮雕,在圆形石磙中间,镶嵌着十二个圆形的亚克力圆柱,代表着一年十二个月。这十二个圆柱呈十二种颜色,从一月中国红开始,月白、柳绿、明黄、竹青、雌霓、窃蓝、黄丹、藤黄、朱柿、朱樱、雪白,都是美轮美奂的中国元素。四个角,种有代表四季的绿植。广场的对面是几台小栅栏围起来的设备,最近的是气象部门的监测点,这个主要是与国家气象数据平台对接的六要素区域气象观测。用于人工增雨、防雹。气象监测点的右侧是墒情检测设备、LED信息发布屏,实时监测土壤环境,包括温度、湿度、电导率等。左侧是植保科技监测点,其中"物联网虫情自动采集设备""高空昆虫测报设备",通过光源、高空探照等,利用昆虫趋光性进行捕捉收集,传输后台识别。最东边,是"环境灾害在线检测设备",主要对小麦赤霉病条锈病和玉米大叶癍病发病概率和发病过程做出预警。

一行人一路看来,这些智能集成装备,也都深化了对现代农业的认知。看完这些设备,到了路的对面,这里是一座水肥一体机。这是集"云智能物联网灌溉终端"、"水肥一体机"、玻璃井房、机井首部配套装置一体的智能灌溉系统。

看完高科技的集成设备,一行人到了路西看,放眼望去,地头有一行间隔五十米一个、高干灯样式的设备,中间还有一个一个白色的小墩子,不知道是啥东西。陈姝介绍这是"太阳能杀虫灯",那白色的小墩子,是最新款的出水口。

路北面是一条清澈的水渠，渠坡是花砖硬化的，好像是景观水系。高粱问："这渠水是从哪里来的？"水总在一旁说："贾鲁河的水引流过来的，用来补给地下水，也可以用来灌溉。这里还设计了一个铸铝节制水闸，可以在手机操控提升。这里设计了一个大型平移式灌溉机，这是一个双重模式灌溉机，可以用渠水，也可以用地下水。"

一行人来到平移式喷灌机跟前，水总介绍，这个亲水端是个带轮子的架子，多个塔架支撑着喷水管道，像巨大的擎臂，伸向田野，这长臂可以伸缩，一次覆盖可达七十到八十米，不但可以灌溉，同时也能施肥和施药，主要特点是高效、节能、省工、方便。

西北地块是中心支轴式灌溉机，远远望去，像一个大大的表盘。水总说："这个我们叫它指针式的喷灌机。西南那一块，我们设计了绞盘式喷灌机。我们根据不同的地块设计了不同的灌溉设备。"

水总介绍完，陈姝说："高书记，这是一个高科技示范区。按照您的安排，突出了它的先进性。这一块，我们只做了一万亩。整个是智能化灌溉系统，物联网+全程自动化。这个都可以在电脑、手机上控制的。只要点一下手机和电脑相对应的电磁阀控制开关即可。"

水总接着说："高书记，您看这儿，还有一个可视界面，电脑上直观显示各类设备的工作状态，也可以找到相应设备进行操作。这儿有数据实时监测，汇集传感器和气象站所收集的数据，可自定义超限阈值。通过这个视频监控，可以查看田地里作物生长情况，实时调整灌溉策略。这个系统的先进之处在于，有电机过载保护，负荷大了自动停止，过载消除之后，自动恢复。还有，雨天自动停止，比如我们正在浇水，突然下雨了，这个电机自动停止灌溉了。这儿，有一个自动监测的功能，哪儿出了问题，比如水管破裂、电动机故障，或者电磁阀故障，都能监测到。还可以根据土壤湿度自动调节电动机的转速。不工作时，切断电源。"

高书记笑道："这个可够先进的，具体操作需要有懂的人啊。他们这些种地的农民，谁会弄这个啊？"

跟在后边的虞觅走到高粱跟前说："高书记，这么先进的设施，要与之配套的是现代化管理模式和规模经营，这个需要大面积的土地流转，才能凸显效益啊。"

水总说："目前这个已经基本完了，高书记，您可以试试，就在您的手机上。"高粱很高兴地说："我这个可以吗？"水总说："可以，需要下个APP客户端。这个网卡是褐晓光他们做的，入他们的网，需要收费的。不过，您可以在我的手机上操作一下。"

高粱按照水总的提示，一步一步，最后点了灌溉键，只见地里出现了水花。水总说："您也可以选择浇水模式，滴灌，就看不到水花了。"

从项目区出来，高粱心绪难以平静，他在路上就打电话给办公室主任，晚上召开常委会。高粱在常委会上把项目区看到的情况做了介绍。他说："我们县委是全县的最高领导机构，常委是最高的领导集体。那么什么是领导？领的本意就是脖子，是人体除了头颅之外的最高位置了；导呢？就是指引。如果我们自己连一个农民都不如，你去领导谁？我建议大家：一要多学习，二要多调研，三要多思考，多想想分管的工作，你的重点在哪儿？突破点在哪儿？多思考解决问题的方法，多思考超越自己的修为。我建议大家到农开项目区看看，开开眼界。"

第七十一章　玉米花开

虞觅正在"田园"和夏春秋商量"驿站"广场上绿叶采摘的事项，引进一些新的品种，还有一些采摘的数量和工具，怎样更突出便捷性和人性化，同时又要防止过分采摘和破坏。

办公室打电话来，说院里来了两位市纪委的人，请他立刻回到乡政府，现在正在党委会议室等呢。

虞觅接完电话，跟夏春秋说："你先琢磨一下，也可以征求晓光他们的意见，年轻人思路开阔，我回乡里一趟。"

虞觅五味杂陈，真正的监督、公正的监督，他是欢迎的，但必须基于公正。为监督而监督，为彰显权力而监督，为个人性情而监督，为自身利益而监督，就会失之偏颇。监督他不怕，就怕没完没了地无端消耗，消耗的不仅是个人的精力，还有滋生躺平的心态。人其实真的没有什么水平高低、修养厚薄，最关键的区别就是岗位和认知。

面对冷冷的询问，他不能为自己辩解，他只是把"田园综合体"的建设情况向他们做了汇报。他最后说，"田园"建成，没有花财政的钱，乡里的账可以调走细查。

其中一位说："虞书记，把你说的这些情况，写一个情况说明，下午六点之前交到神龙宾馆001房间。"

虞觅写完之后，准备自己送去，顺便找一下高书记，汇报一下丰收节的活动。

虞觅车子路过"田园",停了下来。他每次路过都会停下来,呼吸一下这里的空气,瞬间觉得元气满满。

他走在田间的道路上,两边的万寿菊、小洋菊、格桑花,还有一些大丽花、鸡冠花,都在竞相开放。

虞觅停下来,突然看到那片花瓣的缺损和洞洞,下面的叶子上也有很多洞洞,还有一片叶子几乎只剩下光秆。他蹲下来看到一条肥硕的青虫,正在啃食着花心。他看了一会儿,那只虫子一伸一缩正吃得起劲儿,他伸出手,又放下来,并未把它拿下,而是起身离开。青虫并不以为啃噬花瓣有什么不对,那是它的生存之道,它在为蝶变努力,不久,就会成为美艳的蝴蝶。

正是玉米抽穗的时节,一块一块整齐的田格,远远望去,好比乌青油亮的青纱帐,更像一田田浑然天成的璧玉。这种昂扬、饱满、茂盛,充满生命力的庄稼,会给人心中注入丰沛的元气。

虞觅深深地吸了一口气,一股浓郁芳香沁入肺腑,什么花会有如此芳香的味道?决然不是路边的那些花的香味,因为刚刚离得很近时他并未闻到。可是这柔和甜美的香味,在空气中弥漫着,随风飘荡,浓郁而广博,让人沉醉。这花香来得太神奇了,甚至有些诡异。虞觅停下脚步,抽动着鼻子,他被花香包裹着,仿佛置身于无形的硕大花海中。

这种奇妙的感觉,让虞觅心中有些恍然,究竟是什么花会散发出如此强大甜糯的香味?他走进玉米地,花香便浓烈起来。

虞觅惊异得差点儿跳起来,这惊心动魄的香味,竟然就是玉米穗上的花散发出来的。

玉米穗上面挂着许多褐色、棕色、紫色犹如小麦花一样细碎的花,玉米开花?这也叫花吗?但是,这花香却丝毫不逊于任何名贵的花卉。虽然它没有神韵曼妙的花容,没有婀娜妖娆的姿态,没有姹紫嫣红的颜色,只有细碎的褐、灰、银、咖的冷色,犹如浮尘一样挂在玉米穗上,碰一下就会纷纷落下。可是,它竟然发出如此醉人的芳香。

是的，所有的粮食都会开花，而人们只是吞食它的果实，从来不观赏它的花。而那些绚丽多彩的花草，总是让人觉得美妙、炫目、陶醉，却不能果腹。这就是大自然给予万物的自然属性。

虞觅心中豁然开朗，他转身回到车上。

虞觅交完书面情况说明材料，去县委找高粱敲定九月二十三日西北乡"田园"丰收节的举办方案。

这天，西北乡株林"田园综合体"区域，热气腾腾，人声鼎沸，到处洋溢着节日的气氛。

这是一个以特别的方式庆祝的特别节日——农民丰收节，活动是由陈胡县政府主办，西北乡、陵北乡、县农开办、县农机中心、县种子站、春秋地保姆土地托管中心、天缘种业科技信息服务公司、良田科技服务公司等联合承办的。活动主场是为期三天的新、特、优农产品展览。陵北乡、西北乡、陵西乡全体干部，都是展览会的志愿者。

虞觅主持开幕式，高粱宣布丰收节开幕。

新、特、优农产品展览的参加人员，都是全县种植能手，西北乡、陵北乡、陵西乡的居多，而且都是当年种出的农产品。展览会的门槛很低，但是都是由村里推荐、由乡政府统一组织的。

展览区就在"耕者驿站"小广场上，粮食区里，有红绳扎着的麦穗捆、肥硕的玉米棒子、巨大的红薯，蔬菜区有硕大的南瓜、冬瓜、吊瓜、丝瓜、红辣椒等等。瓜果区五颜六色，有西瓜、白糖瓜、酥瓜、王海瓜、柿子、桃子、梨子等。每个参选的品种前面都有参展牌，牌子上写着的乡村户名和参展的农产品名称。

除了参展的农户外，陵北乡、西北乡、陵西乡每个村特邀了五名农民代表，其他人员都是自愿参加。

展览场外是一场民间艺术的展演，参加演出的也都是这两个乡的农民。演出场以"田园"停车点的十字路口为中心。场地中心是一支盘鼓队,中间一个大鼓,几十个小鼓环形排列;十字路往南是一只旱船队在表演;往北是狮子舞;往西是担经挑;往东是唢呐班儿。

夏春秋负责参展的农民每人五十块钱的伙食费,一些承办单位提前准备好矿泉水。他们还请了西北乡街上卖烧饼、烩面、锅盔、油条、炒凉粉的活动摊子。褐天瑞还送来了他的山药粉方便面。褐晓光准备了几台饮水机,预备了一百多桶纯净水。

真正的丰收节,真正的欢乐节,真正的农民节,"田园"新、特、优农产品展览会热闹火热地进行中,所有的人脸上都洋溢着欢乐的笑容,大家互相打着招呼,喷着大空,拉着家常。

高粱被这欢乐的气氛感染了,眼睛都是湿湿的。他和虞觅、罗布他们一起在"耕者驿站"跟大家一起吃褐天瑞的山药粉方便面。他还自己排队,在外面的小摊前买了一块锅盔和一份炒凉粉。高粱排队时,还有不少认识他的农民,主动走上前跟他搭讪聊天。

第七十二章　夏春秋的困境

　　夏春秋开着车去了"五湖"项目区，回来之后兴奋不已。一个更大的目标在他心里升起。如果能在这里种地，那就是世界上最幸福的农民了。哪个农民见过这么高级的设施啊？他现在已经有了两个基地了，一个夏营村的一千亩地，平时都是由堂弟夏冬冬打理着，他父亲几乎须臾不离。他主要精力放到竹林两千亩的园区里。现在他的业务越做越大了，也认识了不少领导，积累了不少人脉，玉米订单都拿到了欧洲。

　　这几年，他对农业政策比较了解，也收益很多。而且对农业科技的一些情况，也很关注。现在国家扶持政策多，地方政府也支持，正是农业发展的非常时期，他想借助这个大好时机，对智慧农业的发展进一步探索。说野心也好，说理想也好，反正他就是想做得更大。

　　夏春秋找到符品，看他认识不认识农科院的专家。符品刚好有个亲戚在农科院，就是研究智慧农业的，符品跟他一起拜访了这位甘老师。甘老师得知夏春秋是一位农民后非常惊讶，智慧农业不是一个农民能够撑得起来的，它需要科技人才团队，需要注入雄厚的资本。夏春秋说，这些都没问题，他现在也不是一个人，还有一个合作的科技团队，有政府项目的支持。他就想详细地了解一下这个领域的一些情况。符品也介绍了夏春秋现在的情况，跟甘老师说，看看能不能帮他一下，或者有没有合作的机会。

甘老师说，我首先给你们科普一下智慧农业，你呢，先有个了解。

一块是植保无人机，是农林植物保护作业中使用的无人飞行器，由飞行平台、导航飞行与传感器、喷洒机构三部分组成，可以喷洒药剂、种子、粉剂等，可以远程操作，具有安全性。另一块是智能化农场，智能农业管理系统可提供全方位农事支持，耕作、种植、管理和收获每一个环节，农户可以用云数据管理平台随时检查作物的生长情况和用药情况。

还有一块是农业的AI技术，主要是智能监控、标准化生产、一体化追溯、品牌化营销等各重要环节，包括智能农业整体解决方案。

再就是节水型农业，是综合开发利用水、土、作物资源的系统工程，采用喷灌、微灌消除了田埂、排水沟，增加了作物产量。

最后是农业大数据技术，农业大数据技术是大数据理念、技术和方法在农业中的实践，用于耕地、播种、施肥、杀虫、收获、贮藏、育种等各环节，跨行业、跨专业、跨业务的数据分析和数据可视化。

夏春秋听完之后，有些蒙了，这些他别说见了，听都没听过。他很快就清醒了，不过现在正在建设的项目区，已经具备了智慧农业的基础，包括智能节水、大数据等，目前最主要的是缺植保无人机。于是，他问甘老师，无人机多少钱一架？

甘老师说，这个也不贵，好像几万块钱吧。如果需要，他可以帮忙联系一下。

夏春秋从省城回来，就进入了亢奋状态，仿佛每个毛孔都鼓鼓的。晚上躺在床上睡不着，想着那些先进的科技，要知道，这都是他的梦想啊。他简直就像被一种魔力控制住，不想也得想。他畅想着他的智慧农业，就放在"五湖"项目区内，他要建一个"智慧农场"，主要是新、特、优品种示范，是一些新品种的引进，高产、高效作物的示范种植。比如小麦有高筋、高蛋白、高粉等不同的需要。红薯有蜜薯、水果型的。玉米也有水果玉米、黏玉米等。还有对不同颜色需求的，有紫玉米、花玉米、手指水晶玉米等等。他把目光瞄向了全国，甚至国外。

他还想建一个"生态农场"，打出纯天然绿色的牌子，建立一个生态农业示范区，不用化肥、农药，以人工耕作为主的新传统农业。这种纯绿色的产品，这是为追求高品质生活的人群提供需要。再建一个"网络农场"，这个主要是针对远程，想体验一下种植乐趣的人群。现在很多人都在网上打游戏、打牌、打麻将等，肯定也会有人愿意在网上种庄稼的。

还有，建一个"个性农场"，就是在园区内，辟出一块一块的农耕体验园，有喜欢耕作的人，可以在这里租一块地自己种庄稼。这里提供种植所需的肥料、种子、技术文案，包括各种农机工具，只要是想种地，就可以来，所有的需要都是现场准备好的。自己种的庄稼，收割了归自己所有。

这就是一个现代农民的理想王国。夏春秋不是一个孟浪的人，但却是一个有心气儿的人。如果他不拼一下，都不能饶过自己。

夏春秋想这些时，也不是盲目地狂热。他还是有底气的，技术层面上，他可以和褐晓光合作，基础设施项目区已经完全具备了。政策就不说了。还有，人脉，这些年他来来回回地，也算是小有名气了，认识了不少领导。碰上了难题，领导们也能帮他想想办法。主要问题是资金上的，他也计划好了，他的欧洲订单已经运出了，如果顺当的话，得有上百万的利润。他这些年还有些积累，如果不够，可以在银行贷一些。

夏春秋考虑成熟之后，就开始行动了。他觉得还是要把资金筹备到位，他大概匡算了一下，得上千万，除了自己能筹的，最少也得五百万。这五百万他得跑银行，他把自己的规划理了理，去银行也得能把人家说动才行啊。

夏春秋去了银行，人家问他一些情况，如规划设计、可行性报告，特别是现代农业的一些技术。甘老师说的那些科技，都在他的心里，想着都好，就是说不出来。说来说去，还是"五湖"项目区的设施。人家让他准备设计图、可行性报告、固定资产证明等等。夏春秋从一家银行出来，又去了另外一家银行……情况都不很理想，关键都需要担保。他找谁担保啊？他说到他的地保姆中心，银行说，得有固定资产。他哪有固定资产啊，他的办公室都是村里的，就那块牌子是他的。他的老宅子，是有一幢小楼，那能值几个钱啊。

他想到了陈主任，也想到了高书记，但是，他觉得都是不可能的，政府不会替他担保啊。他们个人即便愿意，也不能为他提供这么大数额的担保啊。也有一家银行，被他的热情所打动，派人去了他的园区考察，临走时说了一些鼓励的话，结果却没有回音。

夏春秋沉了下来，他得好好想想。除了资金，还有技术上的问题。人家银行问的那些问题，他都答不出来，那些高科技的名词，他听着熟悉，就是说不出来，还是因为不懂。那些先进的设备他都叫不出全名。开始想象得很好，到了真点上却是一片混沌，没有头绪。他虽然有褐晓光科技服务，但是有些管理上的环节，收啊种啊等等都是覆盖不住的。还有一个很关键的问题，就是粮食的去处，除了国家保护价收购，还没有真正的流通市场，他不能在市场上摆摊卖粮食啊。

夏春秋的勃勃野心被实实在在的问题所挫败，正像甘老师说的，智慧农业不是农民单打独斗的小农经济。他冷静下来，想找一个突破口，不能就这样算了，真真是欲罢不能啊。正当夏春秋迷茫之时，一个让他更加沮丧的消息传来，他出口欧洲的两千吨玉米被原路退回，主要是黄曲霉菌超标。光是这来来回回的运费，差不多抵上玉米的价格了。这订单还是褐晓光一个北京的女同学庄嘉从中牵线搭桥的。且不说他的损失，褐晓光也没法跟人家交代啊。现实像冰山一样，撞得夏春秋从头冷到脚。

退回的订单，让夏春秋陷入绝望中，这对他来说，可谓是毁灭性的打击。可这消息不能跟家里人说，也不能跟其他人说。

夏春秋开着车去了夏营园区，又从夏营园区去了竹林园区。车子在园区内缓慢地爬行，不知不觉又来到"五湖"项目区，这就是他梦想中的智慧农场啊，这个园区还没有完全建好，还有一些施工队在施工。

他没有下车，就在停车点那儿掉头，又回到了夏营园区。他看到一个佝偻的背影正在地里拔草，正是他的父亲夏喜地。父亲守着夏营园区，除了吃饭睡觉，基本都在田里。用夏冬冬的话说，比机关干部都守时，而且没有节假日，不管风雨雪霜，一天都不会旷工。

夏春秋没有下车，直接回家了。他得想想，面对这样的打击，该怎么办？他不是一个人，租地金牵涉到很多农户。他的父母、孩子，他的事业，都会回到原点。也许还会背负一些债务，外出打工，后半生都在还债中度过。夏春秋越想越怕，睡又睡不着，就到医院买了一些安眠药。

褐晓光和褐天缘来的时候，夏春秋还在床上昏天黑地地睡着。夏春秋的憔悴，让爷儿俩大吃一惊。

褐晓光接到庄嘉的电话，才知道夏春秋的产品出了问题。这也是他之前担心的事情，因为中国的玉米和花生很难进入国外市场，主要原因是黄曲霉菌超标，大部分是因为没有及时烘干。夏春秋这个订单，收割时天气比较好，褐晓光也是觉得可以尝试一下，说不定帮他打开一条销售渠道，虽然销售问题不是他们公司服务的范围。

夏春秋睡了一觉，度过了最焦虑的时段，嘱咐妻子做几个菜，留褐天缘父子吃顿饭。

褐天缘、褐晓光本来就是想帮夏春秋渡过难关，也就留了下来。酒菜上齐，褐晓光端起酒杯先敬两位长辈，说："有些事情，看似坏事，或许是好事。我们老祖宗说过，'祸兮福之所倚，福兮祸之所伏'。春秋叔这几年也积累了一些经验，可以沉下来，换个角度思考，接下来怎么发展？"

夏春秋笑道："毕竟上过大学，读书多，就是不一样。就是你爷儿俩不来，俺也准备去找晓光呢，就是想请教请教下一步的出路。"

褐晓光谦虚地说："春秋叔，您是长辈，不能用请教，您需要我做啥的，只管说。我对您就跟对我爸一样。"

夏春秋顿时眼泪汪汪，随之做了一个吞咽的动作，毕竟晓光是晚辈，他也不能太失控了，而后说："好，有晓光这句话，俺就不怕了，下午，俺到'田园'去找你。"

第七十三章 "新良田"的诞生

褐晓光其实一直对夏春秋的"地保姆"关注着,思考他们的经验与问题,也在寻找新的土地托管模式。他觉得仅仅是科技服务有些松散,不够给力,有些地方还是关照不到,恰恰这些漏洞,是发展的空间,也是利润的空间。

夏春秋的"地保姆"出现问题是早晚的事儿,因为他并不了解农业的国际态势,不了解科技信息和先进的管理模式,不能实现大型的机械耕作,还有最关键的就是市场的一头,没有彻底打通,粮食销售没有真正的出口。这些东西正是他发展的制约因素,若是让他从头学起绝无可能,而且是无法规避的。但是他有经验,刚好又是他的优势。所以,褐晓光就想把他整合进来。如果没有这个事儿的发生,夏春秋或许意识不到,褐晓光也不好硬做工作,所以一切都是刚刚好。

褐晓光跟夏春秋谈了他的理念:

他要成立一个土地全程托管公司"新良田农业发展有限公司",做土地的规模经营。公司的基本原则:利用土地集约化规模经营,实现专业化、机械化、智能化,耕、种、管、收、烘、销一条龙,确保粮食生产有一个循环链。公司的宗旨是,农民种地不花钱,不挣农民一分钱,不挣土地一分钱。

夏春秋听得一愣一愣的,不挣农民一分钱?不挣土地一分钱?效益呢?公司效益从哪儿而来?天上会下钱吗?

褐晓光笑道，天上自然不会下钱。他介绍了效益的环节。一些效益来自规模化的耕作，规模化会节省很多费用。还有中间环节的效益，所有的农资，包括种子，都可以直接到厂家订货，中间环节的利润都是纯收入。精准化收种，也是效益中的一个环节，更大的效益是科技，种植的密度，行株距离达到最合理的标准，可增产许多。智能化也是增收途径，智能化越高，人工成本越低，这都是利润。还有市场效益，如果按照市场需要做订单农业，甚至做出口，都有很高的利润。最大效益是现行的政策，现在国家对农业的支持力度很大，所有政策优惠都是做农业的利润空间。如果按照这样计算，一亩地可净增收入四百六十元左右。按一万亩算，多少钱？我们不需要挣农民的钱，也不挣土地的钱。农民也可以实现自由择业，离家不离地，离地有收益。

夏春秋听得热血沸腾，都是实实在在地算账。他本以为进入了死胡同，却不想前途一片光明，心中生出无限感慨。

褐晓光说这也只是概念预算，实际上阻力也不小。首先是规模，我们的规模最低控制在一万亩。这个必须要以县政府为主导，以乡镇政府为主体，以村集体经济组织为载体，完成土地流转，不然一切都是空谈。

褐晓光说，资金确实也是一个大问题，我算过了，总投资大概需要一千二百万，资金由我来解决。

夏春秋缓了缓，说出了自己的想法，他计划筹建的那几个农场都成泡影了吗？他实在有些不甘心。

褐晓光说："你要是喜欢，都可以的。咱们可以采用多种模式的合作，可以全部托管，可以以地入股，采取一年两季分红的形式。"

由此，夏春秋成了褐晓光的合伙人，褐天缘的种业基地，也被收纳到他们的大盘子里。他们开始搭建"新良田"的班子，北京的庄嘉也加入了他们的团队。刚刚毕业的褐晓明，也进入他们的"新良田"，做宣传策划、产品营销。徐老师、甘老师，还有褐晓光农大的导师，包括中原的育种专家、病虫害防治专家等，都是他们技术顾问团的成员。

"新良田"开始招兵买马，初步成立农事部、农技部、农机部、融资部、销售部、财务部、采购部。各部人员很快就位了，投入紧张的工作状态。按照褐晓光的安排，技术人员根据不同的经纬度，不同气候土质，指定小麦、玉米的品种，制定"耕、种、管、收、烘、销"全流程作业方案、高产栽培方案、技术集成方案、订单销售方案。

褐晓光和夏春秋分头做工作。褐晓光跑银行贷款，他去了中原农商银行，见了他们的行长，说了他的公司的运营模式，以及他们的规划。行长非常感兴趣，承诺不要抵押，可以直接贷款，需要多少提供多少。褐晓光从银行出来，有点晕乎乎的，太过顺利了，有些不太真实，他想无论如何也得跑个十趟八趟的。他其实已经想好了，实在不行，就让他父亲的公司做抵押，还有他家里的房子，都拿上来做抵押。如果还是不行，就直接去找高书记。

啃下资金硬骨头，接下来就是土地流转了。这一块主要是夏春秋负责的，晚上他们碰头，夏春秋说了他见虞觅书记的情况。虞书记说，西北乡肯定没有问题，但是这么大的事儿，他拍不了板，要向县委汇报。这其实等于又一轮的农业改革。大规模的土地流转，会触及一些矛盾。年轻人大概问题不大，有问题的是五十五岁以上的农民，还有种地习惯，又不愿出去打工。最难办的是六十岁以上的，身体好的，出去打工人家不要，又没有别的收入，就靠种地，如果租金达不到预期，流转难度就更大了。还有很多具体问题，现在都想不到，到了具体操作时就会出现，一般性做工作都不行，必须下大工夫强力推进，这个需要县委出台政策。夏春秋说，他们其实想在"五湖"新项目区做。虞觅说，那不是他的地盘了，他也不当家。不过，这个是未来农业发展的方向，这么先进的设施，一定要有合适的经营模式，不然就是浪费资源，虽然不在他的地盘，他也会支持，需要他帮忙的，他会竭尽全力。

褐晓光听夏春秋这样说，觉得自己的想法确实有点幼稚了。分久必合，合久必分，农业也是一样的，现在也是面临新一轮的变革，那么大规模地土地流转，这是提高农业效益最根本的途径。但是这并不容易，所有改革都会触及矛盾，都会面临社会、经济、文化等各种因素的制约，这不是他一个小小的土地托管公司所能推动的。

褐晓光陷入了沉思，但他觉得路子是对的，不管有多难，一定要往前走。他跟夏春秋商量，约上虞觅、陈姝一起找高书记。

褐晓光、夏春秋、虞觅、陈姝一起到了高粱的办公室。

高粱听完褐晓光的汇报，不禁说道："这个好，我本来也是觉得我们的项目区做得那么高级，不能只是小农户、农业合作社这样的耕作模式，关于农业未来的发展，我们也是知道一个大致的方向，就是农业现代化。究竟怎么个现代？现代成什么样子？都是空幻的。你这么一说，我似乎找到了感觉，觉得可行。虞觅，你们西北乡可以先行一步，你那儿有基础。"

虞觅笑着说："我也感兴趣，我这儿没问题，我也不会讲任何条件，但是，他们想的是新项目区，我鞭长莫及啊。"

陈姝说："新项目目前还没有竣工，明年才可以投入使用，你们可以先在西北乡做，等新项目区做好了，你们这边也有经验了，推进起来效率就更高了。"

褐晓光和夏春秋对视了一下，双双点头。

高粱笑道："我今天也是长了见识，你们大胆地尝试，县委、县政府做你们的后盾，为你们整合资源，做好服务，同时为你们承担风险。这种行业的革新，即便有失败，也不能让你们少数人扛，政府要承担风险，这是政府职责所在。"

陈胡县正式成立了土地流转领导小组，高粱任指挥长，县长任副指挥长，虞觅任办公室主任，从西北乡开始试点。西北乡成立了"土地流转中心"，抽出一批有能力、有经验的干部，充实到"土地流转中心"，配合"新良田"工作。

第七十四章　精进

国家农业综合开发办土地司的农晓高副司长一行，来中原省调研高标准农田建设情况，田耕选定了陈胡为调研点。自高粱跟他提出这个想法之后，包括后来胡秋和陈姝到办公室汇报，他也一直在想如何推动这个事儿。国家办的调研放在陈胡，就是为他们创造机会。据他得到的消息，这次调研的目的，就是为召开全国高标准农田项目高质量发展现场观摩会，在各省份选点。

高粱、胡秋自然明白此次调研的重要性。这不是一次简单的调研，迎来送往就结束了，调研仅是一个引索而已，能够带来历史性的机遇。那么，怎么能够得到认可，这是问题的关键。

在田耕他们来之前，高粱主持召开了筹备会，特邀胡秋参加，陈胡主管农业的副县长化生、虞觅、陈姝等农开办的班子成员也都参加了。高粱把整个路线都看过了，工程情况以及沿路情况都掌握了。他定了三个题让大家发言，一是怎么看？也就是路线怎么定，从哪儿进从哪儿出？除了农开，还要不要看其他的地方？二是看什么？哪些是我们的亮点？哪些是我们的优势？我们在全国能否起到典型的作用？三是怎么达到最佳效果？大家本着这些问题谈。

胡秋说："其实核心的问题，就是怎么能达到一个最佳效果。他们调研的主要内容，就是高标准农田的建设情况。这个最重要的有三点，一是经济效益，投入与产出的比例，也是项目发挥效果的情况。

这个我觉得五万亩项目区，就能说明问题，项目区建成前后的比较，这个西北乡项目区可以看，转大圈，看规模，以规模凸显效益。"胡秋说着看了高粱一眼，高粱点头回应，他继续说："其二呢是社会效益，就是老百姓满意的程度。调研肯定走访群众，与村组干部、群众座谈。这个需要虞觅书记做工作，怎么能够让老百姓表达他们的满意度，真实地、自发地，不能显出夸饰和做作的表达。"胡秋看着虞觅，而后环视了参会人员，接着说："第三是新项目区的智慧农业设施这个亮点。智能化灌溉系统，智能化病虫害防治、苗情监测，以及施肥一体机，这些在园林上应用的不少，但是真正运用到农田的还不多。我们需要敲定一个角度，是示范带动？是探索创新？还是农业发展趋向性实践？我觉得我们可以从高标准农田的高标准上定位，因为国家的投资标准是一定的，做成高标准，要地方财政的投入，这是突出政府的重视，这是我们的优势。所以，我个人建议，先看今年的项目区高科技，然后看五万亩的大规模。"

虞觅补充道："其实我们的'田园'可以作为第一站，我在网上也查了，目前农田中真正建成这样的田园景观的并不多。"

主管农业的副县长化生说，夏营的新农村建设非常有特色，而且也是咱们农开项目区。陵北乡是化副县长包的乡镇，所以他很想借机能够宣传一下。夏大雨多次找他，让他推一推夏营的黄花菜种植基地，而且还想借助他的力量，把传统的黄花菜生产技术，申报国家级非物质文化遗产。缠得化副县长，一有机会就说夏营，就说黄花菜。

陈姝说，现在我觉得关键是加快工程进度，连天加夜施工，确保调研组来之前基本竣工。

紧张的筹备之后，终于迎来了国家办的调研组。

吃过晚饭之后，高粱、胡秋向田耕汇报了调研路线。从夏营项目区进入，然后西北乡的综合田园，再到智慧农业项目区。

田耕对于陈胡的整个农开项目区还是比较了解的。他说，为啥从夏营进？夏营有啥特色？

高粱说，夏营的新农村建设非常有特色，而且项目区道路绿化已成规模，非常壮观。

田耕说："我们是高标准农田项目建设调研，不是新农村建设调研，新农村建设再好，不属于我们调研的范围啊。夏营是老项目区，你们再做道路绿化，也只是标准提升而已。我觉得不太合适，你们应该清楚，此次调研对于你们意味着什么。"

胡秋笑道："高书记就想让您看看他的新农村建设。"田耕说："你们的新农村建得再好，比得上南方吗？比得上沿海吗？我个人建议先看'田园综合体'，这是国家办要支持的新型项目，我们自己先行一步，以后再争取支持，就相对容易一些。看完'田园'，再看你们的新项目区，听说设计得很先进，是个智慧农业示范区，这个有看点。"

按照田耕的安排，调研组第一站是"西北乡田园综合体"。放眼望去，广袤无际的田野，宽阔平坦的道路，纵横相连的沟渠，花团锦簇的路肩，整齐挺直的绿树，清澈透亮的渠水，木石相间的小桥，还有驿站那儿一片原色质朴的木房子。

一行人在停车点上左右前后地眺望，一个路过的农民看到停了恁多车，这群人也不像当地人，就好奇地停了下来。农晓高副司长就问他："你家的地是在这儿吗？"农民放下手里的铁锹，说："就在前面不远。"司长又问："现在种地轻松吗？"一个农民说："轻松啊，天天在花园里种地，都年轻了好几岁啊，心情好，效益也好。"

大家都被这种模式的开发吸引住了，把优美的田园风光和农业耕作融为一体，非常符合农村实际，设计也独具匠心，又有很多先进的科技元素。

当高粱介绍说，后期的提升，他们财政上没有投资，都是乡镇发动大家捐助的。

刚好又是周末，一些带着孩子来玩儿的，还有一些农民来遛弯的，都赞不绝口。虞觅汇报了整个设计和筹资的情况，以及管理的模式。

调研组进入"耕者驿站",看着里面的设施,不由得惊叹,这简直就是一个温暖的家,舒适、贴心、自然。

高粱介绍了项目建设情况。陈胡县是豫东市的粮食生产大县,人口一百三十万,耕地一百三十五万亩,其中高标准农田九十万亩,年生产粮食一百五十亿斤。农业综合开发高标准农田项目区建成投入使用后,继续提升打造的"田园综合体"。这是把高标准农田建设与耕种环境改造相结合的示范点,也是藏粮于地与"田园农业"相结合的示范点。高标准农田建设是藏粮于地的基础性开发,田园农业是人居环境、耕种生态改善的一种突破。农业耕作不再是艰苦的辛劳,而是愉悦的劳动,是农村发展方式、农民生活方式、农业生产方式的根本性改变,真正实现农业有奔头、农民有甜头、农村有看头。

田耕说:"我记得有一年的政府工作报告中提出,让农民有尊严地活着。大家当时都不知道,有尊严地活着是怎样的一种状态。有人开玩笑说,有尊严就是,你给人家一个馒头,要微笑着双手递过去。我现在回想起这句话,好像明白些了。"

从"耕者驿站"出来,他们到了褐晓光的"新良田农业发展有限公司",工作人员正在调试项目区的智能灌溉系统。这个是远程的可视系统,他们可以看到田间的灌溉情况,以及出水的模式和苗情的状态。

农晓高副司长看着,问道,这个是哪儿啊?高粱说:"这是我们一个大规模土地流转的智慧农业示范园区,马上就能看到。这个'新良田'是一个职业农民做的一个以土地全程托管为主的农业公司。在不改变原有任责的前提下,我们正在尝试新一轮土地流转。"

大家直接到了褐晓光他们的园区。褐晓光早已在那等候,介绍他们公司运营情况:"我们一万亩的托管园区,全程托管模式的运营。首先是农户将土地自愿流转给村集体,由乡政府、村集体负责连片成方,托付给我们公司。而后由托管方、乡政府、村集体三方签订协议。好处就是，农民旱涝保收，村集体也有收入。农民的收入主要是田租，还有年终分红，某种意义上，我们是给农民打工。这种大规模的耕作模式，让村集体也有收入，那就是来自破边、破废沟渠、破小路等增加的土地；还有小麦、玉米秸秆离田利润、每亩的防火防盗费用等等。我们是奔着标准化、智能化、规范化、生态化的现代农业模式做的，算是探索吧。"

褐晓光正在汇报着，看到远处一个戴眼镜的人在田里查看苗情。田耕说，那不是农科院的老徐吗？褐晓光说，就是徐老师。田耕对农副司长说，省农科院是农开的农技合作单位，听说他为了玉米增产，站在收割机前不让下地。

褐晓光说这个是真的，徐老师是我们的专家组成员，这就是我们三维空间的地面巡田，这样轮流巡田，能确保田间管理不出漏洞。

农副司长问道，市场情况怎么样呢？

"我们现在和中粮、益海、五得利等大型企业都有订单。粉质型玉米主要用于淀粉提取，我们和一些大型生化制药企业有合同。胶质型的玉米，主要是饲料企业的原料。小麦根据市场需要不同，种有硬质和软质小麦，还有不同含筋量的品种，都是根据订单来种植的。解决了粮食生产与市场的循环通道，这样才能保证利润。"

褐晓光兴奋地说："农业至少未来二三十年内，一定是小农户、家庭农场和土地托管机构并存的状态。农业真正的效益，一定是来自规模、精准、智能。我们还有一个设想，就是为返乡创业的青年农民、有志从事农业的各方人士，提供就业机会和场地。我们计划分割成五百亩或者二百亩为单元的家庭农场，返租给他们，并提供科技服务、种植方案、市场销售等，供他们自由选择。"

农副司长跟田耕说："我今天也算是开眼界了，这是一个值得研究和探索的现象，我们回去后要好好地消化。"

车子继续前行，进入高科技现代农业示范区。

高粱首先下车，接着汇报："各位领导，这个点是我们今年农开高标准农田的智慧农业项目区，也是我们新规划十五万亩高标准农田区域的一部分。这个项目区，是高标准农田建设与高科技农业相结合的示范区，同时，也是藏粮于地与藏粮于技的结合。全国粮食中原第一，中原粮食豫东第一，豫东粮食陈胡是重心，作为粮食生产大县，我们对农业未来发展的走向和经营模式，做了一个小小的探索。我们对于智慧农业、网络农业、体验农业、观光农业等，做了一些尝试，农业不再是封闭、保守、落后的产业，它作为与人类生存休戚相关的基础产业，将以全新的开放式面孔，走进人们的视野……"

高粱汇报完，水总介绍了整个智慧灌溉系统的设计情况。

水总说："这些设施有些是我们自己研发的，有些是引进的，有些是整合的资源，我们有一个口号，'一群人，一辈子，一件事'，就致力于高科技节水灌溉。目前，正在申报'农业节水科技奖'。"

农晓高仿佛若有所思。他问田耕这个项目区里拿多少钱。

田耕说："正常的配套啊。"

农晓高说："以这样的设计，这个投资下来，包不住啊。"

高粱笑着说："农司长，我们这是个示范点，做了一万亩。当然，以现在的投资标准，肯定是包不住的。我们县财政拿出了一些。现在很多科技新产品，改变了人们的生活方式、生存状态，但是农业的改变一直都是短板。我们这样一个农业大县，就是想探索一下，农业的潜力在哪儿？有多大？您是高层领导，还请您多指导啊。"

调研组走的时候，高书记领着他们去了五谷台，说："这是神农帝教民稼穑的地方，农耕文化在这里起源，走过几千年了，我们这儿依旧是一个农业大县。科技已经很发达了，但农民的耕作方式并没有太多的改变。我们希望得到更多的支持和关注，让农民享受更多的社会文明、科技发展的成果。"

高书记每人赠他们一只非遗彩绘姓氏陶盘，每一个人的姓都在上面，他说："这片古老的土地，是人类始祖伏羲的都城，也是姓氏的发祥地，希望各位领导常回来看看，我们期待着领导们再次莅临。"

高粱也是用心良苦，婉转提出了要求，相信田耕主任会诠释他的意思。

陈姝接到胡秋的电话，说田主任刚刚透出消息，原计划的高标准农田项目现场会取消了。

陈姝一下子就傻了，连问："为啥啊？为啥啊？"胡秋不耐烦地说："你问我，我问谁啊？你给高书记说一下就行了。"胡秋说完就挂了电话。

我说一下就行了？我说一下？我咋说啊？陈姝自问自答。愣了一会儿，她想，她还是不说，等，不着急，至少不开的消息，不是从她这里传出去的。不过，这么大的事儿，胡主任肯定憋不住，肯定得给高书记说。她就再等等。

陈姝正在发愣，水总兴冲冲地推开了她的门，进门就说："陈主任，我们获得了一个大奖，'农业节水科技奖'。"

陈姝回过神来，说："祝贺，祝贺。哎，水总，是不是该验收了，你那边结束了吗？这几天没见你啊？"

水总说，田主任交给他一个任务，在外地建了一个五万亩的高标准农田，这个也是省办和地方政府共同出资建的。

陈姝说厉害，都做到全省了。水总满怀信心地说："我们要做成国家级的标准化工程。所有外地的高标准农田项目的建设，都以我们为标准。目前，至少在中原省是这样的。"

陈姝显然有点心不在焉，她没有接水总的话。水总由于兴奋，大概也没觉察到陈姝的反常，继续说："陈主任，咱们项目区验收之后，我最担心的还是管护问题。一些农户不会操作，即便会操作，出现了一些故障，也解决不了，其实，现在不是维修资金的问题，而是技术问题。"

陈姝下意识地点点头。水总继续饶有兴致地说着，忽然看陈姝有点心不在焉，停了一下，叫了一声陈主任。陈姝才回过神来。

水总说："您觉得这个模式怎么样？"

陈姝说："啥模式啊？"水总说："EPC+O的模式，就是工程总承包。"陈姝说："总承包？我说了也不算数啊。这个估计得高书记说话了。"

水总说："那就找高书记啊。"陈姝说："对，你得找高书记。"

陈姝似乎还没有从胡秋的电话里走出来，胡秋说让她给高书记汇报，她要是不汇报，胡秋肯定得训她。胡秋说得不明不白的，就把电话挂了，估计是有情绪。关键是她咋跟高书记说啊？

水总说："陈主任，咱一起找高书记吧？"

陈姝想，可以借机把这个消息给高书记透一下。

高粱见水总和陈姝进门，先是让座，自己也起身坐在了水总对面的沙发上，这样以示对水总的尊重，也便于倾听他的意见。高粱有一个习惯，但凡来洽谈事情的外地人，从来不居高临下地坐在办公桌后面，而是这样和人家面对面地交谈。

听完水总的设想，高粱说："好，这个可行，我支持，能把运维问题解决了，比啥都重要。"

水总没有想到高书记那么痛快地答应了，因为工程会牵扯到各个方面的利益，他就是为了能把项目做好，并不是为了贪图项目利润。

陈姝等水总说完，说："高书记，告诉您一个不好的消息，国家办现场会暂时取消了。"

高粱平淡地说："我知道啊，这也不是坏消息啊。"

陈姝吃惊地看着高粱，这可是高书记殚精竭虑的谋划啊，怎么会就这样放弃了，这也不是他的性格啊？

高粱起身给水总和陈姝倒水，而后说："高标准农田项目建设现场会取消了，初步敲定要召开'全国土地经营模式和智慧农业论坛'，参加人员更广泛一些，这个需要协调一些部委，所以时间上还没有最后敲定。农副司长还为我们争取了一个'国家级耕地质量监测点'，除了水总的项目继续实施，我们还要筹建'陈胡农技服务中心',这个机构会挂在农业局下面。中心选址就在'五湖'项目区的小广场那儿,一些基础设施已经建好。"

高粱把这个中心的设计,包括建设任务都交给了水总。将来的运转,由褐晓光负责具体技术操作。

"陈胡农技服务中心"很快就建起来了,是一个简便的两层楼,外形设计成一个竹简的样式,上面是一个八卦形的无人机停机坪。竹简象征着古老的文明,陈胡又是八卦的发祥地。

"论坛"时间终于敲定了,承办国家级的会议,省里也非常重视。豫东市也作为一项非常重要的工作,全力以赴保障会务,而且责令陈胡县委、县政府,做好现场路线的设计、点位的准备。这不仅是一场会议,而且是豫东整体对外形象的综合展示。

陈胡县成立了指挥部,设立在西北乡政府,高粱为组长,化生为副组长。陈姝、虞觅、农业局长等为成员,虞觅兼任办公室主任,陈姝为联络员,大家集中办公。

第七十五章　机构改革

田耕来到陈胡，亲自督察"论坛"筹备工作。吃完晚饭，胡秋陪着田耕在龙湖边上散步。田耕接到一个电话，通知他回去参加一个会议，说是机构改革的动员会议。

田耕说："我明天得回去，这边呢，就拜托胡主任了。'论坛'肯定是以交流为主，但是，肯定先看褐晓光的园区，新建好的项目区也要看，包括'农技服务中心'。这次参加的人员多、杂，有农业专家代表、各级农开系统的代表、农业合作社的法人代表、职业农民代表、政府主官代表等，不能出现纰漏。"

田耕说完，停了一下，而后接着说："机构改革的文件下来了，农开机构不存在了。一部分职能归农业农村系统，一部分要留到财政部门。农开办这些年来，虽然是国务院的办事机构，但是一直都在财政部。省、市机构设置也不一样，有独立的，有归农办的，也有归财政的。这一次，估计彻底统一了。"

胡秋愣了一下，遂问："这么快啊？私底下一直都在传，不想一下子就到跟前了。省里是怎么改的？会影响这次会议吗？您要去哪儿？"

田耕说："不会受影响的，高标准农田建设、农业现代化，都写在政府工作报告里的，农开办也一直是国务院的办事机构。不管机构怎么改，职能不会变，工作还是要做的。我估计会去农业农村厅，至于怎么安排，是组织的事。"

中原省农开办是在财政厅属下，副厅级单位，田主任是副厅级领导，怎么安排，确实是省委组织部的事。

胡秋一时不知道说什么，没接话。

田耕问道："豫东怎么改？你的去留，应该心里有个数。原本在这关键时期，我不应该跟你说这个事的。但是，我们除了工作关系，这么多年也成了朋友和兄弟。你自己心里清楚就行了，有啥想法可以事先争取一下。你们何主任好像到年龄了吧？"胡秋说："何主任是到龄了，但是扶贫攻坚有要求，没有摘帽之前，扶贫机构的人员是不能调整的。"田耕说："你们农业局好像也才调整不久吧？何去何从，你自己琢磨一下。"

再说袁侨，听到消息之后，急匆匆赶到指挥部找陈姝。他看到陈姝正在给化副县长打电话，就悄悄地走到她前面。他听陈姝说："您向市里建议，各部门都要参与，一对一的接待，医疗、食品、宾馆设施、洗漱用品，需要重新过一遍。还有，一些接待需要调动市委机关事务管理局的资源。"

陈姝的电话终于打完，才发现袁侨站在她前面。她惊愕地望着他，袁侨小声说："陈主任，你出来一下，我跟你说个事儿。"

陈姝看袁侨一脸严肃，以为是工地出了事，就连忙跟他一起出了指挥部办公室，来到院内的小广场上。

袁侨说："机构改革了，你知道吧？"陈姝松了一口气说："吓我一跳，咋改啊？"袁侨说："农开办取消了，一些职能并入农业农村局，一些职能归于财政局。你得先有个思想准备。"陈姝问："准备啥啊？这是咱想的事儿吗？"

袁侨迟疑了一下，说："你得争取一下，现在关键时期，你可以向高书记提出要求。"陈姝不耐烦地说："提什么要求啊？还关键时期，我拿这个讨价还价？要挟领导？等开完会再说吧。"

袁侨有些不甘心，说等开完会，说不定都定了，现在正是好时机。陈姝沉吟一下，问袁侨有啥想法。袁侨犹豫了一下，说："我觉得,你争取到农业农村局当局长,最好是书记、局长一肩挑。不然,我们并过去就是后娘养的。如果书记、局长分设,班子不好搁,大家都为难。但是机构改革,人员需要消化,有可能这样安排。"

陈姝说:"别想我的事,你自己有啥想法?"袁侨说:"你的事,就是我的事,也是大家的事。我当然想跟着你干了。农业局也好,财政局也好,能安排个副职就行,反正也是这个级别了。机构改革削减职数,保住原有位置就不错了,哪还能有过高奢求。"

陈姝说:"好,我知道了。不要传播这些消息,特殊时期,以大局为重,不能影响工作。"

"肯定不会影响工作,这点觉悟我还是有的,就是想给您提个醒,我个人觉得这是您提出要求的最佳时机,所以一听到消息就跟您说了。"袁侨怕陈姝误会,解释道。陈姝说:"行,我知道了,赶紧上工地吧。"

胡秋见到高粱,说到机构改革,说市里已经和他谈过了,让他到农业局当局长,问高粱怎么考虑陈姝的问题。

高粱看一眼胡秋,沉吟半天,说:"现在不是说这个事儿的时候。"胡秋说:"我知道,我不会跟陈姝说的。但是我觉得这个事儿盖不住,说不定大家都知道了,因为其他地市已经到位了。"

高粱确实没考虑成熟,他想等现场会结束,再考虑机构改革的事。现在整个豫东市,都在为这个事忙活着,各种接洽、协调他都得亲自过问,因为省里、市里的领导要参会,与上级的协调是部门无法参与的,他根本静不下心来。

会期终于到了,头天报到,第二天正式会议,上午参观了陈胡项目区,下午专家发言,褐晓光、虞觅都介绍了经验。第三天是两场分项活动,一场是"农民合作社发展趋势座谈会",一场是"如何在土地流转中壮大乡村经济座谈会",会议结束,参会人员也陆续离开了陈胡。

陈姝安排大家休息几天,她也准备回去睡个天昏地暗,实在是太缺觉了。

袁侨的电话让她从睡梦中惊醒。袁侨说:"陈主任,告诉你一个好消息,胡主任,胡秋,去市农业农村局当局长了。还有田耕主任,到农业农村厅当副厅长了。"

陈姝一时不知道说什么,她知道袁侨的电话不只是报喜。

陈姝放下电话,高书记的秘书就打过来了,说让她到县委来一趟。

进了高粱的办公室,陈姝看到沙发前的茶几上,放了一个一次性纸杯,满满的一杯水,好像没有动过。

陈姝刚落座,秘书就送上了一杯热水,顺便拿起那只杯子扔进了垃圾桶。按常规,凡来客,秘书都会倒上一杯水再离开。很多来县委书记办公室的人,无论是汇报工作的还是说事的,都在想着怎么把事说好说透,哪还有心思喝水?一杯一杯的水就这样被原封不动地倒掉,一杯一杯的新水会出现。一杯水被倒进垃圾桶里,和喝进人的肚子里有什么不同吗?路径。

高粱没有开场白,见陈姝坐下,一边收拾着桌子上的文件,一边问机构改革你听说了吗。

陈姝一愣,说,没有,怎么改啊?她没有想到他会这么直接,而且确实也没有听到任何官方的消息。

高粱说:"牵涉到你们的,农开机构没了,一部分合并到农业农村局,一部分合到财政局,也可以分流到扶贫开发办公室。你有什么想法?"

陈姝沉思了一下,她确实也很纠结,说是淡漠,那也是表面,正如巫莉莉所说:"每一位官场中人,都有一个升迁的灵魂。"只不过有时候是弥漫开了,并不觉得它的存在而已。陈姝想到了袁侨给她说的话,突然有了一个明了的想法。但是,她还是想听听高粱的意见,既然高书记找她谈话,肯定是有了一个基本的意见。

陈姝微微一笑,说:"我的想法是,听从组织安排。"

很显然,高粱并没有想到陈姝这样说。他想,陈姝肯定非常明确地提出自己的去处，而他也会尽量地满足她的要求。

高粱把收拾好的文件放到桌子的一边，然后说："那就好，陈姝，你工作很有能力，也很敬业，只是年龄不占优势。而且现在机构改革，领导干部的选拔，也不是时候。"高粱好像在斟酌着，怎么把话说得更委婉一些，其实他并不喜欢拐弯抹角地说话。

陈姝似乎明白了什么，她的思维一下子就冲破了那种隐隐约约的纠缠，露出了她原本的率直。

她笑着说道："高书记，您和组织都不欠我的。感谢您的关怀，也感谢您对我工作的支持！官场不想提拔，就像商场不想利润，都是不正常的。对我而言，有了人和、地利，却没有了天时。我之前最高的理想，就是副县级。我家祖辈都是农民，想当个副的县太爷，不也是远大的理想吗？"

陈姝停了一下，接着说："开个玩笑而已。现在有政策了，我可以享受这个级别。四级调研员，很好，我很满足。现在这个职级并行，实现了很多拼打在官场中，而没有机会升迁的人的梦想，我在退休前有这个待遇，已经非常好了，算是赶上了好时候。我个人没有过多的想法，有了这个待遇就退居二线了。但是，农开这些年的工作，您也看到了。从公正的角度，我对我们的人员分流，想提个建议。袁侨去农业农村局当局长，原农业局的老局长要到站了，给他一个机会。孔向阳、钱正去财政局，这也是他们个人的要求。其他的人员，随袁侨去农业农村局。柳武呢，最好安排个副局长，实在安排不了，至少安排一个党组成员。"

高粱笑道："你这哪是建议啊，不都已经安排好了嘛。好吧，我们尽量地考虑。但是，机构改革，是缩编减员减机构，有很多职位要消化的。"

从县委大院出来，陈姝抬头看天，天空蓝得诡异，纯净得一丝云彩都没有，但是它的深邃，似乎让人浮想联翩。陈姝突然冒出一个荒诞的念头，天上果然有神仙吗？神仙有生老病死、七情六欲吗？她笑了，觉得自己很傻，怎么会有这样的想法呢？人生是由许多转角告别组成，而她面对这场转角告别，似乎有些转不过弯儿来。

很快，她就释然了，人生就像种地一样，每个人都有自己的责任田，要种好责任田是人的本分，但是收与不收，都不是个人所能把控得了的。遇上风调雨顺，就丰收了。遇上恶劣天气就会颗粒无收，这是大自然的规律。

陈姝想，有这么一个结局也算是圆满了，以后也不用说话时小心翼翼地遣词造句，不想说的话，不想见的人，不愿做的事，都可以不做了。官场也好，职场也罢，都不过是舞台而已，而所有的人，终归都是过客。当你归回自我时，都是一个自然的人。很多人由于自己的原欲，失去了自我，随之也失去了一切。幸好，她种好了自己的责任田、良心田，也从来不后悔在责任田里的耕耘、在良心田里的付出。

路过"弦歌茶歇"，陈姝想着许久没见巫莉莉了，就拐进了茶馆，问前台的那个女孩，你们巫老板呢？

只见巫莉莉身着传统的棉麻茶袍出来，高跟鞋没了，脚上是一双素净的布鞋。她笑吟吟说道："陈大主任来了，有失远迎，罪过罪过。"

陈姝笑道："啊，这仙风道骨的，有点茶老板的味道，快上好茶。"巫莉莉说："当然了，陈主任来了，还不拿最好的茶啊？刚刚拿了一点'牛肉'，尝尝味道如何？"

陈姝笑道："我来喝茶的，吃啥牛肉啊。我有这么好吃吗？"巫莉莉笑道："真是没见识。福建武夷山岩茶的天花板，牛栏坑是个地方，肉桂是岩茶的一种。牛栏坑肉桂，简称'牛肉'。"巫莉莉拿出一包茶叶，让陈姝看。

而后，巫莉莉接着说："今天本老板亲自给你泡，我是怕这些孩子糟蹋了好茶。看好了：移山倒海—呼风唤雨—仙子摇扇—扶摇直上—关公巡城—韩信点兵—排山倒海—鉴赏香茗—君临天下—拨乱反正。"

陈姝听巫莉莉一边泡茶，一边叨叨，笑道："行啊，行了，还都一套一套的，故弄玄虚，喝茶就喝茶，这还能喝出人参味儿？赶紧的，让喝吧。"

巫莉莉说："干一行，精一行，玄虚才是人生最高境界。你啊，大事不都折腾完了吗？都折腾到国家级了，还赶紧啥啊？该慢慢地品品茶了，茶如人生，需要细品。"

陈姝笑道："折腾完了，马上就向你报到啊。我看你气色不错啊！"巫莉莉边倒茶边说："还行吧。"陈姝由衷地说："真是内心强大的人。"巫莉莉平静地说："什么内心强大，人心都是肉长的，都一样，不过是憋的委屈多了，把心撑大了。什么坚强，都是疤痕叠着疤痕，渐至坚硬而已，慢慢地也就刀枪不入了。"

陈姝突发奇想说："我向巫老板申请一下，借你的宝地，在这里开一书摊，碰有茶客爱看书的，就到这儿看书，碰上喜欢的书，可以买回去。你卖你的茶，我卖我的书，可好？"

巫莉莉笑道："没问题，免房租，你不来的时候，还可以免费为你看摊儿啊。"

陈姝突然明白，她和巫莉莉为啥会成为闺密，也许是性格上的相似，虽然认知有些偏差，但是骨子里的强硬是无法更改的。

喝了一阵后，巫莉莉把茶叶倒进茶洗里，说："陈大主任有空来喝茶，难得啊。换一种茶，想喝啥？"陈姝说最近喜欢上白茶了，清淡自然，来自阳光的味道。更神奇的是老茶，即便是同一饼茶，储存到不同年份、不同环境、不同冲泡、不同水质，它的香韵都有变化的，这神奇的变化，更像是人生的本真。

巫莉莉看着陈姝，没有一点做作的样子。她依旧是一身质地不错的休闲装，虽不是什么名牌，却也能穿出自己的风格和品位。她的发型永远都是那样简单的短发，据说她从来不梳头。她气色红润，长方形的脸庞，清澈的眼睛里透出亮闪闪的光，经历岁月却不着铅华，从里到外都透着健康明朗。

巫莉莉不由得说道:"有一种女子,脸上扬着自信,心底长着善良,骨气融进血里,看似平淡无奇,不贪钱也不贪物,看上去傻傻的,磁场强大到惊人,上天都在暗中保护她。"

陈姝说:"'骂'谁呢?"

巫莉莉瞪大眼睛看着陈姝,说近在眼前!

陈姝其实还挺喜欢和巫莉莉斗嘴的,针锋相对,毫无顾忌,坦诚直言,轻松自在,甚至可以随意八卦。

陈姝说:"赶紧上你的好茶啊,别光耍嘴皮子,来点实际的。"巫莉莉笑道:"好吧,十年的,核心产区的白毫银针。我今天要不把好茶拿出来,你还不骂死我啊。"

巫莉莉倒是沉静下来了,神情专注地泡着茶。

陈姝突然就说了一句:"莉莉,我知道你拿到很多工程,你为啥没有找我要过工程?"巫莉莉看了一眼陈姝,继续泡茶。

她一边泡一边说:"别问我,我先问你两个问题:如果我问你要,你会给我吗?如果你给了我,你还会来喝茶吗?"

陈姝一下子被问蒙了。

巫莉莉并没有等陈姝回答,她继续说:"你啊,还自以为聪明,连这都看不透。碰上有趣的灵魂,胜过赚钱的机会。我啊,就是想和你一起喝茶、斗嘴八卦。这答案你还满意吗?"

陈姝依旧没有说话,只是轻轻地点点头。

巫莉莉自言自语地说:"人要活得明白,看得透亮,是你的就去谋,不是你的就放手,死死地抓住,把自己也搭进去,那不是我的风格。"

也许这正是陈姝喜欢巫莉莉的真正原因,跟她在一起不累,她身上真好像有巫性。

喝完茶,陈姝就要告辞,巫莉莉说,余生怎么安排呢?陈姝笑了,说,余生?这词听上去好别扭。还没想好呢。

虽然县委书记已经谈过话了，但在没有正式文件之前，陈姝还依旧照常上班。

回家的路上，接到组织部的电话，说是下午三点在县委三楼会议室，召开干部考核会议，请她参加会议。她问，可以不参加吗？那边说，得给部长请假。

陈姝想，算了，请假好像自己闹情绪，而且也没有情绪可闹啊。站好最后一班岗，况且享受的四级调研员待遇，也得经过组织部门考核、公示呢，也算是提拔了。

到了会场，才知道是考核虞觅的。虞觅在他们之前就任副县长，主管农业，并兼任陵南乡的党委书记，主要任务是推进高标准农田项目建设和土地规模化流转，还有一千亩地的无人化农场建设。前一段时间，还听说有人告虞觅，说他搞什么形象工程，在农田里建公园，搞什么"田园农业"，其实就是拿财政的钱，搞自己的政绩，目的就为向上爬。有传闻说，搞虞觅的人，其实矛头对准的是他背后的高粱。好像还真是来了调查组，调走了县财政的账，也调了西北乡的账，询问了虞觅，但是查来查去也没查出什么问题。

陈姝见到了虞觅，向他祝贺。虞觅也听说了对陈姝的安排，说找个机会，咱们去"耕者驿站"聚聚，到西北乡政府吃野兔肉，到时候把胡局长请过来。

陈姝一愣说，胡局长？谁啊？虞觅说，胡秋主任，到市农村农业局当局长了。陈姝说，哦，哦，我想起来了，我听袁侨说过。

陈姝突然就想起了李鸿章的一副对联：

享清福不在为官，只要囊有钱，仓有粟，腹有诗书，便是山中宰相。

祈大年无须服药，但愿身无病，心无忧，门无债主，就是地上神仙。

后记　天下与良田

人类的生存，离不开粮食。粮食有两种：一种果腹，土地里长出来的；一种润心，文字里长出来的。只要有了种子，有合适的环境，然后就会有结果，就会生生不息，这便是大自然的神奇。文学也是一样的，有环境，有心境，有挚爱，然后就会繁荣，就会蓬勃发展。

2022年春节，疫情中，各单位负责人不能离开岗位，而且周口市文学艺术院是一个新成立的单位，与新落成的周口市文学馆是一体的。大年初一，我去文学馆值班，路上过年的气氛依旧浓烈，各种霓虹、灯笼、图片，热热闹闹，虽然疫情还在，却挡不住人们对新年的祈望，依然红火喧嚣。文学馆静泊在铁路公园里，依旧幽雅雍容，不为红尘所动。我站在门口，恍然若梦，两年前这里还是一个废弃的旧厂房，如今已成为文学的殿堂。

打开大门，进入前厅，我伫立良久。一种肃穆庄严由心而生，然后进入核心展区，拜遍先祖圣贤。是他们的护佑，才有周口文学的丰沛富饶，传承至今不衰。一瞬间我觉得自己宛若一介纤尘，轻飘渺小至极。坐在办公室桌前，想起了周口市文学艺术院的成立、周口市文学馆的筹建，思绪万千，五味杂陈，林林总总的境遇，让我百感交集。手机里不停地传来消息的铃声，因为疫情不能走动相聚，人们只能以这种方式拜年问候。我操起电话，给一位兄长打过去，文学馆里自然聊到文学，他说：你写现实题材的作品啊，你有优势。挂了电话，我有些心动。那时候我的"春秋名姝"系列最后一部《西施传》已经完成。按照原来的创作计划，写完"春秋名姝"要写"战国名将"。"春秋名姝"是以四位传奇女子的人生串起的春秋史，所谓"四位传奇女，一部春秋史"。在写这四部书时，我做了大量的功课，所以想继续深挖东周那一段历史，以四位将军的人生串起战国史。"四位名将军，一部战国史"是我下一步的创作计划。战国时期是中国历史的拐角，当然也是人类文明的轴心时代，诸子百家蜂拥而出，不说战争，单是思想文化，就像火山一样爆发。这个工程量实在是太大了，我需要做更多的功课，在进入之前，我想休整一段时间。确实，疫情、创作、工作、生活，我有点扛不住了。

可是，再次蹦出来现实题材小说创作的念想之后，就有点收不住了。这个念想像春季的笋芽，不停地钻出。其实，我也在犹豫，十年了，我一直徜徉在春秋时期那段历史里，"春秋名姝"系列小说，大概近二百万字，各种史料的收集与研读，走访与采风，除却工作，我近乎封闭在斗室之内。已经沉浸其中久矣，我还能写一部现实题材的作品吗？我不停地在想，如果写现实题材的，我写什么呢？之前写过不少公务员系列的中篇，也写过乡村题材的长篇。突然，我很激动，我有近六年的县农业综合开发办主任的经历，是高标准农田项目的实施者。这六年是我一生最有成就感、最难以忘怀的时光。当我看到开发区由原来荒凉、无序、杂乱的中低产农田，变成了路相通、沟相连、林成网、旱能浇、涝能排、科技新的高标准农田时，那种感觉，就是两个字——"豪迈"。最关键的是，这都是国家的钱，党的惠民政策，让我们越来越好。我见证了高标准农田项目给农村、农业、农民带来的巨大变化。当然，这变化也不全是高标准农田项目带来的，还有很多的惠民政策。这一段生活对于我来说是一个丰饶的宝藏，太刻骨铭心了。当时我就想，我肯定会写的，之所以过了这么长时间没写，是因为没有想好。我不想把那一段生活零打碎敲地呈现，而是想把它做成一个大蛋糕。

现在，我有点想动它了。于是，写一部农开的书，正式列入了我的创作计划。虽然我有近六年的生活经历，但还是觉得不够，我决定进一步地走访。因为十年历史小说的创作经历，让我习惯了走访，也得益于走访。走访会让作者更加有底气，让作品更加接地气，走访不是体验生活，是感受，是激发，是唤醒，是在场感。过完年，就开始了走访，第一站是拜访省农开办的老领导，我约着原农开办的同事一起去了省城，当然省农开办已经不存在了，机构改革合并到农业厅。难得一聚，大家回忆起曾经的激情岁月、战斗豪情，都很兴奋。聚后，我又走访了几位老领导，了解了一些相关的政策、项目实施的背景等等，我拿到很多资料，包括《国家农开三十年大事记》，可谓满载而归。随后，又到了市农业局、扶贫开发办等地方走访，去了某地十万亩的高标准农田项目区，现场感受实际效果。虽然如此，我觉得还是有些底气不足，因为我2015年12月就离开农开系统，所以，后几年的情况我还是要了解一下。于是，计划走访我的继任，和一个新农村建设的示范点，由于疫情，这个计划迟迟没有成行。

走访告一段落，我迟迟不敢动笔，似乎没有找到一个能够切入进去的点。没有找到最佳的感觉，包括故事的架构、人物构成，还不是很明晰。就在这个时候，作家出版社的宋辰辰老师，也是我"春秋名姝"系列的责编，给我打电话说，中国作协将要启动"新时代山乡巨变创作计划"，出版社领导让她给我约稿。她说，柳岸老师，你写吧，"山乡巨变"创作，你有生活，了解基层的情况，也有这么多年的书写训练，技术层面没有问题。说实话，我虽然在作家出版社出了四部书，但是作家出版社主动约稿，我还是很激动的。一名基层作者，处在文学界的边缘，"新时代山乡巨变创作计划"的启动，基层文学被重视了，基层作者被关注了，我之所以激动，并非是个人的情绪，而是为基层文学。

宋辰辰老师的电话，就像烟花的引捻，催生了《天下良田》。挂了电话，我突然就有了感觉，"山乡巨变"是一幅巨大的画卷，高标准农田建设就是一抹油彩。是的，我是农村长大的，我见证了农村的变化。同时，我是一名基层公务员，经历过乡政府几乎所有岗位，我做了近六年的乡长，主持了九个月的乡镇全面工作。我做过八年县科技局局长，近六年的农开办主任，也都是农口工作。我熟悉农村，不但了解农民，而且我还深知基层干部的酸甜苦辣。所以说，《天下良田》是我六年的经历，七年的沉淀，半生的积累，是"新时代山乡巨变创作计划"点燃了它。"山乡巨变"不仅仅是创作计划，更是时代变迁的一隅；不仅仅是社会发展的窗口，更是中国发生的巨大变化的具体体现。而我，所见所闻，所经所历，所爱所痛，都在这个"巨变"之中。这不是命题作文，而是一种瓜熟蒂落的结果。

"新时代山乡巨变创作计划"让我这名基层写作者，有了一种责任感，一种由心而生的担当。我们同样有责任记录历史，书写时代，全方位展现社会的生态，以文学的样式告诉后人，我们今天生活的模样。我不怕贴标张狂和浅薄，只想深情地书写。

2022年9月19日，我带着敬畏虔诚的心态，开始了这部作品的创作。虽然我之前做了很多功课，在书写中，有些东西仍然觉得把握不好，又重新查看了近十年的中央一号文件，阅读了一批乡村题材的小说，包括重温了周立波先生的《山乡巨变》。还有一些研究类的，像《乡土中国》《高素质农民培训教材》等等。

进入创作状态，曾经的一些人、一些故事，像电影一样，在我脑海里不停地闪现。是的，我写我熟悉的故事和人物，但我知道，我不是照搬生活，也不是为某人贴标，更不是为身边的人画像。当然，人物和故事的设定会和现实中的贴近，但决然不是某某人。关于"实"，我在写作的过程中，也有一些思考，我选择了它，因为题材的需要，因为书写的需要，因为文本的需要。我不能在面朝黄土背朝天的农民那里，写风花雪月，写浪漫故事，写咖啡馆的情调，农民自有他们的叙事和话语、情感和故事。我不能在时代变迁里，写玄幻神魔，写虚无缥缈，不是不能，而是不可，时代自有它史诗般的实践。

我要记录的是这个时代的风尚、风骨、风气、风情，尽可能地以文学的样式书写它。一种文学的表达，要和它的题材相贴合。作为一名基层写作者，我有责任以文学的样式展示基层社会的"真实"。

2022年12月4日，在疫情全面放开的前三天，我停下了写作，觉得还是需要补补课，看看现在的新农村，究竟是"新"到什么程度？于是，就准备去淮阳区的官路边村，那是一个新农村建设示范点。因为跟乡党委书记比较熟，就直接跟他联系，当时他说，那里有阳性病例。我实在等不及了，就说无所谓吧，我去现场感受一下。而后，又见了几个过去的同事，聊了聊我离开之后的农开。

走访回来，我就率先"阳"了，家里人也都跟着我"阳"了。不过，我的症状很轻，单从感觉上几乎不能判定。也算是上天对我的眷顾，文学对我的护佑吧。

"阳"过之后，我继续创作，终于在2023年的3月19日完成了初稿。

初稿出来之后，我惶惶不安。我之前写过六部长篇，有过几百万字的书写训练，突然觉得在这部书面前，变得很笨拙、很稚嫩、很不自信，总怕我的手写不了我的心。初稿之后，我自己改了两稿，很心虚地交给了责编老师。我很焦虑地等待着编审的意见。那天责编打电话说，选题通过了，大家都觉得选题很好，都很期待，需要再改。编审提出了七条建议，我又"闭关"改了一个月，增加了十万字，主要是农民视角的书写，随后又改了一稿。改稿会之前，我已经四易其稿了。即便如此，我还是忐忑不安地等待改稿会。

出版社的改稿会时间终于敲定，于2023年的9月25日—26日在北京集中改稿，改稿会特邀了四位专家对一部作品进行讨论，而且出版社事先对专家提出要求，发言时间必须在六十分钟以上，不但要说问题，还要给出修改建议。面对如此阵容的改稿会，又期待，又焦虑，又兴奋，又害怕。我原以为两天封闭式改稿会很难挨，毕竟要面对专家轮番"轰炸"。没有想到两天两场，都是在不知不觉中过了饭点,大家饿着肚子,还在那儿讨论,除了针对作品发表意见,老师们也在沟通交流。专家们都非常认真,大到结构、人物、技巧,小到字、词、句都提出了修改意见,什么问题,该怎么做,哪一节哪一页,说得非常到位。我不得不说,这次改稿会,是重塑性、颠覆性、揠苗式的现场教学。一个写作者经历这样的改稿会,简直就是浴火重生,更是莫大的幸运。

改稿会之后,我没有着急修改,而是消化吸收,继续补课。根据专家的建议,去看了安阳县瓦店乡的智慧农业园区、无人农场,现场观摩了现代化农业。走访了回乡创业的大学生,了解了土地托管公司的运营模式。走访了农业专家,了解未来农业发展趋势。走访了项目区的农民,聊了他们的生活状况以及对未来生活的向往。走访,让我更全面地了解这个时代农业的业态特点,目睹了实体的农业现代化。

再次集中走访结束,我开始了改稿会之后的第一稿。电脑上改完,拉出纸质的,继续改,然后照着纸质的返回电脑上。如此反复,又改了三稿。我最终交稿时,已经是第八稿了。稿子到了终审,又提出了一些意见,我再次修改,这是第九稿。三校稿回来后,我又过了一遍。但,我依旧心神不安,不知道它在读者的眼中是何"模样"?不知道读者是否能感受到我内心的表达。我只能毫无底气地说:十易其稿,呕心而作,我尽力了。

《天下良田》的"良田"为什么不是"粮田"?因为我不但写了高标准农田建设,还写了很多社会生态的东西,全方位多视角地透视着那个时代基层的生态——文化的、社会的、政治的等等。"粮田"也许涵盖不了这部书的表达,而"良田"更合适,它包含着粮食田、责任田、良心田,而我们所有的人,都会面临着良田的精耕细作。

《天下良田》创作过程中,周口文学界发生了两件大事儿。一件是"周口市文学院"成立一年多的时间,又经历一轮新的机构改革,和文学馆一起合并到了市文联。改革后的新单位,依旧叫"周口市文学艺术院",只是此"院"非彼"院"了。还有一件事儿,就是"文学之乡"的创建，从2022年3月启动，那时候《天下良田》正在走访中，而作协的同仁和文学院的同事都是热情高涨、无怨无悔地投入创建中，并没有影响我的创作。2023年7月周口终于摘获中国"文学之乡"的牌子，由此，周口市成了名副其实的"文学之乡"，而我的初稿也已经交到出版社。我准备写后记时，定了个题目，叫"我的天下，我的良田"，转而想可能会给人造成狂妄的感觉，就改为"天下与良田"。后来，我仔细琢磨，不是我狂妄，而是周口，古陈地，这个生我养我的地方，确实有文脉绵长的传承，有文学的天下，也有粮食的良田。

突然，我有一种感觉，《天下良田》仿佛不是我个人的创作，而是众人的智慧、时代的诉说。

前面说了很多废话，到此，让我由衷地说一声感谢！感谢中国作协的扶持，把这部作品列入重点作品扶持项目。感谢作家出版社的抬爱，把它选入"新时代山乡巨变创作计划"。感谢河南文艺出版社与作家出版社联袂推出。感谢河南省委宣传部的关注，多次鼓励推进。感谢河南省作协的加持与推介。感谢中共周口市委宣传部把它列入"文艺精品工程"扶持项目。感谢各位改稿专家的批评与建议。感谢责编老师不厌其烦地反复沟通。感谢所有关心支持关注该作品的同仁同道。

感恩所有遇见！

图书在版编目（CIP）数据

天下良田 / 柳岸著 . -- 北京：作家出版社；郑州：河南文艺出版社，2025.5. --（新时代山乡巨变创作计划）. -- ISBN 978-7-5212-3296-7

Ⅰ . I247.5

中国国家版本馆CIP数据核字第2025MB1274号

天下良田

作　　者：柳　岸
责任编辑：宋辰辰
特约编辑：刘晨芳　梁素娟
装帧设计：意匠文化·丁奔亮
出版发行：作家出版社有限公司
社　　址：北京农展馆南里10号　　邮　　编：100125
电话传真：86-10-65067186（发行中心）
　　　　　86-10-65004079（总编室）
E-mail:zuojia@zuojia.net.cn
http://www.zuojiachubanshe.com
印　　刷：三河市北燕印装有限公司
成品尺寸：152×230
字　　数：507千
印　　张：37.75
版　　次：2025年5月第1版
印　　次：2025年5月第1次印刷
ISBN 978-7-5212-3296-7
定　　价：68.00元

作家版图书，版权所有，侵权必究。
作家版图书，印装错误可随时退换。